BASTEI
LÜBBE
TASCHENBUCH

Über den Autor

Tim Akers wurde im ländlichen North Carolina geboren, als einziger Sohn eines Theologen. Später zog er nach Chicago, wo er das College besuchte. Er lebt noch heute dort, um seiner Passion für apokalyptische Winter nachzugehen, zusammen mit seiner Frau und seinem Deutschen Schäferhund. Er widmet seine Zeit überwiegend dem Führen von Füllfederhaltern und dem Bemalen von Zinnminiaturen.

TIM AKERS

ZINDER UND ZWIETRACHT

DIE BANNER VON TENEBROS

ROMAN

Aus dem Amerikanischen
von Ruggero Leò

BASTEI LÜBBE
TASCHENBUCH

BASTEI LÜBBE TASCHENBUCH
Band 20932

Dieser Titel ist auch als E-Book erschienen

FSC
www.fsc.org
MIX
Papier aus verantwortungsvollen Quellen
FSC® C019821

Vollständige Paperbackausgabe

Deutsche Erstausgabe

Titel der englischen Originalausgabe: »The Pagan Night – Book One of The Hallowed War«
Originalverlag: Titan Books, a division of Titan Publishing Group Ltd, London

Textredaktion: Michelle Gyo, Limburg an der Lahn
Titelillustration: © Nejron Photo/shutterstock; vukkostic/istock; John-Kelly/shutterstock; Sergey Niven/shutterstock
Umschlaggestaltung: Guter Punkt, München | www.guter-punkt.de
Satz: two-up, Düsseldorf
Gesetzt aus der Garamond
Druck und Verarbeitung: Druckerei C. H. Beck, Nördlingen
Printed in Germany
ISBN 978-3-404-20932-3

1 3 5 4 2

Sie finden uns im Internet unter www.luebbe.de
Bitte beachten Sie auch: www.lesejury.de

Für Jennifer – auf immer

ERSTER TEIL

DIE ZUSAMMENKUNFT DER KETZER

Erstes Kapitel

Sie warteten in der Dunkelheit. Sechs Männer in einer kleinen Steinbaracke, die Hände über die wärmende Feuerstelle in der Mitte gestreckt, stark bewaffnet und stark verängstigt. Sie blickten einander nicht an.

So hoch im Norden war der unerwartete Kälteeinbruch selbst im Hochsommer nicht ungewöhnlich, und er hatte ihnen einen eher herbstlichen Morgen beschert. In dem geschlossenen Raum vermischte sich der Holzrauch mit dem dampfenden Atem der Männer zu einem dünnen Schleier. Ihre Gesichter trugen die traditionellen Zeichen der legendären Geistkrieger Teners. Die Symbole waren aufgemalt – mit dicker blauer Farbe, die Risse bildete und bröckelte, wenn die Männer sprachen.

Sie befanden sich südlich der Grenze zwischen Suhdra und Tener – am falschen Ort für diese Kriegsbemalung. Sie alle hatten Freunde gehabt, die den Tod gefunden hatten, nur weil sie Tenerraner gewesen waren. Auch Familienangehörige lagen verscharrt in der kalten, schlammigen Erde, ermordet von den Männern des Herzogs Halverdt. Obgleich die Farbe auf den Gesichtern der Krieger nicht eintätowiert war, drohte ihnen dasselbe Schicksal. Die Zeichen waren ein letztes Überbleibsel aus der Zeit des Kreuzzugs, der ihnen die eigene Religion geraubt und durch die Kirche ersetzt hatte. Nun war die Insel unter der Herrschaft des Celestriarchen vereint, in jedem Dorf stand ein Doma, und die Priester von Zinder und Zwietracht predigten hinter den Altären.

Während sich der Rest der Insel in unstetem Frieden befand, litten die Grenzmarken nach wie vor unter mehr Hass und Blutvergießen, als sie verdienten.

»Später als sonst«, sagte einer der Männer. Er war beleibt, hatte einen kurzen Hals und einen buschigen Bart.

»Er kommt immer zu spät. Nur die Ruhe, Tunnie.«

»Ich beruhige mich, wenn er hier ist. Bis dahin benehm ich mich verdammt noch mal so, wie es mir passt.«

»Du nörgelst rum wie meine Mutter.«

»Deine Mutter nörgelt, wie sie vögelt, Mancey«, erwiderte Tunnie. »Ständig.«

Die Männer lachten angespannt. Sie sprachen mit starkem Akzent. Die tenerranische Aussprache verlieh ihren Lauten einen dunklen Klang. Sie waren gekleidet wie Bauern, doch hatte jeder von ihnen ein Kleiderbündel vor sich zwischen den Füßen. Auf jedem Bündel lag ein Schwert, gleichwohl blickte niemand auf die Waffen. Das Licht des Feuers tanzte über die frisch geschliffenen Stahlklingen.

Die Krieger stierten in die Flammen und warteten.

Schließlich öffnete sich die Tür und gab den Blick auf einen Mann mit Umhang frei. Er trat ein. Die anderen machten Anstalten, sich zu erheben, besannen sich jedoch eines Besseren und sanken wieder auf die Bank zurück. Der Neuankömmling war groß und schmächtig, hatte dünne Handgelenke und lange, schmale Finger mit Hornhaut an den Spitzen, die verriet, dass er Musiker war.

Tunnie – der Mann, der sich zuvor beschwert hatte – spuckte ins Feuer. »Verdammt spät.«

»Früh genug, meinst du«, entgegnete der Schmächtige. Seine Stimme klang lebhaft, und sein ländlicher Akzent ließ seine Worte eher wie die Noten eines Liedes wirken. Jene Art von Stimme, die Frauen liebten und Barden pflegten. »Der Mond ist gerade erst aufgegangen – und wir sind heute Männer des Mondes.«

»Du redest wie ein Priester«, antwortete Tunnie.

»Kein Grund, ruppig zu werden«, sagte der schmale Kerl. »Also. Dann wollen wir mal los, oder?«

Knurrend erhoben sich die Männer, griffen zu den Bündeln und entnahmen ihnen Umhänge, die genauso aussahen wie der des Neuankömmlings. Nur Tunnie blieb sitzen und wärmte sich ungerührt die Hände am Feuer. »Ich mein's ernst, Allaister. Du redest wie ein Priester.« Er hob den Blick. »Da, wo wir hingehen, brauchen wir keine Priester.«

»Du gibst mir für etwas die Schuld, Tunnie, aber ich weiß nicht, wofür.« Allaister hob sein Bündel auf und begann, es auszupacken. »Brennt dir etwas auf der Seele?«

»Nur eines. Du bist seit sieben Monaten hier. Wir wissen nichts über dich, außer dass du aus dem Kerker von Grünhall geflohen bist. Wir wissen nicht einmal, warum man dich eingelocht hat, geschweige denn, wie dir die Flucht gelungen ist.«

»Ich bin aus eigener Kraft entkommen«, antwortete Allaister. »Die Götter haben mir geholfen. Was spielt das für eine Rolle? Und was schert es dich, wieso ich dort eingesperrt war?«

»Niemand bricht aus diesem Kerker aus«, murmelte Mancey, doch Allaister ignorierte ihn.

Tunnie nickte. »Man landet nicht ohne Grund im Verlies des Herzogs von Halverdt. Und da spaziert auch keiner einfach so wieder raus. Du könntest alles Mögliche sein. Ein Mörder, ein Vergewaltiger … wir wissen nicht genug über dich, Allaister.«

Allaister grinste. »Oh, ich versichere euch, ich *bin* ein Mörder. So jemanden braucht ihr doch, oder nicht?«

»Ich hab dich noch nie beim Frostnachtfass gesehen. Dich noch nie beim Allfeuer trinken sehen, trotzdem bist du jetzt unser Anführer. Ich frage mich, wie es dazu kommen konnte.«

»Das fragst du dich? War ich nicht immer ehrlich zu euch?« Allaister warf den Umhang ab. Tenerranische Zeichen zierten sein Gesicht. Sein Name und die Versprechen der Seher waren ihm mit Färberwaid in die Wangen tätowiert. Mit echter Tinte, dauerhaft und gottlos. Die plumpen Symbole entstellten sein hübsches Antlitz nicht. Sein Spitzbart war sauber gestutzt, und seine Augen waren schwarz. Er sprach mit ruhiger Stimme.

»Wie lange wetterst du jetzt schon gegen den Herzog mit dem Eichel-Wappen? Seit Jahren? Wie oft haben seine Schergen eure Frauen vergewaltigt? Eure Töchter? Wie viele Ernten landeten in seinen Speichern, wie viele Kälber auf seiner Tafel? Während ihr hungern musstet?« Er wandte sich den Männern nacheinander zu, dann verharrte er. »Dieses Land ist besetzt, Tunnie, von einem suhdrischen Herzog. Auf seinen Feldern schuften Menschen mit gutem tenerranischem Blut in den Adern. Wir sind auf der falschen Seite der Grenze geboren, und deshalb mussten unsere Brüder sterben. Ich kam her und habe etwas dagegen getan.«

»*Etwas*. Du hast viele von uns in den Tod geführt. Wir haben für dich eine Menge Blut vergossen.«

»Blut ist der Preis«, erwiderte Allaister. Die anderen nickten und wiederholten den Satz leise wie ein Gebet. Es war eine alte Redensart aus den schamanischen Liturgien – mystische Worte aus den alten Tagen, die jedoch im Laufe der Zeit vor lauter Wiederholung und Hoffnung an Schliff verloren hatten.

Tunnie verzog ärgerlich das Gesicht. Er hatte die Redensart provoziert. Dennoch rieb er sich weiterhin die Hände über dem Feuer und machte keine Anstalten, sein Kleiderbündel aufzunehmen. Inzwischen hatten die anderen sich die Umhänge umgeworfen und die Masken angelegt. »Ich kenne die Worte, Priester. Das Blut meiner Familie sickert schon viel länger in diesen Boden als das von irgendwem sonst hier. Schon lange, bevor die Kirche hier aufkreuzte. Glaub nicht, dass du mir eine Predigt halten darfst.«

»Tunnie.« Allaister zog den Hanfgürtel straffer und hob das schlichte Schwert auf, das zu seinen Füßen lag. »Wir ziehen heute Nacht aus, um das Land zu reinigen. Dein Blut und meins ist in verschiedene Böden gesickert. Unsere Familien sind vor unterschiedlichen Geistern auf die Knie gesunken, aber immerhin vor *wahren* Geistern. Nicht vor solch gelehrten Göttern wie denen, die man uns nach dem Kreuzzug aufzwang. Deshalb frage ich dich …«, er führte die Schwertspitze zur Lederscheide und schob die Klinge schwungvoll hinein, »... was hast du für ein Problem, verdammt noch mal?«

»Ich kenn dich nicht«, sagte Tunnie. »Wir haben noch nie gemeinsam gebetet. Deine Vorväter saßen nicht mit den meinen bei der Mitternachtswache. Auch deine Söhne saßen nicht mit den meinen zusammen. Ich weiß nicht, was für eine Sorte Mann du bist – oder wie du blutest, wenn die Geister rufen.«

»Mein Bruder. Heute Nacht wirst du es erfahren.« Allaister schnallte das Schwert an den Gürtel unter dem Umhang, dann zog er sich die Kapuze über. Die Bettelmönchskluft verbarg die Waffe vollständig. Er schob die Hände in die Ärmel der Robe und richtete sich auf. »Allerdings wirst du dir dein Urteil anhand des Suhdrin-Blutes bilden müssen, das ich vergieße, nicht anhand meines eigenen.«

Die anderen lachten. Tunnie seufzte. Er erhob sich und nahm sein Kleiderbündel auf. »Das will ich verdammt noch mal hoffen«, knurrte er. »Meine Brüder haben schon genug Opfer gebracht, seit du hier aufgetaucht bist.«

Die Männer ignorierten ihn. Sie schlossen in Ruhe ihre Vorbereitungen ab, während Tunnie sich umzog. Allaister stand an der Tür und sah in die Nacht hinaus. Als alle bereit waren, zogen sie sich die Kapuzen über und traten nacheinander nach draußen in die Finsternis. Der Letzte kippte Sand aufs Feuer und ließ Dunkelheit, Asche und den Gestank von Angst in der Luft zurück.

Gilliard stand über dem Wachhaus und blickte zu den Ruinen Gartstadts hinab, die sich im Mondlicht abzeichneten. Oberhalb des Tors flatterte das Banner des Hauses Halverdt träge in der Brise: drei Eicheln und ein Kreuz. Dieser Ort war bereits alt gewesen, als die ersten Suhdrin-Händler ihn entdeckten. Die Stämme der tenerranischen Wilden hatten ihn gemieden, rings um die Steinmauern Blumen als Opfergabe verbrannt und Totems von heidnischer Macht aufgestellt.

Das Wasser hier war frisch, daher hatten die Händler sich niedergelassen, allesamt aufrechte Suhdrin mit ihren Familien, und im Laufe der Zeit wurde Gartstadt zu einem wichtigen Anlaufpunkt für die Pilger auf ihrem Weg nach Zinderfell. Gleichwohl hatten sie die Ruinen nie ganz wieder aufgebaut.

Im Mondlicht stellte Gilliard sich vor, wie die alte Stadt einst ausgesehen haben mochte, groß und hell unter dem Sternenhimmel.

»Du blickst in die falsche Richtung«, sagte jemand unter ihm. Gilliard wandte sich um und schaute hinab. Einige Pilger, insgesamt sieben, standen vor dem Tor. Sie trugen die Kluft von Bettelmönchen, Masken und Kapuzen verbargen ihre Gesichter. In der Dunkelheit war es unmöglich, sie näher in Augenschein zu nehmen.

»Oh, verzeiht«, sagte Gilliard. »Das ist ein wunderschöner Ort.« Er kratzte sich am Kopf und stieg langsam die äußere Treppe hinab. Er trug ein dickes Kettenhemd, unbequeme Panzerhandschuhe sowie Stiefel aus gutem Stahl. Seine Rüstung war so schwer, dass es ihn immer nervös machte, wenn er darin im Dunkeln die Stufen hinabsteigen musste. »Bisschen spät, um noch im Freien zu sein, meint ihr nicht? Ihr seid hier dicht am Land der Wilden.« Er deutete ausholend nach Norden, wo die Grenze zwischen Tener und Suhdra verlief.

»Wirklich?«, erwiderte der Anführer der Pilger ein wenig angespannt. »Ich hatte bislang den Eindruck, die meisten Tenerraner sind der Kirche freundlich gesonnen.« In seiner Stimme schwang ein merkwürdiger Unterton mit. »Kaum möglich, den ganzen Weg nach Zinderfell zurückzulegen, ohne dabei durch einige tenerranische Felder zu laufen, oder?«

»Hier gibt es überall Tenerraner, von hier bis zum Schrein des Wintergotts, Jungs. Die friedliche Sorte, wohlgemerkt, aber trotzdem. Bleibt auf der Gottesstraße, und euch geschieht nichts. Weicht zu sehr von ihr ab, und ihr macht die Bekanntschaft von irren Göttern und Mördern.« Dank Gilliards Helm sahen die

Pilger sein Grinsen nicht. »Aber das wisst ihr bestimmt. Reist ihr zum ersten Mal nach Zinderfell?«

»Ja«, antwortete der Pilger.

Die anderen waren schrecklich still, und nach wie vor gefiel Gilliard die Stimme des Wortführers nicht. Er lehnte sich an die Mauer und spähte hinab. »Wie ich schon sagte. Bisschen spät, um noch im Freien zu sein.«

»Die Reise von Pilgersruh bis hierher hat länger gedauert als erwartet, aber wir sind dankbar für eure Gastfreundschaft.«

»Ho, mal langsam. Wir wollen nichts überstürzen.« Gilliard stieg weiter die Stufen hinab und hielt bei der Kuppel inne, von der aus man die Straße überblicken konnte. Die Außenmauer taugte nicht viel bei einer Belagerung, doch genügte sie völlig, um Zölle zu kassieren und Vagabunden auszusperren. Der Wächter lehnte den Speer an die Mauer und beugte sich vor, um die Fremden besser beäugen zu können. »Für Pilger seht ihr ziemlich kräftig aus.«

Die Männer blickten einander an, und ihr Anführer zuckte die Schultern. »Hätten wir lieber hungern sollen?«

»Traditionellerweise schon«, antwortete Gilliard, »und Pilgersruh ist recht weit von hier entfernt, falls ihr wirklich von da kommt. Wo habt ihr gestern übernachtet?«

»In Dunan. Das liegt an der Gottesstraße.

»Von dort ist's ein ordentlicher Marsch, aber gut.« Die Fremden hatten etwas an sich, das Gilliard gar nicht gefiel. Nur einer von ihnen redete. »Hat der Rest von euch eine Art Schweigegelübde abgelegt?«

»Äh, ja. Haben sie … und auch ein Gelübde der Barmherzigkeit. Deshalb stehen wir noch hier und unterhalten uns höflich mit dir, obwohl du eigentlich längst das Tor hättest öffnen müssen.«

»Oh, klar. Du hast also kein Gelübde abgelegt, nehme ich an?« Gilliard grinste breit. »Dass ihr euch keine Sorgen darum macht, auf Tenerraner zu stoßen, kaufe ich euch nicht ab. Ihr gehört zu den Stämmen, stimmt's? Das höre ich an deiner Aussprache.«

Der Anführer seufzte. Als er schließlich antwortete, war sein Akzent deutlich zu hören, wenn auch weit weniger ausgeprägt als bei einem schmutzigen Landbewohner der äußeren Dörfer. »Ja, die Sonne und der Mond haben uns mit einem Stammesnamen gesegnet, trotzdem sind wir brave kleine Kniebeuger, mein Herr. Wir ziehen nach Osten, um das Beugen unserer Knie in Zinderfell zu üben.«

»Und warum reist ihr zum Mondtempel, um das Fest der Sonne zu feiern, hm?« Gilliard mochte die Fremden immer weniger. Innerhalb der Mauern befanden sich kaum Stammesangehörige – aber schon zu viele für seinen Geschmack. »Ich lasse euch hier erst rein, wenn ihr mit der Sprache rausrückt. Also, warum zieht eine Gruppe tenerranischer Konvertiten durch Pilgersruh? Oben bei Dannswehr, am Fluss entlang: Das ist der Weg für Leute wie euch. Ich dachte, ihr meidet unser Gart?«

»Wir kommen nicht von den Grasebenen und auch nicht von den Seen. Wir leben in Lac Leure, unten in Richtung Herzbrück«, erwiderte der Pilger mit einer Spur Zorn in der Stimme. »Genau wie normale Leute.«

»Nicht mit einem solchen Akzent, niemals. Wisst ihr«, Gilliard richtete sich auf und ergriff den Speer. »Ich glaube, ihr könnt draußen schlafen. Nur für heute. Zinder, unser Herr, wird euer Opfer zu würdigen wissen.«

»Die verdammten Suhdrin mit ihren verdammten Akzenten«, murmelte der Anführer. Sein Zorn überlagerte eindeutig seine Anspannung. »Tunnie?«

Der große Pilger, der während des Wortwechsels mit gesenktem Kopf ganz hinten gestanden hatte, hob den Blick und ließ die Schultern kreisen. Sein Arm schnellte beinahe träge vor, als machte er eine Dehnübung, dann steckte ein vier Zoll langer Pfeil in Gilliards Stirn.

Der Wächter brach zusammen, fiel die restlichen Stufen hinab und verschwand aus dem Sichtfeld der sieben nervösen Männer. Sein Kettenhemd und der Brustpanzer verursachten einen schrecklichen Lärm, als er über die Steinstufen schepperte.

»Nicht ideal«, zischte Allaister. »Joer, rauf da. Tunnie …« Er wandte sich ihm zu. »… ist das genug Blut für dich?«

»Nicht einmal annähernd.«

»Gut«, erwiderte Allaister.

Geschmeidig erklomm Joer die Mauer, suchte mit den Fingern Halt in den Rissen, die die Rankengewächse im Stein verursacht hatten. Die Verteidigungsanlagen waren nicht hinreichend in Schuss, um Männer vom Eindringen abzuhalten; zu einem so schlichten Zweck waren sie auch nicht gebaut – das hatten die Suhdrin nicht begriffen, seit sie sich so eilig in den Ruinen niedergelassen hatten. Eine Minute später schwang das Tor auf.

»Wundert mich, dass das keiner gehört hat«, sagte Mancey.

»Oh, das hat ganz sicher jemand gehört«, widersprach Allaister. »Deshalb müssen wir in Bewegung bleiben.« Er trieb die sechs Männer an, rasch durchs Tor zu gehen. Er selbst ging zur Mauer, kniete sich neben den toten Wächter und zog einen Dolch aus dem Ärmel. »Verzeih mir, Bruder. Dein Opfer wird nicht vergessen, und dein Blut ist nicht umsonst geflossen. Geh ins stille Haus.« Allaister murmelte etwas vor sich hin, führte mit der einen Hand die Klinge über Gilliards Nacken und vollzog mit der anderen das Zeichen des Mondes. Eine Frostwolke wisperte aus der Schnittwunde, verflog rasch in der Sommernacht. Das Blut auf der Schneide war klebrig und schwarz. Allaister malte damit ein Symbol auf die Stirn des Toten und schmierte es um die Wunde.

Hinter ihm knirschte der Kies.

»Kommst du?«, rief Tunnie vom offenen Tor.

Frustriert schloss Allaister die Augen, sprang jedoch auf und schritt durchs Tor. »Na klar, na klar. Hab mich nur vergewissert, dass der Bastard wirklich hinüber ist«, sagte er, als er an seinem großen Mitstreiter vorbeilief. »Wollte nicht, dass er noch plaudert.«

Tunnie blickte zu dem toten Wächter mit der blutverschmierten Stirn. Für einen Moment glaubte er, das aufgemalte Zeichen sei eine jener Todesrunen, die die Priester der Celesten den Verstorbenen in die Haut brannten.

Wohl kaum.

Fackeln erschienen auf der Mauer, und die Stimmen von Wachen drangen herab. Tunnie verzog das Gesicht, legte die Hand um das Heft des unter der Robe verborgenen Schwerts und eilte den anderen nach.

Eigentlich waren die Männer Bauern. Ihre Arbeit bestand aus Erde, Schlamm, Stein und Wasser, aus dem langsamen Kreislauf des Jahres, in dem die Ernte auf die Aussaat folgte. Sie waren nicht zum Töten geboren, doch einige von ihnen hatten sich an den Geschmack von Blut gewöhnt.

Das Doma in Gartstadt war dem Herrn Zinder geweiht, in seiner Eigenschaft als Richter und langer Winter. Beim Frostnachtfest strömten stets große Scharen von Anbetern in aschfarbenen Roben nordwärts, um das Doma zu besuchen und dem grauen Herrn zu huldigen. Das in Silber gefasste Tor des Doma bestand aus poliertem Frèrholz – als Zeugnis für den Reichtum der Kirche. Die Fackeln im Gang steckten in Halterungen aus feinstem Silber, die Wandteppiche bestanden aus Seide und goldenem Stoff. Der doppelhörnige Altar von Zinder und Zwietracht in der Mitte des Gebäudes war aus einem einzigen Marmorblock gehauen.

Das Blut von Allaisters Klinge tränkte die Seidenroben seiner Opfer. Die Haut, die das Schwert durchtrennte, war weich, nicht an harte Arbeit gewöhnt.

Der Frèr des Doma stand vor dem Altar und verurteilte die Angreifer mit Gebeten. Er hielt in aufrechter Haltung seinen Stab umklammert, als Allaister das Schwert in ihn stieß, wieder und wieder. Schließlich sank der Frèr zu Boden und sagte nichts mehr.

Die Celesten leisteten größeren Widerstand, schrien, als Allaisters Männer sie niederprügelten. Die steinernen Wände des Doma waren dick und stumm. Niemand schlug Alarm.

Als der Kampf vorüber war, versammelten sich Allaisters schwer atmende Kämpfer um den Altar. Ihre Roben waren mit karmesinroten Flecken übersät. In Tunnies Augen lag ein Ausdruck von Wildheit und Freiheit, in jeder Hand hielt er ein blutiges Schwert. Die anderen wirkten etwas verhaltener als er, als wüssten sie nicht genau, ob sie aufgeregt, entsetzt oder schlicht verängstigt darüber sein sollten, wie sehr sie das Blutvergießen genossen.

Diese Gruppe hatte großes Potenzial. Allaister blickte sich im Raum um, sah zu dem zusammengesunkenen Frèr, zu den Celesten, die in der Ecke lagen, und schließlich zu den dünnen Rinnsalen aus Blut, die sich auf dem Granitboden neben dem Altar zu einer Pfütze vereinten.

Eine gute Nacht.

»Gut gemacht, Jungs. Eine schöne Ernte«, sagte er lächelnd. Mit einem Tritt beförderte er den Stab des Frèrs klackernd durch den Raum. »Wir sind fast fertig.«

»Fast?«, keuchte Joer. »Wir müssen hier raus.« Von der Mauer waren Hörner zu hören. »Es ist nur eine Frage der Zeit, bis sie hier sind. Wir müssen fliehen.«

»Wir können nicht mit leeren Händen gehen, mein Freund.« Allaister deutete mit einer ausholenden Geste auf das Innere des Doma. »Diese Priester sind tot, aber die Kirche kann noch mehr von ihnen schicken. Es wäre nur eine Frage von Tagen, ehe hier wieder gebetet und gesegnet würde. Das wäre doch vergeudete Zeit, meinst du nicht? So weit zu kommen und dann so viel zurückzulassen?«

»Das gehörte nicht zum Plan«, sagte Tunnie, doch in seinen Augen funkelte die Gier.

Der hat besonders großes Potenzial, dachte Allaister. »Vielleicht gehörte es nicht zu deinem Plan«, verkündete er laut, »aber ich habe alles durchdacht. In den Schränken finden wir kostbares Silber und jede Menge Juwelen.« Er nahm ein reich verziertes Messer vom Altar, dessen Heft aus Elfenbein und Gagat bestand. »Wie viele Schweine kann man davon kaufen, was meinst du?«

»Wenn sie uns mit der Beute erwischen, bezahlen wir dafür mit dem Leben. Und mit dem unserer Familien«, sagte Joer erregt. »Sie zermahlen unsere Gebeine und kalken damit die Felder.«

»Wir haben bereits Blut an den Händen, mein Freund. Warum sollten wir nicht auch unsere Börsen mit Gold füllen?«

Die Kämpfer blickten Allaister besorgt an, doch er hatte sie am Haken. Selbst wenn sie letzten Endes den Großteil der Beute in den Fluss werfen müssten, gab es hier genug Reichtümer, mit denen sie sich das Leben versüßen könnten. Außerdem stand Diebstahl nicht unter so harter Strafe wie Mord. Allaister teilte die Männer in drei Gruppen ein und wies sie an, die äußeren Bauten des Doma zu durchsuchen und gründlich zu plündern. Alles Brennbare wurde zum Altar gebracht.

Er behielt Tunnie an seiner Seite.

»Wie sollen wir das Zeug nach Hause schaffen?«, fragte Tunnie, während der Beutehaufen stetig wuchs. Die Männer machten sich mit neu erwachter Begeisterung ans Werk, zersplitterten die Holzringe des Planetariums, brachen die Kerzenleuchter von den Wänden und ließen gerade genug davon hängen, dass ihnen etwas Licht blieb. Sie häuften bedeutend mehr vor dem Altar auf, als sie würden tragen können.

»Lass ihnen ihren Spaß«, antwortete Allaister. Er hob den Stab des Frèr vom Boden auf, wischte das Blut mit einem Seidentuch von der Ikone und lehnte sie beinahe ehrfürchtig an den Altar. »Weißt du, warum wir nach Gartstadt gekommen sind?«

»Um Priester zu töten.«

»Ja, aber Priester gibt es in ganz Tenebros. Verdammt, es gibt auch Priester in Tener – wir hätten einfach die Grenze zu Adairs oder Blakleys Land überqueren können, um halbwegs gefahrlos zu plündern.«

»Halverdts Land ist unser Land. Es wurde uns geraubt.« Tunnie blickte ihn mit einem Anflug von Verwirrung an.

Allaister zuckte mit den Schultern. »Ja, ja. Stimmt schon, aber eigentlich wurde die ganze Insel den Stämmen entrissen. Gartstadt wurde nur zuletzt eingenommen. Nein, meine Beweggründe reichen weiter in die Vergangenheit. Die alte Stadt, die hier früher stand, war unbesetzt, als die Suhdrin-Herzöge in den Norden kamen. Hier waren die Ruinen des großen Tempels. Sie standen leer.«

»Das ist ein verfluchter Ort«, sagte Tunnie. »Von den Göttern verflucht.«

»Nein, nicht ganz. Selbst die wenigen Schamanen, die es im Norden noch gibt, haben die Geschichte dieser Stätte vergessen.«

»Worauf willst du hinaus, Allaister?«, fragte Tunnie. Die Zwillingsschwerter hielt er gesenkt, die Aufregung des Tötens ebbte allmählich ab.

»Hier gab es ein Henge – einen Tempel für einen anderen Gott. Einen, den die Heiden lieber einsperrten.«

»Hier?« Tunnie blickte sich um.

»*Genau* hier. Wo jetzt dieser Raum ist.« Allaister machte eine ausholende Geste. »Ein Schrein, der später zum Tempel wurde. Schon heilig vor seiner Weihe.« Sie waren allein, die anderen durchsuchten die äußeren Gebäude. Die Stadtwache würde bald eintreffen. Allaister musste sich beeilen. »Hier wurden Opfer dargebracht, lange bevor die Gebete der Celesten durch die Luft spukten.« Kaum hatte er den Satz vollendet, schnappte er sich das Prunkmesser vom Altar und stach Tunnie ins Herz. Die Klinge, dünn und scharf, drang mitten hinein.

»Ruhig … ganz ruhig.«

Der Sterbende schlug um sich, doch waren seine Hiebe kraftlos, und Allaister wehrte sie ab. Er setzte Tunnie auf den Steinboden und stützte ihm den Nacken, bis seine Augen glasig wurden. Ein schneller Tod. *Ein besserer, als wir den Celesten gewährt haben.*

»Verzeih mir, mein Freund. Das ist eine komplizierte Zeit in meinem Leben«, wisperte Allaister. »Ich muss viele Dinge herausfinden.« Er begann, den Brustkorb des Mannes zu öffnen, doch das heilige Messer brach ab. Allaister zog ein Beil aus dem Gürtel und vollendete sein Werk. Er brach eine Rippe nach der anderen, bis das Herz und die Lungen freilagen. Unentwegt flüsterte er Gebete und Anrufungen, während er die Organe entnahm und sie auf dem Boden drapierte.

Hinter ihm erklang ein Geräusch.

»Was machst du da, verdammt noch mal?«, zischte Joer. Er hatte gerade erst den Raum betreten, zwei Armvoll Kerzen an die Brust gepresst. Er ließ sie zu Boden fallen und zog das Schwert. »Was geht hier vor, verdammt noch mal?«

»Ein Akt der Heiligkeit«, antwortete Allaister. »Du solltest dich darüber freuen.«

Darauf wusste Joer keine Antwort. Er setzte zu einem Schrei an … hielt jedoch inne.

Allaister wich ein Stück zurück und beugte sich über Tunnies dampfende Leiche. Er bestreute den Toten mit einer Handvoll Erde, die von einem anderen Henge stammte und von Ketzern gesegnet worden war, die er kannte.

Die Luft veränderte sich. Die Schatten, die das Kerzenlicht unter den Altar warf, verdichteten sich. Sie krochen zwischen die Steine, rannen schwarz wie Tinte durch die Risse, bis sie Tunnies reglosen Körper erreichten. Die Stränge aus Finsternis verwoben sich und breiteten sich wie ein Netz über den toten Mann aus. Sie drangen in den offenen Brustkorb ein. Allaister trat einen Schritt zurück. Ein Lächeln stahl sich auf sein Gesicht.

Tunnie erhob sich. In seinen Adern pulsierten die Schatten, aus seinen Augen drang ein öliger Nebel. Als er sich Allaister zuwandte, schleiften die Gewebereste von Herz und Lunge über den Boden, die ihm wie eine Nachgeburt aus der klaffenden Brustöffnung hingen. In der Hand hielt er noch immer ein Schwert.

»Jagen«, drang es aus Tunnies Mund. Seine Stimme klang wie knirschende Knochen und reißendes Fleisch.

»Geh auf die Jagd«, erwiderte Allaister, »aber zuerst muss dieser Ort geweiht werden.« Er trat beiseite und deutete auf Joer. »Diese Männer haben deinen heiligen Boden entweiht. Sie müssen geläutert werden.«

Tunnie wandte sich Joer zu. »Läutern«, sagte er mit der scheußlichen Stimme.

»Ich würde losrennen«, riet Allaister Joer. »Auch wenn das wenig Zweck hat.«

Joer rannte los. Tunnie trat einen Schritt auf ihn zu, und die Schatten, die durch seine Adern rasten, fuhren in den bröckligen Steinboden. Joer kreischte auf. Tunnies Schwert setzte dem Geschrei ein Ende. Dann wirbelten die Schatten wie Tentakel durch die Türen und krochen die Wände empor, auf der Suche nach den anderen.

In der Ferne erscholl ein Schrei. Tunnie tapste auf das Geräusch zu und schleifte sein Herz hinter sich her.

Allaister wartete am Altar, während sein Diener-Gott die anderen läuterte.

Und dann war es an der Zeit, die Jagd zu eröffnen.

Zweites Kapitel

Auf der Strasse nach Gartstadt war alles ruhig. Abgesehen von Arturs Fruchtkarren war niemand unterwegs, und bis auf das Singen der Vögel in den Bäumen und das Knarren der Wagenräder war kein Laut zu hören. Die kleine Marie saß neben Artur auf dem Bock und summte leise vor sich hin. Der Karren war voller Äpfel und Pfirsiche.

Sie waren unterwegs zum Allfeuerfest, in der Hoffnung, noch vor der Sommerwende die eine oder andere Münze zu verdienen, doch war Artur ein wenig früher aufgebrochen und fuhr ein wenig zu schnell, denn in seinem Dörfchen hatte man seit über einer Woche nichts mehr aus Gart' gehört. Artur machte sich Sorgen um seinen Bruder in Gartstadt. Daher hatte er den Karren beladen, sich von seiner Frau mit der Ausrede verabschiedet, dass man vor den anderen Händlern vor Ort sein müsse, und war losgefahren.

Außer den Früchten hatte er noch die alte Holzfälleraxt dabei, sie lag unter dem Sitz, eingewickelt in Sackleinen, damit seine Frau sie nicht sah. Er wollte nicht, dass sie sich sorgte, daher hatte er auch nicht dagegen protestieren können, Marie mitzunehmen. Seine Frau hatte ihrer Tochter versprochen, am nächsten Allfeuer teilnehmen zu dürfen, und Artur hatte keine Möglichkeit gefunden, das Versprechen zu brechen.

Beharrlich redete er sich ein, dass er sich unnötig den Kopf zerbrach, dass es in Gartstadt ein gutes, starkes Doma gab und dass Gheister sich nicht in die Nähe von heiligem Boden wagten, ganz gewiss nicht so kurz vor dem Allfeuer. Vor religiösen Feiertagen sind die Straßen sicher, sagten die Priester immer. Trotzdem. Er hätte das Mädchen lieber zu Hause gelassen.

Marie war arglos. Sie hüpfte vom langsam fahrenden Karren und pflückte mit ihren dicklichen Händen eine Handvoll Wildblumen am Straßenrand, steckte sich einige davon hinter die Ohren und kletterte schließlich wieder auf die Sitzbank. Die übrigen Blumen legte sie sich auf den Schoß und begann fröhlich summend, die Stängel der kleinen Pflanzen zu verflechten.

Artur sah sie an und entspannte sich ein wenig. »Was machst du da, meine Kleine?«

»Ein Geschenk. Ich gebe es auf dem Markt einem Ritter, und der wird mein Herr Gemahl und tötet Käfer für mich.« Im Hinblick auf Käfer hatte sie eine Marotte. Sie hielt sie für ebenso bedrohlich wie ein verheerendes Feuer oder verdorbene Pastete. »Wir werden in einem Schloss leben wie Onkel Teodre.«

Mit Onkel Teodre meinte sie Herzog Hastings Teodre, Arturs Lehnsherrn, doch genau genommen war er nur ein mickriger Baron mit wenig Grundbesitz, und sein Schloss war eine Hügelburg im Schlamm. Marie vergötterte ihn, als wäre er der Celestriarch aus Herzbrück. Teodre indes behandelte seine Lehnsleute wie die eigene Familie, vor allem während der Feiertage.

Artur tätschelte seiner Tochter den Kopf und lächelte. »Auf diesem Markt werden keine Ritter sein, Liebes. Gartstadt richtet kein Turnier aus, das sie anlocken könnte. Nur Bauern und Händler und vielleicht der eine oder andere Priester. Weißt du, wer *ganz bestimmt* dort ist?«

»Onkel Connor?«

»Ja, Onkel Connor, aber auch der Süßigkeitenmann. Erinnerst du dich noch an den kandierten Apfel, den du beim letzten Allfeuer gegessen hast?«

Marie nickte begeistert, die Blumen in ihren kleinen Fingern waren vergessen.

»Nun, wenn du brav und still bist, bekommst du noch einen. Wie fändest du das?«

Marie blickte ihn an, den Mund fest geschlossen, ihre zarten Wangen bebten.

»Du musst erst still sein, we…«

»Das würde mir sehr gefallen!«, platzte es mit kindlicher Freude aus Marie heraus. Artur brach in Gelächter aus, beugte sich bebend auf der Sitzbank vor, bis ihm auffiel, dass er den Karren allmählich von der Straße lenkte. Er zog an den Zügeln des Maultiers und drückte Marie liebevoll mit dem freien Arm an sich. »Darum kümmern wir uns, wenn es so weit ist, Liebes. Schau, du hast deine Blumen auf die Straße fallen lassen. Gartstadt ist nicht mehr weit, und du willst doch nicht dort ankommen, ohne das richtige Geschenk für deinen Herrn Ritter zu haben, oder?« Er versetzte ihr einen sanften Schubs, und sie quiekte vergnügt. »Das solltest du besser in Ordnung bringen.«

Marie glitt von der Bank auf die Straße, um nach neuen Blumen zu suchen. Als sie die Reise angetreten hatten, waren sie einem schlammigen Pfad durch den Wald gefolgt, mit vielen herabhängenden Ästen, die ihnen über die Gesichter gestrichen hatten. So nah an der Stadt bestand die Straße aus festgetretener Erde und Kieseln, und ein breiter Grasstreifen hielt den Wald vom Karren fern. Sie fuhren einen Hügel hinauf und näherten sich dem Scheitelpunkt; das Maultier hätte selbst dann schon mit der Steigung zu kämpfen gehabt, wenn sie nur halb so viele Früchte geladen hätten.

Hier wuchsen keine prächtigen Blumen, nur ab und an blühte Klee, der ein grässliches Geschenk abgäbe. Marie spähte zum Wald. Gleich am Rand, nahe der Hügelspitze, wuchs Goldgem. Sie rannte voraus und ignorierte die Warnrufe ihres Vaters, in der Nähe des Karrens zu bleiben.

Goldgem war eine wunderschöne Blume. Eine der Lieblingsblumen ihrer Mutter. Wenn Marie genug davon sammeln könnte, würde sie vielleicht eine Kette daraus flechten und sie der Mutter bei der Heimkehr schenken. Sie könnte ihr sagen, die Kette sei das Geschenk eines hübschen Magiers, den sie auf dem Markt getroffen hätten und der sie Marie im Tausch gegen drei Küsse, drei Versprechen und drei Lieder gegeben hätte. Sie machte sich daran, die Blumen mitsamt der Stängel zu pflücken, riss große Bündel der goldgelben Pflanzen aus. Als sie den Blick hob, erkannte sie, dass die Stadt tatsächlich nicht mehr weit war.

Sie erinnerte sich nur verschwommen an Gartstadt, trotzdem kam es ihr merkwürdig vor, dass so viele Bewohner die Dächer von den Häusern gezogen und die Mauersteine mit Asche geschwärzt hatten. Die Wände waren so dunkel wie der Kamin von Onkel Teodres prächtigem Schloss im Schlamm. Stadtbewohner mussten verrückt sein, folgerte sie.

Rechts von ihr raschelte es in den Bäumen. Anfangs achtete Marie nicht darauf, doch als sie sich schließlich umwandte, keuchte sie auf und ließ die goldgelben Blumen fallen. Aus einiger Entfernung hörte sie ihren Vater brüllen. Er war vom Karren gesprungen und rannte ihr entgegen, während er an einem Bündel Sackleinen herumnestelte.

Am Waldrand hockte ein Mann aus Schatten und Dunkelheit. Er schien nicht wirklich da zu sein, nur sein Umriss aus finsteren Linien – wie die Adern eines Blattes, die die Gestalt eines Mannes nachahmten. Marie konnte durch ihn hindurch zum Wald blicken, sah die Bäume, die goldgelben Blumen und den hellen Sonnenschein. Der Mann schien vor dunkler Energie zu pulsieren. Er blickte aufmerksam zur Stadt hinab, die Hände um ein kurzes Heft geschlossen, das in eine gefährlich aussehende Klinge mündete. Er trug einen Umhang, der einem Spinnennetz glich und in einem Sturm zu flattern schien, den Marie nicht spürte.

Schließlich richtete er den Blick auf sie. Der Schattenmann wirkte ebenso verblüfft wie das Mädchen. »Hab Vertrauen, Kind. Der Herr des Winters ist mit dir.« Seine Stimme schien aus einem Grab zu hallen, und als er sich ihr näherte, strich Marie ein kalter Schauder übers Gesicht.

Auf den Blumen zu seinen Füßen glitzerte Raureif. Marie wich einen Schritt zurück. »Hier ist ein kleines Mädchen«, sagte der Schatten an niemand Speziellen gerichtet. »Bist du aus Gartstadt, Liebes? Ist das deine Stadt?«

Marie zitterte.

»Nein, ich mache ihr keine Angst«, sagte er. »Du bist nicht von hier … hab keine Angst, kleines Mädchen. Ich bin ein Priester deines Herrn Zinder, des Gemahls der Zwietracht und Licht des Winters.« Der Schattenmann musterte Marie sorgsam, als versuche er, ihre Reaktion einzuschätzen. »Sie scheint mich nicht zu verstehen … hallo?«

Artur stürzte brüllend herbei, die halb ausgepackte Axt in Händen, das Gesicht rot vor Wut. Der Schattenmann bedachte ihn mit einem flüchtigen Blick, dann zeichnete er einen Umriss in die Luft. Ein dünner blauer Knoten erschien, folgte den sich schnell bewegenden Fingern des Priesters. Als der Schattenmann fertig war, hauchte er den Knoten an. Sogleich bildete sich darauf Raureif wie auf einem Fenster im Winter, und die Luft um das Gebilde gefror zu dunklen Frostkristallen.

Maries Vater kam wankend zum Stehen, seine Finger verfärbten sich blau. Es war so kalt, dass Marie befürchtete, ihr würde die Nase abfallen – so, wie ihre Mutter es zu prophezeien pflegte, wenn ihre Tochter ohne Kapuzenumhang in den Schnee lief.

»Ich bin der Diener von Zinder, Eurem Gott und Richter, mein Herr«, sagte der Schattenmann. Ein Anflug von Zorn schien das Grabeshallen seiner Stimme zu überlagern. »Geht denn niemand mehr zur Kirche? Zinder und Zwietracht, Mann. Seid ihr Bürger der Stadt?«

Marie und ihr Vater standen in der plötzlichen Eiseskälte, die Blumen zu ihren Füßen verwelkten, der Karren hinter ihnen rollte knarrend vor.

Der Schattenmann schnitt eine Grimasse und blickte wieder zur Stadt. »Was soll's. Es ist mindestens so schlimm, wie wir dachten.« Abwesend fuhr er mit seinem geisterhaften Finger durch die Luft, als zeichne er die Ruinen Gartstadts in der Ferne nach. »Ich werde zurückkehren.«

Ohne einen Laut verschwand er, und mit einem Schlag kehrten die Wärme und das Licht des Sommers zurück. Die Linien, die den Umriss des Schattenmannes bildeten, die dunklen Adern seiner Silhouette, verwirbelten und vereinten sich, dann lösten sie sich ganz auf. Dort, wo er gestanden hatte, glitzerte der Boden vor Frost – der einzige Beweis, dass die fremdartige Erscheinung überhaupt da gewesen war. Der runde Fleck aus Raureif wurde rasch kleiner, bis schließlich nur noch zwei eisüberzogene Stiefelabdrücke in der gefrorenen Erde übrig waren.

Um Atem ringend, ließ Artur die Axt fallen und schloss Marie in die Arme. Er tastete sie nach Verletzungen ab, nach Erfrierungen, nach allem Ungewöhnlichen. Das vor Entsetzen sprachlose Kind stierte auf die verwelkten Blumen am Boden. Als Artur sich vergewissert hatte, dass seiner Tochter nichts fehlte, blickte er zur Stadt hinab.

Sie lag in Trümmern. Viele Gebäude waren von Feuer verrußt, die Dächer abgebrannt, die Steine schwarz wie Kohlen. Rauchfetzen zogen durch die Straßen. In der Stadtmitte ragten die steinernen Türme des Doma aus den Ruinen empor. Jedes Buntglasfenster war mitsamt den hölzernen Läden aufgesprungen; die Scherben glitzerten wie abgebrochene Zähne im Sonnenlicht. Nur die Kuppel war noch intakt.

Artur drückte seine Tochter an sich und lief zum Karren zurück. Sie würden erst kurz vor Einbruch der Dunkelheit zu Hause ankommen. Bis dahin wollte er jeden Moment Tageslicht nutzen. Hinter ihm lag Gartstadt ruhig und wartend da, während der Wind die Rauchsäulen zwischen den versengten Mauern und Aschebergen verwirbelte.

Frèr Lucas stützte sich schlaff auf seinen Stab, die gesegneten Leinenbänder locker um Arme und Brustkorb geschnürt, die Ellbogen auf die Querstrebe aus Silber und dunkel poliertem Holz gestützt.

Lucas war wettergegerbt, alt, aber noch flink, seine Glieder waren kräftig von der jahrelangen Jagd, auch wenn der Zahn der Zeit allmählich seinen Tribut forderte. Sein Haar war so weiß wie die Schneekrone des Wintergottes, durchsetzt mit grauen und schwarzen Strähnen. Er war gut aussehend, bescheiden, geweiht und stark.

Er drückte die Stirn auf das Mondsymbol auf der Querstrebe des Stabes, und die Mondsichel grub sich ihm in die Haut. Er schien zu schlafen oder ins Gebet vertieft zu sein. Seine Robe war weinrot und verziert mit Bändern, die nach einer uralten Technik verknotet waren. Sie symbolisierten seine Stellung am Hof des Mondes. Die Schatten in den Falten des Stoffes schienen dem hellen Sommerlicht zu trotzen. Die Finger seiner rechten Hand zuckten, und sein Mund bewegte sich.

»Ich werde zurückkehren«, wisperte er.

Ein Dutzend Krieger stand um ihn herum. Drei davon in engem Kreis mit dem Rücken zu ihm, die Schwerter gezückt und wachsam, die Augen auf die Bäume ringsum gerichtet. Sie trugen die Farben der Kirche Zinders: Dunkelviolett, Silber und Weiß. Die Symbole des Winters zierten ihre geschlossenen Helme. Die übrigen Anwesenden standen nervös ein Stück abseits, versorgten die Pferde oder stützten sich auf ihre Eschenholzspeere. Sie waren gekleidet im Schwarz und Gold der Kirche der Celesten – bis auf eine Frau.

Sie stand im Gold und Karmesinrot einer Schwurritterin vor dem Frèr, die Arme locker vor der Brust verschränkt. Sie war größer als die anderen Wächter, hatte breite Schultern und Hüften und trug eine Halbbrüstung, verziert mit Gold und matten Edelsteinen, deren Farbe an verlöschende Glut erinnerte. Der Tappert war locker über ihrem Brustpanzer verschnürt und zeigte das heilige Symbol der Wintersonne: einen kahlen schwarzen Baum mit knorrigen, dicken Wurzeln, dessen Zweige Sterne als Blätter hatten und sich um eine Mondfinsternis rankten. Ihre Sekte verfolgte das Ziel, das Licht der Herrin Zwietracht an die dunklen Orte der Welt zu tragen, zur Erinnerung daran, dass auch nach den dunkelsten Winternächten der Morgen graut. Ihre Wangen waren von Narben überzogen, die gezackten Blitzen glichen, und ihr braunes Haar war durchsetzt von goldbraunen Strähnen – die Farbe eines satten Kornfeldes, das auf die Ernte wartet.

Ihr Name war Elsa von LaFey, Jägerin von Göttern und Geißel der Ketzer in ganz Tenebros. Ihre Rüstung war mit ihrem eigenen Blut gehärtet worden und ihr Schwert mit den Seelen dunkler Geister.

Die Luft um Frèr Lucas kühlte sich ab, und Linien aus schwarzem Naether erschienen zuckend um seine Schultern, zitterten wie ein Spinnennetz, in dessen Mitte sich eine Fliege verfangen hatte. Für einen kurzen Moment stand der Frèr inmitten eines Sturms aus schwarzen Blitzen und gespenstischem Frost, dann drangen die zittrigen Linien in seinen reglosen Körper. Er fuhr zusammen wie ein Mann, der aus einem Albtraum erwacht.

»Habt Ihr das Mädchen verängstigt?«, fragte Elsa.

»Woher soll ich das wissen? Kinder bekommen schnell Angst«, erwiderte Lucas. Er löste den Leinenstoff und befestigte ihn mit komplexen Knoten wieder am Stab. »Ich habe ihr versichert, dass sie der Kirche vertrauen kann, und dann hat ihr Vater versucht, mich mit einer Axt zu schlagen.«

»Ein Wunder, dass solche Leute überhaupt noch zur Kirche gehen. Ihr habt nicht getötet, oder?«

»Er hat versucht, mich zu schlagen, werte LaFey. Versucht. Ich habe ihm Angst vor Zinder eingeflößt, jawohl.« Frèr Lucas verzog das Gesicht bei der Erinnerung, als müsste er in etwas Saures beißen.

»Und was ist mit der Stadt?«

»Nichts ist von ihr übrig. Die Seher hatten in allem recht. Ein Gheist hat sie heimgesucht, vielleicht sogar mehr als einer.«

»So kurz vor dem Allfeuer?«, fragte Elsa.

»Lasst Euch nicht vom Kalender täuschen.« Lucas richtete sich auf und rollte den Stab zwischen den Handflächen. »Der

Pfad des Dämons führt nach Norden. Sogar fast schnurstracks nach Norden.«

»Wir sollten einen Reiter nach Zinderfell schicken.«

»Nein, noch nicht.« Lucas sah sich auf der Straße um, zählte seine Leute und erwog seine Möglichkeiten. »Grünhall ist in weit größerer Gefahr als 'Fell, und wir müssen davon ausgehen, dass es in Gartstadt Überlebende gibt.«

»Es gibt Überlebende?«, hakte Elsa nach.

Lucas zuckte die Achseln. »Vielleicht. Ich weiß es nicht.« Er wandte sich den Wachen in den Farben der Celesten zu. Die Männer waren kaum mehr als Soldaten, bewaffnet mit blutgehärtetem Stahl und ein paar Gebeten. »Herr von Grie, geht mit Euren Männern in die Stadt. Findet so viele Überlebende wie möglich, sichert das Doma für die Weihung und sendet einen Reiter nach Zinderfell, der Verstärkung anfordern soll. Der Großelektor wird einen Bericht verlangen.«

»Und was machen wir?«, fragte Elsa. »Streifen wir durch den Wald und hoffen, dass der Dämon zurückkommt?«

»Keineswegs. Nehmt Euch ein Pferd und reitet nach Grünhall. Warnt die Leute vor dem, was auf sie zukommt, und bereitet die Verteidigung der Stadt vor, falls der Gheist sich dorthin verirrt. Der Herzog von Halverdt hat gewiss Schwurritter vor Ort, aber ich bezweifle, dass er sie vor die Mauern lässt, schon gar nicht, wenn ein Gheist umherzieht. Es liegt an Euch, die umliegenden Dörfer zu beschützen.«

»Halverdts Wachen sind schwach, verunsichert durch die Angst ihres Herrn. Es wird mir eine Freude sein, sie zu demütigen.«

»Versucht möglichst, die Politik aus der Sache rauszuhalten. Tötet den bösartigen Gott und verlasst die Gegend.«

»Leicht gesagt, schwierig umzusetzen«, antwortete die Ritterin. »Was macht Ihr inzwischen?«

»Ich jage den Gheist von hier aus. Über die Straßen gelangt Ihr schneller nach Grünhall, ich hingegen will ihm auf der Fährte bleiben, für den Fall, dass er eine andere Richtung einschlägt oder gefangen werden kann, ehe er Unschuldige erreicht.«

»Das schafft Ihr nicht allein.«

»Doch. Ich habe so etwas schon geschafft und werde es wieder schaffen.« Lucas zog die Amtstracht aus und verstaute sie in den Satteltaschen. Unter der Robe trug er schlichte Farben, die freudlose Kluft eines Wanderpriesters. »Geht jetzt. Das ist ein gefährlicher Gheist. Ich habe noch nie von einem heidnischen Gott gehört, der sich in diesem Land manifestiert hätte, schon gar nicht auf diese Weise. Wir können uns keine Verzögerung erlauben.«

Elsa verbeugte sich und wandte sich Grie und dessen Männern zu. Sie gab ihnen einige einfache Anweisungen, erinnerte die Soldaten an ihre Verantwortung und Aufgaben, dann stieg sie aufs Pferd und galoppierte über die Straße davon, in die Richtung, aus der sie gekommen waren. Sie warf keinen Blick zurück.

»Eine pflichtbewusste Frau«, sagte Lucas leise. Er schnallte den Stab quer vor sich auf den Sattel, dann stieg er unter Schmerzen und großem Wehklagen auf. Als er schließlich auf dem Pferd saß, ritten die Soldaten bereits in einer Reihe den Ruinen von Gartstadt entgegen.

»Nun zur Jagd«, sagte er mit wenig Begeisterung. Er lenkte sein müdes Maultier zum Wald und tastete sich vorsichtig zwischen den Bäumen vor. Es dauerte nicht lange, bis er den Pfad des Gheistes entdeckte. Wo der Dämon vorübergekommen war, hatte er alles niedergetrampelt, Zweige waren abgerissen und die Erde verkohlt. Seufzend hüllte Lucas sich in einen Zauber der Sicht und Täuschung, dann folgte er dem irren Gott in den Wald.

Drittes Kapitel

VOM ÜBUNGSPFAHL WAR nicht mehr viel übrig. Die Lederumkleidung war zerfetzt, und das darunter liegende Holz stark zersplittert. Ian korrigierte seinen Griff um das Heft des Anderthalbhänders, und schlug hart zu. Die Schneide grub sich tief in ihr hölzernes Ziel und blieb stecken. Er zerrte einige Male an der Waffe, versuchte, den Spalt zu vergrößern, doch die stählerne Klinge bewegte sich nicht.

»Ihr nehmt das alles viel zu ernst, mein Junge«, murmelte Ritter von Dugan leise, damit die Schaulustigen, die sich um den Übungsplatz versammelt hatten, es nicht hören konnten. »Wenn Euer erster Hieb nicht trifft, ist der Kampf vorüber.«

»Also, mein erster Hieb hat getroffen …« Ian hielt inne, dann bewegte er hilflos das Heft hin und her. Der Stamm knarrte, und das Schwert verklemmte sich noch fester in der weichen, splittrigen Holzwunde. »Verdammt noch mal, Dugan, wozu soll das hier gut sein? Ein Mann ist nicht aus zersplittertem Holz, oder?«

»Nein, aber ein Mann hätte etwas dagegen einzuwenden, wenn Ihr ihn als Übungsobjekt nutzt. Vor allem bei einem solchen Schlag.« Dugan blickte unbehaglich zur Balustrade empor, wo Ians Mutter und Schwester zusahen. Die Frauen waren elegant gekleidet in Erwartung der Gäste, die bald eintreffen würden. »Zur Verdammnis mit Eurer Ehre, Junge, zieht das Schwert raus.«

Ian schnaubte erzürnt. Für sein Alter war er hochgewachsen, allerdings kein Hüne. Seine Schultern schmerzten bereits vor Anstrengung. Er setzte den Stiefel an den Stamm und zog mit aller Kraft am Schwert. Seine Finger rutschten vom Heft, und er drohte hinzufallen. Nach Halt suchend, griff er zu weit nach vorn und geriet mit einer Hand an die Klinge.

Ein stechender Schmerz schoss ihm durch den Arm.

Keuchend ließ er los und fiel auf den Rücken. »Verdammt!«

Ein Kichern ging durch die Zuschauermenge.

Ian rappelte sich auf. »Verdammt noch mal, Dugan, Euer verfluchtes Schwert hat mich gebissen.«

»Ein Schwert ist zum Beißen da, Hoheit«, sagte Dugan sanft. »Seid Ihr unverletzt?«

»Ja«, erwiderte Ian verärgert. Er betrachtete seine Hand. Der Übungs-Kettenhandschuh war beschädigt, einige Ringe waren aufgeplatzt und hatten sich ihm in die Handfläche gebohrt. Nichts Ernstes, aber schmerzhaft. Er schüttelte den Handschuh ab. Einer der Kettenringe war so tief eingedrungen, dass Ian das Blut von der Haut saugen musste. »Das sind diese verdammten Handschuhe, Dugan. Damit kann ich das Schwert nicht ordentlich fassen.«

»Diese verdammten Handschuhe haben gerade Eure Finger gerettet, Hoheit. Und jetzt …« Dugan packte das Schwert und zog es mit einer Drehung und leichtem Ruckeln aus dem Stamm. »Was habt Ihr gelernt?«

»Keine Schwertübungen zu machen, wenn Frauen zusehen«, murmelte Ian.

Dugan kicherte und schüttelte den Kopf. »Es gibt Wichtigeres als die Aufmerksamkeit von Frauen, Hoheit.« Dugan drückte die Schwertspitze in den Staub und hielt dem jungen Herzogssohn das Heft entgegen. Ian nahm es mit geröteten Wangen auf.

»Und? Was genau habt Ihr falsch gemacht?«

»Das blöde Schwert ist stecken geblieben. Wenn mir das auf dem Schlachtfeld passiert, ist das wohl eher das Problem meines Gegners, würde ich sagen.« Ian lehnte sich den Schwertgriff an die Brust und begann, an den Kettenhandschuhen herumzunesteln. »Ich glaube, ich halte es nicht richtig. Der dritte Finger der linken Hand muss über den ersten der rechten.« Er legte die

Hände um das Heft, die Spitze auf den Boden gestützt. »Aber wenn ich zum Schlag aushole, muss es der zweite Finger sein, und ich weiß nicht genau, wohin mit den Daumen. Sieht das so richtig aus?«, fragte er und hob den Blick.

»Keine Ahnung, Hoheit. Ich denke nie darüber nach.«

Ohne Vorwarnung trat Dugan zurück, zog elegant sein Schwert und nahm mit erhobener Klinge eine Grundstellung ein. Ian blickte ihn verdutzt an, und schon schnellte Dugans Schneide auf den Kopf des Jungen zu. Die Zuschauer keuchten auf.

Ian wich zurück, hob den Anderthalbhänder ebenfalls in Grundhaltung. Dugans Klinge prallte klirrend von Ians ab, fuhr herum und sauste erneut auf ihn zu. Ian verlagerte seine Haltung, hielt die Spitze ruhig, brachte aber die Parierstange in Position, sodass sie den Angriff seines Lehrmeisters abfangen würde.

Stahl prallte auf Stahl, Ian machte einen Ausfall, und Dugan wich zurück. Der betagte Ritter griff seinen Schüler mit einer raschen Folge von Oberhauen an. Ian hatte alle Hände voll zu tun, die Schläge abzuwehren. Schließlich sah er eine Lücke. Er tänzelte vor, brachte Dugan aus der Balance, holte mit dem langen Schwert über dem Kopf aus und schlug schwungvoll zu.

Dugan sprang zur Seite. Ians kräftiger Schwerthieb traf den Übungspfahl mit aller Wucht. Er lehnte sich gegen das Heft und riss dann die Schneide mit einem Ruck heraus, wobei er die Spitze des Pfahls abtrennte.

Dugan steckte sein Schwert in die Scheide und nickte.

»Und was habt Ihr mit Euren Daumen gemacht, Hoheit?«

»Weiß ich nicht genau«, antwortete Ian. Er keuchte noch vor Anstrengung und stierte auf den breiten Schnitt im Stamm. »Darüber müsste ich nachdenken.«

»Ich rate Euch dringend, das nicht zu tun, Hoheit. Ihr seid ein guter Schwertkämpfer, wenn Ihr Euren Kopf aus dem Spiel lasst.«

Von der Tribüne erklang lauter Beifall. Ian hatte die Zuschauer ganz vergessen und wandte sich um. Seine Schwester und ihre Freundinnen blickten zu ihm herab. Die Herzogin zu Hundsweih wirkte weniger amüsiert.

»Meine Mutter wird Euch wegen dieser Lektion zur Schnecke machen«, flüsterte Ian dem Ritter zu.

Dugan zuckte die Achseln. »Besser, als wenn Euer Vater mich zur Schnecke macht, weil ich Euch nicht die Ausbildung habe angedeihen lassen, die dem Sohn eines Herzogs gebührt. »Besser, als Euch unvorbereitet in die Schlacht zu schicken, Hoheit, und Euch von einem drittklassigen Ritter niederstrecken zu lassen, der jeden Tag mit dem Schwert trainiert hat. Wie es jeder Mann tun sollte.«

»Zu den Pflichten eines Lehnsherrn gehört mehr als nur die Klinge, werter Ritter«, erwiderte Ian.

»Wenn Ihr es sagt. Woher soll ich das auch wissen? Ich bin schließlich kein Lehnsherr.« Dugan zog wieder sein Schwert, nahm ein geöltes Tuch auf und strich damit über die Klinge. »Und Ihr auch nicht«, fügte er hinzu.

»Wenn mein Vater stirbt, werde ich der Herzog zu Hundsweih und der Dunkling-Marschen«, entgegnete Ian in scharfem Ton, ohne an die Zuschauer zu denken. »Auf diesen Tag sollte ich mich besser vorbereiten, meint Ihr nicht?«

»Möglich. Aber im Moment seid Ihr nur der Sohn eines Herzogs und der Erbe eines Throns. Für Thronerben gibt es Schlimmeres, als sich auf die Schlacht vorzubereiten.«

Ian wollte schon antworten, als von den Zinnen ein Horn erscholl.

Dugan hob den Blick. »Unsere Gäste sind eingetroffen, Hoheit. Eure Mutter will sicher, dass Ihr Euch angemessen kleidet.«

»Keine Zeit. Ich werde den Großelektor verschwitzt und blutbesudelt empfangen, wie es sich für einen Herrscher des Nordens geziemt.«

Dugan kicherte. Er zog die Handschuhe aus und steckte sie sich an den Gürtel. »Ich kann Euch auf die Schlacht vorbereiten,

Hoheit, aber was den Zorn einer Mutter anbelangt, habe ich keinen Rat für Euch. Zeit ist jedenfalls keine Entschuldigung. Der Großelektor ist ein bedeutender Mann. Bis seine Kutsche durchs Tor rollt, dauert es wohl noch eine Stunde. In dieser Zeitspanne sollte ein angehender Herzog von Tener imstande sein, das Hemd zu wechseln.«

Ian erwiderte nichts, steckte jedoch das Langschwert in die Scheide und hängte es sich über die Schulter. Dann blickte er zur Tribüne empor. Seine Mutter war bereits von der Balustrade verschwunden und hatte Ians Schwester und deren Freundinnen allein gelassen. Zweifellos war sie auf dem Weg zum Übungsplatz, um ein Wörtchen mit Ritter von Dugan zu reden.

Es wäre wohl besser, wenn er sich bis dahin zurückgezogen hätte.

»Ich mag dieses Schwert nicht, Dugan. Es ist zu groß und schwerfällig. Nächstes Mal möchte ich mit dem Duellierschwert üben, glaube ich.«

»So üben die Suhdrin, Hoheit. Ihr jedoch seid Tenerraner.«

»Und was wollt Ihr damit sagen?«

»Nur, was ich gesagt habe.« Dugan steckte das Schwert ein und verzog das Gesicht. »Euer Vater ist mit dem Langschwert in die Schlacht gezogen, und vor ihm sein Vater – wie all Eure Vorfahren bis hin zum Schwarzen Kirk vom Stamm der Jagdhunde. Das Schwert mag vielleicht nicht in Eure Hände passen, wohl aber passt es zu Eurem Blut.«

»Wir leben in anderen Zeiten als der Schwarze Kirk«, konterte Ian. »Die Welt hat sich geändert.«

»Das fällt mir immer wieder auf«, seufzte Dugan müde.

»Morgen üben wir mit dem Duellierschwert«, forderte Ian.

»Ja, Hoheit. Und jetzt macht Euch auf. Der Großelektor beehrt uns. Endlich.«

»Und meine Mutter wird nach Euch suchen. Wir sollten uns besser beide dünnmachen.«

»Ich laufe vor keiner Schlacht davon«, antwortete Dugan mit

breitem Grinsen. »Auch wenn Eure Mutter sicher ein härterer Gegner ist als der Großelektor. Los jetzt. Sucht Eure Bücher. Lasst das Schwert in der Waffenkammer. Morgen schauen wir, ob die Duellierwaffe etwas taugt oder bloß ein Spielzeug für Adlige ist.«

Ian schnaubte und zog das Schwert höher über die Schulter, dann verließ er den Übungsplatz. Als er zurückblickte, sah er, dass Dugan leise vor sich hinmurmelte und die Splitter des Übungspfahls aufsammelte.

Ian löste den Lederriemen, mit dem er sich das lange Haar aus der Stirn gebunden hatte, und schüttelte die dünnen Zöpfe aus.

Unvermittelt trat seine Mutter aus einem Korridor und fiel über ihn her. Ihr blondes Suhdrinhaar wallte ihr um den Kopf wie die Flammen einer Fackel. Sie war weit wütender, als Ian erwartet hätte. »Was hast du dir nur dabei gedacht?«, fuhr sie ihn an. Ian befürchtete schon, sie würde ihn schlagen. »Was zur Verdammnis hast du dir dabei gedacht?«

»Müsstest du nicht eigentlich Herrn von Dugan anschreien?«, fragte Ian. »Immerhin hat *er* mich angegriffen.«

»Dich angegriffen? Angegriffen? Du Narr, du hättest ihn töten können. Was hätte das für einen Eindruck erweckt? Deine Schwester hat zugesehen, und der Elektor steht praktisch auf unserer Türschwelle. Und sieh dir nur deine Hand an!«

»Ich wollte nur noch schnell eine Lektion nehmen, bevor der Elektor ankommt«, verteidigte sich Ian mit einem Hauch von Zorn in der Stimme. »Nur, weil uns die Kirche einen Besuch abstattet …«

»Schweig!«, befahl Caroline von Blakley ihrem Sohn. »Du solltest dein Temperament zügeln, Kind. Was sollte dein Vater Dugans Familie sagen, wenn du ihm das verdammte Schwert in die Eingeweide gerammt hättest statt in den Pfahl? Hm?«

»Oh, ich glaube nicht, dass ich für Dugan eine nennenswerte Gefahr war. Davon abgesehen, war das der Zweck der Übung.«

»Keine nennenswerte Gefahr? Götter, was für ein Narr du sein kannst.« Caroline riss ihrem Sohn mühelos den Schwertgürtel von der Schulter. »Das hier ist kein Holzschwert, Kind.«

»Mir ist durchaus bewusst, was das für ein Schwert ist, Mutter.«

»Ach ja?« Caroline stellte die Schwertscheide mit der Spitze ab und packte ihren Sohn bei der Hand. Mit einem Ruck streifte sie ihm den Kettenhandschuh ab und zog dann die Schwertklinge einige Zentimeter aus der Scheide. Ehe Ian reagieren konnte, drückte sie seine Handfläche auf die Schneide. Sein Fleisch teilte sich wie feine Seide, und Blut rann über den Stahl.

Ian schrie auf und riss die Hand zurück. »Was zur Verdammnis ist nur los mit dir?«, rief er.

Caroline steckte das Schwert wieder ein, dann trat sie vor und schlug ihrem Sohn ins Gesicht. »Das ist Blut, Kind. Tenerranisches Blut – und auch Suhdrin-Blut, da du mein Sohn bist.« Sie packte ihn beim Handgelenk und führte ihm die Wunde vor Augen. »Gewöhne dich daran. Es wird noch mehr Blut vergossen, solange du diese Schwertlektionen nicht ernst nimmst. Bete, dass beim nächsten Mal nicht deins fließt.«

»Aber …«

Die Herzogin schüttelte den Kopf. »Genug. Geh und kleide dich angemessen für unsere Gäste.« Sie eilte davon und ließ Ian allein im Korridor zurück. Sie stürmte den Gang entlang in Richtung Übungsplatz, vermutlich, um sich den Ritter von Dugan auf ähnliche Weise vorzuknöpfen.

Ian verband sich die Hand locker mit einem Stück Stoff. »Zu ernst, nicht ernst genug«, murmelte er. »Zumindest erlaubt Herr von Dugan, dass ich mich wehre.« Er zuckte mit den Schultern und zog den Stoff enger um die Wunde. Das Allfeuer rückte näher, der größte Feiertag zu Zwietrachts Ehren, der Göttin der Sonne, des Sommers und des Krieges. Die ohnehin ständig vorherrschende Anspannung längs der Grenze zwischen Suhdra und Tener war noch größer als sonst. Jeden Tag kamen mehr

Lehnsleute an den Hof und klagten über Angriffe, die vom Herzog von Halverdt im Süden ausgingen.

Ian lächelte, wusste er doch genau, dass Halverdts Hof auch des Nachts unter Beschwerden erstickte – von nicht vertrauenswürdigen Bauern und Heiden. Darüber hinaus hatte der Sommer wieder eine Dürre gebracht, und die Felder waren gelb von vertrocknetem Weizen und fahler Erde.

Der Celestriarch hatte Ians Vater eingeladen, das Allfeuer im fernen Herzbrück zu feiern, dem heiligen Sitz der Kirche der Celesten. Doch Malcolm von Blakley, Herzog zu Hundsweih, hatte die Einladung ausgeschlagen. Kein tenerranischer Herzog hatte sie angenommen, und kurz danach hatte der Großelektor seinen Besuch angekündigt.

Der Zeitpunkt für sein Erscheinen war alles andere als Zufall, da war Ian sich sicher. Die Kirche ließ stets zu, dass der suhdrische Adel den Norden mit Füßen trat, doch in jüngster Zeit sprachen die Leute immer häufiger davon, unter gemeinsamem Banner nach Süden zu reiten. Zum Teil deswegen hatte Ian sich an diesem Morgen im Schwertkampf üben wollen. Er hätte den Großelektor gern mit einem Schwert in der Hand begrüßt.

Das Blut rann ihm in kleinen Strömen über die Finger und übersäte den Boden mit karmesinroten Flecken. Ian zog den Verband noch fester und ärgerte sich über den Befehl seiner Mutter. Er würde vor dem Ankleiden den Apotheker aufsuchen müssen.

Hoffentlich erkundigte sich der Großelektor nicht, wie er sich die Wunde zugezogen hatte.

Malcom von Blakley wartete geduldig im Hof. Die riesigen Kutschen der Karawane des Großelektors holperten durch das Vordertor, umgeben von einigen Schwurrittern und bewaffneten Männern in den Farben der Kirche. Die Burg füllte sich mit immer mehr Schwertern, die Blakley nicht loyal ergeben waren. Obgleich sie ausnahmslos gottestreuen Männern und Frauen gehörten, machte ihn die Tatsache nervös.

Seine eigene Garde hatte sich hinter ihm postiert, mit schimmernden Rüstungen und blutgehärteten Speerspitzen. Seine Frau Caroline stand an seiner Seite, der Rest der Familie in einer Reihe neben ihr. Ian wirkte unruhig, beinahe verängstigt, seine Finger berührten die Stelle an seinem Gürtel, wo er sonst das Schwert trug. Sogar Nessie erweckte einen mürrischen Eindruck. Malcolm würde später mit ihnen über ihr Benehmen reden müssen.

Er selbst hatte eine standesgemäße Rüstung angelegt. Die Herzoge des Nordens stellten sich stets als stählerne Kriegsdrohung zur Schau, auch bei Friedensverhandlungen. Malcolm war ein schwerer Mann, seine Muskeln aus früheren Tagen verwandelten sich allmählich in Fett. Seine geflochtenen Zöpfe, einst tiefschwarz, zeigten silbergraue Strähnen, und die Tätowierungen rings um seine Augen, die von seinem Namensfest stammten, waren von Falten durchsetzt. Die großen Hände auf seiner Schwertscheide waren vernarbt von jahrelanger Jagd und vielen Turnieren, ganz zu schweigen vom Krieg der Plünderer und der Unfreundlichkeit, mit der man ihm in früheren Tagen an Halverdts Hof begegnet war. Seinen Augen und seiner Stimme nach zu urteilen, war er ein sanfter Mann, sein Körper jedoch sprach von Krieg.

Die Kutschen hielten rumpelnd an, und ihre hochgeschätzten Passagiere stiegen aus. Aus dem ersten Wagen kamen lauter Priester und Verwalter niederen Ranges, ihre Finger befleckt von Tinte und Blut. Im zweiten Wagen saßen die höheren Kirchendiener um die wuchtige Gestalt des Großelektors, sein eigener kleiner Hofstaat aus Propheten, die die Luft mit Frèrholz-Weihrauch anreicherten, ehe er ausstieg. Der stinkende Rauch ließ Malcolm zusammenzucken. Trauten sie ihm tatsächlich so wenig, dass sie erst den Boden weihen mussten, ehe sie ihren geliebten Elektor aussteigen ließen?

Der Großelektor selbst war ein stattlicher Mann. In einem anderen Leben wäre er der Sohn eines Bauern gewesen, die Art von Junge, die gut Heu in Ballen verpacken und Steine heben konnte, sich jedoch nicht so gut auf die feineren Dinge im Leben verstand. Marcus Beaunair war in die Kirche der Zwietracht hineingeboren worden, und der Pfad der leuchtenden Lady stand ihm gut, ein Pfad, der ihn vom Novizen zum Frèr und schließlich zum Großelektor gemacht hatte, noch ehe das erste graue Haar seinen breiten Schädel zierte. Seine Hände, von Natur aus geschaffen, um harte, undankbare Arbeit zu verrichten, waren glatt wie Seide und mit Ringen aus Gold und Silber geschmückt. Als er Malcolm in steifer Haltung erblickte, setzte er ein Lächeln auf so strahlend wie die Sonne. »Nennen die Leute Euch noch immer die Geißel der Plünderer, Eure Hoheit?«, fragte er lachend und klatschte in die großen Hände. »Ich an Eurer Stelle würde sie dazu ermutigen, glaube ich. Solch ein feiner Name. Ein feiner Name!«

»Nicht mehr oft, Euer Heiligkeit«, antwortete Malcolm. »Ich bevorzuge die Titel, die mir die Götter in ihrer Güte verliehen haben.«

»Und doch ist es ein Titel, den Ihr Euch verdient habt«, sagte Beaunair so laut, dass seine Stimme von den Burgmauern widerhallte. »Ein Name, den Ihr durch das Blut Eurer Feinde und das Gejammer der Witwen erlangt habt.« Er ergriff Malcoms Hand und klopfte dem Herzog kräftig auf die Schulter. Malcolm zuckte zusammen. »Und nicht nur durch das Blut Eurer Feinde. Durch das *unserer* Feinde. Der Feinde der Kirche!«

»Ja, Euer Heiligkeit, und wir sind gesegnet, dass Ihr unser Heim besucht. Ihr werdet feststellen, dass unser Doma recht bescheiden ist im Vergleich zu Eurem in Herzbrück, aber hoffentlich gewährt Ihr uns die Ehre, das Abendlied darin vorzutragen.«

»Es gibt kein wahrhafteres Doma als ein bescheidenes«, erwiderte Beaunair. »Das ganze Gold ist mir immer ein bisschen zu viel, findet Ihr nicht? Ich weiß, die Baumeister brachten die Verzierungen zu Ehren unserer Herrin Zwietracht an, aber es ist närrisch zu glauben, irgendein Metall könnte wahrhaft neben der Schönheit der ersten Sonnenstrahlen bestehen, oder?«

»Mag sein, aber schimmert das Licht der Sonne nicht am schönsten auf Gold im Vergleich zu den anderen Metallen?«, fragte Malcolm. »Ist das nicht die Absicht des Goldmachers? Dass wir wie Gold sein sollen, schimmernd im Licht der Liebe unserer Herrin?«

»Ha!«, bellte Beaunair sichtlich entzückt. »Ein Theologe. Ein Poet! Nur die Götter wissen, was ich erwartet habe, aber Ihr übertrefft meine Hoffnungen bei Weitem! Ihr hättet Priester werden sollen, Eure Hoheit. Dann wäre vielleicht etwas aus Euch geworden.«

»Etwas mehr als ein tenerranischer Herzog, meint Ihr?«, murmelte Ian ein wenig zu laut.

Malcolm errötete, doch Beaunair lächelte noch breiter und trat zu dem Jungen. »Das ist er … Der hier!« Er tippte Ian mit dem dicken Zeigefinger an die Brust, dann packte er ihn bei den Schultern und schüttelte ihn wie einen Weidenkorb. »Ich habe am Hof viel von Euch gehört, Ian von Blakley! Ein Jäger, der es mit einem Wolf aufnimmt, und ein Schwertkämpfer so flink wie der Wind und doppelt so sanft. Ah, mein Junge, als ich in Eurem Alter war, hätten mich nicht einmal alle Pfirsiche des ewigen Chors in diesen Wald locken können!«

Als Ian mit kurzer Verzögerung begriff, worauf der Großelektor anspielte, errötete er vor Zorn.

»Seht Euch nur an. Helden! Eine Familie voller Helden.«

»Vielen Dank, Euer Heiligkeit«, sagte Malcolm, »und Euer Besuch ehrt uns wirklich sehr. Meine Männer laden Euer Gepäck ab und führen Euch zu Euren Gemächern.«

»Kein Gepäck, oder zumindest keines, mit dem sich Eure Männer abmühen müssten.«

»Kein Gepäck? Was ist dann in dem Wagen dort, wenn ich fragen darf?« Malcolm deutete auf die mittlere Kutsche, deren Türen sich noch nicht geöffnet hatten.

»Nichts, meine Freunde. Sie ist leer. Wir haben sie für Euch mitgebracht.«

»Für uns, Eure Heiligkeit? Wir haben hier in Hundsweih jede Menge Kutschwagen …«

Der Großelektor lachte so sehr, dass sein großer Brustkorb und sein Bauch unter der goldweißen Robe wackelten. »Wir wollen sie Euch nicht schenken, Eure Hoheit. Ihr sollt darin mitfahren.« Seine Augen funkelten, trotzdem trat ein harter Zug in seine Miene. Zum ersten Mal, seit Beaunair aus dem Wagen gestiegen war, wirkte sein Lächeln falsch. »Oder Euer Gepäck, Eure Bediensteten oder was immer Euch beliebt. Die Kutsche ist eher symbolisch gemeint, würde ich sagen. Ihr habt eigene Pferde, auf denen Ihr reiten könnt, ja? Wir haben etwas mit Euch vor, Malcolm von Blakley. Es gibt etwas zu erledigen.«

»Was denn, Eure Heiligkeit?«

»Eine Aufgabe. Ein Friedensschluss. Er wird Euch gewiss ein kleines Opfer abverlangen«, sagte Beaunair, »aber Ihr werdet das mühelos schaffen.«

Der Großelektor wandte sich Caroline und Nessie zu und fuhr mit seinen scherzhaften Bemerkungen fort.

Viertes Kapitel

Der Grosselektor und sein Stab folgten Ians Mutter, die die Besucher in die Gemächer führte. Nessie begleitete sie, zufrieden an dem Zuckerbrötchen knabbernd, das Beaunair aus der Robe gezogen hatte.

Ian stand nervös neben seinem Vater. »Hast du eine Ahnung, was er vorhat?«

Malcolm blickte den Besuchern abwesend nach. Er klackte leise mit den Zähnen und wiegte sich vor und zurück.

»Vater?«

»Verzeih. Ja – was meint er?« Malcolms Ton klang verbittert. »Das wird er uns noch früh genug sagen.«

»Glaubst du, es geht um eine neue Steuer? Wir haben die Schatzkammern der Kirche schon reichlich gefüllt, damit sie die Armen füttern können.« Ian seufzte tief. »Mit Gold, das an tenerranische Bedürftige hätte gehen sollen, nicht an die Suhdrin. Ihre Ernte ist schlecht, und unsere Speicher leeren sich. Ich schwöre, wenn sie eine Steuer erheb…«

»Darum geht es nicht. Sagen wir, *wahrscheinlich* nicht. Sie würden nicht den Großelektor schicken, damit er bei uns nach Gold gräbt. Du hast ihn gehört. Sie wollen, dass wir mit ihnen reisen … irgendwohin. Vielleicht war es ein Fehler, die Einladung des Celestriarchen auszuschlagen.« Er verstummte und blickte seinen Sohn vielsagend an. »Sei froh, dass unsere Speicher mit etwas gefüllt sind, das wir abgeben können. Suhdra geht es schon viel zu lange so schlecht. Wenn das suhdrische Volk hungert, begnügen die Herrscher des Zirkels sich nicht damit, in ihren Burgen hocken zu bleiben. Dann kommen sie in den Norden und nehmen sich alles, was sie wollen.«

»Ich übe mich nicht im Schwertkampf, um meine Wohltätigkeit zu erhöhen«, sagte Ian. »Wenn Suhdra in den Norden einfällt, werden sie in unseren Wäldern auf Stahl treffen.«

Malcolm schnaubte, dann strich er seinem Sohn durch das zerzauste Haar und gab ihm einen Klaps. »Du hast dir zu viele Balladen angehört. Geh und such deine Mutter. Sorg dafür, dass Nessie sich nicht den Appetit fürs Abendmahl verdirbt.«

»Wo willst du hin?«

»Zum Rat. Ich muss mit Herr von Dugan sprechen, ehe der Großelektor mich zu sich ruft. Er müsste mittlerweile in der Küche angekommen sein. Das dürfte ihn eine Weile beschäftigen.« Malcolm ging forschen Schrittes los, dann verharrte er. »Ian, mach dir deswegen keine Sorgen. Solche Gespräche finden vor jedem Allfeuer statt. Schlaf heute gut, mein Sohn.«

Ians Wangen brannten, während er seinem Vater nachsah. Er ballte die Fäuste, biss die Zähne zusammen und spuckte schließlich auf die Erde. »Gut schlafen werde ich, aber nicht, weil du es mir wünschst. Ich kann mehr tun, als auf süße Träume zu hoffen. Ich *werde* mehr tun.«

Eine Dienerin öffnete die Tür, die zum Ratshof hinausführte, und trat rücklings hindurch, ein Tablett mit ausgewählten Fleischsorten, Früchten und einem Krug Glühwein balancierend. Die Männer im Hof unterbrachen augenblicklich ihr Gespräch.

»Verzeiht, Hoheit«, sagte die Frau und verneigte sich so tief, wie sie es sich mit dem schwer beladenen Tablett zutraute. »Meine Herrin dachte, unsere Gäste könnten eine Erfrischung gebrauchen.«

Der Herzog zu Hundsweih saß in der Mitte des Hofs auf einem Feldstuhl im gestutzten Gras. Die Hände hatte er locker auf dem Holztisch gefaltet. Fünf weitere Männer saßen mit ihm am Tisch. Drei davon trugen die Farben der Kirche und saßen zwischen dem Meister der Schmiede und der Wache, den Rittern von Dugan und Tavvish. Blakleys Männer blickten grimmig drein.

Der Hof war von einer massiven sieben Meter hohen Steinwand umgeben, befand sich aber unter freiem Himmel. Ein alter Aberglaube, der bis in die Zeit der tenerranischen Stämme zurückreichte. Selbst im tiefsten Winter besprachen die Blakleys zu Hundsweih ihre dringendsten Angelegenheiten unter freiem Himmel.

»Ich danke dir«, sagte der Herzog und deutete mit einem Anflug von Spott auf den Tisch. »Deine Herrin ist in derlei Dingen immer aufmerksam. Ich wäre erst auf den Gedanken gekommen, Speisen anzubieten, wenn einer von uns vor Hunger zusammengebrochen wäre.«

»Das hat wohl keiner von uns zu befürchten«, sagte Großelektor Beaunair. »Eure Gastfreundschaft lässt keine Wünsche offen. Und diese frische Luft! Ich bekomme gar nicht genug davon.«

»Von der Luft oder der Gastfreundschaft?«, wisperte Tavvish dem Herzog ins Ohr, als der Großelektor sich eine Ähre gerösteten Korns in den Mund schob. Beaunair konnte unglaublich viel verzehren, das hatte er bereits während des langen Wegs zum Ratshof unter Beweis gestellt. Malcolm fragte sich, warum der Mann bei seinem unstillbaren Appetit nicht schwammiger war. *Der Großelektor muss einen Schmelzofen als Magen haben*, dachte er.

»Von beidem!«, erwiderte Beaunair, und Tavvish versteifte sich. »Von beidem, in der Tat, doch bin ich nicht den ganzen Weg von Herzbrück hergereist, um über fettes Schweinefleisch zu reden.

»Nein, Eure Heiligkeit.«

»Das Haus von Blakley ist seit langer Zeit mit der Kirche befreundet. Es war das erste, das während der Kreuzzüge seine heidnischen Bräuche aufgab. Als die Plünderer an unseren Stränden landeten, war es Haus Blakley, das für den Zusammenschluss mit den Gläubigen von Tenebros kämpfte und die Eindringlinge abwehrte. Und als unsere beiden Länder gegeneinander in den Krieg zu ziehen drohten, war es das Haus Blakley, das uns zur Verhandlung an einen gemeinsamen Tisch brachte.«

»Mein Vater war sehr gläubig«, sagte Malcolm steif. »Ich versuche, in seine weise gesetzten Fußstapfen zu treten, wann immer ich kann.«

»Ja. Er war es, der Euch nach Grünhall geschickt hat, habe ich recht? Ihr solltet mit dem Zirkel der Herren verhandeln, der die Plünderer zurückschlagen wollte, falls ihr Raubzug sich bis über die tenerranische Grenze hinaus erstreckt hätte.« Beaunair beugte sich vor, die Hände auf die spitzen Knie gestützt. »Das hätte Euch beinahe das Leben gekostet.«

»Unsere Häuser waren nicht immer derselben Meinung. Ich war eine Weile unfreiwillig zu Gast in Grünhall. Glücklicherweise konnte ich von dort aus unsere vereinten Armeen befehligen, als die Plünderer nicht länger nur ein tenerranisches Problem waren.«

»Als sie Schiffsgrund und die Brennende Küste einsackten, meint Ihr. Als ihre Kriegsschiffe mit den stählernen Bugen durch die Kanäle von Herzbrück fuhren. Als der Herzog von Halverdt und seine Verbündeten nicht den Hauch einer Wahl hatten, meint Ihr?« Der Großelektor brach sich noch eine Schweinerippe ab, aß sie jedoch nicht. Er wirkte aufrichtig erbost.

»Als der Zirkel der Suhdrin-Herren das Ausmaß der Bedrohung erkannte, ja. Man schenkte mir wieder die Freiheit«, stimmte Malcolm zu, »und gab mir die Gelegenheit, meinen Wert zu beweisen.«

»Ja. Darüber herrscht keine Verbitterung, denke ich«, sagte Meister Tavvish. »Wir alle haben in diesem Krieg Opfer gebracht. Haus Blakley mehr als die meisten anderen.«

»Stimmt – aber bedenkt: Es hat Euch zum Herzog und Helden gemacht! Ihr genießt die Zuneigung aller Einwohner in Tenebros, die sich noch an diese Zeit erinnern können.«

»Ich betrachte den Tod meines Vaters nicht gern als etwas, das man feiern sollte. Ich war ebenso wenig darauf vorbereitet, die Thronfolge anzutreten, wie ihn zu begraben«, antwortete Malcolm streng. »Dieser Krieg liegt hinter uns. Wenn die Leute sich an mich erinnern, dann weil ich gekämpft habe, wo andere geflohen sind – na und?« Er erhob sich, nahm ein Glas Wein vom Tablett und schritt durch den Hof, um sich die schmerzenden Beine zu vertreten. »Die Menschen vergessen Einzelheiten zuerst. Es sind die großen Gesten, an die sie sich entsinnen.«

»Was gut sein kann … oder schlecht«, erwiderte Beaunair. Er lehnte sich im Stuhl zurück. Das Holz knarrte unter seinem Gewicht. »Eine große Geste. Das ist es, worum wir Euch nun bitten, Eure Hoheit.«

Die beiden Priester neben dem Großelektor versteiften sich peinlich berührt. Sie hatten kein Wort gesagt, seit er sie als Frèr Momet und Frèr Freu vorgestellt hatte: vertrauenswürdige Berater des Celestriarchen der Zwietracht. Unscheinbare Männer, die sich in ihrer Haut und auf ihrer Position unablässig unwohl zu fühlen schienen. Dass sie an der Seite des gönnerhaften Großelektors saßen, wirkte so trostlos wie Regenwolken im Sonnenschein. Sie rückten ein wenig näher an den Tisch heran und beugten sich vor. Offenbar wollten sie die Gesprächsführung übernehmen.

»Eure Hoheit«, sagte Frèr Momet, »uns ist klar, dass die Lage an der Grenze mitunter misslich war. Die Beziehungen zwischen Eurem Haus und dem Herzog von Halverdt können brüchig sein, und selbst diese Schwierigkeiten verblassen im Vergleich zu dem Ärger zwischen Grünhall und Herzog Adair.« Der Priester war ein bemerkenswert schmächtiger Mann mit sanfter, klarer Stimme; jedes seiner meisterlich gewählten Worte klang leicht wie eine Feder. »Ihr blickt auf eine Geschichte voller Missverständnisse zurück. Voller Misstrauen.«

»Voller Tod«, sagte Malcolm. »Und Mord. Eine Geschichte von Krieg, Kreuzzügen und Verfolgung, oft verursacht durch Mitglieder Eurer Kirche.«

»*Unserer* Kirche, Eure Hoheit«, betonte Momet.

»Unserer Kirche, stimmte Malcolm zu. »Aber als die Kreuzritter den Norden erreichten, gehörte das Land, über das jetzt Haus Halverdt gebietet, den tenerranischen Stämmen. Das Territorium wurde Haus Halverdt geschenkt zum Dank für Yves Verdts Dienste bei der Ermordung dieser Stämme. Ihr versteht sicher, warum das Misstrauen bis heute anhält.«

»Das ist doch längst Geschichte«, mischte sich Freu ein. »Diese Wunde nässt nur noch, weil manche Eurer Blutsverwandten sie immer wieder aufkratzen.« Freus Stimme klang nicht sanft wie bei Momet, sondern eher wie ein Windstoß, der trockene Blätter zum Rascheln bringt, ein beinahe bedeutungsloses Geräusch.

»Womöglich ist die Wunde ja auch infiziert und droht, den Rest des Körpers anzustecken«, entgegnete Meister Tavvish steif. »Unsere Beschwerden über Gabriel Halverdt sind nichts Neues. Generationen einfacher Tenerraner haben unter seiner Familie gelitten.«

»Eben deshalb sind die aktuellen Probleme ja so brisant«, warf Momet ein. »Es schwelt bereits eine Krankheit im Land. Fäulnis sucht die Felder Suhdras heim. In den Wäldern im Süden gibt es kaum noch Wild, und die Gewässer vor der Brennenden Küste werden jedes Jahr gefährlicher. Tenebros ist krank. Wir können nicht zulassen, dass der Patient … sich aufregt.«

»Ihr bemüht viele Metaphern«, sagte Malcolm. Er war müde und leicht beschwipst. Der quälend stechende Schmerz in seinen Beinen machte ihn rastlos. Er trat an den Tisch und stellte sein Glas ab. »Sagt, was Ihr meint. So klar wie möglich.«

»Ihr seid ein Held. Ein Mann, den man in Suhdra kennt und in Tener liebt.« Momet breitete die Hände aus. »Helden können sich als hilfreich erweisen.«

»Götter«, zischte Dugan. »Geh nicht zur Kirche, wenn du klare Worte oder friedliche Nächte erwartest.«

»Meine Brüder wollen Folgendes sagen«, brachte Beaunair

sich wieder so vehement in das Gespräch ein, dass er Momet und Freu beiseitezufegen schien. »Die Kirche braucht Euch. Ganz besonders Euch, wegen Eurer Vergangenheit. Ihr seid ein Mann, der Herzog von Halverdt getrotzt hat, aber Ihr habt auch Frieden mit ihm geschlossen. Die anderen tenerranischen Herzöge respektieren Euch. Bewundern Euch. Ich würde sogar sagen, sie vertrauen Euch.«

»Und in Suhdra?«, fragte Malcolm. »Wie denkt man dort über mich? Bin ich dort von allen gezähmten Barbaren der beliebteste?«

»Ihr habt Euch ihren Respekt verdient. Gewiss nicht von allen, aber doch genug, um etwas zu bewirken.«

»Was zu bewirken?« Malcolm nahm auf seinem Stuhl Platz. Seine steifen Beine protestierten schmerzlich, und er bemühte sich, keine Grimasse zu schneiden.

»Wenn sich die Lage zwischen Haus Halverdt und Baron Colm von Adair nicht entspannt«, sagte Momet, »befürchtet die Kirche einen noch größeren Konflikt.«

»Einen Krieg«, folgerte Malcolm.

»Lasst uns nicht einen solchen Begriff verwenden«, bat Momet in förmlichem Ton. »Nicht, bis sich die Banner versammeln. Aber wir machen uns Sorgen.«

»Das klingt nach einer Angelegenheit für Diplomaten und Soldaten, Großelektor. Warum mischt die Kirche sich ein?«

»Als Gaspard Bassion, König von Suhdra und der Letzte seines Namens, seine Lanzenträger zusammenzog und den Krieg der Drei Kronen anzettelte, war es die Kirche, die eingeschritten ist. Als Baron Martiniere sein Versprechen gegenüber dem Zirkel der Herren brach und Zölle auf der Straße der Pilger erhob, fiel der Kirche die Aufgabe zu, seine Tore aufzubrechen und das Gold aus den Schatzkammern zu holen.« Momet schien sich für das Thema zu erwärmen. Der schmächtige Priester deutete mit großer Geste auf Malcolms Banner. »Und als die Plünderer über Herzbrück herfielen, war es die Kirche, die Halverdt befahl, alle

Geiseln freizulassen und sich mit Tener zu verbünden, um die Invasion zurückzuschlagen.«

Malcolm saß ruhig da und kaute auf dem trockenen Blätterteig, den die Dienerin gebracht hatte. Auf dem Tisch stand noch Wein, doch ihm war nicht mehr danach.

Als der Priester mit seiner Ausführung geendet hatte, klopfte Malcolm sich über dem Gras die Finger ab und lehnte sich zurück. »Gaspard war der Letzte seines Namens, weil die Kirche ihm den Thron unterm Hintern wegriss und seinen königlichen Kopf über der Kuppel der Celesten aufhängte. Ihr habt das suhdrische Königtum für alle Zeiten beendet, den Zirkel der Herren gegründet und den Mitgliedern gerade genug Macht verliehen, dass sie sich untereinander streiten können. Genug, um sich gegenseitig zu beißen, anstatt sich der Kirche zu widersetzen.«

»Der Norden hatte nie einen König. Was schert es Euch, wenn wir eine Königslinie im Süden ausgelöscht haben?«, fragte Beaunair lachend.

»Dazu sage ich nur: Die Kirche greift ein, wenn es der Kirche gefällt.«

»Und jetzt gefällt es uns ebenfalls«, erwiderte Beaunair. »Reicht Euch das nicht, Eure Hoheit?«

»Es hätte mir gereicht, wenn es Euch eher gefallen hätte einzugreifen. Der Herzog von Halverdt sitzt auf seinem Thron wie ein Tyrann. Sein Volk stirbt, nicht an den Pocken oder vor Hunger oder durch umherstreifende Gheister, sondern weil Grünhall es so will. Das ist nichts Neues. Er und ich haben mehr als einmal darüber gestritten. Sein Frieden mit dem Baron von Adair ist inzwischen halb so sicher und doppelt so blutig. Also hat sich etwas geändert.« Malcolm verschränkte die Arme vor der Brust und heftete den Blick auf Beaunairs Stirn. »Warum mischt Ihr Euch jetzt ein?«

Die Priester rechts und links des Großelektors wechselten einen Blick und sahen dann zu ihrem Oberhaupt. Sie wirkten fahrig und nervös.

Nur Beaunair war die Ruhe selbst. »Es gibt Bewegung im Zirkel, Malcolm. Etwas regt sich in Suhdra.«

»Bassion, Marchand oder Galleux liegen ständig im Zwist miteinander«, erwiderte Malcolm abweisend. »Sie sind keine Bedrohung …«

»Nicht in der Kammer«, unterbrach Momet ihn ruhig. »Nicht in den dahinter liegenden Korridoren. In den Eingangshallen und Schlafräumen.« Er legte eine Sprechpause ein und wog seine Worte sorgfältig ab. »In den Schatten.«

»Sie schmieden Pläne«, ergänzte Beaunair rasch. »Und suchen nach Ausreden. Zinder hat eine weitere Ernte aus Zwietrachts Beute für sich beansprucht. Die Bauern auf dem Feld bestellen Staub und ernten Fäulnis. Nicht einmal Halverdt ist diesmal davon verschont geblieben.«

»Ihr könnt unmöglich mehr Spenden verlangen«, zischte Dugan. »Unsere eigene Ernte ist mager ausgefallen. Je weiter man nach Norden kommt, desto besser ist sie, aber dort ist die Erntezeit sehr kurz, daher spielt es kaum eine Rolle, dass das Getreide nicht von Fäulnis befallen ist.«

»Frieden«, sagte Beaunair. »Die Sache kann nicht mit Nahrung gelöst werden. Das Fieber, in dem das Land liegt, wird wieder sinken, doch bis dahin ist das Volk wütend, und Wut führt zu Krieg.«

»Ihr seid ein Priester der Zwietracht, werter Frèr«, sagte Malcolm sorgsam. »Gewiss würde Euch Krieg gefallen.«

»Krieg gefällt keinem von uns – nicht in diesem Fall –, aber wenn der Norden sich zu einem Kampf provozieren lässt, wird er teuer dafür bezahlen. Vor allem entlang der Grenze. Ganz besonders die Häuser von Adair und Blakley.«

»Dann stärken wir die Grenze mit Stahl und unsere Banner mit dem Blut der Suhdrin«, erwiderte Dugan in schneidendem Ton. »Wenn sie das wollen, sollen sie es bekommen.«

»Ich bitte Euch nicht darum, einen Krieg anzufangen.« Beaunair nahm sich einen Apfel vom Tisch und bewunderte dessen

Glanz, ehe er sich die halbe Frucht mit einem einzigen Bissen einverleibte. Seine Zähne gruben sich wie eine Bärenfalle in das Fruchtfleisch. »Ich bitte Euch um Frieden. Überlasst die Wut uns.«

Malcolm nickte nachdenklich. Er trommelte mit den Fingern auf die Tischplatte, während er zusah, wie der Großelektor den Apfel verspeiste und sich einen zweiten nahm. Seine Meister saßen angespannt neben dem Herzog. Sie warteten auf seine Antwort.

»Also dann Frieden«, sagte Malcolm. »Was soll ich tun?«

Nach der höflichen Begrüßung der Gäste waren nur noch die rangniederen Begleiter des Großelektors zugegen. Ian ließ seine Schwester in der Obhut einer Hofdame zurück und begab sich auf die Suche nach seinem Vater. Der Herzog zu Hundsweih war in den Ratshof verschwunden, gemeinsam mit dem Großelektor und jedem anderen, der in der Burg bedeutend oder interessant war. Ian wollte das Gespräch belauschen.

Er folgte der Klosterwand um das Doma, fort von der dröhnenden Stimme Frèr Daxters, der die niederen Priester zu den vielen Ikonen und angestaubten Artefakten ihres Glaubens führte. Die Bediensteten der Burg entluden zügig das Gepäck aus den Kutschen des Großelektors und trugen es zu den bereitstehenden Kammern im Gästeturm. Dafür, das Frèr Beaunair nur eine Nacht blieb, schleppte er eine Menge Kleidung mit sich. Ian umging die Kutschwagen, um nicht mithelfen zu müssen. Er schlich um den Hof des Stalls zu dem dahinterliegenden Bergfried.

Er beobachtete, wie ein Wächter vom Tor zum Wachgebäude ging. Dugan hatte einem Feldwebel den Befehl über die Soldaten gegeben, was bedeutete, dass er selbst am Rat teilnahm. Wenn man Dugan hinzugeladen hatte, war die Angelegenheit sicher auch wichtig genug, dass der Sohn des Herzogs daran teilnehmen könnte.

Im Festsaal herrschte so reges Treiben wie auf einem honigbeschmierten Apfel auf einem Ameisenhügel. Die Küchenbediensteten schwärmten durch den Raum, rückten Gedecke zurecht und richteten Tische aus. Die Luft roch nach Räucherwurst und Eintopf, ein großer Kessel hing blubbernd über der Feuerstelle und verströmte einen köstlichen Duft. Auf der Balustrade hatte man den Familientisch beiseitegeschoben, um Platz für die Vettern, Basen und deren Gefolge zu schaffen. An der Wand dahinter prangte das Blakley-Wappen, links flankiert vom kleineren Wandteppich der mütterlichen Familie und rechts vom heiligen Banner des celestischen Tener: ein Sternenhaufen unter dem silbernen Mond, gefangen in der Umarmung der Sonne. Auf der gegenüberliegenden Wand hingen die Ikonen der Länder aus der Zeit vor den Kreuzzügen, zusammengefasst im Symbolismus der Zwillingsgottheiten Zinder und Zwietracht. Der Jagdhund von Blakley thronte über der Halle wie ein zorniger Gott: sprungbereit vor einem weißen Feld, gekrönt von den heiligen Symbolen der Sonne und des Mondes.

»Kommen sie?«, fragte eine aufgeregte Stimme hinter Ian. »Ist es so weit? Das kann nicht sein, wir sind noch nicht fertig. Wir sind nicht einmal *ansatzweise* fertig. Wir haben gerade erst angefangen!«

Ian wandte sich um, um den Hofmeister zu begrüßen, Phillipe Castagne, einer der wenigen Suhdrin im Dienste seines Vaters. Der Mann stand nervös neben dem Eintopf, ein tintenbeflecktes Pergament in der einen Hand, einen abgenutzten Federkiel in der anderen.

»Noch nicht, Phillipe. Ich bin ein bisschen früher hergekommen, um die Lage mit meinem Vater zu besprechen. Die anderen werden pünktlich hier sein.«

»Ihr habt Euch abgesetzt, meint Ihr«, erwiderte Phillipe brüsk. »Euer Vater verbarrikadiert sich im Ratshof, und Ihr stehlt Euch davon, weil Ihr Euch langweilt.« Er kritzelte einige Notizen auf das Pergament, als bemesse er das Ausmaß der ihm angediehenen Demütigung sowie die erforderlichen Gegenmaßnahmen, um die Angelegenheit auszugleichen. »Die Herzogin wird deswegen wieder bei bester Laune sein.«

»Ihre Laune bessert sich, wenn sie sieht, was für ein großartiges Festmahl Ihr ausgerichtet habt, Phillipe.« Ein Bediensteter kam mit einem Tablett vorbei, von dem Ian sich einen Apfel schnappte. »Und gewiss ist der Großelektor auch sehr erfreut, nach der langen Reise eine ordentliche Mahlzeit zu sich nehmen zu können.«

»Ihr setzt bemerkenswert hohe Standards, Hoheit. Wie könnte ich versagen, solange man meine Speisen an Haferschleim misst, der unter einem Wagen im strömenden Regen gekocht wurde? Und was den Großelektor betrifft …«

»Was den Großelektor betrifft …«, sagte Ian und biss in den Apfel. Sogleich verzog er das Gesicht, als der Fruchtsaft, dick und süß wie Sirup, ihm über das Kinn rann. »Warum schmecken diese Äpfel so merkwürdig?«

»Wir haben ihnen Harzblatt und Zuckerwasser gespritzt«, antwortete Phillipe, ohne von seinem Dokument aufzusehen. »Eine Spezialität meines Vaters, der das Rezept von seinem Vater erbte und an mich weitergab. Sie waren damals sehr beliebt am Hof von König Bassion.«

»Nun, seine Tage sind schon lange vorbei.« Ian warf den Apfel ins Feuer, wo er zischend aufplatzte und die Luft mit dem stechenden Geruch nach verbrennendem Zucker erfüllte. »Ich hoffe, wir können auch noch einige normale Äpfel auftreiben, sonst verhungere ich.«

»Ihr solltet Euren kulinarischen Horizont wirklich erweitern, Hoheit. Als Herzog zu Hundsweih muss man mehr können, als Elche jagen und Käsekuchen essen. Euer Vater gab sich große Mühe, sich die Sitten und Gebräuche der Familie Eurer Mutter anzueignen.« Phillipe vollendete seine Notizen, dann schnüffelte er am Eintopf und rührte ihn um. »Das solltet Ihr auch tun.«

»Wo wir schon meinen Vater erwähnen …«

»Ihre Hoheit darf nicht gestört werden. Er bespricht eine wichtige Angelegenheit in der Zurückgezogenheit des Ratshofs.« Phillipe blickte Ian an, die dünne Nase gehoben. »Ich glaube, das erwähnte ich bereits.«

»Ja, aber wenn die Angelegenheit das Reich betrifft, sollte ich davon erfahren, denkt Ihr nicht?«

»Es spielt nicht die geringste Rolle, was ich denke. Das habt Ihr mir alle sehr deutlich zu verstehen gegeben, seit ich an diesem …«, er hielt inne und setzte ein Lächeln auf. »Allerdings spielt es eine Rolle, dass Euer Vater beschlossen hat, Euch nicht an der Sitzung teilnehmen zu lassen. Falls Euch das stört, solltet Ihr das mit ihm besprechen.«

»Das werde ich. Und zwar sofort. Im Ratshof, sagt Ihr?«

»Wo er absolut nicht gestört werden will.«

Ian schnitt eine Grimasse und wandte den Blick von dem älteren Hofmeister ab. Phillipe gehörte nicht zu der Sorte von Leuten, die sich überreden ließ, schon gar nicht, wenn er vom Lehnsherrn persönlich direkte Befehle erhalten hatte. Ian würde warten müssen. »Priester bringen niemals gute Nachrichten«, murmelte er.

»Sie bringen das Licht der Zwietracht und das Urteil Zinders«, sagte Phillipe steif. »Zu ketzerischen Äußerungen besteht kein Anlass.«

»Aber was könnte er wollen? Warum nimmt der Großelektor die lange Reise auf sich, nur um gleich am Folgetag abzureisen?«

»Es steht mir nicht zu, derlei Dinge zu wissen, Hoheit, und die Sache obliegt nicht meiner Verantwortung. Ich habe die Aufgabe, den Hof zu verwalten, wozu heute auch gehört, ein angemessenes Festmahl auszurichten. Daher …«, Phillipe verneigte sich und wich zurück, »… muss ich mich jetzt wieder darum kümmern.«

Ian lehnte sich an einen Tisch und kaute unruhig auf der Lippe, während die Bediensteten ringsum durch den Saal schwärmten. Er stand noch immer da und sinnierte über den möglichen Ärger, den der Großelektor für sein Haus bedeuten könnte, als seine Mutter sich hinter ihm räusperte. Er drehte sich um. Die Diener waren verschwunden, das Festmahl vorbereitet, und die Delegation der einfachen Priester war eingetroffen. Caroline von Blakley, Herzogin zu Hundsweih, stand in der Tür zum großen Saal, Nessie und Donnel neben sich, und dahinter warteten betreten die sechs Männer und Frauen der Kirche. Die Herzogin blickte ihren Sohn unverwandt an, einen enttäuschten Ausdruck auf den edlen Zügen.

»Liebe Mutter«, sagte er hölzern, richtete sich auf und rückte sich den Kragen zurecht. »Ich habe die Vorbereitungen für das Festmahl überwacht. Mit Freude kann ich sagen, dass Phillipe die Aufgabe mit außergewöhnlichem Geschick gemeistert hat, wie üblich.«

Die Herzogin rollte mit den Augen und schritt zu ihrem Sohn, packte ihn beim Schopf und zog ihn zum Podium. Nessie und Donnel kicherten hysterisch. Als sie das Podium erreichten, befahl Caroline, die übrigen Gäste einzulassen und mit dem Festmahl zu beginnen, obwohl der Burgherr noch nicht eingetroffen war.

Fünftes Kapitel

Bei Einbruch der Dunkelheit spielten die Musiker noch immer, und es schien, als wolle das Festmahl kein Ende nehmen. Dennoch ließ der Herzog zu Hundsweih sich nach wie vor nicht blicken. Die unbedeutenderen Priester der Zwietracht, allesamt heilige Männer und Frauen, feierten ins Fest des Allfeuers hinein, ein einwöchiges Gelage, das den Höhepunkt des Sommers und der Regentschaft der Herrin Zwietracht darstellte. Ian blieb so lange, wie er es für angemessen hielt, und dann noch eine ganze Weile länger, weil seine Mutter ihn dabei ertappt hatte, wie er sich davonschleichen wollte.

Eine Weile nachdem Nessie im Stuhl eingeschlafen war und die Priester das Abendlied gesungen hatten – schief und nur mit der Hälfte der Strophen –, gelang ihm die Flucht. Er begab sich geradewegs zum Ratshof.

Dort fand er einige leere Flaschen und eine schwach flackernde Laterne vor, aber keinen Rat. Malcolm von Blakley war fort, ebenso der Großelektor. Die Wachen am Tor sagten, der Rat habe sich schon vor Stunden aufgelöst, bis auf Malcolm und seine Heiligkeit Beaunair, die geblieben seien und noch bis vor einer halben Stunde gemeinsam getrunken hätten.

»Seltsam, dass Vater danach nicht zum Festmahl gekommen ist«, sagte Ian. »Mutter wird nicht erfreut sein.«

»Seine Hoheit schien nicht in der Stimmung für das Fest zu sein. Dafür hat der Großelektor gesorgt.«

»Gab es Ärger?«

Der Wächter zuckte die Achseln.

Ian begab sich auf die Suche nach seinem Vater. Vermutlich hatte der Herzog zu Hundsweih sich in seine Gemächer zurückgezogen, daher eilte Ian die Stufen zum elterlichen Schlafgemach empor.

Die Tür war geschlossen, und der davor postierte Wächter behauptete, der Herzog habe sich noch nicht zur Ruhe begeben.

Verwirrt lief Ian durch die Burg. Er konnte nicht ohne Weiteres zum Fest zurückkehren, nachdem er sich erfolgreich davongestohlen hatte, und sein Vater war vermutlich ohnehin nicht im Saal. Es beunruhigte ihn, dass der Herzog so lange mit dem Großelektor unter vier Augen gesprochen und schließlich bedrückt den Hof verlassen hatte. Was hatte die Kirche nur mit dem Herzog zu Hundsweih zu besprechen, das nicht auch für die Ohren der Ritter von Dugan und Tavvish bestimmt sein könnte? Und warum waren die beiden ebenfalls nicht zum Fest erschienen?

Das Ganze war sehr merkwürdig.

Geistesabwesend irrte Ian umher, bis er im Gang auf der Mauer stand, von der aus er den Festsaal und den dazugehörigen Vorhof überblicken konnte. Die Wagen, mit denen der Elektor nach Hundsweih gereist war, standen dicht an dicht neben den Ställen: auf dem Übungsplatz und dem Gelände, wo man den Zwingerhunden ihren Auslauf gewährte. Der Boden des Burghofs war festgetreten. In den Ställen schienen mehr Pferde zu stehen, als Hundsweih seit Jahren gesehen hatte. Ian lehnte sich an die Wand, beobachtete stumm den Trubel im Burghof und die Bediensteten, die umherschwirrten, während die Familie mit den Gästen tafelte. Es beruhigte ihn, dass die Abläufe in der Burg unverändert funktionierten, auch wenn die Blakleys sie nicht direkt überwachten.

Dann fiel ihm nicht weit entfernt die dunkle Gestalt auf der Burgmauer auf, an die Schießscharten gelehnt, eine Flasche in der Hand. Sein Vater, Herzog zu Hundsweih und der Dunkling-Marschen, stützte sturzbetrunken die Ellbogen auf die Zinnen und kippte Wein in sich hinein. Er kehrte der Burg den Rücken zu.

»Die Beratung ist vorbei? Ich dachte schon, du hättest dich in deine Gemächer zurückgezogen«, sagte Ian, als er sich seinem Vater näherte.

»Ich wusste, du würdest früher oder später nach mir suchen. Du oder deine Mutter … Ich brauchte etwas Zeit für mich«, antwortete er leise. Sein Atem stank nach Wein.

Ian fragte sich, wie viel sein Vater wohl während der Ratssitzung getrunken hatte. »Soll ich dich lieber in Ruhe lassen?«

»Zu spät.«

Ian zögerte, dann nahm er neben dem Herzog Platz und blickte über die Mauer. Anderweih lag friedlich vor ihnen, jenseits des Flusses, der der Burg als Graben diente. Dahinter erstreckte sich der Wald in weit größere Ferne, als die beiden selbst am Tage hätten überblicken können. Malcolm reichte seinem Sohn die Flasche. Ein herber Wein, schwer und bitter auf der Zunge – eine willkommene Abwechslung vom Abendmahl.

»Was wollte der Großelektor mit dir besprechen? Bleibt er wirklich nur für eine Nacht?«

»Ja.«

»Reist er nach Norden?«

»Er reist nach Grünhall. Er will das Allfeuer mit dem Herzog von Halverdt feiern.« Malcolm nahm die Flasche wieder entgegen und trank einen Schluck. Er verzog das Gesicht, als der Wein ihm die Kehle hinabrann. »Wir sollen ihn begleiten.«

»Ihn begleiten? Aber das Allfeuer ist schon in knapp einer Woche. Wir müssten uns sehr sputen, um es rechtzeitig dorthin zu schaffen.«

»Deshalb brechen wir morgen auf. In aller Frühe. Du solltest zu Bett gehen.«

»Aber wieso?«

»Weil wir nun mal in Betten schlafen, Ian. Es sei denn, du beabsichtigst, hier auf der Mauer umzukippen.« Er nahm noch einen Schluck, dann grinste er. »Was sich momentan sehr verlockend anhört.«

»Du weißt, was ich meine. Wieso reisen wir nach Grünhall? Wir haben schon mit den Vorbereitungen für unser eigenes Fest begonnen. Mutter wird wütend darüber sein, Philippes Festmahl zu verpassen, und Nessie …«

»Sie werden uns nicht begleiten. Nur du und ich. Und ein kleines Kontingent von Rittern. Wir sollten den Herzog nicht durch ein zu großes Aufgebot bedrohen.«

»Er würde sich von unseren Hofdamen bedroht fühlen?« Ian grinste.

Malcolm warf seinem Sohn einen Seitenblick zu. »Wir dürfen ihm auch keinen Anlass geben, uns zu bedrohen. Mutter und die übrigen Frauen sind hier sicherer. Jede Frau, die uns begleitet, muss ein Schwert tragen, und zwar kein zierliches. Wir nehmen Ritterin von Doone mit. Sie kann am Turnier teilnehmen.«

»Wenn es so gefährlich ist, wieso reisen wir dann überhaupt dorthin?«

»Weil die Kirche es von uns verlangt. Mehr brauchst du nicht zu wissen.«

»Bestimmt kannst du mir mehr dazu…«

»Mehr brauchst du nicht zu wissen«, wiederholte Malcolm beinahe erzürnt. »Und jetzt gewähre deinem Vater ein wenig Frieden. Der Morgen graut schon bald. Ich muss meine Gebete sprechen.«

Ian schnitt eine Grimasse und schüttelte den Kopf. »Wie soll ich etwas lernen, wenn du mich nicht an solchen Treffen teilnehmen lässt? Wenn ich der nächste Herzog zu Hundsweih sein soll …«

»Bevor du Herzog wirst, muss ich sterben, und sieh mir bitte nach, wenn ich darauf nicht sonderlich erpicht bin«, entgegnete Malcolm scharf. »Außerdem bist du noch ein Junge. Welchen Rat könntest du schon beisteuern?«

»Ich bin ein sechzehnjähriger *Mann* und erwachsen genug, um den Eid abzulegen, wenn ich es will, und trotzdem …«

»Du bist ein sechzehnjähriger *Junge* und erwachsen genug,

um zu wissen, dass du nichts weißt.« Malcolm leerte die Flasche und warf sie über die Mauer in den Fluss. Sie war schon nicht mehr zu erkennen, bevor sie die brausenden Fluten unter ihnen erreichte. »Ehrlich, Sohn, du hast genug andere Sorgen. Du musst dir nicht noch mehr Probleme aufbürden.«

»Was? Worüber muss ich mich denn sorgen? Ich verbringe meine Tage mit Schwertlektionen, Reitübungen auf dem Kampfplatz und mit Tanzen. Es ist lächerlich. Ein Kind aus dem Süden, an den Höfen von Herzbrück, würde sich vielleicht damit begnügen, aber mich interessiert dieses Leben nicht. Ich möchte ein Herr des Nordens sein, Vater, wie die alten Stämme. Ein Anführer! Und das kann ich nicht, solange du mir verbietest, zu lernen, was einen Herzog ausmacht.«

»Du kannst es auf die gleiche Weise lernen wie ich, Junge. So wie du gelernt hast, von einem Baum zu fallen: indem du herunterfällst.« Malcolm rieb sich das Gesicht. »Weißt du, als ich in deinem Alter war, war ich auch so ungeduldig. Ich wollte unbedingt Herzog sein.«

»Warum legst du mir dann immer Steine in den Weg?«

»Weil mein Vater mich nie gezügelt hat«, antwortete Malcolm ernst. »Weil er mich zu jeder Ratssitzung mitgenommen hat, mich in Staatsangelegenheiten um Rat ersucht hat, mir beigebracht hat, wie man mit einer Dame tanzt, die Minister grüßt und den König der Celesten korrekt anredet. Und dann, als er tot war und ich den Thron erbte, war das alles …« Er stockte und blickte auf seine Hände. »Es war nicht genug. Wertlos. Sie bringen dir nie das bei, was du wissen musst.«

»Dann bring du es mir bei«, bat Ian nach kurzem Schweigen. Er sah seinen Vater nicht gern in dieser Stimmung. »Was immer es ist, was immer Großvater dir nicht beigebracht hat. Bring es mir bei. Das ist es, was ich lernen will.«

Malcolm lachte, ein tiefes, grollendes Kichern, das bis in die Grundfeste der Burg zu hallen schien. Lächelnd klopfte er seinem Sohn auf die Schulter. »Das kann man keinem beibringen.

Du kannst dich nicht darauf vorbereiten, was der Thron dir abverlangt – nicht, bis du darauf sitzt. Nicht, bis dein Befehl das erste Leben beendet … oder rettet. Nicht, bis du selbst entscheidest, einen Krieg anzuzetteln.« Malcolm stockte und ließ den Blick über den Wald schweifen. Das Licht des Herrn Zinder ließ die Tränen in seinen Augen glitzern. »Nichts kann dich auf dieses Leben vorbereiten.«

Betreten standen Vater und Sohn nebeneinander. Hinter ihnen herrschte noch immer reges Treiben im Burghof, doch niemand beachtete den Burgherrn und seinen Nachfolger.

»Was soll ich tun?«, fragte Ian.

Malcolm antwortete nicht. Schließlich sagte er: »Lebe. Lebe und sei ein Kind. Die Bürde des Erwachsenseins wird dir früh genug auferlegt. Vielleicht früher, als du gehofft hast. Vielleicht früher, als *wir alle* gehofft haben.«

»Ich meine, was soll ich jetzt tun?«

»Ah. Geh zu Bett. Schlafe. Der Morgen graut bald.«

Der Herzog tätschelte seinem Sohn liebevoll die Wange, dann zwängte er sich an ihm vorbei und schlurfte über die Brustwehr zum Hauptturm. Ian sah ihm nach. Was im Namen der beiden Götter wohl im Kopf seines Vaters vorging? Welche Neuigkeiten hatte der Großelektor überbracht, und warum bestand Beaunair darauf, dass sie das Allfeuer im Süden feiern sollten? Ausgerechnet am Hof dieses Bastards Halverdt?

Er blickte zum Wald, nach Süden in Richtung Grünhall, und fragte sich, was sie dort draußen in der Nacht erwartete.

Der Morgen kam, und mit ihm der Preis für die Flasche Wein: Malcolms pochender Schädel. Er erwachte vor Sonnenaufgang und schlich sich aus dem Schlafgemach, schloss die Tür, während seine Frau leise im Bett atmete. Caroline würde es ihm niemals verzeihen, dass er sich ohne Abschied davongestohlen hatte, doch das war ihm lieber, als sie mit seiner Sorge anzustecken.

Er kleidete sich im Dunkeln an, dann ging er leise zum Doma hinab. Dort sprach er zwei Gebete, eins zu jedem Gott im Doma, und dann noch eins, bevor es hell wurde, verborgen im geweihten Heiligtum, dem die Burg ihren Namen verdankte. Die Kuppel des Schreins war niedrig, kaum höher als ein großer Mann. Die Luft war feucht und unbeweglich im Raum. Eine kleine Wand umgab die Ikone in der Mitte des Schreins, zu der eine Rinne im harten Steinboden führte – ein Relikt aus der Zeit, als ein natürlicher Bach durch den Raum geflossen war, der das Blut fortgespült hatte. Wie alle heiligen Dinge der alten Zeit hatte auch dieses Heiligtum einst unter freiem Himmel gestanden. Einige Generationen später hatte die Familie es mit der Kuppel überbaut, ein frühes Zeichen ihrer Hingabe zur neuen Religion. Danach hatten sie die Burg namens Hundsweih darüber errichtet, als Hauptsitz von Blakleys bescheidenem Herzogtum.

In der Mitte des Schreins stand ein unbehauener Block aus dunklem Stein, auf dem der Kopf eines riesigen Jagdhundes thronte, geschmiedet aus schwärzestem Eisen. Der Hund hatte das Maul – es war größer als der Brustkorb eines Mannes – aufgerissen, seine Augen glichen dunklen Gruben. Öllaternen flackerten in den Augenhöhlen, ihr dichter Rauch erfüllte die Luft. Die Kiefer waren mit altem Blut befleckt, ebenso der Steinblock und Boden. Die ersten Blakleys waren schlimme Männer gewesen, brutal in ihrem Eifer für den dunklen Geist, den der Eisenhund repräsentierte.

Der Boden rings um den Hundskopf war von einem flachen Graben umgeben, der in der Vergangenheit mal als Wasserquell, mal als Feuergrube gedient hatte. Seine steinerne Umfriedung diente dem knienden Gläubigen als Gebetsbank; Generationen von Bittstellern hatten sie stark abgenutzt. Die Menschen hatten hier aus verschiedenen Gründen zu verschiedenen Göttern gebetet.

An diesem Ort betete nun auch Malcolm von Blakley, Herzog

zu Hundsweih, das Gesicht in den Händen geborgen, die Knie vor dem Symbol seiner Familie gebeugt.

»Ich hätte gedacht, du würdest um diese Zeit noch im Bett liegen«, erklang Carolines Stimme vom Eingang her. Sie trug eine schlichte Robe, ihr braunes Haar war mit goldenen und bernsteinfarbenen Bändern zu einem dicken Zopf gebunden, der ihr bis zur Taille reichte. Die flackernden Augen des Hundes warfen tiefe Schatten auf ihr müdes Gesicht.

Malcolm entspannte sich in seiner Gebetshaltung. Die Stimme seiner Frau nahm ihm die drückende Last von den Schultern. »Mir geht zu viel durch den Kopf«, sagte er.

»Ein erschöpfter Mann neigt zu Fehlern«, murmelte sie.

Seufzend stand er mit knackenden Knien auf und setzte sich dann auf die Betbank. Die Unterarme auf die Knie gestützt, verschränkte er die Finger. Er sah aus wie ein Jäger, der kurz im Wald verschnaufte, sich ausruhte. Nicht wie einer der größten Helden aus dem Krieg der Plünderer, der Herzog zu Hundsweih, gläubiger Sohn der Kirche der Celesten.

»Ich habe kaum eine Wahl. Ich kann den Schlaf nicht erzwingen, ganz gleich, was ich versuche.«

Caroline nahm neben ihrem Gemahl Platz und legte ihm sanft die Hand aufs Bein. »Du musst dich ausruhen, Liebster. Diese Reise wird dir viel abverlangen. Dein Körper ist längst nicht so frisch wie früher, du kannst nicht mehr im Sattel schlafen und anschließend in den Kampf ziehen.«

»Götter, Frau! Ich kenne meine Grenzen. Meine Knie lassen mich nicht vergessen, welchen Preis ich für meinen Kriegsdienst zu zahlen habe.« Er streckte die tauben Beine aus und massierte sie. »Es ist mein Herz, dass an seine Grenzen stößt.«

»Unfug. Ich kenne niemanden, der ein größeres Herz hätte«, wisperte Caroline.

Malcolm saß ruhig da, blickte die rußige Wand an und rieb sich die Hände. Schließlich wandte er sich seiner Frau zu. »Mir gefällt gar nicht, was auf mich zukommt.«

»Nicht? Du gehst nach Grünhall, um das Allfeuer zu feiern. Was gefällt dir daran nicht?«

»Das weißt du so gut wie ich. Grünhall war nie freundliches Gebiet. Das wird sich auch während des Allfeuers nicht ändern.« Malcolm seufzte und rieb sich das Gesicht. »Zumindest nicht für Tenerraner.«

»Du wirst gewiss nicht allein sein. Viele tenerranische Ritter reisen nach Grünhall. Ich glaube, ein MaeHart hat dort letztes Jahr das Turnier gewonnen.«

»Die Tenerraner, die daran teilnehmen, brennen auf einen Kampf. In der Stadt wird mehr Blut auf den Straßen als auf dem Turnierplatz vergossen. Vor drei Jahren ist während des Abendlieds ein Krawall ausgebrochen. Der Frèr hat eine gebrochene Nase davongetragen.«

»Und der Herzog von Halverdt hat deswegen einen neuen Frèr bekommen. Also sind alle glücklich«, beharrte Caroline.

Malcolm lachte auf und schüttelte den Kopf. »Du siehst immer nur das Gute.«

Seine Frau zuckte die Schultern.

Malcolm atmete mehrere Male durch, dann zog er ein langes Gesicht. »Er weiß, was er tut. Halverdt provoziert solche Auseinandersetzungen. Der Zirkel der Herren beschützt ihn nur, solange der Norden am Rande einer Rebellion steht. Er ködert uns. Mich.«

»Das tut er nicht. Du musst dir aus dem Kopf schlagen, dass er dich mit jeder Tat nur herausfordern will.« Sie nahm die Hand von seinem Bein. »Gabriel Halverdt ist dir nicht unähnlich, Malcolm. Er ist der Gebieter über sein Land, von Problemen geplagt, die kein gewöhnlicher Mann verstehen würde. Und eine gewöhnliche Frau kann ihm allenfalls dabei helfen, sie zu ertragen. Seine Probleme sind nicht unsere, das stimmt, aber mach nicht seine Lösungen zu deinen Sorgen.«

»Manchmal glaube ich, du übst diese Reden«, sagte Malcolm leise. »So mühelos kommen sie dir über die Lippen.«

Caroline lächelte matt. »Du denkst oft an den Herzog, Gemahl. Was ich dir eben gesagt habe, habe ich schon oft gesagt. Mitunter frage ich mich, ob du überhaupt zuhörst.«

»Ich höre zu. Ich höre zu. Ich denke nach, und manchmal hast du recht. Aber gelegentlich sind die Probleme so groß, dass dein Rat nicht ausreicht.«

»Ich weiß nicht, was ich sonst sagen soll, Liebster.«

»Genau. Und deshalb kann ich nicht schlafen. Weil es sonst nichts zu sagen gibt.«

Die beiden saßen eine Zeitlang schweigend da, während der ölige Rauch aus dem Hundskopf sie umwölkte.

Schließlich regte Malcolm sich. »Wenn ich nicht von Grünhall zurückkehre …«, setzte er an.

Caroline tätschelte ihm die Hand. »Sag nicht so etwas. Denk nicht einmal daran. Du reist unter dem Banner der Kirche, um einem bedeutungslosen Herzog und dessen Monster Frieden zu bringen. Der Großelektor braucht dich. Er wird deine sichere Hin- und Rückreise gewährleisten.« Sie rieb ihm zärtlich die Schläfe und wischte einen Rußfleck weg. »Du musst deiner Frau nicht noch mehr Sorgen einreden.«

»Falls ich nicht zurückkehre«, fuhr Malcolm unbeirrt fort, »fällt dir die Aufgabe zu, Hundsweih zu verteidigen. Nessie ist nicht alt genug, und Herr von Tavvish weiß nicht, was zu tun ist.«

»Und Ian? Traust du ihm nicht zu, Herzog zu sein?«

Malcolm schwieg nervös. »Er begleitet mich«, sagte er schließlich.

»Er reist mit?« Caroline unterdrückte ein Keuchen. »Warum sollte er bloß mit dir …«

»Weil er nicht länger ein Junge ist und doch noch immer viel zu sehr ein Kind. Weil er sehen muss, dass ein Krieg manchmal durch einen Federkiel beendet werden kann, statt durch einen ruhmreichen Angriff und Blutvergießen.« Malcolm wandte sich leicht von ihr ab und biss die Zähne zusammen. »Weil er so sehr von Ehre träumt, aber nicht von den vielen Leben, die der Preis für seine Ehre wären.«

Caroline seufzte, widersprach aber nicht weiter. Es hätte keinen Zweck gehabt. Sie erhob sich und zog sich fröstelnd die Robe um die Schultern. »Ich habe diesen Raum noch nie gemocht, und auch nicht dieses Ding. Ich kann nicht glauben, dass die Kirche dir erlaubt, es zu behalten.«

»Tradition. Die Kirche hat nichts gegen ein wenig Tradition. Das war der Preis für unsere Treue zum ersten Celestriarchen. Die Insignien der alten Zeit und die Hingabe zur neuen.«

»Auf mich wirkt der Kopf eher wie Häresie. Aber ich bin kein Priester.«

»Den Göttern sei Dank«, sagte der Herzog. Er legte den Arm um sie und zog sie sich auf den Schoß. Caroline hatte den Anstand zu kreischen, ließ sich jedoch in seine Arme gleiten und legte den Kopf auf seine Schulter. »Ich danke dir erneut«, sagte er.

»Wofür?«

»Weil du mich zu einem echten Helden gemacht hast. Nach dem Krieg hätte ich mich zu einem unerträglichen Arschloch entwickeln können.«

»Wer sagt, das du das nicht getan hast?«, fragte sie grinsend.

Er drückte sie an sich, dann blieben sie eine Weile schweigend sitzen, in der Gegenwart des alten Gottes, lauschten dem Knacken der Fackeln und beobachteten, wie ihre eigenen Schatten über die Wände tanzten.

Es dauerte nicht lange, bis ein Diener den Herzog abholte, um ihn auf die Reise vorzubereiten. Malcolm ließ seine Frau auf die Gebetsbank gleiten und schritt davon, ohne sich umzusehen.

Er war auf dem Weg, einen Krieg zu beenden, der noch gar nicht angefangen hatte.

Sechstes Kapitel

»Dieses Turnier ist Zeitvergeudung«, murrte Ian. Er ritt neben seinem Vater an der Spitze der Kolonne. Das Banner von Haus Blakley wehte träge über ihren Köpfen, und ein Dutzend guter Ritter und deren Gefolge hatten sich ihnen angeschlossen. Die Ritter von Doone und Dugan ritten rechts und links hinter ihnen, die Zügel locker in Händen, die Rücken durchgedrückt. Grünhall war feindliches Territorium.

»Ruhm interessiert dich nicht?«, fragte Malcolm.

»Ruhm lässt sich auch erlangen, ohne den ganzen Weg nach Grünhall zu reiten. Es gibt Turniere in Dannswehr, in Fenn …« Ian beugte sich dichter zu ihm. »Es gibt keinen Grund, dass wir uns die Stiefel mit suhdrischem Staub beflecken. Ich weiß nicht, ob du es bemerkt hast, Vater, aber in Hundsweih liefen bereits die Vorbereitungen fürs Allfeuer, als wir aufgebrochen sind. Wir hätten zu Hause bleiben und im Turnier die Lanze mit Meister Tavvish brechen können.«

»Tavvish hätte sich im Kampf gegen dich zurückgehalten, Junge«, sagte Malcolm abschätzig. »Die Ritter eines Herzogs würden niemals den Nachfolger auf seinem eigenen Turnierplatz in Verlegenheit bringen. Aber es spielt keine Rolle. Du wirst nicht am Turnier teilnehmen.«

»Warum komme ich dann mit?«

»Um den Krieg enden zu sehen, bevor er beginnt. Durch Tinte statt Blut.«

Hinter ihnen lachte Dugan kurz auf. Er trieb sein Pferd an und lenkte es neben Malcolms. Hundsweihs Wachkommandant war aus dem alten Holz geschnitzt, er hatte das Haar zu dünnen Zöpfen geflochten und Tätowierungen um die Augen. Er saß lässig im Sattel und erinnerte mehr an einen Jäger als an einen Ritter. Ian glaubte, sein Vater behielt Dugan nur in Diensten, damit er die Herkunft seines Hauses nie vergaß, die Erinnerung an den Stamm, der es einst gewesen war, und an die gemeinsame Geschichte. Am Hof behandelte man Dugan wie ein wildes Kind, ebenso mit Neugier wie mit Furcht.

»Seid froh, junger Ian. In Grünhall werdet Ihr mehr als nur eine Herausforderung finden«, sagte der Ritter. »Ihr könnt Euch glücklich schätzen, wenn keins von Halverdts zahmeren Monstern Euch im Schlaf aufspießt.«

»Das ist nicht hilfreich, Herr von Dugan«, murmelte Malcolm. »Versucht, diese Art von Geschwätz allenfalls im Flüsterton von Euch zu geben, solange wir zu Gast beim Herzog sind. Und bitte, spießt niemanden auf.«

»Wenn meine Ehre auf…«, setzte Dugan an.

»Ehre? Ihr klingt allmählich wie ein echter Ritter«, sagte Ian grinsend. »Werdet Ihr endlich am Turnier teilnehmen?«

Missmutig ließ Dugan sich im Sattel zurücksinken.

»Das Turnier spielt keine Rolle«, warf Malcolm ein. »Wir sind aus einem ganz bestimmten Grund hier, Ian. Um unsere Beziehungen zu Grünhall zu verbessern. Der Krieg der Plünderer hat bewirkt, dass Tenerraner und Suhdrin näher zusammengerückt sind, und der Großelektor hat uns gebeten, Halverdt daran zu erinnern. Das wollen wir nicht durch falsch verstandene Ehre oder eine ungeduldige Klinge gefährden.«

»Und haltet Euren Schwanz brav eingepackt«, fügte Doone hinzu, die hinter Ian ritt. Für einen weiblichen Ritter hatte sie eine Menge Ansichten über das Ein- und Auspacken von Schwänzen. In der Kolonne hinter ihr brach Gelächter aus.

»Äh … ja«, stimmte Malcolm ihr befangen zu. »Das auch.«

Ian errötete und murmelte kleinlaut, dass er den Rat beherzigen werde.

Sie ritten ein paar Meilen in beklommenem Schweigen, kamen an den Ikonen vorüber, die die Gottesstraße vor den Gheistern schützte: Die Statuen des Herrn Zinder und der Herrin Zwietracht beobachteten sie mit steinernen Augen. Als sie das Hochhenge passierten, das die Grenze zwischen Tener und Suhdra markierte und somit zwischen Blakleys und Halverdts Gebieten, beugte Dugan sich vor und spuckte kräftig aus.

»Spar dir das«, grollte Malcolm.

»Wir hätten die Hunde mitnehmen sollen«, entgegnete Dugan.

Malcolm deutete auf das Banner über ihren Köpfen. »Wir haben den Hund dabei. Lasst uns ihm keine Schande machen.«

Grünhall lag in der ganzen Pracht des Sommers vor ihnen. Die junge Burg war nach dem letzten Kreuzzug im Stil der Suhdrin erbaut worden. Sie symbolisierte ein Versprechen und eine Drohung zugleich. Das Versprechen, dass die suhdrischen Herren nicht weiter nach Norden vordringen würden als bis zu diesem Punkt, denn nun stand die heilige Stätte Zinderfell unter dem Schutz der Kirche der Celesten. Und die Drohung, dass jeder Versuch, die Marsch zurückzuerobern, mit aller Gewalt beantwortet werden würde, die der Süden aufbringen konnte.

Grün-goldene Banner schmückten die leuchtenden Steine der Burgmauern, und die Farben von Haus Halverdt flatterten über dem Turnierplatz. Die Stadt atmete und ragte wie eine alte Eiche empor, die Arme dem Sommerlicht entgegengestreckt.

»Was für ein Anblick«, flüsterte Ian. Die Reiter der Kolonne waren müde, doch obwohl sich die Stadt weiter erstreckte, als das Auge reichte, befeuerte der Anblick wieder ihr Blut. Die Brise, die die vielen Hundert Banner Halverdts flattern ließ, erreichte auch die Ebene und erfasste den Hund. Ein Gefühl des Stolzes stieg in Ian auf. Er blickte zurück. Die rumpelnde Karawane aus Wagen, von den Bewaffneten bis zu den mehreren Dutzend Rittern, reichte über die Straße zurück, so weit Ian blicken konnte. Sein Vater brachte eine Armee nach Grünhall, auch wenn die Hälfte des Gefolges aus Köchen und Gesinde bestand.

»Die schönste Jahreszeit in der alten Marsch«, sagte Dugan. Seine Familie stammte aus den Jagdgründen rings um die Stadt. Die Legionen der Suhdrin hatten sie nach Norden vertrieben, und sein Stamm hatte sich Blakley angeschlossen. Er redete oft so, als wäre er hier geboren, obwohl die Flucht seiner Familie bereits Generationen zurücklag. »Wenn man einen Ort wie diesen aufsuchen muss, gibt es keine bessere Jahreszeit dafür.«

Malcolm schnaubte und spornte sein Pferd zum Trott an.

Die Nachricht, dass die Stadt in Sicht gekommen war, verbreitete sich in der Karawane. Ein Murren ging durch die Reihe, das Gefolge hielt die Wagen an und öffnete die Fenster, um einen Blick auf die berühmte Kathedrale Grünhalls zu erhaschen. Der celestische Glaube etablierte sich allmählich in Tener. Die Kathedrale war die erste gewesen, die ein suhdrischer Herzog auf ehemals heidnischem Land errichten ließ – und Halverdt hatte wirklich ein beeindruckendes Doma gebaut. Die schneebedeckte Kuppel ragte hoch über der Silhouette der Stadt auf, und die Türme trugen die Flaggen des Sommers. Mehrere Männer glitten von den Kutschböcken, um ein Gebet zu sprechen.

Ian und Dugan hielten mit dem Herzog mit und entfernten sich ein Stück von der Kolonne.

»So übel ist es gar nicht«, gestand Malcolm ein, »wenn man sich erst einmal an die Politik und den Gestank gewöhnt hat.«

»Das ist eng miteinander verknüpft«, knurrte Dugan.

Ian ignorierte die beiden. Er hatte den Hauptsitz Halverdts bislang nur selten besucht. Obgleich an der Grenze schon beständig Frieden herrschte, bevor jeder von ihnen geboren war, hatten sich die Beziehungen zwischen Tener und Suhdra erst seit dem Krieg der Plünderer verbessert. Zumindest bestimmte Beziehungen. Generationenlange Kreuzzüge und Gräueltaten hatten tiefe Wunden und bittere Erinnerungen hinterlassen. Daher verschwammen auch Ians Eindrücke von der Stadt im Nebel seiner Jugend. Für ihn war sie voller beengter Räume und ernster

Gespräche, ruhiger Gärten und Straßen, entlang deren zahllose nervöse Wachen standen.

Sein Vater hatte ihn einmal zu Verhandlungen mit in den Süden genommen. Es war um Anbaurechte längs der Grenze gegangen, und dieser Besuch war Ian im Gedächtnis geblieben. Die suhdrischen Baumeister schufen ebenso schöne wie zweckmäßige Burgen, etwas, das man im Norden selten vorfand. Auf Ian wirkten die kahlen Mauern von Hundsweih im Vergleich trist, eine Ansicht, die er für sich behielt. Doch die Stadt von der Anhöhe aus zu sehen, von der Straße aus, die so viele Schlachten erlebt hatte, schien selbst dem kritteligen Malcolm von Blakley ein wenig Ehrfurcht einzuflößen.

»Genug geglotzt, ihr beiden«, rief der Herzog über die Schulter. »Wir müssen ein Zelt errichten und uns fürs Turnier anmelden, und wir sollten uns unserem Gastgeber zeigen. Lasst ihn wissen, dass wir nicht zum Plündern hier sind.«

»*Du* bist nicht zum Plündern hier«, grummelte Dugan.

Malcolm beachtete ihn nicht.

Ian schloss zu seinem Vater auf. »Bestimmt bietet uns der Herzog Gemächer in der Burg an, meinst du nicht?«

Malcolm schwieg eine Weile. Er spornte sein Pferd ein wenig an, bis er etwas Abstand zwischen sich und die Kolonne gebracht hatte. Den Blick geradeaus gerichtet, sagte er: »Herr von Dugan hat nicht ganz unrecht mit seiner Warnung. In meinem eigenen Zelt fühle ich mich sicherer als hinter Halverdts Mauern.«

»Und der Herzog wertet das nicht als Beleidigung?«

»Soll er. Soll er ruhig.«

Die ersten Geräusche der Stadt drangen an ihr Ohr. Der Lärm von Vieh und Karren, das nie endende Stimmengewirr in den Straßen, Streitereien und Geschrei. Immer wieder übertönte die Himmelshymne den Krawall der Stadt. Sie kam von der wolkenweißen Kuppel, aus den obersten Vierteln der terrassenartig angelegten Stadt. Die Kuppel dominierte alles, ihre Bögen und strahlend weißen Türme ragten über die gewaltige Burg hinaus.

Die Hymne war mal lauter, mal leiser zu hören, je nachdem, wie der Wind sich drehte, ebenso der Chor. Dennoch war Ian sich sicher, die Melodien des Sommers herauszuhören, vermischt mit der Melancholie des Herbstes. Ganz milde schwang auch die traurige Melodie des Winters mit, und die ersten Noten des anstehenden Sommerfestes verwoben sich ebenfalls zaghaft mit dem Lied.

Malcolm bemerkte Ians Faszination. »Der Herzog von Halverdt ist ein schrecklich frommer Mann. Er unterhält den besten Chor außerhalb von Herzbrück. Vielleicht sogar den besten überhaupt.«

»Ich hatte die Hymne ganz vergessen«, erwiderte Ian.

»Die kann man kaum vergessen, Junge, aber nach einer Weile überhört man sie.«

»Nein«, widersprach Ian. Das Lied brannte sich in seinen Kopf ein, während sie sich dem Tor näherten. »Ich glaube nicht, dass ich sie überhören werde.« Das Tor ragte vor ihnen auf, doch Malcolm ließ die Karawane anhalten und ritt zum Turniergelände auf der Westseite der Stadt. Die Ritter seines Gefolges und viele Bewaffnete lösten sich aus der Kolonne.

Im Schatten der Stadtmauer erblickte Ian eine Zeltstadt von der Größe mehrerer Dörfer. Die von dort kommenden Geräusche klangen lauter, glücklicher und irgendwie fröhlicher als die aus der Stadt. Die Grenze des Turnierplatzes war abgesperrt mit einem Seilzaun, der von den Klerikern der Herrin Zwietracht gesegnet war und an dem die Symbole des Sommerfests hingen. Einige Priester des Zinder liefen die Absperrung entlang und überprüften, ob das Seil der Doktrin entsprach und die Symbole angemessen waren, die ihre Brüder des Sommers gewählt hatten. Ian bemerkte sie, beugte sich zu seinem Vater und zeigte auf die Geistlichen. »Müssen sie sich wirklich so kurz vor dem Allfeuer vor Gheistern schützen?«

»Müssen? Nein, dazu besteht kein Zwang. Aber der Herzog ist … vorsichtig, was Gheister anbelangt.«

»Er scheißt sich aus Angst vor den Schatten in die Hose«, sagte Dugan. »Er hat einen Kader Fackelträger in seinem Gemach, um die Nacht der Heiden abzuwehren.«

»Das stimmt nicht ganz«, widersprach Malcolm, der sich ein Grinsen nicht verkneifen konnte. »Aber ihm ist schnell unheimlich zumute. In Grünhall kann man sich vor vielem fürchten, aber eines ist gewiss: Es gibt nirgendwo Gheister unter den Betten.«

»Es ist auch ohne Eure heidnischen Götter gefährlich genug«, rief Beaunair.

Ian und sein Vater drehten sich um. Der Großelektor näherte sich ihnen langsam zu Pferd. Die Wagenreihe der Priester hatte sich kurz nach dem Aufbruch von Hundsweih zurückfallen lassen. Beaunair und Blakley waren übereingekommen, dass sie nicht händchenhaltend in Grünhall erscheinen sollten. Allein dass sie beide am selben Morgen eintrafen, würde Halverdt aufs Äußerste reizen. Der Großelektor deutete fröhlich auf die Stadt, zum Zeltlager und sogar zum Himmel. »Aber es wird auch Grund zur Freude geben. Erfreut Euch am Liebreiz der leuchtenden Herrin beim Allfeuer, Eure Hoheit. Ihr seid hier, um die Kirche zu einen.«

»Ich bin hier, um einen Krieg zu verhindern. Daran erfreue ich mich.«

Beaunair lachte und ritt weiter. Als das Banner des Großelektors in Sicht kam, erschollen Fanfaren auf den Stadtmauern, und Freuden- und Willkommensrufe wurden laut.

Malcolm schnaubte. »Ich glaube kaum, dass sie uns auch so begrüßen werden. Kommt. Wir wollen uns ausruhen. Ich habe für den Rest des Tages genug von Priestern.«

Malcolm führte sein Gefolge zu einer grasbewachsenen Stelle am Rand des Turnierplatzes. Die kleineren Wettbewerbe hatten bereits begonnen, und Ian und seine Männer bauten unter dem Lärm aufgeregter Zweikämpfe die Zelte auf und packten ihre Habseligkeiten aus. Ringsum gab es noch reichlich freie Stellen auf dem Gras für weitere Zelte. So kurz vor dem Allfeuer würden sie sich sicher rasch füllen. Bis die erste Lanze gebrochen wäre, wäre die gesamte Fläche voll mit den Großzelten der südlichen Häuser, den kleinen Zelten ihrer Vasallen und diverser Edelfreier. Es würden gewiss auch tenerranische Banner zu sehen sein, trotz Grünhalls Nähe zur Grenze, und unter den Leinentüchern würden deutlich raubeinigere Ritter hausen, als die Blakleys zum Turnier mitgebracht hatten.

Als alle Zelte standen und das herzogliche Großzelt mit den schwarz-weißen Wappen geschmückt war, gönnten die Ritter sich ihre Erholung. Die meisten liefen zu einer der zwölf behelfsmäßigen Tavernen rings um das Gelände oder betraten die Stadt, um ihr Glück bei den suhdrischen Frauen zu versuchen. Die Ritter von Dugan und Doone schauten sich die ersten Kämpfe an; ausschließlich ausgetragen von ungebundenen Lanzenreitern, die hofften, einem Adelshaus aufzufallen, das auf der Suche nach Edelknaben war, oder einer Söldnergilde, die Rekruten anheuerte.

Ian und sein Vater waren allein im geräumigen Großzelt. Malcolm löste die Schnallen der Rüstung und ließ die Panzerplatten zu Boden fallen. Dann klappte er einen Feldstuhl auf und nahm ächzend und stöhnend Platz.

Ian stand betreten am Eingang. »Vater, hör zu …«

»Keines unserer Gespräche, das so anfängt, geht gut aus.« Malcolm barg das Gesicht in der Hand und seufzte. »Hier muss es doch irgendwo eine Flasche geben.«

»Ein bisschen früh, findest du nicht?«

»Wir haben heute den halben Tag im Sattel gesessen, Sohn, und sind seit fast einer Woche auf der Straße. Es kann gar nicht zu früh sein.«

Ian durchwühlte das Gepäck seines Vaters und holte eine Flasche Whiskey und zwei Zinnbecher hervor. Der Whiskey hinterließ einen Nachgeschmack von brennendem Moos in der Kehle. Schweigend saßen sie da und nippten an ihren Bechern.

»Vater«, sagte Ian schließlich. »Ich brauche deine Erlaubnis, am Tjost teilzunehmen.«

»Nein, brauchst du nicht«, antwortete Malcolm.

»Mag sein. Aber ich möchte sie haben.«

»Beim Tjost wird jeder akzeptiert, der ein eigenes Pferd hat und unter einem Wappen reitet.« Malcolm schenkte sich noch einen Fingerbreit Whiskey ein, trank jedoch nicht gleich, sondern drehte den billigen Zinnbecher zwischen den Händen. »Du hast ein Pferd. Du trägst einen Namen, dem du Ehre machst, und ich bin mir recht sicher, Frèr Herron hat dir beigebracht, wie du ein Kreuz auf Pergament machst.«

»Wenn ich mich anmelde, habe ich dann deinen Segen? Wirst du einen Trinkspruch auf meine Siege sprechen und meine Niederlagen ehren?«

»Nein, Junge. Ich verbiete dir, am Tjost teilzunehmen.« Er trank einen kleinen Schluck, zog eine Grimasse und leerte dann den Becher. »Aber ich bin der Herzog zu Hundsweih, und wir sind in Grünhall. Mein Wort ist hier nicht Gesetz.«

»Ich werde mich dir nicht widersetzen«, sagte Ian scharf.

»Das ist gut für dich. Warte bis nächstes Jahr.«

»Wie alt warst du, als du an deinem ersten Turnier teilgenommen hast?«

»Zwei Jahre jünger als du, und mein Vater hat mich gedrängt. Mein Bein wäre fast verstümmelt worden, und Ewan Thaen trieb meinem Pferd die Lanze zwischen die Rippen und brachte es damit um.« Malcolm schüttelte den Kopf. »Ich hätte noch nicht im Sattel sitzen dürfen.«

»Ich bin also zwei Jahre älter als du damals und doppelt so gut vorbereitet. Zuhause nehme ich ständig am Tjost teil. Herr von Dugan sagt …«

»Ritter von Dugan schmeichelt dem Sohn seines Herzogs, auch wenn er nicht ganz unrecht hat. Wie ich schon sagte, wir sind nicht in Hundsweih.« Malcolm lehnte sich im Stuhl zurück, seine alten Gelenke knackten, sein Rücken schmerzte.

»Wir sind in Grünhall, und ich lasse meinen Sohn nicht seinen ersten Tjost unter Halverdts aufmerksamen Blicken reiten.«

»Warum bin ich dann hier?«, fuhr Ian ihn an. »Warum hast du mich auf diese aussichtslose Mission mitgenommen?«

»Diese aussichtslose Mission wurde uns von der Kirche aufgetragen und von Zwietracht gesegnet. Falls wir versagen, wird deine erste Lanze bei einem schweren Angriff splittern statt beim Turnier.« Malcolm seufzte. »Und das wird nicht weniger tödlich enden.«

»Du glaubst, hier ist es gefährlich?«

»Ich weiß nur, dass die Bauern am Tallow von mehr Dieben ausgeraubt werden, als es in dieser Region gibt. Dass die Ritter von Castian und Marchand einen tenerranischen Jungen beinahe zu Tode prügelten, weil der es wagte, ihnen beim Frostnachtduell einen Treffer zuzufügen. Und dass der Vater des Jungen es auf sich nahm, Castians Zelt bis zum Morgengrauen in glühende Asche zu verwandeln.« Malcolm rieb sich das Gesicht und warf den leeren Becher zu Boden. »Ich weiß, dass tenerranische Ritter sich an Halverdts Hof versammeln, um den Göttern zu huldigen und den Jahreszeitenwechsel zu feiern. Und diese Ritter werden die Woche vielleicht mit einer Rauferei unter Betrunkenen ausklingen lassen.«

»Ich fürchte mich nicht vor einem Kampf.«

»Ich ebenfalls nicht, aber manchmal entwickeln sich Kämpfe zu Kriegen, und ich möchte lieber nicht derjenige sein, der einen beginnt.« Langsam erhob Malcolm sich. »Mach beim Bogenschießen mit. Ringe mit deinen Freunden. Aber du nimmst nicht am Tjost teil.«

»Herzog Halverdts Tochter schöne Augen zu machen könnte auch einen Krieg anzetteln, glaubst du nicht?«

»Tja …« Malcolm zuckte die Achseln. »Das könnte es wert sein. Geh jetzt. Ich muss mich einen Moment ausruhen, ehe ich bei Halverdt vorspreche.«

»Wenn ich nicht am Turnier teilnehmen darf, dann weiß

ich nicht, warum ich überhaupt mitgekommen bin. Welchen Zweck hat meine Anwesenheit?« Ian stürmte aus dem Zelt, und die wehenden Planen fielen hinter ihm wieder zu.

Malcolm seufzte und nahm wieder Platz. Der heiße Zorn seines Sohnes schien das Zelt zu erfüllen. »Weil ein Sohn an der Seite seines Vaters steht«, sagte er leise. »Und wenn es tatsächlich zum Kampf kommt, will ich dein Schwert lieber an meiner Seite wissen als jedes andere.«

Ian verbrachte den restlichen Nachmittag damit, seine Rüstung zu säubern, die er voraussichtlich nicht einmal tragen würde. Die harte Arbeit nach der langen Reise laugte ihn aus, und so war er entsprechend verstimmt, als schließlich das Abendlied erklang und sich mit der unablässig vorgetragenen Hymne des Chors vermengte.

Die meisten aus der Reiseschar blieben nur kurz im Lager, um frische Kleidung anzulegen, ehe sie sich wieder auf den Weg in die Stadt machten. Malcolm kehrte nicht von seinem Besuch in der Burg zurück, daher war Ian allein im Zelt, während die Dämmerung der Nacht wich. Trotz der Erschöpfung fühlte er sich rastlos, war jedoch so hungrig, dass er keine Zeit damit verlieren wollte, sich selbst eine Mahlzeit aus den Vorräten zuzubereiten. Stattdessen schnallte er sich das Schwert an den Gürtel und betrat die von Fackeln erhellten Wege der Turnierstadt.

Die Luft roch nach Weihrauch, Bier und brutzelndem Fleisch. Es herrschte reges Treiben auf den Pfaden zwischen den Zelten, die mit Seilen markiert und von den vielen Besuchern schon ganz schlammig waren. Die Leute trugen die kräftigen Farben des Sommers, waren fröhlich und laut, auch wenn die meisten rochen, als hätten sie einen Monat im Wald gehaust. Eine Aura verzweifelter Heiterkeit prägte das Fest. Das Allfeuer war der größte Feiertag der Herrin Zwietracht, die längste Sonnenspanne vor dem langsamen Abstieg zu den Qualen des Winters.

Viele Feiernde waren entschlossen, der ausklingenden Jahreszeit auch noch den kleinsten Tropfen Freude auszusaugen.

Ian blieb bei einem Karren stehen, an dem Essen feilgeboten wurde, und kaufte sich eine dampfend heiße Fleischpastete mit Zwiebeln, ehe er sich zum Turniergelände begab. Die letzten Zweikämpfe des Tages waren soeben im Gange, die dunklen Gestalten in der Mitte des Platzes fochten im flackernden Licht von einem Dutzend Fackeln. Vor Erschöpfung bewegten sie sich mit traumgleicher Langsamkeit, droschen mit abgestumpften Schwertern auf Schilde und Helme. Manche der gerüsteten Männer und Frauen taumelten zurück und fielen elegant zu Boden. Es schien ein harter Kampf zu sein, Schlamm und Schatten verliehen den Streitern ein übernatürliches Aussehen, als bestünden sie aus Lehm, der durch eine geheimnisvolle Macht zum Leben erweckt war.

Ian aß gerade seinen letzten Happen Pastete, als eine Gestalt sich ihm näherte: ein Mann, der den Kampfplatz umrundet hatte. In der Dunkelheit dauerte es eine Weile, bis Ian ihn in der Rüstung als Martin Roard erkannte. Getrockneter Schlamm bedeckte die Kupfertönung seiner Plattenrüstung, und der eng um die Brust geschnürte Tappert hing in Fetzen, doch Martin lächelte und seine Augen leuchteten wie eh und je.

Er war ein junger Mann von natürlicher Schönheit, mit dunklem Haar und Teint, was in den suhdrischen Häusern selten vorkam. Martins Familie lebte auf den Ländereien im Südosten, an der Felsküste der Trutzsee. Ian kannte ihn von Kindesbeinen an, ihre Väter hatten zusammen in der Schlacht am Henge gekämpft. In den letzten Jahren jedoch hatten Ian und Martin einander kaum gesehen.

»Meine Gebete und Lieder wurden erhört«, sagte Martin fröhlich. »Der verdammte Ian von Blakley! Wie ich höre, ist das Banner des Hundes an einem besonders finsteren und tristen Zelt gehisst worden, aber ich war nicht sicher, ob du mitgereist bist. Schön, dich zu sehen, Bruder!«

»Dich auch.« Ian drückte Martins Arm und wischte sich dann die Hand an der Kleidung ab. »Bist du schon aus dem Turnier geflogen?«

»Keineswegs. Ich habe meinen ersten Kampf gewonnen und kann jetzt bis zum Morgengrauen trinken, freien und mich amüsieren. Diese armseligen Knilche werden noch ausgesiebt.«

»Warum machst du bei diesen Kämpfen bloß mit? Das eigentliche Turnier hat nicht einmal angefangen. Ist überhaupt ein einziger Adliger hier draußen?«

»Abgesehen von mir, meinst du? Nein, ich glaube nicht. Allenfalls drittklassige Lanzenreiter und Edelknechte ziehen derzeit Zuschauer an. Vielleicht auch einige von edlerem Geblüt, die sich unter falschem Namen angemeldet haben, aber wer kann die schon im Morast auseinanderhalten?« Martin schabte sich den getrockneten Schlamm von der Rüstung und schüttelte die Hände aus. »Das ist kein vornehmer Kampf.«

»Was treibst du dann hier?«

»Ich bin hier, mein lieber Freund, weil so Krieg aussieht. Diese Männer wollen verzweifelt gewinnen, unbedingt Erster werden. Sie sind arm, haben keine Hoffnung, besitzen möglicherweise nicht mehr als die Rüstung und das Pferd, auf dem sie hergeritten sind. Das Turnier zu gewinnen könnte ihr Leben zum Besseren wenden.«

»Dann willst du ihnen diesen Traum zerstören?«

»Mitnichten. Ich will nur etwas lernen. In einer echten Schlacht laufen keine Aufseher um den Platz – da stehen Leben auf dem Spiel. Wenn ich ständig nur in Turnieren antrete, Ian, lerne ich bloß, wie man gegen Adlige in ihrer eigenen Tradition kämpft, und vielleicht sind meine Gegner nicht immer Adelsleute. Daher ziehe ich es vor, jetzt meine Ehre zu beflecken und dafür später meinen Kopf zu behalten.«

»Wie immer hast du die Sache gründlicher durchdacht als nötig. Ich hatte angenommen, du wolltest dich gleich unter die Bauern mischen, um sie mit deinem Schwert zu verhauen.«

»Das auch«, gestand Martin grinsend ein, »aber für Vater brauche ich eine bessere Ausrede, sonst erlaubt er nicht, dass ich meinen vornehmen Hals riskiere.«

»Ein ruhmreicher Plan, aber ich glaube, ich kämpfe lieber gegen Leute, die wissen, wie herum man ein Schwert hält.«

»Es ist deine Beerdigung. Meldest du dich zum Turnier an, oder ist Halverdts Gebiet zu gefährlich für deinesgleichen?«

»Dieses Jahr nehme ich nicht teil. Mein Vater gestattet es nicht. Er befürchtet, ein suhdrischer Ritter könnte mir seinen Speer in den Schädel rammen. Oder dass ich versehentlich den falschen Mistkerl aus dem Süden töte. Nichts für ungut«, fügte er hastig hinzu. »Ich sage ihm ständig, dass wir jetzt Verbündete sind, Suhdra und Tener. Es ist eine Schande, dass wir dieses Turnier unter Halverdts Banner abhalten, aber wenn wir mit euresgleichen Frieden schließen, müssen wir es mit ihm wohl auch.«

»Das wundert mich.« Martin stockte und blickte nachdenklich zu den schlammbedeckten Kämpfern hinter der Absperrung. »Aber dein Vater tut schon ganz gut daran, dich von gewissen Lanzen fernzuhalten. Es sind mehr Herzöge hier auf Halverdts Seite, als du glaubst. Ich weiß, unsere Väter stehen sich nahe, Ian, aber du wirst auf diesem Platz so manchen Feind antreffen.«

»Du klingst wie Herr von Dugan, gesegnet sei er«, sagte Ian.

Martin lachte humorlos.

»Meinst du das ernst?«

»Es gibt immer irgendwelchen Ärger.« Martin sah seinen Freund mit einem Grinsen an, das beinahe herablassend wirkte. »Die Dinge sind wohl einfacher bei euch im Norden, aber ich sage dir: Jemand, der dich anlächelt, ist noch lange nicht dein Freund. Nicht hier.«

»Dann solltest du nicht lächeln, wenn du so was sagst.«

Martin lachte auf, dann kratzte er sich noch mehr Schlamm von der Rüstung und blickte angewidert auf seine Finger. »Ich glaube, ich hab genug gesehen. Hast du schon gegessen?«

»Ein bisschen, aber es war eine lange Reise. Könnte noch etwas verdrücken.«

»Dann lass uns essen und trinken, vielleicht vergesse ich ja, dass ich morgen Früh damit beschäftigt bin, mich in den Schlamm prügeln zu lassen. Von einem groben Klotz aus Halbander, der seine Hacke gegen einen Hammer eingetauscht hat und nichts lieber tut, als ihn gegen die feinen Söhne von Adligen einzusetzen.«

»Feine Söhne von Adligen, die klug genug sein müssten, nicht am Turnier teilzunehmen«, korrigierte Ian ihn. »Das wollen wir nicht vergessen.«

»Ja, ja, ich sollte klüger sein – aber wir werden sehen, wie es läuft. Und jetzt auf in mein Zelt, ich will meine Kleidung säubern und dann mein liebstes Lasterhaus besuchen. Komm!«

Siebtes Kapitel

Der Weg vor ihnen war dunkel und holprig. Die Spur des Gheistes führte von den Trümmern Gartstadts nach Norden, wand sich über Flüsse und Straßen und durch dichte Eichen- und Ulmenwälder wie eine Spur aus Knochen. Die Schatten seiner Präsenz waren im Sonnenlicht zurückgeblieben, klebten am Dreck wie pechschwarze, albtraumhafte Fetzen.

Frèr Lucas folgte der Spur, tagsüber ebenso wie in seinen Träumen. Jede Nacht stellte er sich die Route des kommenden Tages vor, verfolgte den immer größer werdenden Schaden, den der Gheist auf Zinders naetherischen Wegen anrichtete.

Dieser neugeborene Gott hatte etwas Schreckliches an sich, war ganz anders als alle Dämonen, die Lucas bisher gejagt hatte. Ein Gheist, der sich kurz vor dem größten Feiertag der Herrin Zwietracht manifestierte. Er sog dem Land das Leben aus, zehrte an der Lebenskraft der Bäume und des Bodens und ließ sie als weiche Asche zurück. Baumrinde zerbröselte in Lucas' Hand, und seine Stiefel sanken tief in die Erde ein.

Wo der Gheist vorübergekommen war, roch die Luft wie übler Weihrauch. Nichts daran war richtig. Nichts daran heilig.

Gartstadt lag bereits drei Tagesreisen hinter Lucas, als er eines Morgens mit dem starken Gefühl erwachte, einer seiner Träume habe den Weg ins Tageslicht gefunden. Er lag völlig reglos da, lauschte und blinzelte in den Baldachin aus Eichenblättern hinauf, der ihn in der Nacht abgeschirmt hatte. Seine Atmung war langsam und erschöpft. Lucas' Knochen schmerzten, weil er erneut die Nacht auf der Straße verbracht hatte, unendlich weit weg von zu Hause. Er wollte sich gerade aufrichten, als er ein leises Geräusch hörte. Es klang wie das Rascheln trockener Blätter, gleichwohl hatte der Herbst die Bäume noch nicht ihres Laubes beraubt.

Lucas entspannte die Beine, dann setzte er sich auf. Sein Stab lag quer auf seinem Schoß.

Der Gheist befand sich am anderen Ende der Lichtung. Eine Fläche von Tau bedeckten Grases lag zwischen ihnen; alles stand in sommerlicher Pracht, die Bäume und Sträucher waren so leuchtend grün und voller Leben, wie Lucas es sich nicht schöner vorstellen konnte. Selbst das Sonnenlicht strotzte vor goldener Energie.

Als Lucas im letzten Licht des Abends eingeschlafen war, war die Lichtung grau und düster gewesen. Der vorbeiziehende Dämon hatte sie ihres kräftigen Grüns beraubt. Etwas hatte sich verändert. Alles hatte sich verändert.

Ein Bär tapste zwischen den Bäumen hervor und betrat die Lichtung: ein schlurfender Muskelberg, so groß und breit wie ein Pferd, mit einem bernsteinfarbenen Pelz, der in der Sonne schimmerte. Der Gheist lief durch die Gräser, die Halme krümmten sich um seine Pranken wie Wirbel in einem reißenden Strom. Der Pelz auf seinem Rücken bauschte sich auf, die einzelnen Haare sprossen und wuchsen und nahmen an den Spitzen die Form von Löwenzahnsamen an. Wind kam auf. Er trug eine Wolke aus Samen vom Körper des Bären davon. Sie trieben im Sonnenlicht, und wo sie zu Boden sanken, entstand sogleich neues Wachstum, neues Leben.

Das war nicht der Gheist, den er jagte.

»Von der Verderbnis angelockt …«, flüsterte Lucas vor sich hin, dennoch hörte der Gheist ihn und stellte sich auf die Hinterbeine, sodass er auf der Lichtung aufragte wie ein Berg aus Licht und Leben. Sein Gesicht war nicht das eines Bären, sondern glich eher einem Aal, mit weit geöffnetem Maul voller spitzer Zähne, auf denen Blut glänzte. Schwarzes Blut und Galle.

»… und du hast dich dabei angesteckt«, fügte Lucas hinzu.

Er hatte gehofft, diesen Gheist in Frieden lassen zu können, damit das Geschöpf den Wald im Norden in Ruhe erneuern, den Schaden des bösen Gottes aus Gartstadt beheben könnte. Den meisten Inquisitoren wäre ein solcher Gnadenakt niemals in den Sinn gekommen. Lucas hingegen hatte genug Zeit in Suhdra und Tener verbracht, um zu wissen, dass es dem Land schaden konnte, wenn man die Gheister völlig unterdrückte. Vermutlich war ihre strikte Bekämpfung der Grund für die gegenwärtige Kornfäule, eine Ansicht, für die man ihn in Herzbrück als Ketzer gebrandmarkt hätte.

Wenn dieser Gheist von der Verderbnis angezogen worden war und sie beheben wollte, umso besser.

Und doch hatte die Verderbnis den Gott vergiftet, daher musste der Dämon, zu dem er nun geworden war, ausgemerzt werden, damit im Land wieder Ordnung einkehrte.

Der Gheist stieß ein tiefes, trauriges Seufzen aus, und die Infektion aus seinem Maul ergoss sich über die Lichtung. Die Gräser verwelkten unter seinem Atem, die süße Luft roch plötzlich sauer, und die Lichtkegel zwischen den Bäumen erschauderten und verblassten. Lucas nahm den Stab auf und beschwor die Gabe des Naether, die ihm sein Herr Zinder verliehen hatte.

»Ich will den Frieden zwischen uns nicht stören, Dämon«, murmelte Lucas, »aber ich bitte dich auch nicht um Frieden. Kehre in dein Reich zurück, und von mir wird kein Streit ausgehen.«

Der Gheist plumpste auf alle viere und griff Lucas an. Seine behäbigen und zugleich geschmeidigen Sätze ließen den Boden erbeben. Sein Pelz wallte wie ein Banner hinter ihm her, voller Funken, die durch die Samen tanzten und die Luft mit bernsteinfarbenen und goldenen Linien durchzogen. Lucas setzte das Ende des Stabes auf den Boden und verzerrte die Luft ringsum, vereinte die Schatten miteinander und band sein Fleisch an die nebeldichte Essenz des Naetherreichs. Das Blut gefror ihm in den Adern, als seine Seele die Welt der Sterblichen verließ. Der feurige Angriff des Gheistes fegte Lucas beiseite, doch anstatt den Priester zu zermalmen, rannte der Bär durch ihn hindurch wie durch Rauchfetzen.

Als der Bär ihn passiert hatte, schleuderte Lucas die Schattenstränge davon, ließ sie in den Waldboden einschlagen wie dunkle Blitze; sie richteten keinen Schaden an, sondern wirbelten nur Wolken aus Asche und Schlick auf, wo immer sie eindrangen. Er fuhr zu dem Gheist herum, entzog dem Naetherreich Energie und versuchte, sie an den bösen Gott zu binden. Schatten schnappten nach dem Fleisch des Dämons, fegten die weichen Sporen von seinem Rücken, legten sich um seine Gliedmaßen und hinderten ihn am Gehen.

Langsam und träge drehte der schwere Gheist sich um. Seine Stränge aus Muskeln und Fett ließen die von Lucas beschworenen Fesseln bersten. Der Priester sah die Augen des Gottes, Kugeln aus goldenem Licht durchsetzt mit schwarzen Adern, als bahne sich die Vergiftung allmählich ihren Weg vom Maul zum Gehirn.

Der Dämon senkte den Kopf und donnerte erneut auf ihn zu. Sein klaffendes Maul fuhr durchs Gras und ließ eine Spur pechschwarzen Speichels zurück, die hinter ihm blubberte und zischte. Sein Rücken bog sich auf und ab im geschmeidigen Rhythmus seines Trotts.

Lucas nahm eine meditative Haltung ein, balancierte seinen gebrechlichen Körper auf einem Bein und stützte sich auf den Stab. Er drückte die Stirn gegen die Ikone an der Stabspitze, die zur Bündelung der Energie diente. Dann ließ er seinen Geist in das Naetherreich gleiten. Sein Körper blieb bedenklich ungeschützt in der Welt der Sterblichen zurück. Doch er hatte keine Wahl – diese Bestie würde er nicht mit Fleisch und Blut besiegen. Lucas' Stärke lag in seinem Geist, seine Hoffnung auf Sieg in Besonnenheit und Täuschung.

Die Welt ringsum änderte sich, und die Zeit verstrich langsamer. Die Lichtung verlor ihren Bernsteinglanz, das blühende

Leben wich der kalten Last des Naethers. Linien der Macht und Energie gingen vom Körper des Gheistes aus, der unausweichlich angriff. Sie schossen dem Frèr entgegen, würden ihn innerhalb weniger Herzschläge durchdringen.

Losgelöst von seinem Körper musterte Lucas den Angreifer.

»Ein Naturgeist, wie ich vermutet habe«, sagte er zu sich selbst. »Mit wiederbelebender Kraft. Manche Seiten des Frühlings machen den Schaden des Winters rückgängig.« Er schwebte am Gheist vorbei. »Aber es ist nicht der Winter, der in dieses Land eingefallen ist, und daher bist du wahnsinnig geworden.«

Die Gestalt des Dämons war wie Nebel, substanzlos im Naether, sowohl durchsetzt von der eigenen magischen Energie als auch mit den dunklen Ranken, die ihn vergiftet hatten.

»Ein Gheist der Unruhe hat sich in deinem Verstand niedergelassen«, flüsterte Lucas. Er verfolgte die Spur vom Maul des Bären bis in dessen Schädel. Der Streifen aus Dunkelheit krümmte sich und zuckte. »Ich kann nicht viel tun, um dich zu retten – selbst wenn das meine Berufung wäre. Trotzdem muss ich einen Weg finden, dich zu vernichten. Oder dir helfen, es selbst zu tun.«

Lucas atmete tief durch und drang in den Verstand des Gheistes ein. Es war ein Reich des Chaos, ganz anders als ein Intellekt aus Blut und Licht, den zu bekämpfen ihm vertraut war, ein Gewirr aus Instinkten und Trieben, die den alten Priester beinahe davonfegten. Lucas riss sich zusammen, konzentrierte sich auf die Aufgabe – der Gheist hatte seinen Körper fast erreicht. Er zwängte sich in die Sinne der Bestie und fand ihr Sehvermögen, das von der Infektion kaum beeinträchtigt war. Der nach heidnischer Auffassung heilige Naturgeist betrachtete die Welt unter Aspekten von Leben und Tod, Gesundheit und Verfall.

Schwindel überkam Lucas, als er sich selbst durch die Augen der Kreatur sah. Er erkannte sich kaum wieder und empfand einen Anflug von Abscheu bei dem Anblick. Und dann drang Lucas durch. Er band die Augen des Gheistes an den Naether.

Die Verderbnis nahm die Bindung überraschend schnell an, gab ohne Widerstand nach.

Dann löste er sich aus dem Verstand des Gheistes.

»Götter, was für ein Wahnsinn in ihm tost«, murmelte er. Schattenstränge drangen ihm aus der Hand und verbanden seinen Willen mit dem Sehvermögen des Gheistes. Erschöpft gewährte er sich einen Augenblick, um seine Gedanken zu beruhigen …

… dann kehrte er in seinen Körper zurück. Lucas keuchte überrascht auf, als Luft seine Lungen füllte und die Wärme der Sonne ihm in den Augen schmerzte. Er wankte, sah jedoch die fragilen Schattenstränge, die von seiner Hand bis zum Gheist reichten.

Nur ein Moment war vergangen, und der Dämon raste noch auf ihn zu, eine brüllende, tobende, schreckliche Naturgewalt. Lucas ließ sich zur Seite fallen, zog an den Schattensträngen – und somit an der Wahrnehmung und dem Gleichgewichtssinn des Bären. Das Geschöpf donnerte an dem Priester vorbei und brach schnaufend auf dem Boden zusammen. Es rappelte sich auf, wandte sich um und griff erneut an, doch diesmal hatte Lucas die Lage unter Kontrolle, lenkte den Bären zur Seite, wenn er zu nahe kam, verzerrte die Sicht des Gheistes, um dessen Verstand zu verwirren und die Graslichtung wie einen Irrgarten erscheinen zu lassen.

Der Gheist taumelte umher, stieß vor Verblüffung, Frustration und Verzweiflung ein tiefes Brummen und Brüllen aus. Langsam entzog Lucas dem Dämon die Stärke. Er sog Schatten aus dem Wald, um ihn zu fesseln, erschuf immer verwirrendere Bilder in seinem Kopf, jagte ihm schattenhafte Pfeile in die dicke Haut. Mit jedem Schritt wurde der Gheist schwächer, seine Göttlichkeit nahm ab wie das Licht einer herunterbrennenden Kerze.

Schließlich fiel er jämmerlich zu Boden.

Der Gheist ruckte vor, die vorderen Gliedmaßen zuckten,

seine Schnauze und die Schultern durchpflügten die Erde. Er zog eine Furche mit seinem massigen Körper und kam in der Mitte der Lichtung zur Ruhe. Eine letzte Wolke glühender Samen stieg von seinem Rücken auf, trieb ziellos durch das Sonnenlicht zwischen den Bäumen, ehe sie im Allreich verschwanden. Lucas näherte sich der Bestie und blieb neben ihrer Schulter stehen. Er löste die Täuschung des Naether und befreite die Sicht des Gottes. Der Gheist blickte ihn mit einem Auge an, eine leuchtende Kugel goldenen Lichts, durchdrungen von dunkler Verderbnis. »So ist der Kreislauf, mein Freund.« Lucas tätschelte ihm die Schulter. Sie fühlte sich warm und dick an, die Muskeln zuckten vor Erschöpfung. »So ist der Weg des Lebens. Was immer dich zu dieser Lichtung gelockt hat, ich bin es, der dich hinausführen muss. Finde Frieden, kleiner Gott. Geh nach Hause.«

Er hob den Stab und schlug dem Gheist damit kräftig zwischen die Augen. Er war ein alter Mann, und ein solcher Schlag hätte ein Geschöpf dieser Größe niemals verletzt, wenn er nicht mit dem Bann des Herrn Zinder belegt gewesen wäre, dem Gott des Winters und Todes.

Der Körper des Gheistes brach zusammen, öffnete sich wie eine kaputte Geldbörse und verströmte Licht, Hitze und den starken, moschusartigen Duft der Schösslinge des Frühlings.

Lucas trat zurück und beobachtete, wie der Körper des Geschöpfs sich auflöste, in den Boden sickerte wie Wasser. Das Gras erwachte zu neuem Leben, die Luft wurde klar, und eine Welle pulsierender Energie entwich dem letzten Atemzug des Gheistes. Die Bäume rings um die Lichtung wuchsen ein klein wenig, die Gräser rauschten und sprossen und reichten Lucas plötzlich bis zur Taille. Angesichts der Veränderung konnte er sich ein Lachen nicht verkneifen. Es war, als trete man am ersten Frühlingstag ins Freie, das erste Singen der Vögel im Ohr, das Versprechen von Sommer in der Luft.

»Und so ist der Lauf der Dinge. Du kehrst ins Allreich zurück, und ich begebe mich wieder auf die Jagd.« Er rieb sich das Gesicht. Ein Anflug von Abscheu überkam ihn, als er sich daran erinnerte, wie er aus Sicht des kleinen Gottes ausgesehen hatte – die Abneigung, die er empfunden hatte. Er verdrängte den Gedanken. Lucas war an das Stigma gewöhnt, dennoch nagte etwas an ihm.

Mit dem Stab teilte er das Gras an der Stelle, wo der Gheist gelegen hatte. Die Pflanzen waren unglaublich grün und kräftig, kleine Speere mit breiten, robusten Blättern. Es kostete ihn Mühe, bis zum Boden durchzudringen.

Vor ihm lag zitternd der flache schwarze Streifen der Verderbnis auf der Erde. Wie eine Schlange im Weinstock zischte er, als Sonnenlicht auf ihn fiel. Lucas hob den Stab und zerschmetterte den Kopf der Schlange, bohrte die schattenhafte Ranke in den Boden. Sie wand sich um den Stab aus dunklem Holz, peitschte durchs Gras und versuchte, an Lucas' Stiefel Halt zu finden. Schließlich war ein Knacken zu hören, und die Verderbnis löste sich auf. Sie brach auseinander und sickerte in die Erde. Die Gräser, die sie berührte, verwelkten.

Ehe Lucas aufbrach, weihte er die Lichtung in Zinders Namen.

Etwas Dunkles gedieh in der Spur des Dämons von Gartstadt. Etwas, das Lucas nicht verstand, das ihm aber allmählich Furcht einflößte.

Am nächsten Tag folgte Lucas wieder der Fährte, die ihn zu einer Weggabelung führte. Der Gheist von Gartstadt, der eine Spur der Verderbnis hinterließ, hatte die Richtung gewechselt. Er näherte sich Grünhall. Es war gut, dass Lucas Ritterin von LaFey in diese Richtung geschickt hatte, um den Herzog zu warnen und die Verteidigung vorzubereiten.

Eine weitere Fährte war aufgetaucht, als hätte der Dämon von Gartstadt einen Geist beschworen oder einen anderen Gott zu sich gelockt. Die neue Spur indes fühlte sich fremd an. Verderbt wie der Gheistbär am Vortag, aber irgendwie … *gelenkt*. Sie führte nordwärts. Direkt zum Fenntor.

Beruhigt, dass Elsa die Lage in Grünhall unter Kontrolle halten würde, beschritt Lucas den Weg, der in den heidnischen Norden führte. Er würde ihn zu den Fennen führen und zu Haus Adair.

Achtes Kapitel

Malcolm lehnte den Kopf an die kühle Steinwand der Kirche und atmete tief durch. Die Nacht war hereingebrochen, und er wollte nichts lieber, als sich ins Bett zu legen und den Schmerz der Reise fortzuschlafen. Sein Rücken fühlte sich an wie in einem Kochtopf: Mit jedem Schritt schienen die Muskeln ein wenig mehr durchgegart zu werden, und der Schmerz in den Hüften, Knien und Füßen wollte nicht nachlassen.

Besonders die Füße bereiteten ihm große Qualen. Wäre Malcolm den ganzen Weg von Hundsweih bis hierher zu Fuß gegangen, hätte er die Schmerzen nachvollziehen können. Sein Kopf pochte, und er hatte noch nicht einmal mit dem Herzog zu Grünhall gesprochen.

»So wird es von jetzt an laufen«, sagte Dugan. Der Ritter stand in der Mitte des Doma, die Hände über dem Heft des Schwertes gekreuzt, und betrachtete die bunten Deckenfresken. Sie zeigten den Lauf der Sterne und der Jahreszeiten, mit denen die Zwillingsgottheiten der Kirche der Celesten sie segneten. »Wir warten in ihren Heiligtümern.«

»Unseren Heiligtümern«, antwortete Malcolm. Er stand neben dem Eingang an den Türrahmen gelehnt. »Ich sehe dich an jedem Feiertag darin und höre deine Gebete zur Sonnenwende.«

»Der Wein ist gut«, entgegnete Dugan. »Spotte niemals über den Wein der Suhdra.«

Malcolm verlagerte sein Gewicht auf den anderen Fuß.

Dugan grinste einfältig.

»Was gibt es da zu grinsen?«

»Ich grinse wegen Euch«, antwortete der Wachkommandant.

»Ihr seht aus wie mein Großvater, kurz bevor er unsere Namen vergaß und in den Wald gelaufen ist.«

»Zeigt uns Alten gegenüber ein wenig Respekt«, sagte Malcolm. »Ich würde Euch noch immer beim Tjost besiegen.«

»Der Tjost ist ein Spiel für sitzende Männer. Fordert mich im Zweikampf heraus, dann seht Ihr, wie Ihr abschneidet.«

»Ich bin versucht, Euch wegen Insubordination vor ein Gericht zu schleifen«, fauchte Malcolm. Es tat ihm nicht gut zu stehen. Er wankte zum Altar und stützte sich mit den Händen auf das kühle Elfenbein. »Ich bin noch immer Euer Lehnsherr.«

»Und ich folge Euch in die Tiefen des Totenreichs, mein Herzog, aber falls Ihr dereinst Hilfe dabei benötigt, Euer Geschäft zu erledigen, werde ich das überdenken müssen.«

Malcolm lachte. Er stand im Begriff, sich umzudrehen und Dugan freundschaftlich die Wange zu tätscheln, als ein Priester an der Tür erschien. Er trug das Schwarz und Grau der Gesalbten Zinders.

»Der Herzog wurde aufgehalten«, sagte der Mann mit einem missbilligenden Blick zu Malcolm.

Malcolm richtete sich beiläufig auf, nahm die Hände vom Altar und räusperte sich.

»Gewiss wurde er aufgehalten«, erwiderte Dugan in scharfem Ton. »Allerdings meine ich den Herzog zu Hundsweih, nicht Euren Herrn.«

»Ich diene nur Zinder, dem Herrn des Winters und …«

»Ja, ja, so meint er das nicht«, beschwichtigte Malcolm. »Ich möchte nur dem Herzog von Halverdt meine Ehrerbietung erweisen. Wie Ihr wisst, hat mich der Großelektor hierhin eingeladen.«

»Der Großelektor herrscht nicht über Grünhall. Ihr hättet die Einladung des Herzogs erbitten müssen«, entgegnete der Priester steif.

»Und nach wessen Pfeife tanzt Ihr?«, murmelte Dugan.

Der Geistliche blickte ihn zornig an, und Malcolm trat nachdrücklich zwischen sie. »Ich hoffe doch, das Wort des Großelektors wird in Suhdra ebenso geehrt wie in Tener«, sagte er. »Wir teilen denselben Glauben, werter Frèr.«

»Euer Glaube ist wohl eher recht schlicht«, schnaubte der Priester.

Malcolm ignorierte die Kränkung. »Würdet Ihr bitte den Herzog holen? Wir wollen ihm nur unser Gastgeschenk überreichen und uns des Ehrversprechens seiner Hoheit versichern.«

Der Priester verneigte sich und ging wortlos davon.

Ohne sich umzudrehen, sagte Malcolm zu seinem Wachkommandanten: »Ihr müsst ein wenig freundlicher sein.«

»Ich wüsste nicht, warum. Die Priester, die die Kirche nach Norden schickt, sind recht höflich, aber die Brüder hier in Halverdts Mauern brauchen eine ordentliche Tracht Prügel.«

»Ich glaube, Herzog von Halverdt trägt an ihrem Benehmen mehr Schuld als die Kirche. Wo wir gerade von ihm sprechen ...« Malcolm trat gemächlich zu einer Kirchenbank und ließ sich darauf nieder. »Wenn er uns wie Diener behandelt, setze ich mich wenigstens, während wir warten. Gibt es hier irgendwo Wein?«

Ein fernes Geräusch hallte durch die geschlossenen Fensterläden des Doma. Malcolm hielt inne. »War das ...?«

»Ein Kriegshorn«, beendete Dugan den Satz und eilte zur Tür. Malcolm folgte ihm, ohne seinen schmerzenden Rücken zu beachten. Der Ritter stieß die Tür auf. Auf den Stadtmauern waren Fackeln zu sehen und Soldaten zu hören. Wieder erklang das Horn, ein tiefer, brummender Ton, der durch die Straßen hallte und die Luft mit Furcht erfüllte. Im Norden erscholl dieses Horn oft zur Warnung, wenn die alten Götter sich regten.

Malcolm hätte nicht damit gerechnet, es während des Allfeuers zu hören. »Ein Gheist«, wisperte er.

Als das Horn erklang, rannte Ian los, zusammen mit den anderen Gästen der Taverne. Die schlammigen Straßen der Turnierstadt waren voll mit Betrunkenen, die nun größtenteils in Panik ausbrachen. Fackeln säumten die Zinnen der Stadtmauern. Das Tor, das für das Fest des Allfeuers offen gestanden hatte, krachte donnernd zu.

»Was ist los, verdammt noch mal?«, schrie Martin. Sein Gesicht war vom Wein gerötet, doch trotz seines trüben Blicks erkannte Ian die Angst darin. Ehe er antworten konnte, ertönte das Horn erneut. Die Menschen reagierten entsprechend panisch.

In der Nacht war ihr Murren zu hören: »Gheist, Gheist, Gheist …« Die Leute begannen, zu den sicheren Burgtoren zu rennen.

»Die öffnen denen niemals das Tor, nicht solange ein Gheist hier draußen ist«, sagte Ian. »Kannst du irgendwas sehen?«

»Nichts. Wo bleiben die Priester und die …«

Hufgeklapper erklang hinter ihnen auf der Straße. Ian zog Martin zum Straßenrand und drückte ihn an die Zeltwand der behelfsmäßigen Taverne. Drei Ritter donnerten an ihnen vorbei, halb gerüstet, halb betrunken, ihr Banner zeigte die Lanze und Rose von Haus Marchand. Die Menge teilte sich vor ihnen, doch landete mehr als ein Feiernder im Dreck, mit einem Hufabdruck auf dem Rücken.

»Die werden nicht viel ausrichten«, sagte Ian zornig. »Komm mit.«

Noch immer benommen, folgte Martin ihm zum Großzelt der Blakleys. Einige Ritter des Herzogs irrten umher, legten die Rüstungen an oder spritzten sich Wasser ins Gesicht. Doone stand mit grimmiger Miene mitten auf dem schlammigen Weg.

Ian zog sie zu sich herum. »Wo ist mein Vater? Wo ist der Herzog?«

»Nicht von der Burg zurückgekehrt«, antwortete Doone. »Diese verdammten Suhdrin wissen nicht, wie sie einen Gheist bezwingen sollen.«

»Nein, wissen sie nicht. Deshalb haben die Götter uns hergeschickt. Holt meine Lanze und meine Ausrüstung … und auch die meines Vaters.«

»Das ist keine Jagd, Hoheit. Sie stoßen nicht ins Horn, weil sie einen Brutling gesichtet haben.«

»Das hier ist Suhdra, edle Frau. Die stoßen schon ins Horn, wenn eines ihrer Pferde zu laut furzt. Jetzt holt die Sachen!«

Doone zögerte einen Moment, dann nickte sie und verschwand im Zelt. Ian begann, sich auszuziehen.

Martin zog sein Schwert, schien aber nicht zu wissen, wie er es halten sollte. »Was machst du?«

»Ich bereite mich vor«, antwortete Ian. »Du solltest hierbleiben. Du bist nicht richtig angezogen.«

»Und du bist für gar nichts richtig gekleidet!«, erwiderte Martin, als Ian sein Hemd in den Dreck fallen ließ. Frau von Doone kehrte mit zwei Bündeln Leder und zwei Lanzen zurück. Sie reichte ein Bündel Ian und legte das andere auf dem Boden ab.

Die Baumlinie am Rand des Turnierplatzes wurde von Fackeln erhellt. Die Rufe der Männer waren zu hören. Vom Zeltlager aus konnte man nicht viel erkennen, doch hörte Ian den Gesang der Priester und das Jagdhorn der Marchands. Er zwängte sich zunächst in die Hosen, die Doone gebracht hatte, dann in die sperrige Schulterpanzerung und die gepolsterten Ärmel seiner Jagdrüstung. Den Brustkorb ließ er unbedeckt.

»Du willst den Gheist jagen?«, fragte Martin. »Du musst verrückt sein.«

»Jage oder werde gejagt, mein Freund. Ich habe keine Zeit, mir eine Ketten- oder Plattenrüstung anzulegen, daher muss die hier genügen.« Ian nahm die Lanze und hielt sie ins Licht. Die Spitze war lang und geschliffen, das Metall dunkel und rot wie Rost. Eine in den Schaft geritzte Rune wies den Speer als Ians Waffe aus, sein Blut hatte das Metall in der Schmiede gehärtet und die Zauber besiegelt. »Blutgehärteter Stahl. Mehr Magie steht uns wohl nicht zur Verfügung.«

»Überlass das den Priestern«, sagte Martin. »Du musst nicht deinen Hals da draußen riskieren.«

»Hör dich nur reden. Erst heute Nachmittag hast du noch

erzählt, dass du nur dann ein bisschen über echten Zweikampf lernen kannst, wenn dir die Bauern mit dem Hammer auf den Kopf schlagen. Und jetzt willst du dich hinter der Kirche verstecken?«

Ein schrecklicher Laut drang aus dem Wald. Ein lautes Knirschen, als würden Bäume entzweigerissen.

Martin fuhr zusammen. »Ich würde es nicht ›verstecken‹ nennen. Ich positioniere mich nur klug. Zieh dich an einen Ort der Stärke zurück und verlass dich darauf.«

»Ich verlasse mich lieber auf meine Stärke, danke«, antwortete Ian, dann trottete er zum Rand des Lagers. Sogleich folgten ihm einige Soldaten aus dem Gefolge seines Vaters, in unterschiedlichen Stadien der Vorbereitung. Die Reihe klirrte und schepperte, während die Ritter die Rüstungen anlegten und sich die Schwertgürtel umschnallten. Ritterin von Doone führte sie an, flackernde Fackeln erhellten ihr Gesicht.

Am Lagerrand hatte sich eine größere Gruppe gebildet. Die meisten waren ebenso unvorbereitet wie der Trupp der Blakleys. Sie standen in teilweise angelegter Rüstung da, viele von ihnen betrunken oder nur halb wach. Einige Priester steckten die Köpfe am bewachten Zaun zusammen, der das Turniergelände umgab. Ian blickte zu ihnen hinüber. Angesichts ihrer Roben und Nervosität handelte es sich um einfache Frèrs, nicht ausgebildet in den mystischen Mächten der celestischen Kirche.

Im Wald hinter der Absperrung verschwanden die Bäume im Schatten. Hier und dort tanzten entfernte Lichtpunkte zwischen den Stämmen. Späher, die die Jagdwege durchstöberten, nach der Ursache für den Alarm suchten. Das Horn auf der Burgmauer brummte weiter, der Laut hallte durch die Nacht. Über allem stand Zinder in silbernem Licht, von seinem Sternengefolge umgeben.

Ian bahnte sich einen Weg zum Zaun und beugte sich vor. »Ist Haus Marchand ausgeritten?«, fragte er den Priester, der am nächsten bei ihm stand.

Er war ein älterer Mann in billiger messingfarbener Tracht, gehüllt in die karmesinrote Robe der Herrin Zwietracht. Er blinzelte Ian einige Male an, ehe er antwortete. »Auf Pferden, ja.« Seine Stimme klang tränenselig. »Ich habe versucht, sie aufzuhalten.«

»Wie viele Ritter befehligt Halverdt?«

»Die Ritter der Wintersonne stehen nicht unter dem Kommando eines sterblichen Her…«, begann der Frèr.

Ian winkte ab und sprang über den Zaun. »Nichts für ungut.« Er drehte sich um. »Ritterin von Doone, Ihr und die anderen bleibt hier. Ich bin sicher, der Herzog wird schon bald seine Schwurritter schicken.«

»Das könnt Ihr vergessen«, entgegnete Doone, schwang sich schwerfällig über den Zaun und landete im Schlamm. »Wenn Euer Vater hört, dass wir Euch allein auf die Jagd nach dem Gheist geschickt haben, baut er sich bis zum Morgengrauen einen Amtsstab aus unseren Knochen. Wir können Euch ja wohl schlecht in der Obhut des Marchand-Klans lassen, oder?« Einige Männer folgten ihrem Beispiel.

»Alle Gläubigen müssen hierbleiben …«, sagte der Priester.

Ian ignorierte ihn. »Drei gute Ritter sind ausgeritten, und wir lassen nicht zu, dass sie den Ruhm allein einstreichen. Außerdem sind sie aus dem Süden. Sie haben vermutlich nicht die leiseste Vorstellung davon, wie man mit einem echten Gheist umspringt.«

»Ich glaube ohnehin, dass das ein falscher Alarm ist«, sagte Doone, gleichwohl wenig überzeugend. »Bei unheimlichen Geräuschen in der Nacht machen die Wachen sich schnell ins Hemd.«

»Hoffentlich stimmt das«, antwortete Ian. »Ich möchte mir nicht ausmalen, was für eine Art von Gheist das Allfeuer zu stören wagt.« Er nickte Martin zu, funkelte den Priester herablassend an, dann führte er seinen kleinen Trupp in den Wald. Er war weit besorgter, als er sich anmerken ließ. Die Gheister waren die Götter der alten Religion, Geschöpfe der Flüsse und des Waldes. Vor den Kreuzzügen hatten die Tenerraner sie lange Zeit angebetet. Seither waren viele dieser Götter dem Wahnsinn anheimgefallen – durch die Entbehrung der Opfergaben und die Einsamkeit der entlegenen Waldgebiete. Sie manifestierten sich an seltsamen und unerwarteten Orten. Manchmal verlangten sie nach Huldigung oder forderten ihre Gaben mit Blut und Feuer ein.

Eines indes war unumstößlich wahr: Die celestische Kirche hielt sie im Zaum. Die geweihten Gottesstraßen, die durch die Wälder führten und den Süden mit dem Norden verbanden, wurden fast nie von Gheistern heimgesucht. Die gesegneten Scharen der Schwurritter und die weniger zahlreichen Inquisitoren konnten die Gheister mit ihren gottgegebenen Kräften vernichten. Der göttliche Kalender der celestischen Kirche diente als Hilfsmittel, um das Eindringen der Manifestationen in die weltlichen Sphären vorherzusagen und sie aufzuspüren.

Zum Allfeuer war Zwietrachts Macht am größten, so wie die Frostnacht den Gipfelpunkt von Zinders irdischer Herrschaft darstellte, und beide wurden zur Sonnenwende gefeiert. Zur Tagundnachtgleiche, wenn Zinder und Zwietracht am kürzesten am Himmel standen, war die Wahrscheinlichkeit am höchsten, dass Gheister umherstreiften.

Ian lauschte am Waldrand dem fernen Grollen des vergessenen Gottes. So kurz vor dem Allfeuer hatte man nur selten erlebt, dass sich eine Manifestation zeigte. Was immer dort draußen war, es war entweder extrem schwach, unterdrückt von Zwietrachts unerschöpflicher Macht, oder so mächtig, dass es die leuchtende Herrin nicht fürchtete.

Was auch zutraf, Ian wollte sich ihm stellen.

Ein anderes Horn erklang im Wald: ein Jagdsignal. Ian deutete mit der Lanze in die entsprechende Richtung. »Marchand und seine Truppen. Dem Signal zufolge haben sie Sichtkontakt. Wir schlagen uns dorthin durch und hoffen, dass sie uns die

Bestie entgegentreiben. Wie viele von euch haben blutgehärtete Waffen dabei?«

»Wir sind keine Jäger, Hoheit, aber wir haben guten Stahl dabei«, antwortete Ritterin von Doone.

»Wenn wir es mit einem echten Gheist zu tun haben, reicht guter Stahl nicht«, sagte Ian. »Falls das Ding größer ist als ein Hund, haltet euch von ihm fern. Bildet einen Trichter und versucht, es zu mir zu treiben. Oder zumindest fort von der Stadt. Falls es auf euch zukommt, vergesst eure Ehre. Rennt.«

»Ja, Hoheit«, sagte ein Mann, und die anderen fielen murmelnd ein, mehr oder minder begeistert. Nur Doone antwortete nicht.

Diese Frau würde niemals davonrennen.

»Gut«, sagte Ian. »Dann formiert euch um mich. Bleibt dicht zusammen, bewegt euch flink. Mögen die Götter über euer Blut wachen.« Mit erhobenem Speer trottete Ian in den Wald, und Doone folgte ihm auf dem Fuß. Der Rest lief ihnen in einer rasselnden Reihe nach. Die Schatten verschluckten sie rasch. Überall war das laute Summen von Insekten zu hören und das unheimliche Knarren der vom Wind gepeitschten Bäume. Allein das Dröhnen des Gheisthorns blieb ihr steter Begleiter.

Sie trampelten zwischen umgestürzten Baumstämmen hindurch und blinzelten in die Dunkelheit. Allmählich gewöhnten sich ihre Augen an die Finsternis, und die geisterhafte Welt der Bäume und raschelnden Blätter zeichnete sich vor den Schatten ab. Das Horn hallte durch die Luft, nur wenig lauter als die surrenden Käfer. Der Waldboden strotzte vor Leben, unzählige umherhuschende Geschöpfe, die sich gerade lange genug zeigten, um die Männer zu erschrecken und immer nervöser zu machen. Ian befürchtete schon, dass sie sich verirrt hatten, als das Horn der Marchands erneut erscholl, diesmal ganz in der Nähe.

Dann war das Wiehern eines Pferdes zu hören, das Scheppern einer Rüstung, gefolgt vom Geräusch reißenden Fleischs und berstenden Metalls. Die Reihe der Kämpfer blieb holpernd stehen.

»Also ist es wohl …«, wisperte Doone Ian ins Ohr, »… größer als ein Hund.«

»Ja. Sammelt die Männer und führt sie zum Lager zurück.«

»Könnt Ihr vergessen.«

»Hier draußen werdet Ihr nichts bewirken. Keiner von euch. Erspart meinem Vater die Kosten für Euer Begräbnis und kehrt ins Lager zurück. Halverdt dürfte inzwischen die Schwurgarde versammelt haben. Ihr könnt ihnen den Weg erklären.«

»Ein sehr praktischer Vorschlag, Hoheit.« Doone rührte sich nicht vom Fleck.

»Also, wenn Ihr unbedingt umkommen wollt …«, sagte Ian achselzuckend. Er blickte die Reihe der Kämpfer an. Alle hatten Angst, doch keiner machte Anstalten, zu gehen. »Wenn wir die Bestie sehen, seid so vernünftig, euch nicht zu nah heranzuwagen. Verteilt euch, lockt sie an, und lasst mich den Rest erledigen.«

»Irgendeine Vorstellung, mit welch liebreizendem Gott wir es zu tun haben?«

»So dicht bei Grünhall? Das Dunkelhenge steht bevor, und der Fluss Grehl kann seinen Gheist nur einmal pro Jahreszeit in unsere Welt schicken.«

»Schwurritter haben ihn gleich nach der Sonnenwende niedergestreckt«, sagte Doone. »Der erscheint mir ziemlich regelmäßig. Könnte es der Hund sein?«

»Das ist nicht der Hund«, widersprach Ian mit mehr Überzeugung, als er empfand. Der Totemgeist seiner Familie war bekannt für seine gefährlichen Raubzüge an der Grenze zu Halverdts Gebiet. Ian hatte es nie über sich bringen können, die Lanze gegen die große Bestie zu erheben, doch hatte er ihren pelzigen Rücken von Kindesbeinen an immer wieder zwischen den Bäumen hervorschimmern sehen. »So kurz vorm Allfeuer ist es wohl keine der üblichen Manifestationen.«

»N'aye«, stimmte Doone zu. Sie blickte die Reihe ihrer Krieger entlang. »Lasst uns loslegen, Hoheit, ehe die Männer die Fassung verlieren.«

Ehe ich meine Fassung verliere, meint Ihr wohl, dachte Ian, doch er packte seine Lanze fester und schlich vor.

Sie hockten am Rand einer breiten Lichtung. Zinder erhellte das Gras und die Steine. In der Mitte waren die Überreste eines Pferdes und des Reiters zu sehen. Die Rüstung war ein einziger Haufen zerborstenen Stahls und zerfetzten Leders. Von den übrigen Rittern Marchands keine Spur. Zinder stand im vollen Licht, leuchtete so hell wie eine silberne Sonne. Ian kroch ein Stück vor. »Seht Ihr etwas?«, flüsterte er.

»Einen toten Ritter«, antwortete Doone.

»Davon abgesehen. Der Gheist ist in der Nähe, ich kann ihn riechen.« Ian atmete tief ein, und der muffige Geruch nach Sumpf und Gruft stieg ihm in die Nase. Kein natürlicher Geruch. Und auch nicht göttlich. Er stieß ein leises Gebet aus, bat Zwietracht um Stärke und Zinder um einen klaren Kopf. Dann betrat er die Lichtung.

»Hoheit«, zischte Doone.

Ian winkte ab. »Euer Stahl kann vielleicht ein wenig Schaden anrichten, aber nur, wenn ihr die Bestie überrascht. Wartet hier. Ich locke sie an.«

»Das ist ein schrecklicher Plan.«

»So solltet Ihr nicht mit dem Sohn Eures Herzogs reden, Doone. Ich werde Vater von Eurer Frechheit berichten.« Er schenkte ihr ein Lächeln, das die anderen nicht sehen konnten, dann trat er langsam weiter vor.

Von den Bäumen her drang kein Geräusch an sein Ohr, weder von Insekten noch von einem Gott. Nach wenigen Schritten erreichte Ian den toten Ritter in der Mitte der Lichtung. Dem Mann war nicht mehr zu helfen. Mit dem Schaftende der Lanze klappte er das Visier des Ritters zurück und erkannte ihn. Grandieu, ein Ritter von den goldenen Ebenen um Herzbrück.

Während des Kriegs der Plünderer war er an der Seite von Ians Vater geritten. Der Mann war vom Schritt bis zum Herzen aufgerissen, durch die Rippen sah man seine zermalmten Organe. Ein Schauder lief Ian den Rücken hinunter. Er stützte sich auf die Lanze und musterte die Baumlinie.

»Ich glaube, der Gheist ist fort«, rief er zu Doone und ihren Männern hinüber. »Die anderen Reiter müssen ihn fortgelockt haben. *Oder wurden von ihm zu Tode gejagt, irgendwo zwischen diesen Bäumen*, dachte er.

Doone und die sieben Soldaten der Blakleys erhoben sich und traten zu ihrem Herrn. Die gegenüberliegende Baumlinie erbebte krachend, und ein Gott kam zum Vorschein.

Er löste sich aus den Ästen wie ein Band aus Dunkelheit, Stränge flüssiger Nacht stürzten blitzschnell aus dem Wald und sammelten sich auf dem Boden. Der Gheist war riesig, so breit wie zwei Pferde und strotzte vor Armen und Beinen, die aus seinem unförmigen Körper ragten. Der vordere Teil des Gottes formte sich zu einem Mann, der von Bändern aus purem Schatten umgarnt war. Er kroch vor, zog den massigen Gheist hinter sich her, der auf einem halben Dutzend Beine, Hände und weiteren unidentifizierbaren Körperteilen auf und ab wippte.

Ian erkannte unter den Schattensträngen die Umrisse einer Frau, die der Bestie als Bein diente. Der Gott sah aus wie ein Tumor aus Körpern, zusammengehalten von glänzenden Strängen, die in bösartigem, ins Violette spielendem Licht glühten.

»Viel größer als ein Hund«, wisperte Ian.

Der Dämon glitt auf sie zu, mal langsam, dann schnell wie Nebel im Wind. Ein Torso thronte auf dem Leib aus Körpern, mit breiten Schultern und dicken Armen, die durch die Luft schlugen. Die Gestalt kämpfte gegen die dunklen Stränge an, die ihn festhielten. Eine weiße zerrissene Robe war in den Schatten zu sehen, und die Kapuze einer Bettelmönchskutte verbarg das Gesicht der Gestalt.

Der Gheist öffnete seine Münder und heulte.

»Scheiß drauf«, sagte Ian und rannte davon. Er zerrte an Ritterin von Doone und ihren Männern, als er sie passierte. Sie folgten ihm – zumindest diejenigen, die nicht ohnehin schon die Flucht ergriffen hatten. Die ohrenbetäubenden Schritte des Gheistes wichen dem säuselnden Wind. Ian wagte es, einen Blick über die Schulter zu werfen. Die Bestie bog ihren Körper wie einen Regenbogen in der Dämmerung, schoss über ihn hinweg und landete mit donnerndem Krachen am Waldrand.

Schlitternd hielt Ian an und stierte auf die wabernde Masse. Doone und ihre Männer schirmten ihn ab, hielten die Schwerter in den zittrigen Händen. Wieder stieß die Bestie ein Heulen aus.

»Oder wir stellen uns ihm hier entgegen«, sagte Ian.

Der Dämon fiel über sie her, mit schnappenden Armen und Mündern aus purer Nacht.

Neuntes Kapitel

Der wahnsinnige Gott raste heulend über die Lichtung auf sie zu. Seine unzähligen Zähne knirschten, seine unförmigen Arme rissen den Boden auf, und Ian erfuhr zum ersten Mal, was schreckliche Furcht bedeutete. Seine Glieder waren wie taub, das Blut gefror ihm in den Adern, und sein Atem stockte. Die Lanze hielt er abwesend gesenkt, ihre Spitze zerfurchte das Gras. Er sah dem Ansturm des Gheistes entgegen, jeder Tatendrang war vergessen, aller Mut verschwunden.

Er hätte sterben sollen.

Die Bestie stürmte vor, und Ritterin Caris Doone preschte ihr entgegen. Der weibliche Ritter hielt das Schwert mit beiden Händen gepackt und schlug schreiend auf die verdrehten Gliedmaßen des Gheistes ein. Etwas knackte, das Geschöpf heulte auf und glitt zur Seite.

Vor Ian lag ein Arm auf dem Boden. Er war dünn und ausgemergelt, das Ergebnis eines Lebens voller Entbehrung und harter Arbeit. Die knorrige Faust war mit Linien aus getrocknetem Blut überzogen. Die zerfetzten Überreste einer Bettelmönchsrobe, an den Rändern verkohlt und rußig, bedeckten das Fleisch.

Der Gheist umkreiste die Kämpfer wie ein Wolf, schnappte mit den Kiefern und knurrte mit vielen Stimmen. Ian löste den Blick von dem Arm und sah zu dem Dämon, dann hob er die Lanze.

»Die Körper nehmen Schaden!«, schrie er. »Zerstört sie, dann wird nur noch der Gheist übrig sein!«

Die Soldaten hoben brüllend die Schwerter, dann stürmten sie Ian nach. Der Gheist zog sich enger zusammen. Es versetzte Ian in Erregung, dass sich eine derart große Abscheulichkeit einschüchtern ließ. Seine Männer fielen über sie her, hackten, brachen und rissen sie in Stücke.

Der Gheist schlug zurück. Er schien auseinanderzufallen. Körper flogen in alle Richtungen, die schwarzen Stränge, die sie zusammenhielten, schnürten sich um Haut und Knochen, bis das nackte Fleisch der Besessenen dazwischen sichtbar wurde. Sie hieben mit aufgerissenen Fingern nach den Rittern von Haus Blakley, ihre Hände zerrten an Rüstungen und Fleisch, zermalmte Handgelenke droschen auf Kettenrüstungen ein und verursachten blutende Wunden. Ian sah zwei Männer zu Boden gehen, dann einen dritten, überwältigt von Feinden, die nicht zauderten, auch wenn ihre Gliedmaßen gebrochen waren und ihr Fleisch zerfetzt.

Ian hielt sich dicht bei Doone und schwenkte die Lanze durch die Luft. Der Gheist mied die blutgehärtete Spitze der Waffe, wich jedes Mal aus, wenn Ian einen Treffer zu landen drohte. Der Fürstensohn nutzte das aus, um der Kriegerin, die von den übrigen Gliedern des Gheistes bedrängt wurde, ein wenig Raum zu verschaffen.

»Sieht übel aus«, presste Doone zwischen zusammengebissenen Zähnen hervor.

»Ja«, stimmte Ian zu. »Wir müssen bald einen Ausfall machen.«

»Geht nicht. Wir kommen nicht raus.«

Ian sah sich auf dem Schlachtfeld um. Die Ritterin hatte recht. Die schwarzen Ranken des Gheistes umgaben sie immer enger, schossen vor, schlugen die Männer von Blakley nieder und umkreisten sie dann wieder. Sie waren eingepfercht wie Rindviecher. Die massige Kreatur bewegte sich geschmeidig, einige besessene Körper bedrohten Ian, während die anderen an ihm vorbeieilten und die Flanken angriffen. Mit blankem Entsetzen sah Ian zu, wie sie sich um ihn und seine Krieger wanden und langsam zusammenzogen.

»Der da rührt sich nicht vom Fleck.« Ian deutete auf den

Torso, der mitten aus der sich windenden Masse herausragte, mit breiten Schultern und einem Kopf wie einem Felsblock, den ein furchteinflößendes Lächeln entstellte. »Die anderen Körper bewegen sich um ihn herum.«

»Der Kopf der Schlange?«, fragte Doone.

»Vielleicht. Vielleicht aber auch nicht. Jedenfalls scheint er sich nicht um die anderen zu scheren.«

Doone antwortete nicht. Sie war damit beschäftigt, einen der schmaleren Körper des Gheistes in Stücke zu hacken. Unter den schwarzen Strängen befand sich eine Frau. Ihr Kopf fiel aus der von Ranken umgebenen Masse des Gottes und kullerte Ian zwischen die Füße. Sie trug das silber-goldene Diadem der Celesten. Das musste Ian erst einmal verdauen. Ein Gheist, der aus den Körpern toter Priester und Büßer bestand.

Mithilfe von Ian und seiner Lanze trieb Doone den Dämon zurück, außer sich vor Wut und Furcht. Zwei Krieger der Blakleys waren noch übrig; sie bluteten aus zahlreichen Wunden.

Allein Ian war unverletzt. »Er hat Angst vor dem Speer.« Ian traf eine schwere Entscheidung. »Bleibt hier. Was immer Ihr tut, folgt mir nicht.«

»Hoheit?«

»Für Hund und Weih!«, brüllte Ian den alten Schlachtruf seines Stammes. Von Kindesbeinen an hatte er davon geträumt, diese Worte einmal in einer glorreichen Schlacht zu rufen. Nichts hätte ihn jetzt noch daran hindern können, sie auszustoßen, auch wenn er damit rechnete, beim Angriff umzukommen.

Geduckt schnellte er vor, geradewegs auf den großen Mann inmitten des wirbelnden Gheistes zu. Seine Lanze schoss durch die Luft. Der Gheist wich zurück, doch als ihm bewusst wurde, dass er dem unerwarteten Angriff nicht entgehen könnte, ließ er sich ruckartig zu Boden sinken, um Ian aufzuhalten.

Plötzlich war der Prinz von schwarz glänzenden Armen und Beinen umgeben. Stumpfe Zähne nagten am dicken Leder seiner Armschienen und drangen in die Haut seiner Brust. Etwas fuhr ihm durchs Gesicht, raue Knochen schürften über die zarte Haut seiner Wange und rissen ihm den Kiefer auf.

Blut lief ihm in die Augen, dennoch kämpfte er sich weiter vor. Er schwang sich über einen Körper, verzog das Gesicht, als dunkle Tentakel sich um sein Fußgelenk schlangen und ihn zurückzogen. Er bahnte sich den Weg zu seinem Ziel, obwohl ihm ein Sturm aus heidnischer Energie entgegenschlug. Der Gheist versuchte, sich zurückzuziehen, die schwarzen Stränge spannten sich, als der Hauptkörper sich abwandte und die anderen sich dem Angreifer entgegenwarfen.

Ian kämpfte sich durch sie hindurch.

Er wich dem Angriff aus und trieb mit einem letzten Stoß die Lanze in das Herz der Gestalt inmitten des Gottes. Die blutgehärtete Spitze zischte, als sie die Schattenbänder durchtrennte, Fleisch durchdrang und Knochen zerfurchte. Ian drückte dem wahnsinnigen Gott die Waffe tief in die Brust.

Dann war es still. Alles war still.

Der korrumpierte Gott öffnete ein Dutzend Münder. Und heulte.

Er verwelkte wie eine Ranke in der Dürrezeit. Die dunklen Stränge aus Energie zogen sich in ihn zurück, schlugen kraftlos auf den Boden. Der Gheist gab die vielen Körper frei, die sogleich schlaff in sich zusammensackten. Die Bänder, die zur wahren Gestalt des Gheistes gehörten, schlangen sich um Ian, rissen ihm die Haut auf und brannten sich in seinen Verstand im verzweifelten Versuch, sich von der Lanze zu befreien. Die Stränge wanden sich um die Wunde und klatschten dann auf die Erde, ein loses Gewirr aus gebrochener Macht.

Ian sank auf die Knie. Die Lanze steckte bis zum Schaft im Brustkorb eines stämmigen Bettelmönchs, dessen Robe mit menschlichem und göttlichem Blut besudelt war. Als die Leiche in sich zusammenfiel, rutschte ihr die Kapuze vom Gesicht. Der Tote trug heidnische Tinte im Gesicht, allerdings nicht als Tätowierung, sondern aufgemalt. Eine Woge des Hasses durchströmte Ian, drang durch die Lanze in seine Arme, in die Knochen und bis in sein Herz.

Dann starb das Geschöpf, löste sich in Luft auf wie die Erinnerung an einen Traum, fortgetragen vom Morgenlicht.

»Gott … verdammt«, sagte Doone hinter ihm. Ian blickte sich um. Die Überlebenden – Doone und zwei andere – knieten vor dem gefallenen Gott, auf die Schwerter gestützt, um nicht vor Erschöpfung umzufallen.

»Verdammt sei der Gott«, stimmte Ian zu. Er versuchte aufzustehen, doch seine Knie waren weich, und die Kraft hatte ihn verlassen. »Hätte nie gedacht, dass ich einen Gheist besiegen könnte.«

»Wirklich nicht? Warum zur Verdammnis habt Ihr uns dann hierhergeführt?«

Ian zuckte mit den Schultern. Er setzte sich auf sein Hinterteil und legte sich die Lanze quer über die Beine. »Jemand sollte zum Lager zurückgehen. Von unserer Tat berichten. Schickt jemanden her, um Herrn von Grandieu zu holen …« Er verstummte. Ian blickte zu dem toten Ritter.

Ein Gewirr aus Schwärze sammelte sich vor dem aufgerissenen Brustkorb des Mannes. Während Ian zusah, verdunkelten sich Grandieus bleiche Rippen. Mit einem knirschenden Geräusch wie von zerriebenen Murmeln fügte der Ritter sich wieder zusammen und erhob sich, mit seinem Pferd verbunden durch Stränge aus Nacht und Ketzerei.

»Oh, im Ernst? Was zum Henker?«, sagte Ian. Er spürte die Erschöpfung nur zu deutlich. Langsam rappelte er sich auf. Doone und die beiden Überlebenden bauten sich um ihn auf.

Grandieu setzte sich weiter zusammen; der Körper des Ritters und die Leiche des Pferdes verwoben sich miteinander zu einem grotesken Hybriden aus Rüstung und Fleisch. Die seltsamen Stränge des Gheistes wanden sich eng um Grandieus gebrochene Lanze, zerbarsten und brachen sie ein weiteres Mal. Der gefallene Gott hauchte ihr Leben ein, formte daraus einen

Greifarm, dessen vorderes Ende zu einem Kiefer aus splittrigem Holz wurde.

Der Gheist schnappte damit nach Ian. Es klang, als würden zwei Schwerter gegeneinanderschlagen.

»Tja. Wir haben jedenfalls alles versucht«, sagte Ian.

Ritterin von Doone stellte sich vor ihn, hob das lange, schartige Schwert und rief zornig: *»Für den Hund!«*

Vom Rand der Lichtung erscholl eine Antwort. Die Schatten des Grases und der Schösslinge bewegten sich wie in einer plötzlichen Brise, dann jagte ein einzelner Reiter auf die Lichtung. »Für Hund und Weih!«, rief er. Seine Plattenrüstung blitzte im Licht Zinders, Schild und Lanze hatte er zum Angriff gesenkt. Er donnerte herbei und traf in vollem Galopp auf den Gheist. Das Scheppern von Metall und das Bersten von Knochen waren zu hören. Rüstungsteile und Fleischfetzen platzten von dem Gheist ab, verteilten sich auf dem Gras wie Tonscherben. Der Reiter ritt einfach weiter, wendete kurz vor der Baumlinie und brachte die Lanze erneut in Anschlag. Er richtete sich im Sattel auf und klappte das Visier hoch.

Malcolm von Blakley blickte zu seinem Sohn. Der Mond erhellte den Hund auf seinem Schild und ließ das Blut auf der Lanze glitzern. »Lauf, du Narr!«, schrie er, dann klappte er das Visier zu und machte sich bereit für den zweiten Angriff. Die wirbelnde Masse aus Schatten in der Mitte der Lichtung schien schockiert über Malcolms Angriff, war aber größtenteils unverletzt. Sie wandte sich dem Angreifer zu, dunkle Ranken entwuchsen ihren Schultern wie Flügel.

In diesem Moment brach die Morgensonne aus Richtung Grünhall durch die Bäume. Ian sah einen Ritter der Wintersonne auf die Lichtung schweben. Es war eine Frau in der weißen Halbplattenrüstung ihres Ordens, reich verziert mit goldenen Zeichen: die geweihten Runen der Herrin Zwietracht. Der Tappert, den sie lose über dem Brustpanzer trug, zeigte den knorrigen schwarzen Baum. So kurz vor dem Allfeuer hatte die leuchtende Herrin fast den Höhepunkt ihrer Macht erreicht, die deutlich sichtbar aus der Rüstung strahlte. Die Runen erglühten in bernsteinfarbenem Licht, geschmolzenes Gold und Blut schienen sie in einem nie endenden Kreislauf zu durchströmen.

Sie ritt nicht auf einem Pferd, denn die meisten Wesen aus Fleisch und Blut wären unter der Manifestation der Göttin schlicht verbrannt. Stattdessen schwebte sie über dem Boden, ihre Zehen berührten kaum das Gras. Ein Schirm aus Hitze umgab sie, die Luft flimmerte, die Bäume schrumpften wie von einer plötzlichen Dürre geplagt. Sie hielt ihr Schwert ausgestreckt, so hell wie ein Stück der Sonne selbst, die goldenen Runen auf der Klinge leuchteten wie Blitze in einem Sommergewitter. Ihr rabenschwarzes Haar hing ihr über die Schultern. Ihre Augen hatten die Farbe von zerborstenem Kupfer.

»Im Winter, in der Finsternis, in der Nacht …«, rief sie in rituellem Ton, der mehr einem Gesang glich, »… bringe ich die Sonne.«

»Lauf!«, schrie Malcolm, klemmte sich die Lanze unter den Arm und spornte sein Pferd an. Es gehorchte seinem Befehl, und Herzog und Reittier jagten über die Lichtung.

Ian verharrte gerade lange genug, um zu beobachten, wie die leuchtende Herrin ihre Manifestation vollendete. Ihre Anwesenheit schien einen gleißenden Speer im Herzen des toten Schwurritters zu bilden, und Ian schmeckte Kupfer auf der Zunge.

Dann rannte er los, stolperte durch die Nacht, geblendet von Zwietrachts Erscheinung und der Pracht des Ritters. Hinter ihm brach ein Sturm im Wald los, fegte wie Blitze durch die Schatten.

Ian erwachte unter Schmerzen. In seinem Kopf schien ein Feuer zu lodern; es glühte hinter seinen Augen wie ein Topf kochenden Öls. Als er versuchte, sich aufzusetzen, zwang ihn der Schwindel auf die Liege zurück. Er hörte ein Röcheln und stellte fest, dass es aus seiner Kehle kam.

»Der Tote ist auferstanden«, sagte sein Vater.

Ian riss die Augen auf. Trotz des gedämpften Lichts, das durch die Zeltwand drang, sah er alles verschwommen. Malcolm saß am Feldtisch beim Eingang, die Hände um einen Becher Kaffee gelegt.

»Essen?«, fragte Ian.

»Wir holen dir etwas aus der Feldküche, sobald du aus dem Bett raus und angekleidet bist. Und dir den schlimmsten Gestank vom Körper gewaschen hast.« Malcolm schob ihm mit dem Fuß einen Eimer zu, in dem ein Schwamm auf dem schaumigen Wasser trieb. »Nicht unbedingt in dieser Reihenfolge.«

»Ich habe standhaft gegen einen Gheist gekämpft«, sagte Ian. »Verdiene ich da nicht ein kleines Frühstück am Bett?«

»Vielleicht, wenn du ein suhdrischer Prinz mit glänzenden Augen und dem Federkiel eines Dichters in der zittrigen Hand wärst. Aber du bist der Thronfolger eines der größten tenerranischen Häuser. Das Blut der Hunde fließt durch deine Adern, die Hörner uralter Ruinen hallen in deiner Stimme mit.« Malcolm erhob sich mit sarkastischem Lächeln. »Und dein Vater ist ein verdammter Held. Keiner meiner Söhne wird im Bett liegen bleiben, nur weil er in der Nacht zuvor ein wenig von einem Gott berührt wurde.«

»Ich bin verwundet!«, flehte Ian.

»Du hast einen Kater«, erwiderte der Herzog. Er nahm den Eimer auf und schüttete ihn über dem Feldbett seines Sohnes aus.

Das kalte Seifenwasser spritzte Ian ins Gesicht, und er schrie auf. Es brannte ihm in den Augen und raubte ihm den Atem.

»Da draußen werden sie so tun, als wärst du ein Held, Ian, aber seien wir ehrlich. Du warst zu betrunken, um vernünftig zu sein.« Er schüttete seinem Sohn das restliche Wasser über den Kopf.

Ian saß kerzengerade im Bett, spuckte Seifenlauge aus und verspürte den starken Drang, seinen Vater niederzuschlagen.

Malcolms Gelächter hallte durch das Zelt. Er warf seinem Sohn den Schwamm gegen die Brust, dann ging er zurück zu seinem Kaffee auf dem Tisch.

Ian stolperte durchs Zelt, rieb sich mit dem Schwamm Sandkörner ins Gesicht und suchte nach einem Handtuch.

Das donnernde Gelächter seines Vaters verfolgte ihn. »Ich meine es ernst, Ian.« Malcolm setzte sich auf den Stuhl. »Caris von Doone und ihre Männer haben Geschichten erzählt. Die Hälfte aller Ritter im Lager spricht von dir, und wohl sämtliche Frauen. Sie werden dich mit einer Menge Titel überhäufen, aber du musst einen klaren Kopf bewahren.«

»Titel? Was für Titel?«

»Vergiss sie einfach. Behalte dein Herz in der Brust, junger Mann.«

»Du hast leicht reden.« Ian schlang sich ein Handtuch um und begab sich auf die Suche nach seiner Kleidung. Selbst auf dem Höhepunkt des Sommers war es kühl im Zelt. »Sie nennen dich noch immer die Geißel der Plünderer. An jedem Hof unter dem celestischen Thron.«

»Das sagen sie mir aber nicht ins Gesicht«, sagte Malcolm müde. »Allerdings bezweifle ich nicht, dass sie es letztlich auf meinen Grabstein schreiben. Aber hör mir mal einen Moment lang zu, Sohn.« Er erhob sich und packte Ian bei den Schultern. »Du hast dich gut geschlagen, aber es war töricht. Deine Schwester würde eine feine Herzogin abgeben, aber sie hat nichts übrig für das Leben am Hof und interessiert sich nicht für den Thron des Jägers. Wenn du das nächste Mal dein Leben riskierst, denk bitte vorher etwas gründlicher nach – tu es für deine Schwester, wenn schon nicht für deine Mutter.«

»Du bist ebenfalls ausgeritten.«

»Ich hatte einen Schwurritter an meiner Seite, und wir wussten, was uns erwartet. Herzog Gair Marchand ist zur Burg zurückgeprescht, als er die Bestie erblickte, doch das hat Herrn von Grandieu nicht mehr gerettet.« Malcolm dachte abwesend an den Moment zurück. »Ein guter Mann. Ein guter Soldat. Und du hast fünf meiner Schwurklingen verloren. Sie waren nicht einmal angemessen gerüstet, um sich diesem Ding entgegenzustellen.«

»Wie viele wären noch gestorben, wenn ich nicht gehandelt hätte? Wenn der Gheist bis zum Turniergelände vorgedrungen wäre?«

»Weniger. Vielleicht niemand. Die Schutzzauber sind stark, und die Schwurritter versammelten sich bereits. Man verliert als Anführer immer einige Männer, aber das heißt nicht, dass man ihr Leben leichtfertig aufs Spiel setzen darf.«

Ian schwieg kurz. »Das tut mir wirklich leid. Allerdings hatte ich ihnen befohlen, fortzurennen.«

»Sie würden dir überallhin folgen. Das ist ihre Pflicht. Das haben sie mir als ihrem Herrn geschworen. Und dir als ihrem Prinzen. Du wirst bei der Totenklage hinter ihnen gehen und ihren Familien das Totengeld überreichen. Zu Fuß. Mit Asche eingerieben.«

»Vater …«

»Nein«, fuhr Malcolm ihn an. »Sie sind für dich in den Tod gegangen. Ihre Seelen müssen an das stille Haus gebunden werden. Das ist deine Bürde.«

Vater und Sohn sahen einander schweigend an. Draußen vor dem Zelt herrschte reges Treiben, und doch wusste Ian, dass die Welt ihren Streit stumm belauscht hatte. Er war es gewohnt, diese Art von Streitgesprächen hinter kalten Steinmauern zu führen, hoch im Turm und weit weg von den Männern seines Vaters. Er räusperte sich. »Selbstverständlich, Vater. Es wird mir eine Ehre sein, ihre Asche zu tragen.«

Malcolm stand einen Moment stocksteif da, dann nickte er. Er stellte den Kaffeebecher auf dem Tisch ab und verließ das Zelt. Auf seinem Weg durch das Lager erklang immer wieder gedämpft das übliche »Euer Hoheit«.

Ian seufzte und wischte sich den letzten Rest Seife aus den

Augen. Er kleidete sich an und schonte dabei die Wunden, die er sich ehrenhaft zugezogen hatte, und auch die, die er in seinem Inneren verbarg. Als er fertig war, schnallte er sich ein Schwert an den Gürtel und machte sich auf die Suche nach einem Frühstück.

Zehntes Kapitel

Es waren noch einige Stunden hin bis zum Tagesanbruch, als Gwendolyn Adair aus dem Schlaf aufschreckte. Die junge Jägerin lag im Bett und lauschte dem hektischen Treiben auf dem Gang vor ihrer Tür: dem leisen Rascheln von Seidenroben, den durch Hausschuhe gedämpften Schritten, dem fernen Pochen von Hämmern, die billige Nägel in die Wände trieben, und dem Gemurmel der Diener, die das geheime Fest der Herrin Zwietracht vorbereiteten, der Göttin des Sommers, der Sonne und der Freude.

Es war der Morgen des Allfeuers, des längsten Tages im Jahr, und überall in Burg Fenntor herrschte rege Betriebsamkeit.

Gwen stützte sich auf einen Arm und schaute blinzelnd aus dem Fenster. Es war noch dunkel. Sie fragte sich, ob ihre Eltern bereits auf den Beinen wären und sich vorbereiteten. Die Tradition sah vor, dass die Bediensteten den Herzog und seine Gemahlin vor den Kindern weckten, doch als Jägerin ihres Klans lebte Gwen nicht bei ihren Eltern und dem jüngeren Bruder, umgeben von deren Dienerschar. Ihre Gemächer waren bei den Zwingern mit Blick auf den Wachturm, in dem sich das Gheisthorn befand. Gewiss würde ihre Mutter wollen, dass Gwen an der Familienprozession ins Doma teilnähme, um dort zu beten und der Herrin Zwietracht zu huldigen.

Mittlerweile hätte jemand sie abholen müssen. Gwen stand schon im Begriff, aufzustehen und einen Blick in den Gang zu werfen, als sich die Tür knarrend öffnete und Mab die Ältere eintrat.

»Euer Hoheit«, wisperte die alte Frau mit einer Stimme, die an ein Reibeisen erinnerte. »Die leuchtende Herrin ruft Euch …«

»Ja, ja, Mab«, antwortete Gwen. »Ich bin schon wach. Unsere Herrin Zwietracht ruft mich zu diesem und jenem, aber ich muss mich erst ankleiden.« Sie seufzte und setzte einen Fuß auf den kühlen Steinboden. Selbst im Hochsommer waren die Morgen im nördlichen Tenebros frisch. »Ich bin gleich da.«

»Eure Mutter meint …«

»Meine Mutter hätte gern, dass ich ein Kleid anziehe. Ich weiß. Du hast deine Pflicht getan und wirst nicht dafür verantwortlich gemacht, was ich am Ende trage. Ich danke dir.«

»Ja, Herrin …«, sagte Mab und zog sich leise zurück.

Gwen rieb sich den Schlaf aus den Augen und blickte zum Kleiderschrank. *Sie hätte gern ein Kleid, in der Tat.*

Sie stand auf, spritzte sich kaltes Wasser ins Gesicht und wischte sich das Haar aus den Augen. Sie war hochgewachsen. Ihren braunen Teint und die kräftigen Muskeln verdankte sie den neunzehn Sommern im Sattel und den anschließenden Wintern auf der Jagd. Ihr dunkles Haar wies schwarze und rostrote Strähnen auf, ungewöhnlich für Tenerraner von adliger Abstammung, und ihre großen Augen waren so dunkelbraun, dass sie beinahe schwarz wirkten. Im Sommer trug sie das Haar kurz, was ihre Eltern verstörte, doch langes Haar hatte in den Sträuchern der Wildnis nichts zu suchen. Sie hatte es am selben Tag gestutzt, als ihr Vater sie zur Jägerin von Haus Adair ernannt hatte.

Gwen verbrachte die Tage mit den Hunden, in der Sonne, auf der Jagd. Sie beschützte das Land ihrer Familie vor den wahnsinnigen Göttern, die durch die Wälder streiften. Gheister, die sich nächtens nach der Huldigung sehnten, welche die Kirche der Celesten für sich beanspruchte und ihnen somit geraubt hatte. Doch heute war der Tag des Allfeuers, Zwietrachts größtes Fest, der Höhepunkt ihrer Macht. Die leuchtende Herrin würde die Gheister im Zaum halten.

Gwen zündete eine Laterne an und nahm im flackernden Licht einige Kleider aus dem Schrank. Ihre Mutter hatte eine genaue Vorstellung davon, wie man sich zum Allfeuer zu kleiden hatte, doch das interessierte Gwen nicht. Sie würde gehorsam sein und an diesem heiligen Tag ein Kleid tragen, doch wenn sie schon in solch unpraktischer Garderobe erscheinen müsste, wollte sie sie sich wenigstens selbst aussuchen.

In der Burg wurde es lauter und lauter, je mehr Bewohner erwachten. Zwei Männer stritten sich unten auf dem Hof immer heftiger, bis das raue Schimpfen von Mab der Älteren sie zum Schweigen brachte. Die Jagdhunde, die sich der Bedeutung dieses Tages nicht bewusst waren, verlangten jaulend an ihren Zwingertüren nach ihrem Frühstück und freuten sich auf die Jagd.

Gwen betrachtete deprimiert die infrage kommenden Kleider, dann legte sie rasch ihre Lederkluft an und stieg die Treppen zum Wachturm empor.

Aine MaeCliff saß oben an die Wand gelehnt, die Arme vor der Lanze verschränkt und eine Feldflasche in der Hand. Er besaß die Frechheit zu erröten, als Gwen seinen Wachposten betrat.

»Bisschen früh, Aine, findest du nicht?«, fragte sie.

»Bisschen spät«, erwiderte er. »Ich warte auf die Ablösung.«

»Ruhige Nacht.«

»Das Allfeuer.« Er reichte ihr die Flasche.

Der Whiskey war feurig und stark. Gwen nippte nur daran, um den pelzigen Geschmack auf ihrer Zunge fortzuspülen.

»Auf dich warten heute Morgen andere Pflichten, glaube ich«, sagte Aine.

»Ja. Wollte mir nur für eine Weile den Himmel ansehen, ehe ich zum Gebet muss.«

Aine lächelte und lehnte die Lanze an die Brustwehr. »Dann lös du mich doch ab, damit ich noch ein Nickerchen vor dem Fest machen kann.« Er stieg die schmalen Stufen hinab, die zur Kaserne führten. »Edra wird bald hier sein.«

Allein an den Zinnen, beugte Gwen sich über die Mauer und

sog tief die Morgenluft ein. Die Sonne war noch nicht aufgegangen, die Herrin Zwietracht bereitete sich auf ihren glorreichen Tag vor. Zinder, Gott der Nacht und des Winters, stand tief über den Bäumen, tauchte die Blätter in sein letztes silbriges Licht und ließ sie aussehen wie von Raureif überzogen. Der Wind war kühl und klar, schneidend wie die Nacht und frisch wie die Waldbäche.

Gwen war froh, einen Tag nicht auf die Jagd gehen zu müssen. Zum Fest der Zwillingssonnenwende besaß die Kirche der Celesten den größten Einfluss auf das Land. Die alten Götter zeigten sich nur selten während dieser Zeit, wie auch schon in den Wochen davor. Erst, wenn die Tagundnachtgleiche nahte, würde das Land wieder von den Überbleibseln des vergessenen Glaubens heimgesucht werden.

Nun, der Glaube war größtenteils in Vergessenheit geraten. Manche Leute pflegten die Riten nach wie vor, hielten tief im Wald geheime Hexenzirkel ab, bei denen sie die Flammen entfachten, die die alten Götter am Leben erhielten. Gwen blickte in die schwindende Nacht, sah die eisengrauen Stämme der Bäume im Licht, das die Fackeln an der Burgmauer spendeten. Irgendwo in dieser Dunkelheit sprachen die Heiden noch immer ihre Gebete.

Dass Gwen diese Gebete ebenfalls sprach – gemeinsam mit dem Rest ihrer Familie –, war ein streng gehütetes Geheimnis, das bei einer Enthüllung für jeden tödlich enden konnte. Ihr Vater betrachtete ihren Doppelglauben als zwei Seiten derselben Münze, bezahlte die Kirche, um die neuen Götter zu bewahren, und hielt die alten Götter im Zaum, damit sich die Kirche aus ihren Angelegenheiten heraushielt. Die Inquisition indes würde wenig Verständnis zeigen, wenn sie von der Ketzerei hinter den Kulissen des Hauses Adair erführe.

Gwen sprach leise ein kurzes Gebet. Im Doma hinter ihr schlug die erste Glocke zum Allfeuer: Sie rief die Gläubigen zur Vorbereitung. Schritte erklangen auf den Stufen.

»Aine. Du hast irgendetwas mit deinem Haar gemacht«, scherzte Devon. Sie klang schon ein wenig beschwipst.

Gwen drehte sich zu der lächelnden Wächterin um. »Hör auf damit.« Sie entließ ihr Gebet in den Morgen, dann reichte sie ihrer Ablösung die Wachlanze. »Ich werde später nach dir sehen, Edra. Glaub ja nicht, du hättest heute frei, nur weil wir das Allfeuer feiern.«

»Käme mir nicht in den Sinn.« Sie verbarg ihre Flasche ungeschickt im zu kurzen Ärmel des Lederwamses. Am Fuß der Treppe war ein Wispern zu hören. Die Stimme eines Jungen. Die Wächterin errötete und zuckte die Achseln.

»Behaltet wenigstens abwechselnd den Wald im Auge, 'Dra«, sagte Gwen. »Ich bin sicher, einer von euch beiden kann immer in Blickrichtung zu den Bäumen stehen, stimmt's?«

Edra stotterte eine unverständliche Antwort. Gwen lief auf der Treppe an dem Jungen vorbei: ein Bäckerssohn aus dem Dorf, der zwar vom vielen Heben der Brotkörbe starke Arme hatte, aber ein teigiges Gesicht. Zu jung, um Zeit mit Frauen wie Edra zu verbringen. Doch es war der Tag des Allfeuers. Der ganze Tag war dazu da, interessante Fehler zu begehen.

Zurück in ihrem Quartier wählte Gwen ein schlichtes, tiefrotes Kleid, das mit schwarzen Mustern besetzt war. Die Farben des Hauses Adair, ohne die unbequemen Eisenornamente, die so oft mit dem Namen einhergingen. Als sie das Gefühl hatte, den mütterlichen Erwartungen so gerecht zu werden wie möglich, blies sie die Laterne aus, verließ den Raum und lief über den Hof zum Herrenhaus ihrer Familie.

Alle waren auf den Beinen und schienen durch die Gänge zu huschen, auf dem Weg zum Doma am Fuß des Festsaals. Niemand sprach sie an, allenfalls wisperten ihr einige Bedienstete, die ihr im Weg standen, eine Entschuldigung zu, wünschten ihr ein fröhliches Allfeuer oder machten ihr ein Kompliment für das rote Kleid. Gwen ertrug es und war froh, dass man keine Antwort von ihr erwartete.

Die Türen zum Doma waren geschlossen, mit weiß gestrichenen Ketten verhangen – ein Symbol für die noch ferne Macht des Winters. Vor dem Heiligtum wartete eine Menschenmenge in ehrfürchtigem Schweigen. Die Leute traten gespannt von einem Fuß auf den anderen. Viele weitere standen auf den Mauern um den Hof, die Wehrgänge waren voller Pilger und Bauern in ihrer besten Feiertagsgarderobe. Die meisten blickten zum Doma hinab, einige jedoch sahen nach Osten, wo das leuchtende Gesicht der Herrin Zwietracht bald den Himmel erhellen würde.

Das Doma konnte warten. Gwen blieben noch ein paar Minuten bis zum offiziellen Beginn des Allfeuers; auf sie warteten zunächst andere Riten. Sie wandte sich ab und näherte sich der Krypta.

Der nach unten führende Gang war dunkel und niedrig. Keiner der Bediensteten sprach sie an, als sie vorüberkam, die Küchen und den Kühlraum passierte, der in den kalten, feuchten Stein gehauen war. Sie erreichte den von Fackeln erhellten Weg, der tiefer in die Erde führte, vorbei an den Gräbern ihrer Vorfahren, die alle stumm das Geheimnis hüteten, das jeder Erbe des Riedwindthrons bewahrte. Eines Tages würde Gwen bei ihnen liegen und Frieden in der Stille finden. Die Geheimhaltungspflicht war ihr eine Last – die ihr gar nicht behagte.

Die damit einhergehende Unehrlichkeit war ihr zuwider.

Unter der Krypta befand sich ein Gelass, vor einer Ewigkeit aus dem Fels gehauen von den ersten Stämmen, aus denen später Haus Adair erwuchs. Sie lag verlassen unter der Erde, seit die Kirche der Celesten in den Norden gekommen war und ihre Domas erbaut hatte. Das Gelass war das Heiligtum des Fennlandes, die sakrale Stätte des Hauses Adair, des einstigen Stamms des Eisens.

Gwen trat ein. Ihre Hexe erwartete sie.

»Auf die letzte Minute, Jägerin«, wisperte die Frau.

»Die Sonne wird warten«, erwiderte sie. Der Raum war kalt, dunkel und feucht. Klares Wasser rann die Wände hinab, sammelte sich in einem Becken in der Mitte des Schreins. Drei Fackeln flackerten an den Wänden. Gwen raffte ihr Kleid und kniete vor dem Becken nieder. Die Stelle war vollkommen glatt, abgetragen von Generationen von Adairs, die hier gekniet und heimlich gebetet hatten. »Waren meine Eltern schon hier?«

»Ja«, antwortete die Hexe. Die Frau stammte aus Fennton – nur eines von Hunderten alter Gesichter im Dorf. Ihre faltigen Hände bewegten sich geschmeidig über die Hilfsmittel auf ihrem Tisch, ruhig und präzise.

»Und mein Bruder?«

Die Frau hielt inne und drehte den Kopf. Dann fuhr sie mit ihrer Arbeit fort. »Sie haben entschieden, ihn ein weiteres Jahr heilig zu lassen«, sagte sie schließlich.

Gwen empfand große Erleichterung. Ihre Eltern hatten darüber beraten, ob sie Sloane in das Geheimnis einweihen, sein Blut in die Rituale einbringen sollten – und seine Seele mit dem Vergehen der Ketzerei belasten. Gwen war froh, dass ihm noch ein friedvolles Jahr bevorstand, ehe die Sorgen von allein zu ihm fänden.

»Darüber solltest du nicht lächeln«, tadelte die Hexe Gwen, ohne sie anzusehen. »Je mehr Schultern die Last tragen, desto leichter ist sie.«

»Ich beschütze ihn«, antwortete Gwen, »für ein weiteres Jahr.«

Die Hexe schwieg. Sie wandte sich um, legte Gwen die linke Hand unters Kinn und hob ihren Kopf an. Mit der freien Hand schnürte sie Gwens Kleid auf und streifte es ihr über die Schultern. Gwen erschauerte, dann spürte sie das Messer an ihren Rippen.

»Der Gott des Frühlings erwartet dich«, flüsterte die Hexe.

»Er wird mich erneuern«, antwortete Gwen.

»Die Jahreszeit der Wiedergeburt ruft dich.«

»Und ich werde stets antworten.«

»Heute ist das Allfeuer. Der Frühling hat den Sommer gebracht, und der Sommer hat das Land eingenommen. Und nun, üppig und fett, gleitet es dem Winter entgegen.« Die Hexe führte die Klinge langsam über Gwens Brustkorb. So scharf, so kalt. Das Blut lief den Rinnstein hinab und tropfte in das Becken. »Der Jahreszeit des Todes.«

»Doch der Frühling wartet schon«, hauchte Gwen.

»Er wartet.« Die Hexe verlagerte ihr Gewicht auf die Fersen und zog das Messer zurück. Kurz schoss das Blut ungehindert aus Gwens Schnittwunde, dann hörte sie das nasse, schmatzende Geräusch, mit dem die Hexe ihr einen Breiumschlag auf die Wunde strich. Der Duft von Rosenblättern stieg ihr in die Nase.

Die Hexe wandte sich ab.

Gwen zog rasch ihr Kleid hoch und erhob sich. Sie war wirklich spät dran und würde sich sputen müssen, um es unbemerkt ins Doma zu schaffen. Sie wandte sich schon der Treppe zu, als die Stimme der Hexe sie innehalten ließ.

»Verstehst du dein Versprechen, Jägerin?«

»Natürlich. Glaub mir, mein Vater hat sich deutlich ausgedrückt.«

»Hat er«, stimmte die Frau zu, »aber ich bin mir nicht sicher, ob seine Worte auch dein Herz erreicht haben. Wir verstecken den letzten wahren Gott des Nordens. Sollte deinem Vater etwas zustoßen …«

»Du musst mich nicht durch Angst zum Glauben bringen, Hexe. Mein Herz schlägt in einer heidnischen Brust. Mein Gott ist begraben im Fennland.« Gwen fuhr sich mit der Hand über die Stelle, aus der sie geblutet hatte. »Mein Eisen ist deins.«

»So sei es – aber bete, dass dein Glaube nie auf die Probe gestellt wird.« Die Hexe wandte sich ab und beschäftigte sich mit dem blutigen Messer.

Gwen war verärgert, doch ihr blieb keine Zeit zum Streiten. Sie eilte die Stufen hinauf. Zurück in der Burg, lief sie zum Privateingang, durch die Artefakt-Halle und an der heiligen Schmiede vorbei. Dann betrat sie schweigend das Doma. Frèr Humble wartete am zweigehörnten Altar der celestischen Götter, die Sonne der Zwietracht zur Linken und Zinders Silbermond zur Rechten. Humble trug eine golden-karmesinrote Robe, eine schwere Amtskette und hatte die fromme Stirn an den Stab gedrückt, der mit Gold, Silber, Elfenbein und den eisernen Symbolen des celestischen Glaubens verziert war.

Auf den Bänken vor ihm kniete Gwens Familie, hinter ihnen die Hofritter und Kämmerer, Küchenmeister und der Wachkommandant. Nur Gwens Mutter hob den Blick, als ihre Tochter eintrat. In ihrer Miene spiegelte sich sowohl Ungeduld wegen Gwens Verspätung als auch Erleichterung: Ihre Tochter konnte immer noch prachtvoll aussehen, wenn sie es wollte und auf unangemessene Kleidung verzichtete. Gwen schloss die Tür hinter sich und näherte sich dem freien Platz in der Reihe ihrer Familie.

Colm Adair, Baron des Fenntors und Inhaber des Riedwindthrons, kniete fromm vor dem Altar der celestischen Götter. Wie seine Tochter trug er das Rot-Schwarz der Familie sowie einen festlichen Schulterpanzer und einen Prunkhandschuh am linken Arm, beides aus dünnem, reich verziertem Metall. Wie viele Männer tenerranischen Bluts hatte Colm einen blassen Teint und dunkles glattes Haar. Allein seine Augen waren heller als bei den meisten, und er war von hochgewachsener, drahtiger Statur. Ebenfalls wie die meisten Männer Teners hatte er feine Tätowierungen auf den Wangen und über den Augen.

Die traditionelle Tinte war ein Überbleibsel der heidnischen Riten, die vor langer Zeit von der Kirche verbannt worden waren. Er trug das Haar kurz nach Art der Suhdrin, hatte den Bart säuberlich gestutzt und weder geflochten noch gebunden, wie es die Tenerraner bevorzugten. Gwen sah ihm ähnlich, ihr Temperament hingegen hatte sie von der Mutter geerbt. Lady Elspeth hatte in der Legion der Jäger gedient, ehe der Baron ein Auge auf sie geworfen hatte, und ihr Herz schlug nach wie vor für das Blut und die Leidenschaft der Jagd.

Gwens jüngerer Bruder Sloane winkte ihr verschmitzt zu, als sie sich die Kirchenbank entlangzwängte, um zu ihrem Platz zu gelangen. Sein Atem roch bereits nach Bier. Ihre Mutter würde gewiss herausfinden, wer dem Jungen Alkohol angeboten hatte.

Gwen nahm ihren standesgemäßen Platz zwischen Mutter und Bruder ein. Hinter ihr harrte der Rest des Hofs auf schmerzenden Knien aus, und schließlich hob der Frèr des Fenntors die Hand und stimmte den Sommerritus an.

»In vergangenen Tagen auf himmlischen Straßen, ehe Zinder seine Flamme löschte und Zwietracht den erglühenden Himmel einnahm …«

Gwen war mit den Gedanken schnell woanders. Sie dachte an ihre letzte Jagd auf einen Gheist, die zwei Wochen zurücklag. Sogleich verspürte sie wieder das Verlangen, den Wald zu durchstreifen. Es war eine harte Jagd gewesen. Die Göttin eines alten Flusses hatte sich manifestiert und die Mühle in Fennton überflutet. Gwen und ihre Männer hatten den Dämon verjagen können, dennoch war ein Großteil des Getreides dabei verloren gegangen.

Die Pause zum Allfeuer war angenehm, trotzdem fragte Gwen sich, wann wohl das Gheisthorn das nächste Mal erschallen würde.

»Und so erheben wir uns, wie sie sich erhob!«, rief Humble, und die Anwesenden standen langsam auf. Gwen hingegen sprang regelrecht auf die Beine, in freudiger Erwartung des aufregenden Tages. Welche Sorgen ihr auch immer auf dem Herzen lagen – das Allfeuer war ein Tag, den es zu feiern galt. An dem man fröhlich sein sollte. Der nächste Tag würde ohnehin bringen, was er wollte.

Gwen blickte flüchtig zur Kuppel des Doma hinauf. Dort waren die beiden Götter Zinder und Zwietracht zu sehen, in Schwarz und Gold gemalt. Sie waren umgeben von einem Dutzend Fenster mit geschlossenen Läden. Jedes davon wurde an einem anderen Feiertag der celestischen Kirche geöffnet, um entweder Zwietrachts Wärme oder Zinders eisigen Hauch einzulassen. An diesem Tag war das vergoldete, mit einem Flammenkranz aus Stoff umhangene Fenster an der Reihe. Es öffnete sich knarrend durch die Hand eines verborgenen Ministranten und gab den Blick auf den grauen Himmel und die letzten Sterne frei. Plötzlich fiel ein goldener Lichtstrahl durch den Rahmen auf die gegenüberliegende Wand und erhellte das Heiligenbild der leuchtenden Herrin.

»Wir erheben uns, und wir leben. Nicht heute gehen wir zum stillen Haus«, brummelte der Frèr, dessen Sprechrhythmus allmählich dem Geist der Göttin des Lebens und der Liebe entsprach. »Wir leben und erhellen die Welt mit unserem Licht. So wie Zwietracht uns erleuchtet, bringen auch wir Licht in die Dunkelheit. So wie Zwietracht uns liebt, lieben auch wir. Kinder der Zwietracht! Die leuchtende Herrin segnet euch!« Frèr Humble berührte den Altar mit seinem Amtsstab. Eine Flamme züngelte aus dem goldenen Horn der Herrin und sprang auf die Stabspitze über. Der Priester trat zur ersten Kirchenbank. Die Gesichter der Gläubigen wurden vom Licht der tanzenden heiligen Flamme erhellt.

»Tretet aus der Dunkelheit, tretet ins Licht! Denkt nicht an morgen. Vergesst die Tage, die hinter euch liegen. Heute leben wir für die Herrin. Heute leben wir für das Feuer!«

Die mit der Kette verhangene Tür des heiligen Doma sprang auf, wieder manipuliert von Ministranten, die sich irgendwo in den Wänden verbargen. Die anwesenden Gläubigen jubelten auf, als Frèr Humble aus dem Doma schritt, die Flamme hoch erhoben. Der Baron und seine Gemahlin stimmten in den Jubel ein, ebenso die versammelten Ritter, dann eilten sie hinaus in die Menge, um das Fest des Allfeuers zu feiern.

Ein Schauder durchrieselte Gwen, ihre Haut kribbelte vor Aufregung, und ihre Stimmung stieg. Sie vergaß das Morgen, die Vergangenheit, Ketzerei und Glauben, und jubelte lauthals mit, des Lebens und der Liebe wegen und um der leuchtenden Herrin zu huldigen.

Elftes Kapitel

Auf der Mauer des Fenntors brannten zahllose Fackeln. Ebenso war die alte schwarze Steinwand der Burg von Flammen gekrönt. Das Volk von Fennton war zu Hunderten herbeigeströmt, um der leuchtenden Herrin mit einem tiefen Blick in den Bierkrug zu huldigen. Ihre Aufregung und ihr Geplapper fügten sich nahtlos in den ohnehin schon hektischen Tag. Die Kühle des Morgens war der Wärme der Sonne gewichen, die die staubigen Burgmauern und das davor liegende Dorf beschien. Die Herrin war hocherfreut.

Die Burg war bescheiden, erbaut als einsame Festung an einer Grenze, die mehr als genug Auseinandersetzungen zwischen Suhdra und Tener erlebt hatte. Seit dem Krieg der Plünderer und dem friedlichen Zusammenschluss gegen den gemeinsamen Feind herrschte jedoch Frieden in Tenebros. Das Fenn war zu einem Ort der Eintracht geworden. Alle großen Handelsrouten führten hier vorbei, die Kaufleute und Pilger folgten dem Fluss Wyl und rasteten in Grünhall und Hundsweih auf ihrer Reise nach Süden.

Die rauen Fenne rings um Adairs Ländereien boten den Bauern, die dem Baron die Treue geschworen hatten, nur wenig fruchtbaren Boden. Das machte die Männer und Frauen, die die Straßen Fenntons bevölkerten, hart wie Eisen und begierig nach Freude, daher waren sie nur allzu bereit, nicht an morgen zu denken. An diesem einen Tag fühlten die Dorfbewohner und Bauern sich ebenso glücklich wie die Adligen und waren so betrunken wie Poeten.

Gwen lief mit ihrem Deckelkrug durch das Dorf. Zwar hatte sie den Rotwein sorgsam mit Wasser verdünnt, um einen klaren

Kopf zu bewahren, doch hatte sie inzwischen schon so oft an den vorbeirollenden Karren nachgefüllt, dass ihre Wangen rot schimmerten und ihre Zunge locker saß. Lady Elspeth hatte darauf bestanden, dass jemand ihre Tochter begleitete, daher war ihr jüngerer Bruder Sloane an ihrer Seite. Sein Körper holte in letzter Zeit das bislang versäumte Wachstum nach: Er bekam lange Beine, spindeldürre Arme und knochige Handgelenke, die ihm – im Gegensatz zur Vorwoche – aus den Hemdsärmeln ragten. Die Mabs fluchten ständig über sein Wachstum und den buschigen Schopf, den selbst die größte Menge gut gemeinter Spucke nicht zu bändigen vermochte. Die Geschwister liefen nebeneinander her, Gwen gefangen in ihrem Kleid, Sloan in den Stücken seiner Garderobe, die einer ledernen Jagdrüstung am nächsten kamen. Sie teilten sich eine Truthahnkeule und unterhielten sich leise.

»Das ist ein hübsches Fest geworden«, sagte Sloane, während sie der Hauptstraße zum kleinen Turnierplatz am Waldrand folgten. »Sicher nicht so prächtig wie in Herzbrück oder Hundsweih, aber ordentlich.« Er biss in die Truthahnkeule. »Ich habe gehört, Haus Blakley feiert das Allfeuer dieses Jahr an Halverdts Hof.«

»Die Götter mögen ihn segnen. Um nichts in der Welt würde ich meinen Krug in Grünhall heben«, sagte Gwen. »Es mag Frieden herrschen zwischen Suhdra und Tener, aber das heißt noch lange nicht, dass wir uns auch lieben müssen.«

»Ach, ich weiß nicht. Beim letzten Frostnachtfest habe ich gesehen, wie einige edle Damen sich an der sanften Klinge abgewechselt haben. Ich könnte schon lernen, sie zu lieben.«

»Wenn du willst, dass deine Klinge sanft behandelt wird, sind suhdrische Frauen genau das Richtige für dich«, erwiderte Gwen. Sie legte sich die Hand an die Stirn, als stünde sie im Begriff, das Bewusstsein zu verlieren. »Mein Herr, mein Herr, wie mächtig Eure Klinge ist! Fürwahr!«

»Darüber würde Lady Charlotte sicher lachen, Schwesterherz. Kurz bevor sie dir ihren Stahl zwischen die Rippen jagt.«

»Charlotte Malygris kann an meinen Titten saugen. Und sieh mich nicht so an!«

Sloane wedelte mit der Hand in dem Versuch, sein Lachen zu unterdrücken, was ihm jedoch kaum gelang. Sein Krug war nicht halb so voll mit schäumendem Bier wie noch wenige Augenblicke zuvor, und er hatte ihn schon mehr als einmal nachgefüllt.

Gwen entriss ihm den Tonkrug und leerte ihn in einem Zug. »Ich hab den verdünnten Wein satt«, sagte sie und drückte ihm ihren Weinkrug in die Hand. »Du kannst ihn trinken.«

»Nö.« Er kippte den Wein hinter einem Fass aus und zuckte mit den Schultern. »Es gibt mehr als genug Bier für alle. Da will ich nicht kostbaren Platz im Bauch mit diesem Spülicht vergeuden.«

Sie folgten weiter der Straße, mieden umherstreunende Gaukler und den einen oder anderen Propheten, die alle zu tief in die Krüge geschaut hatten. Am Straßenrand frönten die Leute immer wieder ihrer Lüsternheit, hinter dem dürftigen Schutz von Zeltleinen oder halb offenen Fenstern. Sloane schwirrte der Kopf. Gwen hatte genug von alledem.

Sie fanden ein Fass mit Bier und füllten ihre Krüge, dann setzten sie sich auf eine Bank, von der aus man den mickrigen Turnierplatz überblicken konnte. Eigentlich fand gar kein echtes Turnier statt. Weder wurden hier Lanzen gebrochen, noch gab es Listen, in die man sich für den Tjost oder Schwertkampf hätte eintragen können. Der Zeremonienmeister des Barons hatte einen Bogenschießwettbewerb organisiert, und die Ritter von Merret und Dobbs führten mit ihren Lanzen einen Schaukampf vor, der eine ansehnliche Menschenmenge anlockte. Gwen und Sloane saßen zufrieden auf der Bank und tranken, während die Ritter gemächlich aufeinander zuritten und unter den Beifallsrufen der Zuschauer ihre Lanzen gegen den Schild des Gegners krachen ließen. Es gab genug Bier, um die Menge bei Laune zu halten, auch wenn bei diesem Kampf kein Blut fließen würde.

»Ich schwöre dir, wenn sie noch langsamer reiten, lahmen ihre Pferde«, murmelte Sloane, als Merrets Lanze von Dobbs Schild abprallte.

»Das ist nur zur Belustigung, Bruder«, sagte Gwen. »Du willst doch nicht, dass sich Vaters Männer verletzen, oder? Es gibt schon genug Gefahren in der Welt.«

»Ja, stimmt, aber wenn ein Ritter von einem echten Hof dieses Schauspiel hier sähe, würde man die beiden da an keinem Turnier der Welt mehr teilnehmen lassen, das schwör ich dir.«

»Hier laufen wohl kaum echte Ritter rum. Das Fenntor hat nicht viele Leute von außerhalb des Dorfs angelockt.«

»Oh, wenn du dich da mal nicht irrst«, antwortete Sloane stirnrunzelnd und setzte sich aufrecht hin. »Wir haben Gesellschaft bekommen.«

Gwen sah ihn verwundert an, dann wandte sie sich um und blickte in dieselbe Richtung wie ihr Bruder.

Zwei Reiter waren auf die Lichtung geritten. Der erste war ein Priester im Graubraun des Herrn Zinder. Er war gut aussehend, wenngleich ein wenig zu alt, um noch die Straßen zu bereisen. Er hatte helles Haar und markante Gesichtszüge, was ihn als typischen Suhdrin verriet. Er trug die Robe und den Stab eines Frèrs im Dienste Zinders, allerdings keine der vielen Ikonen des Wintergottes. Der Priester saß tief im Sattel, mit hängenden Schultern, die Arme zwanglos vor dem Stab verschränkt. Er sah aus wie ein Wolf, nur dass Wölfe nicht auf Pferden ritten.

Neben ihm trottete ein Ritter in Kettenhemd, über dem er einen grünen Tappert mit goldener Eiche trug. Er sah sehr jung aus, sein Tappert und Schwert wirkten wie neu. Sein Gesicht war eher streng als attraktiv und zugleich zu zart, als dass er damit hätte Eindruck schinden können. Sie zogen einen Packesel hinter sich her, der mit schwerem Gepäck und dem Rüstzeug des Kriegs beladen war.

Der Ritter beobachtete den Scheinkampf matt lächelnd.

»Was ist so ungewöhnlich daran, dass ein Priester und ein

Ritter zum Allfeuer kommen?«, fragte Gwen. »Du siehst aus, als hättest du einen Gheist gesehen, Bruder.«

»Ich schwöre, ich kenne diesen Priester irgendwoher.« Sloane blinzelte mehrmals. »Aber ich weiß nicht mehr, von wo.«

»Du bist betrunken.« Gwen glitt von der Bank. »Der Geistliche bereitet mir weniger Sorgen. Sein Begleiter trägt die Eichel von Grünhall. Ich weiß nicht, was ein Ritter aus Halverdts Stall hier im Fenn zu suchen hat. Komm, wir begrüßen sie.«

»Bitte noch einen Durchgang, meine Herren!«, rief der Ritter, während Gwen und ihr Bruder sich ihm näherten. »Gute Lanzen habt Ihr da, dass sie einem solch stürmischen Angriff standhalten, ohne zu bersten!«

Merret ignorierte ihn, Dobbs hingegen zügelte sein Pferd und klappte das Visier hoch. Sein dickes Gesicht war rot, und sein dichter Bart umgab seine Wangen wie Feuer. »Wir führen nur einen Schaukampf vor, edler Herr«, sagte er. »Da besteht kein Anlass zu Spott.«

»Pott, sagst du? Ja, bitte! Führ uns deine Töpferkünste vor! Du scheinst mir ein rechter Töpfergeselle zu sein, wenn auch vielleicht ein bisschen zu fett.«

»Werte Herren«, rief Sloane. »Willkommen am Fenntor. Ich grüße Euch im Namen von Colm Adair, Baron vom …«

»Spar dir die Höflichkeiten, Bursche.« Der Ritter würdigte Gwen keines Blickes, sondern musterte verächtlich den mickrigen Turnierplatz. In der Ferne stimmte eine kleine Gruppe Dorfbewohner ein obszönes Lied an, doch in unmittelbarer Nähe des Ritters waren die Feiernden in Schweigen verfallen. »Hier müssten eigentlich mehr Leute sein. Oder ist der gottesfürchtige Colm Adair nach Herzbrück gereist, um sein heidnisches Haupt vor dem Celestriarchen zu beugen?«

Der Priester legte dem Ritter die Hand auf die Schulter und sagte in ruhigem Tonfall: »Guter Ritter, es besteht kein Grund, diese Leute gegen Euch aufzubringen. Immerhin hoffen wir auf ihre Gastfreundschaft.«

»Halt's Maul, Priester«, entgegnete der Ritter. Er gab dem Pferd die Sporen und entfernte sich von seinem Begleiter. Dabei fiel sein Blick auf Gwen, und sein ohnehin schon gemeines Grinsen verbreiterte sich. »Was haben wir denn da? Welch liebliche Rose gedeiht am Rande dieses Abfallhaufens? Deinen Farben nach zu urteilen, bist du eine Adair, stimmt's? Die Tochter des mutigen Barons?«

Gwen stand reglos da. Ihr Kopf schwirrte vom Wein, und unvermittelt überrollte sie eine Woge des Zorns.

Der Ritter trottete zu ihr, beugte sich vor und blickte ihr ins Gesicht. »Hat es dir die Sprache verschlagen, oder wurdest du stumm geboren? Das perfekte Mädchen, finde ich, stumm und zugleich schön. Das perfekte Mädchen für gewisse Dinge zumindest. Kannst du denn wenigstens den Mund öffnen?«

Gwen konnte nicht anders. Sie warf den Kopf in den Nacken und lachte den Ritter herzhaft aus. Als sie ihn wieder ansah, lief der Ritter in allen Rottönen an, die sein Gesicht zu erzeugen vermochte.

»Oh, Götter, was seid Ihr doch für ein tapferer Recke«, sagte Gwen in scharfem Ton. »Reiten alle Ritter in Halverdts Diensten so weit, um unterwegs Damen zu beleidigen und die treuen Diener der Götter zu verspotten?« Sie beugte sich vor und blinzelte ihn an. »Oder seid Ihr nur einfältig?«

»Glaube ja nicht, dass eine spitze Zunge dich schützt, Kind«, zischte der Ritter. »Ich habe schon hübschere Mädchen verprügelt.«

»Mit jedem Wort vergrößert Ihr Eure Ehre und den Ruhm Eures Namens«, konterte Gwen. »Vielleicht verleihe ich Euch einen Titel, der Eure zahlreichen Siege über die Huren Eures Landes verewigt. Wir könnten sogar eine Ballade zu Euren Ehren schreiben lassen! Wie war doch gleich Euer Name, tapferer Ritter?«

»Ich lass mich nicht von einem welpenhaften Mädchen beleidigen!«

»Herr von Lassmichnicht, ja, ein schöner Name. Herr von Lassmichnicht die Geißel der Huren. Klingt gut, finde ich. Wie würde wohl Eure Ballade klingen?« Gwen räusperte sich und setzte eine grüblerische Miene auf. »Herr von Lassmichnicht war ein mächt'ger Mann, ein böser Mann, ein kindhafter Mann. Von Lassmichnicht bekriegte Dam' wie Frau und schlug sie alle grün und blau …«

Die Menge, ringsum, lachte höflich und nervös, bis ein gewitzter Lautenspieler hinter der Jägerin das Lied aufgriff und seine eigenen Verse hinzudichtete. Es dauerte nicht lange, da sang die Menge mit, fand Reime auf »schlaff« und »Eier«, bis ihre Verse ein derart beleidigendes Ausmaß annahmen, dass sogar Gwendolyn errötete. Während die Leute das Lied sangen, stieg der Priester vom Maultier und trat zu Gwen und ihrem Bruder. Er ließ den Blick über die Feiernden schweifen.

»Ich schwöre bei den Göttern, so hat mich noch nie ein Kind behandelt«, sagte der Ritter und zückte sein Schwert. »Das wird dir leidtun …«

»Bastard«, sagte Merret laut und unverhohlen. Er war zum Rand des Turnierplatzes geritten und saß mit hockgeklapptem Visier im Sattel, die Lanze auf den Stiefel gestützt. »Dieses Kind ist die Jägerin unseres Clans und die rechtmäßige Erbfolgerin des Barons von Adair. Lasst sie in Ruhe, bevor Sie Euch wirklich kastriert, und nicht nur in Versen.«

Der Ritter legte die Stirn in Falten und wandte sich Merret zu. »Mit wem spreche ich?«, fragte er.

»Ich bin Ritter Alliet von Merret, Erzmarschall des Barons Adair, und der Dame vor Euch zur Treue verpflichtet.« Er tippte sich an den Helm. »Und wer seid Ihr?«

Der Ritter schwieg einen Moment, während sein Pferd zwischen Merret und Gwen leicht hin- und hertänzelte. Als er das Wort ergriff, war der Zorn zwar aus seinem Tonfall gewichen, jedoch nicht aus seinen Augen. »Ritter Yves von Maison. Von Halverdt zum Ritter geschlagen und den heiligen Celesten in

Herzbrück zur Treue verpflichtet.« Der Ritter beäugte Merret, als müsste er den Preis eines Kalbes beim Schlachter einschätzen. »Einige von Merrets haben Roard die Treue geschworen, glaube ich, weit unten im Süden. Eine ehrbare Linie suhdrischer Ritter, die bis zum ersten Kreuzzug zurückreicht, tapfere Männer von stolzem Blut. Entstammt Ihr diesem edlen Geschlecht?«

»Ich habe die Ehre«, erwiderte Merret.

»Und wie konnte jemand von solch ehrbarem Blut zum Werkzeug dreckiger Tenerraner werden? Welche Sünde habt Ihr begangen, um in den heidnischen Norden verbannt zu werden, guter Herr von Merret?« Maison lehnte sich im Sattel zurück und stützte sich mit den Handschuhen auf den Sattelknauf. »Oder konntet Ihr es einfach nicht mit den wahren Rittern von suhdrischer Abstammung aufnehmen?«

»Ich lasse mich nicht von Euren kindischen Spötteleien provozieren, Ritter von Maison. Wenn Ihr die Gastfreundschaft des Barons in Anspruch nehmen wollt, schlage ich vor, Ihr mäßigt Eure Zunge, ehe ich mich gezwungen sehe, meine Klinge mit Blut zu benetzen.«

»Der Heidenhund kann bellen! Ich bin nicht hier, um mich der Gastfreundschaft einer adligen Lehmhütte zu erfreuen, wenn man das überhaupt Gastfreundschaft nennen darf. Und das da …« Er deutete auf Gwen. »… eine Adelige.«

»Colm Adair ist von den Celesten als Baron des Fenntors anerkannt, und seine Blutlinie trägt diesen Ehrentitel seit Generationen«, sagte Merret angespannt. »Länger als Euer Name die Adelschroniken befleckt, das versichere ich Euch.«

»Ich lasse mich nicht vom suhdrischen Haustier eines Heiden über den Adelsstand belehren«, spie Maison. »Ihr solltet Euren Namen ändern. Wählt einen, der Eurem Stand gerecht wird, Ihr Turnierkasper. Ich glaube, MaeMerret würde besser zu Euch passen, meint Ihr nicht?«

»Ihr habt den Baron von Adair zum zweiten Mal als Heiden bezeichnet, und das ist zweimal mehr, als ich Euch durchgehen lasse. Der Baron betet im Doma, dient den Göttern des Himmels. Einem frommeren, edleren und heiligeren Mann werdet Ihr nie begegnen. Wenn Ihr Euch schon nicht über den Adelsstand belehren lasst, dann lasst Ihr Euch vielleicht eine Lektion in Stahl erteilen?« Merret legte die Hand um das Heft seines Schwertes. »Ich kann Euch etwas beibringen, falls Ihr Interesse habt.«

»Meine Herren, bitte«, sagte der Priester gelassen. »Heute ist ein Feiertag, und wir sind zu Gast in Adairs Reich. Wir wollen uns nicht die Freude mit unbedeutenden Kämpfen ruinieren.«

»Es ist der größte Festtag der Herrin Zwietracht, Priester«, sagte Maison streng. »Ich kenne keinen geeigneteren Tag, den man durch Blutvergießen ruinieren könnte.«

»Also schön. Ich musste zumindest so tun, als wollte ich Euch besänftigen, stimmt's?«, erwiderte der Priester und schenkte Gwen ein väterliches Lächeln.

»Ich kann mir ebenfalls keinen besseren Tag vorstellen«, sagte Merret. »Wenn Ihr tapfer genug seid, ein Kind zu beleidigen, traut Ihr Euch dann auch, mir mit gezücktem Stahl entgegenzutreten? Oder bringt man Euch drüben in Grünhall heutzutage nichts mehr über Tapferkeit bei?«

Maisons Brustkorb hob und senkte sich. Er saß im Sattel, sein ohnehin schon rotes Gesicht lief noch stärker an und erblasste schließlich wieder ein wenig. »Ich habe keinen Knappen«, murmelte er.

»Das kann ich übernehmen«, meldete sich Dobbs zu Wort.

»Als könnte ich einem tenerranischen Wilden trauen, der mir die Stiefel schnüren soll, von der Rüstung ganz zu schweigen.«

»Dann müsst Ihr eben mir Euer Vertrauen schenken«, sagte der Priester. »Oder zweifelt Ihr an der Treue der heiligen Kirche?«

Maison starrte den Frèr eine Weile an, dann nickte er. Die Menge der Zuschauer wuchs, und ein staunendes Murren wurde laut, als die Kontrahenten sich auf den Kampf vorbereiteten.

Der Ritter lenkte sein Pferd zur gegenüberliegenden Seite des Platzes, den Esel hinter sich herziehend.

Der Priester seufzte und wandte sich Gwen zu. »Ich muss mich dafür entschuldigen. Seine Angelegenheiten sind nicht die meinen. Und ich teile auch nicht sein Benehmen.«

»Warum reitet Ihr mit so einem Mann, wenn Ihr ihn nicht unterstützen wollt?«, fragte Gwen den Geistlichen.

Er zuckte die Schultern; die Verlegenheit war ihm deutlich anzumerken. »Wir sind uns hinter Grünhall auf der Straße begegnet und ritten in dieselbe Richtung. In meiner Gesellschaft war die Reise sicherer für den jungen Maison, daher bot ich ihm an, ihn bis zum Turnierplatz zu begleiten. Jetzt steht er allerdings nicht länger unter meinem Schutz.«

»Meint Ihr vielleicht, die Reise war sicherer für *Euch* in *seiner* Gesellschaft? Es ist doch die Pflicht der Ritter, alle zu schützen, die Zinder mit ihrem Blut die Treue geschworen haben, oder nicht?«, hakte Gwen nach.

Der Priester kicherte und deutete auf den rot angelaufenen Ritter. »Würdet Ihr Euch in seiner Gesellschaft sicherer fühlen?«

»Soll ich Herrn von Merret lieber anweisen, glimpflich mit ihm umzuspringen? Wir wollen nicht, dass die Sache unangenehme Folgen hat.«

»Dieser Mann muss mal in seine Schranken gewiesen werden«, antwortete der Priester. Er schaute Gwen prüfend an. »Ihr seid hier die Jägerin?«

»Ja.«

»Dann muss ich mit Euch reden, sobald dieser Unfug hier vorüber ist. Mit Euch und Eurem Vater. Wo ich ihn gerade erwähne … Ihr solltet zu ihm gehen und ihm berichten, was hier vor sich geht. Dann verbergt Euch. Das hier wird sehr unangenehm, ehe sich die Wogen glätten.«

»Ich bin hier genauso sicher wie in einem Versteck«, sagte Gwen.

»Mag sein, aber ich will nicht Euch beschützen, sondern den jungen Maison. Bitte.«

Der Priester gab Gwen einen sanften Schubs. Sie biss die Zähne zusammen; der Geistliche schickte sie wie eine Bedienstete auf einen Botengang, und sie zauderte. Eigentlich hätte sie lieber dabei zugesehen, wie dieser Bastard zu Brei gehauen würde, doch dass der Ritter ihren Vater unablässig beleidigt hatte, machte ihr arg zu schaffen. Eines Tages würde jemand durchs Fenntor reiten und einen Beweis für seine Anschuldigungen vorlegen.

Sie wandte sich um und rannte los, um den Baron zu suchen.

Als sie schließlich mit dem Baron im Schlepp zurückkehrte, waren die beiden Ritter bereit zum Kampf. Die Menge war ruhig und gespannt, alle fragten sich, wie dieser Streit enden würde. Rohe Gewalt lag in der Luft, viel greifbarer als auf den meisten Turnieren, denen Gwen beigewohnt hatte. So mussten sich die Krieger immer vor einer Schlacht fühlen, unmittelbar vor dem Angriff. Obgleich Gwen vor Anspannung bebte, empfand sie auch eine gewisse freudige Erregung, die ihr Herz frohlocken ließ.

Sie erreichte die unüberdachten Tribünen in dem Moment, als der geheimnisvolle Priester die Flagge senkte und die beiden Ritter einander angriffen. Merret, ein Turnierveteran, galoppierte los. Er senkte die Lanze und zielte auf Maisons Schild. Beide Lanzen zerbarsten in der Mitte des Turnierplatzes, und eine Wolke aus Splittern regnete herab. Als die Pferde aneinander vorbeigedonnert waren, lag Maison auf dem Boden und rappelte sich benommen auf. Merret hatte bereits das Ende des Tjostfelds erreicht.

Die Menge jubelte.

»Ich erspare Euch, dass Ihr Euren Pflichten nachkommen müsst, guter Priester«, verkündete Merret. »Ich nehme mein

Recht auf einen zweiten Gang nicht in Anspruch. Auf die Beine, Maison.«

»Ich bin nicht auf den Schild eines Feiglings angewiesen, Narr!«, grollte Maison. »Zieht Euer Schwert, dann sehen wir, wer der bessere Kämpfer ist.«

»Das haben wir doch schon geklärt, oder seid Ihr so schwer gestürzt, dass ihr bereits vergessen habt, im Sattel gesessen zu haben? Sollen wir es noch mal versuchen? Ich finde sicher ein Kind, das die Lanze für Euch senkt, falls Euch das lieber wäre.«

»Genug!«, schrie Colm Adair. Er trat auf das Tjostfeld. Schlamm besudelte den feinen Seidensaum seines Gewands. Der dünne Stahl seiner Prunkrüstung blitzte im Licht der Morgensonne. Er hatte das Schwert gezückt, eine breite, scharfe Klinge. Der Baron wandte sich zunächst Maison zu, dann Merret und schließlich seiner Tochter. »Auf diesem Platz wird kein Blut vergossen!«

»Ja, mein Baron«, erwiderte Merret angespannt. »Bitte verzeiht mir.«

»Verziehen«, sagte Adair. »Und Ihr, edler Ritter?« Colm blickte Maison an. »Bittet Ihr mich auch um Verzeihung? Oder habt Ihr noch mehr Beleidigungen auf der Zunge?«

Maison erhob sich, das Schwert locker in der Hand. Er ließ den Blick über die wachsende Menge der Umstehenden schweifen, sah zu der Handvoll Ritter, die sich zu ihrem Herrn gesellt hatten, und dann zu Merret, der nach wie vor im Sattel saß. Er zuckte mit den Schultern. »Ich bitte Euch um Verzeihung, edler Baron. Die Leidenschaft des Festes … mir brannte wohl das Feuer der Herrin Zwietracht im Blut.«

»Ich kann Euch nicht im Namen der Herrin vergeben«, sagte Colm. »Aber Ihr seid zu diesem Fest willkommen und auch in meinem Hause. Nehmt Ihr unsere Gastfreundschaft an?«

Maison ging zu seinem Pferd und stieg ohne Hilfestellung auf. Er steckte das Schwert in die Scheide und trottete zu seinem

Packesel. Ohne ein weiteres Wort zu verlieren und ohne sich umzusehen, ritt er in den Wald zurück.

»Glimpflicher hätte es nicht ausgehen können«, murmelte der Priester neben dem Baron.

Colm Adair wandte sich ihm zu. »Ich hoffe, Ihr akzeptiert unsere Gastfreundschaft, Frèr …«

»Frèr Gillen Lucas, seit Neustem aus Zinderfell, auch wenn ich das gesegnete Tor schon seit vielen Jahren nicht mehr durchschritten habe.«

»Dann seid Ihr ein Wanderprediger?«, fragte Sloane.

»Gewissermaßen. Verzeiht mir, dass ich zu Eurem Fest so viel Ärger mitgebracht habe.«

»Keine Sorge«, erwiderte Gwen. »Der tapfere Herr von Maison scheint uns nicht mehr belästigen zu wollen.«

»Oh, ich meine nicht diesen Ärger, Baroness von Adair.« Lucas blinzelte zur Burg hinauf. »Ich fürchte, ich habe etwas sehr Gefährliches in Eure Ländereien gelockt. Einen Gheist, der von Gartstadt aus durch Halverdts Gebiet irrt. Ich glaube, in der vergangenen Nacht hat er Euer Land betreten.«

»Wir feiern das Allfeuer, Frèr«, sagte Gwen. »Das ist nicht die Zeit der Gheister.«

»Manch ketzerisches Geschöpf hält sich nicht an unseren Kalender«, antwortete Lucas. »Sehr lästig, ich weiß. Aber viele sind gestorben.« Er wandte sich Gwen zu. »Blast zur Jagd, Jägerin. Wir müssen einen Gott töten.«

Zwölftes Kapitel

Dunkler Regen tropfte auf Stroh. Die Wände der Hütte knarrten im Wind, Wasser sammelte sich in Pfützen auf dem Boden, und sein Vater schrie im Nebenraum. Rauch lag in der Luft. Henri kniff die kleinen Augen zusammen und zählte die Herzschläge zwischen Blitz und Donner.

Nicht unser Haus, dachte er und rollte sich im kratzigen Strohbett ein. Sie haben nicht unser Haus ausgesucht. Nicht heute Nacht. Noch nicht.

Wieder grollte der Himmel, der Donner ließ die Erde erbeben und die Hütte wackeln. Henri wimmerte, drehte sich zur Wand und biss die Zähne zusammen. Sein Vater hörte auf zu schreien. Er lauschte. Die Stimme seiner Mutter durchdrang die Stille, so leise. Ruhig. Als sein Vater antwortete, sprach er ebenfalls leise, dennoch verstand Henri jedes Wort. »Das ist nur ein weiterer Sturm.«

»Das hast du auch in der Nacht gesagt, als sie Jossie und ihren Mann geholt haben«, wisperte die Mutter.

»Niemand hat Jossie oder ihren Mann geholt«, erwiderte der Vater. »Das weißt du genau. Niemand kann sagen, was ihnen widerfahren ist. Das könnte alles Mögliche gewesen sein.«

»Verkauf mich nicht für dumm. Du weißt, was aus ihnen geworden ist.« Die Mutter seufzte, stieß schluchzend und zitternd den Atem aus. Sie weinte. »Wir alle wissen das.«

Der Vater schwieg für einen Moment. Der Sturm toste vor der Hütte. Tiefer, grollender Donner ließ die Wände wackeln und hielt Henri wach. Zu gern wäre er eingeschlafen. Er wollte die Augen so fest wie möglich schließen und einschlummern, und dann wäre es Morgen und der Sturm hätte aufgehört. Nichts auf der ganzen Welt wollte er lieber, trotzdem fand er keinen Schlaf.

»Es könnte der Sturm gewesen sein«, sagte Vater. »Es war noch mindestens eine Woche hin, bis Hadley zum Holzsammeln dort raufgegangen wäre. Sie sind vielleicht früher …«

»Bitte sei … sei einfach still. Ich will nicht, dass unser Sohn …«

Ein Donnerschlag überrollte die Hütte. Kurz darauf ertönte draußen ein gellender Schrei. Henri hörte, wie seine Mutter aufkeuchte und sein Vater mit schweren Schritten zur Tür ging.

»Waren das …?«, sagte er.

»Die Merrils«, fiel die Mutter ihm ins Wort. »Das waren sicher die Merrils. Jacque, du willst doch nicht …«

»Wären wir da draußen im Sturm, wärst du froh, wenn Jeb nach uns sehen würde. Er könnte in allen möglichen Schwierigkeiten stecken.«

»Das stimmt«, gab die Mutter in scharfem Ton zu. »Geh nicht raus, ich bitte dich. Es könnte auch alles in Ordnung sein, hast du gesagt.«

»Vergiss das. Martha, wenn wir da draußen wären …«

Ein lautes Krachen war zu hören – diesmal hatte es nichts mit dem Unwetter zu tun: berstendes Holz wie von einem umstürzenden Baum im Sturm, doch zum Bäumefällen waren die Böen zu schwach. Die Mutter keuchte auf und begann zu weinen.

»Ich muss nachsehen«, sagte Henris Vater. »Ich kann nicht hier herumsitzen, während …«

»Bitte nicht. Bleib bitte hier. Tu's unserem kleinen Henri zuliebe, wenn schon nicht für mich. Du musst nicht in dieses Unwetter hinaus. Es könnte auch harmlos sein. Es geht ihnen vielleicht gut, Jacque, bitte.«

»Liebste, Liebste, es tut mir leid«, sagte der Vater mit gedämpfter Stimme, als berge er das Gesicht im Haar seiner Frau. »Es tut mir leid, aber ich kann nicht tatenlos hierbleiben.«

Plötzlich brauste der Sturm in der kleinen Hütte auf, Wind und Regen durchpeitschten den Raum, dann fiel die Tür lautstark zu. Die Mutter blieb allein mit Henri zurück, der sie weinen hörte – tiefe, abgehackte Schluchzer, die sie zu unterdrücken suchte. Henri zog sich das Kissen über den Kopf, fester und fester, und lauschte dem Regen. Und dem Donner und der unglaublichen Stille, die in der Hütte herrschte, seit sein Vater sie verlassen hatte.

Es schien Stunden zu dauern. Tage. Gewiss war der Morgen schon angebrochen. Bestimmt war Henri eingeschlafen, und die Sonne schien am Himmel. Doch der Regen prasselte noch immer nieder, der Donner grollte nach wie vor. Die Mutter stand am Herd.

Die Tür öffnete sich.

»Jacque, was war … Jacque? Jacque!«

Zum ersten Mal in dieser Nacht, seit seine Mutter ihn nach dem Abendessen ins Bett gesteckt hatte, öffnete Henri die Augen. Licht fiel aus dem Wohnraum herein, und etwas lag in der Luft. Ein starker Geruch, als wäre der Blitz in der Nähe eingeschlagen. Er richtete sich auf und setzte die nackten Füße auf den Lehmboden. Draußen wütete der Sturm seltsam leise, trotzdem spürte Henri deutlich, wie er gegen die Wände drückte. Durch die Ritzen im Dach sah er Blitze aufflackern. Seine Mutter weinte heftig im Wohnraum, immer wieder unterbrachen Klagerufe und Gekreisch ihr Schluchzen. So musste der Wahnsinn klingen.

Henri nahm den Holzstock auf, den sein Vater immer neben das Bett stellte. Der Stock war beinahe so groß wie der Junge und lag schwer in seinen tauben Händen. Sein ganzer Körper fühlte sich benommen an, unwirklich, wie in einem Traum. Ein Traum, ein Traum, lass es einen Traum sein. Er schlich zur Zimmertür.

Sein Vater – oder was von ihm übrig war – schwebte im Eingang. Er hing schlaff in der Luft, einen Arm ausgestreckt, mit leblosem Mund. Etwas stand hinter ihm. Etwas, das Henri nicht betrachten konnte, so sehr er sich auch bemühte. Jedes Mal blickten seine Augen weg, wenn er es ansehen wollte. Sein Vater schwebte herein, näherte sich der Mutter, gefolgt von dem Ding, das Henri nicht sehen konnte.

Der Boden unter dem Vater wellte sich wie ein Teich. Kleine Wogen aus dunkler Energie, blau und kristallschwarz, wallten durch den Raum, Welle um Welle. Sie schwappten über Henris taube Zehen. Seine Mutter veränderte sich irgendwie. Sie begann, in den Vater zu fließen, als söge er sie in sich auf. Das Ding aus Nichts hinter dem Vater wuchs. Es streckte sich, und das Dach über ihm erbebte. Henri ließ den Stock fallen und barg das Gesicht in den Händen, aber er konnte durch die Finger sehen: den Vater, die Mutter und das unsichtbare Etwas.

Henri fing an zu schreien.

Das Ding war ein gutes Stück in den Raum vorgedrungen. Nun wandte es sich ihm zu, und Henri konnte es für einen Augenblick betrachten. Ein Geschöpf, das von weißen und blauen Blitzen umgeben war, ein Geist in Form eines missgestalteten Menschen. Unter der Haut befand sich ein weiterer Mensch und noch einer, jeder kleiner als der vorige und tiefer in dem Geistmann gefangen, der sie alle umgab. Das Ding glich einer Zwiebel, deren Schichten aus verlorenen Seelen bestanden, jeder Geist umschloss den nächsten, und Henri erkannte den Geist, der ganz außen war.

Dem alten Jeb Merril hing die Haut von den Wangen.

Henri beobachtete, wie Jeb tiefer in das Etwas einsank und sich eine neue Gestalt um ihn formte. Sein Vater. Jacque Volent erzitterte und blickte seinen Sohn an, griff nach ihm. Dunkelblaue Blitze zuckten in dem milchigen Schleier, der die Hand des Geistes umgab. Ein Blitz traf Henri. Seine Augen und Zähne fühlten sich an, als wären sie eingefroren.

Er schrie und raste zur Tür, taumelte in den Sturm hinaus. Plötzlich hörte er wieder alles, als hätte eine unsichtbare Wand das Heulen des Windes vom Inneren der Hütte abgeschirmt. Er rannte und rannte, der Regen prasselte ihm ins Gesicht, vermengte sich mit Tränen und Rotz, lief ihm in Augen und Mund, während er schreiend in die Nacht preschte.

Erst viel später kauerte Henri hinter einer umgestürzten Eiche und bemerkte, dass er sein Gesicht nicht spürte. Dass die Haut kalt und tot war.

Volent schreckte aus dem Schlaf hoch. Das Gefühl von Regen auf seinem Gesicht verebbte, während er kerzengerade im Bett saß und in kurzen, panischen Zügen atmete. Mit zittrigen Händen fuhr er sich über die Wangen, berührte die Haut unter seinen Augen. Nichts. Er spürte nichts, nicht einmal die nassen Tränen. Sein Gesicht fühlte sich kalt an, wie hartes Wachs unter den Fingern.

Er kämpfte sich aus dem zerwühlten, schweißdurchtränkten Bett und ging zur Keramikschüssel in der Ecke des Raums. Ein geklöppelter Metallspiegel hing über der Schüssel. Henri betrachtete sein verschwommenes Spiegelbild und ließ sich Wasser über den Kopf rinnen. Nur eine Angewohnheit, das Wasser. Er spürte das kühle Nass erst, als es ihm den Nacken hinabrann und auf seinem Oberkörper eine Gänsehaut erzeugte. Er blickte an sich hinab. Er zitterte wegen des Traums, desselben Traums wie jede Nacht.

Es breitete sich aus. Ein Kranz dunkler Adern war auf seiner Brust zu sehen. Eine kleine Stelle, kaum größer als seine Handfläche, doch wenn er mit einem Messer darüberfuhr, fühlte er nichts, weder die Klinge noch den Schmerz. Ebenso wenig spürte er den Oberschenkel und die Innenseite eines Unterarms. Die Adern kamen tief aus seinem Körper, wie dünne Tentakel aus einem stillen Meer, und raubten seiner Haut das Empfindungsvermögen.

Volent spritze sich mehr Wasser ins Gesicht und erschauerte, als es ihm über die Schultern lief. Seine Arme und Hände zitterten, als er die kühle Flüssigkeit zum Gesicht führte, und sein Herz schlug wie wild. *Ruhig, Henri*, dachte er, während er sein trübes Spiegelbild betrachtete.

Als er sich beruhigt hatte, trocknete er sich ab und zog sich an. Die Taubheit hatte sich schon weit genug ausgebreitet, dass er das Zittern größtenteils unterdrücken konnte. Morgens war es am schlimmsten, wenn der Traum und die Angst noch lebhaft durch sein Bewusstsein spukten.

Es klopfte. Volent wich vor dem Geräusch zurück, dann wankte er zur Tür und öffnete sie einen Spaltbreit. Ein Diener stand im Flur. Der Junge wirkte verängstigt.

»Herr Erzmarschall? Mein Herr ruft Euch zu sich in den Thronsaal.«

»Wie spät ist es?« Volents Stimme klang weich wie Samt, seine Lippen bewegten sich kaum, während er sprach.

»Neun Glockenschläge, Herr.«

Volent nickte und schloss die Tür.

Er stand vor dem Thronsaal an Halverdts Hof und wartete auf die Audienz bei seinem Lehnsherrn. Volent machte die anderen Höflinge nervös. Ohnehin befanden sich alle in einem Zustand des Schocks; das Gheisthorn hallte noch immer in den Köpfen nach, die Straße war gesäumt mit den Leichen derer, die beim Angriff gestorben waren. Er stand schweigend vor der Tür zum Saal, die Hände bequem vor dem Bauch gefaltet, und wartete. Er trug eine schmutzig graue Rüstung mit schmucklosen, schlecht gepflegten Platten, die Ärmel seines Kettenhemds wiesen Schäden auf und lösten sich an den Enden auf. Sogar sein Schwert war von minderer Qualität – höchst ungebührlich für den Lieblingsuntertanen eines suhdrischen Herzogs, ganz zu schweigen davon, dass er der Erzmarschall des Herzogtums war.

Doch nicht deswegen waren die anderen Höflinge in ihren sauberen Roben und heiligen Gewändern nervös. Auch nicht wegen seines Betragens – er war meist still wie der Tod, sodass man ihn für eine Statue hätte halten können. Nein, was die Höflinge und Priester dazu bewegte, ihn zu meiden oder im Vorübergehen lautlose Gebete auszustoßen, was den Kindern Albträume bescherte und ihn bei den Huren in der Stadt einen Aufpreis kostete, war sein Gesicht.

Sein bleiches, regloses, schönes Gesicht.

Er hörte die anderen flüstern, kannte die Gerüchte. Ignorierte sie.

Niemand am Hof wusste, wie alt er war, und sein Gesicht lieferte ihnen auch keinen Anhaltspunkt. Er besaß das Aussehen eines jungen Mannes, dessen Namensfest noch vor ihm lag, ein Antlitz, das die Mädchen anziehen und ihre Mütter entzücken würde. Das Problem bestand darin, dass sein Gesicht nicht natürlich wirkte. Die Haut war kalt und weich. Tot. Wenn er redete, blieben seine Züge starr, allenfalls die Lippen bewegten sich minimal. Er lächelte nie, runzelte nie die Stirn, niemals zeigte sich Überraschung oder Aufregung in seiner Miene. Sein blasses, schönes Gesicht war tot und unsterblich zugleich.

Unter seiner Haut schimmerten dunkle Adern wie Sprünge im Eis eines zugefrorenen Sees, die einen Blick auf das schwarze Wasser darunter gewährten. Die Adern glichen einem Spinnennetz, dessen Mitte unter dem rechten Auge saß und sich über Wange und Stirn ausbreitete. Zum Kiefer hin wurden die Linien heller und verblassten dann ganz. Obgleich die dunklen Adern sich nicht bewegten, behaupteten manche, die ihn genauer beobachteten, sie würden sich von Tag zu Tag verändern. Manchmal seien sie dunkler, manchmal breiter, und mitunter bedeckten sie das gesamte Gesicht bis in den Nacken.

Volent selbst sprach nie über sein Antlitz, das ihn so quälte, oder über die Ursache der Adern. Er redete ohnehin über die meisten Dinge nicht. Er behielt auch seine Träume für sich. Furcht war nie ehrenhaft für einen Ritter. Henri nutzte die Angst der anderen zu seinem Vorteil, und sein taubes Gesicht und die sanfte Stimme verrieten niemals das Entsetzen, das er innerlich empfand.

Endlich öffnete sich die Tür zum großen Saal, und eine Rauchwolke wallte in den Gang. Der Herzog befand sich anscheinend inmitten einer Sitzung. Der Rauch roch nach Frèrholz und nassem Gras, würzig und stark. Ein Diener mit tränenden Augen bedeutete Henri, einzutreten.

»Herr Erzmarschall«, sagte er mit einem Nicken, »der Herzog erwartet Euch.«

Henri Volent grüßte den Mann nicht, sondern trat ohne Verbeugung oder Nicken forsch ein. Eine Ritterin der Wintersonne, die auf dem Weg nach draußen war, kam ihm entgegen. Ihr Gesicht war gerötet, ebenso die von Blasen übersäte Haut ihrer Wangenknochen, als habe sie sich kürzlich eine Verbrennung zugezogen. Sie blickte Volent beiläufig an, als sie an ihm vorüberging. Ihre rotbraunen Augen glänzten.

Der Diener schloss die Tür zu dem verräucherten Saal.

Der Herzog von Halverdt saß in der Raummitte. Ein Priester kümmerte sich um ihn. Seine Seher standen um die Feuergrube zu seinen Füßen, Männer der celestischen Kirche, die dem Herrn Zinder in seiner Eigenschaft als Prophet die Treue geschworen hatten. Qualmwolken entstiegen der Grube, das Feuer brannte flammenlos, und die Männer unterhielten sich in gedämpftem Ton. Sie fuhren mit den Händen durch den Rauch, verwirbelten ihn mit den Fingern und vollzogen die heiligen Zeichen ihres grauen Herrn.

Volent blieb in respektvoller Entfernung stehen, kniete sich hin. Er blickte zu Boden, lauschte jedoch aufmerksam.

»Genug!«, sagte Gabriel Halverdt und fächelte sich mit der Hand den Rauch aus dem Gesicht. »Ich habe Eure Zeichen gehört und Eure Visionen gesehen, alter Mann. Davor habt Ihr mich nicht gewarnt, was? Dazu musste erst ein Schwurritter des Herrn Zinder vorbeikommen, und dennoch haben wir acht Tote zu beklagen – und das auch noch während des Allfeuers. Wie soll ich jetzt darauf reagieren?«

»Hoheit, Ihr müsst begreifen«, antwortete der Priester. »Die Sicht Zinders hat nur eine begrenzte Reichweite und Schärfe. Seine Visionen dienen am besten dazu, Entscheidungen zu treffen, einen klaren Gedanken zu fassen, vernünftige …«

»Ich habe es satt, vernünftig zu sein, Frèr Julian.« Halverdt warf sich zornig den Umhang über die Knie, als friere er trotz der stickigen Räucherluft, und stützte den Kopf auf die fleischige Faust. »Und auch von Euren Ausreden. Ich habe Euch hergeholt, damit Ihr in meine Zukunft seht – ich will mein Reich beschützen. Ich erwarte mehr als das, was Ihr von Euch gegeben habt.«

»Es ist Sommer, mein Herzog, und die Tage sind lang. Die Herrschaft des Herrn Zinder beginnt erst in knapp drei Monaten. Bis dahin müssen wir uns mit der Macht zufriedengeben, die wir nachts sammeln können.« Der Priester senkte den Kopf. »Verzeiht mir.«

»Eure Entschuldigung reicht nicht«, entgegnete Halverdt. »Nicht im Mindesten. Und brauchen wir wirklich noch mehr von dem Zeug?« Er deutete auf den Priester, der soeben eine Handvoll Frèrholzsplitter ins Feuer warf. Grauer Rauch stieg auf und sammelte sich unter der Decke. »Es ist schon schwer genug, hier drinnen zu atmen, geschweige denn zu denken.«

»Kein Gheist erträgt die Wirkung von Frèrholz, Euer Durchlaucht.« Der alte Priester trat langsam vor, die hohlen Hände aneinandergelegt, als wolle er Almosen sammeln.

»Oh, genug … also schön. Was haltet Ihr davon, Maskenmann? Fürchten sich Gheister vor so etwas Lächerlichem wie Rauch?«

Erzmarschall von Volent hatte die ganze Zeit kniend ausgeharrt, daher hatte ihm der Rauch, der am Boden weniger dicht war, nicht viel ausgemacht. Als sein Herr ihm die Frage stellte, erhob er sich und ersparte es den Priestern, sie anzublicken. »Von derlei Dingen verstehe ich nichts, mein Herzog.« Seine leise, sanfte Stimme verriet ebenso wenig über seine Gefühle wie das Gesicht. Dass er die Lippen nur eingeschränkt bewegen konnte, verlieh seinen Worten einen hohlen Klang. »Wenn die heiligen Männer Zinders es sagen, dann glaube ich ihnen. Sie waren Euch immer treu bis zu einem gewissen Grad an Ehrlichkeit.«

Halverdt grinste, den Priestern hingegen schien ein wenig unbehaglich zumute zu sein. Mit einem Nicken entließ er sie und wandte sich Volent zu. Die Geistlichen schlichen hinaus und machten heilige Zeichen, während sie in den Schatten verschwanden.

»Ihr glaubt, ich vergeude meine Zeit mit denen, habe ich recht?«, fragte Halverdt, als die Priester fort waren. Er stand auf und blickte seinen Erzmarschall erwartungsvoll an.

»Darüber zu urteilen, steht mir nicht zu, Euer Durchlaucht, und deshalb habt Ihr mich auch nicht gerufen.« Volent dachte kurz nach. »Ich würde nie etwas gegen die Kirche sagen. Ihr ebenfalls nicht.«

»Ich ebenfalls nicht, wohl wahr.« Halverdt lächelte. »Aber ich glaube nicht, dass sie uns gerade belauschen, Henri. Ihr könnt Euch entspannen.«

Volent veränderte seine Haltung nicht, zumal er nicht angespannt war. Er stand einfach da, die Hände an den Hüften, den Kopf leicht gesenkt.

Halverdts Lachen hallte durch den von Rauch erfüllten Saal. »Immer so lebhaft, mein Freund. Immer ein Spaßmacher.«

Volent neigte zustimmend den Kopf. »Die Schwurritterin, die eben gegangen ist, mein Herzog. Ist sie diejenige, die gegen den Gheist ausgeritten ist?«

»Ritterin Elsa von LaFey, ja. Sie hat dieses närrische Blakley-Kind gerettet und dann versucht, den Gott zu vernichten. Mit unzufriedenstellendem Ergebnis, wenn Ihr mich fragt.«

»Sie hat den Dämon nicht zerstören können?«

»Nein, aber sie hat ihn verwundet und verscheucht. Er floh, und die leuchtende Herrin konnte ihn nicht einholen.«

»Er entkam? Man muss sehr schnell sein, um die Sonne abzuhängen.«

»Entweder schnell … oder man muss die Nacht sein, was?« Halverdt lächelte schief. »Aber das ist ebenfalls nicht der Grund, warum ich Euch herbestellt habe.«

»Wenn die Gheister kein guter Grund sind, fürchte ich mich vor dem wahren Anlass.«

»Die Wälder werden nicht nur von Gheistern heimgesucht,

Henri. Auch Bauern suchen sie heim. Bauern und Heiden. Ihr wisst, wie sie sind. Sie ziehen schwarze Masken und Geweihe über, vergewaltigen Frauen, verbrennen das Korn, das Eure Familie über den Winter bringen soll. Narren.« Halverdt lehnte sich an den Thron, den Kopf zur Seite geneigt. Für einen Augenblick sah der Herzog aus, als hinge er baumelnd an einem Strick wie ein gefangener Hase. Volent verdrängte das Bild.

Als Halverdt weitersprach, klang seine Stimme weit entfernt. »Sie brauchen nicht mal ihre Götter, um mir die Laune zu verderben, was?«

»Nein, mein Herzog«, antwortete Volent so rasch es seine tauben Lippen erlaubten. Er wollte seinen Herrn aufheitern. Wenn der Herzog in Melancholie verfiel, war er gefährlich. Sogar für seine Lieblingsuntertanen.

»Stimmt, nein. Aber die Sache hat auch nützliche Seiten. Habt Ihr von dem Vorfall in Gartstadt gehört?«

»Eine Gruppe Heiden hat das Doma der Stadt angegriffen, die Priester und Celesten ermordet und ist in der Nacht verschwunden. Sie nahmen die Leichen mit, wenn man den Berichten glauben darf«, antwortete Volent. »Glaubt Ritterin von LaFey, dieser Angriff hat etwas damit zu tun?«

»Etwas – in der Tat. Alles.« Halverdt schritt im Kreis um seinen schlichten Thron, die Hände auf dem Rücken verschränkt. Den Umhang, reich bestickt und dick wie ein Wandteppich, zog er auf dem Boden hinter sich her. Er war ein Geschenk des Heiligen Gaston LeBrieure, des Celestriarchen der Kirche. Halverdt trug ihn zum Zeichen seiner Frömmigkeit – und um die Schatten in den Ecken und die Heiden vor dem Tor abzuschrecken. »Habt Ihr die Leichen gesehen, als Ihr reingekommen seid? Habt Ihr sie gezählt?«

»Etwa ein Dutzend? Oder mehr?«

»Stimmt.« Halverdt begann, die Toten an den Fingern abzuzählen. »Die fünf Narren von Haus Blakley. Der Späher, der als erster Alarm schlug. Grandieu und sein Pferd sind verschwunden oder bislang unauffindbar. Wer also sind die Übrigen?« Halverdt näherte sich seinem Erzmarschall, einen zornigen Ausdruck in den Augen. »Wisst Ihr es?«

»Nein, Eure Durchlaucht.«

»Priester, Celesten und Heiden.«

»Die Toten aus Gartstadt?«, fragte Volent. Trotz seines leblosen Tonfalls schwang darin eine Spur Überraschung mit. »Wie kann das sein?«

»Weil an dieser Geschichte mehr ist, als die Kirche uns erzählt hat. Die Schwurritterin hat mir eben alles berichtet, was sie weiß. Gleichwohl musste ich ihr schwören, es geheim zu halten. Die Heiden, die das Blutvergießen in Gartstadt angerichtet haben, beschworen auch einen Gheist im Doma – das ist die einzig mögliche Erklärung. Kaum jemand hat den Angriff auf die Stadt überlebt. Gartstadt liegt in Trümmern, heißt es, aber ein Bauer hat den Dämon bei der Flucht beobachtet. Die Kirche hat ihn gleich in Verruf gebracht, aber der Mann behauptet, etwas sei dem Boden des Tempels entstiegen und habe die Heiden und ihre Opfer mitgenommen.«

»Und dann kam der Dämon her?«

Halverdt nickte.

Volent schritt um die Feuergrube. Er war außerstande, zu blinzeln, um die Augen vor dem Rauch zu schützen. Tränen rannen ihm über die tauben Wangen. »Aber warum?«

Der Herzog zuckte die Achseln. »Die Kirche weiß nicht mehr darüber – oder will es nicht verraten. Ich glaube, der Gheist war hier nur auf der Durchreise. Er wollte vielleicht nach Norden, um seine heidnischen Anbeter zu finden.«

Halverdt wirkte besorgt. Er blieb neben dem Thron stehen. Wieder stützte er sich auf den Stein, seine Hand ruhte auf dem Gargoyle auf der Rückenlehne. Die Steinmetzarbeit war älter als Haus Halverdt, sogar älter als die tenerranischen Stämme, die hier gelebt hatten, ehe sie beim letzten Kreuzzug vertrieben worden waren. In Halverdts Herzogtum waren die meisten Bauten und Ruinen aus dieser vergessenen Zeit umgebaut worden, ganz nach dem Willen der suhdrischen Eroberer und ihrer celestischen Kirche.

»Überall in Eurem Land gibt es Ärger«, sagte Volent. »Die Kirche vertraut darauf, dass Ihr den gläubigen Süden schützt, und das heißt viel.«

»In meinem Land wimmelt es von Rebellen!«, bellte Halverdt und trat mit wutverzerrtem Gesicht einen Schritt vor, ehe er sich wieder beruhigte. Er wandte sich um und nahm auf dem Thron Platz. »Und es ist voller Heiden. Und Gheister. *Deshalb* habe ich Euch hergerufen.«

»Ich bin kein Dämonenjäger. Ihr braucht einen Priester, Eure Durchlaucht. Ritter der Wintersonne und Inquisitoren, die die Hexen bis in deren Unterschlupf verfolgen.«

»Die Kirche wird ihre Pflicht tun, ganz sicher. Ich will nicht, dass Ihr Euch über die Gheister den Kopf zerbrecht, Volent.« Halverdt verschränkte die Hände und stützte das Kinn auf die Knöchel. »Die Kirche hat mich um Geduld gebeten, an meine Loyalität appelliert und meine Zeit beansprucht. Ich bin ihr in allen Punkten bestmöglich entgegengekommen. Die Tenerraner beten jeden Tag auf den Knien, des Nachts hingegen wetzen sie die Messer.«

»Was soll ich für Euch tun?«, fragte Volent.

»Die Kirche wird Inquisitoren und Schwurritter schicken, um die Bestie zu vernichten, aber damit ist es nicht getan. Es werden noch mehr Dämonen auftauchen – ein unendlicher Strom von Gheistern. Das endet erst, wenn die Heiden, die sie anbeten, zur Strecke gebracht sind. Die Inquisition wird die Bauern befragen, die Wälder durchkämmen.« Der Herzog winkte abschätzig ab. »Sie finden vielleicht auch etwas … irgendwann.«

»Meinem Herzog fehlt dafür die Geduld?«

»Die fehlt Eurem Herzog in der Tat«, erwiderte Gabriel und blickte Volent grinsend an. »Euer Herzog braucht nicht geduldig zu sein. Denn er hat ja Euch.«

Der Erzmarschall verbeugte sich ergeben und berührte sich dabei an der Stirn. »Ich bin gern zu Diensten, Euer Durchlaucht. Was soll ich tun?«

»Die Heiden, die das angerichtet haben, sind tot. Liegen wie Vieh in meinem Hof, aber sie hatten Familien. Sie hatten Gefährten, andere Heiden, die das Ereignis in Gartstadt begrüßen dürften. Und das, was hier letzte Nacht geschehen ist. Die Inquisition wird Fragen stellen, die Schuldigen von den Unschuldigen trennen und dann ihre Rache kalt servieren.« Halverdt verschränkte die Hände und verfing sich dabei im Saum des Umhangs. »Darauf will ich nicht warten.«

»Der Dämon ist gewiss zu seinen Anbetern unterwegs«, mutmaßte Volent. »Wo er hingeht, werden wir Heiden finden.«

»Ja, Heiden, deren Blut Ihr vergießen müsst. Ich hege keinen Zweifel daran, dass der Gheist von diesen tenerranischen Bastarden im Turnierlager angelockt wurde. Es ist kein Zufall, dass der Dämon am selben Tag aufkreuzte, als der Herzog zu Hundsweih sein Banner vor meiner Burgmauer gehisst hat. Das ist wie eine gottverdammte Belagerung.« Der Herzog erschauderte, trotz des dicken Umhangs und der Hitze im Raum. Seine Stimme nahm einen dunklen Ton an. »Vielleicht sollte der Blakley-Junge den Gheist ja anlocken und zähmen. Trotzdem kann ich nicht gegen sie vorgehen. Noch nicht.« Sein Blick klärte sich, und er richtete die Aufmerksamkeit wieder auf den Erzmarschall. »Der Gheist wird Euch zu seinen Hexen führen.«

»Was haben Eure Priester gesagt? Wo soll ich mit der Suche beginnen?«

»Schert Euch nicht um das Geschwätz der Priester. Fangt an, wo Ihr wollt, fragt, wen immer Ihr fragen müsst. Vergießt Blut, bis Ihr eine Antwort erhaltet, Herr Erzmarschall, aber kommt nicht eher zurück, bis Ihr Eure Aufgabe erfüllt habt.«

»Vorsicht ist geboten, mein Herzog, um das gemeine Volk nicht gegen Euch aufzubringen.«

»Das gemeine Volk kann sich meinetwegen gern mit den

Priestern bis in den Himmel beten!«, schrie Halverdt. Er schlug mit der flachen Hand auf den Thron, von dem eine dichte Staubwolke aufwirbelte. »Das gemeine Volk versteckt diese Mörder. Sie kommen am Hochtag ins Doma, und die Woche über beten sie die Gheister an. Ich werde sie nicht länger dulden!«

»Mein Herzog, ich glaube…«

»Verdammt, Mann, bin ich Euer Herzog oder ein Saufkumpan? Mich kümmert nicht, was Ihr glaubt. Findet diese Heiden. Tötet sie! Wenn die Inquisitoren der verfluchten Kirche Grünhall betreten, will ich ihnen die Köpfe der Schuldigen vor die Füße werfen.« Er richtete sich mit zitternden Händen den Umhang. »Geht, und kehrt erst zurück, wenn Ihr mir einen Grund liefert, sie ein für alle Mal auszurotten.«

Der Erzmarschall verneigte sich und zog sich zurück, das Gesicht dem Herzog zugewandt. Er drehte sich erst um, als er die Tür erreichte. Halverdt saß auf dem alten Thron, knabberte an seinem Knöchel und sah leeren Blickes in das rauchende, flammenlose Feuer in der Saalmitte. Graue und blaue Wolken umwallten ihn wie eine Vision im Nebel.

Volent versammelte seine Männer. Es gab keinen Grund, noch zu warten oder erst Pläne zu schmieden. Solche Missionen waren ihm schon lange in Fleisch und Blut übergegangen. Als er aufs Pferd stieg und Grünhall mit seinem Kontingent an Rittern verließ, hielt der Herold an seiner Seite zwei Flaggen hoch: die drei Eicheln von Haus Halverdt vor dem grüngoldenen Kreuz und Volents eigenes Banner. Eine weiße Maske vor schwarzem Grund, die von Blitzen durchzuckt wurde.

Die Maske sah aus wie zerspringendes Eis.

Dreizehntes Kapitel

Gwen fiel hinter ihrer Meute zurück. Sie hörte die Hunde gleich hinter einem Dickicht aus Brombeersträuchern bellen, konnte jedoch ihr Jagdpferd nicht dazu bewegen, sich durch die Dornenbüsche auf das dahinter liegende Feld zu schlagen. Das machte sie verrückt.

»Da durch, du Ochse! Da durch!«, rief sie und zerrte an den Zügeln. »Du dämlicher, verrückter Gaul! Würdest du das auch tun, wenn wir verfolgt würden?« Das Pferd, eine große grauweiße Stute, die weder verrückt noch ein Ochse war, wollte nicht hören. Missy trottete den Pfad entlang, schnüffelte misstrauisch an den Brombeersträuchern und stampfte mit den Hufen.

Während Gwen noch versuchte, ihr Ross zu etwas zu bewegen, das es niemals tun würde, schlossen die zwölf Reiter ihres Jagdtrupps zu ihr auf. Sie trugen Halbrüstung und ritten viel größere Pferde: Schlachtrösser mit Harnischen. Derartiges Rüstzeug taugte normalerweise nicht dazu, durch den Wald zu preschen, über Wasserläufe zu springen oder Bäumen auszuweichen, doch ihre Jagdbeute erforderte es. Der Trupp strotzte vor Speeren mit dunkelroten, blutgehärteten Metallspitzen. Außer Gwen trug nur ein Reiter keine vollständige Rüstung: Frèr Gil Lucas. Der Priester wirkte seltsam entspannt, trotz der Gefahr, die der Gheist darstellte.

»Hoheit, vielleicht sind wir der Spur jetzt lange genug gefolgt«, sagte Merret, der an der Spitze des Trupps ritt. »Falls das dieselbe Kreatur ist, die letzte Woche Grünhall heimgesucht hat, brauchen wir mehr als rote Speere und einen Landfrèr, um ihr entgegenzutreten.«

»Angeblich hat dieser Gheist eine Schwurritterin bezwungen«, flüsterte einer der Männer laut genug, dass alle es hörten, trotzdem konnte Gwen nicht zuordnen, wer von ihnen gesprochen hatte. »Und die Hälfte der Jäger bei Halverdts Allfeuer.«

Gwen lächelte die Ritter vor den Brombeersträuchern kühl an. »Und ich habe gehört, dass Ian von Blakley die Bestie fast allein getötet hat, mit nur sechs Kriegern. Keiner von ihnen hatte mehr dabei als seinen Stahl und seine Eier. Ihr seid besser gerüstet, hoffe ich?«

»Hoheit …«, setzte Merret an. Er war der Älteste im Trupp und stand in Diensten von Gwens Vater, seit sie denken konnte. Er war einer der wenigen suhdrischen Ritter in Adairs Gefolge.

Der Rest bestand aus Tenerranern: allesamt Männer, die ihr Vater persönlich zum Ritter geschlagen hatte. Sie stammten aus den verschiedenen Stämmen seines bescheidenen Territoriums. Herr von Merret unterschied sich von ihnen nur dadurch, dass er sich ständig über das tenerranische Essen beklagte und gern die Tochter des Barons korrigierte. Nicht, dass ihm diese Angewohnheiten etwas nutzten.

Gwen unterbrach ihn, ehe er noch mehr Ausreden vorbringen konnte. »Ich habe geschworen, dieses Land vor den heidnischen Göttern zu beschützen. Und das lasse ich nicht einfach bleiben, nur weil es gefährlich wird oder wilde Gerüchte über den Gheist aufkommen – erst will ich ihn mit eigenen Augen sehen.« Sie blickte den Ritter streng an. »Ich werde meine Pflicht erfüllen.«

»Sofern Ihr zuvor diese dämonischen Sträucher bezwingen könnt«, sagte Frèr Lucas gelassen. Abwesend grinsend musterte er den Wald ringsum.

Was verbirgt er hinter seinem gleichgültigen Gesicht?, fragte sich Gwen.

»Frèr, Ihr nehmt an dieser Jagd teil, weil wir die Kirche achten«, rief Merret und lenkte sein Pferd neben die müde Stute des Priesters. »Es steht Euch nicht zu, die Tochter des Barons zu beleidigen. Ihr Status als Jägerin ist im Norden eine altehrwürdige Tradition. Ihr tätet gut daran, der Baroness den verdienten Respekt entgegenzubringen.«

»Dass sie die Tochter des Barons von Adair ist, hat gewiss nichts mit ihrem Status als Jägerin zu tun«, erwiderte der Frèr ohne Feindseligkeit. Trotzdem wirkten die Ritter des Trupps verärgert.

»Was wollt Ihr damit sagen?«, fragte Gwen spröde.

»Nichts. Nur dass ich noch nicht gesehen habe, wie Ihr den Gefahren begegnet, denen eine Jägerin sich für gewöhnlich stellt.« Er lächelte. »Und ich versuche, mir niemals ein vorschnelles Urteil über jemanden zu bilden.«

»Wie nett von Euch«, sagte Gwen in scharfem Ton.

»Nicht nett – so ist eben Zinders Natur.« Lucas deutete zum Himmel empor. »Einen Moment, bitte.«

»Wir sind auf einer gefährlichen Jagd, Frèr. Wenn Ihr Euren theologischen Diskurs in der Burg meines Vaters fortsetzen könntet …«

»Seid bitte kurz still«, antwortete der Priester. »Ich glaube …«

Das Gebell der Hunde, das bis jetzt aus der Ferne durch die Bäume gehallt war, kam plötzlich näher, und Gwendolyn richtete sich im Sattel auf. Die Jagdhunde näherten sich. Aufgeregt blickte sie zu den Rittern an ihrer Seite. Keiner wirkte verängstigt, doch auch wenn sich das noch ändern konnte, stellte sie erfreut fest, dass die Ritter ebenso begierig auf den Kampf zu sein schienen wie sie.

Nur der Priester wirkte besorgt. »Es ist keine große Herausforderung, wenn die Bestie freiwillig zu Euch kommt, oder?«, murmelte er.

»Ich stelle mich jeder Jagd, die die Herrin Zwietracht mir gewährt«, erwiderte Gwen. »Ihr werdet Euch schon bald Euer Urteil bilden können, Priester des Zinder. Männer, in Formation und …«

Unvermittelt erbebte das Brombeerdickicht, die Äste erzitterten und teilten sich dann abrupt.

Die unheilige Kreatur stand heulend mitten unter ihnen.

Gwen erhaschte einen flüchtigen Blick auf den Gheist, ehe Missy sich abwandte und bockend vor ihm floh. Was da aus dem Wald gesprungen war, glich einem Gewirr aus Rinde und Stein in Form eines Wolfshunds. Der Gheist war kleiner, als Gwen erwartet hatte, sprühte aber irgendwie vor wütender Energie. Sein Geheul klang wie berstende Baumstämme, als er vorbeiraste und mit den Steinklauen die feuchte Erde aufriss. Sogleich war er wieder außer Sicht, und die Luft roch wie der Wald nach einem starken Regen.

»Das ist nicht der Gott, den ich erwartet hatte«, sagte Frèr Lucas mit einem Anflug von Enttäuschung.

»Aber nichtsdestoweniger ein Gott«, antwortete Gwen, »und ich werde mich seiner annehmen.«

»Noch ein Gheist in den Wäldern? Eine andere Erklärung gibt es nicht«, meinte Merret. »Wenn wir Frèr Lucas glauben dürfen, hat man die schwarze Kreatur, die Grünhall angriff, an unserer Grenze gesichtet. Und jetzt gibt es zwei davon?«

Gwen winkte ab. »Über die Einzelheiten können wir uns später den Kopf zerbrechen. Merret, Hobbs, Ihr bildet die Vorhut. Der Rest durchkämmt den Wald. Wir müssen die Kreatur von den Höfen im Osten fernhalten. Frèr Lucas, Ihr bleibt besser bei mir.«

»Ich wäre nirgendwo lieber als bei Euch«, erwiderte der Geistliche. »Also schön, Mannen, dann mal los.«

Merret hob den kurzen Jagdspeer, dessen blutgehärtete Spitze aus der Schreinschmiede in Hochweih stammte, und jagte dem Gheist nach, dicht gefolgt von Hobbs. Die übrigen Reiter schlugen sich mit ihren gepanzerten Pferden durch knackende Büsche und Sträucher in den Wald.

Gwen wartete, bis sie kaum noch zu hören waren, dann wandte sie sich dem Frèr zu. »Ich bin es nicht gewohnt, dass Priester meine Fähigkeiten infrage stellen, schon gar nicht vor meinen Leuten.«

»Und ich bin es nicht gewohnt, dass Jägerinnen Zeit wegen Ehrenkränkungen verlieren, während ihnen ein Gheist entkommt«, entgegnete er.

»Habt Ihr oft Gheister gejagt, Frèr?«

»Ein paarmal.« Er legte sich die Zügel auf den Schoß. »Bestimmt nicht so oft wie Ihr.«

»Bestimmt nicht. Was für ein Zufall, dass Ihr auf der Durchreise wart, als die Jagd eröffnet wurde. Und Ihr wusstet auch, dass wir den Dämon hier draußen finden.«

»Tja, offensichtlich habe ich mich in diesem Punkt geirrt.«

»Ja.« Nach einem Moment drückenden Schweigens fügte sie hinzu: »Warum seid Ihr hier?«

Unvermittelt brach Gwens Jagdmeute durch die Brombeersträucher, weit hinter der Beute zurückgeblieben. Die Hunde waren Gwens Prachtstücke, sie hatte sie gezüchtet und von Geburt an ausgebildet. Es handelte sich um Felshunde. Malygris hatte den Zuchtstamm dem Baron von Adair geschenkt, zum Zeichen des Friedens zwischen den suhdrischen und tenerranischen Häusern. Die Hunde waren breitschultrig, hatten lange Körper und muskulöse Nacken. Ihre Kiefer konnten Knochen brechen.

Die Meute wirkte wie eine schlammbesprenkelte Flut aus braunen, schwarzen und weißen Leibern mit hellen Zähnen und zerzaustem Fell. Sie hatten zu bellen aufgehört, doch als sie vor den Dornenbüschen die Fährte wieder aufnahmen, stimmten sie ein hohes Geheul an, das den Priester erschreckte und Gwen zum Lachen brachte.

»Kommt, werter Frèr – die Jagd geht weiter!«, rief Gwen. »Wir reden später, versprochen.« Sie galoppierte los. Um die Beute zu finden, musste sie in der Nähe der Hunde bleiben.

Der Gheist schien den Waldweg nicht mehr verlassen zu haben. Die abgeknickten Zweige und aufgerissenen Grasnarben verrieten, dass Merrets Männer ebenfalls bis auf den Pfad durchgebrochen waren. Gwen sah nicht die geringste Spur der Kreatur, vertraute aber den Instinkten ihrer Hunde. Sie vermutete, dass Lucas ihr folgte.

Es kam Gwen seltsam vor, dass der Dämon, der den ganzen Morgen durch Brombeersträucher und Speerpinien geflohen war, sich urplötzlich für einen ausgetretenen Pfad entschieden hatte. Die Jagd war über Stock und Stein verlaufen, die Reiter hatten sich durch sumpfige Fenns kämpfen und undurchdringlichen Hecken ausweichen müssen, um Beute und Meute auf den Fersen zu bleiben.

Sie schossen an im Wind raschelnden Bäumen vorbei.

Etwas brach sich durch die Brise Bahn, ein Geruch, den Gwen anfangs nicht zuordnen konnte. Roch es nach gekochtem Essen? Oder wie an einem Feiertag unter der Steinkuppel des Domas, wenn die Priester ihre Predigten hielten und dabei das Weihrauchfass schwenkten? Ohne darüber nachzudenken, ritt sie weiter. Überraschend gaben die Hunde verwirrte Laute von sich.

Ehe sie sich's versah, schloss Gwen zu ihrem Trupp auf. Die Männer hatten am Kamm eines sanften Hügels angehalten, der seinen grasbewachsenen Kopf aus dem Wald reckte. Gwen zügelte ihr Pferd und trottete zu Ritter von Merret. Der Ritter wirkte besorgt.

Die Hunde waren verstummt.

»Was ist los?«, fragte sie. »Haben wir die Beute verloren?«

»Wohl eher unser Interesse. Ich weiß nicht, ob wir weiterreiten sollen, Hoheit«, antwortete Merret und deutete mit dem Kopf den Hügel hinab. »Wegen dem da.«

Die Hügelspitze bot einen guten Blick auf den umliegenden Forst, der sich in alle Richtungen wie ein Meer aus grünen Blättern erstreckte. Keine hundert Schritt entfernt hing eine dunkle Rauchwolke in der Luft – anscheinend über dem Pfad, dem sie gefolgt waren.

Das war der Geruch, den Gwen im Wald wahrgenommen hatte.

»Ein Waldbrand?«, fragte sie.

»Schlimmer«, antwortete einer der Ritter – ein kräftiger, fast schon kahler Mann namens Dobbs. Er sprach mit stärkerem Akzent als die meisten Edelmänner Adairs. »Wir sind nah am Talg, hinter dem Hochfenn.«

»Das ist ein Dorf«, sagte Gwen. »Talgnah.«

»Ja«, bestätigte Dobbs. »Hört nur!«

Die Jägerin hatte sich während des Ritts so sehr auf das Hundegebell konzentriert, dass sie nicht mehr auf die Geräusche des Waldes geachtet hatte. Sie ging in sich und lauschte: Metall schlug träge gegen Holz, und Menschen schrien. »Jemand ist auf unseren Gheist gestoßen«, mutmaßte sie.

»Das glaube ich nicht. Vielmehr ist *unser Gheist* auf andere gestoßen.«

»Damit will er sagen«, mischte sich Merret ein, »dass der Gheist uns wohl hergeführt hat.«

»Was? Aber wieso …?«

»Diese Baumlinie da, die Schneise im Laubwerk, seht ihr die?« Merret deutete auf die entsprechende Stelle.

Gwen sah die Schneise deutlich, kurz vor der Rauchwolke.

»Das ist der Fluss Talg. Die Grenze zu den Ländereien Eures Vaters. Hier beginnt das Territorium von Grünhall.«

»Halverdt«, murmelte Dobbs.

»Und was tut das zur Sache? Wenn diese Menschen unsere Hilfe brauchen, möchte der Herzog sicher, dass wir ihnen beistehen, oder?«

»Meine Blutlinie stammt von hier«, sagte Dobbs. »Zehn Generationen. Ich wuchs hier auf, bevor jemand die verdammten Suhdrin auch nur kannte.«

»Sehr freundlich, Dobbs«, sagte Merret gereizt. »Er will sagen: Das da ist ein tenerranisches Dorf. Tenerranische Häuser stehen in Flammen, und was immer da vorgeht hat den Gheist angelockt. Die Anwohner sind der Quell ihres eigenen Unglücks.«

»Ihr könnt den Leuten nicht die Schuld geben«, erwiderte Dobbs. »Falls ihr Tod die Aufmerksamkeit der Gheister weckte …«

»Das kommt äußerst selten vor«, mischte sich Frèr Lucas ein, der nach wie vor seltsam ruhig wirkte. »Ich finde das in der Tat höchst merkwürdig.«

»Wir wissen nicht, was da unten los ist«, protestierte Gwen. »Es könnte ein Überfall von Banditen sein, oder ein anderer Gheist!« Sie zupfte an Merrets Ärmel. »Wir wissen nicht, was diesen Leuten widerfährt.«

»Das ist ein tenerranisches Dorf«, erwiderte er steif, »auf Halverdts Gebiet. Die Sache geht uns nichts an. Wir sind hier, um Gheister zu jagen und die Ländereien des Hauses Adair zu schützen.«

»Euch mag das Blutvergießen kein Unbehagen bereiten, Halverdts Leute da unten sehen das vermutlich anders«, hielt Dobbs entgegen.

Lucas wandte sich an ihn. »Ich bin neu in der Gegend. Was geht Eurer Meinung nach im Dorf vor?«

»Der Gheist, den Ihr von Grünhall aus hierher verfolgt habt, dürfte dem Herzog große Unannehmlichkeiten bereitet haben«, antwortete Merret anstelle des allmählich verärgerten Dobbs. »Halverdt wird jemandem die Schuld dafür geben wollen. Er ist sicher auf Blutvergießen aus.«

»Und es schert ihn selten, ob er auch wirklich das Blut der Schuldigen vergießt«, fügte Dobbs hinzu, »solange es das eines Tenerraners ist.«

Merret nahm Gwens Zügel in die Hand und wisperte ihr zu: »Wir sind nur auf Gheisterjagd. Das ist nicht unser Kampf, Hoheit.«

»Vielleicht sollte es aber unser Kampf sein«, fuhr Gwen ihn an. Sie entwand dem alten Mann die Zügel, gab dem Pferd sanft die Sporen und ritt einige Schritte vor. »Was bringt es, das Volk vor verrückten Göttern zu schützen, wenn wir sie zugleich durch die Hand irrer Herrscher sterben lassen?« Sie ließ den Blick über ihren Trupp schweifen. Alle trugen ihre Rüstung für die Geisterjagd. Keinen Tappert, keine Flaggen, und ihre Farben deuteten nicht auf Haus Adair hin.

»Verhüllt Eure Gesichter«, befahl sie, zog sich den weiten Kragen der Robe über Mund und Nase und verschnürte ihn sicher. »Sprecht Eure Gebete und dann mir nach.« Sie ritt den Hügel hinab. Am Waldrand trieb sie ihr Pferd zum Galopp an. Ihre Hundemeute heulte auf und rannte ihr nach, dichtauf gefolgt von den Reitern. Grinsend beugte Gwen sich im Sattel vor.

Sie erreichte den Talg schneller als erwartet. Die Brücke, die hinüberführte, bestand aus kaum mehr als aus klapprigen, losen Brettern, der Fluss selbst war braun und floss träge dahin. Als Gwen auf das gegenüberliegende Ufer preschte, holten die Hunde sie ein, hielten gebührenden Abstand von Missys Hufen und stießen ein tiefes Knurren aus. Gleich darauf hörte sie ihre Ritter über die Brücke donnern.

Das Dorf wies keine besonderen Merkmale auf, abgesehen von dem niedrigen Palisadenzaun, auf dem die Ikonen von Zinder und Zwietracht prangten – das war so weit von der Gottesstraße entfernt eine notwendige Maßnahme, auch wenn die Macht der Kirche ihren Zenit erreicht hatte. Der Zaun umgab mehrere kleine Bauten. Die Hälfte der Strohdächer stand in Flammen. Das Geschrei der Menschen war hier deutlich zu hören, und in der Ferne sah Gwen Soldaten in schimmernder Rüstung über den Dorfplatz laufen. Die meisten Schreie klangen wie die von Schweinen, die soeben abgeschlachtet wurden.

Eine Leiche lag kurz vor dem Tor auf der Straße: ein Bauer mit einem Dreschflegel quer über der Brust. Sein Kopf war zerschmettert, Knochensplitter und Blut bedeckten den Boden. Gwen war an ihm vorbei, ehe ihr bewusst wurde, welch gewaltsamen Tod er gestorben war. Missy sprang einfach über den Toten hinweg, der alle Gliedmaßen von sich streckte.

Dann war sie innerhalb des Zauns. Blut, überall war Blut, und ihr wurde kurz schwindelig. Talgnah bestand aus etwa zwölf, um einen Platz angeordneten Gebäuden. Das bisschen Gras zwischen den Pflastersteinen war nicht grün, sondern verdorrt, und ein baufälliger Brunnen aus Stein und ausgeblichenem Holz stand in der Mitte. Die Fachwerkhäuser zählten zu den armseligsten ihrer Art. Eines davon brannte, das nächste war eingestürzt, der Fuß eines Mannes ragte unter den Trümmern hervor.

Zwei Dutzend Soldaten standen im Hof. Sie trugen das typische Grün und Gold von Halverdts Leuten. Ihre Rüstungen glänzten in der Mittagssonne. Sie umringten eine kleine Gruppe schreiender Frauen und Mädchen, von denen die meisten neben dem Brunnen lagen und ihre Köpfe mit den Händen abschirmten. Eine Reihe Leichen, allesamt Männer, lag auf der anderen Seite des Platzes. Abgeschlachtet. Es war das Geschrei der Bäuerinnen gewesen, das Gwen irrtümlich Schweinen zugeordnet hatte.

An dem Entsetzen der Frauen war nichts Menschliches mehr.

Die Hunde erreichten sie zuerst, wussten jedoch nicht, was sie tun sollten. Sie waren Jagdhunde und sahen nirgends eine Beute. Aufgeregt bellend umkreisten sie die Soldaten mit heraushängenden Zungen. Die Unterbrechung verwirrte Halverdts Soldaten, einer von ihnen erblickte Gwen, die auf die Gruppe zudonnerte. Der Kreis teilte sich, und ein Mann erhob sich aus der Hocke. Seine Hände und Hose waren blutbesudelt, und das Mädchen zu seinen Füßen regte sich nicht.

Gwen zog den Jagdspeer aus dem Holster und holte aus. Sie dachte nicht nach, konnte nicht glauben, dass das, was sie sah, real oder auch nur möglich war.

Sie schleuderte den Speer von sich.

In hohem Bogen flog er auf den Mann zu, glitt an dessen Arm ab, verhakte sich in der Beinschiene und durchdrang Kettenpanzer und Gewebe. Brüllend riss der Fremde den Speer aus der Wunde. Missy kam vor den Männern zum Stillstand und trottete dann zur Seite, um sie zu umgehen. Der Soldat stürmte vor, das Pferd bockte, und Gwen flog aus dem Sattel. Sie rollte sich auf den blutbesudelten Pflastersteinen des Dorfplatzes ab.

Der Aufprall trieb ihr die Luft aus den Lungen.

Sie wollte rasch wieder auf die Beine kommen, doch der Sturz hatte ihren Gleichgewichtssinn durcheinandergebracht; auf ein Knie gestützt versuchte sie, sich aufrecht zu halten, während die ganze Welt sich um sie drehte. Ihre Vermummung löste sich, und ihr Bein brannte wie Feuer.

Dann erreichten ihre Ritter die Stadt. Metall schepperte und Pferde wieherten, und die übrigen Dorfbewohner schossen in alle Richtungen davon. Gwen krabbelte aus dem Tumult stampfender Hufe und klirrender Klingen. Sie fand sich neben einem Trog wieder, kletterte darüber hinweg und gelangte zu einem Stall. Der Boden stank, die Schweine lagen tot im Morast, doch zumindest gab es hier niemanden, der ihr einen Speer durch den Kopf rammen wollte.

Sie verfolgte den Kampf vom schlammigen Boden aus, sah, wie Merret und Dobbs Seite an Seite fochten. Eine Bauersfrau stürzte sich auf die beiden und wurde dabei versehentlich getötet. Dobbs schlug den Schild eines Gegners beiseite und erstach ihn. Einer von Gwens Reitern sank schlimm verwundet nieder, dann noch einer.

Mehrere Soldaten Halverdts starben, doch Gwens Männer hatten nur Jagdbewaffnung dabei, die nicht für ein anhaltendes Gefecht taugte, und waren überdies in der Unterzahl. Ein Ritter trat aus einem brennenden Gebäude, den schwarzen Umhang mit Ascheflecken übersät. Er hatte die Kapuze abgestreift und trug keinen Helm. Seine grauen Locken waren rußverschmiert.

Seine Miene wirkte unfassbar reglos, als beobachte er nur zwei sich zankende Kinder. Er schlug den Mantel auf und zog das Schwert. Die lange, schartige Klinge schimmerte im Licht. Dann stürmte er in den Kampf, der zu einem Massenmord wurde, einem Blutbad, dem Männer, Frauen, Pferde und

Hunde zum Opfer fielen – was immer dem Ritter in die Quere kam, selbst die eigenen Leute.

Merret erblickte ihn und stieß einen Warnruf aus.

»Der Maskenmann!« Er zog sich aus dem Gefecht zurück. Der Fremde tötete Missy mit einem einzigen Schlag ins Genick – Missy, die einfach nur dastand.

Drei Hunde griffen ihn an, witterten etwas an ihm, das sie töten wollten, doch er schlitzte sie auf wie Melonen. Ritter MaeDerry, ein Junge, der erst im letzten Sommer den Eid abgelegt hatte, attackierte den Maskenmann, schwang brüllend seinen großen Streitkolben. Halverdts Hofmonster tötete ihn binnen eines Lidschlags. MaeDerry brach im Schlamm zusammen, mit offenem Bauch und Blutblasen auf den Lippen.

Gwen drückte sich an die Wand eines kleinen Holzhauses, dann bog sie um die Ecke. Sie zog das Bein nach, spürte es nicht mehr. Die Jägerin blickte an sich hinab und sah Blut auf dem zerfetzten Leder ihrer Jagdrüstung. War es ihres, oder stammte es von einem der Bauern, die auf dem Hof lagen?

Ihre Hände zitterten, so wütend war sie. Nur zu gern hätte sie dem Jagdrausch nachgegeben und gekämpft, doch sie hatte ihre Speere verloren, und der Mann mit dem toten Gesicht machte sich über ihre Krieger her wie eine Seuche.

Sie suchte den Platz nach einer fallen gelassenen Waffe ab.

Ein Knurren riss sie in die Wirklichkeit zurück. Es kam aus der falschen Richtung, von der Palisade. Sie hob den Blick und sah den Gheist, dessen buckliger Rücken aus Rinde und Gestein bebte. Seine Augen wirkten wie zwei Scherben gefrorenen Himmels. Die Zähne bestanden aus gebrochenem Fels, ein Maul voll splittrigem Stein.

Die Jägerin durchsuchte das Heu nach einem verlorenen Speer; ihre Finger wühlten durch kalte Erde, fanden jedoch nichts. Sie konnte nur zusehen, wie die Bestie auf sie zuschritt und dabei die Steinklauen in den Schlamm grub. Aus der Kehle des Geschöpfs drang ein tiefes Grollen.

Die Jägerin bemerkte, wie der alte Gaul des Priesters mit schlammverschmierter Brust in den Schweinestall trottete. Frèr Lucas glitt behände aus dem Sattel und landete zwischen Gwen und der Bestie. Er hob den Stab, der so zersplittert aussah wie ein vom Blitz getroffener Baumstamm. Dann sah sie das Blut und die Schnitte auf Gesicht und Armen des Frèrs.

Er hatte sich zu ihr durchgekämpft.

Woher hatte er gewusst, wo sie war? Und was für eine Art von Priester richtete mit derselben Leichtigkeit ein Blutbad an, mit der er betete?

Lucas hob die Überreste des Stabs und sprach einen Segen. Wispernde Schatten bildeten sich um seine Schultern. Wie vom Kerzenlicht angelockte Motten verschmolzen sie langsam zu einem Netz aus purer Energie. Die dunklen Stränge umschlangen die Bestie und brachten sie zu Fall.

Ein Inquisitor! Der Priester ist auf der Jagd nach Heiden. Die Götter mögen ihn verdammen!

»Das ist nicht Euer Kampf, Baroness Adair«, sagte Lucas. Er ließ den Fuß durchs Heu schnellen und schleuderte Gwen einen der verlorenen Speere entgegen, den die Jägerin geschickt auffing. »Bringt Eure Krieger von hier fort.«

»Der Gheist …«

»Ist meine Angelegenheit. Sammelt Eure Leute, bevor Ihr einen Krieg vom Zaun brecht.«

Abrupt zersprang das Energienetz, als bestünde es nur aus karamellisiertem Zucker. Langsam schritt der Gheist vor. Sein Ziel war Gwen. Sie versuchte, sich aufrecht zu halten, doch die Beine versagten ihr den Dienst. Sie lehnte sich an die Stallwand, den Speer im Anschlag. Lucas trat zwischen Gwen und den Dämon, den zersplitterten Stab ausgestreckt wie ein Übungsschwert. Er stimmte ein Lied an, zog Schatten aus dem Himmel.

Die Kreatur sah ihn nicht einmal an. Sie rammte ihm die Steinschulter gegen die Hüfte, und der Priester flog zur Seite, schlitterte durch den Schlamm und versuchte, wieder auf die

Beine zu kommen. Der Gheist drückte Gwen die raue Schnauze ins Gesicht und stieß sie zu Boden.

Sie blickte in das Maul mit den steinernen Mahlzähnen, rechnete jeden Moment damit, dass der Dämon zubiss. Sie erwartete den Tod. Ihr fehlte sogar der Atem, um einen Schrei auszustoßen.

Die Kreatur stierte sie an, die Augen aus gefrorenem Himmel dicht vor ihrem Gesicht. Der Atem des Gheists roch nach brennendem Moos.

Dann schnaubte er sie an, ein schwerer, erdiger Atemstoß, der grollend und seufzend zugleich klang. Das Geschöpf hob die rindenartige Schnauze, trottete davon und sprang mühelos über den Palisadenzaun. Es verschwand im Wald, ohne sich umzublicken.

Lucas half der Baroness auf und blickte sie skeptisch an. »Ihr könnt von Glück reden, dass er das Interesse an Euch verloren hat.«

»Zwietracht sei Dank«, antwortete Gwen.

»In der Tat.« Der Priester zog die Jägerin zu seinem Maultier. Sie mussten einander stützen, um nicht umzukippen. Rasch stiegen sie auf und schauten sich um.

Gwens Krieger rannten zum Tor. Viele Ritter in Halverdts Farben lagen am Boden, allein der Mann mit dem toten Gesicht stand in ihrer Mitte. Blut befleckte seine Miene und sein Schwert. Er bemerkte Gwen und nickte ihr langsam zu.

Der Priester lenkte das Maultier herum, preschte aus dem Dorf und über die Brücke. Die noch lebenden Hunde aus Gwens Meute gesellten sich zu ihnen; ihr verwirrtes Gebell vermischte sich mit dem Gurgeln des Flusses und dem Stöhnen der Sterbenden im Dorf. Der Geruch brennenden Holzes und der Gestank des Blutbads hingen schwer in der Luft.

Gwen klammerte sich fest an den Priester und schloss die Augen, während sie nach Hause galoppierten.

Vierzehntes Kapitel

Malcolm verstaute seinen Helm wieder in der Truhe, sicherte die Riemen und polsterte das Visier, damit die filigranen Verzierungen nicht verkratzten. Das Allfeuerfest vom Vortag beunruhigte ihn noch immer.

Nicht halb so sehr wie die feindselige Stimmung auf dem Turnier, die sich zwischen tenerranischem und suhdrischem Adel beharrlich verschlechterte. Der Herzog von Halverdt hielt ihn nach wie vor hin, ließ ihn im Doma warten, im Thronsaal … eine nicht enden wollende Scharade aus leeren Räumen und verletztem Stolz. Daher hatte Malcolm an diesem Morgen seinen Namen von der Turnierliste gestrichen, obwohl einige seiner Ritter noch antreten wollten. Er selbst war nicht bereit, das Wagnis einzugehen.

Das Verhalten der suhdrischen Edelleute hatte sich verändert. Viele von ihnen sprachen im Flüsterton über die Tenerraner, sogar in deren Gegenwart, und über die heidnischen Anhänger des Gheists und dessen Absichten. Ein schlimmer Stimmungswandel lastete auf dem Turniergelände wie die schwere Luft nach einem Sturm oder das Schweigen des Waldes, wenn ein Raubtier auf der Jagd war.

»Brechen wir schon auf?«, fragte Ritter von Dugan. Er stand am Zelteingang, den Helm in der Hand.

»Noch nicht.« Malcolm kniete neben der Truhe und verriegelte sie. »Aber ich will bereit sein, falls wir schnell aufbrechen müssen.«

»Da draußen geht es allmählich rau zu.«

»Beim Allfeuer geht es immer rau zu. Die halbe Stadt ist voll betrunkener Ritter, die das Schwert in der einen und ihren

Schwanz in der anderen Hand halten. Selbst die Frauen sind blutdürstig. Es ist ein Wunder, dass überhaupt jemand mit heiler Haut aus diesen Tagen hervorgeht.« Malcolm erhob sich und fuhr beim stechenden Schmerz in den Knien zusammen. »Von ihrer Ehre ganz zu schweigen.«

»Trotzdem geht es rauer zu als sonst«, stellte Dugan fest. »Ein Zweikampf wurde abgesagt, weil eine Bande suhdrischer Jungs einem tenerranischen Jungen den Schädel gespalten hat. Sein Bruder will Blutrache.«

»Die er zweifellos bekommen wird«, sagte Malcolm. »Er wird sein eigenes oder das eines anderen vergießen. Gordon, mein Freund, daran können wir beim besten Willen nichts ändern. Solange es um Schlägereien in Hintergassen und das Begleichen von Rechnungen geht.«

»Folgenschwere Kriege fangen klein an.«

»Und wir müssen alles tun, damit die Dinge nicht aus dem Ruder laufen. Soll der Junge seine Rache haben. Würden wir ihn einsperren, würde er im Suff rumzetern und sich bei seinen Kameraden ausheulen, und dann werden sie etwas viel Schlimmeres tun. Etwas Geplantes.« Malcolm schöpfte kaltes Wasser aus dem Becken neben dem Feldbett und wusch sich den Schweiß aus den Augen. »Wir bauschen nichts auf, bringen das Allfeuer hinter uns und reisen nach Hause. Das wäre das Beste, was uns passieren kann.«

»Ian hat sich zum Turnier angemeldet.«

Malcolm stockte, die Hände vor die Augen gewölbt. Das kalte Wasser rann ihm über die Wangen in den Bart. Seufzend trocknete er sich die Hände ab. »Ja, ich weiß. Da er sich dem Gheist entgegengestellt hat, war es im Grunde klar, dass er nicht mehr untätig zusehen will, wie andere sich mit ruhmreichen Kämpfen einen Namen machen.« Malcolm warf den Lappen aufs Bett. »Alle in der Stadt reden davon. Das ließ sich nicht verhindern.«

»Aber Ihr habt es ihm verboten.«

»Tun wir nicht so, als hätte ihn das je abhalten können«, erwiderte der Herzog grinsend. »Falls jemand fragt, habe ich dem Jungen meinen Segen gegeben.«

»Und falls Euer Sohn Euch darauf anspricht?«

Malcolms Schweigen sprach Bände. Er fuhr fort, sich zu waschen, dann legte er einen weiten Waffenrock an, der auf Brust und Ärmeln mit einem Hahnentrittmuster verziert war, und schnallte sich das Schwert an den Gürtel.

Dugan zuckte die Achseln. »Ich habe Wachen am Zugang zu den Zelten postiert, und noch mehr patrouillieren auf dem Gelände. Falls es Ärger gibt, erfahren wir rechtzeitig davon.«

»Gut. Die Männer sollen sich aufbruchbereit halten, für den Fall, dass die Lage außer Kontrolle gerät. Sollte der Herzog von Halverdt uns die Gastfreundschaft kündigen, will ich nicht warten müssen, bis die Jungs und Mädels ihre Hosen eingepackt haben.«

»Ja, Hoheit.« Dugan schien noch etwas hinzufügen zu wollen, doch schließlich schlüpfte er durch die Zelttür und ging davon.

Ian pochte noch immer der Kopf. Der Angriff des Gheists lag schon mehrere Tage zurück, und seither hatte er unaufhörlich getrunken – höchstwahrscheinlich rührte der Kopfschmerz auch eher daher als von den Verletzungen, die der Dämon ihm beigebracht hatte. Trotzdem stand er am Morgen des letzten Zweikampfs am Rand des Platzes, einen Krug Wein in der Hand und einen Verband um den Kopf, und jubelte, während Martin Roard verprügelt wurde – von einem schweren Kerl mit Lederschurz, der einen Holzhammer schwang. Ian wollte Martins Demütigung auf keinen Fall verpassen.

Nach dem Kampf zog man den jungen Roard aus dem Schlamm, und Ian traf ihn am Ausgang. Martin grinste matt, nahm den ihm dargebotenen Weinkrug in beide Hände und trank. Sein halber Körper war mit einer kalten, dicken Schlammschicht bedeckt.

»Das lief gut, mein Freund«, sagte Ian.

»Ich hatte den Eindruck, zwischendurch war ich nicht schlecht«, erwiderte Martin unsicher, »aber mir gefällt der Ausgang des Kampfs nicht. Ein bisschen weniger Hammerschläge hätten es auch getan.«

»Und? Hast du den Moment hinreichend genossen? Hast du etwas Nützliches von dem Bauern mit dem Hammer gelernt?«, fragte Ian.

»Ja.« Martin führte den Krug an die Lippen, zuckte zusammen und begann zu husten. »Kämpf nicht gegen einen Kerl mit Hammer. Es gibt bestimmt noch wichtigere Lektionen zu lernen. Über Bogenschützen zum Beispiel. Oder darüber, nicht vom Pferd zu fallen.« Er verzog das Gesicht. »Weißt du, du brauchst dich gar nicht so darüber zu amüsieren.«

»Soweit ich mich entsinne, habe ich dir von Anfang an abgeraten, zu diesem Kampf anzutreten, also kann ich mich jetzt so sehr amüsieren, wie ich will.« Ian legte ihm den Arm um die Schultern, zuckte jedoch zurück, als seine Finger den kalten Schlamm berührten. »Dein gegenwärtiger Zustand ist eindeutig das Ergebnis mieser Entscheidungen, Martin.«

»Du darfst gern an deinen Worten ersticken, Ian Blakley.«

Ian lachte, und nach einem Moment schmerzlicher Unschlüssigkeit kicherte Martin ebenfalls los. Sie gingen die Straße entlang, auf der reges Treiben herrschte – die Leute trafen zum täglichen Turnier ein, einige von ihnen hatten vermutlich die Nacht durchgemacht. Die Schaukämpfe waren für den Nachmittag anberaumt. Die meisten Besucher würden bis zum Ende der Woche durchgehend betrunken sein; für Männer wie Ian und Martin hingegen – Ritter, die sich zum Turnier anmelden wollten – war die vergangene Nacht die letzte Gelegenheit zum Feiern gewesen.

Sie liefen zum Kampfplatz der Frauen, kauften sich am Stand eines Metzgers eine Portion Eier mit Speck, die sie mitnahmen, und tauschten ihre Weinkrüge gegen zwei Becher heißen Kaffees ein. Das Getränk entfaltete rasch seine belebende Wirkung, und sie setzten sich zum Essen auf die Tribünenbank und beobachteten die Hofdamen, die sich auf das Sanfte Turnier vorbereiteten.

»Wie geht es der kleinen Nessie?«, erkundigte sich Martin. »Es ist eine Schande, dass sie nicht hier sein kann.«

»Mein Vater hat es verboten.«

»Dein Vater verbietet ganz gern alles Mögliche. Was macht er, wenn Nessie in ein Alter kommt, in dem sie nicht mehr so gehorsam ist?«

»Ich glaube, sie ist schon in diesem Alter. Es war meine Mutter, die sie überredet hat, zu Hause zu bleiben.« Ian seufzte. »Außerdem interessiert sie das Turnier nicht sonderlich. Noch nicht.«

»Nicht mal das Sanfte Turnier? Ich glaube, sie wäre ganz gut im Schwertkampf.«

Ian schüttelte den Kopf. »Vater erlaubt es nicht. Oder zumindest rät er ihr davon ab.«

Martin schnaubte. »Wieso? Dabei kann doch nicht viel passieren.«

»Es ist kein rein tenerranischer Brauch, Martin.« Ian verdrehte die Augen. »›Die Frauen der Stämme machen nichts auf sanfte Weise.‹ Das hat er wortwörtlich gesagt, als Mutter das Thema beim letzten Allfeuer ansprach.«

»Also tritt sie mit dem Bastardschwert an?«, fragte Martin. »Sehr gut. Sie hat auf jeden Fall die Statur dazu.«

»Ich weiß nicht, was du damit sagen willst, Martin, daher überhöre ich das mal. Es ist so: Vater möchte, dass wir nur echte tenerranische Bräuche befolgen. Er lässt Nessie Medizin studieren, jagen und Bogen schießen. Er will den Frieden fördern, dabei aber gewisse Grenzen nicht überschreiten. Er möchte zum Beispiel nicht, dass sein Sohn die Dichtkunst erlernt oder dass seine Tochter ein Kleid bei der Jagd trägt.«

»Und was ist mit Fianna Thaen?« Martin beugte sich vor und deutete auf den Kampfplatz. Die älteste Tochter von Herzog Ewan Thaen betrat soeben das Gelände. Sie trug das Blau und

Grau ihrer Familie; die seltsam gepolsterte Rüstung der feinen Künste wirkte eher wie ein Teppich als wie Schutzkleidung. Die Mädchen schritten paarweise in einer Reihe aufs Feld. Die metallenen Rüstungen blitzten in der Sonne, als sie die erste Disziplin des Wettkampfs angingen: den Speerkampf. »Sie ist ein prachtvolles tenerranisches Mädchen, oder nicht?«

»Ja, und Thyber auch. Und MaeHerron und Finnen ebenfalls. Da widerspreche ich nicht. Davon abgesehen, ist es nicht so, als hätten sich die Stammesmänner in Metall gehüllt und einen Tjost abgehalten.« Ian lehnte sich auf der Tribüne zurück. »Nessie scheint sich nicht fürs Turnier zu interessieren, und mich geht das sowieso nichts an.«

»Aber vielleicht ihren künftigen Ehemann«, bemerkte Martin.

»Das reicht jetzt. Du stellst zu viele Fragen über meine Schwester. Es ist mein gutes Recht, das unangenehm zu finden.«

Martin schnaubte und klopfte Ian aufs Knie. »Wir alle müssen uns früher oder später vermählen, Ian, sogar du.« Ian runzelte die Stirn, und Martin wechselte rasch das Thema. »Ich habe gehört, dein Vater hat seinen Leuten befohlen, die Sachen zu packen. Brecht ihr eher auf?«

»Ich bin wegen des Tjosts hier«, erwiderte Ian. »Vater macht sich Sorgen. Das ist sein gutes Recht, aber er hört zu sehr auf von Dugan. Der Gheist hätte uns an unseren gemeinsamen Feind erinnern sollen, und an unseren geteilten Glauben. Stattdessen fürchtet sich von Dugan vor den Schatten und greift jedes Mal zum Dolch, wenn ein suhdrischer Ritter vorbeikommt.«

»Da sind Halverdts Leute nicht besser«, antwortete Martin. »In letzter Zeit endeten so einige karge Wortwechsel mit einer Klinge im Bauch.«

»So ist das Allfeuer nun mal.«

»Da steckt mehr hinter, Ian. Hast du den Maskenmann gesehen?«

»Das Monster von Grünhall? Nein, keine Spur von ihm.«

»Weil er nicht hier ist.« Martin neigte sich vor und senkte die Stimme zu einem rauen Flüstern. »Halverdt hat ihn nach dem Angriff des Gheists ausgeschickt, noch in der Nacht. Das hat in dem ganzen Chaos niemand mitbekommen. Er hat einen Trupp Ritter mitgenommen.«

»Um den Gheist zu jagen?«

Martin schüttelte den Kopf. »Glaub ich nicht. Diese Schwurritterin, Elsa von LaFey – die den Dämon vertrieben hat – war nicht dabei.«

»Was hat er dann vor?«

Martin zuckte die Achseln. »Das weiß keiner, aber von Volent ist meist für die gefährlichen Angelegenheiten zuständig.«

»Zumindest bleibt uns so erspart, mit ihm die Lanze zu brechen.« Ian lehnte sich zurück und blickte auf den Turnierplatz der Frauen. »Etwas anderes interessiert mich heute nicht.« Trotz seiner Behauptung spürte er die Aufregung im Bauch – doch das wollte er sich nicht anmerken lassen.

Ehe Martin etwas erwidern konnte, begann der erste Durchgang des Sanften Turniers. Die Reihen der Mädchen tänzelten vor, stachen zu, wehrten mit den Speerschäften Schläge ab und schrien auf, wenn sie einen Treffer erzielten. Eine Teilnehmerin lag am Boden, ihre Gegnerin verbeugte sich vor dem Kampfrichter. Ian konnte sich Nessie nicht auf dem Kampfplatz vorstellen; ihr schossen jedes Mal Tränen in die Augen, wenn sie einen Übungsspeer in den Bauch gerammt bekam.

»Fianna schlägt sich ganz gut«, bemerkte Martin.

Ian blickte zu dem Mädchen aus Frostfeste, das mit einer größeren Kämpferin focht. Die Gegnerin hatte eine höhere Reichweite und flinkere Füße, war jedoch schlechter in Form.

»Sie nutzt die Länge des Speers besser aus«, stimmte Ian zu, »zieht sich aber zu früh zurück. Sie muss unbedingt ihren Vorteil nutzen, wenn sie die nächste Runde erreichen will.«

»Das denkt ihre Gegnerin wohl auch«, pflichtete Martin ihm bei.

Die beiden Mädchen kämpften noch eine Weile weiter. Fianna Thaen arbeitete sich vor, blockte den Gegenangriff und zog sich geschwind zurück. Es folgten einige ähnliche Manöver, dann setzte die Gegnerin ihr nach und deckte sie mit einer Reihe von Stößen ein, die sie in Bedrängnis brachten.

Beim dritten Mal änderte Fianna ihre Taktik. Nach dem Gegenangriff trat sie lediglich einen Schritt zurück und richtete den Speer aus. Ihre Gegnerin, die mit einem erneuten Rückzug gerechnet hatte, stürmte vor. Fiannas Speer traf das Mädchen am Kinn. Der Kampfrichter unterbrach den Kampf, als sie zu Boden ging.

»Das war ein grober Regelverstoß«, sagte Ian. Kopftreffer waren verboten.

»Mag sein, aber Fianna wird die Runde gewinnen. Nach so einem Treffer ist ihre Gegnerin verunsichert.« Lächelnd lehnte Martin sich zurück. »Vor allem, wenn Fianna sie weiterhin bedrängt.«

»Weißt du das, weil du die Teilnehmer studiert hast?«

»Ich weiß das, weil ich den Speer mit Lady Thaen gekreuzt habe«, antwortete Martin. »Hundertfach, wenn auch nur zu zwei Gelegenheiten – und denk nicht gleich das Schlimmste. Fianna ist eine ehrenhafte Frau.«

»Du hast dich in der Sanften Kampfkunst geübt?« Ian lachte. »Da war dein Vater sicher begeistert.«

»Er weiß nichts davon. Ich habe dem Mädchen nach der letzten Tagundnachtgleiche zu viele Fragen über den Speerkampf gestellt, und sie bot mir an, mich zu unterweisen. Ich habe in diesen Lektionen mehr blaue Flecke davongetragen als in all den Jahren mit den Lehrmeistern meines Vaters.«

»Und welchen Zweck verfolgst du damit? Übst du für den Fall, dass du gegen eine Legion aus Frauen kämpfen musst?«

»Ian, du machst dich über unsere erlesenen suhdrischen Bräuche lustig, aber wir pflegen sie nicht ohne Grund.« Martin deutete auf den Kampfplatz. »Diese Frauen üben für einen Krieg, der vielleicht nie ausbricht, aber falls doch, werden sie bereit sein. Das ist unsere Geschichte. Manchmal sterben alle Männer oder sind krank oder im Krieg, wenn der Feind kommt, und jemand muss die Mauern verteidigen.«

»Dieser Feind besteht für gewöhnlich aus Kriegern tenerranischer Stämme«, bemerkte Ian, »und der Krieg ist eher ein Kreuzzug, in dem Soldaten den heidnischen Kindern ihren Stahl in die Bäuche rammen.«

»Ja.« Martin seufzte. »Seien wir froh, dass diese Zeiten hinter uns liegen.«

»Vorerst«, stimmte Ian bemüht heiter zu.

Die Zuschauer brachen in Jubel aus. Fianna hatte ihr Duell gewonnen, daher hielt der Kampfrichter das Blau und Grau des Hauses Thaen hoch. Lächelnd nickte Martin dem Mädchen zu, dann widmete er sich wieder seinem Becher mit Kaffee. »Wie ich schon sagte. Kennst du den Feind, kennst du den Kampf. Dann sind dir tausend Siege sicher.«

»Ich bin froh, dass wir zwei uns niemals messen müssen«, sagte Ian.

»Die Teilnehmer sind noch nicht ausgelost, mein Bester. Vielleicht kreuzen wir ja doch die Klingen.« Sie lachten beide.

Fünfzehntes Kapitel

Im Saal herrschte Stille. Die Versammelten waren angespannt: Männer und Frauen des Hauses Adair, einschließlich Gwen und ihre Kämpfer. Der Priester hockte seit der Rückkehr zur Burg schweigend in der Ecke. Colm Adair saß auf dem Riedwindthron und tippte sich unruhig auf den Arm.

»Haben sie euch gesehen?«, fragte er nach einer Weile.

»Wir haben ihnen unseren Stahl in die Eingeweide gerammt«, antwortete Gwen. »Also ja, ich glaube, sie haben uns gesehen.«

Vereinzelt wurde Gelächter im Saal laut.

Abrupt erhob sich der Baron vom Thron. »Sei keine Närrin! Du weißt, was ich meine! Hat Erzmarschall von Volent dein Gesicht gesehen? Weiß er, wer gegen seine Männer ritt? Wird er ihre Leichen vor unserem Tor ablegen?«

»Ich weiß ni…«

»Denn wenn das mit Blut endet, Gwendolyn Adair, bist du zum letzten Mal zur Jagd ausgeritten. Verstehst du mich?«

»Du kannst mir nicht meinen Titel nehmen«, zischte Gwen. »Ich habe nichts Unrechtes getan. Außer, du hältst es für falsch, einen Verrückten aufzuhalten, der ein Blutbad unter unschuldigen Bauern anrichtet.«

»Ich halte es für falsch, einen Nachbarn zu provozieren, den wir kaum kennen. Der vorherrschende Friede ist eine brüchige Angelegenheit, das solltest du als meine Nachfolgerin wissen. Wenn der Preis dafür darin besteht, die Augen vor dem Blutbad des Maskenmanns zu verschließen, dann zahle ich ihn gern.«

»Ich habe meinen Status als deine Nachfolgerin aufgegeben, als ich den Speer der Jägerin aufnahm, Vater«, entgegnete Gwen trotzig. »Er bedeutet mir nichts.«

»Du bist beides zugleich, und jemand sollte dich an deine Pflichten erinnern – gegenüber deiner Familie und den gefallenen Göttern.«

Schäumend vor Wut blickte Gwen ihren Vater an.

Ritter von Hogue räusperte sich und wandte sich an die Versammelten. »Vielleicht kann der Priester etwas dazu sagen. Hat Erzmarschall von Volent ein Unrecht begangen? Ihr wart immerhin ebenfalls dabei.«

»Ich habe nichts Hilfreiches beizutragen«, erwiderte Frèr Lucas leise.

»Wie immer schweigt die Kirche über Halverdts Raubzüge. Welch Überraschung«, sagte Hogue scharf.

Colm Adair bedeutete ihm, zu schweigen. »Werter Priester, wir wissen Eure Hilfe bei der Jagd nach dem Gheist zu schätzen, und auch Eure Warnung vor dem Geschöpf aus Gartstadt. Aber ich weiß nicht, ob das hier eine Angelegenheit der Kirche ist.«

»In gewisser Weise ist alles eine Angelegenheit der Kirche«, antwortete Lucas. Er stützte sich mit der Hand am Tisch ab und richtete sich langsam zur vollen Größe auf. »Dieser Fall geht die Kirche sogar mehr an als die meisten anderen. Herzbrück würde keinen Krieg zwischen Tener und Suhdra wollen. Nicht deswegen.«

»Sprecht Ihr für den Celestriarchen? Könnt Ihr seine Verachtung für den Erzmarschall aufheben?«, spöttelte Hogue.

»Nein, das geht mich weder etwas an, noch steht es mir zu. Ich kann nur Ratschläge erteilen. Aber daran habt Ihr kein Interesse, also muss ich gehen.«

»Wartet«, sagte Colm Adair rasch. Er warf seiner Tochter einen Blick zu, die stumm an der Tischecke saß, darum bemüht, möglichst wenig aufzufallen. »Falls man Euch um Rat fragte: Was würdet Ihr sagen?«

»Schlicht und ergreifend das: Entschuldigt Euch beim Herzog. Unterwerft Euch Zinders Urteil. Und lasst die Schwerter stecken.«

»Und wir sollen untätig zusehen, wenn von Halverdt nach Norden kommt, um uns zu vernichten, nehme ich an?«, mischte sich eine Ritterin ein. Sie hatte rötliches Haar.

Lucas war ihr bislang weder begegnet, noch kannte er ihren Namen. »Falls der Herzog in den Norden kommt, habt Ihr selbstverständlich das Recht, Euch zu verteidigen. Aber wenn die Nachricht aus Grünhall stimmt, ist Malcolm von Blakley gerade dort, um die Lage zu klären, ehe alles aus dem Ruder läuft.«

»Dieser Hund lässt sich zu gern streicheln«, beklagte die Ritterin sich. »Was für ein Zufall, dass er in den Süden reiste, bevor Volent seinen Raubzug begann.«

»Das scheint wirklich ein glücklicher Zeitpunkt gewesen zu sein«, stimmte Colm Adair zu. »Es liegt mir fern, der Kirche solche Arglist zu unterstellen, aber der Herzog zu Hundsweih hat sich einen faulen Ort zur Aussprache ausgesucht.«

»Und das bereitet Euch Kopfschmerzen?«, fragte Lucas.

»Vielleicht macht er Zugeständnisse, denen wir nie zustimmen würden, nur um den Frieden zu wahren. Die Geißel der Plünderer schließt gern Kompromisse.«

»Also glaubt Ihr, die Kirche hat das geplant? Dass sie ihn dazu brachte, Eure Rechte zu verraten, und dann eine Situation schuf, die ihn zur Verhandlung zwang?« Lucas schüttelte den Kopf. »Der Herzog zu Grünhall und der Baron von Adair gehen sich seit Jahrzehnten an die Kehle. Es bestand keine Notwendigkeit, solchen Ärger künstlich heraufzubeschwören. Vielmehr solltet Ihr Euch glücklich schätzen, dass Malcolm von Blakley eingreift. Der Süden glaubt an ihn, und der Norden vertraut ihm. Niemand ist besser dazu geeignet, für Euch zu sprechen.«

»Er hat noch nie für mich gesprochen«, sagte Adair leise. »Malcolm von Blakley schien immer mehr daran interessiert zu sein, die Kirche zu beschwichtigen – und von Halverdt.«

»Ah, ich verstehe«, antwortete Lucas. »Schön. Ihr habt offenbar eigene Schlussfolgerungen gezogen und interessiert Euch nicht für meine Meinung.« Er erhob sich. »Wenn das so ist, gehe ich.«

»Wohin wollt Ihr?«, fragte Gwen, die erstmals wieder das Wort ergriff, seit der Rat zusammengekommen war.

»Nach Grünhall. Dort wartet meine Schwurritterin auf mich. Ich muss mit ihr beraten, was wir als Nächstes tun.«

»Als Nächstes?«, hakte Gwen nach.

»Wir hatten es während des Allfeuers gleich mit drei Gheistern zu tun – zu einer Zeit, in der solche Manifestationen nie Ärger machen. Bereitet Euch das kein Kopfzerbrechen, Jägerin?«

»Ich finde es … seltsam«, gestand sie ein.

»Ich auch«, erwiderte Lucas. »Es ist mein Beruf, seltsame Dinge zu untersuchen, daher setze ich meine Suche nach Antworten fort. Seid vorsichtig, Jägerin. Falls Schwurritterin von LaFey diesen Gheist aus Gartstadt nicht besiegen kann, dringt er vielleicht in Euer Territorium ein.«

»Wo er den Tod finden wird«, entgegnete Gwen.

»Ich bete dafür, dass Ihr recht habt. Und jetzt, edle Herren und Schwertmaiden, wünsche ich Euch einen guten Tag.«

Ehe jemand reagieren konnte, verließ Frèr Lucas zügig den Raum. Er hatte schon fast die Ställe erreicht, als er hinter sich Schritte hörte und sich umwandte. Ein Ritter näherte sich ihm, ein älterer Mann mit suhdrischen Zügen. Herr von Merret – der Mann, der mit dem Trupp gegen den Gheist ausgeritten war.

»Ich hatte mit Baroness von Adair gerechnet«, sagte Lucas.

»Ihr müsst Euch wohl mit mir begnügen. Sie hat mich gebeten, Euch zu begleiten.«

»Sollt Ihr mich beschützen oder ausspionieren?«

»Weder noch. Wir reisen einfach an denselben Ort.«

»Oh? Und was habt Ihr in Grünhall zu erledigen?«

»Mein Herr hält es für klug, dem Herzog zu Hundsweih und den anderen tenerranischen Rittern davon zu berichten, was hier geschehen ist«, erwiderte Merret. »Falls es Ärger gibt.«

»Oh, es wird Ärger geben«, murmelte Lucas. »Also schön, wir reiten schnell, Herr von Merret, und brechen sofort auf.«

»Soll mir recht sein.«

Frèr Lucas sorgte sich um die Sicherheit Elsa von LaFeys und wollte Grünhall so rasch wie möglich erreichen. Angesichts von Merrets Alter belegte der Priester ihn auf dem Ritt nach Süden mit einem Stärkungszauber; dadurch waren sie imstande, der Nacht einige Stunden zu rauben und ihren Verstand wach zu halten. So dauerte es weniger als eine Woche, bis die Stadtmauern ihres Ziels in Sicht kamen.

Lucas bedeutete dem Ritter, anzuhalten. »Hier trennen sich unsere Wege.«

»Wollt Ihr nicht in Gesellschaft eines tenerranischen Ritters gesehen werden?«, fragte Merret. Seine Stimme hatte einen träumerischen Tonfall – eine Auswirkung von Lucas' Zauber.

»Ich glaube eher, Ihr müsst Euch darum sorgen, mit *mir* gesehen zu werden«, erwiderte der Priester. »Nein, ich würde die Stadt lieber betreten, ohne dass der Herzog mitbekommt, wo ich war. Von Halverdt ist ein argwöhnischer Mann und misstraut jedem Reiter aus dem Norden.«

»Selbst einem Priester?«

»Mir zumindest. Und Eure Angelegenheit hier ist zu wichtig. Reitet weiter, und falls die Leute des Herzogs Euch ausfragen, erwähnt mich nicht.«

»Was soll ich dem Herzog sagen?«

»Meine Meinung dazu spielt keine Rolle. Ihr würdet lediglich Ärger heraufbeschwören, aber nur zu: Tut, was Ihr tun müsst.«

Merret blickte ihn einen Moment lang an, dann gab er seinem Pferd die Sporen. Als er außer Sichtweite war, machte Lucas kehrt und umritt die Burg in weitem Bogen. Am Waldrand entdeckte er Spuren des Gheists und einer großen Schlacht, konnte jedoch nicht erkennen, wer gewonnen hatte. Die Burg indes wirkte sicher, und im Dorf ging es heiter und lebendig zu.

Als er die Südstraße erreichte, hörte er einen unerwarteten Laut. Er ging zwischen den Bäumen in Deckung, hüllte sich zur Tarnung in Schatten und machte sein Pferd lautlos.

Eine Kolonne marschierte die Straße entlang. Lucas konnte sie weniger gut sehen als erhofft, doch handelte es sich um Soldaten, Ritter und bewaffnete Reiter. Überraschenderweise nahm die Kolonne fast eine Stunde lang kein Ende. Womöglich wollten die Kämpfer zum Turnier, doch das war bereits im Gange, und die meisten Teilnehmer hatten längst ihre Zelte am Turnierplatz aufgeschlagen.

Als die Kolonne fast vorüber war, kam eine Kutsche in Sicht. Die verstärkten Seiten und Schießscharten kennzeichneten sie als Eigentum eines Händlers oder niederen Adligen, doch war auf ihr weder ein Wappen zu erkennen, noch trug die Eskorte ringsum einen Wappenrock. Die schwer gepanzerten Männer ritten in perfekter Formation, die Augen aufmerksam auf den Waldrand gerichtet. Sie trugen lange Lanzen und Schilde, von denen sie kürzlich alle Farbe gekratzt hatten.

Vier weitere Männern begleiteten die Eskorte, sie umritten die Kutsche in weitem Bogen. Sie trugen edle Kleidung, schienen aber weder Rüstung noch Waffen mitzuführen. Einer von ihnen näherte sich Lucas' Versteck. Als er den Waldrand fast erreicht hatte, hielt er an, blickte in die Richtung des Frèrs und neigte den Kopf zur Seite.

Lucas zog sich tiefer in den Naether zurück. Er erschauerte, und sein Körper verschwand aus der Welt der Sterblichen. Erst dann begriff er, dass er einen Fehler begangen hatte.

Diese Männer trugen naetherische Rüstung.

Der Reiter vor Lucas suchte den Wald ab; Wellen aus naetherischer Energie tanzten durch die Bäume. Er suchte nach einem Gheist, nicht nach einem Bruder Zinders, daher blieb Lucas unbemerkt.

Die Kutsche und ihre Eskorte hielten an. Einen Augenblick später öffnete sich die Tür, und ein Mann beugte sich hinaus.

Er war schlicht gekleidet, trug weder feinen noch gesegneten Stoff.

»Was ist los?«, fragte er in einem Ton, der verriet, dass er Autorität besaß. »Wir können nicht zu weit zurückfallen, ohne Aufmerksamkeit auf uns zu lenken.«

»Nichts, Eure Heiligkeit«, sagte der Mann in Lucas' Nähe. »Ich dachte, ich hätte einen Gheist gespürt, doch der Wald scheint sauber zu sein.«

»In diesem Wald gibt es keine Götter«, antwortete der Mann in der Kutsche. »Zumindest keine, die wir nicht kontrollieren.« Kichernd zog er sich in die Kabine zurück und schloss die Tür. Nach einem Moment setzte die Kolonne die Reise fort.

Als sie außer Sicht war, löste Lucas seine Schutzzauber. Er würde einen Bogen schlagen und auf einem anderen Weg in die Stadt gelangen müssen, denn er wollte keinesfalls im Windschatten von Zinders Großinquisitor reiten.

Nicht, solange es sich vermeiden ließ.

Sechzehntes Kapitel

Ian verfolgte das Sanfte Turnier und unterhielt sich dabei mit Lorian von Roards ältestem Sohn Martin. Malcolm fragte sich, was aus der Freundschaft der beiden werden würde, sobald Suhdra und Tener die Klingen kreuzten. Er hatte schon einstigen Freunden auf dem Schlachtfeld gegenübergestanden und ihnen sogar das Schwert in die Bäuche gestoßen, weil sie sich nicht ergeben wollten. Er hoffte, Ian bliebe dieser Schmerz erspart.

»Ist das Euer Sohn?«, fragte jemand hinter ihm.

Malcolm erhob sich und wandte sich um. Die Schwurritterin Elsa von LaFey, die mit ihm vor fast einer Woche gegen den Gheist ausgeritten war, stand im Schatten eines Zeltes. Ihr Haar wuchs schon wieder nach, die Seiten und der Hinterkopf waren noch stoppelig, das Haupthaar noch zerzaust an den Stellen, wo sie die verkohlten Locken abgeschnitten hatte. Ihre Wangen wiesen Brandnarben auf und wirkten wund. Sie trug eine einfache Robe im Rot und Weiß ihres Ordens, ihre Hände ruhten auf dem Schwertknauf.

»Ja, das ist mein Sohn«, erwiderte Malcolm. »Er fühlt sich im Süden wohler, als ich es je könnte, fürchte ich. Es ist schwer, ein Kind von den Vorzügen des Winters zu überzeugen, wenn sein Herz noch mitten im Frühling steckt.«

»Er kommt schon zur Vernunft«, erwiderte LaFey. »Kinder begehren immer das, was sie nicht haben. Ich fand den Norden auch mal großartig.«

»Ach ja?«

LaFey nickte und grinste verhalten. »Ich habe mal ein Jahr am Hof eines Barons gelebt, hoch im Norden, vom einen Allfeuer bis zum nächsten. Swanston. Kennt Ihr ihn?«

»Ja, natürlich, und ich glaube gern, dass das ein raues Jahr für Euch war. Baron von Swanstons Reich besteht größtenteils aus Felsen und Eisenbäumen. Nebelgrund, so heißt seine kleine Burg doch, oder? Eine völlig andere Gegend als Suhdra.«

LaFey zuckte die Achseln. »Ich fand es dort erfrischend. Meine Familie stammt vom Speer. Ich würde es nicht als bequemes Leben bezeichnen, aber …«, sie zuckte wieder die Schultern, »… ich hatte keine schwierige Kindheit. Doch Ihr habt recht. Burg Nebelgrund steht in einer harschen Landschaft, allein die Menschen halten alles zusammen. Durch ihre Familienbande. Ihre Ehre.« Sie nickte versonnen. »Das war ein gutes Jahr.«

»Wie gelangt eine Tochter Suhdras als Mündel in ein rückständiges tenerranisches Baronat?«, fragte Malcolm. »Ich will mir nicht ausmalen, wie Ihr Euch als zartes suhdrisches Mädchen in Felle gehüllt und den Mond angeheult habt.«

LaFey kicherte. Sie packte Malcolm bei der Schulter und drehte ihn zur Straße. Die beiden gingen ein Stück zusammen. »Das hatte ich meiner ältesten Schwester zu verdanken. Sie hatte sich in einen der eisenharten Söhne des Barons von Swanston verliebt. Der Vater erwartete von ihnen, dass sie nach der Hochzeit in Nebelgrund leben würden. Sie sollten eigene eisenharte Söhne aufziehen, aber Millie war dazu nicht bereit. Also ging ich an ihrer Stelle, zum Zeichen des Vertrauens zwischen beiden Familien.«

»Ihr wart nur ein Jahr dort?«

LaFeys Miene wurde hart. »Ja. Millicent starb – als sie ein Kind gebar. Den ersehnten eisenharten Sohn. Zu hart für eine suhdrische Frau. Das brach ihrem Ehemann das Herz. Ohne seine Frau hielt er es im Süden nicht aus, daher kehrte er nach Hause zurück. Er ertrug meinen Anblick nicht in seinen Hallen. Wegen meiner Ähnlichkeit mit meiner Schwester.« Sie klatschte in die Hände. »Aber ich habe dort meine Liebe für den Winter entdeckt. In Nebelgrund beschloss ich, dem Orden der Wintersonne beizutreten.«

»Nun, ich bin froh, dass Ihr das getan habt«, erwiderte Malcolm. »Und es freut mich, Euch wiederzusehen. Ich wollte Euch für Eure Hilfe beim Kampf danken. Ian überschätzt sich nur zu oft – und meist kann niemand seine Fehler korrigieren. Ohne Euch hätte er durchaus sterben können.«

»Es war eine Ehre, mit der Geißel der Plünderer in die Schlacht zu reiten«, antwortete die Ritterin lächelnd.

Malcolm winkte ab. »Ihr habt Grünhall vor dem Gheist gewarnt. Wie habt Ihr von ihm erfahren?«

»Ein Seher warnte uns, daher reisten mein Frèr und ich nach Grünhall. Als wir die Stadt größtenteils zerstört vorfanden, schickte er mich aus, um von Halverdt zu warnen. Er selbst hat den Dämon durch die Wälder verfolgt.«

»Und doch kam der Gheist vor Euch an. Was ist mit Eurem Frèr?«

»Er ist woanders. Er hat einen Boten geschickt. Momentan ist er einem anderen Gheist im Norden auf der Spur. Nach allem, was ich nach der Heldentat Eures Sohnes gesehen habe, ist unser Gheist ebenfalls in diese Richtung unterwegs. Hoffentlich hängt das nicht zusammen. Es ist jedenfalls beunruhigend.« LaFey blieb an einer Kreuzung stehen und blickte zum Turnierplatz. »Was immer die Kreatur nach Gartstadt gelockt hat, sie war keine natürliche Manifestation. Jemand muss sie heraufbeschworen haben.«

»Und jetzt ist sie nach Norden unterwegs«, sagte Malcolm.

»Ja, in Tener. Im Land der Heiden.«

»Ihr habt unter uns gelebt. Ihr wisst, dass wir der Kirche treu ergeben sind. Selbst in Nebelgrund, das so weit entfernt von Herzbrück ist wie sonst nichts, hat Baron von Swanston sicherlich das Abendlied gesungen und das Knie im Doma am Altar gebeugt.«

»Ja«, stimmte LaFey zu, »aber dort ging auch stets noch mehr vor. Hinter den Mauern, zwischen den Bäumen. Etwas lauerte dort in der Nacht.«

»Die alten Götter sind noch da, das wisst Ihr genau. Ihr widmet Euer Leben der Aufgabe, sie zu kontrollieren. Nur weil sie leben, heißt das aber nicht, dass die Wälder voller Hexen und Schamanen sind.« Malcolm packte die Schwurritterin am Ellbogen und drehte sie zu sich. »Es gibt schon genug Misstrauen zwischen unseren Ländern, gute Elsa von LaFey. Wir dürfen nicht zulassen, dass dieser Argwohn andauert.«

»Nein, Ihr habt recht. Trotzdem hat jemand diesen Gheist in die Stadt gelockt. Und jemand lockt ihn nach Norden, wie ein Magnetstein Eisen anzieht.«

»Lockt jemand ihn nach Norden – oder führt ihn jemand dorthin? Auch in Suhdra schlagen heidnische Herzen.«

»Allerdings sehr wenige. Dafür sorgt die Inquisition. Vielleicht wäre es im Norden anders, wenn die Kirche Zinders freie Hand hätte ...«

»Wir wissen beide, was dann folgen würde«, entgegnete Malcolm streng. »Hexenjagden und Chaos.«

»Solche Jagden sind berechtigt, Eure Hoheit, solange man wirklich Hexen jagt«, parierte die Ritterin.

»Ihr würdet in jedem Menschen eine Hexe sehen, fürchte ich, ganz gleich wie gläubig Eure Opfer wären.«

»Wer von uns lässt jetzt seinen Verstand von Misstrauen trüben?« LaFey lächelte kalt.

Ein Stück den Hügel hinab erscholl das Turnierhorn. Malcolm und Elsa musterten sich schweigend.

»Mein Sohn reitet den ersten Durchgang«, sagte der Herzog schließlich. »Ich fürchte, ich muss ...«

Er unterbrach sich, als er rasche Schritte hörte. Ritter von Dugan eilte zu ihm, das Gesicht vor Anstrengung rot angelaufen. Er zog seinen Herrn von der Schwurritterin fort.

»Was ist in Euch gefahren, Gordon?«, fragte der Herzog und fügte über die Schulter hinzu: »Verzeiht mir, meine Dame. Einige Tenerraner sind anscheinend außerstande, auch nur die einfachsten Regeln des höfischen Benehmens zu erlernen.«

»Macht Euch wegen unserer Manieren keine Sorgen«, zischte Dugan. »Wir müssen reden … *unter vier Augen.*«

»Aha?« Malcolm wandte sich seinem Wachkommandanten zu. »Worüber?«

»Es gibt ein Problem.«

»Mit Ian?«

»Noch nicht. Nein, es ist …« Dugan blickte über Malcolms Schulter, doch LaFey hatte ihnen bereits den Rücken gekehrt und ging mit wallendem Umhang die Straße hinab. »Es geht um den Maskenmann, Hoheit. Erzmarschall von Volent ist mit der jungen Jägerin aus Haus Adair aneinandergeraten.«

»Und das heißt?«

Wieder erklang das Horn, und die Menge jubelte auf. Dugan blickte nervös die Straße entlang zum Kampfplatz. »Egal. Wir müssen uns beeilen, Hoheit, ehe etwas Gefährliches geschieht. Ich erkläre Euch unterwegs alles.«

Siebzehntes Kapitel

Ian begab sich zum Eingang des Turniergeländes, wo die Menge bereits die Liste der aufgestellten Kämpfer begutachtete. Angespannt suchte er die Tafel nach seinem Banner ab, dem schwarzen Blakley-Hund auf weißem Grund, der von Frühlingsblättern gekrönt war – die Blätter symbolisierten Ians Rang in der Familie. Erster Sohn, letzter Sohn, einziger Sohn.

»Da seid Ihr ja, Junge«, sagte Ritter von Baird und deutete auf die Liste. Ians Name und Wappen standen weit unten. Ihm gegenüber war der schwarz-goldene Speer des Hauses Marchand zu sehen, umgeben von Ranken, die für den jüngsten Sohn standen.

»Der kleine Andre Marchand?«, wunderte sich Ian. »Ist er schon alt genug für den Tjost?«

»Er ist in Eurem Alter, Hoheit. Er ist nur … etwas kurz geraten. Sieht so aus, als lassen sie die Helden des Gheistkampfs gegeneinander antreten.«

»Andre ist nicht gegen den Dämon ausgeritten. Das war sein Vater, und der alte Gair hat den Schwanz eingekniffen, sobald die Bestie ihre Zähne zeigte.«

Baird blickte sich nervös um, doch niemand schien mitgehört zu haben. »Für das einfache Volk macht das keinen Unterschied«, erwiderte er mit gesenkter Stimme. »Andre hat bestimmt einen Glücksbringer am Speer, gesegnet von der Kirche. Die Menge wird vor frommer Begeisterung jubeln.« Er zuckte mit den Schultern. »Eine gelungene Darbietung, wenn auch nicht ganz ehrlich.«

»Solange die Menge sich den Tjost bis zum Schluss ansieht und wir ihr die erhoffte Vorstellung liefern«, sagte Ian, »kann Andre sich so viele Segen geben lassen, wie er will.«

»Ja, gut, dann wollen wir Euch mal vorbereiten. Dem wahren Helden des Gheistkampfs stünde es nicht gut zu Gesicht, wenn er gegen den jüngsten Welpen eines Feiglings verliert.«

Sie gingen zu den Ställen, in denen die Blakley-Pferde untergebracht waren. Ians Anspannung wuchs zunehmend. Er versuchte, sich auf die einfachen Aufgaben zu konzentrieren: Rüstung anlegen, Pferd satteln, alle Riemen, Schnallen und Geschirre überprüfen. Schließlich war er zufrieden. Dann überprüfte er alles noch einmal.

Er war so in die Vorbereitung vertieft, dass er die wachsende Anspannung der Leute nicht bemerkte, die an den Ställen vorbeiliefen. Als er aufsah, hatten sich kleine Gruppen Tenerraner auf den Wegkreuzungen postiert, bewaffnet und gerüstet. Einige celestische Wachen hatten ihre Posten verlassen, um sich zu größeren Gruppen zusammenzuschließen. Die meisten Suhdrin in den Straßen schauten grimmig. Getuschel erfüllte die Luft.

Von Baird nahm einen Stalljungen beiseite und trug ihm auf, herauszufinden, was da vor sich ging. Nach einer Weile kehrte der Junge mit bleichem Gesicht zurück. »Erzmarschall von Volent ist nach Grünhall zurückgekehrt.«

»Wieso? Will er am Tjost teilnehmen?«, fragte Baird.

Ian wartete gebannt auf die Antwort.

Der Junge ließ sich einige Herzschläge lang Zeit. »Nein, Herr, aber es hat einen Kampf gegeben. Die Männer, mit denen er ausritt … sind in deutlich geringerer Zahl zurückgekehrt.«

»Sind sie wieder auf einen Gheist gestoßen?«

»Nein, also, ich meine … ja. Ein Gheist wurde gesichtet, aber er hat die Kolonne nicht angegriffen.«

»Was ist geschehen? Götter, Junge, raus mit der Sprache! Du machst einen ja ganz verrückt.«

»Angeblich hat Baroness Adair sie angegriffen, als der Erzmarschall und seine Männer einige Heiden verhörten. Von Adairs Leute haben sie überrascht, getarnt als heidnische Rebellen. Volent hat mehr als den halben Trupp verloren.«

Ian horchte auf. Er kannte Gwendolyn von Adair gut, auch wenn sie einige Jahre älter war als er und sich kaum um die sozialen Annehmlichkeiten scherte, die junge adlige Männer und Frauen gelegentlich miteinander genossen.

»Gwen hat den Maskenmann angegriffen?«, hakte er nach. »Bist du da sicher?«

»Das erzählt man sich so auf dem Turniergelände, Hoheit«, antwortete der Junge. »Das, und dass sie Gheister in ihrem Jagdtrupp hatte. Die Dämonen haben sie zu Ritter von Volents Männern geführt und das Blut der Gefallenen getrunken.«

»Das ist doch bloß Pferdescheiße«, sagte Ian. »Gwen ist ihre Jägerin. Sie würde nicht mit Gheistern reiten.«

»Auch für solche Details hat das einfache Volk nichts übrig«, sagte Baird. Er stockte und blickte sich um. »Kein Wunder, dass hier alle so angespannt sind. Vor Sonnenuntergang wird Blut auf den Straßen fließen, wenn auch nur die Hälfte der Geschichte stimmt.«

»Es ist belanglos, ob sie wahr ist«, sagte eine Stimme in der Nähe – sie gehörte einem Ritter. Ian erkannte in ihm einen von Baron von MaeHerrons Männern, dessen Name ihm jedoch nicht einfiel. »Die Geschichte allein sorgt für Blutvergießen. Die Wächter der Kirche beraten schon, wie sie beim ersten Anzeichen von Ärger die Straßen räumen sollen.«

»Das wird sicher das Problem lösen«, erboste sich Baird. »Tener und Suhdra stechen sich gegenseitig ab, und dann zückt auch noch die Kirche die Schwerter. Eins ist sicher.« Er wandte sich Ian zu. »Ihr könnt nicht am Tjost teilnehmen, Hoheit.«

»Was? Wieso nicht?«

»Die Gemüter sind aufgeschaukelt. Sobald ein Tenerraner und ein Suhdrin im Tjost gegeneinander antreten, könnte ein Tumult ausbrechen. Wir müssen die Wimpel wieder einstecken.« Baird machte sich daran, die Verzierungen von Ians Pferdegeschirr zu entfernen.

Ian hielt ihn davon ab. »Einen Scheiß werden wir«, knurrte

er. »Die Marchands werden ihre Lanzen wohl kaum mit Stahlspitzen versehen, oder?«

»Nein, Hoheit, aber…«

»Dann bleibe ich auch angemeldet.« Gelassen stieg er auf den Holztritt, von dem aus er sich leichter auf das Pferd schwingen konnte. Seine Knappen zögerten kurz, dann eilten sie ihm zu Hilfe.

»Euer Vater hat dem Gefolge bereits befohlen, die Sachen zu packen, damit wir jederzeit aufbrechen können«, sagte Baird. »Er will sicher, dass wir abreisen. Sofort.«

»Wenn das sein Wille ist, kann er mir das selbst sagen.« Ian schwang sich in den Sattel und setzte den Helm auf.

»Hoheit …«, setzte Baird erneut an.

»Genug. Ich trete an.«

Ian ließ den wütenden Ritter hinter sich und lenkte das Pferd vom Stall zum Tjostfeld. Die Zuschauermenge und die verstreut postierten suhdrischen Krieger funkelten ihn misstrauisch an, was seine Nervosität nicht gerade milderte.

Die Luft auf dem Turniergelände roch nach heißem Metall und Pferdedung, durch den schmalen Schlitz im Helm bekam Ian kaum genug Luft. Er versuchte, sich im Sattel zu entspannen, sein Gleichgewicht zu finden, trotzdem wippte er bedenklich stark vor und zurück, während er aufs Tjostfeld ritt. Seine Lanzenspitze verfing sich in einem herabhängenden Banner, er erschrak und hätte sie beinahe fallen gelassen.

Die gepolsterte Kleidung unter seiner Rüstung war schweißdurchtränkt. Das tiefe Murmeln der Menge nahm er unter dem Helm nur gedämpft wahr. Eine Hand legte sich auf sein Bein, Ian schreckte zurück und wäre fast vom Pferd gestürzt.

»Ruhig, Junge. Ganz ruhig«, sagte Baird.

Ian verrenkte sich im Sattel, um ihn sehen zu können, doch seine Turnierrüstung war zu sperrig.

»Ein Tjost ist nicht allzu schwer, aber trotzdem könnt Ihr im Sand landen. Behaltet Euren Gegner im Auge und auch seine

Lanze, und achtet mit beiden Augen auf Euer Pferd. Und beobachtet die Menge.«

»So viele Augen habe ich nicht, Herr von Baird.« Unter Ians Helm war es so heiß, dass sich seine Sicht zu trüben begann. Schweiß brannte ihm in den Augen, und sein Kopf pochte so stark, dass ihm schwindelig wurde. »Ich glaube, ich konzentriere mich einfach darauf, nicht vom Pferd zu fallen.«

»Die Götter hoffen, dass Euch das gelingt, Junge. Ich bin Euer Knappe.« Baird gab dem Pferd einen Klaps. »Ich will Eurem Vater nicht erklären müssen, warum sein Sohn in einem Turnier zermalmt wurde, an dem er gar nicht teilnehmen durfte.«

Ian nickte, und Baird tätschelte ihm erneut das Bein und führte ihn zum Platz. Die Menge jubelte begeistert auf, als er eintraf, und er hob die Lanze zum Gruß. Selbst unter dem Helm klang der Jubel wie die Fluten des Ozeans, die sich an den schwarzen Klippen von Frostfeste brachen. Ian drehte sich im Sattel nach rechts und links, versuchte die Leute zu sehen, das prunkvoll geschmückte Gelände … sogar die überdachte Tribüne des Adels, damit er wusste, in welche Richtung er zu salutieren hatte, wenn es so weit war. Er hörte Gelächter, und ihm wurde bewusst, wie lächerlich er aussehen musste.

Wie kam sein Vater nur damit zurecht? Wie kam überhaupt ein Ritter damit zurecht, nur durch einen winzigen Schlitz atmen zu müssen? Wäre doch nur …

Ian stockte und verfluchte sich selbst. Er setzte das Ende der Lanze auf dem Stiefel ab, legte sich den Schaft an die Schulter, löste den Verschluss am Helm und klappte das Visier hoch. Frische, gesunde Luft füllte seine Lungen. Seine schweißdurchtränkten Locken klebten ihm an den Wangen. Sein Gesicht war rot vor Verlegenheit und wegen der drückenden Hitze.

Lachend erhob sich die Menge von den Plätzen und applaudierte. Ian bedachte sie mit einem freundlichen Gruß und versuchte unter den unzähligen Blicken die Ruhe zu bewahren. Seltsamerweise war sein Gegner nicht zu sehen. Andre von

Marchand kämpfte entweder noch mit seinem Pferd oder hatte beschlossen, gar nicht erst aufzutauchen. Das Gras des Tjostfelds war bereits von den ersten Durchgängen niedergetrampelt, und auf den Holzbrettern des Tilts waren Blutspritzer zu sehen.

Ein Horn lenkte seine Aufmerksamkeit auf die Zuschauer. Der Herold des Turniers trat unter der Tribüne der Celesten hervor, die Schriftrolle mit den Teilnehmern in der Hand. Er wandte sich an die Menge, verneigte sich zu Ehren des Festtags zunächst in Richtung der celestischen Kuppel in Herzbrück, dann vor Ian, und schloss mit den Worten, der Sieger möge bestimmt werden durch die besten Segen Zwietrachts und das gerechte Auge Zinders. Einer der Priester auf der Tribüne sagte etwas, das Ian nicht verstand, und der Herold nickte.

Er richtete sich an die Menge, doch seine Worte gingen im Dröhnen von Ians engem Helm unter. Die Zuschauer wirkten begeistert – ihr Jubel bereitete Ian sogar noch stärkere Kopfschmerzen.

Als die Rufe verklangen, fuhr der Herold fort. »Ich habe die Herkunft der Ritter verlesen und das Duell gesegnet! Ist der Junge aus Haus Marchand nicht zugegen, um seine Ehre zu verteidigen?«

Die Menge wartete gespannt, ein Murren wurde laut. Ian kaute nervös auf der Lippe. Dann regte sich etwas bei den Ställen. Aufgeregt reckten die Zuschauer sich.

Ein Ritter ritt aufs Feld.

Er trug die Farben Marchands, doch war es nicht der kleine, biegsame Andre. Dieser Mann war beinahe so groß wie das Pferd, auf dem er saß. Seine Rüstung wies mehrere Dellen auf, sein Wappenrock wirkte verschlissen, und das Pferd hatte Narben auf Nase und Flanken.

Ian stieß einen tiefen, langen Pfiff aus. »Andre hat einen ordentlichen Wachstumsschub durchlaufen, was?«, murmelte er. Hinter sich hörte er eindringliches Flüstern und drehte sich im

Sattel um. Die Ritter von Baird und Dugan gaben ihm mit Gesten zu verstehen, zu den Ställen zurückzukehren.

Ian schüttelte den Kopf und wandte sich dem Gegner zu.

Der Ritter neigte den Kopf und nickte ihm knapp zu. Dann wandte er sich an den Herold. »Der anmutige Andre von Marchand muss seinen Platz im Turnier abgeben, da ihn die göttliche Pflicht zurück nach Hochhoff rief. Ich nehme seinen Platz ein.«

»Herr von Bourdais, Euer Name steht bereits auf der Liste«, antwortete der Herold.

»Dann streicht ihn. Zu Ehren meines Herrn muss der Name Marchand Vorrang haben.«

Ian runzelte die Stirn. Der Ritter von Bourdais war Wachtkommandant des Hauses Marchand und eine bekannte Persönlichkeit beim Tjost. Er war an der Seite des Ritters von Grandieu in viele Schlachten geritten, und in noch viel mehr mit Ians Vater.

Das würde kein fairer Kampf werden.

Für einen langen Moment herrschte Schweigen. Der Herold erlangte als Erster die Fassung zurück. Er notierte sich etwas auf der Schriftrolle und bedeutete den Knappen bei Bourdais' Banner, die Wappen zu entfernen. Die Menge war auf den Beinen und unterhielt sich aufgeregt, und auf der Tribüne darüber schienen die Priester hitzig mit einigen Neuankömmlingen in den Farben der Kirchengarde zu diskutieren.

Schließlich trat der Priester vor, der zuvor mit dem Herold gesprochen hatte. »Ian von Blakley, Sohn von Herzog Malcolm zu Hundsweih, akzeptiert Ihr die neue Herausforderung?«

Der Ritter von Bourdais ritt über das Feld. Zwei Knappen eilten an seine Seite und boten ihm ihre Hilfe an.

Ian wusste, dass er den Austausch des Gegners ablehnen durfte. »Ich akzeptiere«, sagte er leise. Als niemand reagierte, räusperte er sich und wiederholte die Worte so laut er konnte. »Ich akzeptiere die Herausforderung!«

»So sei es. Meine Ritter – kämpft für die Ehre. Möge die leuchtende Herrin Euch sehen und der graue Herr Euren Wert beurteilen!«

Die Menge jubelte los, und Ian wurde plötzlich sehr warm. Von Bourdais schloss das Visier und preschte übers Tjostfeld, die Lanze senkrecht ausgerichtet. Panisch gab Ian seinem Pferd die Sporen und fiel fast aus dem Sattel, als es vorsprang. Es dauerte ein, zwei Sekunden, bis er sich fing. Seine hoch erhobene Lanze wippte hin und her.

Rasch passte er sich dem Galopp an, legte die Lanze an den Körper und richtete sie auf den heranstürmenden Ritter. Bourdais senkte bereits langsam die Waffe, um den angreifenden Gegner im perfekten Moment zu treffen.

Ians Streitross galoppierte so wild, dass er die Lanze nicht kontrollieren konnte, doch er schaffte es, die Spitze zu senken – vielleicht zu schnell, vielleicht zu langsam. Sie sank zu tief, glitt vom Tilt ab und schlug Ian vor die Brust. Er packte sie fest und richtete sie erneut auf Bourdais' Schild, doch es war zu spät.

Donner erscholl unter seinem Helm, und sein Kopf schnellte herum wie von einem Hammer getroffen. Vornüber flog er aus dem Sattel. Bourdais' Lanze hatte ihn erwischt, und zwar am Kopf. Ob sein Gegner ihn absichtlich so hoch getroffen hatte oder nicht, spielte keine Rolle. Der Schmerz war derselbe.

Ian schlug auf dem harten Sand auf, prallte ab und überschlug sich. Die Luft wich ihm aus den Lungen, Blut füllte seinen Mund, und Schweiß brannte ihm in den Augen. Keuchend lag er am Boden und rang vergeblich nach Luft, in seinem Schädel schien eine Glocke zu schrillen, Blut trübte ihm die Sicht.

Jemand packte ihn bei den Schultern und zog ihn hoch. Beißender Schmerz unterbrach Ians Japsen, und er übergab sich. Heiße Galle benetzte sein Helmvisier. Der Gestank war überwältigend, und die Flüssigkeit lief ihm übers Kinn. Ian riss sich los, wankte und sank auf die Knie. Endlich konnte er wieder atmen, Luft, die nach Erbrochenem roch, füllte seine Lungen. Benommen versuchte er, das Visier zu öffnen, um sich übers Gesicht zu wischen.

»Nein, Junge«, schrie Baird – der erste Laut, den Ian seit dem Treffer bewusst wahrnahm. Sein Knappe klang wütend und verängstigt zugleich. Er schlug Ians schwache Hand vom Helm. Durch die Wucht fiel Ian auf den Hintern, stechender Schmerz schoss ihm bis in den Nacken. »Behaltet den verdammten Helm auf!«

Ian blinzelte durch das Visier. Er hatte Sand in den blutverklebten Augen und konnte die Umrisse ringsum nicht zu einem klaren Bild zusammensetzen. Sein erster Gedanke war, dass er vermutlich schwer verletzt war. Möglicherweise war sein Schädel gebrochen. Auf jeden Fall blutete er stark genug für diese Art von Verletzung. Er hob die Hände, um zu überprüfen, ob sie ihm noch gehorchten, denn er spürte sie nicht mehr. Überrascht stellte er fest, dass sie mit Blut und Sand bedeckt waren.

Mit seinem Blut? Möglich.

Baird packte ihn erneut bei den Schultern und zog ihn auf die Beine. Schwindel übermannte ihn, und wieder erbrach er sich in den Helm, doch immerhin hielt er sich aufrecht. Ian taumelte bis zum Zaun und stützte sich mit beiden Armen darauf. Allmählich übertönten andere Geräusche die schrillende Glocke in seinem Kopf. Vielleicht die Menge oder der Herold. Und Trommeln. Ian hörte Trommeln.

Oder etwas anderes. Hufschlag?

Er hob den Blick.

Von Bourdais griff ihn wieder an. Er hatte die Lanze fallen lassen, die vermutlich zersplittert war, und hielt stattdessen einen Streitkolben in der Hand. Der Rest der Welt bestand nur aus verschwommenen Farben und Klängen. Ritter von Baird trat zwischen Ian und den Gegner, den schweren Holzschild mit beiden Händen gepackt. Der Schild war so groß wie eine Tür und ebenso dick. Bourdais wich geschickt aus, wendete auf der

Stelle und sprang über den Tilt. Die eisenbeschlagenen Hufe des Pferds zerschnitten die Luft über Ians Kopf.

Er duckte sich und zog sich hinter Bairds Schild zurück; im selben Moment landete das Pferd, und Bourdais schlug zu.

Immer wieder sauste der Streitkolben nieder und zwang Baird zu Schildparaden, zu denen Ian kaum imstande gewesen wäre. Bourdais holte aus und schlug zu, holte aus und schlug zu, mit jedem Treffer zersplitterte der schwere Eisenkopf der Waffe das Holz mehr. Ian hielt sich hinter dem massiven Schild, und Baird gab sein Bestes, sie beide zu schützen. Es dauerte nicht lange, da schleifte er den Schild durch den Sand.

In der Menge war ein Schrei zu hören, und Bourdais blickte auf. Er brüllte, schlug ein letztes Mal auf den Schild ein und fuhr herum.

Ian sank auf ein Knie nieder, und Ritter von Baird brach zusammen. Die Überbleibsel seines Schildes bedeckten ihn. Ian beobachtete, wie der Wachtkommandant von Haus Marchand sich zum Ende des Tjostplatzes zurückzog. Dort warteten mehrere Bewaffnete. Sie trugen den schwarzen Speer und die rote Rose von Haus Marchand auf der Brust, hatten Kettenrüstungen angelegt und waren mit Lanzen bewaffnet. Sie wirkten verängstigt, als der Ritter sich zwischen ihnen hindurchzwängte und außer Sicht verschwand.

Bourdais hatte gerade versucht, Ian zu töten.

Wovor haben sie Angst?

Ein Geräusch riss ihn aus den Gedanken – schallende Hörner und Entsetzensrufe aus der Menge. Zuschauer flohen, was Chaos und Verwirrung erzeugte. Ian drehte sich um.

Malcolm von Blakley stand inmitten einer Schar Soldaten, Männer und Frauen in diversen Farben verschiedener Herren des Nordens. Finnen und MaeHerron, Thaen und Lann, Dougal, sogar ein Ritter von Colm Adair aus dem Fenn. Herr von Dugan stand an der Seite des Herzogs zu Hundsweih. Sie marschierten mit gezückten Schwertern aufs Tjostfeld.

»Hast du ihn verwundet?«, fragte Malcolm.

Ian blinzelte ihn ungläubig an – er begriff den Sinn der Frage nicht.

»Hörst du mir zu, Junge?«, wiederholte der Herzog. »Hast du ihn verwundet?«

»Ich glaube nicht, es sei denn, er hat sich einen Splitter eingefangen, als er auf mich eindrosch.«

»Gütige Götter«, sagte Malcolm. Er blickte seine Leute an. »Geht zu Euren Herren. Sammelt Eure Ritter und Hofdamen und flieht aus der Stadt. Greift niemanden an. Kämpft nur, wenn Ihr Euch verteidigen müsst.«

»Hier wurde tenerranisches Blut vergossen«, sagte der Mann vom Fenntor. »Sie haben gute Ritter getötet.« Seine Kleidung war staubig von der Reise, und Schweiß rann ihm übers Gesicht. »Wir müssen einen Kriegsrat bilden und …«

»Wir müssen nichts dergleichen«, fuhr Malcolm ihn an. »Nicht heute. Nicht hier auf dem Turniergelände, wo das Feuer der leuchtenden Herrin noch in unseren Adern brennt. Die Hälfte von Euch ist zu betrunken, um die Monate aufzuzählen, ganz zu schweigen davon, einen Krieg anzuzetteln.« Er drehte sich zu seinem Sohn um. »Du kannst dich glücklich schätzen, dass du diesen Narren nicht getötet hast.«

»Getötet? Vater, ich habe nur knapp überlebt.« Ian rappelte sich auf. »Wäre nicht Herr von Baird gewesen …«

»Hätte Ritter von Baird seine Pflicht erfüllt, hättest du den Platz nie betreten.« Malcolm warf dem Ritter einen bösen Blick zu, dann wandte er sich an die Soldaten, die ihn nach wie vor umringten. »Ihr habt Eure Befehle. Geht. Raus aus der Stadt. Wir finden noch früh genug heraus, was hier wirklich vorgeht.«

»Mein Herzog, wir wollen Euch zu Eurem Zelt geleiten.« Einer der Krieger fuchtelte mit dem Schwert herum. »Damit wir sicher sein können, dass diese suhdrischen Hunde …«

»Geht!«, bellte Malcolm. Er zückte sein Schwert: die nachtschwarze Feeneisenklinge. »Ehe ich *Euer* Blut vergieße.«

Die Männer zögerten, dann kehrten sie zur Tribüne zurück.

Die Menge war bewaffnet. Freunde derer, die bei der anfänglichen Panik niedergetrampelt worden waren, zückten ihren Stahl, was sogleich Nachahmer fand. Dennoch rührte sich niemand vom Fleck, die angetrunkenen Zuschauer blickten einander an und fragten sich, wer zuerst zuschlagen würde. Der Grund dafür interessierte sie nicht.

Als sich Malcolms tenerranische Krieger näherten, interpretierten das einige als militärischen Vorstoß. Betrunkene suhdrische Händler warfen sich ihnen entgegen, andere rannten um ihr Leben und brüllten etwas von einer Rebellion und bewaffneten Heiden auf dem Turnierplatz. Die Tenerraner hielten sich nicht zurück und kämpften sich mit den Schwertern aus der Bedrängnis frei. Es dauerte nicht lange, bis Geschrei über das Tjostfeld hallte und sich über das ganze Gelände ausbreitete wie ein Waldbrand.

»Die Götter mögen sie verdammen«, grollte Malcolm. Die Ritter von Baird und Dugan standen ihm wachsam zur Seite, sahen zu, wie sich das Chaos ausbreitete.

»Halverdt wird seine Gräueltaten nicht einmal entschuldigen müssen. Bis zur Abenddämmerung zettelt er einen Krieg an.«

»Den hat er uns schon erklärt«, sagte Adairs Mann, der sich in Malcolms Schatten aufhielt. Der Herzog und die Ritter wandten sich ihm zu. »Der Maskenmann hat uns den Krieg erklärt, ob auf Befehl seines Herren oder nicht.«

»Was ist an der Sache dran, dass Baroness von Adair Volents Männer am Talg überfallen hat?«, fragte Malcolm.

Der Mann zuckte mit den Schultern. »Sie hat getan, was sie für richtig hielt. Das Leben Unschuldiger zu retten.«

»Das Leben Unschuldiger?« Malcolm ragte vor dem Mann auf, an seinem Hals und auf seiner Stirn traten die Adern hervor. »Habt Ihr eine Ahnung, wie viele Unschuldige sterben, wenn es zu einem Krieg kommt? Die Erntezeit steht kurz bevor! Was geschieht mit dem Getreide, wenn wir die Bauern von den Feldern holen? Wenn sich Halverdts Armee durch unseren Weizen brennt und unsere Kühe schlachtet, um sich zu ernähren? Wie viele Kinder werden unter Zinders Urteil in diesem Winter hungern?«

»Eine Tragödie«, sagte der Ritter, »aber ihr Blut lastet auf Grünhalls Gewissen, nicht auf unserem.«

Malcolm musterte den Mann mit geballten Fäusten – er schien ihn schlagen zu wollen. »Geht mir aus den Augen!«, brüllte er schließlich. »Kehrt ins Fenn zurück und betet, dass wir Frieden schließen können, ehe die Jahreszeit zu Ende geht.«

»Mein Herzog, wenn Ihr diesen Mann zum Lager zurückschickt, ist das sein Tod«, merkte Dugan an. »Er ist einen Tag und eine Nacht geritten, um zu uns zu stoßen. Sein Pferd ist erschöpft. Er kann sich keine Flucht erlauben. Von Halverdts Männer kennen sein Gesicht. Sie töten ihn vor Sonnenuntergang.«

Malcolm funkelte den Ritter an. »Wie lautet Euer Name?«

»Ritter Alliet von Merret.«

»Ein suhdrischer Name.«

»Ich habe Colm von Adair die Treue geschworen. Ich ritt mit der Baroness in den Kampf beim Talg.«

»Dann haben wir Euch diesen Schlamassel zu verdanken«, sagte Malcolm.

»Der Erzmarschall hat die Leute abgeschlachtet wie Schweine … Frauen und Kinder! Hättet Ihr anders gehandelt?«

»Das klären wir später. Nehmt den Tappert ab und bedeckt Euren Kopf. Ihr reitet mit uns nach Norden.«

»Ich verstecke meine Farben nicht«, entgegnete Merret.

»Dann sterbt Ihr hier grundlos«, erwiderte Malcolm und schritt schnurstracks auf die Ställe zu. »Von Baird, von Dugan, folgt mir.«

Die beiden Ritter zögerten, dann eilten sie ihrem Herrn nach. Ian blieb mit Merret allein auf dem Platz zurück.

»Euer Vater ist ein harter Mann«, sagte der Ritter.

»Habt Ihr von der Geißel der Plünderer etwas anderes erwartet?«

»Nein, ich glaube nicht.« Merret blickte zu der aufgewühlten Menge. Die Schneise, die die Tenerraner durch sie schlugen, schloss sich hinter ihnen – ausnahmslos mit suhdrischen Klingen und suhdrischen Gesichtern. »Ich hatte mir meinen Tod anders vorgestellt.«

»Dann kommt mit uns«, beschwor Ian ihn. »Ihr seid der Baroness von Adair nicht von Nutzen, wenn Ihr hier den Platz vollblutet.«

»Ja«, stimmte Merret traurig zu. »Das stimmt wohl.«

Er streifte den Tappert über den Kopf und ließ ihn fallen, dann hasteten die beiden Malcolm nach.

Der Herzog schnaubte seinem Sohn zu: »Genug Ruhm angehäuft?«

»An diesem Kampf war nichts ruhmreich.«

»Nein«, erwiderte Malcolm. Er eilte mit gezückter Klinge weiter, die treuen Ritter nahmen ihn in die Mitte, und die Luft war erfüllt vom Vorgeschmack des Krieges.

Um sie herum brach Chaos in der Stadt aus.

ZWEITER TEIL

BLUT UND EISEN

Achtzehntes Kapitel

Der Gheist hatte sich in die Ruinen des Dorfs zurückgezogen, sein steinerner Kopf regte sich aufmerksam bei jedem Geräusch. Wie eine Statue stand er auf dem Platz. Ein dicker Teppich aus Fliegen bedeckte die vielen verrottenden Leichen ringsum. Die Flammen waren längst erloschen. Von den Gebäuden und Palisaden war nur noch Asche übrig. Hier und dort standen verkohlte Überreste der Dorfumfriedung.

»Das ist also von Talgnah übrig«, murmelte Elsa grimmig. Aus der Deckung eines Baumes, einige Schritte hinter Frèr Lucas lugte sie zum Dorf. Der Priester hockte näher am Fluss als sie. Die Schatten des Waldes umgaben ihn wie Spinnweben, dehnten und reckten sich, um ihn zu verbergen. Hätte Elsa nicht gewusst, wo sich der alte Mann befand, hätte sie ihn glatt übersehen.

»So hat unsere Jägerin aus dem Hause Adair das Dorf genannt.« Lucas' Knie knackten, als er sich erhob. »Wir werfen einen genaueren Blick darauf.«

»Was ist mit dem Gheist?«

»Den schauen wir uns auch gründlich an.«

Ein Teil der Brücke war noch erhalten. Lucas überquerte sie wie ein Gespenst, sein Körper befand sich im sicheren Naether, aus dem die Anhänger Zinders ihre Kraft bezogen. Seine Zehen wirbelten Aschewolken vom verkohlten Holz der Brücke auf. Das Licht durchdrang ihn wie Sonnenstrahlen in einer staubigen Kirche.

Der Gheist sah den nahenden Priester. Als der alte Mann die schlammige Erde hinter der Brücke betrat, heulte der dämonische Gott auf und begab sich zum Dorfeingang.

»So viel zum unbemerkten Anschleichen«, sagte Lucas. »Ihr könnt den Fluss überqueren, Ritterin von LaFey.«

Elsa trat hinter dem Baum hervor und ging die Straße entlang. Ihre göttliche Rüstung klapperte und rasselte, bei jedem Schritt schlug ihr das Schwert an den Oberschenkel. »Danke dafür! Ich glaube, ich hätte mich nicht leise bewegen können.« Elsa zückte das Schwert. Sie näherte sich der kaputten Brücke und richtete die Waffe darauf aus. Ein Lichtstrahl so hell und golden wie die Sonne teilte die Luft zu ihren Füßen. Sie trat hinein und blinzelte zum anderen Ufer. Dann dehnte sich ihr Körper aus, schnellte vor wie eine Peitsche und ließ nur sprühende Funken zurück. Mit lautem Knacken, das von der erhitzten Luft stammte, landete sie neben Frèr Lucas. Ihre zischende Rüstung strahlte eine Hitzewelle und den Geruch verbrannten Staubs aus.

»Wieso läuft er nicht fort?«, fragte sie.

Der Gheist erwartete sie, schritt vor und zurück. Als die Priester sich näherten, sträubte er den mit Rinde und Stein überzogenen Rücken.

»Das ist nur eine von vielen Fragen, edle LaFey.« Lucas bohrte mit dem Stabschaft ein Loch in die harte Straßenerde. »Es gibt keine Anzeichen auf heidnische Heiligtümer in der Nähe. Nichts, was einen Gheist dieser Größe anlocken würde, und ganz sicher nichts, was ihn dazu bewegen könnte, hierzubleiben. Warum also ist er nicht verschwunden, nachdem die Anwohner tot waren? Falls sie Heiden waren, wie unser Herzog von Halverdt uns immer sagt, dann hätte mit ihrem Tod auch ihre Verehrung geendet. Also dürfte hier auch kein Gheist mehr sein.«

»Vermutlich ist er nicht hergerufen worden«, sagte Elsa, »sondern auf natürliche Weise hier aufgetaucht.«

»Wie die meisten Gheister.« Lucas nickte. »Sie werden von der Erinnerung an ihre Anbetung an uralte Stätten gelockt oder folgen den Mustern der Natur, die zu ihrer Existenz führten.« Er strich mit dem Stab durch die Erde. »Leylinien nennen die Seher sie. Die ersten Heiden bauten Altäre an Stätten, an denen sich ihre Götter aufhielten. Dennoch hat dieser Ort nichts sonderlich Heiliges an sich.«

Elsa sog schnüffelnd die Luft ein und packte das Heft ihres Schwerts. »Was hat ihn dann hergeführt?«

»Möglicherweise ist das ein neuer Gott, oder ein uralter, den sogar die Heiden nicht kennen.« Er runzelte die Stirn.

Elsa schnaubte. »Wieso verschwenden wir Zeit damit, darüber nachzudenken? Wir dienen der Kirche. Wir müssen diesen Dämon töten und das Land von seiner schrecklichen Verderbnis befreien!«

»Weil hier mehr vorgeht, edle LaFey, als das Auge sieht«, antwortete Lucas. »Dieser Gheist hätte die Baroness von Adair töten können, führte aber den Todesschlag nicht aus.« Er deutete auf die Umgebung. »Und nicht er hat die Zerstörung angerichtet, die Ihr hier seht.«

Aus der tristen Ascheschicht ragten Knochen und zerborstenes Holz hervor. Der Priester richtete die Aufmerksamkeit auf den Dämon. »Warum hast du uns hergeführt, junger Halunke? Was zog dich hierher? Wie bist du auf die Welt gekommen?«

Der Gheist erreichte die verrußte runde Mauer des Dorfbrunnens. Mit einem dunklen Steinauge behielt er Lucas und Elsa im Blick. Bei jedem Schritt bebte sein kräftiger Rücken, die zackigen Klauen seiner Füße rissen den Boden auf. Seine Haut aus Stein und Rinde spannte sich wie Schuppen.

»Das ist nicht der Gheist aus Gartstadt«, bemerkte Elsa.

»Nein«, stimmte der Frèr zu. »Was verstörend ist. Der Gott, den ich verfolgte, ist diesem hier begegnet, hat ihn aber nicht in unsere Welt beschworen. Beim Allfeuer ist schon ein einzelner Gheist äußerst ungewöhnlich. Zwei sind undenkbar.« Lucas zog eine Silberkette aus der Robe, an der Ikonen des Winterglaubens hingen, und sprach langsam das Gebet der Einsicht. »Wie viele von ihnen lauern noch in den Wäldern des Nordens?«

»Wieso hat die Jägerin der Adairs den hier nicht getötet?«, fragte LaFey.

»Sie war abgelenkt«, mutmaßte Lucas und deutete auf den Dorfrand. »Es war noch jemand hier, meint Ihr nicht? Rings um die Trümmer hat jemand Beschwörungen durchgeführt.«

»Heiden?«

Der Priester zauderte. Die Leylinien schmeckten seltsam. Vertraut, aber merkwürdig. Sie wiesen den Geschmack heidnischer Macht auf – den organischen, moderigen Gestank irdischer Mächte –, doch ihre Zusammensetzung war anders. Klarer. Er dachte an die Verderbnis, die aus dem Bärengheist ausgetreten war. »Ich weiß es nicht. Vielleicht.«

»Dann lasst uns den Gheist töten und weiterziehen.«

»Nein. Greift ihn an, aber lasst ihn leben.«

Er beendete sein Gebet, und eine runde Rune naetherischer Energie erschien. Sie schwebte vor ihm wie eine Spiegelung auf klarem Wasser, die wabernden Schatten der Macht waren kaum zu erkennen. »Mal sehen, was wir beim Kampf über ihn herausfinden.«

»Mein Herz ist von Freude erfüllt«, sagte Elsa und trat vor. Mit der blutgehärteten Schwertspitze zeichnete sie eine Rune der Zwietracht in die Luft. Die Linien der Rune sanken zu Boden, schimmerten in Funken lumaerischer Energie und lösten sich dann auf.

Das Licht im eingeäscherten Dorf veränderte sich, die Sonnenstrahlen hellten auf und wirkten so dicht wie Bernstein. Elsa zog das Licht an. Träge dehnte es sich aus und sammelte sich in ihrem Schwert, in den Runen ihrer Rüstung und in den glühenden Adern, die sich auf ihrem Gesicht und den Armen zeigten. Kupferfarbenes Licht drang ihr aus den Augen und wandelte sich zu goldfarbenen Blitzen, die ihre Wangen umspielten.

»Die Herrin wird sich erheben!«, schrie sie und stürzte sich in den Kampf.

Der Gheist reagierte gerissen und grimmig. Er blieb stehen,

versenkte die massigen Pranken im Boden und wandte sich mit den breiten Schultern der Angreiferin zu. Sein tiefes Grollen verstummte.

Elsas Angriff sengte eine Furche in die Erde. Sie berührte den Boden kaum, während sie vorpreschte und die Hitze und Wut der Herrin Zwietracht ausstrahlte, als wäre sie selbst ein auf die Erde gefallener Tropfen der Sonne. Sie glich einem Ofen, der vor Willenskraft, Macht und Hass glühte. Unter lautem Donner verdrängte sie die Luft, die ihr heißer Körper erzeugte.

Der Gheist griff so flink an, dass Lucas nicht einmal die Bewegung sah.

Er streckte das Bein aus und fegte die Schwurritterin beiseite. Ein rasend schneller, nicht nachvollziehbarer Klauenhieb, ausgeführt mit einer Regung von Schulter, Bein und Pranke. LaFey prallte zurück wie von einem Katapultstein getroffen. Sie rollte sich in der Asche ab, kam wieder auf die Beine und ging nahtlos in eine lockere Verteidigungshaltung über.

»Er ist schnell«, keuchte sie.

»Habe ich gesehen«, erwiderte Lucas. »Seid vorsichtig.«

»Ja.« Wachsam umkreiste Elsa den Gheist. Er blieb neben dem Brunnen stehen, stets der Angreiferin zugewandt. »Sieht so aus, als würde er etwas bewachen.«

»Das macht er vielleicht auch. Wenn Ihr es auf die gegenüberliegende Seite schafft, kann ich ihn möglicherweise von hinten attackieren.«

»Haltet Euch raus, Frèr. Das ist keine Schlacht des Verstandes.«

»Den Göttern sei Dank«, sagte Lucas gelassen. »Wäre es eine, hätte ein Hund bessere Aussichten als Ihr.«

Elsa schnitt eine Grimasse. »Später, alter Mann. Dafür bezahlt Ihr später.« Sie trat noch einen halben Schritt um den Gegner herum, sprang vor und führte eine Finte aus. Als der Gheist zuschlug, ging sie gleich in Verteidigungshaltung. Mehrere rasche Klauenhiebe fegten Elsas Schwert beiseite und trafen ihre Brust.

Das Metall der Rüstung sang bei jedem Schlag, lange Kratzer blieben im goldenen Schmelzüberzug zurück, unter dem helles Metall zum Vorschein kam.

Elsa fuhr herum und schlug zu, diesmal sammelte sie die Hitze der Sonne in der Klinge. Sie rechnete nicht damit, einen Treffer zu landen, doch mit jedem Streich zwang sie den Gheist ein Stück vom Brunnen fort. Er wich zurück, die schweren Pranken schlurften durch die Asche. Bald stand Elsa in der Nähe des Brunnens.

»Ist etwas darin zu sehen?«, fragte Lucas. Er begann wieder damit, Gesten zu vollführen.

»Würde ich Euch gern sagen, aber ich bin gerade mit Wichtigerem beschäftigt. Habt Ihr etwas entdeckt?«

»Nein … bis jetzt nicht.« Lucas' Hände tanzten um ein naetherisches Objekt in der Luft. Die schattenhaften Runen wirbelten und wurden schärfer.

»Tja …«, setzte Elsa an, doch der Gheist unterbrach sie. Er schnellte vor, stieß sich von der niedrigen Brunnenmauer ab und sprang über sie hinweg. Sie schlug nach ihm, die glühend heiße Klinge zischte durch die Luft, doch die Bestie war zu hoch. Gewandt landete sie, rannte zum Ende des verwüsteten kleinen Dorfs und begann einen Rundgang um die eingeäscherten Bauten.

»Er kommt in Eure Richtung«, rief Elsa.

»Ja, ja.« Lucas drückte sich die schimmernde Sphäre der Göttlichkeit an die Brust, presste sie mit den Händen zusammen und kniete nieder. Er sah zu, wie der Gheist sich ihm langsam mit gebleckten Fängen näherte. »Komm, mein Hübscher. Komm näher.«

Ohne Vorwarnung griff der Dämon an, teilte die Luft mit einer Art Donner, während sein Kiefer und die Klauen im seltsam gedämpften Licht aufblitzten. Er bewegte sich sogar noch schneller, als Lucas es beim Kampf gegen Elsa beobachtet hatte.

Der Dämon schlug zu, und der Frèr tauchte sein Herz in den

Naether. Das schattenhafte Licht flackerte auf, dann war er verschwunden, sein Körper zerfiel zu zuckenden Bändern violetten Lichts, das sich brach, als die Kreatur durch sie hindurchstürmte.

Lucas fiel ins Naetherreich. Eis legte sich ihm um die Brust, drang ihm in die Lungen, und die reine Wut des Winters prasselte auf seine Wangenknochen wie Graupeln. Entsetzt sog er den Atem ein und zwängte sich in die Welt der Sterblichen zurück.

An der Stelle, wo er erschien, überzog ein eisiger Frostkranz den Boden, weiß wie Schnee und ebenso kalt. Er breitete sich durch die Asche aus – eine kurzlebige, helle Eisblume, die sogleich in der Sommerhitze zu schmelzen begann. Die Luft um Lucas' Körper war so dünn, dass sie flimmerte, seine Kleider waren steifgefroren, und sein Atem dampfte.

Die Bestie nutzte ihren Schwung, rannte mühelos über den Frostkranz und schlug dann einen Haken auf Elsa zu.

»Seid Ihr unverletzt?«, schrie die Priesterin, ohne den Dämon aus den Augen zu lassen. Das Schwert in ihrer Hand flimmerte vor Hitze, die Klinge hatte die Farbe geschmolzenen Eisens.

»Ja, alles bestens«, antwortete Lucas kraftlos. Die Luft in seinen Lungen war noch immer eisig, bei jedem Wort stieß er zitternd eine Dampfwolke aus. »Götter, trotzdem hasse ich den Naether.«

»Der gehört zu Eurem Gott, nicht zu meinem«, brüllte Elsa, dann griff der Gheist sie an. Sie und die Kreatur setzten ihren im Kreis führenden Tanz aus Finten, Hieben und Abwehr fort. Lucas beschwor eine Ikone, die sich wie eine Pupille ausdehnte und dann verzog: das Auge Zinders. Er suchte damit das gesamte Dorf ab. Es musste etwas geben, das den Gheist hergelockt hatte.

Er entdeckte etwas Seltsames. Rings um den Ort kauerten Gestalten, aber das waren nicht die Körper der Toten. Sie schimmerten im purpurnen Licht des Naethers und wiesen allenfalls die groben Umrisse von Menschen auf. Ihre Köpfe, Arme und

Beine waren von dünnen Lichtlinien umgeben. Sie flackerten wie Fackeln in heftigem Wind, standen rings um das Dorf und bewegten sich langsam vom einen Punkt zum nächsten.

»Seelen«, wisperte Lucas. »Die toten Dorfbewohner, wenn ich nicht irre.«

Ein gellender Schrei unterbrach seine Erkundung. Der Priester erschrak so sehr, dass er die Ikone in seinen Händen bannte, die sich sogleich auflöste wie Nebel.

Elsa stand neben dem Brunnen, stützte sich mit der einen Hand auf der Mauer ab und hielt das Schwert in der anderen – in seltsamem Winkel. Der Gheist saß auf der gegenüberliegenden Seite am Boden. Das Schwert der Ritterin sah merkwürdig aus, als sei die Spitze zu einem pulsierenden Metallklecks geschmolzen. Rings um die beiden herum glühten helle Lichtflecke in der Asche, aus der Dampf emporschoss.

»Was ist geschehen?«, fragte Lucas und stürmte vor. Er verfügte nur über eine begrenzte Anzahl an Kampfzaubern, auf die er nun zurückgriff. Während er lief, legte sich ihm eine Schattenrüstung um die Schultern wie ein Umhang. »Seid Ihr verletzt?«

»Geschmolzenes Eisen«, keuchte Elsa. Sie schwang ihr Schwert, und der seltsame Klecks spritzte zu Boden. Wo er auftraf, löste sich die Asche zischend auf. »Das verdammte Biest blutet *Eisen* aus.«

Lucas betrachtete den Gheist. Er war verwundet, eine breite Schnittwunde klaffte an seiner Schulter und glühte wie ein Schmiedeofen. Das Blut, das auf den Boden fiel, war tatsächlich geschmolzenes Eisen. Der Priester sah, wie sich eine Art Schorf aus rot pulsierendem Metall auf der Wunde bildete, eine spröde, heiße Kruste.

»Das macht die Sache schwieriger«, sagte Lucas. »Wie töten wir ihn, wenn sein Blut lebensgefährlich für uns ist?«

»Das ist meine Schuld«, erwiderte Elsa. »Ich habe versucht, mir die Gunst der Herrin zu erschleichen. Ich hätte hell brennen müssen, von Anfang an. Um dieses Ding zu vernichten.«

»Aber Ihr habt Euch noch immer nicht vom Angriff auf Grünhall erholt.«

»Ja. Ihr müsst mich tragen, wenn das hier vorüber ist.« Sie winkte ihn zurück und setzte zu einer Beschwörung an. »Bringt Euch in Sicherheit. Lauft.«

»Elsa, wartet!«, sagte er rasch. »Der Gheist hält die Seelen der Toten hier zurück …«

»Ich sagte LAUFT!«, brüllte Elsa.

Es gab kein Zurück mehr.

Lucas rannte so schnell er konnte aus dem Dorf, schlitterte neben der Brücke zum Ufer und tauchte ins seichte Wasser ein. Über ihm fegte ein Ring feurigen Lichts hinweg. Als er vorüber war, kroch der Priester die Böschung hoch und blickte zur Ortschaft zurück.

Elsa war zu einem Bruchteil der Göttin geworden. Sie stand mitten im Dorf. Hätte Erzmarschall von Volent den Boden nicht vor zwei Wochen zu Asche verbrannt, hätte er die Bäume ringsum nicht schon verkohlt und die Gebäude zerstört, so wäre spätestens jetzt alles verwüstet worden. Grell glühend warf die Ritterin sich in den Kampf, schwang das Schwert, das einer Sonnenscherbe glich. Die roten Narben auf ihrem Gesicht leuchteten am hellsten, pulsierten bei jedem Hieb, jedem Angriff, jedem erderschütternden Treffer der schrecklichen Klinge.

Der Gheist wechselte zu einer Überlebensstrategie. Verwundet humpelte er von der angreifenden Schwurritterin fort. Er wehrte sich nur, um Elsa den Schwung zu nehmen, schlug mit Klauen aus Erde zu und sprang bei ihrem Konter beiseite. Jede Bewegung der Ritterin riss tiefe Furchen in die Erde, wirbelte Wolken aus Asche und Gestein auf, die im Wald niederprasselten. Die Sonne verdunkelte sich durch die Wolke, bis sie wie eine wütende rote Wunde am Himmel wirkte.

Elsa griff weiterhin an, und der Gheist wich zurück, umkreiste das Dorf, das er nicht verlassen wollte.

Rasch erzeugte Lucas eine Ikone vor seinem Auge, die ihm

ermöglichte, die unsichtbare Welt zu sehen. Die Gheister der Toten folgten dem Dämon, der sie mitzuschleppen schien wie Fische im Netz. Sie drängten sich hinter ihm zusammen, zitterten und heulten im unwirklichen Wind.

»Entzieht er ihnen Energie?«, murmelte Lucas. »Bindet er sie?« Die Seelen sollten überhaupt nicht da sein. Tote Gläubige gingen aus der irdischen Welt ins stille Haus, in einen Schrein in Zinderfell, wo der Herr des Winters über die Seelen aller Verstorbenen gebot. Dort kümmerten sich die Priester um sie, stillten ihre Sorgen und erleichterten ihnen die Reise ins Nichts, das auf den Tod folgte. Eine Seele, die nicht erfolgreich vom Körper getrennt wurde, suchte den Ort ihres Todes heim oder verwandelte sich gelegentlich sogar in einen Gheist. Es zählte zu den Pflichten der Kirche Zinders, den Toten diesen letzten Ritus zu gewähren, um ihnen einen sanften Übergang zu ermöglichen.

Entweder waren die Seelen der Dorfbewohner nie von ihren Körpern getrennt worden, oder der Gheist hatte einen Weg gefunden, sie aus dem stillen Haus zurückzuholen. Möglicherweise war er eine Manifestation der Tragödie, bei der diese Menschen ums Leben gekommen waren. Allerdings hatte er sich schon manifestiert, *bevor* Erzmarschall Volent das Schwert im Dorf gezückt hatte.

Also musste dieser Dämon etwas anderes sein …

Während Lucas darüber nachsann, fand Elsa ihren Kampfrhythmus. Der Gheist schlug nach ihr, und sie blockte ab, wich zurück und griff an, ehe er forthumpeln konnte – ein rascher Hieb quer durch den Bauch des Dämons, gefolgt von einem Stich in die Brust, der bis zur Rückenmuskulatur vordrang. Heulend ging die Kreatur zu Boden. Sie rollte fast bis zum gegenüberliegenden Ende des Ortes, ehe sie liegen blieb.

Wegen der Totenseelen schien sie sich nicht weiter aus dem Dorf entfernen zu können. Zugleich war das so dicht bei den Seelen, wie Lucas es sich nur erhoffen konnte. Er erkannte seine Chance und ergriff sie.

Der Priester sprang auf und rannte ins Dorf. Er verschwendete weder einen Gedanken noch Energie daran, eine Naetherrüstung zu beschwören. Stattdessen hielt der Frèr den Stab vor sich und zitierte die Riten der Trennung.

»Zu Zinders Wunde sende ich euch. Zu Winters Ruh' sende ich euch. Von Zwietrachts Liebe trenne ich euch«, rief er und segnete und weihte die kaum sichtbaren Seelen der Toten. »Von Sommers Wärme banne ich euch. Ihr kehrt zum Geist zurück. Vom Fleische seid getrennt!«

Der Ritus zeigte sofort Wirkung. Die Schemen der Toten, deren Körper so substanzlos waren wie das Nachbild einer Kerze, kreischten und zerfielen. Trotz seiner Vertrautheit mit dem Naetherreich spürte Lucas ihren Übergang nicht. Im einen Atemzug waren sie noch da, im nächsten nicht mehr.

Der Gheist versetzte dem Priester einen mächtigen Schlag, der ihn zu Boden schickte. Sein Stab schlitterte davon. Die Bestie ragte über ihm auf, ihre Beine wirkten wie Steinsäulen, rasch abkühlendes Eisen lief ihr über die borkige Haut. Lucas spürte die Hitze des Blutes, sie raubte ihm den Atem. Tropfen fielen bedrohlich nah nieder, schlugen zischend auf. Ein zornerfülltes Grollen tief wie Donner drang aus der Brust des Dämons.

Lucas griff nach dem Naetherreich, wappnete sich gegen den Sprung ins Herz des Winters, wollte rasch die Anrufung aussprechen, ehe das Monster ihn umbrachte.

Er erreichte den Naether nie.

Mit einem Satz entfernte sich der Gheist und begann zu rennen. Er verließ das Dorf, verschwand im Wald, besudelte die Erde mit Tränen aus geschmolzenem Eisen, das kleine Feuer entfachte und die Rinde jedes getroffenen Baumes versengte. Lucas erhob sich auf die Knie. Elsa packte ihn bei der Schulter. Ihre Haut war noch immer heiß, ihre Rüstung sirrte im Nachhall der Beschwörung.

»Verfolgen wir ihn?«, fragte sie. Sie klang geschwächt.

Der Priester sah sie an. Die Narben auf ihren Wangen und

dem Kiefer leuchteten feuerrot und sonderten Asche ab. Die blasse Haut und die Hitze, die die Schwurritterin ausstrahlte, verrieten, dass sie am Ende ihrer Kräfte war.

»Nein«, antwortete Lucas. »Nicht heute. Wir schaffen Euch zurück nach Grünhall und ruhen uns aus.«

Dass LaFey nicht widersprach, sagte eine Menge über ihre Verfassung aus. Und dass Lucas sie zu den Reittieren tragen musste und sich dabei Brandblasen einfing, sagte noch viel mehr.

Neunzehntes Kapitel

Eine Horde dunkler Reiter reiste nordwärts. Bei der Flucht aus der Stadt waren sie anfangs in Zweier- und Dreiergruppen unterwegs gewesen, wahllos mit jedem an ihrer Seite geritten, denn es war um ihr Leben gegangen. Ihre Ausrüstung unterschied sich auf befremdliche Weise; manche trugen Prunkrüstungen für das Turnier, andere schlichte Wolle. Sie führten kaum Vorräte mit sich. Halverdts Leute hatten ihnen den Zutritt zum Turnierlager verwehrt, als der Ärger begann. Malcolms Vorbereitungen waren nutzlos gewesen. Sein Gefolge hatte in der Eile alle Habseligkeiten zurücklassen müssen, um aus der Stadt zu entkommen.

Im Laufe der Tage wurden die Gruppen größer, kleine Reiterscharen bildeten sich, boten Hilfe und Schutz, bis sie schließlich zu einer Kolonne aus Rittern, Speerträgern, Dienern und Adligen wurden. Alle gaben sich mit dem zufrieden, was sie hatten und bewirken konnten.

Zuvorderst ritt Malcolm von Blakley, Herzog zu Hundsweih und Held aus dem Krieg der Plünderer. Er trug noch immer die formelle Kleidung, die er für den Tjost seines Sohnes angelegt hatte. Darüber trug er seine Halbrüstung, die er so schnell hatte anlegen müssen, dass keine Zeit für eine Polsterung gewesen war, und nach einer Weile im Sattel scheuerte ihm das Metall die Haut auf. Selbst nach einer Woche ertrug er diesen Schmerz ohne Klagen.

Sein Sohn gebärdete sich weniger würdevoll.

»Götter, mein Rücken«, murmelte er. Er krümmte sich unter dem Umhang, versuchte die Muskeln zu dehnen, die er nicht mehr benutzt hatte, seit er am Morgen in den Sattel gestiegen war. »Mein Rücken fühlt sich an, als hätte man mein Rückgrat durch einen Gerberhaken ersetzt.«

»Besser Euer Rücken als Eure Füße«, erwiderte Ritter von Dugan. »Ihr könntet notfalls zu Fuß nach Hundsweih zurückgehen.«

»Nicht in dieser Aufmachung«, widersprach Ian. Er trug noch die Turnierrüstung, die steifen Beinschienen und starren Schulterpanzer, die dazu gedacht waren, einen harten Schlag abzufangen, und nicht, dem Träger Bewegungsfreiheit zu gewähren. Sein eingedellter Helm hing in einem Jutesack am Sattel.

»Du hättest dieses Zeug in Grünhall lassen sollen«, sagte Malcolm. »Du erschöpfst dein Pferd schneller, als es sich während der Pausen ausruhen kann. In diesem Tempo schaffen wir es nie über den Talg.«

»Soll ich mich Halverdts Bogenschützen mit dünnem Stoff am Leib entgegenstellen?«, fragte Ian gereizt.

»Wenn wir in Bewegung bleiben, müssen wir uns ihnen gar nicht stellen«, erwiderte Malcolm. Die Reiter ringsum zogen sich von dem Streit zwischen Herzog und Thronfolger zurück, nur Dugan blieb in der Nähe, um notfalls eingreifen zu können. »Deine störrische Furcht hält dich davon ab, den besten Weg zu wählen. Zu fliehen ist eine schwere Entscheidung, aber eine notwendige!« Verärgert ließ er die Zügel schießen. »Halte dich an Zinders Wort, dann bist du imstande, schwere Entscheidungen zu fällen.«

»Zinders Wort? Bei den Göttern, Vater, du vergisst, wer uns gerade aus Grünhall gejagt hat. Die Kirche selbst hat die Tore geschlossen. Ihre Garde verfolgte uns nach Norden, bis die Wände dieser verfluchten Stadt außer Sicht waren! Wie kannst du in so einer Lage den Namen des Dunklen Gottes in den Mund nehmen?«

»Auf dieselbe Weise, wie du ihn befleckst, Junge. Sie haben die Tore geschlossen, damit sich der Tumult nicht bis hinter die Mauern ausbreitet und um den letzten Rest Frieden im Turnierlager zu wahren. Hätte die Kirche nicht zwischen uns und dem herzoglichen Hof gestanden, wissen nur die Götter, welche Tragödie gefolgt wäre. Und was deine Bemerkung betrifft, sie hätten uns verjagt …« Er lenkte das Pferd vor das seines Sohnes und zwang ihn anzuhalten. »… das war eine Eskorte, die verhindern sollte, dass irgendein hitzköpfiger Ritter sein Glück auf die Probe stellt und uns angreift. Ohne die kirchliche Hilfe könnten wir tot sein.«

»Wie gedankenlos von mir«, entgegnete Ian zornig. Sein Hals, der aus dem engen Brustpanzer herausragte, lief rot an. »Vielleicht kann ich eines Tages diesen Gefallen erwidern.«

Die beiden starrten sich eine Weile betreten an, während der Rest der Kolonne rechts und links an ihnen vorbeizog. Schließlich schnaubte Malcolm und ritt wieder zur Spitze vor. Ian wollte ihm folgen, doch Dugan zog ihn zur Seite. »Gebt ihm Zeit, Junge«, zischte der ältere Ritter. »Das war kein guter Sommer für Euren Vater.«

»Das muss er nicht an mir auslassen.«

»Eigentlich doch.«

»Wieso? Gibt er mir die Schuld, weil ich mich zum Turnier angemeldet habe? Weil ich mein Leben im Kampf gegen den Gheist riskiert und mehr Ruhm eingestrichen habe als der alte Mann im letzten Jahrzehnt? Oder liegt es nur daran, dass ich sein Sohn bin und er mehr von mir erwartet, als ich leisten kann?«

»Es liegt daran, dass Ihr diese lächerliche Rüstung tragt«, erwiderte Dugan und ritt davon. »Legt sie ab. Ehe eines der Pferde an Erschöpfung stirbt und mein guter Wille gleich mit.«

Von einem Hügel aus sichtete Malcolms Kolonne den Talg, spät am nächsten Tag. So weit im Osten war der Fluss breit und floss träge dahin, gesäumt von Kalksteinufern, die gelegentlich abfielen. An diesen Stellen fand man Furten oder kleine Wasserfälle, die in seichte braune Seen mündeten, welche in der Sommersonne vor sich hin brüteten. Sie hatten noch einen Tagesritt vor sich. Grasebenen dehnten sich vor ihnen aus, durchsetzt mit Senken und sanften Hügeln, die vereinzelt mit Felsen und windgebeugten Bäumen bedeckt waren, die hier überleben konnten.

»Hier haben wir keine Deckung«, murmelte Dugan. »Wir sind wie Mäuse für die Falken da draußen.«

»Wir sollten nach Osten ziehen. Beim Rotfenn den Fluss überqueren und nach Hundsweih reiten«, schlug Ian vor.

»Und unsere Reise um einige Tage verlängern, wenn nicht sogar für eine Woche«, knurrte Malcolm. »Wir haben weder genug Proviant noch die Zeit dafür. Die Kirche kann die Truppen des Herzogs von Halverdt nicht ewig von der Straße fernhalten. Je eher wir tenerranische Erde unter den Füßen haben, desto besser für uns.«

»Ich glaube nicht, dass es Colm von Adair gefällt, wenn wir vor seinem Tor auftauchen«, sagte Dugan. Er blickte zu Merret, der ein Stück den Hügel hinunter mit Doone zusammenstand. »Oder dass wir Halverdts Unmut auf uns gezogen haben.«

»Colm von Adair hat sicher nichts dagegen, dass es zum Kampf kommt«, antwortete Malcolm. »Die Götter wissen, er hat sich den Unmut des Herzogs längst selbst verdient.«

»Glaubst du, er hat Gwen absichtlich losgeschickt?«, fragte Ian. »War er auf Ärger aus?«

»Ich glaube, er wäre ein Narr, Ritter von Volents Aufmerksamkeit auf sich zu lenken«, erwiderte der Herzog. »Und Colm von Adair ist kein Narr. Über seine Tochter weiß ich allerdings nichts. Diese Geschichte über die Gheister macht mir jedenfalls Sorgen.«

»Sie ist geprägt von Aberglauben und Furcht«, murrte Dugan.

»Ja, und beides ist mächtig genug, um uns Ärger zu bereiten«, entgegnete der Herzog. Er stellte sich in die Steigbügel und rief den Rittern von Doone und Merret zu, die den Hügel hinaufkamen: »Gibt es Neuigkeiten? Gibt es einen anderen Weg für uns?«

»Wege gibt es genug«, antwortete Doone. Sie hatte die Leitung über die lockere Kolonne aus Rittern und Speerträgern übernommen, während Dugan sich um die Bedürfnisse des Herzogs zu Hundsweih und dessen Sohn kümmerte. »Keiner davon ist gut. Ein Stück westlich von hier gibt es einen alten Übergang, aber das würde bedeuten, dass wir wochenlang im Fenn unterwegs wären, und diese Pfade sind düster. Keine Gottesstraße führt in diese Richtung.«

»So kurz nach dem Allfeuer würde ich mir normalerweise keine Sorgen über Gheister machen, aber die letzten Wochen haben gezeigt, dass sie trotzdem eine echte Gefahr darstellen«, sagte Malcolm. »Dennoch wäre dieser Weg zu weit. Wir müssen das Fenntor auf direktem Weg erreichen und uns dann aufteilen, um den Norden zu alarmieren.«

»Oder wir rufen die Banner zusammen«, schlug Merret vor. »Verzeihung, Hoheit, aber das ist inzwischen wohl nötig.«

»Vielleicht«, stimmte Malcolm zu. »Aber wir wollen nicht gleich alle hochverräterischen Taten auf einmal begehen. Frau von Doone, was sagt Ihr dazu?«

»Mir gefällt es nicht, hier den Fluss zu überqueren. Und auch nicht, nach Westen zu ziehen.« Sie blinzelte in die untergehende Sonne, dann wandte sie sich Malcolm und den Rittern zu. »Ebenso wenig behagt es mir, unsere Reise nach Osten zu verzögern. Ehrlich gesagt, gefällt mir gar nichts an unserer Lage.«

»Wie können wir Euch dann beruhigen, ehrenwerte von Doone?«, fragte Dugan.

»Indem wir die glimpflichste Entscheidung treffen und Nägel mit Köpfen machen. Lasst uns hier den Fluss überqueren und so schnell weiterziehen, wie die Götter es erlauben.«

»Ich setze auf die Schnelligkeit der Pferde«, sagte Malcolm. »Ritterin von Doone, versammelt die Truppe. Wir rasten heute Nacht hier und setzen morgen zur Ebene über.«

»Warum nicht sofort?«, fragte Ian.

»Wir haben einen harten, schnellen Ritt vor uns, und die Pferde konnten sich seit Grünhall nicht erholen.« Malcolm würdigte seinen Sohn kaum eines Blickes. »Wenn wir jetzt übersetzen, sind wir dazu gezwungen, die Nacht auf offenem Feld zu verbringen. Nein, wir müssen das Wagnis eingehen, heute Nacht entdeckt zu werden, damit wir morgen höhere Erfolgsaussichten haben. Versorgt die Pferde und esst, so viel ihr könnt. Wir reisen mit so wenig Gewicht wie möglich.«

Als Ian im offenen Schlafsack lag, hörte er ein Geräusch – ein sanftes Murmeln in der Nacht. Rasch stand er auf und blickte in die Nacht. In der Nähe des Lagers sah er Schatten in der Dunkelheit. Er schlich näher heran.

Ein einzelner Reiter wartete am Waldrand. Der Mann hatte sich einen Speer über den Schoß gelegt und spähte in die Finsternis zwischen den Bäumen. Sein Pferd fraß Gras an der Baumlinie: Die Kaugeräusche waren es, die Ian alarmiert hatten.

Bei dem Mann konnte es sich um einen tenerranischen Ritter handeln, der sich auf eigene Faust von Grünhall nach Norden durchschlug, ins sichere Fenn. Möglicherweise war er ein Späher des Hauses Adair oder gehörte zum Herzog von Halverdt, oder aber er war der Vorreiter einer größeren Streitmacht. Vielleicht war er auch nur ein fahrender Ritter, der das Pech hatte, in diesen schwierigen Zeiten im Grenzgebiet unterwegs zu sein.

Ian blickte zum Lager zurück und entdeckte von Doone knapp sieben Schritt von der Baumlinie entfernt. Offenbar hatte sie Ian beobachtet. Sie signalisierte ihm zurückzukommen und verbarg sich in den Schatten. Ian ging zu ihr. Sie trafen sich zwischen den schlafenden Rittern der Kolonne.

»Wolltet Ihr ihm Hallo sagen?«, zischte sie.

»Nein, natürlich nicht. Wir wissen nicht, wer er ist.«

»Noch nicht, aber er gehört nicht zu uns.«

»Vielleicht ist er ein Späher von Haus Adair.«

»Keiner von Adairs Reitern lässt sich südlich des Talgs blicken, nicht, seit die Baroness von Adair so viel Staub aufgewirbelt hat.« Doone tastete den Boden neben ihrem Schlafsack ab und holte zwei Speere hervor. Einen davon drückte sie Ian in die Hände. »Er scheint uns noch nicht bemerkt zu haben. Wir beobachten ihn, und falls er mehr sieht, als er sollte, halten wir ihn auf.«

Ian nickte. Gemeinsam huschten sie zu der Stelle, wo der Reiter gesessen hatte, dann trennten sie sich, schlichen sich aus zwei Richtungen an und warteten. Der Mann hatte sich ein Stück in den Wald bewegt. War er nur seinem hungrigen Pferd gefolgt, oder hatte er etwas zwischen den Bäumen gesehen? Er trug eine Rüstung, wohl eine Brigandine oder eine schlichte Jagdrüstung aus Leder, doch zur Wildschweinjagd war sein Speer zu lang. Ian versuchte, sich ihm weiter anzunähern; vielleicht trug der Fremde einen Tappert mit Wappen – oder sein Pferd einen Harnisch.

Ians Ferse versank im Schlamm, sein Bein rutschte vor, und er schlug mit dem Rücken gegen die trockene Rinde eines Baums. Zwar entfuhr Ian kein Laut, der Aufprall jedoch hallte durch den Wald.

Der Reiter versteifte sich, drehte aber nicht den Kopf. Stattdessen gab er dem Pferd die Zügel und ritt langsam aus dem Wald, ohne Panik.

Vielleicht hat er mich nicht gehört …

Doone trat zwischen den Bäumen hervor und schleuderte den Speer von sich. Lautlos flog er durch die Luft und bohrte sich in die Schulter des Fremden. Der Mann fuhr zusammen, stürzte jedoch nicht aus dem Sattel. Dann spurtete das Pferd los, galoppierte den sanften Hang hinab und den dahinterliegenden Hügel hoch.

»Dummkopf, wirf!« schrie Doone. Ian löste sich aus seiner Schockstarre, rannte aus dem Wald und holte aus. Das würde ein weiter und schwerer Wurf werden, doch als er die Waffe von sich schleuderte, war er recht zuversichtlich. Er beobachtete, wie der Speer den Zenit seiner Flugbahn erreichte, dann wieder absank und dem Boden entgegenraste.

Leise landete er im Gras, der Schaft wippte vor und zurück.

Der Reiter donnerte daran vorbei den Hügel hinauf und verschwand hinter dem Kamm.

»Verdammt«, fluchte Doone. »Weckt Euren Vater und die anderen – wir müssen sofort aufbrechen. Mit etwas Glück verblutet er, ehe ihm jemand helfen kann. Sie wissen, dass wir hier draußen sind, aber hoffentlich …«

Sie verstummte. Ein Geräusch war von den Ebenen her zu hören. Jemand schrie, dann schienen Flammen auf dem Hügel auf: Zwei Speerträger hielten ihre Fackeln hoch. Die drei Eicheln und das Kreuz des Hauses Halverdt waren auf ihrer Brust zu sehen. Sie brüllten etwas, dann ließ eine Art Donner das Gras erbeben.

Eine Gruppe Reiter preschte über den Hügel. Sie erblickten Ian und Doone und ritten auf sie zu, unter einem Lärm, der an klapperndes Metall und fallende Steine erinnerte.

Doone war bereits losgerannt. Ian folgte ihr und stieß Warnrufe aus, um seinen Vater zu wecken und die Ritter Teners zu mobilisieren. Zwischen den Bäumen glommen die ersten Fackeln auf, und die Laute schläfriger Ritter und ihrer Knappen vermengten sich mit dem Geklirr aufgenommener Waffen.

Der Krieg hatte sie gefunden.

Der Morgen würde nicht warten.

Seltsame Lichter zwischen den Bäumen und der Geschmack von Blut auf der Zunge weckten Malcolm auf. Er stand schon aufrecht da, war nackt und hatte das Schwert in der Hand. Zu seinen Füßen starb soeben ein Mann.

»Hoheit!«, rief eine Stimme links von ihm. Malcolm wandte sich um und sah einen Ritter auf sich zueilen. Der Mann zauderte kurz, als er den Herzog zu Hundsweih entblößt und blutbesudelt dastehen sah. »Wir wurden entdeckt, Euer Durchlaucht!«

»Ich bin wach«, murmelte Malcolm.

Der Ritter blinzelte, nickte und trat näher. »Ein suhdrischer

Späher hat uns zufällig in der Nacht gefunden. Euer Sohn und Leute aus Eurem Gefolge wollten ihn überfallen, doch er war nicht allein. Wir kennen nicht ihre Anzahl und Gesinnung, aber sie sind hier.« Der Ritter blickte sich um, suchte nach etwas, mit dem Malcolm seine Blöße bedecken konnte.

Der Herzog kannte den Mann zwar, der Name jedoch fiel ihm nicht ein. Vielleicht ein Bannerträger von Haus MaeHeart – schwer zu sagen im Licht der Herrin Zwietracht, zumal er keinen Tappert trug.

Der Ritter nahm einen Umhang auf und legte ihn Malcolm um die Schultern.

»Schon gut«, sagte der Herzog und streifte den Umhang ab. Er blickte an sich hinab. Sein Körper war von Narben, grauen Haaren und Speckrollen übersät und zitterte in der Kühle der Nacht. Die kräftige Muskulatur, der Stolz seiner jungen Jahre, war nur noch Schall und Rauch, alte Knochen traten unter der Haut hervor, die schlaff und rau wirkte wie Pergament. Er drückte den Rücken durch, lockerte die Schultern und musterte das Schlachtfeld. »Ich dachte, es ist ein Traum.«

»Nein, Hoheit.«

»Dann lasst uns kämpfen. Versammelt die Ritter in der Mitte und lasst die Speerträger im Wald Stellung nehmen. Löscht die Fackeln – der Feind könnte Bogenschützen auf dem Hügel postiert haben. Wir wollen weder unsere Anzahl noch unsere Position preisgeben.«

»Ja, Hoheit.« Der Ritter eilte davon.

»Wo ist mein Sohn?«, rief Malcolm ihm nach.

»Das wissen wir nicht, Hoheit!«, antwortete der Mann, ehe er in den Schatten verschwand.

Seufzend blickte Malcolm in die Dunkelheit. Fackeln bewegten sich unablässig vom Hügelkamm in den Wald. Sie hüpften hektisch auf und ab, als säßen ihre Träger auf Pferden. Überall waren Stimmen zu hören, und Stahl prallte auf Stahl. Er sah zu dem toten Mann zu seinen Füßen und drehte ihn mit dem Fuß auf den Rücken. Suhdrische Farben auf der Brust und dichtes Haar auf dem Kopf. Gut. Er hatte nicht versehentlich im Halbschlaf einen der eigenen Leute getötet.

Etwas regte sich in der Dunkelheit, und der Moment des Friedens verging. Plötzlich waren ringsum Ritter und Bewaffnete zwischen den Bäumen, manche von ihnen kaum bekleidet. Sie zogen sich zurück und kehrten ihrem Herzog den Rücken zu. Pferde tauchten zwischen ihnen auf, deren Reiter auf die Fliehenden einschlugen, Blut und Furcht verbreiteten. Malcolm wurde von den eigenen Leuten zurückgedrängt und stolperte.

»Genug!« übertönte er den Kampflärm. »Männer des Hauses Blakley, zu mir! Sammeln! Sammeln!«

Die Männer um ihn hielten inne, überrascht, dass ihr Herr zugegen war. Er rempelte sie beiseite und stürmte zum nächstbesten feindlichen Reiter. Der Mann hackte wahllos mit einer Reiteraxt auf das Gedränge ein; es schien ihn nicht zu kümmern, wie weit er sich von den eigenen Leuten entfernt hatte. Malcolm mied die ungestümen Hufe des Pferds und wartete, bis der Reiter sich ihm zudrehte.

Der Mann blickte auf den nackten, vernarbten Angreifer mit den wilden Augen hinab und grinste.

Er hob die Axt.

Malcolm holte weit aus und schwang zweimal das Schwert. Die Spitze der Klinge traf die langen Muskeln am Oberkörper des Reiters, gleich unter der Achselhöhle. Der rechte Arm des Suhdrin erschlaffte, die Axt entglitt ihm – ihr Gewicht war zu groß und die Schlacht ringsum zu wild. Die Axt überschlug sich und landete auf dem Boden. Mit der linken Hand zog der Reiter ein Kurzschwert und stach nach Malcolms Gesicht, doch der Herzog wich zurück, tänzelte erneut vor und trieb ihm das Schwert in die Eingeweide. Der Reiter fiel, und sogleich preschte das Pferd zwischen den Angreifern hindurch in die Richtung, aus der es gekommen war.

Die sich zurückziehenden Tenerraner positionierten sich

rasch um Malcolm, offenbar bereit, den Feind zurückzudrängen. Malcom stürmte vor, schreiend, nackt und blutdürstig. Er verschwand in der Nacht, mit hoch erhobenem Schwert und dem Blut seiner Feinde im Mund.

Die Schlacht dauerte bis zum Morgen an, und als schließlich Zwietrachts Licht die Schatten des Waldes erwärmte, lagen viele Tote zwischen den Bäumen. Die Hälfte von Malcolms Leuten lag reglos am Boden, die meisten niedergemetzelt, ehe sie ihre Rüstung hatten anlegen oder sich verteidigen können. Sie waren in den ersten chaotischen Augenblicken des Angriffs gefallen.

Die dreifache Zahl an Suhdrin war tot, zur Hälfte Reiter, die im Wald gekämpft hatten, der Rest Bogenschützen und Speerträger, die ihren Brüdern in die Schlacht gefolgt und im Zuge des Debakels niedergetrampelt worden waren. Das Ende des Kampfes war grausam gewesen, erschöpfte Männer und Frauen hatten bis zum letzten Atemzug, bis zur völligen Erschöpfung gefochten. Das erinnerte Ian an die unbedeutenden Zweikämpfe in Grünhall: an Martin von Roard bei dem unehrenhaften Gewühl im Schlamm, auf der Suche nach einem Gefühl dafür, wie sich ein echter Kampf anfühlte.

Die Feinde hatten zu einem Spähtrupp gehört, der so unauffällig wie möglich die Gebirgsausläufer südlich des Talg erkundet hatte. Durch Glück waren sie in der Dunkelheit auf das tenerranische Lager gestoßen – und durch Pech in die Schlacht verwickelt worden. Diejenigen von ihnen, die nicht in der Finsternis gestorben waren, flohen nach Osten zur Gottesstraße, um Verstärkung zu holen.

Malcolm stand am Hügelkamm und sah den Überlebenden nach, die durch das wogende Gras davongaloppierten.

Ian gesellte sich zu ihm. »Vater, ich habe Kleidung für dich.«

»Kleidung?« Malcolm blickte an sich hinab. Er war nach wie vor nackt, das struppige Haar auf der Brust und den Lenden war blutbesudelt, seine Gliedmaßen mit Dreck und Schweiß verschmiert. Er zitterte im ersten Licht des Morgens. »Ja, danke.«

Ian half ihm, die Kleider anzulegen, dann blickte er zu den fliehenden Feinden. »Ein guter Kampf.«

Malcolm schnaubte verächtlich. »Eine blutige Schweinerei. Die Hälfte der Toten starb im Schlaf, und die Übrigen hatten keine Zeit, sich vorzubreiten.« Er streifte sich das Gewand über, zog es sich über die Brust, das schartige Schwert zwischen Arm und Rippen geklemmt. »Diese Reiter werden Geschichten von verrückten nackten Heiden erzählen, deren Geheul durch den Wald hallte.«

Ian grinste. »Glaubst du, einer von ihnen weiß, dass er dem Herzog zu Hundsweih gegenüberstand?«

»Davor mögen die Götter uns bewahren«, sagte Malcolm forsch und wandte sich um. »Versammle die Männer. Sie sollen aufsitzen. Tragt die Toten zusammen und weiht sie Zinder, dann überlasst sie dem Wald. Wir haben keine Zeit für Bestattungsriten.«

»Vater …«

»Ich werde ihre Namen am Fenntor betrauern und in Hundsweih ein Opfer für sie bringen«, fuhr Malcolm zornig fort. »Die Götter geleiten sie ins stille Haus. Wir müssen aufbrechen!«

»Dazu haben wir vielleicht keine Gelegenheit.« Ian deutete ins Tal. Ein Trupp kam ihnen aus dem Osten entgegen. Die Krieger ritten in Dreierreihen und strömten wie ein Fluss über die Hügel. Sie stießen in die Hörner.

»Nun, die Götter sind gütig.« Malcolm musterte die Neuankömmlinge blinzelnd und ließ sich das Gewand über die Beine gleiten. »Wenigstens haben wir Freunde, die uns den Weg zeigen.«

Ian blickte zu den Reitern. In der Vorhut löste jemand die Verschnürung eines Banners, das sogleich im Wind flatterte. Es zeigte das Rot und Schwarz des Fenntors.

Die eiserne Faust des Barons von Adair.

Zwanzigstes Kapitel

Gwen ritt rasch den Hügel hinab und ließ den Anblick auf sich wirken. Fußsoldaten schritten über die Anhöhe vor ihr, nördlich der Wälder. Im Westen war eine Kolonne Reiter auf der Flucht, ungeordnet und panisch. Sie trugen kein Wappen, doch Gwen erkannte suhdrische Späher, wenn sie welche sah – an den hohen Sätteln und nutzlosen Hörnern. Sie hielten sich meist für künftige Ritter und stürzten sich gern in eine Schlacht, wenn sie es wegen ihrer mangelnden Erfahrung und schlechten Ausrüstung besser ruhiger angehen lassen sollten.

Die Fußsoldaten hingegen erweckten einen völlig anderen Eindruck. Sie standen verstreut herum, waren uneinheitlich gerüstet und wirkten trotz ihrer Bewaffnung weniger diszipliniert als eine militärische Einheit.

Als Späher von den Fackeln und Kämpfen an der Grenze berichtet hatten, war Gwen davon ausgegangen, tenerranische Krieger in voller Montur anzutreffen, die vielleicht von Dannswehr nach Westen marschierten oder von einem Einsatz in Suhdra zurückkehrten. Nun befürchtete sie, ihr Banner erhoben zu haben, um eine Bande Söldner oder Schlimmeres zu unterstützen.

»Stellt euch im Halbkreis auf und hebt die Banner«, rief Gwen über die Schulter. »Ich spreche mit ihrem Anführer. Zögert nicht anzugreifen, falls es Schwierigkeiten gibt.«

»Ich sehe von hier aus schon genug Schwierigkeiten«, sagte Ritter von Brennan.

»Sie sehen zu unorganisiert aus, als dass sie eine Bedrohung sein könnten«, erwiderte Gwen.

»Mag sein, aber immerhin sind sie bedrohlich genug für Halverdts Reiter.«

»Ja, allerdings kriegen die Suhdrin schnell Angst«, lachte Gwen. »Haltet Euch zurück. Da sie nicht gezögert haben, Leute von Haus Halverdt übel zuzurichten, sollte ich mit ihnen sprechen.«

»Sie bekennen Farbe, Baroness«, sagte Ritter von Baxter neben ihr.

»Ach ja?«

»Dort. Der Große auf dem Hügel. Ich könnte schwören, er trägt den Hund.«

Gwen kniff die Augen zusammen. Einige Männer am Hügelkamm trugen das typische Schwarz und Weiß mit dem Blakley-Hund auf Tappert oder Schild. »Vielleicht bringen sie eine Nachricht von ihrem Herzog«, mutmaßte Gwen. »Das würde seine Gemahlin sicher freuen.«

»Solange es gute Nachrichten sind«, fügte Brennan hinzu. »Falls sie aus Grünhall kommen, ist möglicherweise Ritter von Merret bei ihnen.

»Dafür bete ich zu den Göttern«, sagte Gwen. Es hatte ihr nicht behagt, Merret an Halverdts Hof zu schicken, doch ihr Vater hatte darauf bestanden, den Herzog zu Hundsweih und seine tenerranischen Ritter vor dem Ärger zu warnen, der beim Allfeuer womöglich auf sie zukam.

Schweigend legten sie die kurze Distanz zwischen den Hügeln zurück. Gwens Leute ritten aufmerksam in weitem Halbkreis hinter ihr, die Lanzen bereit und das Banner erhoben. Kurz vor dem Hügelkamm hielten sie an. Gwen nahm nur von Brennan mit zur Unterredung mit den wartenden Schwertkämpfern. Es waren harte, blutbesudelte Krieger, die allesamt erschöpft wirkten. Auch die Kriegerinnen unter ihnen sahen aus, als hätten sie die ganze Nacht Vieh geschlachtet. Sie blickten die Baroness ausdruckslos an.

»Wer ist euer Wortführer?«, fragte Gwen, als sie den Kamm erreichte.

»Ich kann für uns sprechen, und zwar besser als die meisten

anderen«, antwortete der hagere Kerl in den Blakley-Farben, den Baxter zuerst erspäht hatte. Er trug einen flaumigen, nicht allzu dichten Bart.

Gwen lächelte. »Ein Junge? Gewiss gibt es einen Ritter in euren Reihen, der besser zum Wortführer taugt.« Sie blickte die Schwertkämpfer hinter dem jungen Mann an. Einige trugen Rüstungsteile und eine Frau sogar komplette Schlachtmontur.

»Der Dreck verbirgt meine Ehre, aber so ist das im Krieg. Ich bin Ian von Blakley, Sohn des Malcolm zu Hundsweih, Erbe von Jägerthron, Weih und Hund.« Er richtete sich auf. »Und wer seid Ihr?«

»Gwendolyn von Adair. Ich hätte Euch nicht erkannt, Ian. Als wir uns das letzte Mal sahen, habt Ihr noch Heuballen mit Pfeilen durchlöchert. Habt Ihr inzwischen mit der Lanze geübt?«

»Er hat mehr getan als das«, sagte die Frau. Sie trat neben Ian. »Er hat sich einem Gheist in Grünhall gestellt und im Turnier gegen Ritter von Bourdais gekämpft.«

»Und überlebt? Na, das kann sich sehen lassen. Ihr führt diese Truppe an?«

Ein Mann kam den Hügel hinauf; er trug weder Farben oder Rüstung, noch zeigte er Furcht. Gwen erkannte ihn erst, als er lächelte.

»Meine Baroness«, sagte Merret. »Ihr solltet nett zu dem Jungen sein. Ohne seine Hilfe wäre ich tot.«

»Könnten bitte alle aufhören, mich ›den Jungen‹ zu nennen?«, sagte Ian angespannt.

»Ja, ja …« Merret winkte ab und trat neben Gwens Pferd. »Ich habe viel zu berichten, aber Ihr könnt Euch sicher das meiste davon denken.«

»Ist das alles, was von der tenerranischen Streitmacht aus Grünhall übrig ist?«, fragte Gwen.

»Das und eine etwa ebenso hohe Anzahl Gefallener zwischen den Bäumen.«

»Und der Herzog zu Hundsweih ist nicht bei euch?«

»Mein Vater lebt und ist wohlauf. Er hat heute Nacht dem Land einen größeren Verdienst erwiesen als Ihr, nehme ich an«, sagte Ian. »Er ist unten, sieht nach den Verwundeten und macht sich zum Aufbruch bereit.«

»Dann habt ihr Pferde. Sehr gut, denn wir können nur wenige erübrigen. Diese Späher aus Grünhall stoßen gewiss auf Verstärkung, lange bevor wir das Fenn erreichen.« Sie stockte, dann lenkte sie ihr Pferd näher zu Ian. »Hoheit, ich entschuldige mich für mein grobes Auftreten. Ich hatte gehofft, Ihr hättet Grünhall in voller Stärke verlassen können. Wir haben nicht viele Leute hier an der Grenze.«

»Halverdt hat den größten Teil unserer Ausrüstung und fast die Hälfte unserer Leute dezimiert, ehe wir aus der Stadt waren.« Ian wankte leicht, als würde er jeden Moment vor Müdigkeit umkippen. Er hielt sich an Gwens Stiefel fest. Sie ignorierte es. »Es war ein harter Ritt. Mein Vater wird dankbar für Euer Erscheinen sein.«

»Wir sind hier, um zu helfen und um Hilfe zu erhalten. Wir müssen viel besprechen. Kommt.« Sie reichte ihm die Hand. Er ergriff sie, und die Jägerin hob ihn vor sich auf den Sattel. Er stank von der langen Reise und der Schlacht, doch war ihr der Geruch nicht unangenehm. »Lasst uns Euren Vater suchen. Wir müssen den Talg vor Einbruch der Nacht erreichen. Am besten eher.«

»Vater ist unten. Hoffentlich noch immer bekleidet.«

»Bekleidet? Gewiss …«

»Sie haben uns in der Nacht überfallen. Mein Vater tötete sie schon, ehe er seine Stiefel gefunden hatte, von seiner Würde ganz zu schweigen.«

»Na dann«, sagte Gwen grinsend, »reiten wir langsam und hoffen, der Herzog zu Hundsweih hat Stiefel gefunden, bis wir eintreffen.«

Sie überquerten den Talg mit der Verstärkung aus Haus Adair. Die angeschlagenen Überlebenden aus Malcolms Streitmacht waren froh, wieder tenerranischen Boden unter den Füßen zu haben, trotz der Verluste und der Tragödie, die sie hergeführt hatte. Ehe der Herzog den Fluss überquerte, hielt er am Ufer an und nahm ein Bad. Ein Dutzend seiner Männer und Frauen taten es ihm nach. Sie alle bewegten sich träge vor Müdigkeit. Sie färbten das rauschende Wasser rostrot.

Als Malcolm schließlich aus dem Fluss trat, war ihm, als hätte die Strömung die große Last seiner Sorge fortgespült. Der Krieg war da, und er ließ sich nicht mehr verhindern. Also würde er bereit sein.

»Ihr sagt, meine Gemahlin ist zum Fenntor geritten?«, fragte Malcolm, während er sich frische Kleidung anzog.

»Ja, mit einer Gruppe von Reitern. Als sie von dem Ärger in Grünhall hörte, hat sie die Herren des Nordens und deren Banner verständigt«, antwortete Gwen. »Eure Gemahlin bereitet alles für einen Krieg vor.«

»Sie hätte nicht zum Fenntor kommen sollen«, murrte der Herzog. »Sie sollte Hundsweih sichern.« Er stieg ohne Rüstung aufs Pferd und gab seinen übrigen Leuten das Signal zum Übersetzen. Sie ritten in einer Reihe durch den Fluss.

»Überlasst Ihr uns allein die Sicherung der Grenze und kehrt nach Hundsweih zurück?«, hakte Gwen nach. Sie musste schreien, um das rauschende Wasser zu übertönen.

»Wir haben ebenfalls eine gemeinsame Grenze mit Haus Halverdt, wisst Ihr«, sagte Ian. »Wenn er beschließt, den Talg zu überqueren, hält ihn nichts davon ab, nach Hundsweih zu reiten.«

»Wir stehen zu der Allianz mit Euch«, sagte Malcolm mürrisch. »Unsere Häuser kämpfen gegen die suhdrischen Aggressoren, seit sich die ersten Schatten über Tenebros legten. Diesmal wird es genauso sein. Es würde mich allerdings beruhigen, meine Herzogin hinter unseren Mauern zu wissen. Das ist alles.«

»Wir kümmern uns um die Verteidigung von Hundsweih«, sagte Gwen. »Wenn wir den Herzog von Halverdt hier schlagen, ist Eure Heimat sicher.«

»Ihr sprecht davon, ihn hier an der Grenze zu besiegen, aber wird es wirklich zu einer Konfrontation kommen?«, fragte Malcolm. »Ein Geplänkel mit Spähern beginnt weder einen Krieg, noch beendet es ihn, Baroness. Ich weiß, Ihr seid die Jägerin Eures Hauses, aber in einer Schlacht kommt es nicht auf Jagdgeschick an. Man schleicht nicht durch den Wald, um die Beute aufzuspüren. Man kämpft auf offenem Feld, eine Armee gegen die andere. Soweit wir wissen, hat der Feind keine Armee entsandt. Der Herzog hat sich damit begnügt, uns aus seiner Festung zu werfen. Er wird die Stadtmauern nicht verlassen.«

»Oh, ich versichere Euch, er hat etwas unternommen«, widersprach Gwen. »Wenn Ihr mir folgt, zeige ich es Euch.«

Sie weigerte sich, ein weiteres Wort darüber zu verlieren. Stirnrunzelnd folgte Malcolm ihr.

Trotz seines Protests überquerten sie wieder den Fluss und ritten nach Osten. Nach einer Weile erreichten sie einen schmalen See, an dessen Zu- und Abfluss sich eine Furt befand. Eine Armee hatte auf der suhdrischen Seite ihr Lager aufgeschlagen, das sich halbmondförmig ausbreitete. Ihre Banner flatterten träge im Wind, am Flussufer standen lauter Zelte, Karren und behelfsmäßige Schmieden, bei denen mehrere Reihen Bewaffneter warteten.

»Ihr habt schon auf die andere Flussseite übergesetzt?«, fragte Malcolm ungläubig. »Die Armee des Hauses Adair kann nicht einfach aus einer Laune heraus Suhdra betreten! Das führt ganz sicher zum Krieg. Wenn wir auf tenerranischem Boden bleiben, können wir wenigstens auf eigenem Grund kämpfen, was die Moral hebt. Jede Verhandlung, die wir führen …«

»Zwei Dinge«, unterbrach Gwen ihn, »ehe Ihr vorschnell urteilt. Jede Verhandlung, die wir beginnen, führen wir aus der

Position des Siegers. Wir betteln nicht um die Gnade der Suhdrin.« Sie richtete sich im Sattel auf und deutete auf das Lager. »Und wohl am wichtigsten ist: Das da ist nicht die Armee von Haus Adair.«

Malcolm blickte wieder zum Lager. Eine kleine Gruppe stand am Ufer, und dort lagen auch die Banner. Zu seiner Überraschung sah er das Grau und Schwarz des Felturms, die Grüntöne von Sinkhall und das Blau und Weiß des Hauses Jaerdin. Castian von Jaerdin war mit Malcolm in den Krieg der Plünderer geritten und hatte sich im Zirkel der suhdrischen Herren oft dem Herzog von Halverdt widersetzt. Malcolm freute sich, ihn bei den Streitkräften zu sehen.

»Ihr würdet Befehle von einem suhdrischen Herrscher entgegennehmen?«, fragte er. »Ich garantiere Euch, Castian ist einer der besten Generäle des Südens und ein wahrer Freund, aber es wäre angemessener, wenn tenerranischer Adel für tenerranisches Blut kämpft.«

»Da stimme ich zu. Daher weht auch nur ein Banner in der Mitte des Lagers.«

Das Banner am Zelt des Kommandanten bewegte sich langsam in der Brise. Es war groß, schwer und am Rand mit goldenen Quasten und den Wimpeln diverser Feldzüge versehen. Wind kam auf, und das Banner begann zu flattern. Weiß und schwarz – der Blakley-Hund erhob sich in die Luft. Das Banner peitschte laut im Wind.

Malcolm gab seinem Pferd die Sporen und ritt auf die Lagermitte zu. Eine Reihe Speerträger stellten sich ihm entgegen, bis jemand ihn und seine Begleiterin erkannte und in ein Horn blies, woraufhin die Soldaten Platz machten. Der Herzog galoppierte zum Podium des Kommandanten, von dem aus der Rat die anstehende Schlacht beobachten würde. Kurz bevor er es erreichte, ließ er sich aus dem Sattel gleiten und lief wankend weiter. Ein Murren ging durch die versammelten Adligen. Malcolm rannte zu den Stufen.

Auf dem Podium des Kommandanten, das Schwert an der Hüfte und eine Kettenrüstung über dem Kleid, stand seine Frau Caroline von Blakley. Sie blickte dem rennenden Irren entgegen, der soeben an der Flanke ihrer Armee aufgetaucht war, und fuhr leicht zusammen, als sie in ihm ihren Gatten erkannte. Dann eilte sie die Stufen hinab und lief ihm in die Arme. Die Ringe ihrer Rüstung rasselten wie zu Boden fallende Münzen.

Schließlich löste sie sich von ihm. »Schön, dich zu sehen, Gemahl.« Mit einer Hand wischte sie sich eine Träne aus dem Auge und benetzte damit ihre Lippen.

»Und du, Liebste?«, erwiderte Malcolm sehr leise. »Was führt dich zum Fenn?«

»Ich bin hier, um meinen Gemahl zu finden – und schau nur: Ich habe ihn gefunden!« Sie lächelte verlegen, ein ungewohnter Anblick. »Ich habe dir eine Armee mitgebracht, Liebster.«

»Das ist gut.« Malcolm schüttelte den Kopf. Seine Frau überraschte ihn immer wieder. Er hoffte, das würde niemals enden. »Wir werden sie brauchen.«

Einundzwanzigstes Kapitel

Es war heiss im geschlossenen Zelt. Das Sonnenlicht ließ die Planen blendend hell erstrahlen. Malcolm und die anderen Herrscher Teners saßen um einen schmalen Tisch in der Mitte und musterten blinzelnd die grobe Nachstellung des Schlachtfeldes. Trommeln, Hörner und das tiefe Rumoren Tausender Soldaten hallte über den See.

Malcolm stand im Begriff, die Beherrschung zu verlieren. »In Ordnung. Diese Schlacht können wir gewinnen, aber die Grenze ist breit und kaum bewacht. Wenn wir unsere gesamte Streitkraft an einem Punkt konzentrieren, hängen bis zum Winter suhdrische Banner an den Mauern der Felfeste.«

»Ihr sorgt Euch nur um Hundsweih«, sagte Duncan von Rudaine. Der Herzog zu Sinkhall war ein ungewöhnlich schweigsamer Mann, der zu schlechter Laune und Jähzorn neigte. Er stand am Rand des Rats, die Hände im Gürtel verhakt. Sein Daumen ruhte auf der Handaxt, die er ständig bei sich trug. »Uns allen ist daran gelegen, diesen Kampf von tenerranischem Boden fernzuhalten. Daher müssen wir uns hier verteidigen.«

»Ist es falsch, dass mein Vater seine Heimat schützen will?«, fragte Ian. Er stand Malcolm in Schlachtmontur gegenüber, und zusätzlich hielt er den Speer, mit dem er gegen den Gheist gekämpft hatte. Ständig knallte er damit an die Feldstühle und geriet jemandem in den Weg. »Wir sind hier, um Tener zu verteidigen, oder nicht? Verdient Hundsweih nicht den gleichen Schutz wie das Fenntor?«

»Das ist keine Frage von Verdienst oder Wert, es geht um Umsetzbarkeit«, sagte Gwen. »Die suhdrische Armee ist hier.« Sie zeigte auf die Karte, dann verschob sie den Finger ein Stück.

»Und hier ist die tenerranische Armee. Wir sind an der Stelle, wo es zur Schlacht kommen wird.«

»Falls dem Herzog von Halverdt nicht einfällt, die Hallen Eurer Verbündeten einzunehmen, weil das lohnender ist und uns aus der Defensive zwingt«, knurrte Baron von MaeHerron.

»Die suhdrischen Fürsten fürchten sich mehr vor den Geistern des wilden Nordens als wir uns davor, uns im Süden zu verirren«, antwortete Rudaine. »Aber wir sollten nie vergessen, dass wir in Suhdra sind, auch, wenn wir nur den Fluss überquert haben. Ich bin mir sicher, der Zirkel der Herren wird das als feindseligen Akt werten.«

»Da unsere Armee so nah an der suhdrischen Grenze ist, haben sich die Banner des Südens versammelt«, stimmte Herzog von Jaerdin zu. Er war der einzige anwesende Suhdrin; seine silbrige Seidenkleidung wirkte unter all dem Leder und Stahl fehl am Platz, doch sprach er in besonnenem, ruhigen Ton. Malcolm war froh, dass er dabei war, um die anderen Herrscher daran zu erinnern, dass nicht alle Suhdrin Feinde waren – dass nicht alle Landsleute Halverdts Übergriff guthießen.

»Die Entrüstung über den Vorfall in Grünhall hat dem Herzog die engsten Verbündeten in die Arme getrieben«, fuhr Jaerdin fort, »aber weiter im Süden nimmt man sich mehr Zeit, die Sache zu durchdenken. Wenn wir uns hier nur verteidigen, greifen die Herzöge der Brennenden Küste nicht in den Kampf ein.«

»Sollen wir so vorgehen? Oder nicht?«, fragte Rudaine energisch. »Wenn wir hier sitzen und warten, versammelt von Halverdt vielleicht noch mehr Verbündete unter seinem Banner, bis er stark genug ist, uns zu zermalmen. Daher werden wir kämpfen.«

»Wie ich schon oft angemerkt habe: Wir müssen uns nicht auf diese Schlacht einlassen«, warf Malcolm ein. »Wir sollten die Grenze sichern, dafür sorgen, dass der Feind auf dieser Seite des Talg bleibt, und abwarten, bis das Feuer seines Zorns erloschen ist. Um den Talg zu halten, brauchen wir Verstärkung, und zwar nicht nur Tenerraner. Von Castian hat bereits Reiter nach Süden geschickt. Wir können wohl mit der Hilfe der Häuser Roard, DuFallion, Marcy und Bealth rechnen.«

»Ich will den Herzog nicht beleidigen, aber ich hätte lieber eine Meute Hunde im Rücken als suhdrische Ritter an meiner Seite«, grollte Rudaine. »Wir haben genug Stahl, um den Kampf zu gewinnen. Worauf warten wir?«

»Wir werden uns lediglich aufreiben und haben anschließend der feindlichen Verstärkung nichts entgegenzusetzen. Wenn wir …«

»Wenn wir ihn hier schlagen, kann seine Verstärkung einpacken!«, unterbrach der Herzog von Rudaine ihn scharf. »Wir müssen zuschlagen, solange wir die Gelegenheit dazu haben. Weiter abzuwarten bringt uns keinen Vorteil.«

»Es ist aber von großem Vorteil, sich nicht zu überschätzen«, beharrte Malcolm. »Ja, die Gelegenheit wäre günstig, aber wenn wir uns heute zurückziehen, bleiben unsere Schwerter scharf und unsere Leute am Leben. Dann können wir uns ihm morgen mit größerer Schlagkraft entgegenstellen. Vielleicht haben wir dann schon so viele Verbündete, dass es nicht zur Schlacht kommt. Je mehr suhdrischer Adel sich Haus Jaerdin anschließt und gegen den Herzog von Halverdt stellt, desto eher muss er seine Haltung aufgeben.«

»Herzog von Halverdt ist hingebungsvoll mit Leib und Seele«, betonte Rudaine. »Er und der Großinquisitor legen es schon eine ganze Weile auf diese Auseinandersetzung an. Mittlerweile bin ich dazu geneigt, mich darauf einzulassen.«

»Ich folgte Caroline von Blakleys Ruf, ihrem Gemahl zur Seite zu stehen«, antwortete MaeHerron, »und hier steht der Herzog zu Hundsweih nun. Mir scheint, Adair und das Fenntor haben die Saat für diesen Kampf ausgebracht. Falls Haus Halverdt auf Blutvergießen aus ist, hat die Baroness von Adair es ihm geliefert.«

»Sachte«, mischte Gwen sich ein. »Von Halverdts Verbrechen gegen Tener gehen weit über unsere Grenze hinaus. Glaubt nicht, er wird sich mit dem Fenntor begnügen, wenn ihm der ganze Norden offensteht.«

»Ihr habt uns in eine schwierige Lage gebracht, Baroness«, sagte MaeHerron. »Die Kirche hat ihr Banner neben dem von Haus Halverdt aufgestellt und unterstützt ihn bei diesem Zwist mit voller Macht. Wir alle sind gläubige Celesten, jeder betet im eigenen Doma, aber mein Turm liegt im Schatten des Winterschreins. Die Hälfte meiner Söhne wurde zu Priestern geweiht, und die Hälfte meiner Töchter wird in der Lichtfeste ausgebildet.« Er wirkte beklommen. »Falls es zum Krieg gegen Herzbrück kommt, werdet Ihr auf meine Streitkräfte verzichten müssen. Ich kann nicht mein Banner gegen die Götter erheben.«

»Der Großinquisitor sucht nach einer Entschuldigung«, sagte Gwen zornig. »Er will den Norden unter seinem Banner vereinen, um die Heiden zu verfolgen, wie wir es seit den Kreuzzügen nicht mehr erlebt haben. Ja, wir sind alle gläubige Celesten. Die Götter wissen das. Aber der Großinquisitor scheint nicht davon überzeugt zu sein.«

»Ihn zu bekämpfen ist ein schlechter Treuebeweis«, murmelte MaeHerron.

»Von Halverdts Verbrechen zu dulden, ist auch kein guter Beweis für unsere Frömmigkeit – und vergesst nicht, es war der Großelektor der Herrin Zwietracht, der unseren Herzog zu Hundsweih nach Grünhall schickte – zu ›Friedensgesprächen‹ zwischen Tener und Suhdra.« Caroline stützte sich mit den Knöcheln auf die Landkarte. »Wir bekämpfen nicht die celestische Kirche, sondern den Herzog von Halverdt, und wenn Sacombre ihm zur Seite steht, ist er derjenige, der Herzbrück trotzt. Nicht wir.«

»Dafür könntet Ihr am Galgen enden«, sagte MaeHerron in bemüht leichtherzigem Ton.

»Sie endet am Galgen, weil sie die Wahrheit sagt?«, fragte

Malcolm. »Das gefällt mir nicht, aber ich kann die Gefahr auch nicht einfach abtun. Was immer von Halverdt will, er verfolgt nicht die Absichten der Kirche. Herzbrück will Frieden, und falls wir für diesen Frieden kämpfen müssen, dann sei es so.«

»Also marschieren wir los?«, fragte Rudaine.

»Wir stellen uns ihnen entgegen«, erwiderte Malcolm. »Wir müssen die Grenze halten.«

»Die Schlachtlinien sind bereits gezogen«, bemerkte Caroline. »Falls wir versuchen, uns über die Furten zurückzuziehen, werden unsere Leute abgeschlachtet.«

»Es wird zur Schlacht kommen«, prophezeite MaeHerron. »Noch heute.«

»Ja«, stimmte Malcolm zu, »und sobald sie gewonnen ist, müssen wir unsere Krieger zügeln. Wir können nicht weiter ins Land vorstoßen. Wir dürfen ihnen nicht mehr Gründe dafür liefern, die Banner zu erheben. Die Häuser des Südens brauchen Zeit, um zu begreifen, dass sie mit ihrem Stahl gegen die Armee des Inquisitors antreten müssen.«

»Und diese Zeit verschaffen wir ihnen nicht, indem wir nach Süden marschieren«, widersprach Jaerdin. »Heute siegen wir. Wir sichern den Talg und machen uns anschließend Gedanken darüber, was morgen ist.«

»Werte Baroness Adair«, sagte Malcolm. »Das Land, das wir nach Eurer Ankunft durchritten haben … Kennt Ihr es gut?«

»Ich wurde hier geboren. Ich jage von Kindesbeinen an auf diesen Gründen.«

»Sehr gut. Ich möchte Euch bitten, dieses Land zu bewachen, wenn Ihr könnt.«

»Ich wünschte, ich könnte mit Euch reiten, mein Herzog. Um meines Vaters Grenze vor den Suhdra zu schützen.«

»Bedauerlicherweise würde Eure Teilnahme an der Schlacht von Halverdts Leute nur zu mehr Gewalt anspornen. Mir wäre lieber, wenn das Banner von Adair heute nicht über den Truppen wehen würde.«

»Beleidigt Ihr mein Haus, weil Ihr den Norden zerrütten wollt?«, fragte Gwen scharf.

»Keineswegs, vielmehr will ich den Norden und Süden einen. Ganz gleich, was wirklich in Talgnah geschah …«

»Von Halverdts Monster hat mein Volk wie Schweine abgestochen!«

»Was auch immer geschah …«, Malcolm hob beschwichtigend die Hand, »… wir müssen bewirken, dass die Suhdrin sich nicht mehr beleidigt fühlen. Neben Euch zu reiten würde sie nur an den misslichen Vorfall erinnern und dem Herzog von Halverdt in die Hände spielen.«

»Indem Ihr mein Banner versteckt, gebt Ihr ihren Ängsten nach«, konterte Gwen. »Ihr könnt Tener nicht vereinen, indem Ihr uns zuerst spaltet.«

»Ich spalte Euch nicht ab. Ich will das Spiel nur klug spielen. Das hat nichts mit Beleidigung zu tun«, sagte Malcolm.

»Das solltest du besser wissen, Vater«, mischte Ian sich ein. »Du beugst dich eher vor der Kirche als vor deinem eigenen Blut.«

Malcolm biss die Zähne zusammen, legte die Hand auf den Tisch und wandte sich steif seinem Sohn zu. »Wir müssen immer erst an die Kirche denken, und dann an das eigene Blut. Allein die Kirche hält Suhdra und Tener zusammen. Wenn Frieden zwischen uns herrschen soll, dann nur durch die Kirche.«

Gwen und Ian plapperten gleichzeitig los, ihr Tonfall verriet eine Mischung aus gekränkter Ehre und scharfer Kritik.

Malcolm wartete, bis ihr Zorn verflogen war. »Ihr habt Eure Befehle«, sagte er an Gwen gewandt. »Geht.«

Schweigen herrschte am Tisch. Die versammelten Herrscher von Tener blickten auf die Karte, wahrten den Frieden und wogen ihre Chancen ab.

Gwen erhob sich steif, seufzte und verließ das Zelt.

»Heute steht die Schlacht im Vordergrund«, wisperte Rudaine. »Lasst die Priester über das Morgen nachdenken.«

»Einverstanden«, sagte MaeHerron.

Caroline blickte in die Runde. »Dann ist es beschlossen. Bildet Eure Schlachtreihen, meine Herren.« Sie nahm den Dolch von der Karte, und das Pergament rollte sich von selbst auf. »Heute werden keine Pläne mehr geschmiedet.«

Nacheinander traten die Ratsmitglieder ins Freie und begaben sich zu ihren Zelten.

Als Ian ebenfalls gehen wollte, packte Malcolm ihn an der Schulter. »Wo wirst du reiten?«

»Ich reite an deiner Seite«, erwiderte Ian. »Wie es sich für einen Sohn geziemt.«

»Nein«, widersprach Malcolm. »Du hast meine Autorität untergraben und meine Geduld auf die Probe gestellt. Und du trägst diesen Speer wie eine verdammte Trophäe durch die Gegend.«

»Wie viele können von sich behaupten, gegen einen Gheist gekämpft zu haben?«, fragte Ian.

»So viele, wie von jemand anderem gerettet wurden und trotz ihrer Dummheit überlebt haben.«

»Dummheit? Du hast mir bei meiner Geburt selbst den blutgehärteten Speer in die Hand gedrückt. Ist es meine Schuld, dass ich diesem Erbe gerecht werden will?«

»Ich reite mit Priestern an meiner Seite, und die Schwurritter bilden meine Vorhut. Du bist kein Jäger, Ian von Blakley, und auch kein Krieger, der sein Leben in der Schlacht riskieren sollte. Du wirst eines Tages über Hundsweih gebieten. Dein Blut und dein Name sind wichtiger für dieses Reich als dein Ruhm.« Malcolm drückte Ian die Schulter so fest, dass der Junge zusammenzuckte. »Solange dir die Vernunft fehlt, um unseren Namen zu schützen, muss ich es tun.«

Ian hob die Stimme. »Was ist mein Name ohne Ruhm schon wert? Was ist die Geißel der Plünderer für ein Mann, wenn er mir sagt, ich soll mich zurücklehnen, während andere Ruhm anhäufen?«

»Ein Mann, der es besser weiß als du. Bevor ich das Kommando deiner Mutter übergebe, teile ich dich der Flanke zu. Unsere Armee ist zwischen zwei Furten postiert. Die Hauptstreitmacht hält die östliche Furt, und die westliche Furt liegt hinter unserer Schlachtlinie.«

»Was macht das für einen Unterschied?«, fragte Ian.

»Folgenden«, erwiderte sein Vater und rollte die Karte wieder aus. »Die suhdrische Seite der Westfurt ist schon vom Feind besetzt. Die Flusskrümmung an dieser Stelle erschwert es uns sehr, das Gebiet zurückzuerobern. Wenn sie einfallsreich sind, überqueren sie den Fluss dort, schneiden uns die Rückzugsroute ab oder attackieren uns auf der Flucht.«

»Die Flussüberquerung erfolgt unter dem Befehl der Baroness Gwendolyn von Adair«, sagte Ian.

»Nein, die Baroness hält die Furt weiter westlich entlang der Schanze. Ich will, dass du die Westfurt hältst, als eine Art Pufferzone zwischen unserer und ihrer Streitmacht und zum Schutz unserer Fluchtroute, falls die Schlacht nicht gut ausgeht.«

»Das könnte jedes Milchmädchen! Sogar ein alter Mann könnte die Furt halten!«

»Nicht, wenn unsere Linien durchbrochen werden.« Caroline trat zu ihrem Sohn und strich ihm zu seinem Unbehagen über die Wange. »Es könnte deine Aufgabe werden, den Rückzug zu leiten, und das ist eine blutige Angelegenheit.«

»Bevormunde mich nicht«, fauchte Ian. Er stürmte aus dem Zelt und schlug wütend die Plane hinter sich zu.

Als er fort war, seufzte Caroline und blickte ihren Gemahl zornig an. »Er will nur sein wie du, weißt du. Er will nur deinem Namen gerecht werden. Warum behandelst du ihn so?«

»Ich will nur, dass er es besser macht als ich.« Malcolm ging zu der Hängematte in der Ecke, schwang seine knackenden Knochen hinein und schlief augenblicklich ein.

Stunden später stand Malcolm an der Zuflussfurt, an der östlichen Stelle, die vom tenerranischen Kommando über den See bis zu den Schlachtlinien führte. Der Himmel war grau, Nebel kroch zwischen den Bäumen hindurch und stieg vom See auf. Die anderen Herrscher hatten schon mit ihren Truppen zum anderen Ufer übergesetzt. Malcolm war zurückgeblieben, um mit seiner Frau zu sprechen.

»Du musstest mir nicht das Kommando übertragen«, sagte sie.

»Ich habe es dir nicht übertragen. Du hast es ergriffen. Du hattest die ganze Zeit das Kommando.«

»Unsere Krieger beugen sich nach wie vor deinem Willen. Wenn wir auf dem Podium stehen und der Kampf aus dem Ruder läuft, werden sie dich um Rat fragen. Deine Führung brauchen.«

»Nein.« Malcolm schüttelte den Kopf. »Heute werde ich nicht an deiner Seite stehen.«

»Nicht? Was hast du dann vor, Gemahl? Wo willst du hin?«

»Ich will dort sein, wo ich hingehöre. Wo ich schon die ganze Zeit hätte sein sollen.« Er winkte den Knappen herbei. »Bereite mein Pferd und mein Schwert vor, und sieh zu, dass meine Rüstung glänzt. Ich will, dass von Halverdt sieht, wo ich bin. Meine Krieger sollen mich sehen können, und die Suhdrin sollen mich fürchten.«

»Du willst kämpfen?«, fragte Caroline.

»Ich will kämpfen. Ich will töten.«

Caroline saß eine Weile still da, dann berührte sie ihren Mann an der Schulter. »Dann lasse ich das Kommandantenpodium auf der anderen Seeseite aufbauen.«

»Warum? Wenn unsere Linie durchbrochen wird, gerätst du in den Angriff. Sei keine Närrin.«

»Wenn ich unsere Leute anführen soll, muss ich dort sein. Es dauert zu lange, Befehle über die Furten hinweg zu erteilen. Davon abgesehen: Falls mein Gemahl fällt, will ich mit ihm fallen.«

»Viel zu poetisch«, erwiderte Malcolm. »Es wäre mir lieber und ich würde besser kämpfen, wenn ich dich in Sicherheit wüsste.«

»Vielleicht kämpfst du besser, wenn du weißt, dass ich nicht in Sicherheit bin. Es ist nicht deine Aufgabe, mich zu beschützen. Ich bin die Heerführerin. Ich habe meine Befehle erteilt.«

»Jawohl, meine Herzogin.« Malcolm grinste.

»Sehr gut. Und jetzt leg deine hübsche Rüstung an. Wir haben eine Schlacht zu gewinnen.«

Rauch lag bereits über dem Schlachtfeld, schwebte über dem Gras wie Wolken aus Watte. Die Suhdra hatten mehrere Heukarren in die Mitte gerollt und in Brand gesteckt. Selbst nachdem sie verbrannt waren, hing der Rauch, der beißende Geruch von verkohltem Heu und altem Holz noch in der Luft.

Die Linie der Speerkämpfer regte sich nervös. Sporadisch erschollen Hörner, übertönten das tiefe Murmeln Tausender Männer und Frauen, die sich bereit machten, einander zu töten. Die tenerranische Reiterei trottete vor den eigenen Reihen auf und ab, und bis auf das Hufgetrappel und die Krieger, die mit den Lanzen auf die Schilde schlugen, war es still. Pfeile flogen in hohem Bogen von der suhdrischen Seite übers Tal und schlugen im festgetrampelten Dreck ein, ohne Schaden anzurichten.

Viele tenerranische Gläubige huldigten den alten Wegen, beteten ein letztes Mal zum Fluss, würdigten stumm die Götter, die in den Fluten raunten. Priester von Zinder und Zwietracht standen bis zu den Knien im See und besprenkelten die Menge, die sich seit dem Morgen am Ufer versammelt hatte, mit Wasser und Segenssprüchen. Nun, da die Schlacht kurz bevorstand, packten die Priester ihre Ikonen ein und zogen sich mit ihren stummen Göttern über den See zurück, um bei den Versorgungswagen zu warten.

Nur das Podium der Feldherrin blieb am Ufer zurück.

Malcolm sprach ein letztes Gebet, dann ging er zum Podium.

Er straffte die Riemen seiner Rüstung, mühte sich, den Schild bequem an die Brust zu legen, überprüfte die Reichweite seines Schwertarms und versuchte, den schleichenden Schmerz im Rücken zu ignorieren. Caroline hatte ihm die Schlachtmontur aus Hundsweih mitgebracht. Sie war sich ebenso sicher gewesen, ihren Gemahl zu finden, wie sie gewusst hatte, dass sie anschließend Rache an Haus Halverdt üben würde.

Eine weitsichtige Frau, dachte Malcolm.

Seine Knappen versammelten sich um ihn und überprüften den Sitz der Rüstung, die ihn beim Schwertkampf gewiss behindern und die zunehmend gereizten Rückennerven malträtieren würde. Ein Knappe führte sein geharnischtes Pferd herbei und bückte sich, um Malcolm in den Sattel zu helfen.

Der Herzog winkte den Jungen davon. »Wo ist Grauer Morgen?«, fragte er. »Ich kann nicht auf irgendeinem Pferd in die Schlacht reiten.«

»Sie ist erschöpft, Hoheit. Wochenlanger Ritt ohne Ruhepause, und Ihr habt sie hart rangenommen …«

»Ich habe sie ausgesprochen gut behandelt!«

»Sei gesegnet, Mal«, rief Caroline von den Stufen, »aber für Pferde hattest du nie ein Händchen. Lass das arme alte Mädchen einen Tag in Ruhe und nimm ein anderes Ross. Das da ist aus Herzog von Rudaines Stall. Mit dem Hengst könnte ein Kind durch das brennende Totenreich reiten und würde sich nicht einmal den Fuß ansengen. Sei kein Narr.«

»Ich bin an sie gewöhnt«, knurrte Malcolm. »Wir ziehen in eine Schlacht. Ich will während des Kampfs kein neues Pferd ausprobieren.«

»Du schmollst wie ein Kind, Malcolm. Jetzt rauf aufs Ross und auf deine Position. All die netten Leute warten auf dich.«

Beleidigt erlaubte Malcolm den Knappen, ihn in den Sattel zu hieven und festzuschnallen, dann nahm er die Lanze und den Schild. Sein Schwert hing griffbereit am Sattel, ebenso ein Bündel Wurfspeere und genug Messer, um eine Küche auszustatten.

»Von Rudaine mag Messer besonders gern, nehme ich an«, sagte Malcolm.

»Bei diesem Pferd gehen dir nie die Klingen aus.« Caroline stand in Augenhöhe zu ihrem Mann auf der Treppe. Der Herzog lenkte sein Tier näher zu ihr. Es reagierte sofort. Das machte alles nur noch schlimmer.

»Unsere Leute erwarten viel von dir, Liebste«, sagte er. »Scheue dich nicht, sie um Rat zu fragen. Versuche nicht, die Truppen zu überfordern, aber auch nicht zu …«

»Still«, sagte Caroline. »Ich habe einige sehr interessante Bücher über dieses Thema gelesen. Ich freue mich schon darauf, dich in ein paar tückische Lagen zu bringen … aus denen du dich freikämpfen musst.«

»Also muss ich nicht darauf beharren, dass du dich nicht um mich sorgst.«

»Um dich? Malcolm, ich mache mir seit einem Monat nur noch Sorgen um dich. Ich habe eine verdammte Armee auf die Beine gestellt, um diese Sorge zu lindern, und kaum finde ich dich wieder, weigerst du dich, hinter der Front an deinem Tee zu nippen, wie es sich für jemanden deines Standes geziemt. Du willst an die Front. Du weißt, dass du niemandem etwas beweisen musst.«

»Nicht? Ich bin der Mann, dem die Kirche vertraute – der den Frieden zwischen den Häusern Adair und Halverdt sichern sollte. Wir wissen alle, wie das ausging. Ich habe mein Bestes getan, um diesen Krieg zu verhindern, und das hat mir keine Verbündeten eingebracht. Wenn ich ihn schon nicht abwenden kann, will ich wenigstens mein Möglichstes tun, um ihn zu gewinnen.«

»Und das kannst du nicht vom Podium des Feldherrn aus? Wäre das kein angemessener Posten für dich?«

»Das hat nichts mit Angemessenheit zu tun.«

»Gut. Ich fände es schrecklich, wenn du mir das Kommando übertragen hättest, weil es unter deiner Würde ist.«

»Caroline! Ich wollte dich mit dem Kommando beehren, nicht beleidigen.« Er sah sie ernst an. »Du hast dir deinen Platz an der Spitze unserer Armee verdient. Das sind deine Kämpfer, deine Banner, und es ist deine Ehre. Nicht meine. Ich bin lediglich von Grünhall zurückgekehrt.« Malcolm lenkte sein Pferd noch näher zu ihr und beugte sich vor. »Meine Art, Krieg zu führen, hat nicht funktioniert. Es ist Zeit, dass jemand anderes den Norden führt, und mir ist es lieber, wenn du das bist statt dieser Rüpel Rudaine.«

Caroline blickte ihn einige Herzschläge lang finster an, dann wurde ihre Miene sanft, und sie legte ihm die Hand auf die Schulter. »Pass auf dich auf. Kämpfe gut. Vergiss Hundsweih nicht«, sagte sie leise.

»Für Hund und Weih!«, antwortete er. »Caroline? Falls das nicht gut ausgeht, seid bitte so vernünftig, geschlossen zu fliehen.«

Caroline wirkte amüsiert. »Gemahl, glaubst du ernsthaft, ich würde davonlaufen?«

»Nein, wohl eher nicht – aber ich musste dich darum bitten.« Er trottete davon, nahm seinen Helm von einem Knappen entgegen und machte sich auf den Weg zur Front.

Seine Frau rief ihm noch einmal nach. »Gewinne diesen Kampf, Malcolm! Bring uns den Frieden, den du uns versprochen hast.«

»Für diesen Frieden ist mehr nötig als eine Schlacht. Aber ich werde sie gewinnen, auf die eine Weise oder die andere.«

»Mögen die Götter dir gewogen sein!« Caroline drehte sich um und stieg aufs Podium, um ihre Rolle als Ehefrau und Mutter ab- und den Umhang der Feldherrin anzulegen.

Malcolm ritt in Schlangenlinien zur Schlachtreihe der Blakleys und grüßte unterwegs die Männer und Frauen seines Heerbanns. Sie freuten sich, ihren Herzog unter sich zu sehen, sangen Zinder, Zwietracht und auch einigen anderen Göttern Loblieder. Caroline hatte fast fünfhundert Speerkämpfer und mehrere Dutzend berittene Krieger aufgebracht sowie eine stattliche Anzahl an Rittern.

Anders als die meisten tenerranischen Streitkräfte kleideten sich die Leute der Blakleys nach Art des Südens und kämpften auch so. Die Fußsoldaten unterstützten die Reiter, führten einen verheerenden Sturmangriff durch, der den stärksten Schildwall durchbrechen würde – solange sie sich von den zahllosen Piken fernhielten oder dem vernichtenden Feuer der Armbrustschützen auswichen, dass die feindlichen Flanken abschirmte. Und solange der Angriff nicht ins Stocken geriet oder ein Gegenangriff folgte, bevor sie sich wieder gesammelt hatten. Oder …

Malcolm musterte die anderen tenerranischen Streitkräfte. MaeHerrons Linien hatten sich ähnlich formiert wie die Blakleys. Sie hatten Priester dabei, und ihre Spähtrupps stimmten Klagelieder an. Rudaine, ganz in Grün und mit grimmigem Blick, hatte seine Truppen nach Art der Stämme aufgestellt: in wilder Ordnung mit leichter Reiterei und Speerkämpfern, mehrere Reihen harter Krieger, die Äxte trugen, sogar ein loser Verband mit geharnischten Kriegshunden an den Flanken.

Malcolm erinnerte sich an Erzählungen aus den alten Tagen, als Haus Blakley mehr Hunde als Krieger in die Schlacht geführt hatte. Legenden zufolge war der Erste seiner Blutlinie, der Schwarze Colm und seine Sippe, auf riesigen Hunden in den Kampf *geritten*. Das war natürlich nur eine Geschichte, aber eine wirkungsvolle. Was für eine Veränderung seine Armee seit jenen Tagen durchgemacht hatte! Seine Schlachtreihen glichen eher denen auf der anderen Talseite statt denen seiner Brüder am eigenen Ufer.

Während Malcolm noch seinen Gedanken nachhing, begann die Schlacht. Kein Horn erscholl laut, niemand befahl lauthals den Angriff. Die suhdrische Flanke hatte sich langsam dem See genähert, eine Einheit Armbrustschützen, eskortiert von einem Trupp Speerkämpfer. Sie wollten sich auf einer Anhöhe postieren, von der aus man eine Furt überblickte: einen der vielen Nebenläufe des Talg, die ihn fast über die gesamte Länge prägten. Von dort würden sie eine eindrucksvolle Aussicht auf die tenerranischen Streitmächte haben.

Graue Schatten schossen durch die Bäume auf der tenerranischen Seite des Hügels. Unvermittelt gesellte sich menschliches Gebrüll zum Gebell der Hunde, und dann brachen sie ins Freie: Kriegshunde gefolgt von Axtkämpfern, ein Gedränge, das sich in ein Gefecht verwandelte.

Ehe eine Seite es begriff, war der Kampf in vollem Gange. Schreie erklangen, als die Armbrustschützen niedergemetzelt wurden, ehe sie sich in Verteidigungsstellung bringen konnten. Die suhdrischen Speerkämpfer zogen sich zurück, und eine Einheit leichter Kavallerie ritt aus, um sie zu unterstützen. Sie geriet zu nahe in die Mitte des Feldes und wurde von den Reitern attackiert, die vor den tenerranischen Linien auf- und abgeritten waren. Der blutige Austausch von Schwert- und Hufschlägen zog noch mehr Kämpfer beider Seiten an, und schließlich wimmelte das Feld von Menschen.

Endlich war das Angriffshorn zu hören, zuerst vom Podium, dann von Herolden entlang der Front, die ebenfalls in die Hörner stießen. Die Krieger rechts und links von Malcolm sahen ihn fragend an. Das Gelände vor ihnen war frei, doch weder die Bogenschützen noch die Speerkämpfer hatten bislang den feindlichen Schildwall ausgedünnt. Für ein schwer gerüstetes Pferd war das die schlimmstmögliche Situation. Malcolm stand in den Steigbügeln, hob den Speer und richtete ihn auf das Tal.

»Ihr habt das Horn gehört«, brüllte er. »Für Hund und Weih!« Er senkte die Lanze und galoppierte über das Feld wie Donner und Blitz, wie eine Lawine aus Stahl und Eisen.

Zweiundzwanzigstes Kapitel

Die Pferde brachen hervor wie eine Flut aus dem See, die sich von der verfluchten Disziplin der Schlachtreihe löste. Die Rossharnische funkelten in der Sonne, Schilde und Lanzen tanzten über ihnen wie Blätter auf dem Wasser. Banner peitschten im Wind, Männer schrien, und Pfeile prasselten nieder. Der Schrecken der Schlacht ging im Hochgefühl der Krieger unter.

Malcolm knirschte mit den Zähnen und stürzte sich in den Tumult, dachte an nichts anderes als die fließenden Bewegungen seines Pferds und das Gewicht der Lanze. Sein Herz dürstete nach Blut.

Das weite grüne Feld schloss sich um ihn. Der Nebel vermengte sich mit dem letzten Rauch der abgebrannten Heukarren. Er hörte nur das Klappern seiner Rüstung und das Hufgetrappel seines voranstürmenden Rosses. Ihm war bewusst, dass er schrie, denn sein Hals schmerzte, doch sein Geschrei ging unter im Missklang Tausender Stimmen, jede davon brüllte oder fluchte oder machte den Göttern Versprechen.

Er legte die Strecke zur Front zurück, und dann gab es für ihn nur noch Gewalt.

Die Linien aus aufeinander zurasenden Pferden prallten zusammen, Schwerter, Schilde und Schädel krachten mit einer Lautstärke gegeneinander, als würde die Himmelsglocke vom Hammer eines Gottes zerschmettert. Ein Speer glitt von Malcolms Schild ab, ein tenerranischer Kamerad schlug den Angreifer aus dem Sattel, dann traf ihn schon der nächste Speer an der Schulterplatte. Das Metall trug eine Delle davon, drückte ihm auf die Schulter, die sich taub anfühlte. Die Gewalt des Treffers hatte ihn im Sattel erschüttert, ihm den Atem aus den Lungen getrieben und ihn benommen gemacht.

Auf dem Pferd hin- und herschwankend ritt er weiter. Um ihn herum toste die Schlacht, während er einen klaren Gedanken zu fassen versuchte. Der Speerangriff war vorüber, sie waren mitten unter den Suhdrin, und nun kamen die Schwerter und Streitkolben zum Tragen. Alles ringsum ein Nebel aus Bannern und Stahl, schreienden Kämpfern und sterbenden Pferden. Er blockte einen Angriff von der Seite ab, sein Schwert prallte einmal, zweimal von einem Schild ab, dann war der Angreifer vorbei, ohne dass Malcolm auch nur sein Gesicht gesehen hatte. Die verbeulte Schulterplatte drückte ihm schmerzhaft auf die Schulter. Warmes Blut lief ihm den Arm hinab – ein vertrautes Gefühl. Er riss das Pferd herum, rammte die nun nutzlose Lanze in den Boden und zog das Schwert.

Um ihn herum wogte eine wirbelnde Masse gepanzerter Kämpfer. Sie schlugen mit Klingen auf Schilde, zerbeulten Helme, verursachten blutende Wunden, töteten Pferde, starben mit Stahl in den Eingeweiden und Dreck zwischen den Zähnen. Wenn sie fielen, verschwanden sie unter verängstigten Pferden, und ihre Schreie verstummten, ehe sie auf dem Boden aufschlugen. Es war nicht zu erkennen, wer gewinnen würde, auch nicht in diesem kleinen Abschnitt des Tötens.

Ein harter Vorstoß suhdrischer Ritter riss Malcolm aus den Gedanken. Er spähte durchs Visier und wusste nicht, in welche Richtung er sah, ob er bis hinter die feindlichen Linien vorgedrungen und in den gegnerischen Reserven eingekesselt war, oder ob seine eigene Schlachtreihe zusammengebrochen war. Inzwischen sah er eindeutig mehr Suhdrin als Krieger des Hundes. Sie griffen ihn mit Zweihänder-Streitkolben an, schwangen die eisernen, blutbesudelten Waffen in weiten Bögen. Ihre Pferde waren verschreckt, rollten mit den Augen, hatten Schaum vor den Mäulern.

Die Ritter kämpften sich in Keilformation vor, hieben wie

eine stumpfe Axt durch die Linie der tenerranischen Gläubigen. Instinktiv wollte Malcolm ihnen ausweichen, ehe sie ihn niedertrampelten, doch war er so eng von den eigenen Rittern umringt, dass sein Pferd selbst dann nicht hätte umfallen können, wenn es tot gewesen wäre. Also wandte er sich stattdessen der angreifenden Keilformation zu. Gleich würden sie ihn angehen. Ein Herzschlag dehnte sich zu einem Dutzend aus, und danach kamen sie noch immer auf ihn zu.

Es waren Leute von Haus Fabron. Die Wappen auf ihren Tapperts – der schwarze Amboss und die rote Sonne – wirkten seltsam rein im Schlachtgetümmel, waren weder von Blut, Schweiß noch Erde befleckt – als hätte die Hand Gottes sie aus den schwarzen Bergen ihres Reiches unversehrt mitten in das Chaos gesetzt, ehe der Dreck des Krieges sie hatte beflecken können. Malcolm hatte beim Frostnachtfest mit Emil von Fabron das Brot gebrochen und einen Whisky-Schwur geleistet, als wären ihre Mütter Schwestern und ihre Kinder Vettern und Nichten.

Emil ritt an der Spitze der Ritter. Das offene Visier offenbarte seine weißen Zähne, während er sich wild schreiend Malcolm näherte. Er umklammerte das schwarze Eisen seines Streitkolbens mit Fäusten groß wie Brotlaibe.

Guter Mann, dachte Malcolm. *Du führst sie an, wie die Götter es von einem Mann erwarten.* Ihm war, als ob ein Ausdruck des Erkennens in Emils Gesicht aufblitzte, als er zwischen den Schlägen Atem schöpfte. Wusste er, wen er gleich niederreiten würde, oder hatte der Kampfrausch ihn völlig in seinem Bann?

Fabron schlug einen tenerranischen Ritter nieder, sein Streitkolben fuhr durch dessen Schädel wie Wind durch Weizen, Mann und Pferd gerieten unter eiserne Hufe, dann schoss er vor und war neben Malcolm. Er nutzte den Schwung, holte mit dem Kolben aus wie ein Holzfäller mit der Axt und konzentrierte sich auf den nächsten Gegner, den nächsten Schädel, den es zu zermalmen galt, das nächste Herz, dass er zerquetschen würde, den nächsten Ritter im endlosen Gemetzel an Ketzern und Rebellen.

Malcolm lenkte das Pferd durch die Lücke, die der gefallene Ritter hinterlassen hatte. Das Tier mühte sich durch Schlamm und Leichen. Malcolm duckte sich dicht über den Hals seines Rosses, kurz darauf zischte Emils Streitkolben über ihn hinweg. Der eiserne Herzog drehte sich um und holte erneut mit der schweren Waffe aus. Malcolm schlug mit dem Schild zu, brachte den brüllenden Emil zum Verstummen, indem er ihm den Kiefer brach. Dann richtete er sich im Sattel auf und schlug immer wieder mit dem Schwert zu.

Das Metall von Emils Helm dellte ein und barst. Blut lief ihm übers Gesicht.

Der Streitkolben schwang herum, der Stiel prallte gegen Malcolms Rippen. Stechender Schmerz flammte in seiner Brust auf, er schmeckte Blut im Atem. Der Treffer raubte Emils Angriff den Schwung. Dennoch stieß Fabrons Pferd weiter vor, ebenso der Rest der Keilformation. Sie zwängten sich an Malcolm vorbei. Emil glitt an ihm vorüber, doch ehe er außer Reichweite geriet, ließ der Herzog zu Hundsweih den Schild und seine Vorsicht fallen, um das Schwert mit beiden Händen zu packen.

Mit aller Kraft schlug er Emil von hinten auf die Halsberge und spürte, wie Metall und Knochen nachgaben. Der Kopf des Mannes sackte vor. Malcolm schlug erneut auf die Stelle und trennte ihm sauber den Kopf ab. Der Schädel fiel Emil in den Schoß, Blut blubberte aus dem Nackenstumpf, dann war er außer Reichweite. Sein Pferd preschte vor, der leblose Körper wippte im Sattel auf und ab, dann versperrte der nächste suhdrische Ritter Malcolm die Sicht.

Die Schlacht tobte weiter.

Malcolm geriet in den Sturmangriff von Emils Gefolgsleuten. Der gewaltsame Tod ihres Herrn schürte den Zorn der Männer von den schwarzen Bergen. Ihr Schlachtruf vermengte sich mit Tränen der Wut, und ihr Angriff war von Rache getrieben. Malcolm musste alle Kraft und Schwertkunst aufbringen, um sie abzuwehren, der Schwung ihres Ansturms trug sie rasch an ihm vorüber, und dann war die Keilformation vorbei und wurde von den Massen der tenerranischen Krieger verschluckt.

Fabron hatte voreilig angegriffen, und seine Leute bezahlten nun mit ihrem Blut den Preis für die schlechte Entscheidung. Allein und umzingelt wurden sie niedergemetzelt, einer nach dem anderen, dann in Gruppen, und bald darauf war Malcolm ein kurzer Moment des Friedens auf dem Schlachtfeld vergönnt. Er stellte sich in den Steigbügeln auf, reckte den Hals und versuchte den Rest des Ufers zu überblicken.

Das Banner des Hunds flatterte in der Mitte des Felds, auch wenn der Ritter, der es hielt, nicht mehr derselbe war wie zu Beginn des Kampfs. Malcolms übrige Truppen fochten dicht an dicht ringsum. Ein Drittel ihrer ursprünglichen Anzahl lag im Dreck, gesellte sich zu dem Gewimmel aus krabbelnden, sich windenden Rittern, die zu Boden gegangen waren. Reiterlose Pferde galoppierten wild hinter ihnen davon.

Die Schlacht toste auf allen Seiten: Die tenerranische Reiterei in der Mitte, suhdrische Speerträger und Bogenschützen hielten die rechte Flanke, und weiter vorn, am Fuß des kleinen Hügels, wo der Kampf begonnen hatte, tobte eine tolle Masse aus Hunden, Bannern und schreienden Kriegern. Ihre Reihen waren so chaotisch wie Wirbel in einem reißenden Strom, änderten sich mit jedem Atemzug. Malcolm konnte vor lauter Bäumen nicht erkennen, wer im Kampf die Oberhand hatte.

Er und seine Kämpfer waren von der Mitte des Feldes aus gefährlich weit vorgerückt. Auf der gegenüberliegenden Seite veränderten sich die feindlichen Linien, formierten sich zum Gegenangriff. Das Banner des Hauses Fabron lag in der Nähe am Boden. Malcolm hob es auf, hielt es in die Luft und rammte es dann in den Boden.

»Hoheit, damit gebt Ihr ihnen einen Sammelpunkt«, sagte einer seiner Männer und versuchte, die Flagge umzustoßen.

Malcolm hielt ihn davon ab. »Er war ein guter Mann und ein guter Freund. Blast zum Rückzug. Sollen seine Leute das Banner und seine Leiche holen. Wenn sie alle Einzelteile finden können.«

»Aber das Feld gehört uns«, wandte der Mann ein.

»Solange sie es uns lassen. Baron von MaeHerron hat sich zurückgehalten, und ohne seine Pikeniere können wir es nicht halten. Kommt, ehe der Feind es zurückerobert.«

Mit schallenden Hornstößen formierte Malcolm seine Leute und umritt einmal von Fabrons Banner, ehe er zum See zurückpreschte. Die suhdrischen Bogenschützen zu seiner Rechten jubelten und feuerten eine halbherzige Salve ab, doch die Geschosse erreichten ihre Ziele nicht. Der versprochene Gegenangriff erfolgte, doch drangen die Gegner nur bis zum traurigen Banner Fabrons vor, um es einzusammeln. Der Herzog des Schwarzbergs saß noch im Sattel, sein kopfloser Oberkörper hing vornüber, sein Blut verklebte die Mähne des Schlachtrosses und verlieh ihm einen todgeweihten Ausdruck.

»Wir sammeln uns und versuchen es noch mal«, sagte Malcolm zu den Reitern an seiner Seite. Sie beobachteten den suhdrischen Gegenangriff mit Missmut; zweifellos zählten sie die toten Kameraden und wogen ab, ob sie mit ihrem vergossenen Blut einen Vorteil erkämpft hatten. »Lasst sie nur Lärm schlagen. Das Feld einzunehmen ist schön und gut, aber wir brauchen Fußsoldaten, um es zu halten. Wenn wir von MaeHerron herholen können…«

Unvermittelt erfüllte ein lautes Donnern das Tal. Malcolm hielt an und drehte sich im Sattel um. Der Nebel an der rechten Flanke teilte sich und spie feindliche Ritter über die gesamte Breite des Felds aus. Der wilde Ansturm verwandelte sich in einen Angriff, der Malcolm und seine Krieger vom Antlitz der Erde zu fegen drohte.

»Ihre Verstärkung!«, rief er. »Sie müssen die Fußkämpfer umritten und in der Verwirrung die Flanke eingenommen haben!«

Es war unmöglich, ihre Anzahl zu schätzen, doch das spielte kaum eine Rolle. Die gereihten Speerkämpfer zur Linken hatten sich zu einem Bogen formiert und zeigten sowohl Malcolm als auch der breiten tenerranischen Schlachtreihe die Schilde. Malcolms Leute würden zwischen den Lanzen und Reitern zermalmt werden. Er blickte zu den tenerranischen Truppen zurück. Sie bewegten sich nicht von der Stelle und waren zu weit weg, als dass sie hätten fliehen können.

»Zu mir! Schlachtreihe bilden!«

»Das schaffen wir niemals, Hoheit!«, brüllte sein Feldwebel. Ein Murmeln ging durch die Reihen, als die Krieger ihre Notlage erkannten.

»Kein Rückzug, Männer!« Malcolm drehte einige Runden mit dem Pferd, sammelte die Blakley-Ritter um sich und brachte sie in Aufstellung. Der Ansturm der suhdrischen Truppen erfüllte die Luft mit Donner und ließ den Boden erbeben. Als Malcolm mit der Keilformation seiner Ritter zufrieden war, begab er sich an die Spitze. Da er weder Speer noch Schild hatte, schwang er das Schwert über dem Kopf und deutete nach vorn. Dann ritt er los.

Zur Mitte des Schlachtfelds, zu der Stelle, die sie eben erst aufgegeben hatten. Er galoppierte an den toten Kriegern von Haus Fabron vorbei, scherte aus, fort von den angreifenden Suhdrin, ignorierte die bedrohten Speerkämpfer zu seiner Linken und verließ die Sicherheit der eigenen Reihen. Sein Angriff galt der gegenüberliegenden Seite des Felds, den versammelten Bannern der Häuser von Halverdt, LeGaere, Marchand und Bassion, die vereint unter den flatternden Farben des Großinquisitors kämpften.

Malcolms Männer zögerten nur einen Herzschlag lang, dann stürzten sie sich in den Angriff, mit der wilden Hingabe der Wütenden und Todgeweihten. Ihre Pferde sprangen über die Leichen in der Mitte des Schlachtfelds und preschten den Hügel hinauf, auf die bedrohliche Verteidigungslinie der Suhdrin zu.

Das Banner des Hunds peitschte laut über ihren Köpfen in der Luft. Weit hinter ihnen stießen die Tenerraner ein lautes, grölendes Jubeln aus, als die Ritter Ruhm und Tod entgegeneilten.

Malcolm hörte nichts davon. Ihm war, als wäre die Zeit stehen geblieben. Für ihn gab es nur das Ross, das Banner und seine Krieger.

Die bunte Verteidigungslinie der Suhdrin regte sich. Sie waren nicht auf den Angriff vorbereitet, sondern hatten erwartet, dass Malcolm niedergeritten werden würde. Entsetzt richteten sie die Lanzen aus und stählten ihre Nerven, während ihnen die etwa hundert Ritter entgegenrasten. Kriegstrommeln ertönten längs der Linie, ebenso Hörner und die gebrüllten Befehle von Feldwebeln und Herzögen, doch in den Reihen herrschte der Zweifel. Der Feldzug gründete auf Furcht einflößenden Geschichten über die gefährlichen Heiden und ihre verrückten Götter.

Furcht war etwas Natürliches. Furcht war Malcolms größte Hoffnung.

Seine Krieger näherten sich der Verteidigungslinie und rückten in der Keilformation enger zusammen. Nur ein feindlicher Speerkämpfer musste versagen, nur eine Seele ob des Ansturms vor Angst erzittern, nur ein Schild oder eine Lanze musste sich senken, und wenn dann dieselbe Angst den Nachbarkameraden erfasste, würde der Angriff bis ins Herz des Feindes vordringen. Doch niemand senkte die Waffe.

Nur noch wenige Herzschläge bis zum Aufprall, noch anderthalb Atemzüge. Malcolm brüllte los.

Dann erreichten sie das Dickicht aus Lanzen. Der Reiter neben Malcolm starb lautlos, eine mit Widerhaken versehene Spitze bohrte sich ihm in die Kehle, hob ihn aus dem Sattel. Sein Pferd überschlug sich wie ein Felsbrocken. Ein Speer scheuerte auf Höhe von Malcolms Bein über den Rossharnisch und streifte sein Knie, dann richtete sich ein weiterer auf seinen Kopf, zerbrach aber am Panzer des Rosses, ehe er ihn berührte. Sein Träger geriet unter die Hufe und wurde in den Dreck getrampelt. Lautstark prallten die Pferde auf Schilde und brechende Rippen, Körper trafen auf Stahl, Fleisch und Knochen, und Klingen klirrten aneinander.

Malcolm war in den feindlichen Reihen. In der einen Sekunde ritt er durch wogende Lanzen, in der nächsten waren er, sein Pferd und seine Kämpfer inmitten des feindlichen Heeres. Er bewegte sich vor und zurück, schlug mit dem Schwert nach links und rechts, sein Pferd trampelte jeden nieder, der dumm genug war, ihm zu nahe zu kommen. Sie waren umgeben von Hunderten von Feinden, hinter denen noch mehr warteten, doch für einen kurzen, klaren Moment vergoss Malcolm Blut und verbreitete Furcht.

Bald darauf wichen die Fußsoldaten zurück. In der Atempause scharten sich die Blakley-Ritter um ihren Herrn, von hundert auf einige Dutzend dezimiert, doch ihr Banner flatterte noch im Wind. Hinter ihnen war die Reiterei, die sie hatte zermalmen wollen, selbst in Bedrängnis geraten. Sie war Malcolm eine Weile nachgestürmt, bis die tenerranischen Truppen sich formiert hatten und ihnen in die Flanke gefallen waren. Inmitten des Schlachtfeldes tobten wütende Nahkämpfe, Axtkämpfer und Bogenschützen fielen auf den zertrampelten Boden.

Einige suhdrische Ritter hatten sich den Weg zu den Speerkämpfern auf der linken Seite gebahnt und gingen im Schutz der Schilde in Aufstellung. In der Nähe geriet die Schlachtlinie des Feindes in Bedrängnis. Malcolms Angriff hatte sie überrascht, und Reihe um Reihe aus Speer und Schild löste sich auf wie verrottendes Fleisch. Die Reservetrupps des Feindes hatten sich im Kampf am Ende des Tals aufgerieben und versuchten, sich zur Linken neu zu sammeln. Baron von MaeHerron nutzte die entstandene Lücke und strömte endlich mit seinen Leuten den Hügel hinab und aufs Feld.

Die suhdrischen Streitkräfte zauderten. Ihre Kampfmoral konnte sich jeden Moment auflösen.

Und dann war es so weit. Malcolm hob das Schwert, um den nächsten Schädel zu spalten, doch ringsum war kein Gegner mehr zu sehen. Er blickte sich um, blinzelte durch das Helmvisier und stellte fest, dass der Feind sich zerstreute. Er und seine Krieger waren allein am Waldrand. Zwischen den Bäumen sah er immer wieder Soldaten und Pferde auf der Flucht, sie hatten die Banner fallen lassen, und ihre Schilde bedeckten den Boden wie Herbstlaub.

Malcolm stand in den Steigbügeln und schrie ihnen nach. Seine Kämpfer stimmten in sein Gebrüll ein, ihre Stimmen hallten gen Himmel, ließen die Bäume erzittern und hoben die Kampfmoral der verbündeten Soldaten.

Schließlich sank Malcolm im Sattel zusammen und ließ sich von Schmerz, Pein und Müdigkeit übermannen. Er steckte das Schwert in die Scheide, damit er es nicht vor Erschöpfung fallen ließ, sackte auf den Hals seines Rosses und wartete darauf, dass jemand ihn nach Hause führte.

Dreiundzwanzigstes Kapitel

In der suhdrischen Armee dienten viele Priester. Im Lager am Südufer des Talg trug gut die Hälfte der Soldaten die Farben der Kirche, und inmitten der Truppen befand sich eine Gruppe aus Inquisitoren und Naethermanten, die unter sich blieb. Elsa war die einzige Schwurritterin im Lager, und keiner der Priester schien sich mit ihr unterhalten zu wollen. Außer Lucas.

Die beiden durchquerten schweigend das Gelände, umgeben von Rittern und deren bewaffneten Gefolgsleuten. Wegen der Niederlange in der Schlacht am Talg befand sich die Armee noch immer im Schockzustand. Sie wuchs von Tag zu Tag. Es gab viele scharfe Klingen im Lager, die mit jeder Nacht schärfer wurden.

»Das wirkt nicht wie eine besiegte Armee«, wisperte Elsa. Nachdem sie sich von ihrem Kampf in Talgnah erholt hatte, war sie mit Lucas gleich in den Norden gereist, um sich ein Bild von der Lage zu machen.

»Weil sie nicht besiegt ist. Diejenigen, die am Talg dabei waren, sind wütend wegen der Niederlage, aber die Legionen, die sich ihnen angeschlossen haben …« Lucas zuckte die Achseln. »Sie sind zuversichtlich, arrogant und glauben, dass nach ihrer Ankunft alles gut werden wird. Sie glauben, dass sie die Schlacht gewonnen hätten.«

»Klingt nach Ärger.«

»Ja. Die Veteranen hassen die neuen Truppen wegen ihrer Arroganz, die Neuen verachten die Veteranen wegen ihres Versagens. Beide Seiten schämen sich für die jeweils andere.«

»Und beide sind wütend auf die Herrscher des Nordens, weil sie mit ihren Schwertern die Ehre der Suhdrin angekratzt haben.« Elsa beobachtete eine Gruppe junger Ritter, die um ein Fass saßen, tranken, fluchten und sich ihrer Fähigkeiten rühmten. Ihre Rüstungen glänzten zu sehr, und ihre Stimmen waren zu laut. Falls einer von ihnen überlebte, käme das einem Wunder gleich. »Es wird keinen Frieden geben.«

»Höchstens, wenn sie sich noch viel mehr schämen.«

»Was ist mit den Herrschern aus dem Süden, die sich Haus Adair angeschlossen haben?«, fragte Elsa. »Ich weiß, dass der Herzog von Jaerdin bei ihnen ist, und Gerüchten zufolge auch der edle von Roard.«

»Herr von Roard hält zu seinem Blut, solange er kann, aber er ist nicht auf einen Kampf aus. Von Jaerdins Loyalität gilt Haus Blakley, nicht dem Norden.«

»Gibt es da einen Unterschied?«

»Heute nicht«, erwiderte Lucas.

Sie blieben auf einem kleinen Hügel stehen, von dem aus sie das Flusstal überblicken konnten. Piken und Banner übersäten die Ebenen. Die beiden standen eine Weile schweigend da und musterten die Streitmacht, schätzten ihre Größe und ihre Absichten ein.

Lucas seufzte. »Wo werden sie Eurer Ansicht nach den Fluss überqueren?«

»Mit so vielen Bannern? Wo immer sie wollen.«

Der Priester schnaubte, dann blickte er den Hügel hinab. »Kommt. Wir müssen dem Rat beiwohnen.«

Das Zelt des Herzogs von Halverdt stand in der Mitte der Armee, auf der einen Seite flankiert von einem Zeltdoma und auf der anderen von einem Lagerfeuer. Der Geruch von Frèrholz stieg ihnen in die Nasen, lange bevor sie das Zelt erreichten. Die Wachen am Eingang blickten von LaFey finster an, doch auf Lucas' Drängen ließen sie sie ein. Die Männer schienen es gewohnt zu sein, Befehle von einem Priester Zinders entgegenzunehmen.

Drinnen hielten sich mehr Geistliche als Adlige auf. Halverdt saß mit bedrückter Miene in der Mitte auf dem Feldthron, leicht vornübergebeugt. Großinquisitor Sacombre stand neben ihm, die Hand beiläufig auf der Rückenlehne des Throns, den Amtsstab an die Brust gelehnt. Drei Priester niederen Ranges warteten in seinem Schatten, die Hände zur Meditation gefaltet. Es überraschte Lucas, dass einer von ihnen tenerranische Stammestätowierungen auf Gesicht und Nacken trug.

Ansonsten war nur noch eine Person im Zelt zugegen: Erzmarschall von Volent. Das Maskengesicht lauerte in der Ecke, so weit wie möglich von den Priestern entfernt. Sein Blick verfinsterte sich, als LaFey die Zeltplane hinter sich schloss.

Der Geruch nach Frèrholz und Schweiß hing schwer in der Luft. Worüber auch immer sie vor Lucas' Ankunft gesprochen hatten: Nun herrschte unbehagliches Schweigen. Er nahm sich die Zeit, jedem Anwesenden in die Augen zu blicken, ehe er das Wort ergriff. »Mir wurde gesagt, dies sei ein Kriegsrat. Ich steuere gern meinen Rat bei, in der Hoffnung auf Frieden.«

»Was wisst Ihr schon von Frieden, Priester?«, grollte Halverdt, ohne aufzusehen.

»Was weiß ich überhaupt?«, erwiderte Lucas. »Wo sind die anderen Herrscher?«

»Das ist eine Privataudienz«, sagte Sacombre, »und eine Privatangelegenheit. Ihr wurdet eingeladen, um uns an Eurem Wissen über bestimmte Dinge teilhaben zu lassen, danach steht es Euch frei, zu gehen.«

»Steht es mir frei, oder *muss* ich gehen?«

»Sprecht Ihr mit Eurem Herrn immer so?«, zischte der tätowierte Priester.

Lucas beäugte ihn erneut. Eindeutig ein Tenerraner, und vielleicht ein bisschen verrückt. Neue Konvertiten waren häufig die größten Eiferer. Lucas lachte auf. »Mein Herr ist Zinder, Gott des Winters, der Vernunft und des Todes.« Er deutete zum Großinquisitor. »Der da ist nur ein Mensch. Verwechselt das nicht.«

Sacombre kicherte, ein tiefer Laut, der ebenso erheitert wie bedrohlich klang. Er erhob sich, lehnte den Stab beiläufig an den Thron und schritt in die Zeltmitte, wo eine flache Feuerschale stand. Er rieb sich die Hände über dem rauchenden Feuer. »Immer so rebellisch, Lucas. Immer ein Besserwisser. Wir haben Euren Scharfsinn in Herzbrück vermisst.«

»Das bezweifle ich.«

»Manche von uns haben Euch vermisst. Zumindest haben sie Eure Abwesenheit bemerkt.«

Frèr Lucas nickte knapp. Er hatte in der Vergangenheit einige Meinungsverschiedenheiten mit dem Großinquisitor gehabt, in der Regel wegen Gräueltaten oder Ungerechtigkeiten. Der Mann hatte ein ausgeprägtes theologisches Verständnis, den Norden indes behandelte er zu resolut. Außerdem schien er immer anzüglich zu grinsen, selbst beim Gebet.

»Erzählt Eure Geschichte, Priester, und verschwindet«, sagte Halverdt. Er rückte den dicken Umhang zurecht, den er sich trotz der Wärme über die Knie gelegt hatte. »Ich habe für heute genug von den klugen Worten heiliger Männer.«

»Welche Geschichte wollt Ihr hören?«, fragte Lucas.

»Vor diesem ärgerlichen Ereignis wart Ihr Gast am Hof des Fenntors«, sagte Sacombre. »Wir wüssten gern, was der Baron von Adair von alledem hält.«

»Das wisst Ihr bereits genau.« Lucas nahm den Blick nicht vom Herzog. »Ihr habt ihn oft genug provoziert. Es ist kaum überraschend, dass er jetzt zurückgebissen hat.«

»Ich würde den Überfall auf eines meiner Dörfer nicht als ›Überraschung‹ bezeichnen«, entgegnete Halverdt. »Auch nicht, dass er die Rechtmäßigkeit meiner Entscheidungen hinterfragt. Oder dass er einen Gheist heraufbeschwört …«

»Darüber wissen wir kaum etwas«, wandte Lucas ein. »Lasst uns keine Anschuldigungen vorbringen, die wir nicht beweisen können.«

»Die Heidenschlampe ist diesem Gheist zu meinen Leuten gefolgt«, sagte Volent. »Eine Jägerin und ihre Meute. Welchen Beweis braucht Ihr noch?«

»Ich kann mir nur schwer vorstellen, dass eine Frau, die die alten Götter in Gartstadt töten soll, in deren Diensten steht. Es sei denn, sie erfüllt ihre Aufgabe äußerst schlecht.«

Sacombre blickte ihn an. »Wir wollen bei den Tatsachen und deren Folgen bleiben. Vor dem Allfeuer sind noch nie so viele Gheister erschienen, gebt Ihr mir da recht?«

Lucas hielt inne und versuchte zu ergründen, worauf Sacombre hinauswollte. »Das stimmt.«

»Und diese hohe Zahl stimmt unangenehm genau mit der Zahl unserer jüngsten Probleme überein.«

»Es wäre vernünftiger zu sagen, dass die hohe Zahl die Ursache für unsere jüngsten Probleme ist«, korrigierte Lucas ihn. »Immerhin waren es die Ereignisse in Gartstadt, die dazu führten, dass Eure Leute nach Talgnah geritten sind. Die dort verübte Gewalt könnte den Gheist angelockt haben, der wiederum die Jägerin anlockte, die ihm auf der Spur war.«

»Genug!«, bellte Halverdt. Er legte den bestickten Umhang beiseite und erhob sich vom Thron. Er war größer, als Lucas ihn in Erinnerung hatte, und warf sich vor Zorn in die Brust. »Tener hat seine Banner an meiner Grenze erhoben, und ich werde mich verteidigen. Ganz Suhdra ist auf meiner Seite. Die Kirche ist auf meiner Seite! Ich sitze nicht hier herum und lausche vernünftigen Männern, die den Sinngehalt meiner Beleidigung erörtern!«

»Hoheit, das war nicht unsere Absicht …«, setzte Sacombre an.

Halverdt unterbrach ihn. »Ich danke Euch für Eure Unterstützung, Priester, und für Euren Segen, aber das hier ist eine Angelegenheit für Schwerter, nicht für Gebete. Ich akzeptiere die Banner, die Ihr mit nach Norden gebracht habt, und auch die Eurer Priester, die an unserer Seite kämpfen wollen. Aber steht hier nicht herum und debattiert darüber, ob dieser Krieg gerechtfertigt ist. Haus Adair hat mich beleidigt.« Halverdt raffte das Gewand und setzte sich wieder auf den Thron. »Sie haben meine Leute umgebracht und stecken hinter den Morden in Gartstadt. Ihre Knochen werden mir Gerechtigkeit verschaffen.«

Sacombre verneigte sich leicht, gerade genug, um seinen Respekt zu bekunden, ohne dabei freundlich zu wirken. Die drei Priester taten es ihm nach.

Lucas und Elsa rührten sich nicht.

»Wie Ihr wünscht, Hoheit«, sagte der Großinquisitor. »Deshalb sind wir zu Euch geeilt. Mein Lieblingspriester ...«, er deutete auf den tätowierten Mann, »... Frèr Allaister Finney, hat von einer verborgenen Straße durchs Fenn gehört, die Euch ermöglicht, von Adairs Burg überraschend anzugreifen. Ihr werdet dieser Rebellion das Herz herausschneiden, ehe der Norden sich geschlossen gegen Euch stellt.«

»Durch das Fenn?« Halverdt schnaubte. »Ja, ein grandioser Plan. Wieso sollte ich meine Ritter einzeln an die Gheister verfüttern, wenn ich sie auch auf einen Schlag verlieren kann? Im Fenn lauern unzählige heidnische Gefahren. Keine Armee kann es durchqueren.«

»Eure Leute sind in Begleitung meiner Priester sicher«, schnurrte Sacombre. »Welche Gefahr das Fenn auch birgt, die Stärke Zinders wird Euch schützen. Und Frèr Allaister wird die Truppen persönlich anführen. Niemand kann Euch sicherer hindurchgeleiten.«

»Und was genau zeichnet ihn aus?«, hakte Halverdt nach. »Er sieht heidnischer aus als die Jägerschlampe.«

»Ich war tatsächlich einst ein Heide. Ich wuchs nach Art der Schamanen auf, doch ich habe das kalte Herz der Vernunft gesehen«, sagte Allaister. »Was meine Kenntnis des Fenns angeht, muss ich gestehen, dass ich noch nie dort war.«

»Ihr wollt, dass ein Blinder die Törichten anführt, Sacombre?«

»Nicht blind«, widersprach Allaister. »Ich habe vor Kurzem einen gewissen Gheist verfolgt. Er wurde von Heiden in Gartstadt beschworen und ist seither nach Norden unterwegs.«

»Wartet mal«, mischte sich Lucas leicht verärgert ein. »Ich

habe denselben Gheist gejagt. Die Ritterin von LaFey und ich sind ihm von Gartstadt aus gefolgt, und sie hat mit ihm vor Euren Mauern gekämpft, Hoheit.«

»Und trotzdem geht er noch um?«, fragte Halverdt.

Trotzig trat Elsa hinter Lucas hervor. »Ihr fragt, was der Frèr vom Krieg versteht, und ich frage Euch: Was wisst Ihr schon davon, Götter zu töten?«

Die Anspannung im Zelt wuchs, und das Licht veränderte sich. Lucas wandte sich um. Elsa hatte ihre Göttin entfacht: Die feinen Linien sonnenheller Energie sammelten sich in den Runen ihrer verbeulten Rüstung.

»Hoheit, meine Brüder«, sagte er. »Wenn diese Jagd nach Norden führt, muss ich darauf bestehen, Euch zu begleiten.«

»Damit Ihr die Tenerraner warnen könnt?«, fragte Volent. »Auf keinen Fall.«

»Ich stehe auf niemandes Seite, wenn es denn tatsächlich zum Krieg kommt. Ich diene allein den Gläubigen in ganz Tenebros, ihr Schutz ist mein einziges Anliegen.« Lucas richtete den Blick auf den Herzog von Halverdt. »Das ist ein gefährlicher Gheist, Hoheit. Das Dorf Gartstadt liegt in Trümmern. Allein die edle LaFey hat das Desaster in Grünhall abgewendet, und der mutige Sohn des Herzogs zu Hundsweih. Wenn Frèr Allaister und seine Truppen damit beschäftigt sind, Eure Leute auf dem Marsch zu beschützen, muss sich jemand anderes um den Gheist kümmern. Ritterin von LaFey und ich werden diese Pflicht erfüllen.«

Halverdt grunzte, machte jedoch keine Anstalten, Lucas die Bitte abzuschlagen. Der Herzog blickte zu Sacombre.

»Also schön, Frèr Lucas«, sagte der Großinquisitor. »Eure Fähigkeiten sind uns willkommen.«

»Was ist mit den anderen Herrschern?«, erkundigte sich Halverdt. »Ich kann mich nicht von der Grenze zurückziehen, ohne ihre Position zu schwächen oder die tenerranischen Hunde auf mich aufmerksam zu machen. Werdet Ihr sie konsultieren?«

»Das ist das Gute an diesem Plan, Hoheit«, antwortete Sacombre. »Ihr braucht nur eine kleine Streitmacht mitzunehmen. Mehrere Hundert, aus Grünhall abgezogen, statt von der Grenze. Wenn Ihr Leute um Euch schart, die noch nicht in den Kampf geschickt wurden, erfahren die anderen Anführer nicht, was wir vorhaben.«

»Warum sollte ich vor meinem treuen suhdrischen Hochadel ein solches Geheimnis haben?«, fragte der Herzog.

»Von Blakley hat Spione in unserer Mitte. Das muss so sein«, wisperte Sacombre. »Der Herzog von Jaerdin hat schon einmal sein Blut verraten, und man sagt auch den Häusern von Roard und DuFallion Verrat nach. Wer sonst würde seine Brüder im Stich lassen und sich mit den Heiden verbünden? Wir können uns nicht erlauben, ein Wagnis einzugehen.«

»Eine kleine Streitmacht«, sagte Halverdt. »Schön und gut, aber die Dummbärte, die ich in Grünhall habe, sind nicht sonderlich gefährlich. Allesamt Rekruten und alte Käuze. Ich kann mir kaum vorstellen, dass sie das Fenntor einnehmen.«

»Unser Herr Zinder hat es vorausgesagt«, mischte Allaister sich ein. Er beugte das Knie vor dem Herzog. »Euer Sieg ist gewiss.«

»Gewiss, ja, trotzdem …« Sacombre wies auf Volent. »Sie müssen angeführt werden, und wer wäre besser dazu geeignet als Euer Erzmarschall?«

Volent wirkte trotz seiner gelähmten Miene überrascht. Er schüttelte den Kopf. »Ich ziehe nicht ins Fenn, Hoheit. Für keine Götter und keinen Ruhm der Welt.«

»Fürchtet Ihr die Gheister, Erzmarschall von Volent?«, stichelte Sacombre.

»Ich fürchte nichts. Aber ich gehöre hierher, an die Grenze, um die Streitmacht meines Herrn zum Sieg zu führen.«

»Und das sollt Ihr. In den endgültigen Sieg.« Sacombre näherte sich Volent, der an der Zeltwand stand. »Es ist Eure Klinge, die den Krieg beendet.«

»Er hat recht, Henri«, sagte Halverdt. »Sie brauchen einen

wahren Anführer. Einen Krieger, der sie leitet, und eine Klinge, die sie inspiriert. Ihr vereint beides in Euch.«

»Mein Herzog, ich sollte nicht …«

»Still. Ihr werdet es tun.« Halverdt wandte sich Allaister zu. »Dieser Gheist, den Ihr verfolgt. Wie kann mir das helfen?«

»Nach der Schlacht bei Grünhall fand ich ein Artefakt, mit dem er heraufbeschworen wurde. Etwas, dass Ihr hättet entdecken müssen, Frèr Lucas«, sagte Allaister in schneidendem Ton. »Es wird mir dabei helfen, ihn durch die Wildnis zu verfolgen, ganz gleich, wohin er geht.«

»Wie bringt Euch das zum Fenntor?«, fragte Frèr Lucas.

Allaister ignorierte ihn, die Augen nach wie vor auf den Herzog gerichtet. Er beantwortete die Frage, als hätte Halverdt sie gestellt. »Weil der Gheist nach Hause geht, Hoheit.« Er zog etwas aus der Robe und hielt es mit beiden Händen hoch. Es war ein Eisenhandschuh, verkratzt und angelaufen, als hätte er in Säure gelegen. Die Schatten in den Vertiefungen des Handschuhs wanden sich im flackernden Fackellicht. Lucas musste an die Verderbnis denken, die er an dem Bärengheist gesehen hatte. An die schimmernde Schwärze, die laut Elsa die eigentliche Gestalt des Gheists ausmachte. Der Handschuh sah aus wie auf dem Wappen von Haus Adair und hätte ohne Weiteres zur Familiensammlung der Stammesikonen gehören können.

»Er sucht seinen Herrn«, sagte Allaister, »und wir werden ihm folgen.«

Vierundzwanzigstes Kapitel

Ian lenkte das Boot in der Mitte der Westfurt ans Ufer. Der flache Boden schabte über die glatten Steine am Grund. Er befestigte eine weiße Flagge am Bug und schenkte sich sodann Wein ein. Ian setzte sich an die behelfsmäßige Tischbank, die den Großteil des Gefährts einnahm, und wartete. Martin Roard preschte auf seinem Streitross durch die Furt, sprang aus dem Sattel und landete Ian gegenüber auf der Bank. Ian lächelte.

»Das ist nicht sehr würdevoll«, beschwerte sich Martin. Er nahm seinen Weinkrug, blinzelte hinein, dann leerte er ihn und schenkte sich nach.

»Als wir uns zuletzt gesehen haben, hast du dich vom Bauernturnier erholt«, sagte Ian. »Du brauchst dich gar nicht über Würdelosigkeit zu beklagen.«

»Das war ein Turnier. Jetzt aber sind wir im Krieg. Krieg ist immer grausam, gnadenlos, schrecklich und schmutzig. Alles in allem würdelos. Daher sollten wir uns unbedingt so viel Würde bewahren wie möglich.«

»Deshalb schlürfen wir auch unter weißer Flagge Wein in einem Boot, anstatt zähneknirschend auf dem Schlachtfeld die Schwerter zu schwingen«, sagte Ian. »Sei dankbar für das, was du hast, Martin.«

»Geht dieses Gesöff im Norden als Wein durch?«

»Ihr seid ein seltsamer Mann, Martin von Roard.«

»Ziemlich seltsam. Und?«, Martin setzte den Krug ab und legte die Hände auf den Tisch, »… wie läuft die Rebellion?«

»Rebellion?«

»So nennen sie es. Der Großinquisitor und seine lustige kleine Bande. Sie behaupten alles Mögliche. Dass Tener sich von der Kirche der Celesten abkehrt. Dass ihr eigene Elektoren und einen eigenen Celestriarchen ernannt habt. Dass MaeHerron suhdrische Pilger am Winterschrein abweist oder als Geiseln hält oder Zinderfell zerstören will.«

»So ein Blödsinn«, erwiderte Ian. »Der Großinquisitor will den Süden aufwiegeln. Euch überzeugen, dass ihr ihn bei seinem lächerlichen Kreuzzug unterstützt.«

»Weshalb bin ich wohl hier?« Martin blickte über die Schulter zu den Speerkämpfern, den Zeltreihen und Lagerfeuern auf den Anhöhen hinter sich. Das Banner des Hauses Roard flatterte träge zwischen den Zelten, ebenso die der Häuser Marchand und LeGaere. »Mein Vater hat darauf gedrängt, die Flanke allein zu halten. Der Großinquisitor vertraut uns nicht, Ian.«

»Und wenn Marchand und LeGaere die Furt überqueren, marschierst du dann mit ihnen?«

Langsam leerte Martin den Krug, schenkte sich nach und blickte abwesend den Fluss entlang. »Das weiß ich noch nicht genau. Sacombre erschwert die ganze Sache nur. Es liegt auf der Hand, was Haus Adair getan hat, daher ist die Kirche zutiefst misstrauisch.«

»Inwiefern? Weil die Baroness sich Henri von Volent entgegengestellt hat, statt ihm beim Abschlachten zuzusehen?«

»Wegen des Gheists, dessen Beschwörung, sogar wegen des Priesters, der mit ihr ritt. Offenbar gilt dieser Frèr Lucas unter den Inquisitoren als eine Art Rebell. Hat nicht den besten Ruf. Die Schwurritterin in seiner Begleitung hat dich in Grünhall gerettet …«

»Was im Namen der Götter hat das mit alledem zu tun?« Ian senkte den bereits angesetzten Weinkrug und richtete sich auf. »Martin, in Grünhall kam es zum Aufruhr. Nicht, weil wir uns in irgendeiner Weise falsch verhalten haben, sondern weil dieses Monster Volent seine Lügen verbreitet und Marchand dazu gebracht hat, die Turnierregeln zu brechen. Der Kerl hat versucht, mich umzubringen.«

»So ist das auf Turnieren. Verletzungen gehören dazu.«

»Götter, was redest du da? Ich dachte, wir wären Freunde.«

»Sind wir, und nicht nur du und ich. Unsere Häuser. Deshalb bin ich hier.« Martin drehte den Krug in den Händen, dann stellte er ihn ab und beugte sich vor. »Du musst mir etwas versprechen.«

»Mir gefällt nicht, wie sich unser Gespräch entwickelt.«

»Hör mir einfach nur zu. Sacombre hat die meisten suhdrischen Herrscher mehr als überzeugt, dass sie es mit einer echten Rebellion zu tun haben. Nicht gegen Suhdra oder die Kirche, nicht einmal gegen Herzog Halverdt. Die Leute glauben inzwischen, dass das hier eine Rebellion gegen die Götter selbst ist.«

»Martin, das glaubst du doch nicht ernsthaft. Du kennst mein Herz so gut wie jeder andere. Ich bin der Kirche treu ergeben, aber nicht all ihren Priestern. Schon gar nicht der Inquisition. Aber das macht mich noch lange nicht zum Ketzer.«

»Trotzdem trägst du die Stammestätowierungen, und diese heidnische Hundeskulptur in euren Gewölben …«

»Das ist Teil unserer Tradition«, bellte Ian. »Nicht unseres Glaubens. Ich bin Tenerraner, so wie du Suhdrin bist. Wir reißen nicht unsere Häuser nieder und errichten weiße Marmorgebäude, nur weil unsere Mauern euch an die alten Wege erinnern.«

»Es macht die Sache schwierig. Das weißt du sicher.« Martin seufzte. »Ihr habt noch Wandmalereien der Geistkriege …«

»Der Kreuzzüge«, unterbrach Ian ihn. »Aus der Zeit der Verfolgung.«

Martin winkte ab. »Das sind nur andere Begriffe dafür. Bei mir zu Hause gibt es in den Gängen Wandgemälde von Schlachten. Ich kenne sie seit meiner Kindheit. Die Abbildungen zeigen suhdrische Ritter und göttliche Priester im Kampf gegen die Horden der verrückten Geistkrieger aus eurer Vergangenheit. Menschliche und göttliche Abscheulichkeiten zerfleischen heilige Männer, ihr Blut besudelt die Bäume des Waldes, und man sieht unzählige Stammesleute mit heidnischen Zeichen auf den Gesichtern. Dieses Bild ist schwer zu vergessen.«

»Männer wie Sacombre sorgen dafür, dass niemand solche Bilder vergisst«, erwiderte Ian steif. »Vor allem der Norden nicht.«

»Ian, nimm das nicht persönlich. Ich habe mit dir in der Frostnacht das Knie gebeugt, an den Festtagen auf deine Gesundheit getrunken und dich an gewöhnlichen Tagen in Asche gesehen. Ich weiß, dass du den Göttern zugetan bist.«

Martin lehnte sich zurück. Er brachte es nicht fertig, seinem Freund in die Augen zu sehen. »Was ich nicht weiß, ist, welchem Glauben *deine Landsleute* anhängen.«

Lange Zeit schwieg Ian. Der Fluss strömte an ihnen vorbei, das Boot schabte leise am Flussufer, die Geräusche der zwei Feldlager drangen aus der Ferne über das Wasser herüber. »Du glaubst ihm«, sagte er schließlich.

»Nein, nicht … nicht ganz. Sacombre verfolgt ein Ziel, und da ist noch etwas anderes im Gange. Ich weiß nicht, was. Er hatte viele Priester dabei und seine kleine Armee …«

»Sacombre hat eine Armee?«

»Etwa halb so groß wie unsere, aber darum geht es nicht. Die meisten seiner Priester sind fort. Verschwunden in der Nacht wie schlechte Träume. Und niemand hat Erzmarschall von Volent gesehen.«

»Sind sie nach Grünhall zurück?«

»Ian, du hörst mir nicht zu. Ich glaube, Haus Adair manipuliert euch. Euch alle. Ich glaube, sie wollen einen Krieg mit dem Süden.«

»Hat uns Haus Adair aus Grünhall verjagt? Hat mich Haus Adair beinahe auf dem Turnierplatz umgebracht, unsere Kolonne durch die suhdrischen Wälder bis zum Ufer des Talg gejagt und unterwegs viele von uns getötet?«

»Nein, aber Gwendolyn von Adair warf den Stein, der die Lawine ins Rollen brachte. Und Gwendolyn von Adair wartete am Talg auf euch, um sich mit euch zu verbünden. Ich glaube, du weißt weniger über sie, als du solltest.«

»Ich weiß genug über sie. Ich kenne ihren Namen und ihr Blut.« Ian erhob sich, und das Boot begann sanft zu schaukeln. Der Bug glitt vom Ufer in die Strömung. »Wir sind Tenerraner, und wir halten zusammen.«

»Glaube hat nicht nur mit Kultur zu tun, Ian. Vergiss das nicht.«

»Du wolltest, dass ich dir etwas verspreche. Was?«

»Wenn wir diese Furt überqueren … Wenn wir das tun, komm zu mir. Ich biete dir Schutz. Ich weiß nicht, ob die anderen suhdrischen Ritter dir das zusichern können.«

»Wenn du diese Furt überquerst, Martin, solltest du *mich* aufsuchen.« Ian schwang sich über den Bootsrand ins Wasser. »Aber alles, was ich dir anbieten kann, ist meine Klinge. Und gewiss sichern dir die übrigen tenerranischen Ritter auch ihre Klingen mit Freuden zu.«

Fünfundzwanzigstes Kapitel

Ein neuer Wald entstand an der Grenze. Es war ein Wald aus Bannern. Längs des Flusses gesellten sich Hügel aus Zelten und Felder aus Lanzen hinzu. Ein zweiter, weit größerer Bannerwald entstand näher am Fenn. Die Überlebenden der desaströsen Schlacht vom Talg hatten sich gesammelt, und neue Truppen aus dem Süden kamen zu ihrer Verstärkung. Eine Armee der suhdrischen Herrscher und ihrer loyalen Gefolgsleute.

Gwen stand auf den Kalksteinfelsen, einer Plattform über steilen Klippen und rauem Gewässer, die als die Schanze bekannt war, und musterte die feindlichen Scharen. Ihre Krieger lagerten längs der Klippen auf der Plattform. Sie gehörten zu der Streitmacht, mit der Malcolm von Blakley in der vergangenen Woche nicht hatte in die Schlacht ziehen wollen. Sie zählte fünfhundert gute Speerkämpfer unter ihrem Banner, die meisten davon Soldaten, dazu halb so viele Bogenschützen und noch einmal halb so viele Ritter niederen Adels. Alles in allem hatte sie weniger als tausend Krieger, um eine Grenze zu verteidigen, die sich über eine Länge von fünf Tagesmärschen erstreckte. Das genügte nicht.

»Ich glaube nicht, dass Herzog Blakley versteht, was er uns abverlangt«, murmelte sie.

»Er begreift es nur zu gut«, sagte Merret. »Ebenso weiß er, dass nur jemand wie die Adairs dieses Land halten können.«

»Mag sein, aber die Suhdrin werden von Tag zu Tag stärker. Ich habe nicht den Eindruck, dass die Briefe des Herzogs von Jaerdin sonderlich viel bewirkt hätten.«

»Stimmt«, pflichtete Merret ihr bei. »Selbst wenn sich der Feind entlang der Grenze verteilt: Es sind zu viele Gegner.« Er stand neben seiner Herrin auf der Klippe und stützte sich auf den Schaft des Adair-Banners. »Mehr als genug, um uns zu besiegen.«

»Wenn wir auf freiem Feld kämpfen, ja. Zum Glück gibt es nicht viele große Ebenen im Fenn.« Die Aussicht reichte vom Schauplatz der Talg-Schlacht bis weit nach Osten, wo die dichten Fennwälder bis über den Fluss ins suhdrische Gebiet verliefen. Die Schanze befand sich genau in der Mitte, und hier war der Talg tief und die Strömung reißend. Falls Grünhall über eine der vielen Furten auf Adairs Territorium gelangen wollte, würden Gwens Ritter sie erwarten.

»Ich zähle sechs große suhdrische Häuser«, sagte Merret.

»Ich hätte nicht gedacht, dass von Roard sich ihnen anschließt. Sein Haus steht den Blakleys nahe, habe ich gehört.«

»Wir stehen den Blakleys auch nahe«, erwiderte der Ritter, »trotzdem wollte der Herzog nicht mit uns in die Schlacht ziehen. Vielleicht ist seine Freundschaft nicht so kostbar, wie wir dachten.«

»Ich gebe es nur ungern zu, aber er hatte recht«, sagte Gwen. »Unser Platz ist auf dieser Seite des Flusses. Wir müssen die Grenze halten.« Sie richtete die Panzerplatten an ihrer Schulter und wand sich unter dem schweren Metall. Sie war nicht an so schwere Rüstung gewöhnt; ihr Vater hatte die Jägerin bedrängt, eine Halbrüstung anzulegen. »Wir haben viel zu verteidigen«, murmelte sie und dachte dabei an die Kultstätten der Hexen, die sich, von heidnischen Zaubern geschützt, im Wald verbargen, nahe der Burg ihrer Ahnen.

»Trotzdem … diese erste Schlacht zu verpassen«, sagte Merret. »Der Sieg der Blakleys scheint den Widerstand der Suhdrin nur vergrößert zu haben. Wir müssen sie auf ihrer Seite des Flusses halten. Wenn sie es über den Talg schaffen, wird uns ihre Übermacht Schwierigkeiten bereiten. Sie können überall in den Wäldern ihre Banner aufstellen und das Fenntor binnen eines Monats erreichen.«

»Binnen eines blutigen Monats.«

»Ja.«

»Sobald sie über den Talg sind, bleiben ihre Pferde in den Sümpfen stecken«, sagte Gwen, »und ihre blitzenden Lanzen bleiben im Fennwald hängen.«

»Von Blakleys Armee hält die Stellung bei Weißsee. Sein Sohn verteidigt die Flanke. Wir können nur warten und hoffen, dass der Feind woanders zuschlägt.«

»Ich würde lieber nicht warten.« Gwen zog das Banner aus der Erde und ging den Hügel zum Lager hinab. »Das ist nicht meine Art.«

»Herzog Blakley hat uns die Verteidigung des Talg anvertraut«, sagte Merret.

»Hat er, und wir erfüllen unsere Pflicht.« Sie grinste grimmig. »Nur nicht auf dieser Seite.«

Es gab noch andere Wege über den Fluss. Gwendolyn übertrug Merret das Kommando über die Schanze, dann scharte sie vierzig Ritter um sich – fast die Hälfte ihres Kontingents – und zog nach Westen. Sie ließen ihre Banner zurück, damit die Spione, die möglicherweise das Adair-Lager beobachteten, den Abzug nicht bemerkten.

Jeder Soldat nahm zwei Pferde und genug Proviant für eine Woche mit. Falls sie mehr benötigten, wäre ihr Plan bereits gescheitert und sie hätten größere Probleme als Nahrung. Gwens Jagdhunde liefen an der Seite des Trupps durch den Wald, so unaufhaltsam wie grauer Nebel.

Nach zwei Tagen erreichten sie die Furt bei Hochbeck, ein verlassener Ort in den fernen Wäldern, einst Zuflucht für Schamanen und Hexen, die nach dem Kreuzzug nicht länger die heidnischen Kultstätten aufsuchen konnten. Ein knorriger Baum wuchs aus dem Dorfbrunnen, seine gewundenen Äste waren mit grauem Moos bedeckt. Ohne abzusteigen, dirigierte Gwen ihre Leute in den spärlichen Schatten des Baums.

»Wir lagern hier. Lagern und jagen. Von Brennan, von Hogue, teilt die Ritter unter Euch auf. Baut Baracken hier im Dorf. Ich will, dass die Wälder ständig bewacht werden.«

»In diesem Wald gibt es genug Wildschweine für ein ganzes Zeitalter, Baroness, aber warum sind wir so weit gereist, nur um zu jagen?«

»Wir jagen keine Wildschweine, aber wir brauchen bald etwas zu essen. Eigentlich sind wir hier, um Eicheln zu jagen. Der Jagdtrupp überquert die Furt und sucht die suhdrische Flanke. Erledigt ihre Späher, spioniert selbst den Feind aus.«

»Dann wird Herzog Halverdt nur auf uns aufmerksam, und wir sind zu wenige, um uns ihm zu widersetzen«, gab Brennan zu bedenken.

»Der Großteil seiner Streitmacht ist bei Weißsee, und der Rest beobachtet die Schanze. Er schickt vielleicht ein, zwei Lanzen in unsere Richtung, aber nichts, womit wir nicht fertig würden. Erst recht auf diesem Terrain.« Gwen stemmte sich in die Steigbügel und blickte über die versammelten Ritter hinweg. »In diesen Wäldern gibt es nichts von Wert, nur alte, irre Götter und verlassene Dörfer. Keine Armee könnte diese Pfade betreten. Das traut sich niemand. Die Furcht vor den Gheistern wird sie davon abhalten.«

»Diese Wälder sind verflucht, Baroness. Die Furcht des Feindes ist begründet«, sagte einer der jüngeren Ritter. »Wir sollten hier nicht umherstreifen.«

»Ihr habt Eure Jägerin dabei, edler Ritter. Wieso solltet Ihr Euch fürchten?«

»Was, wenn uns statt Götter Sterbliche Probleme bereiten?«, fragte ein anderer. »Was, wenn Halverdt sich gegen uns wendet? Wenn er von Volent mit einer Garde auf uns hetzt?«

»Dann ziehen wir uns über den Fluss zurück. Wir rennen um unser Leben.«

Gemurmel erhob sich unter den Rittern, die im Grunde wussten, dass sie auch bei der Jagd jederzeit zum Rückzug bereit sein sollten. Im Krieg musste man alle Vorteile nutzen, ansonsten brauchte man sich nicht auf ihn einzulassen.

Gwen hob die Stimme. »Hört mir zu. Wir häufen hier weder Ruhm noch Reichtum an. Wir werden keine Banner erobern oder das Land von der Unterdrückung des Tyrannen befreien. Grünhall wird nicht durch unser Tun fallen, aber wenn wir schnell, grausam und beherzt zuschlagen, stören wir vielleicht von Halverdts Schlummer. Der Herzog soll nicht ruhig schlafen, während wir jagen, und Erzmarschall Volent nicht ungestraft plündern. Denn wo immer er hinkommt, wird der Boden getränkt sein vom Blut seiner Leute. Das ist unsere Beute, gute Ritter. Das ist unser Lohn.« Sie hob das Schwert, Wut verzerrte ihre Stimme. »Das Blut schlechter Menschen! Ihr Blut und ihre Angst!«

Die Männer stemmten sich in die Steigbügel und jubelten. Gwen teilte die Ritter gemäß deren Rang Brennan und Hogue zu und übergab ihnen das Kommando.

Sie errichteten ein Lager in den Ruinen der Bierhalle, bauten getarnte Wachtposten, von denen aus man die Furt und die zum Dorf führenden Pfade überblicken konnte. Nach einer kurzen Ruhepause versammelte Brennan seine Leute und führte sie über den Fluss.

Gwendolyn begleitete sie, die eifrigen Hunde an ihrer Seite. Sie tauchten in die Wälder ein und witterten bereits den Geruch von Blut.

Sie bahnten sich ihren Weg durchs Fenn und erreichten die dahinterliegenden weiten Ebenen. Ihre erste Beute war ein Trupp suhdrischer Waldläufer, der für die Armee im Osten Wild jagte. Gwens Ritter überfielen ihr Lager gleich bei Einbruch der Dämmerung. Sie näherten sich mit der untergehenden Sonne im Rücken, zu Pferd und schnell wie der Wind.

Die Waldläufer hatten sich weit von der Front entfernt, daher waren ihre Wachen unachtsam. Gwen führte den Angriff an, schrie aus ganzem Herzen ihre Wut heraus, als sie ins Lager ritt. Einige Gegner griffen nach den Bögen und schossen auf die Angreifer, doch hatten die Pfeile breite Spitzen, die dazu gedacht waren, grobe, blutende Wunden bei Wildtieren zu verursachen. Sie prallten von Gwens Kämpfern ab, deren Rüstungen der Salve mehr als gewachsen waren, und dann begann die Hatz. Pferde überrannten schutzlose Jäger, Hufe zermalmten Knochen, und Speere drangen in Bäuche ein. Die Eingeweide der ersten Opfer dampften noch, als Gwens Ritter das Gemetzel beendeten.

Sie fanden nur einen Ritter niederen Adels unter den Toten, dessen Wappen mit Hirschkopf und Speer Gwen unbekannt war. Sie spießten ihn auf und hängten ihn übers Lagerfeuer, dann verbrannten sie die fetten Kadaver der Wildschweine, die die Waldläufer bislang erlegt hatten, damit das Fleisch nicht Halverdts Armee in die Hände fiel.

»Die sollen ihre eigenen Gefallenen essen«, murmelte Gwen und führte ihre Männer weiter. Brennan nahm das Wildschwein-Banner der Waldläufer mit und hielt es hoch, wann immer am Horizont Reiter auftauchten.

Auf dem Rückweg führte die Jägerin sie nach Osten, in der Hoffnung, noch mehr von Halverdts Einheiten zu töten, ehe sie in Hochbeck Rast machten. In ihrem Kopf hörte sie immer wieder die tiergleichen Schreie der Bauern, die Erzmarschall Volent abgeschlachtet hatte. Die Erinnerung trieb sie an.

Im näheren Umkreis von Halverdts Hauptstreitmacht waren viele Späher unterwegs, aufmerksame Krieger auf flinken Pferden, die Gwens Trupp aus der Ferne grüßten, als hätten sie sie erwartet. Sobald jemand die Leichen der Waldläufer fände, würden sie mit dem gestohlenen Banner nicht mehr ungeschoren davonkommen.

Nach weiteren zwei Tagen im Feindgebiet und drei Tagen Rückritt waren sie zurück im Fenn. Gwens Hunde spürten immer wieder Wild auf, das sie satt hielt. Sie befahl Brennan, das gestohlene Banner zu verbrennen und die Spuren zu verwischen. Auf kurze Distanz – in den nahe gelegenen Hügeln oder auf den schmalen Pfaden – würde sich der Feind nicht täuschen lassen.

Gwen trottete an der Spitze der Kolonne, sie ritten dicht an dicht auf dem engen Pfad. Die Speere steckten in den Holstern, damit sie sich nicht in den tief hängenden Drahtholzzweigen verfingen, die den Blick auf den Horizont hemmten. Sie erörterte mit Brennan, ob sie nach Hochbeck zurückkehren und Hogues Rittern die Gelegenheit geben sollten, auszureiten und suhdrische Bastarde zu ermorden.

»Sobald sie Herrn von Eber finden, verfolgen sie uns«, sagte Brennan – er bezog sich auf den toten Waldläufer, den sie am Spieß über dem Feuer hatten hängen lassen. »Wir sollten besser verschwinden, ehe Volent unsere Witterung aufnimmt.«

»Damit von Hogue es mit der Übermacht aufnimmt? So sehr er diese Ehre auch genösse, es ist nicht recht, sich davonzuschleichen, ohne noch ein paar blutige Knochen zurückzulassen.«

»Von mir aus können es ein paar blutige Knochen weniger sein, wenn wir dafür ohne Verluste ins Lager zurückkehren. Auf dieser Jagd bleibt uns keine Zeit für ordentliche Begräbnisse, kein Priester kann unsere Toten ins stille Haus schicken, wir können keine Steingräber errichten. Unsere Leute sind ehrbare Krieger. Sie verdienen einen anständigen Tod.«

»Einen anständigen Tod …« Gwen grinste. »Damit meint ihr, dass sie auf dem Schlachtfeld sterben, beim Angriff unter der Sonne, statt durchs Fenn zu schleichen, Waldläufer abzuschlachten und Getreidekarren zu verbrennen.«

Brennan zuckte mit den Schultern. Er trug zwar die Farben von Haus Adair, doch auf seinem Schild prangte sein Familienwappen. Die blaue Axt und Faust waren ebenso mit Schlamm bespritzt wie Brennans Gesicht, sein Haar und das Gurtzeug des Pferdes. Alle Ritter sahen gleich aus: Ihre Mienen wirkten grimmig und müde. Ihre Stimmen vermengten sich mit dem

Vogelgesang zu einem tiefen Murmeln zwischen den Bäumen. Eine umgarnende Geräuschkulisse. Gwen lauschte dem leisen Knallen der Zügel, dem Klacken der Speerschäfte, die an Bäume stießen, dem Rasseln der Kettenrüstungen, den murmelnden Stimmen und dem Lachen.

Die Furt kam in Sicht, und das Rauschen des Talg drang durch die Bäume. Einer der Späher, die vorgeritten waren, erwartete sie. Brennan gab dem Pferd die Sporen. Er wollte den Bericht des Mannes hören.

Er unterhielt sich kurz mit ihm, dann winkte er Gwen zu sich und ritt mit ihr weiter. »Nicht gut«, sagte er knapp. Der Späher hinter ihm blickte finster drein. »Herr von Wellem glaubt, wir sollten eine andere Route wählen.«

»Von Wellem ist das Glück ausgegangen.« Gwen beäugte den Späher gründlich. »Wir haben von Hogue in Hochbeck zurückgelassen und werden ihn ablösen, ganz gleich, was vor uns liegt.«

»Der Pfad ist verflucht, Baroness Adair«, sagte Wellem. »Dort erwartet uns nur der Tod.«

»Der Tod lauert überall. Es sind mehr Menschen in ihren Betten gestorben, als auf dem Schlachtfeld verblutet, dennoch bettet Ihr Euren Kopf jede Nacht aufs Kissen, ohne zu jammern. Kommt schon, zeigt mir diesen Ort des Todes.«

Wellem zauderte, doch dann begleitete er Gwen mit Brennan zur Furt. Sie nahmen den Geruch schon wahr, bevor der Fluss in Sicht kam.

Etwas lag aufgerissen und blutig in der Mitte der Furt. Gwen hielt es zunächst für ein Pferd, von dem nur noch Fleischfetzen übrig waren; der Brustkorb war aufgerissen, und die Silhouette der Rippen erinnerte an ein Grinsen. Noch mehr Leichen lagen im Fluss, dicht unter der Oberfläche, ihre Rüstungen verursachten Linien in der Strömung, die wie auf einer glatten Decke hervortraten. Das Wasser umwirbelte sie, kräuselte sich und bildete Stauwellen überall, wo Ritter und Rösser beisammenlagen. Das Wasser indes war klar, jegliches Blut längst fortgespült.

»Wie viele?«, wisperte Gwen.

»Unmöglich zu bestimmen.«

»Irgendein Hinweis aus dem Dorf? Rauch oder ein Signal?«

Brennan schüttelte den Kopf. »Nichts. Falls einer von unseren Leuten überlebt hat, lassen sie sich nicht blicken.«

»Das ist weise. Sollten Halverdts Trupps so weit vorgedrungen sein, können wir nicht abschätzen, wie viele von ihnen das Fenn durchstreifen. Hogue bereitet sich vielleicht auf einen Überfall vor.«

»Oder seine Einheit wurde bis auf den letzten Mann getötet«, flüsterte Wellem, »und jetzt lauern hinter dem Fluss nur noch die Klingen aus Grünhall.«

»Ja, möglich. Unsere Leute sollen die Speere aus den Holstern nehmen und sich bereit machen. Nur die Götter wissen, was uns erwartet.«

Die Ritter aus Gwens Einheit sammelten sich am Ufer und durchquerten dann vorsichtig das Leichenfeld. Mit Unbehagen blickten sie in die aufgequollenen Gesichter, ihre Pferde traten über aufgeschlitzte Gefallene hinweg. Immer wieder wieherten die Tiere unruhig. Die Ritter erkannten viele der Toten, auch wenn die Zeit unter Wasser sie schrecklich entstellt hatte.

»Das sind von MaeBrun und von Hance«, bemerkte Brennan. »Und von Steffen. In diesem Fluss gibt es viele Gheister, Baroness.«

»Viele Tote«, pflichtete Gwen bei. »Was ich nicht begreife: Warum starben sie hier statt am anderen Ufer?«

»Ihr habt ihnen befohlen, die Furt zu halten. Womöglich wurden sie umzingelt und wollten sich freikämpfen.«

»Nur ein Verräter hätte ihre Position preisgeben können. Oder der Feind hatte unglaubliches Glück.« Gwen drehte sich im Sattel um und machte sich ein Bild davon, wie die Toten im Wasser lagen. »Vielleicht haben Halverdts Krieger einen Schildwall gebildet, und Hogue wollte ihn durchbrechen.«

»Falls ja, ist es ihm nicht sonderlich gut gelungen.«

»Stimmt«, antwortete die Jägerin leise. »Nicht sonderlich gut.«

Sie suchten nach toten Feinden, doch der Fluss hatte viele Gefallene so arg entstellt, dass es unmöglich war, sie zu identifizieren.

Gwen befahl ihren Leuten, eine lockere, halbkreisförmige Formation einzunehmen, bevor sie sich Hochbeck näherten.

Sechsundzwanzigstes Kapitel

Still lagen die Trümmer des Dorfs vor ihnen.

»Schön vorsichtig. Behaltet jedes Gebäude im Blick«, befahl Gwen. »Rechnet mit einem Hinterhalt.«

Es gab keinen Hinterhalt. Die Toten lagen auf ihren Schlafstätten oder um das erloschene Lagerfeuer. Ein Topf mit erstarrtem Eintopf hing über den verkohlten Holzscheiten. Einige Ritter schienen die Rüstungen in Eile angelegt zu haben, manche hielten Schwerter oder Fackelstümpfe in den leblosen Fingern. Ihre Wunden waren grässlich, die Ränder rissig, als wäre ihr Gewebe zerbröckelt wie Ton.

Vom Feind war weit und breit nichts zu sehen.

»Dämonen«, sagte Wellem.

»Ein Gheist«, korrigierte Brennan ihn. »Von Hogue wäre einem sterblichen Gegner nie so unterlegen gewesen.«

»Was macht das für einen Unterschied?«, jammerte der jüngere Ritter. »Wir müssen von hier verschwinden.«

»Geduld, Herr von Wellem.« Gwen hockte sich neben einen Toten am Lagerfeuer. Der Arm des Mannes war abgetrennt, so sauber, dass selbst die Ringe seines Kettenhemds halbiert waren. Normalerweise würde ein solch gewaltiger Hieb die Ringe ins Fleisch treiben wie eine Säge, nicht jedoch in diesem Fall. Keine Klinge war derart scharf. »Seltsam, dass ein Gheist ausgerechnet hier zuschlägt.«

»Es ist ein Ort der alten Götter«, sagte Wellem. Mit dem Daumen vollzog er das Zeichen von Sonne und Mond. »Das wissen alle! Wir hätten nie an einem solch verfluchten Ort lagern dürfen.«

»Tja, also …« Gwen erhob sich und zählte kurz die Toten ab.

Sie wandte sich Brennan zu. »Ich sehe acht im Dorf und in der Umgebung. Wollen wir wetten, dass wir zwölf gute Krieger im Fluss finden, wenn wir sie bergen würden?«

»Einschließlich von Hogue«, stimmte Brennan zu. »Was immer sie angriff, sie wollten über den Talg fliehen.«

»Und sind in den Fluten gestorben«, mischte sich der aufgeregte Wellem ein. »Dann muss ein Gheist des Flusses sie getötet haben, einer der ertrunkenen Götter! Baroness, wir müssen …«

»Schweigt«, fuhr Gwen ihn an. »Herr von Brennan, versammelt die Ritter. Heute Nacht werden wir erst rasten, wenn wir weit von hier fort sind. Ich glaube ohnehin nicht, dass jemand wie von Wellem in der Nähe der Leichen schlafen könnte.«

»Was ist mit den Toten? Wir sollten sie läutern und ins stille Haus schicken.«

»Die Toten bleiben tot. Sobald dieser Irrsinn vorüber ist, holen wir einen Priester her. Der kann dann einen Scheiterhaufen errichten – oder was immer die Kirche für angemessen hält.«

»Ja, Herrin«, erwiderte Brennan. »Wir können die Schanze in einigen Tagen erreichen, wenn wir schnell reiten. Haus Merret und Blakley müssen erfahren, dass wir diese Flanke verloren haben.«

»Noch ist sie nicht verloren. Sofern wir bleiben.« Gwen umrundete das zerstörte Dorf, durchstreifte den Wald, suchte nach Spuren. Im Norden hielt sie ihr Pferd an und stieg ab. »Hier. Die Spur wurde mit Zweigen verwischt, und die Äste des Gestrüpps zurechtgerückt. Hier ist ein großer Trupp durchgekommen.«

Sie tauchte in den Wald ein, bog Zweige beiseite und stapfte durch Unterholz, bis sie einen kleinen Hügel erreichte. Viele Bäume waren gefällt und beiseitegeschafft worden; ihr Holz verfärbte sich bereits dunkel. Der Boden war festgetrampelt. Als sie auf der Spitze des Hügels stand, zeigte Gwen in eine Richtung. Im Süden war ein Pfad zu erkennen, erzeugt durch viele Hufe und Stiefel. »Seht Ihr, Herr von Wellem? Falls ein Gheist für das Massaker verantwortlich ist, hat er hundert Füße.«

»Und er trug Halverdts Banner«, fügte Brennan hinzu. Er bückte sich und zog einen Stofffetzen aus dem Unterholz: grün mit einer goldfarbenen Naht am Rand.

Gwen runzelte die Stirn. »Schickt einen Reiter zur Schanze. Unsere Beute zieht nach Norden und Osten, Richtung Fenntor. Vater wird Verstärkung brauchen.«

»Und was sollen wir tun?«, fragte Brennan.

»Wir gehen auf die Jagd, werter Ritter.« Gwen stieg elegant aufs Ross und lenkte es nach Süden. »Herzog Halverdt hat sein Banner in unserem Land erhoben. Ich will es brennen sehen.«

Die Sonne stand noch hoch am Himmel, als das leise Klappern von Rüstungen über den Pfad drang. Gwen hielt ihren Trupp an und befahl, im Trott weiterzureiten. Mit etwas Glück würde das Hufgetrappel ihrer Tiere untergehen im Lärm dessen, was vor ihnen lag.

Eine Kolonne bewegte sich träge über den Pfad, in dieselbe Richtung wie Gwens Gruppe. Ihre Banner waren eingerollt und mit einem Tuch bedeckt. Gwen brauchte weder die Wappen noch die Farben zu sehen, um in den Kriegern suhdrische Ritter zu erkennen. Die Reiter der Nachhut wirkten müde, hingen schlaff mit gesenkten Schultern im Sattel – offenbar trugen sie schon seit Wochen Rüstungen und hatten kaum Ruhe gefunden.

Die letzten beiden Ritter drehten sich langsam um. Verwirrung zeigte sich in ihren Augen, dann Überraschung und schließlich Aufregung, als sie die Farben von Gwens Tappert erkannten. Sie öffneten die Münder, um Alarm zu schlagen.

»Eisen im Blut!«, schrie Gwen – es war der Kriegsruf ihrer Familie, der bis zu ihren Stammesvorfahren zurückreichte. »Eisen!« Der Pfad war zu schmal, als dass man gut mit dem Speer hätte kämpfen können, daher zückte sie das Schwert und gab dem Pferd die Sporen, das gleich losgaloppierte. Brennan folgte ihr dichtauf, brüllte zum Angriff, und kurz darauf glich der Rest ihres Trupps einer donnernden Masse aus Rüstung und Klingen, einem lauten Lied aus Schwertklirren, Hufgetrappel und Wutgebrüll.

Die suhdrischen Reiter versuchten zu wenden, doch der Pfad war zu schmal. Sie ließen die Zügel knallen, ihre Tiere gerieten einander ins Gehege und wurden aggressiv. Gwen preschte zwischen sie, schob die Rösser beiseite und schlug nach dem Suhdrin zu ihrer Rechten. Ihr Schwert prallte von seinem Schild ab, doch sie nutzte den Schwung, um einen Streich gegen den zweiten Ritter zu führen. Sie traf seine Helmspange und durchtrennte Stahl und Knochen.

Sie ritt weiter, griff hastig nach ihrem Schild und mühte sich, ihn auf Schulterhöhe zu heben, ehe sie die nächsten Reiter erreichte. Die beiden ließen die Enden ihrer Lanzen über die Erde schleifen, damit sich die Spitzen nicht in den Bäumen verfingen. Der linke Ritter ließ seine fallen und griff nach dem Schwert, der andere hingegen drehte die Lanze geschickt und richtete sie auf die anpreschende Gegnerin. Die Eisenspitze glitt von Gwens Schild ab, verfing sich in ihrem Haar und schnitt ihr eine Strähne ab. Die Jägerin schlug den Schaft beiseite und trieb dem Mann mit aller Kraft die Klinge in den Hals. Blut spritzte aus der Wunde.

Gwen schwang das besudelte Schwert über dem Kopf und schlug nach dem Kameraden des Toten. Der hatte mittlerweile die Klinge gezückt und parierte den Angriff, doch Gwens nächster Schlag traf ihn an der Schulter. Die Schneide trieb ihm die Ringe des Kettenhemds in die Wunde, drang tief ein und durchtrennte ihm den Muskel. Er brüllte, doch seine Gegnerin war schon an ihm vorbei.

Auf dem Pfad gab es nur noch verwirrte Pferde, schreiende Ritter und klirrende Schwerter. Gwen geriet in einen Kampfrausch, schoss an den Reitern vorbei, setzte ihnen brüllend mit der Klinge zu und vertraute darauf, dass ihre Männer alle niedermetzelten, die sie nicht getötet hatte. Jemand traf sie am Arm, ein anderer am Bein, doch der Schmerz ging in der Aufregung des Kampfs unter. Das Leben war ein verschwommenes Etwas aus erhobenen Schilden, aufgerissenen Augen, Pferden und Kriegern; sie zerteilte ein Gesicht und schlitzte einem Mann den Bauch so sehr auf, dass die Eingeweide austraten.

Dann erreichte sie das Ende der gegnerischen Kolonne. Der Pfad vor ihr war leer. Hinter sich hörte sie Geschrei. Kleine Drahtholzbäume barsten unter dem Gewicht der Pferde, die ins Unterholz abgedrängt wurden. Gwen fuhr herum, dazu bereit, jeden suhdrischen Ritter niederzureiten, der den Angriff überlebt hatte. Ihre Männer hatten ebenfalls das Ende der Kolonne erreicht und schlugen immer wieder auf die gestürzten Reiter ein.

Brennan ritt zu Gwen. Er hatte eine Schnittwunde in der Wange, Blut strömte ihm übers Gesicht, und seine Augen blickten wild. Seine Axt war hellrot, und die Rüstung mit Blut bespritzt.

Er blickte seine Herrin an und lachte herzhaft auf. »Na, das war eine Überraschung!«

»Mehr für sie als für uns«, erwiderte Gwen. »Haben wir Verluste?«

»Das wissen die Götter. Ich sah von Doucey in die Bäume fallen, und eine Lanze traf von Jances Bauch, aber wie hoch die Verluste genau sind, sehen wir später.« Er hielt inne, wischte das Blut von der Klinge und umwickelte sich die Knöchel mit einer Bandage. »Seltsam, einen so großen Trupp anzutreffen, erst recht so tief im Fenn.«

»Ja. Wo im Namen der Götter wollten sie hin?«

»Das war keine Patrouille. Dafür waren sie zu schwer gerüstet.« Brennan trottete zu einem gefallenen Feind. »Halbrüstung. Schwert, Schild, Gnadendolch, Stilett, Axt. Das sind Frontreiter.«

»Aber einige Tage von der Front entfernt«, murmelte Gwen.

»Falls sich die Frontlinie nicht verändert hat.«

»Das hier sind zu wenig Leute – sie hätten von Hogue niemals allein überwältigt. Das gefällt mir nicht. Schickt zwei Reiter voraus, die mit den frischesten Pferden. Ich will sicherstellen, dass keiner aus diesem Trupp entkommen ist.«

Brennan nickte, wählte zwei Ritter aus und schickte sie den Pfad entlang. Der Rest stieg ab und beäugte die Gefallenen, gab den Verwundeten den Gnadenstoß und klaubte alles auf, was sich zu erbeuten lohnte.

Einige Ritter wollten Lösegeld für die Überlebenden verlangen, doch Gwen schüttelte nur den Kopf. »Keine Gefangenen, kein Lösegeld.«

Die Männer grummelten etwas vor sich hin, trieben aber ihre Klingen gleichermaßen in reiche und arme Verwundete. Sie schleiften die Toten in den Wald und legten den erbeuteten Pferden Zaumzeug an, um sie mit nach Hochbeck zu nehmen. Als sie sich zum Aufbruch bereitmachten, kehrten Brennans Ritter zurück.

»Gab es Flüchtlinge?«, fragte Gwen.

Sie schüttelten die Köpfe, doch ihre Gesichter waren weiß wie Schnee. »Nein, Herrin«, erwiderte einer der beiden. »Wir haben etwas anderes entdeckt.«

Das Fenn war uralt. Die Erdhügel waren mit Felsen und eisenharten Bäumen bedeckt, die so trocken und spröde waren wie alte Knochen. Sie prägten die Landschaft, so weit das Auge reichte. Die niedrigen Senken zwischen den Anhöhen bestanden aus weichem Lehmboden, über den Rinnsale flossen oder auf dem Grundwasser stand; alles in allem glich die Gegend eher einem Sumpf als festem Grund. Die Pfade, die sich hier hindurchwanden, waren schmal und steinig, von Bäumen mit unnachgiebigen Zweigen überwachsen und sowohl zu Fuß als auch zu Pferd beschwerlich. Kalksteinbrocken ragten aus dem Boden wie abgebrochene Zähne.

Jeder Pfad bot unzählige Gelegenheiten für einen Hinterhalt.

Die Sicht war stark eingeschränkt, die Luft feucht und kühl, die Nächte dunkel und voller Insekten. Kein Gebiet, durch das man eine Armee führte. Und doch lagerten zwei Dutzend Ritter und ihr bewaffnetes Gefolge an einer Kreuzung, wo drei alte Straßen aufeinandertrafen. Zelte standen auf dem felsigen Boden und den wurzeldurchwachsenen Hügeln, kleine Feuer erfüllten die Luft mit Rauch.

Auf einer breiten Erhebung am Rand des dichten Waldes beobachteten Gwen und ihre Leute das Lager. Der Boden unter ihren Füßen war mehr Stein als Erde. Die Bäume waren knorrig, auf der Suche nach Nährstoffen wuchsen ihre Wurzeln bis in die Risse zwischen den Kalksteinschichten. Die Pferde warteten zwei Hügel hinter ihnen, an die eingerammten Banner gebunden wie Schafe.

»Jetzt wissen wir, wo die Kolonne hinwollte«, wisperte Brennan Gwen ins Ohr. »Glaubt Ihr, er ist von der Schanze abgezogen?«

»Nein«, sagte sie. »Wir sind weniger als sie und schneller vorangekommen. Die Kämpfer, die wir niedergeritten haben, waren erschöpft. Sie müssen seit Wochen unterwegs gewesen sein.« Sie blickte zu den traurigen Bannern im Lager, die schlaff in der feuchten Luft hingen. »All diese Ritter sind Vasallen des Herzogs von Halverdt. Sie gehören zu keinem anderen suhdrischen Herrscher.«

»Ich frage mich, ob die Häuser Roard und Bassion von dieser Streitmacht wissen.«

»Vielleicht, vielleicht aber auch nicht.« Gwen zählte rasch die Mannstärke. »Sie sind dreimal so viele wie wir, und das ist kein Gelände für heldenhafte Angriffe.«

»Wir hätten Bogenschützen mitbringen sollen.«

»Von Merret braucht sie, um die Furten zu verteidigen.« Gwen rutschte hinter den Hügelkamm zurück und bettete den Kopf auf den moosigen Boden. »Eine Schande, dass die Furten bereits verloren sind. Wir müssen die Schanze und meinen Vater warnen, aber zuerst müssen wir die da umgehen.« Sie nickte zum Lager.

»Wir könnten nach Westen reiten. Viele Pfade führen zur Schanze.«

»Der Umweg wäre zu groß, und unsere Warnung käme zu spät. Davon abgesehen reiten diese Männer nordwärts. Sie wollen zum Fenntor.«

»Was ist mit unserer Jagd?«, hakte Brennan nach.

»Man jagt keine Armee. Nicht, wenn man überleben will.«

Brennan seufzte und rieb sich die Augen. »Was schlagt Ihr vor?«

»Wir warten bis zur Nacht. Schickt einige Ritter zu den Leichen zurück. Sammelt ihre Wappenröcke und Banner auf. Offenbar werden sie hier erwartet.«

»Ihr glaubt doch nicht, dass Ihr ohne Aufhebens in dieses Lager reiten und Euch dann aus dem Staub machen könnt?«

»Nicht ohne Aufhebens, nein. Ganz und gar nicht.«

Die Nacht brach schnell herein. Als die Sterne zu sehen waren und Zinder durch die dünnen Zweige der Drahtholzbäume lugte, ließ Gwen die Hunde los. Die Tiere sollten allein nach Hause zurückfinden. Dann befahl sie ihren Kriegern, aufzusitzen. Sie trugen die Farben der Toten. Gwen verbarg ihr Haar in dem verbeulten, blutbesudelten Helm und reichte Brennan das erbeutete Banner. Sie trug eine Fackel und erklärte ihm, was er sagen sollte.

»Ein wenig dramatisch, findet Ihr nicht?«, fragte er.

»Ich will, dass sie die Farben sehen. Außerdem bringt Feuer immer das Beste in Soldaten hervor.«

Einige Pfadbiegungen vor dem Lager brüllten sie los, trieben die Pferde zu einem harten Galopp an und schlugen die Schwerter gegen die Schilde. Sie warfen Fackeln ins Unterholz. Das Drahtholz fing so schnell Feuer wie trockenes Gras, schwängerte den Himmel mit schwarzen Rauchwolken. Als sie die letzte Biegung erreichten, beugte Gwen sich vor und steckte von Brennans Banner in Brand. Flammen züngelten über den Rand und erhellten die drei Eicheln und das Kreuz von Haus Halverdt.

Die Lagerwachen hörten ihren Ansturm – ebenso der Rest des Lagers – und brachten die Lanzen in Anschlag. Gwen und Brennan kamen in Sicht, und die Wächter brüllten ihnen zu, sofort anzuhalten.

»Wir sind in einen Hinterhalt geraten!«, schrie Brennan. »Schießt Pfeile ab und nehmt Aufstellung! Aus dem Weg!«

Die Wächter zögerten. Gwen trieb ihr Ross noch mehr an. Das Banner, das Brennan trug, peitschte und warf Funken in die Luft. Dank der Flammen erkannten die Wächter, dass die Reiter verbeulte, blutbefleckte Rüstungen trugen und ihre Pferde Schaum vor den Mäulern hatten. Nach wie vor zauderten sie, doch als Gwen und Brennan immer näherpreschten, traten sie schließlich beiseite.

Gwens Ross sprang über eine behelfsmäßige Barrikade, die die Wächter nicht beiseitegezogen hatten, dann war sie im Lager und galoppierte weiter. Sie kam an Dutzenden erschrockener Gesichter vorbei, Männer und Frauen spähten aus den Zelten oder eilten ihr aus dem Weg. Sie ritt durch ein Lagerfeuer, Funken stoben in die Nacht.

»Wie viele?«, schrie ein Wächter, als sie vorüberkam.

»Eine halbe Armee! Götter, ich glaube, der ganze Norden ist uns auf den Fersen!«

»Gheister?«

»Mögen die Götter uns bewahren!«, stieß Brennan hervor, dann waren sie vorbei und galoppierten weiter.

Nach den ersten Wächtern verlangsamte Gwens fünfzehnköpfiger Trupp das Tempo ein wenig und suchte sich einen Weg zwischen den Lagerfeuern und Zelten hindurch. Sie waren dazu gezwungen, hintereinander zu reiten. Gwen verbarg ihr Gesicht. Zwar waren nicht viele mit ihrem Gesicht vertraut, doch falls man sie jetzt erkannte, würde das desaströs enden. Mehr als ein

Ritter, an dem Brennan vorbeikam, erblickte das brennende Banner und salutierte, stieß Flüche oder den Ruf von Haus Halverdt aus: »Gegen die Nacht!« Erst, als Gwen die Wächter am anderen Ende des Lagers sah, gab sie das Signal, und ihre Leute erhöhten das Tempo.

»Überfall! Die heidnischen Hunde wurden nördlich des Lagers gesichtet!«, brüllte Brennan ihnen entgegen. Die Männer zogen verwirrt die Barrikade beiseite und sahen staunend zu, wie Gwen und ihre Ritter vorbeidonnerten.

»Eure Flagge brennt«, merkte eine Wache an.

»Das stimmt. Ich besorg mir eine neue«, sagte Brennan und schleuderte den Schaft des Banners wie einen Speer in den harten Boden, zehn Schritt hinter den Wächtern. Er blieb stecken, die Flammen erfassten den Stoff, verbrannten das Grün und Gold wie eine Kerze. Nach der ersten Biegung des Pfads gab Gwen ein weiteres Signal.

Ihre Leute formierten sich in Zweierreihe.

»Kantergalopp! Die begreifen sicher bald, was gerade passiert ist. Aber dann haben wir schon einen großen Vorsprung, und wir sollten die Pferde nicht überstrapazieren.« Sie schenkte Brennan ein strahlendes Lächeln. »Falls es zum Kampf kommt.«

Der Ritter schüttelte müde den Kopf. »Davor mögen die Götter uns bewahren«. Er lachte auf. »Sie müssen uns *unbedingt* davor bewahren.«

Siebenundzwanzigstes Kapitel

Erzmarschall Henri von Volent stand im Eingang seines Zeltes und sah zu, wie die Reiter durch sein Lager ritten. Er zählte weniger als zwanzig Suhdrin, und die Vorhut trug ein brennendes Banner. Im Norden verließen sie das Lager in leichtem Galopp, ließen das Banner zurück und verschwanden im Wald.

In der Ferne hörte er Hunde bellen. »Wer war das, verdammt noch mal?«, murmelte er. Im Lager herrschte Unruhe; einige der Reiter waren durch Lagerfeuer geritten, hatten die Scheite versprengt, die wiederum Zelte in Brand gesteckt hatten. Am Südzugang bezog ein Kader Soldaten Aufstellung, als wollten sie das Lager in Formation verlassen. Er ging zu ihnen und schnallte sich auf dem Weg das Schwert an den Gürtel.

Ein Infanteriehauptmann ließ seine Leute in der Nähe der Wachtposten einen Schildwall bilden, und drei fahrende Ritter legten ihre Plattenrüstungen an und verlangten nach ihren Pferden. Volent stand mitten im Getümmel, blickte von dem leeren Pfad im Süden zum brennenden Banner im Norden. Im Süden brannte in einiger Entfernung noch ein Feuer, die Flammen flackerten matt zwischen den Drahtholzbäumen. Er packte den Hauptmann bei der Schulter und drehte ihn um. »Bericht, Hauptmann.«

»Reiter kommen, Herr«, stotterte der Mann. »Eine ganze Kolonne südlich von uns, mit Bogenschützen. Ich habe Alarm geschlagen …«

»Das habt Ihr nicht«, widersprach Volent. »Und ich würde es Euch auch nicht raten. Wer hat Euch von diesen heidnischen Reitern berichtet?«

»Unsere Verstärkung, Herr Erzmarschall. Die Männer aus Steinwend, die wir erwartet haben. Sie wurden überfallen und …«

»Diese Reiter?«, fragte Volent und wies nach Norden.

Der Hauptmann blinzelte in die angezeigte Richtung. »Ich glaube schon, Herr Erzmarschall.«

»Ihr glaubt schon. Aber die Reiter, die eben hier durchgestürmt sind, vorbei an Eurem Posten, haben gerade das Lager im Norden verlassen.«

»Warum, Herr? Wieso sollten sie das tun?«

»Warum wohl?«, fauchte Volent. »Und falls sie in einen Hinterhalt geraten sind, wieso sollte der ausgerechnet im Süden gelegt worden sein? An dem Weg, auf dem wir erst heute Morgen geritten sind? In Hörweite unserer Wachen und in Reichweite unserer Bogenschützen?«

»Das weiß ich nicht, Herr Erzmarschall.«

»Nein, das wisst Ihr nicht. Herr von Havreau.« Volent brüllte einen Ritter an, der in der Nähe unter lautem Geklapper sein Pferd vorbereitete. »Reitet den Weg hinab und berichtet mir dann, was Ihr gesehen habt!«

»Jawohl, Herr Erzmarschall. Sobald die Riemen meiner Rüstung festgezurrt sind und mein Schwert vom Inquisitor gesegnet wurde.«

»Ich pfeife auf Eure Rüstung!« Volent riss dem Knappen des Ritters die Zügel aus der Hand und schwang sich in den Sattel. »Benachrichtigt Inquisitor Allaister. Er soll bereitstehen, wenn ich zurückkehre.«

Er wich der Barrikade aus, die erst jetzt wieder auf den Pfad geschoben wurde, dann galoppierte er über den dunklen Pfad. Die Zweige der Drahtholzbäume wucherten über ihm wie eine in Lautlosigkeit erstarrte Woge. Die Dunkelheit hielt nicht lange vor. Gleich nach der ersten Biegung tauchten Flammen Volent in ihr Licht. Fackeln lagen an den Stämmen diverser Bäume, ihre mit Pechleinen umwickelten Köpfe flackerten auf dem verkohlten Grund. Volent ritt eine Weile weiter und fand die Stelle, an der sich der eigentliche Angriff abgespielt hatte. Leichen säumten den Pfad, ihrer Habseligkeiten und Kleidung beraubt. Tote Soldaten. Seine Leute.

Fluchend gab Volent dem Pferd die Zügel und kehrte zum Lager zurück. Der Inquisitor wartete beim Wachtposten, seine Augen blitzten im Licht der Flammen. Elegant stieg Volent neben ihm ab.

»Ich habe gebetet, Herr Erzmarschall, und hatte eine Vision. Ich hörte Hundegebell im Wald. Dämonen in der heidnischen Nacht«, sagte der Inquisitor.

»Von wegen Dämonen. Das war die Jägerschlampe. Sie ist eben durch unser Lager geritten.«

»Und Eure Soldaten haben sie nicht aufgehalten?«

»Der Herzog hat mir nicht die hellsten Leuchten seiner Krieger zugeteilt. Trotz Eurer Versicherungen hält er das Ganze für eine aussichtslose Sache. Was ist mit Euren Leuten, Frèr? Warum haben Eure Priester Zinders uns nicht gewarnt? Falls die Jägerin es zum Fenntor schafft, ist unser Überraschungsmoment dahin. Die ganze Mission könnte bereits gescheitert sein!«

»Gescheitert? Obwohl sich so eine gute Gelegenheit ergeben hat?« Allaisters Stimme war sanft wie Mondlicht und ebenso hell. »Selbst wenn wir diesen Krieg gewinnen, würde der tenerranische Adel früher oder später um Frieden bitten, und er würde Baroness Adair niemals der Inquisition ausliefern. Aber jetzt ist sie in unserer Reichweite. Wir müssen sie nicht zur Aufgabe überreden. Wir können sie einfach gefangen nehmen.«

»Das wäre Pech für sie«, murmelte Volent.

»Zinders Urteil wird immer vollstreckt«, sagte Allaister.

»Ihr Priester habt eine merkwürdige Art, zu sagen, dass ihr Glück hattet. Aber ob Glück oder Vorsehung – sie ist schon an uns vorbei. Sie hat Ritter dabei und kennt die Pfade hier so gut wie die Adern in ihrem Körper. Wir könnten sie nur dann fassen, wenn ich meine Streitmacht aufteile und ausschwärmen lasse.«

Die Schwurritterin Elsa von LaFey trat aus der Dunkelheit. Selbst in der Nacht schienen ihre Augen sanft in kupferfarbenem Sonnenlicht zu glühen. »Das wäre nicht sehr klug. Das könnte nur zweierlei bedeuten: Entweder legt die Jägerin einen Hinterhalt nach dem anderen und schaltet Eure Truppen aus, oder Eure Leute klopfen vergebens die Büsche ab, während sie immer mehr Vorsprung gewinnt.«

»Keines von beidem wäre eine akzeptable Variante«, antwortete Volent. Wäre es nach ihm gegangen, hätte er die Schwurritterin und ihren Gefährten gar nicht erst mitgenommen, doch er hatte es nicht verhindern können. »Was würdet Ihr tun, edle LaFey? Ihr habt schon in diesen Wäldern gejagt, oder nicht?«

»Ich habe Götter gejagt. Keine kleinen Mädchen – und die Sache mit Haus Adair ist nicht meine Angelegenheit. Ich bin hier, um den Gheist zu finden.«

»Warum geht Ihr ihn dann nicht suchen?«, fuhr Volent sie an, dann wandte er sich wieder Allaister zu. Der Schattenpriester war bei LaFeys Auftreten merkwürdig still geworden. »Können Eure Priester irgendwie helfen, Inquisitor? Habt Ihr Seher dabei?«

»Wir sind hier, um Eure Streitmacht vor der Nacht der Heiden zu schützen«, antwortete Allaister. »Zu sonst nichts.«

»Dann ist es zwecklos. Lady Adair wird das Fenntor erreichen, Verstärkung anfordern und uns mit Feuer aus dem Gelände jagen. Wir könnten uns ebenso gut sofort zurückziehen.«

»Ich verlasse den Norden erst, wenn ich den Gheist getötet habe«, sagte LaFey.

»Dann seid Ihr auf Euch gestellt«, erwiderte Volent. »Inquisitor, macht Eure Priester bereit. Wir brechen am Morgen nach Süden auf.«

»Und ich ziehe weiter nordwärts«, sagte Elsa. »Der Gheist ist in der Nähe. Ich rieche seine Verderbnis in der Luft. Ich rede mit Frèr Lucas.«

Die Schwurritterin verschwand in der Dunkelheit, und erst

jetzt ergriff Allaister das Wort. »Es gibt noch eine Möglichkeit, Herr Erzmarschall«, wisperte er.

»Die da wäre?«

»Wir sind Inquisitoren. Frèr Lucas vergeudet seine ganze Energie auf die Gheisterjagd, aber es gehört auch zu den Pflichten eines Priesters, die heidnischen Wilden auszurotten. Ohne die Hexen und ihre schamanischen Handlanger hätten die alten Götter keinen Rückhalt in dieser Welt. Wir haben den Süden von den alten Steinkreisen befreit, und Suhdra ist jetzt vor dem Gheist sicher.«

»Die alten Götter durchstreifen noch immer den Süden, Frèr«, antwortete Volent leise. »Ich weiß das besser als die meisten.«

»Mag sein. Es ist nur so, dass meine Leute ihre Künste spezialisiert haben. Sie durchsieben die Herzen von Sterblichen, finden heraus, ob sie wahren Glaubens sind, und durchsuchen die Dörfer nach verborgenen Feinden. Wir haben gewisse Fähigkeiten.«

»Könntet Ihr Baroness Adair aufstöbern?«

»Das kann ich«, erwiderte Allaister. »So wie die edle LaFey die Verderbnis eines Gheists in der Luft wittert, spüre ich heidnische Herzen auf.«

»Warum offenbart ihr mir das erst jetzt? Wir brechen sofort das Lager ab.« Volent wandte sich um, um einen Untergebenen zu rufen, doch der Inquisitor packte ihn beim Arm.

»Wir müssen einiges bedenken. Wir können unsere Fähigkeiten nicht zeigen, wenn Eure Leute zugegen sind.«

»Wieso nicht?«

»Mein Kult muss seine Geheimnisse bewahren. Die Preisgabe unserer Riten wird mit dem Tode bestraft. Oder mit Wahnsinn. Niemand darf dieses Wissen zum eigenen Vorteil missbrauchen.«

Volent beäugte Allaister kurz. Welche Schatten vermochte der Inquisitor zu werfen, die einem Augenzeugen solch fatale Folgen bescheren konnten? Schließlich zuckte er mit den Schultern. »Was sollen wir tun?«

»Meine Priester und ich werden die Jägerin beschäftigen. Selbst wenn wir sie nicht fangen, garantiere ich Euch, dass sie es nicht bis zum Fenntor schafft.«

»Wie sollen wir ohne Euch zum Fenn kommen?«

Allaister zog zur Antwort eine Karte aus dem Gewand. Sie wirkte sehr alt und zerbrechlich. Behutsam legte er sie auf den Boden und hockte sich hin. Er winkte Volent näher. »Wir sind ungefähr hier.« Er legte den Finger auf die Karte. Sie wirkte merkwürdig, zeigte diverse Stätten, die mit bereits verblassender Tinte markiert waren und auf nichts hinwiesen, was Volent bekannt war. Dennoch fand er darauf das Fenntor und den Talg.

»Wir sind weiter im Norden, als ich erwartet habe«, sagte er.

»Ja. Dieses Land bewegt sich unter unseren Füßen, zu unserer Verwirrung und zum eigenen Schutz.«

»Werden wir uns dann nicht auf jeden Fall verirren, ganz gleich, ob wir nach Süden, Norden oder Osten ziehen?«

»Die Magie dieser Gegend soll die Burg schützen«, er deutete auf die Karte, »und deren Umgebung. Die Zauber hindern Euch nicht daran, das Gebiet zu verlassen. Erst, wenn Ihr weiter nach Norden reist, setzt die Verwirrung ein.«

Volent blickte auf die Karte mit den unbenannten Stätten im Fenn. Welche Geheimnisse sich wohl in den Wäldern um Haus Adair verbargen? Und wieso riskierte die Kirche so viel, um sie zu finden?

»Was ist mit der Jägerin? Was, wenn sie die Kommandanten an der Schanze warnt? Dann laufen wir in eine Falle.«

Allaister grinste breit. »Ich versichere Euch, sie wird abgelenkt sein.«

Die Zelte im Lager waren kalt und dunkel, als Allaister und seine Priester in die Nacht schlichen. Sie passierten die Wachen, ohne bemerkt zu werden. Ihre Körper waren an die Schatten und das lebhafte Schweigen des Mondes gebunden. Als die flackernden Lichter des suhdrischen Lagers außer Sicht waren, sammelten sie sich in der Senke eines kleinen Hains, umgeben von knorrigen Bäumen und dem Geruch verrottender Blätter.

Sie entfachten ein Feuer im Moos und nährten es mit ihrem Blut.

Allaister stand in der Mitte des Kreises. Flammen erhellten seine Züge, die gewundenen Zeichen aus Tinte auf seinem Gesicht verkrochen sich in den Schatten wie Schlangen im Wald. Aus der Robe zog er den Handschuh, den er im fernen Gartstadt an den Gheist gebunden hatte, und legte ihn in das mit Blut getränkte Feuer. Die Flammen mieden das Metall, zuckten davor zurück, als ginge ein starker Luftzug von dem Handschuh aus.

Das Blut der Priester kroch aus dem Feuer über den geschwärzten Stahl. Es wurde magisch von den Runen auf der Oberfläche angezogen und legte sich in die Vertiefungen der Gravuren. Die Flammen schlugen höher, und die Runen begannen zu pulsieren.

Im Rhythmus eines Herzklopfens.

Aus der Dunkelheit des Waldes drang kein Laut. Die im Kreis stehenden Priester wandten sich um und bildeten einen Halbmond, mit Allaister in ihrer Mitte. Die Schatten wuchsen und verdichteten sich, wanden sich durch die Bäume, bis ein Umriss zu erkennen war. Er stand an der Stelle, wo der Lichtkreis des Feuers in die Finsternis überging.

Ein Gott trat ins Licht.

Der Gheist war eine chaotische Masse aus Schatten und Nebel: Wild durcheinanderwirbelnde Linien, die sich unter den Blicken der Inquisitoren ständig veränderten, niemals eine konkrete Form annahmen. Die Priester neigten die Köpfe – aus Furcht oder Ehrerbietung –, nur Allaister stand aufrecht da. Der Dämon war mit der Dunkelheit des Waldes verbunden. Allaister sah sich um und erkannte noch mehr Umrisse zwischen den Stämmen. Sie umflossen das Licht des Feuers, glitten durch die Zweige und schirmten Zinders Silberlicht ab.

Allaister grinste. »Du bist gewachsen«, hauchte er.

»Ich entwickle mich«, erwiderte der Gheist. Die massige Gestalt erbebte und verfestigte sich zu einem menschlichen Umriss, nur größer und breiter. Sie glich einem Mann, der mit dicken Stricken umwickelt war. »Ich werde wieder zu dem, was ich einst war. Ich war so viel mehr als jetzt.«

»Nicht mehr«, sagte Allaister eindringlich. »Was immer du warst, als die Heiden dich in dem Grab fanden: Ich habe dich verändert.«

Der Gheist antwortete nicht. Er erbebte und wartete.

»Ich habe eine neue Aufgabe für dich«, sagte der Inquisitor. »Im Wald ist ein Mädchen unterwegs. Ein Mädchen von heidnischem Blut.«

»Eine der Hexen?«

»Ich glaube nicht. Aber es wäre möglich. Sie ist die Jägerin ihres Stammes. Ihr Name ist Gwendolyn von Adair.«

»Adair, Adair«, murmelte der Gheist. Seine Stimme glich einem hohlen Echo. »Gwendolyn Adair. Sie hat Eisen im Blut.«

»Ja.« Allaister nickte.

»Und der andere Gott? Wurde er gefunden? Muss ich nicht länger die heiligen Stätten der Fenns absuchen?«

»Sie wird uns zu ihm führen, wenn wir sie verfolgen.«

Der Gheist schwieg lange Zeit. Seine Aufmerksamkeit schien in weite Ferne gerichtet.

»Übernimmst du die Aufgabe?«, fragte Allaister.

»Ich habe sie gefunden. Sie ist schnell und durch Zauber geschützt, aber sie ist keine Hexenfrau.«

»Dann jagen wir sie. Wir lassen den dämonischen Gheist hinter uns. Du brauchst dich also nicht länger zu verstecken.«

»Der hier ist krank«, grollte der Gheist. Die schwarzen Schattenranken, die mit der Schwärze des Waldes verbunden waren, drückten den menschenähnlichen Umriss vor. »Wir brauchen Ersatz.«

»Krank?«, hakte Allaister nach.

Ohne Warnung brach die wimmelnde Gestalt des Gheists auf

wie ein Ei, und ein Mensch fiel heraus. Er trug die Gewänder eines Priesters. Sein Gesicht war vor Entsetzen verzerrt. Öliges Blut rann ihm aus dem Mund. Die Inquisitoren zuckten zurück.

Allaister kniete sich neben den Mann und hob seinen Kopf an. Er blickte in tote, feuchte Augen. »Ah, Frèr Montandon, schade, dass Ihr tot seid – aber wir alle müssen Opfer bringen.« Er deutete mit der freien Hand auf einen seiner Priester. »Du kannst den da haben.«

Der betreffende Geistliche starrte Allaister an, dann ließ er den Stab fallen, unternahm einige wankende Schritte und rannte los. Der quirlende Schatten, der Frèr Montandon in sich aufgenommen hatte, regte sich nicht. Doch als der Priester die Dunkelheit erreichte, schoss ein dicker Strang wimmelnder Schwärze aus der Finsternis, hüllte ihn in wirbelnde Nacht und verschlang ihn. Ein greller Schrei erklang und verstummte gleich wieder. Der Gheist nahm den Körper des Geistlichen in sich auf.

Dann herrschte Schweigen. Keiner der übrigen Inquisitoren schien zu atmen. So schnell, wie der Jagdgott aufgetaucht war, verschwand er zwischen den Bäumen. Das fahle Licht von Zinders Antlitz erhellte wieder die Lichtung. Das Feuer zischte und knackte.

Allaister und seine Priester folgten dem Gott in die Nacht.

»Was haltet Ihr davon?«, fragte Elsa. Sie versteckte sich mit Lucas in den Hainen, von wo aus man das ehemalige Nachtlager überblicken konnte. Erzmarschall Volent hatte die Zelte abbrechen lassen und zog eilig nach Süden. Seine Leute hatten die Banner eingerollt, und ihre Stimmung war finster.

»Ich glaube, sie verfolgen jetzt eine andere Mission«, antwortete Lucas. »Frèr Allaister und seine Priester sind nicht bei ihnen, und sie haben dem Fenntor den Rücken gekehrt.«

»Womöglich kehren sie nach Grünhall zurück«, mutmaßte Elsa. »Sie haben sich von den Inquisitoren getrennt und wollen nach Hause.«

»Kann sein, aber ich glaube eher, dass sie sich eine leichtere Beute suchen. Den letzten Berichten zufolge sind von Blakleys Truppen an der Schanze dünn gesät. Eine ausreichend große Streitmacht, die von hinten angreift, könnte die ganze Verteidigung am Talg durchbrechen.«

»Diese Berichte sind einen Monat alt«, hielt Elsa entgegen. »Die Lage hat sich vermutlich geändert. Der Krieg ist möglicherweise vorbei.«

»Diese Art von Krieg ist niemals vorbei.« Lucas ließ die Zügel knallen, und sein Maultier wandte sich nach Norden. »Aber das soll uns nicht kümmern. Zumindest noch nicht.«

Elsa folgte ihm und schaute sich besorgt um. »Ich spüre, dass dieser Ort immer seltsamer wird«, wisperte sie. »Das Land hat uns entdeckt, und unsere Anwesenheit gefällt ihm nicht.«

»Ich bin ein Schatten, edle LaFey, und Ihr seid die Sonne.« Lucas zuckte die Achseln. »Wir stehen einander zur Seite. Das Land wird uns nicht beirren.«

»Trotzdem. Das hier ist ein verfluchter Ort. Ein Ort von großer Macht.«

»Ja und noch etwas anderes ist geschehen. Spürt Ihr es?«

»Ja«, sagte Elsa. »Der Gestank der Verderbnis ist fort. Unser Gheist ist verschwunden.«

»Wir werden seine Spur wieder aufnehmen, ganz sicher. Ich spüre etwas nördlich von hier. Dort beginnt unsere Suche. Vielleicht finden wir auch heraus, wohin Frèr Allaister gegangen ist.«

»Was bringt es uns, den Frèr aufzuspüren?«

»Eine interessante Frage. Ich denke, uns erwartet eine ebenso interessante Antwort darauf.«

Achtundzwanzigstes Kapitel

Die Fluten des Talg flossen friedlich über die glatten Steine der Furt. Das Wasser begann seine Reise als geschmolzener Schnee in den hohen Bergen Suhdras um Herzbrück, strömte dann in unzählige kleinere Läufe, die sich schließlich zum Wyl vereinten. Bei Dannswehr teilte sich dieser Fluss, die eine Hälfte wurde zum Talg, die andere zur Silberlyn. Dort, wo der Talg ins Fenn eintrat, fraß er sich durch Kalksteinschichten und schmale Schluchten. Mal floss er reißend und schäumend, dann wieder langsam und sanft wie der Sommer, bis er die Kerbbucht erreichte und ins Meer mündete. Er fungierte als natürliche Grenze zwischen Tener und Suhdra, eine Linie, die die Götter höchstselbst gezogen hatten.

Der Talg hatte schon viel Blutvergießen gesehen, trotzdem war sein Wasser unvermindert kühl und klar.

Ian stand am nördlichen Ufer und wusch sich den Staub von den Füßen. Er hatte seit Längerem kein richtiges Bad mehr genommen, der Schmutz hatte sich bereits in seinen Poren festgesetzt. Langsam watete er ins tiefe Wasser, spürte die Strömung und die gelegentliche Berührung eines neugierigen Fisches und tauchte schließlich ganz ein. Die Kühle drang ihm in die Knochen, trotzdem hatte Ian sich nicht mehr so entspannt gefühlt, seit von Bourdais ihn auf dem Turnierplatz in Grünhall hatte töten wollen.

Er drückte die Füße in den Schlamm und genoss die Strömung. Er konzentrierte sich auf die Riten Zinders, die seine Gedanken beruhigten und sein vernünftiges Denken förderten. Ian war böse auf seinen Vater, der ihn zur Flanke abkommandiert hatte und ihm somit den Ruhm der Schlacht verwehrte. Er ärgerte sich über Martin, der Tener die Schuld an dem Zwist gab, und er war wütend auf sich selbst, weil er wegen alledem nicht schlafen konnte. Daher ließ er seinen Zorn vom Wasser forttragen.

Das Licht über ihm war kristallgrün. Das güldene Gesicht der Herrin Zwietracht schimmerte durch die Fluten. Das Ende des Sommers stand bevor, und am Morgen herrschte bereits die beißende Kühle des Herbstes. Die Tagundnachtgleiche würde nicht mehr lange auf sich warten lassen.

Im Talg auf der Stelle treibend, dachte Ian an die zahlreichen Gheister, die in letzter Zeit aufgetaucht waren. Wie gefährlich würden wohl die weniger hohen Feiertage werden, die das Schwinden der Macht vieler Götter einläuteten? Gewiss würden mehr Schwurritter auf den Straßen zu sehen sein und mehr Gheister in den Wäldern. Der Krieg könnte diese Lage beeinflussen. Wenn die Schwurritter nicht sicher umherziehen konnten, würden sie in der Lichtfeste bleiben und Tener den wilden Göttern überlassen. Ian würde Vorkehrungen treffen müssen, um seine Leute vor ihnen zu schützen. Wie wohl Martin seine suhdrischen Ritter beschützte? Womöglich könnte Ian ihre Furcht zu seinem Vorteil nutzen. Er würde Kämpfer in blauer Kleidung losschicken und an den gegnerischen Flanken zuschlagen lassen. Sollten *sie* ruhig schlaflose Nächte haben! Bei dem Gedanken grinste er und stieß sich wieder vom Grund ab, der Oberfläche entgegen.

Ein Pfeil schlug über ihm ins Wasser ein. Ian blickte das Geschoss kurz an. Wie hatte jemand bei der Schießübung so schlecht zielen können? Dann jagte ein zweiter Pfeil ins Wasser, dicht neben dem ersten, und schließlich ging eine ganze Salve auf den Fluss nieder wie ein Regenschauer.

Keuchend erhob Ian sich und blickte zum Südufer. Die Zelte von Marchand und Roard standen unverändert auf ihrem Platz. Soldaten liefen zwischen ihnen umher. Viele standen auch am Ufer, doch trugen sie weder Bögen, noch waren sie zahlreich genug, um eine solche Salve abzufeuern. Die Männer und Frauen in Ians Blickfeld starrten schockiert zu seinem Lager. Was bedeutete, das der Angriff nicht aus dem Süden erfolgte.

Hinter ihm erscholl ein Horn, dann noch eins. Er fuhr herum. Mehrere Zelte standen in Flammen. Aus dem Wald im Norden raste ein weiterer Pfeilhagel herbei. Die Geschosse zogen Rauchbahnen hinter sich her, die von brennenden Pechspitzen stammten. Überall im Lager erklangen Alarmhörner, zu denen sich Fanfaren vom suhdrischen Flussufer gesellten.

Ian hastete an Land und zog sich schnell an. Eine Ritterin rannte herbei – die Frau war ihm unbekannt. Sie trug das Wappen von Haus Dougal, den Hirsch und den Spürhund. Sie schleppte einige Rüstungsteile, die Ian als seine eigenen erkannte.

»Hoheit«, grüßte die Frau ihn nüchtern, dann half sie ihm in die Rüstung.

»Was geht vor?«

»Pfeile aus dem Wald. Die meisten Wachen sind wohl bereits tot, sonst könnten die Schützen nicht so nah herangekommen sein. Hebt die Arme.«

Ian tat, wie ihm geheißen, dann duckte er sich. Ein Bolzen zischte über seinen Kopf hinweg. Die Frau drückte ihm die Arme wieder hoch und streifte ihm ein Kettenhemd über, das sie ihm unter den Gürtel schob. »Das muss genügen«, sagte sie. »Lasst euch nicht ins Bein schießen.«

Dann lief sie zu den Zelten zurück. Soldaten mit dunklen Umhängen strömten aus dem Wald, drangen ins Lager ein und stachen die Krieger nieder, die sich bislang weder angemessen hatten rüsten noch bewaffnen können.

»Wartet! Wir müssen die Banner versammeln! Stoßt in die Hörner …«

»Schon geschehen«, sagte die Ritterin über die Schulter. »Euer Schwert ist dort. Zieht es, und macht Eurem Namen Ehre.« Sie zog die eigene Waffe, stieß den Schlachtruf ihres Hauses aus und stürzte sich in den chaotischen Kampf, der im Lager tobte.

Am gegenüberliegenden Ufer riefen die Hörner der Suhdrin ihre Truppen zur Aufstellung. Lanzenkämpfer und Bogenschützen formierten sich an der Furt, und Ian sah, dass sich die Reiterei rüstete und auf den Angriff vorbereitete. Sie würden in Kürze den Fluss überqueren. Die tenerranischen Wachen an der Furt hatten sich der Bedrohung aus dem Wald zugewandt. Sie wurden in die Zange genommen, doch wie sich die Streitmacht bis in die nördlichen Wälder hatte durchschlagen können, war ihm ein Rätsel. Falls Ian keine Verteidigung organisierte, würde das ganze Lager niedergemacht werden.

Gwen Adair hat uns im Stich gelassen.

Er zog die Stiefel an, zückte das Schwert und warf die Scheide beiseite. Die Angreifer im Norden hatten sich durch die Vorposten gekämpft und die Zelte erreicht. Sie schnitten die gepanzerten Rösser los und trieben sie aus den Pferchen. Wer immer diese Soldaten waren, ihr Angriff erfolgte zwar fast lautlos, schien aber nicht sonderlich effektiv zu sein. Die meisten Pfeile waren über das Lager hinweggeflogen, und trotz des Durcheinanders hatte Ian den Eindruck, dass seine Leute sich gesammelt hatten und sich gut schlugen.

Eine Reihe suhdrischer Angreifer taumelte ans Flussufer. Ihr Schildwall zeigte Lücken, und ihre Lanzenspitzen wiesen in alle möglichen Richtungen statt vereint auf den Feind. Ein Trupp Tenerraner stürmte zwischen sie, fegte Lanzen beiseite und drosch auf Schilde ein.

»Für Hund und Weih!«, brüllte Ian und stürzte sich ins Getümmel.

Die Schlacht bestand vornehmlich aus Nahkämpfen und war rasch vorbei. Die Tenerraner durchbrachen den suhdrischen Schildwall wie das Rückgrat eines Babys, verschlangen den Feind und spien dessen Überreste aus. Ian stand am einen Ende des Gemetzels; die Ohren klingelten ihm, und seine Hand war ganz taub vom Schwertkampf.

Suhdrische Streitkräfte sammelten sich am anderen Ufer, überquerten den Fluss aber nicht.

Ian schaute sich um und entdeckte die Ritterin, die ihm ins Kettenhemd geholfen hatte. »Frau von …«, rief er.

»MaeWulf.« Sie blickte zu den toten Feinden vor ihr am Boden. »Das sind noch Kinder.«

»Tote Kinder, ja – und alte Männer, Gebrechliche … keine besonders tolle Streitmacht. Hätten sie uns nicht überrascht, wären sie nicht einmal eine Bedrohung gewesen.«

»Wie bei den Totenreichen konnten sie hinter uns gelangen?«, murmelte MaeWulf. »Unsere Augen reichen von hier bis nach Dannswehr, und Baroness Adair hält die Furten im Westen.«

»Die Frage sollten wir ihr stellen«, erwiderte Ian.

Ohne Vorwarnung ging eine Salve Pfeile auf das Lager nieder. Diesmal gab es Verwundete – unter Tenerranern und Suhdrin gleichermaßen.

Verwirrung brach aus, dann fielen einige Zelte in der Nähe zusammen. Ians Krieger stürmten aus der aufsteigenden Staubwolke hervor; sie zogen sich zurück, die Gesichter dem fernen Wald zugewandt.

Die Schlachtlinie verlagerte sich zum Flussufer und riss Ian, MaeWulf und ihre Leute mit sich. Eine diszipliniert vorrückende Streitmacht aus Speerträgern, wie wild kämpfenden Fußsoldaten und eine Gruppe Ritter auf Rössern drängte die Tenerraner zurück. Die Ritter trugen ein Banner.

Erzmarschall Henri von Volent führte sie an – das Maskengesicht. Er focht wie ein Dämon und schlachtete seine Feinde ab wie ein Metzger Vieh.

Am anderen Ufer erklang ein Horn, und die gegnerische Streitmacht setzte sich in Bewegung.

»Verteidigen! Verteidigen!«, übertönte Ian den Kampflärm. Er schwenkte das Schwert über dem Kopf, doch die Männer und Frauen ringsum sahen nicht zu ihm. »In Schlachtordnung bleiben!«

»Es gibt keine Schlachtordnung, Hoheit«, stieß MaeWulf zwischen zusammengebissenen Zähnen hervor. Sie hatte zahlreiche Wunden, Blut floss ihr durchs Kettenhemd, trotzdem kämpfte sie weiter. Ian versuchte erneut, den Kampf anzuführen, doch das brachte ihm lediglich die Aufmerksamkeit der suhdrischen Angreifer ein.

Sie bedrängten ihn heftig.

Ein Speer traf ihn an der Schulter und sprengte dabei die Glieder des Kettenhemds, die ihm wie Münzen über die Brust regneten. Die schwere verrutschte Rüstung behinderte seinen Schwertarm. Ohne Schild war Ian allein auf die Klinge angewiesen, und das verlangsamte ihn. Er wankte zurück und platschte in den Fluss. Das ehemals klare Wasser war nun trüb vom Blut.

Ein Gegner tauchte hinter dem Schildwall auf, und Ian schlug nach ihm, zerschmetterte Knochen und Zähne. Der Feind verschwand, und der nächste warf sich vor, drosch wie wild auf Ian ein. Die Ritter um Volent fochten fanatisch und ohne Rücksicht auf sich selbst. Es war, als führten Dämonen ihre Klingen. Ein Schild knallte Ian gegen die Brust und schleuderte ihn rücklings ins tiefe Wasser.

Er ließ das Schwert fallen, kämpfte gegen das schwere Kettenhemd an und schaffte es schließlich, die Beine auf den schlammigen Grund zu setzen und den Kopf über Wasser zu drücken. Volents Ritter galoppierten in den Fluss und mühten sich, die Tiere in der Strömung zu beruhigen.

Ohne Schwert und bis zur Brust im Wasser wurde Ian von seinen fliehenden Kriegern mitgerissen. Wie Schafe ließen die Tenerraner sich auf den glitschigen Steinen der Furt zusammentreiben. Dicht an dicht wie laichende Forellen sammelten sie sich im seichten Wasser. Ians Leute bedrängten ihn von allen Seiten. Selbst wenn er sein Schwert nicht verloren hätte, würde er kaum kämpfen können. Die Luft war erfüllt vom Gewieher der Pferde und vom Gebrüll der Menschen, dem Klirren der Waffen und Dröhnen ferner Hörner.

Dann erscholl ein Horn ganz in der Nähe, gefolgt von Hufgetrappel.

Das Geschrei wurde lauter.

Ritter galoppierten in einer breiten Reihe durch die Furt. Sie trugen volle Rüstung und die flatternden Banner der Häuser von Roard, Marchand und LaGaere. Sie zertrampelten die pferdelosen Tenerraner wie Eier.

Etwas traf Ian an der Schulter. Der Schwung des Treffers riss ihn herum, rote Tropfen sprühten durch die Luft – Ian begriff, dass das sein eigenes Blut war. Dann war er im Fluss, diesmal hinter der Furt. Die Kälte trieb ihm den Atem aus dem Leib. Er sank, spürte Schlamm zwischen den Fingern und im Gesicht. Körper drückten ihm auf den Rücken, und seine Lungen schrien nach Luft. Er wand sich frei, trotzdem hielt ihn die Rüstung unter Wasser. Sein linker Arm reagierte nicht, also versuchte er mit der tauben rechten Hand, das zerstörte Kettenhemd abzustreifen.

Die Glieder malträtierten seine offenen Wunden wie Angelhaken, rissen ihm Fetzen aus dem Gewebe, doch schließlich glitt das Hemd von ihm ab, und er trieb mit der Strömung davon. Das Licht über ihm war klar und grün. Ihm ging endgültig die Luft aus, und Dunkelheit umfing ihn.

Ian trieb weiter. Die Strömung zog ihn westwärts, weg von seinem Vater, von den tenerranischen Soldaten und jeglicher Sicherheit. Der Fluss brachte ihn fort.

Das erste Horn erscholl am westlichen Posten. Malcolms halbmondförmig postierte Armee war zu beiden Seiten von Furten flankiert, an denen sie den Talg überquert hatten. Sie sicherten jede Flanke mit vielen Reihen Lanzenkämpfern und dem Großteil der tenerranischen Bogenschützen.

Im Osten konnte man den Fluss erst wieder bei Plundhain überqueren. Die befestigte Stadt war ein Bindeglied der meisten Handelsrouten zwischen Grünhall und dem Fenntor, wohingegen man den Talg im Westen an diversen Furten und auf kleineren Brücken überwinden konnte. Die Baroness von Adair hielt die Furten weiter westlich, Malcolms Sohn verteidigte die größte Furt in der Nähe, gleich hinter der Flussbiegung.

Von Ian hatte er nichts gehört.

Die Grenzwachen hingegen signalisierten eine Attacke. Malcolm, der in einem Feldstuhl saß, wandte sich von Rudaine ab und blickte nach Osten. Wie die meisten seiner Krieger trug auch er die Rüstung Tag und Nacht. Allmählich strengte ihn das an, doch die Furcht vor einem Angriff ließ ihn das Unbehagen verdrängen.

»Machen sie einen Probeangriff auf die Flanke?«, fragte Rudaine. Er und Malcolm hatten besprochen, ob sie sich über den Talg zurückziehen oder sich bis Grünhall durchkämpfen sollten.

»Nein, da steckt mehr hinter.« Malcolm stand auf, verlangte nach seinem Pferd und schnallte sich das Schwert an den Gürtel. »Ich sehe keine Bewegung an der suhdrischen Front.«

»Ich auch nicht«, bestätigte Rudaine. Der Großteil der feindlichen Armee breitete sich vor ihnen aus. »Sie regen sich, aber wohl eher aus Neugier. Sie bereiten sich nicht auf einen Angriff vor.« Einige gegnerische Reiter trabten die Front entlang, doch die meisten Soldaten hielten sich an den Lagerfeuern auf.

Der Herzog blickte zum Himmel. »Noch eine Stunde bis Sonnenaufgang. Eine schreckliche Zeit für eine Attacke.«

»Trotzdem hören wir die Hörner.«

Malcolm schnaubte. Jemand brachte ihm Pferd und Schild, dann halfen ihm mehrere Männer in den Sattel. Rudaine blieb stehen. Vom Sattel aus konnte Malcolm sowohl die suhdrischen Reihen besser überblicken als auch die westlichen Vorposten, wo noch immer die Hörner erschollen. Ians Krieger am Nordufer waren ebenso wenig zu sehen wie die Streitmacht, die ihn angriff.

»Nein, da ist nichts zu sehen. Falls sie die Westfurt angreifen, müssen ihre Anführer Gespenster sein. Herr von Bray, schickt einen Reiter zu diesem Vorposten und findet heraus, was da los ist.«

Malcolm wartete, bis der Ritter fort war, dann beugte er sich zum Herzog von Rudaine hinab. »Das sind Eure Leute, Herzog. Neigen sie zur Furcht?«

»Niemand aus Sinkhall neigt zur Furcht, Hoheit.«

»Tja, ich weiß nicht, was ich sagen soll. Die Südfront wirkt ruhig. Entweder haben Eure Späher zur Jagd geblasen oder …« Malcolm wandte sich zu einem Boten um, der ihm einen Bericht überreichte. Sein Blick schweifte über den Talg zum Nachschublager am Nordufer. »Die Götter seien verdammt«, murmelte er.

Eine Kolonne Reiter näherte sich leise durch die Lager und stach die wenigen Wachen nieder, die den nördlichen Arm der Westfurt sicherten. Rudaine folgte Malcolms Blick, fluchte und rannte los.

»Greift diese Furt an, Herzog!«, schrie Malcolm ihm nach. »Wir können es uns nicht leisten, abgeschnitten zu werden!«

Rudaine antwortete nicht, sondern lief einfach weiter. Malcolm wendete sein Ross und ritt zum Ufer. Soldaten und Pferde kamen in Bewegung, als die Kommandanten allmählich begriffen, was vorging. Ein Schlachtruf hallte über das Flusstal, diesmal aus dem suhdrischen Lager. Offenbar hatte Halverdt die Nachricht vom Angriff erhalten.

Das ist doch Wahnsinn, dachte Malcolm. *Wieso wusste er nichts von der Attacke auf unsere Flanke?* Doch es war nicht zu leugnen: Die suhdrischen Krieger schienen sich erst jetzt zu rühren.

»Hoheit«, rief von Bray, »das sind Marchands und Roards Kämpfer! Späher sahen sie die Böschung hinabreiten, aus der Richtung Eures Sohnes, schlugen aber erst Alarm, als ihnen klar wurde, wie viele Gegner es sind. Unsere Leute hielten den Angriff zunächst für eine List.« Der Ritter wankte zu Malcolm.

»Mein Sohn hat uns nicht gewarnt?«

»Nein, Hoheit. Wir nehmen an, dass seine Stellung überrannt wurde.«

»Und meine Frau?«

»Sie ist am Nordufer, Hoheit. Mit Unterhändlern der neutralen tenerranischen Anführer. Sie speisten eben noch gemeinsam zwischen den Wagen, aus Sicherheitsgründen.«

»Tja, jetzt sind die Unterhändler wohl nicht mehr neutral«, fauchte Malcolm. Ein Schrei hallte von der Westfurt herüber, und er blickte auf. Rudaine führte einen Angriff an, eine kleine Einheit Ritter zu Ross, die unter einem Pfeilhagel durchs Wasser preschte. »Sie haben Bogenschützen im Wald. Das wird eine blutige Angelegenheit.«

»Was sollen unsere Krieger tun?«, fragte Bray.

»Seht zu, dass wir die Ostfurt sichern. Es ist unwahrscheinlich, dass sie bis dahin vorgedrungen sind, aber das wissen nur die Götter. Behaltet den Süden im Auge. Wenn die Tenerraner …«

»Reiter im Süden, Hoheit!«, rief ein Bote, der von der Front herbeigaloppiert kam. »Die suhdrischen Ritter sitzen auf, auch wenn der Feind keine konkrete Strategie zu verfolgen scheint.«

»Dann sollten wir uns bereit machen. Stellt die Pikeniere auf. MaeHerron soll seine Schilde in der Mitte der Schlachtreihe aufstellen. Sie sollen erst angreifen, wenn die suhdrische Streitmacht sich festlegt.« Der Bote nickte bei jeder Anweisung und wollte schon eifrig losreiten, als Malcolm seine Zügel packte. »Hört genau zu. Was immer gerade geschieht, Halverdt ist davon genauso überrascht wie wir. Die Kommandanten sollen ihre Leute beruhigen. Gebt ihnen Zeit für ein Gebet. Zeigt keine Furcht in dieser Lage. Verstanden?«

»Ja, Hoheit, aber…«

»Genug«, bellte Malcolm. »Wir halten die Stellung oder sterben.« Er ließ die Zügel los und gab dem Pferd des Mannes einen Klaps. »Falls wir uns bis nach Hundsweih zurückziehen müssen, mögen die Götter uns beistehen.«

»Was ist mit Eurer Frau, Hoheit?«

»Was soll mit ihr sein? Sie ist eine Tochter Teners.«

Das Banner von Haus Marchand flatterte und fiel, Blut besprenkelte den schwarzen Speer und die Goldene Rose. Rauch hing schwer in der Luft, überall gellten Schreie von Sterbenden. Die Flammen der brennenden tenerranischen Nachschubwagen waren die einzige Lichtquelle, und der süße Gestank verkohlten Fleisches vermengte sich mit dem Geruch nach Schweiß und freigelegten Innereien.

Graf von Daeven stützte den eingeschlagenen Kopf seines Sohnes, seine Hände waren blutbesudelt.

Caroline von Blakley blickte in die Nacht, sah den letzten Reitern der fehlgeschlagenen Flankenattacke nach, die zwischen den Bäumen verschwanden. Sie stützte sich auf die Lanze und sah auf das tote Kind hinab. »Schließt Ihr Euch uns jetzt an, Graf Daeven?«

Daeven erschauderte, seine Schultern bebten, Tränen und das Blut des toten Sohnes glänzten auf seinen Wangen. Der Graf von Schwarzvaen funkelte sie an. »Glaubt ja nicht, Ihr könntet durch den Tod eines Kindes hundert weitere Speere für Eure Ketzerei gewinnen, Hoheit.«

»Sein Blut klebt auf suhdrischen Klingen, Graf. Wollt Ihr ihn nicht rächen?«

»Ich lasse nicht zu, dass meine anderen Söhne auch noch sterben.« Er richtete sich auf, wiegte die Leiche in den Armen. Der Kopf des Jungen hing schlaff an den Überresten seines Halses. Ein wenig Gewebe riss, Blut quoll hervor, und die Halswirbel schabten aneinander. »Ebenso wenig lasse ich zu, dass man meine Töchter vergewaltigt und meine Frau zur Witwe macht.«

»Ihr kamt her, um mit den Häusern zu reden. Vielleicht wolltet Ihr Frieden aushandeln, aber sie brachten das Schwert mit zum Verhandlungstisch.«

»Ihr!«, sagte er. »Ihr brachtet das Schwert mit. Sie haben nur entsprechend reagiert.«

»Graf von Daeven, Tausende suhdrische Ritter scharen sich an unserer Grenze. Selbst jetzt …«

»Genug. Ich muss meinen Sohn so weit von Eurem Schlachthaus entfernt wie möglich begraben.« Daeven hüllte den blutverschmierten Kopf seines Sohns in den Umhang, erzitterte, als er unter dem Tuch verschwand, und rückte ihn zurecht. Ohne ein Wort zu verlieren, wandte er sich um und schritt in die Nacht davon.

Seufzend legte Caroline den Speer beiseite. Sie trug noch immer das feine Gewand, das sie zum Mahl mit den Unterhändlern angelegt hatte. Eilig hatte sie ein Kettenhemd und einen Brustpanzer übergestreift; nun hatten das viele Blut und der Schweiß das festliche Kleid ruiniert. Die Reiter waren so schnell über sie hergefallen, dass sie ihre Gäste nicht hatte in Sicherheit bringen können. Selbst Graf Daeven hatte zum Schwert gegriffen, um seinen Sohn und das eigene Leben zu verteidigen.

Es hatte nichts genützt.

Eine Dienstmagd rannte mit dem Bogen in der Hand herbei. Das Mädchen schien unter der Rüstung nackt zu sein, bis auf einen Fetzen Wollstoff. Als es zum Angriff kam, hatte sie sich offenbar für die schnelle, freizügige Methode entschieden und die Ärmel abgeschnitten. Caroline bedauerte fast, dass sie nicht selbst auf den Gedanken gekommen war.

Das Mädchen salutierte und kniete nieder.

»Steh auf, Kind. Was ist los?«

»Die letzten Reiter haben sich zurückgezogen. Wir treiben die Bogenschützen aus dem Wald. Sie sind Kinder, Hoheit. Jungs und Greise.«

»Für Jungs und Greise haben sie gut gekämpft. Und unsere anderen Gäste?«

»Herzog MaeFell hat sich uns bereits angeschlossen, aber er hat seine Banner noch nicht gerufen. Es wird Wochen dauern, bis seine Leute eintreffen. Eure übrigen Gäste sind relativ sicher.«

»Nicht alle.« Caroline schaute auf das gerinnende Blut zu ihren Füßen. »Sorg dafür, dass Graf Daeven nach Hause eskortiert wird. Wie ist die Lage auf der Südseite des Flusses?«

»Dunkelheit und Schlachtgesänge«, erwiderte die Magd.

»Ich möchte lieber nicht bis zur Dämmerung warten. Versammelt so viele Klingen wie möglich. Sind die Furten frei?«

»Die Suhdrin halten die Westfurt. Sie konnten sich Herzog Rudaines Angriffen widersetzen, bis Halverdts Lanzenträger aus dem Süden eintrafen. Sie haben aus den Gefallenen Sinkhalls eine Brücke gebaut, Hoheit.«

»Du hast eine furchtbare Ausdrucksweise, Mädchen.« Caroline wandte sich um. »Dann gehen wir nach Osten.«

Die Magd verbeugte sich und rannte davon, ihre blanken Füße hinterließen Spuren im eingedrückten Gras. Caroline setzte sich in Bewegung. Dabei löste sie das unpraktische Flechtband, mit dem sie ihr Haar gebändigt hatte, und flocht die Strähnen so zusammen, dass sie besser unter den Helm passten. Als sie die Ostfurt erreichte, vernahm sie das Klirren von Metall und Geschrei.

»Hat sich der Kampf hierher verlagert?«, fragte sie einen Wächter, der entsetzt zur Furt sah. Als er nicht antwortete, packte Caroline ihn bei den Schultern und drehte ihn um.

Er hatte eine Schnittwunde auf der Stirn, Blut tropfte ihm auf die Brust. Seine ausdruckslosen Augen waren aufgerissen. Er wich vor ihr zurück, ließ das Schwert fallen und wankte Richtung Norden davon. »Nach Hause«, murmelte er. »Ich geh nach Hause.«

Caroline hob sein Schwert auf und blickte sich um. Die meisten Krieger an diesem Ende der Furt schienen in Kämpfe verstrickt zu sein. Ein steter Strom Soldaten überquerte zu Fuß den Fluss; einige schleppten zwei oder drei Kameraden zwischen sich. Viele trugen das Schwarz und Weiß von Hundsweih, doch waren auch Krieger im Grün von Haus Rudaine und im hellen Gelb und Blau der Jaerdins zu sehen.

Das gegenüberliegende Ufer lag in völliger Dunkelheit da.

»Bringt mir Fackeln«, rief Caroline, »und organisiert einen Schildwall! Männer des Hundes, zu mir!«

Diejenigen, die den Fluss überquerten, ignorierten sie, doch einige Dutzend wurden auf ihre Herrin aufmerksam und eilten zu ihr. Die Magd gesellte sich mit einer Handvoll Diener ebenfalls dazu. Sie nahmen eine Verteidigungsformation ein, die Lanzen auf die Furt gerichtet. Die Schlacht wanderte auf sie zu wie ein Sturm aus tobenden Schilden und Schwertern.

Dann brach der Orkan los. Eine große Reiterkompanie schälte sich aus der Dunkelheit und preschte über den Fluss. Sie stießen die Verletzten und Lahmen beiseite. Hinter ihnen kämpfte eine kleinere Einheit Ritter um den Rückzug. Eine Flut suhdrischer Klingen setzte ihnen zu.

Malcolm von Blakley focht in der Mitte des tenerranischen Rückzugs. Er hatte sein Pferd verloren, seinen Helm und seine Ehre, doch er lebte. Als er das Ufer erreichte, befahl Caroline den Angriff. Sie und ihre Lanzenträger schlossen die Lücke und wehrten die Gegner ab. In der Dunkelheit geriet die feindliche Attacke ins Stocken. Rasch zogen die Suhdrin sich über den Fluss zurück, zufrieden, die Blakleys aus Suhdra vertrieben zu haben.

Caroline wandte sich ihrem Mann zu. Er war mit nasser Asche beschmiert. Malcolm sackte schwerfällig zu Boden, kaum imstande, im Schlamm aufrecht sitzen zu bleiben.

»Braucht sonst noch jemand Hilfe?«, fragte sie.

»Rudaine wollte sich über die Westfurt kämpfen«, keuchte er. »Im Westen hat es niemand hinübergeschafft.«

»Dann sind sie verloren. Wir alle sind verloren«, murmelte der Herzog, sank auf den Rücken und stierte in den Nachthimmel hinauf. »Lass zum Rückzug blasen.«

»*Ich* befehlige diese Armee«, entgegnete Caroline. Sie hockte neben ihm und überprüfte seine Atmung, ob Blut aus der Rüstung drang und ob sein Schädel gebrochen war. Schließlich erhob sie sich und winkte nach ihrer Magd.

»Gebt das Signal zum Sammeln und blast anschließend zum Rückzug. Wir marschieren zum Fenntor.«

Neunundzwanzigstes Kapitel

Gwen hielt sich im Nebel. Ihre kleine Gruppe aus sieben Kämpfern schlängelte sich hinter ihr her wie ein eiserner Fluss, die Schritte der Pferde gedämpft, jedes Wort nur ein Wispern. Sie befand sich zwar in ihrer Heimat, im Wald, der ihr Geburtsrecht war, trotzdem fühlte sich das Land fremd an. Etwas schlich durch die Nacht, lauerte in den Träumen auf Gwen und ihre Leute. Es tötete sie. Stück für Stück, Schrecken für Schrecken, Herzschlag für Herzschlag, und sie konnten ihm nicht entkommen.

Eine Woche war verstrichen, seit sie durch Volents Lager geprescht waren. Anfangs waren sie schnell durch die Wälder geritten, hatten sich so weit wie möglich vom Fenn und Halverdts zahmem Monster entfernt. Nach ein, zwei Tagen war Gwen überzeugt gewesen, dass der Erzmarschall sie keinesfalls mehr aufspüren würde. Sie hatte sich in Sicherheit gewähnt.

Was immer sie nun verfolgte, war nicht Erzmarschall Henri von Volent. Ihr Jäger bestand nicht aus Fleisch und Blut.

Sie erreichten einen Fluss. Die Bäume wuchsen noch einige Schritte weit ins Wasser hinein, ihre Wurzeln gruben sich in den Uferschlamm, Moos kroch an ihren Stämmen empor und hing wie Vorhänge von den Ästen. Dichter Nebel waberte stumm über dem Fluss, dessen Strömung die Luft verwirbelte.

Gwen befahl ihrem Trupp, anzuhalten.

»Das gefällt mir überhaupt nicht«, murmelte Brennan. Er beugte sich im Sattel vor wie ein kranker Mann. Die ersten Tode hatten sie alle schockiert. Dann waren einige von Gwens Leuten spurlos verschwunden, Wahnsinn und Spuk kehrten ein, und inzwischen lagen die Nerven der Krieger blank. Sie folgten der Baroness allein aus stumpfer Entschlossenheit.

»Mir gefällt es auch nicht besonders«, stimmte Gwen zu. »Sind wir hier am Casty? Vielleicht in der Nähe der Quellen?«

»Das wissen nur die Götter. Ich habe kein vertrautes Fleckchen Erde mehr gesehen, seit …« Brennan hielt inne.

Wellem war der Erste gewesen; sein Körper war im Schlamm untergegangen, der vor seinem Mund Blasen geschlagen hatte, als sie ihn herauszogen.

»Es ist, als hätte sich die Erde unter unseren Füßen weggedreht.«

»Das hier ist das Land meiner Familie«, sagte Gwen störrisch. »Unser Land. In mir fließt das Blut der Adairs. Ich lasse mich nicht dazu bewegen, mein Geburtsrecht zu fürchten.«

»Das Land gehört Euch, ja«, erwiderte Brennan. »Aber die Nacht gehört etwas anderem.«

Gwen schwieg. Insgeheim zweifelte sie allmählich daran, dass sie noch Macht über die Gheister ihrer Heimat hatte. Das Allfeuer lag schon eine Weile zurück, die Tagundnachtgleiche rückte immer näher. Dass ihre Familie den alten Wegen folgte, schützte sie nicht vor dem Gheist, erst recht nicht, wenn Gwen als Jägerin unterwegs war. Dennoch fiel es ihr schwer zu glauben, dass die alten Götter sich so vehement gegen sie wenden würden.

Davon abgesehen: Das Geschöpf, das sie verfolgte, fühlte sich nicht an wie ein alter Gott. Ja, die wilden Gheister, die in Tenebros umgingen, waren verrückt. Sie waren unberechenbar, und in mancher Hinsicht verhielten sie sich so, dass kein Sterblicher ihre Taten nachvollziehen konnte, dennoch gingen sie selten auf die Jagd. Dazu fehlte es ihnen meist an Hartnäckigkeit. Der Gott, der Gwens Trupp nachschlich, war klaren Verstandes und verfolgte ein Ziel. Etwas trieb ihn an.

Er hatte Hunger.

Verspürte Lust auf Gwens Blut. Das fühlte sie nachts in ihren Träumen. Jeden Morgen erwachte sie und musste feststellen, dass noch mehr ihrer Leute tot waren … und dass sie wieder ein wenig von ihrem Verstand eingebüßt hatte.

»Wir reiten lieber nicht in unbekannte Gewässer. Wir folgen dem Ufer, bis der Nebel sich lichtet. Vielleicht stoßen wir auf eine Furt. Falls wir tatsächlich beim Casty sind, kann es nicht mehr weit zur Flussstraße sein.«

»Dann sind wir höher im Norden, als ich gedacht hätte.«

»Deshalb gehen wir nach Süden. Gönnt den Pferden etwas Ruhe, dann folgen wir dem Ufer. Es ist sicher bald Mittag.«

Brennan nickte und reihte sich wieder ein. Die Krieger glitten von den Sätteln und schlugen sich ins Unterholz, um sich zu erleichtern und ihre Furcht in den Griff zu bekommen. Allmählich ging ihnen der Proviant aus. Falls sie nicht bald auf eine Siedlung stießen, würde Gwen sie auf die Jagd schicken müssen, was einen Zeitverlust bedeutete. Vielleicht schickte sie sie trotzdem los, damit sie an etwas anderes dachten als an Flucht – doch das würde vermutlich nichts nützen.

Gwen wusste genau, wie weit sie nach Norden vorgedrungen waren. Unbewusst führte sie ihren Trupp immer näher an das Heiligtum der Hexen heran, in der Hoffnung, ins verzauberte Gebiet zu gelangen, das ihnen Schutz böte. Die Zauber der Hexenfrauen waren eine zusätzliche Verteidigung, falls Volent zur heiligen Stätte vordringen wollte. Gwen glaubte nicht, dass der Erzmarschall ihr generationenaltes Familiengeheimnis enthüllt hatte. Andererseits, *irgendetwas* verfolgte sie.

Sie befürchtete, dass ihre Flucht nach Norden die Schanze in Gefahr gebracht hatte. Nachdem sie Volents Streitmacht entdeckt hatte, hätte sie sofort Reiter ins Fenn schicken müssen. Doch ihre Verpflichtung gegenüber Tener musste hintanstehen, denn sie hatte dem verborgenen Gott ihrer Heimat die Treue geschworen. Sie betete darum, dass Herzog Blakley Verständnis dafür haben würde. Und dass die alten Götter sie für ihre Loyalität belohnten. Am innigsten aber betete sie darum, endlich das Tageslicht wiederzusehen.

Ihre Leute machten sich zum Aufbruch bereit und bildeten eine Reihe. Brennan ritt voran, wählte bedachtsam den Weg entlang des Flusses. Gwen bildete die Nachhut. Nebelschwaden zogen über ihren Kopf hinweg. Die Bäume wuchsen dicht am Ufer, und wo immer sie bis ins Wasser reichten, wich Brennan in den Wald aus.

Einmal geriet der Fluss außer Sicht. Sie kämpften sich zwischen den Bäumen hindurch, und unvermittelt tauchte der See namens Casty vor ihnen auf, so dicht in Nebel gehüllt, dass sie ihn erst sahen, als Brennans Ross bis zur Brust im Wasser stand.

Einige Minuten ritten sie auf demselben Weg zurück, den sie gekommen waren, und erreichten wieder das Flussufer, doch der Schlamm und die Kälte forderten allmählich ihren Tribut. Die Tiere waren erschöpft, die Krieger entmutigt.

Regelmäßig führte der Nebel sie in die Irre. Wallende graue Wolken stiegen langsam vom Wasser auf und hüllten sie ein, sodass ihnen der Himmel wie leuchtendes Zinn vorkam und sie ihre Kameraden nicht mehr sahen.

Als es immer dunkler wurde, stemmte Gwen sich in die Steigbügel und rief: »Dicht zusammenbleiben. Versucht, euren Vordermann nicht aus den Augen zu verlieren.«

Der Trupp rückte näher zusammen, doch obgleich die Pferde einander fast berührten, herrschte ein Gefühl der Einsamkeit vor. Dicke Nebelschwaden umwogten Gwens Leute. Sie wirbelten immer schneller, bis die Reiter von einem lautlosen Sturm umgeben waren.

Der Nebel wurde zu einem Messer, der Wind verdichtete sich zu Klingen, und das Blut des Trupps spritzte in die Luft.

Die Schwaden dämpften die Schreie von Mensch und Ross, dann ragten Umrisse in der Dunkelheit auf, große, dünne Schattengestalten. Ihre Körper waren von feinen schwarzen Strängen umgeben. Gwen sah, wie der Mann vor ihr in Stücke gerissen wurde. Seine Rüstung schützte ihn nicht gegen die schneidenden Klingen des Schattenmanns.

Sie zog die blutgehärteten Speere aus dem Holster und griff die Dämonen an. Ihr Pferd scheute bei den schrecklichen Schreien der Kameraden, trotzdem gab Gwen ihm die Sporen und lenkte es in den Nebel. Sie ritt durch die sterblichen Überreste des Reiters, ignorierte die grinsenden Schädelknochen, das feuchte Blut und die schlangengleichen Baumwurzeln im Schlamm. Der Pfad wurde breiter. Ein Reiter stand quer darauf und stierte wie blind in den Dunst. Gwen ritt an ihm vorbei.

Etwas rann dem Mann übers Gesicht – Blut von einer Stirnwunde … oder etwas Dunkleres.

Einer der Dämonen schwebte ihr entgegen, und sie stach zu. Die rot getupfte Spitze ihres Speeres durchdrang das Geschöpf, verwandelte Schatten zu Asche. Kreischend schrammte es seine eisigen Klauen über Gwens Bein und zog sich in den Nebel zurück. Blut floss aus der Wunde, die Leder- und Stahlrüstung hingegen blieb unbeschädigt. Sie blickte auf ihr Bein hinab. Unvermittelt blieb ihr Pferd stehen, bockte und warf sie fast ab.

Sie waren allein im Nebel. Der Pfad war verschwunden, ebenso die Bäume. Alles geschah völlig lautlos. Gestalten regten sich in der Finsternis, mal weit entfernt, mal nah, dann wieder unsichtbar.

»Hüah«, wisperte Gwen ihrem Pferd zu. »Hüah, lauf weiter.«

Ihr Ross verfiel in einen langsamen Trott. Der Boden unter den Hufen wurde fester, die Trittgeräusche mit jedem Meter lauter und klarer. Schwarze Säulen verwandelten sich in Bäume, und der Nebel lichtete sich. Der zinnfarbene Himmel brach auf, und die Sonne kam hervor. Gwen trieb ihr Tier weiter vorwärts, und schließlich ritt sie durch hohes Gras auf einer Lichtung.

Gwen blickte zurück. Die Nebelbank wallte hinter ihr, eine dichte Wand, aus der Baumwipfel hervorlugten. Von den übrigen Reitern keine Spur.

»Hallo?«, rief sie. »Herr von Brennan! Von Hogue! Herr von Adair!« Sie stand in den Steigbügeln, ein Bündel Speere in der Hand. »Eisen im Blut!« Ihre Worte verhallten im Wald. Sie ließ sich auf den Sattel sinken. Welchen Preis hatte sie ihren Leuten abverlangt? Was war mit ihnen geschehen?

Ein dunkler Umriss bewegte sich in der Nebelbank. Schattenranken zuckten vor, schlängelten sich durch das Gras auf Gwen und ihr Ross zu. Sie hielt den Atem an und bereitete sich auf den Kampf vor, dann schälte sich der monströse Gott aus den Ranken hervor, eine sich windende Masse schwarzer Bänder, eine formlose Silhouette, stumm und gedankenschnell.

Gwen wendete das Pferd zur Flucht.

Am anderen Ende der Lichtung traten gewandete Gestalten im Halbkreis aus dem Wald und schnitten ihr den Fluchtweg ab. Sie trugen das Schwarz und Grau Zinders und die Dunkelholzstäbe der Inquisition. Der Mann in ihrer Mitte streifte die Kapuze zurück.

»Die bezaubernde Gwendolyn«, zischte er. »Schön, Euch endlich kennenzulernen.«

Gwen biss die Zähne zusammen, steckte die Speere ins Holster und gab ihrem Tier die Sporen. Es verfiel in einen Kanter, dann in Galopp. Wind schlug ihr entgegen, das Gras raste an ihr vorbei. Dass ihre Leute gestorben waren, beschwerte ihr Herz und erfüllte sie mit Hass. Die Jägerin stürzte sich auf die abscheulichen Gottesmänner.

Dreißigstes Kapitel

Das Seil, mit dem man ihr die Hände gefesselt hatte, war mit Ikonen der Inquisition bestückt. Die Blessuren in ihrem Gesicht und auf den Schultern stammten von Frèr Allaisters Stab. Beinahe hätten die Schattenpriester sie in den Wahnsinn getrieben, ihre Angriffe hatten Gwens Geist mehr in Mitleidenschaft gezogen als ihren Körper.

Das war typisch für die Anhänger Zinders.

Die erste Nacht war schrecklich gewesen. Die Inquisitoren hatten die toten Krieger auf die Lichtung geschleppt, ihre Seelen geläutert und die Leichen verbrannt. Offenbar waren einige von Gwens Reitern entkommen – oder der Gheist hatte sie getötet. Falls Letzteres zutraf, waren ihre Seelen im Allreich verloren. Die Priester schienen den Toten nicht feindlich gesonnen zu sein und ließen ihnen sämtliche Riten des celestischen Glaubens angedeihen. Sie nahmen sogar ihre Namen in das abendliche Trauerlied auf.

Gwen hingegen scheuten sie.

Allaister stellte ihr Fragen. Sie antwortete mit Lügen, und noch vor Anbruch des Morgens versorgte ein Priester ihre Wunden und band sie auf den Sattel eines verlotterten Kleppers. Langsam trotteten die Geistlichen durch das pfadlose Fenn, kamen nur mühsam voran und behandelten Gwen trotz ihrer Verletzungen grob. Ab und zu ritt Frèr Allaister von der Spitze zur Mitte der Kolonne, wo die Gefangene bewacht wurde, und vollzog eine Art Ritus mit ihrem Blut. Er verriet nie, warum er das tat, trotzdem kannte Gwen die Antwort.

Er suchte nach der heiligen Stätte der Hexen. Die Inquisition wusste von der Häresie des Hauses Adair, doch statt die Familie vor dem Celestriarchen anzuklagen, wollte der Frèr das Heiligtum selbst aufspüren. Entweder war ihm nicht klar, wonach er suchte, oder er wusste es nur allzu gut und verfolgte eigene Pläne. Keine der beiden Möglichkeiten behagte Gwen.

Sie waren einige Tage unterwegs, lagerten in völliger Dunkelheit, ohne Lagerfeuer oder Fackel. Ringsum erfüllten die Insekten des Waldes die Luft mit ihren Lauten. Gwen spürte die Wirkung der Schutzzauber, die sie vom Heiligtum fernhalten wollten, und immer, wenn die verwirrend vielen Wege sie überforderten, kam Allaister zu ihr und nahm ihr Blut ab.

»Kein Wunder, dass sich Eure Leute nie hier draußen niedergelassen haben«, sagte er nach einem seiner schmerzhaften Rituale. »Nirgends Acker- oder Bauland, die Pfade sind überwuchert, die Täler so feucht wie Seen, und die Anhöhen liegen im schneidenden Wind. Aber das war nicht immer so, nicht wahr, Baroness Adair?«

»Das Fenn hat sich nicht verändert«, antwortete sie. Seit ihrer Gefangennahme war der Frèr gelegentlich freundlich zu ihr, wirkte aber stets bedrohlich. Seine Fragen vom Vorabend hatten teilweise unsinnig gewirkt. Gwen vermutete ernsthaft, dass er verrückt war.

»Ja, ja, aber ich habe hier auf meinen Reisen mehr als eine Ruine gesehen.« Ausholend deutete er auf den Kalksteingrat, vor dem ihr Weg verlief. »Wenn ich mich nicht irre, war das einst eine Mauer oder ein Turm … und das hier schien ein Brunnen gewesen zu sein. Aber die Gegend ist schon lange verlassen.«

»Das Leben kann schwierig sein. Vielleicht sind die damaligen Bewohner in behaglichere Gefilde gezogen.«

»Das ist wohl kaum die Art der Adairs, oder? Wie sagt ihr doch immer? Eisen im Blut?« Allaister schob sich ein Apfelstück in den Mund und kaute vernehmlich darauf herum. Er kicherte. »Das lässt nicht mehr viel Raum für Behaglichkeit.«

»Wir leben in zivilisierteren Zeiten. Wir haben jetzt Städte, genau wie Eure feinen suhdrischen Herren.«

»Oh, ich würde einen Ort wie Dannswehr oder Fennton nicht als Stadt bezeichnen, Baroness Adair. Aber Ihr seid ja eine gläubige Celestin. Gewiss habt ihr schon die Pilgerreise nach Herzbrück unternommen.« Er blickte sie schief grinsend aus dem Augenwinkel an. »Ihr wisst, wie eine richtige Stadt aussieht.«

Gwen kauerte sich im Sattel zusammen und weigerte sich, noch länger mit dem Inquisitor zu reden. Ständig versuchte Allaister auszuloten, wie tief ihr heidnischer Glaube wurzelte. Je weniger sie sagte, desto besser, erst recht bei ihrer schlechten Laune. Der Frèr indes ließ sich weiterhin ausführlich darüber aus, woher die Ruinen und heidnischen Steinkreise in der Ferne stammten. Schließlich verfiel er doch in Schweigen.

In jener Nacht lagerten sie in einer schmalen Schlucht, die auf eine von Bächen durchzogene Grasebene hinausführte, eine Seltenheit im Fenn. Gwen wusste genau, wo sie waren. Diese Bäche würden sich ein Stück weiter nördlich zum Glimmerglen vereinen, dem Fluss, der die südliche Grenze der Hexenstätte markierte. Die verborgenen und irreführenden Pfade, die sich durch die Rituale mit Gwens Blut offenbart hatten, liefen hier zu dem richtigen Weg zusammen.

Nur wenige Tagesritte trennten sie von Allaisters Ziel. Die Schutzzauber schienen zu versagen, und Gwen konnte nichts daran ändern. Die heilige Stätte erkannte das Blut der Jägerin von Adair, ihre Geschichte, die Schwüre, die sie an die alten Wege banden. Der schlummernde Gott hieß sie zu Hause willkommen, und mit ihr die Inquisition.

Sie machte es sich auf ihrem Schlafsack bequem und versuchte, sich zu entspannen. Die Stunden im Sattel hatten ihre Laune verfinstert. Ihr Körper schmerzte, und die Fesseln trugen nicht gerade zur Linderung der Pein bei. Nachts lockerten die Geistlichen sie, dafür banden sie ihr die Füße zusammen. Außerdem standen vier Inquisitoren rings um ihr Zelt Wache. Zumindest gewährten sie ihr ein wenig Privatsphäre, auch wenn kein Zweifel daran bestand, dass sie eine Gefangene war.

Ob Frèr Lucas Beweise für Gwens Häresie gefunden und ihr Allaister auf den Hals gehetzt hatte? Falls herauskäme, dass Haus Adair den alten Wegen anhing, dass die Inquisition und Herzog Halverdt Recht hatten mit ihren Anschuldigungen – was würde das bedeuten? Sie befanden sich bereits im Krieg mit Suhdra. Würden die gläubigen tenerranischen Häuser sich ebenfalls gegen die Adairs wenden?

Seit die Kirche der Celesten der Herrschaft der Könige in Suhdra ein Ende gesetzt hatte, nutzten die Priester von Zinder und Zwietracht die Adelshäuser des Südens nach Belieben, um Krieg gegen die heidnischen Stämme zu führen. Allein dass Tener vor Generationen zum Glauben konvertiert war, hatte einen totalen Krieg verhindert. Würde eines der tenerranischen Häuser einen solchen Krieg riskieren, nur um einer Familie zur Seite zu stehen, die sich ihrem Glauben nie angeschlossen und ihr Vertrauen missbraucht hatte?

Gwens Vater hatte häufig angedeutet, dass auch andere Häuser Schamanen verehrten, die Hexen ehelichten und Gheister als Totemgötter anbeteten. Doch in all den Jahren im Dienst ihres Hauses hatte Gwen dafür nie einen Beweis gesehen.

Sie vermutete, dass Haus Adair allein dem alten Glauben frönte.

Die Zeltplane raschelte, dann erfüllten Licht und Wärme das kleine Zelt. Gwen setzte sich auf. Zu ihrer Überraschung trat eine Schwurritterin ein, eine Laterne in der einen Hand, ein Schwert in der anderen. Sie hängte die Laterne an die Mittelstrebe, zog einen Feldstuhl an Gwens Lager und nahm darauf Platz. Die Frau stützte die Schwertspitze ins trockene Gras; die gelblichen Halme knisterten und begannen zu rauchen.

»Wer seid Ihr? Ich habe keine Schwurritter in unserem Trupp gesehen«, sagte Gwen. »Die Wachen sollten niemanden einlassen. Auf Befehl von Inquisitor Allaister.«

»Ich bin Ritterin Elsa von LaFey, und der Frèr kümmert sich um die Wachen. »Er interessiert sich für Euch, Gwendolyn von

Adair. Und ich versuche zu ergründen, ob Ihr tatsächlich schuldig seid.«

»Was meint Ihr?«

»Ob Ihr eine Ketzerin seid.«

Gwen wand sich auf dem Schlafplatz und versuchte trotz der gefesselten Füße, Würde auszustrahlen. Grimmig blickte LaFey auf sie hinab.

»Ich leugne es nicht«, sagte Gwen nach einer Weile.

»Das ist für gewöhnlich am besten. Der Frèr findet stets die Wahrheit heraus. Anscheinend kannte er Euch schon, ehe wir uns begegnet sind.«

Lucas. Sie muss Lucas meinen, dachte Gwen unvermittelt. »Und Ihr kanntet mich nicht?«

Elsa schüttelte den Kopf. »Frèr Lucas erzählt mir nicht immer alles. Das ist recht lästig.« Elsa schabte mit dem Schwert durchs Gras. Sie wirkte eher wie ein bockiges Kind als wie eine Ehrfurcht gebietende Kriegerin der Rechtschaffenheit. »Der Frèr denkt darüber nach, Euch von diesem Haufen fortzuschaffen. Euch freizulassen.«

»Der Inquisitor würde Euch beide zu Abtrünnigen erklären, falls er Euch nicht unverzüglich hinrichten lässt.«

»Ich würde meinen Namen in den Schnee pinkeln, wenn dieser Narr Allaister es auflecken würde«, entgegnete Elsa. »Sacombres Schoßhund. Er war nie mein Held, aber es ist nicht gerade so, als würden wir Allaister in dieser Sache um Rat fragen.«

»Warum wollt Ihr mich freilassen?«

»Warum nicht? Brauchen wir einen Grund? Ich mache, was der Frèr sagt, und er meint, Ihr verdient mehr als einen Prozess und die Hinrichtung als Ketzerin.« Die Schwurritterin beugte sich vor und gestikulierte mit der flachen Seite der Klinge. »Ich hoffe, Ihr seid es wert – mehr um seinet- denn um euretwillen.«

»Ich bin sicher, sie ist es wert«, sagte Frèr Lucas, der ebenfalls eintrat. Sein von Raureif überzogener Kopf stieß an die Zeltdecke.

Ehe die Plane sich hinter ihm schloss, sah Gwen, dass mindestens einer der Wächter verschwunden war.

»Wir sollten besser aufbrechen«, fügte der Frèr hinzu.

»Wie habt Ihr mich gefunden?«, fragte Gwen.

»Tja, haben wir im Grunde nicht«, antwortete Lucas. »Aber dieser Gheist, der Eure Reiter heimgesucht und Euch fast getötet hat – wir jagen ihn seit dem Vorfall in Gartstadt.«

»Ziemlich interessant, dass wir ihn in der Nähe eines Inquisitors antreffen«, murmelte Elsa.

»Eine Tatsache, die ich mit dem Celestriarchen besprechen will«, sagte der alte Frèr, »aber nicht heute.« Er beugte sich über Gwen und beäugte ihre Wunden mit schlierigen Augen. »Anscheinend haben sie Eure wichtigsten Körperteile unversehrt gelassen. Fleisch und Geist zumindest. Wie fühlt Ihr Euch?«

»Als könnte ich ohne Ende davonrennen – mit dem richtigen Anreiz. Und Allaister ist für mich Anreiz genug.«

»Freut mich zu hören. Dann wollen wir Euch mal losbinden und aufbrechen.«

»Nicht, dass ich undankbar wäre«, sagte Gwen. »Ganz und gar nicht, aber warum wollt Ihr mich freilassen?«

»Freilassen?« Lucas zog ein kleines Messer mit silberner, gebogener Klinge aus der Robe und hockte sich neben die Gefangene. Er hob ihre Knöchel an und durchtrennte nicht nur ihre Fesseln, sondern schnitt ihr zugleich in die Haut. »Das ist ein interessanter Gedanke.«

Gwen riss das Bein zurück, doch der Frèr hielt den Knöchel fest gepackt. Allein die Furcht davor, dass ihre Wächter in der Nähe sein könnten, hielt sie davon ab, zu schreien.

Lucas zückte ein sorgsam gefaltetes Leinentuch aus dem Ärmel und presste es auf die Wunde. Blut tränkte das weiße Tuch, das mit arkanen Schriftzeichen verziert war. Dann verschwanden die Runen.

»Was macht Ihr da, verdammt noch mal?«, zischte sie.

»Ich knüpfe ein Band zwischen uns.« Er wischte den Rest des

Blutes ab, dann reichte er das Tuch LaFey. Die Schwurritterin nahm es mit reuigem Lächeln entgegen. Die Wunde hatte sich bereits geschlossen, durch eine arkane Gaunerei. »Genauer gesagt, knüpfe ich ein Band zwischen Euch und der Schwurritterin.«

LaFey schob sich das Tuch unter den Schulterpanzer. »Damit brauche ich keine Jagdhunde. Leider opfern Heiden nur selten ihr Blut im Voraus.«

»Ihr habt meine Frage nicht beantwortet«, sagte Gwen störrisch.

»Wir haben nicht viel Zeit«, erwiderte Lucas. »Wir sollten sie bestmöglich nutzen.«

»Ich rühre mich nicht vom Fleck, bis ich genau weiß, was Ihr vorhabt. Ich lasse mich nicht gern irreführen.«

Lucas kicherte trocken und richtete sich auf. Elsa erhob sich, half dem alten Priester auf den Feldstuhl und postierte sich am Zelteingang.

»Schön, schön. Habt Ihr viel Zeit in der Gegend um Herzbrück verbracht?«, fragte Lucas.

»Dazu hatte ich nie einen Grund. Ich habe die Pilgerreise absolviert, vor fünf Jahren. Seither war ich nicht mehr dort.«

»Ja. Euresgleichen treibt es nicht oft dorthin. Damit meine ich euch Gheisterjäger. Nicht Tenerraner«, fügte er rasch hinzu. »Die Inquisition, die Schwurritter und die wachsamen suhdrischen Herrscher haben die meisten Gheister vertrieben.«

»Das sind keine echten Schwurritter«, murrte Elsa leise.

»Ja. Meine Gefährtin Elsa hält wenig von den Rittern, die ihren Schwur an den Schreinen ihrer Väter ablegen und ihren Dienst damit zubringen, von der Taverne zum Bett der Geliebten zu flanieren. Viele Schwurritter des Südens sind Zweitgeborene berühmter Adliger. Sie schützen das Reich nur so lange, wie das Geld ihres Vaters reicht. Ein anderes Leben, als Elsa es führt, ganz gewiss.«

»Ihr solltet froh sein, dass sie sich Faulheit leisten können«, sagte Gwen. »Falls Ihr den Gheist wirklich zur Strecke bringen wollt, müsste es Euch doch freuen, dass der Süden sein Ziel erreicht hat, meint Ihr nicht?«

»Ja, und jetzt stirbt der Süden«, erwiderte Lucas. »Die Felder rings um Herzbrück sind nur noch Staub, die Flüsse ersticken im Schlick, und die Fischer fangen mehr Tang als Lachse. Tang ist zwar essbar, aber ich empfehle den Verzehr nicht. Das ist der Grund für den Vorstoß in den Norden. Vorräte.«

»Wenn sie einen Krieg wollen, warum erklären sie ihn uns nicht einfach?«

»Weil die Kirche das nicht zulässt, und ohne einen König als Anführer könnten die suhdrischen Herzöge niemals einen Krieg billigen. Oder die Notwendigkeit eines solchen Aktes.«

»Was hat das mit mir zu tun? Wieso riskiert Ihr Eure Position in der Kirche, um eine Ketzerin zu befreien? Um einen Krieg zu verhindern, an den Ihr nicht glaubt?«

»Nein, um die Welt zu retten. Die Gheister existieren schon viel länger als Ihr, ich oder dieser Haufen Geistlicher, den wir die Kirche der Celesten nennen.« Er lehnte sich an die Mittelstrebe, was die Laterne ins Schaukeln brachte. »Ich glaube, Gheister sind wichtig für die Gesundheit des Landes. Das erzählen die Heiden doch, oder? Das ist die Geschichte, die Euer Vater Euch erzählt.«

Gwen zögerte. Es war eine Sache, als Ketzer bekannt zu sein. Aber es war eine ganz andere, mit einem Priester der Inquisition über Theologie zu diskutieren. »Er sagt, wir müssen sie in unserer Nähe halten, wenn wir überleben wollen«, gestand sie ein. »Falls wir gedeihen wollen. Er meint, ohne Gheister würde die Erde …«

»… zu Staub zerfallen«, beendete Lucas den Satz. »So habe ich es jedenfalls gehört, daher müssen wir Euer Geheimnis vorerst hüten. Das Geheimnis Eurer Familie, auch wenn ich hoffe, eines Tages Euer Heiligtum besuchen zu dürfen. Jetzt ist es erst mal wichtiger, dass wir Leute wie Frèr Allaister davon fernhalten, glaube ich.«

»Wie können wir verhindern, dass er es auf eigene Faust findet?«, fragte Gwen. »Das darf ich nicht zulassen.«

»Sobald ihr fort seid, greifen die Schutzzauber wieder, und Frèr Allaister verliert die Fährte. Man braucht mehr als Glück, um die heilige Stätte der Hexen zu finden. Davon abgesehen glaube ich, wenn wir einmal an den Schattenpatrouillen vorbei sind …«

»Die Hexenfrauen werden Euch im Fenn nicht willkommen heißen«, merkte Gwen an.

»Hoffentlich könnt Ihr ihre Meinung ändern, Jägerin.« Der Priester lächelte.

»Wenn wir gehen, brauche ich meine Sachen. Meine Speere, meine Kleidung …« Gwen verschwieg die verborgenen Ikonen in ihrem Umhang – und die Segen, mit denen ihre Waffen heimlich belegt waren. Möglicherweise hatten die Inquisitoren die Ikonen gefunden, trotzdem hoffte sie, dass dem nicht so war. Sie durfte nicht riskieren, dass Allaister sie mit nach Herzbrück nahm, wo er sie im Nachhinein entdecken könnte.

Lucas nickte der Schwurritterin zu. Elsa schnaubte, dann warf sie Gwen ein Bündel vor die Füße.

»Falls Ihr jetzt zufrieden seid, sollten wir aufbrechen.« Grinsend bedeutete der Frèr Gwen, sich zu erheben. Er löschte die Laterne und führte sie hinaus. Ihre Wachen waren nirgends zu sehen. Im Lager herrschte Stille.

Frèr Lucas schloss die Augen und wandte das Gesicht dem Mond zu. Er hob die Arme und krümmte die fest zusammengepressten Finger. Die Nacht entfesselte sich in seinen Handflächen, dunkle Stränge stiegen daraus in den Himmel. Er begann, eine Kugel um sich und seine beiden Begleiterinnen zu weben. Elsa fuhr zusammen, als das Schattenzeug ihren Kopf berührte – kalt wie ein Grab und ebenso unangenehm. Als der Frèr fertig war, packte er Gwen bei den Schultern und drehte sie zur Grasebene um. Elsa drängte sich hinter ihn, sodass sie eine lose Reihe bildeten.

»Über die Ebene«, wisperte Lucas Gwen ins Ohr. »Bleibt dicht bei mir.«

Sie wankte vorwärts. Allmählich kehrte das Blut in ihre tauben Füße und müden Beine zurück. Nach einem Dutzend Schritte befand sie sich im hohen Gras, dessen lange Halme sich jedoch kaum regten, wenn sie vorüberkam. Der Boden fühlte sich weich wie Watte an. Erschrocken sog Gwen den Atem ein; sie begriff, dass sie zu einem Schatten geworden war. Lucas drängte sie weiter. Die drei liefen über Schlamm und Wasser, als wäre es feste Erde.

Am Rand der Ebene begegneten sie einer wirbelnden Präsenz in der Dunkelheit. Sie spürte die verderbte Berührung des Naether und erblickte flüchtig einen Schattenpriester zwischen den Bäumen; er war nur mit einem Speer und wogender Energie bewaffnet. Kurz glitt sein Blick über sie. Gwen stockte der Atem, aus Angst, entdeckt zu werden, doch nichts geschah. Der Priester regte sich weder, noch schlug er Alarm.

Der dichte Wald schloss sie ein.

Dann fielen die Schatten von ihnen ab. Lucas lachte leise vor sich hin, und Elsa brachte ihn mit einer zischenden Bemerkung zum Verstummen. Gwen beachtete sie gar nicht, denn sie rannte leise, ganz leise davon. Sie war Allaister entkommen. Die Grasebene lag hinter ihr.

Einunddreißigstes Kapitel

Dass Ian immer wieder kurz zu sich kam, war ein Geschenk.

Er spürte nichts, außer einem gewissen Druck in der Brust. Seine Glieder hingen wie Blei in der Strömung. Er erhaschte einen Blick auf die von Licht durchflutete Oberfläche, träumte vom Mond und dem sternenübersäten Himmel. Er musste an das stille Haus denken. Ian sorgte sich, dass es im Fluss keinen Priester gäbe. Niemand würde seine Seele läutern, daher war Ian von Blakley dazu verdammt, viele Generationen lang im Talg zu treiben, die schlammigen Ufer heimzusuchen, bis er erlöst würde.

Vielleicht würde ihn dann das Allreich aufnehmen.

Andere Eindrücke überkamen ihn. Steine und ein kaltes Becken, ein unglaubliches Gewicht auf den Lungen. Etwas rannte am Ufer entlang. Zwischen den Bäumen, eine Wand aus dunklem Fleisch, in vollem Lauf, mit hellen Augen und einem Maul, das von spitzen Zähnen strotzte. Er spürte ihren Biss bis in den Fluss. Die Bestie verfolgte ihn. Ihr übel riechender Atem stieg ihm in den Kopf und füllte seine Lungen, heiß wie ein Schmiedefeuer.

Ian blinzelte. Er war allein. Er kniete in einer Pfütze aus eiskaltem Wasser. Das Ufer bestand aus körnigem Sand. Sein träger Verstand bemerkte einen Pfotenabdruck groß wie ein Schild, und er zog sich weiter die Böschung hoch. Seine Lippen waren blau, sein Kinn bleich wie Schnee. Er spürte Hände und Füße nicht mehr. Mit tauben Fingern zog er sich durch den Uferdreck. Er lehnte sich an einen glatten schwarzen Stein, der aus dem Boden ragte wie ein Turm. Er zitterte.

Die Erinnerung an den Hund wirbelte ihm durch den Kopf, er ließ sie ziehen.

Ian drehte sich auf die Seite und spuckte Flusswasser aus. Seine Kleidung war triefnass, das Schwert verschwunden, ebenso das Kettenhemd. Sein Vater hatte ihm die Waffe geschenkt, am Turniertag in Grünhall, und jetzt war sie fort – der Fluss hatte sie gegen Ians Leben eingetauscht.

Nichts davon spielte eine Rolle. Er spürte nur die Kälte, die feuchte Kleidung, durch die der Schlamm bis auf die Haut drang.

Nach einigen Minuten der Trauer und Sorge rappelte Ian sich auf. Er blickte zum Mond empor. Es war nach Mitternacht. Benommen torkelte er das Ufer hinauf, fand rasch einen Weg zwischen den Klippen hindurch und erreichte den Wald. Inzwischen musste er in der Nähe der Schanze sein. Wenn er es hinaufschaffte, könnte er einer von Adairs Patrouillen über den Weg laufen oder zumindest bei Sonnenaufgang unter freiem Himmel sein. Das hatte oberste Priorität. Sonnenlicht und die Wärme.

Der Aufstieg durch das lose Geröll des Hügels war beschwerlich. Blut quoll ihm aus den aufgeschürften Handflächen und Knien. Obwohl ihn der Fluss völlig unterkühlt hatte, schwitzte er. Als er die flachen Anhöhen der Klippen erreichte, zog er das Hemd aus und warf es zusammen mit den Stiefeln weg. Die Sachen müsste er ohnehin ersetzen. Ihm war so warm! Zumindest gab es hier Gras. Er spürte seine Glieder wieder, die sanfte Berührung der Halme schmeichelte seinen Füßen. Es war eine schöne Nacht. Die Sterne am Himmel und der weiche Boden: alles bewacht von Zinders silbernem Antlitz.

Dann trat er auf etwas Spitzes und stolperte. Seine Arme und Beine zappelten wie bei einer Stoffpuppe, sein Kopf schlug auf die Erde, und schließlich blieb er liegen. Der Grund war samtig wie Rosenblätter. Sein Fuß schmerzte stark. Für einen Moment lag er da, sein Fuß pochte, und sein Kopf glühte vom Fieber. Er rollte sich zusammen und betastete den Fuß.

An der Ferse hatte er sich einen langen Schnitt zugezogen, ein weicher, blutiger Hautlappen hing lose herab. Ian beäugte seine roten Finger. Er verlor *viel* Blut. Er blinzelte in die Dunkelheit, versuchte zu ergründen, was für eine Art von Gras so tiefe Schnitte erzeugte. Er entdeckte ein Schwert, wischte den Dreck ab und lachte los. »Ein Geschenk der Götter«, murmelte er. »Wenn ich noch ein wenig herumstolpere, finde ich vielleicht auch eine Rüstung und sogar ein Pferd. Obwohl ich glaube …«

Er musterte den Boden genauer. Neben der Stelle, wo das Schwert gelegen hatte, sah er einen Schild und einen Helm. Ian nahm den Helm in die kribbelnden Hände und stellte fest, dass der Kopf des Trägers noch darin steckte.

Er ignorierte den Schmerz in seinem Fuß und stand auf. Da lag noch viel mehr in der Dunkelheit herum! Schwerter, zerborstene Lanzen, Leichen – von Pferden gestürzt oder unter ihnen eingeklemmt. Hier lag eine Fanfare, dort ein Banner, und dann begriff er, dass das Gras so weich war, weil es in den Schlamm getrampelt war – was er für Wasser gehalten hatte, war Blut, und beim Kies handelte es sich in Wahrheit um Knochen.

Ian sank auf die Knie und zog den kaputten Bannerschaft aus dem Dreck. Er breitete das Wappen auf dem Boden aus. Ein schwarzer Handschuh auf rotem Grund, die Faust geballt zum Zeichen des Widerstands, der Stärke oder des Schmerzes. Darunter waren Runen einer alten Sprache zu sehen. Eisen im Blut. Das Wappen von Haus Adair.

Ian legte sich zwischen die tenerranischen Gefallenen. Zinder, der Herr in Grau und Asche, neigte den Kopf über den Horizont und gab sich der Dämmerung geschlagen.

Dass er überhaupt erwachte, war ein Wunder. Ian träumte von der innigen Umarmung der Erde und der tief stehenden Sonne: von Herrin Zwietracht, aber nicht von ihr selbst, sondern von einer kleineren Sonne, die über dem Wasser aufging und ihn bis in die Knochen wärmte.

Er träumte vom Hund. Im Traum hing Ian schlaff über der breiten Schulter des Gheists, die Finger in das dichte Fell gekrallt, Mund und Nase erfüllt vom Geruch aufgebrochener Erde und verrottenden Laubes, dem stummen Versprechen des Herbstes, dem ersten Frost des schwindenden Sommers.

Ian erwachte inmitten von Geröll. Er versuchte, sich aufzusetzen, doch die schweren Steine auf seiner Brust hinderten ihn daran. Außerdem hielt ihn etwas davon ab, die Arme zu bewegen. Etwas Weiches, Warmes. Ein Schatten legte sich auf ihn, dann blickte ihm jemand ins Gesicht. Eine Frau. In ihren Augen sah er die Last des Alters, ihr Gesicht indes wirkte jung. Ihre markanten Wangen wiesen Tätowierungen auf; die tenerranischen Runen verliefen bis zur Stirn und formten einen Ring aus arkanen Symbolen.

»Du warst tot«, sagte sie leise.

Ian drehte den Kopf und stellte fest, dass er in einem Steinhaufen lag. Die kleinen Brocken seiner Grabstätte waren glatt und dunkel. Ein Feuer schwelte gleich hinter der Frau. Die keilförmig aufgestellten Holzscheite ließen die Luft flimmern.

»Hast du mich deshalb begraben?«, fragte er mit kratziger Stimme.

Die Frau schnaubte, verschwand kurz und kehrte mit einer Zinnkelle zurück. Sie schüttete ihm Wasser auf die Lippen, ein Großteil davon fand den Weg in seine Kehle, der Rest benetzte sein Haar.

»Warme Steine und weiche Haut«, sagte sie und deutete mit dem Kopf zum Feuer. Ian sah, dass einige der glatten schwarzen Steine in der Asche lagen. »Der Fluss hat dich getötet. Du warst kalt wie Schlamm. Das ist übrigens interessant. Um so weit entfernt vom Flussbett zu ertrinken, muss man sehr entschlossen sein.«

»Ich habe nach etwas gesucht … ich dachte, ich könnte es finden …« Er hob den Kopf und sah sich um. Im Tageslicht erkannte er, dass er eindeutig bei der Schanze war. Die vielen

Gefallenen lagen in Schlachtlinien und Rückzugsformationen auf dem Feld. Ian versuchte, den Verlauf des Gefechts nachzuvollziehen. »Sie sind tot.«

»Ja. Sie starben nicht wie du. Sondern durch Stahl und Stein«, erwiderte die Frau. »Ihnen kann ich nicht helfen, der Fluss hingegen ist ein alter Freund von mir, daher verstehe ich, wie du gestorben bist.«

»Aha.« Ian senkte den Kopf. »Ich schlafe jetzt ein wenig.«

»Nein. Keine Zeit. Leute sind auf der Suche. Du willst sicher nicht, dass sie fündig werden.« Mit einem Stück verrußtem Rehleder nahm die Frau die Steine von Ians Brust und warf sie ins Feuer zurück. Bei jedem Treffer wirbelte sie Asche und Glut auf. »Schlaf später.«

»Ich bin aber jetzt müde.«

»Wenn du jetzt schläfst, finden sie dich, und du stirbst den Eisentod.« Die Frau entfernte den letzten Stein und fummelte auf Ians Brust herum. Unvermittelt konnte er die Arme wieder bewegen. Die Fremde hielt eine große Tierhaut in Händen und warf sie sich wie einen Umhang über die Schulter. »Eisen ist kein Freund von mir. Komm … steh auf. Wir gehen.«

Auf Drängen der Frau und mithilfe eines knorrigen Stabes schaffte Ian es auf die Beine. Er trug Stiefel. Sie passten ihm nicht und stammten offenbar von einem Gefallenen. Ian konnte den Blick nicht vom konfusen Schlachtfeld lösen. Krähenschwärme flatterten durch die Luft, bewegten sich zwischen Leichen und Kadavern hin und her. Ihre dunklen Schwingen glänzten im Gras wie schwarze Spiegel.

»Was ist hier geschehen?«, fragte Ian.

»Viele starben. Töteten. Komm. Die anderen warten nicht. Sie wollten, dass ich dich liegen lasse, aber ich kenne dich. Ich würde dich nicht zurücklassen, doch sie wollten nicht warten, daher müssen wir uns sputen.«

»Wer? Wer wollte nicht warten?«

Die Frau grinste ihn an; Runzeln durchzogen ihre Tätowierungen. Sie nahm ihn bei der Hand. »Du weißt, wer wir sind. Du hast unsere Götter gesehen.« Sie ging zielstrebig den Hügel hinab, auf den fernen Waldrand zu. »Der Hund hat dich zu uns geführt, und jetzt werde ich dich zum Hund führen.«

Gemeinsam liefen sie zum Rand des Schlachtfelds. Im Wald beschleunigten sie ihr Tempo, der Boden bewegte sich wie von selbst immer schneller unter ihnen hinweg, es war, als bestünden die Blätter aus glattem Eis. Die Sonne zauderte am Himmel, der Forst verschwamm, die Bäume huschten vorbei wie die Lanzen bei einem Angriff der Reiterei. Ians Fieber stieg und veränderte sich. Er hatte das Gefühl zu fliegen, und dann flog er tatsächlich. Die Hand der Frau hatte sich in eine Klaue verwandelt, sie trug ein Federkleid, und die Bäume neigten die Köpfe und ließen sie in den Himmel aufsteigen.

Die Schanze und die angrenzende dünne Flusslinie verschwanden hinter den zahlreichen buckligen Hügeln des Fenns, die steinernen, von Drahtholz und Sumpfgras durchsetzten Adern glichen. Während ihres Flugs hing die Sonne reglos am Himmel. Nach einer Zeitspanne, die sich wie Sekunden anfühlte, aber vermutlich Stunden umfasst hatte, begann die Frau einen Sinkflug zu einer Lichtung. Ian spürte allmählich seinen Körper wieder. Sie landeten in einer Wolke aus Laub, das mit solcher Wucht aufgewirbelt wurde, als wären Ian und die Frau aus der Erde hervorgebrochen.

Anfangs dachte Ian, sie wären allein. Die Lichtung befand sich auf einer Hügelspitze, einer jener seltenen Anhöhen des Fenns, das ansonsten aus schroffem Fels und Kalkstein bestand. Hier wuchsen Drahtholzbäume, einige hohe Espen und eine vereinzelte Eiche am Südhang. Ian drehte sich um die eigene Achse und musterte den Waldrand. Als er sich zur Frau umwandte, kniete die am Boden und drückte fest die Hände auf die Erde.

»Geht es dir gut?«, fragte er. Er ging neben ihr in die Hocke. Da packte ihn eine kräftige Hand bei der Schulter und zog ihn zurück. Ein Mann in schwarzem Leder und mit einem Umhang, der nur aus Blättern zu bestehen schien, schritt an ihm vorbei. »Was hast du mit ihr gemacht?«, fragte er und legte der Frau einen Stab über die Schultern. »Fianna? Geht es dir gut?«

»Müde«, antwortete sie. »Der Fluss hat ihm viel abverlangt, und Dun'Abhain war heute Morgen störrisch.« Sie winkte ab. »Du bist weiter gereist, als ich erwartet hätte. Die Riten helfen mir. Die Vögel waren widerspenstig. Mir fehlt nichts, Cahl. Kümmere dich um ihn.«

Cahl schien sich nicht für Ians Wohlergehen zu interessieren. Nach wie vor galt seine ganze Aufmerksamkeit Fianna. Zwischen ihnen war ein grünliches Licht, dünn wie Spinnweben. Es ging von dem Stab aus und reichte bis zu Fiannas Rippen. Sie wischte das Licht fort.

»Wenn du schon helfen musst«, sagte sie, »bring mir Wein und Brot. In dieser Reihenfolge.«

Ian blickte sich wieder auf der Lichtung um. Gesichter spähten aus dem Schatten der Eiche hervor, mehrere Männer und Frauen kamen langsam mit Speeren den Hügel hinauf. Sie trugen Umhänge, aus denen Schatten sickerten. Er trat einen Schritt zurück und stieß gegen Fiannas Begleiter.

Cahl war ein großer Kerl mit dunklem geflochtenem Haar, das er mit Lederriemen zu einem Knoten gebunden hatte. Seine zerfurchte Nase glich einer schartigen Streitaxt, und zwei Narben teilten die Tätowierungen auf seinem Gesicht von der Stirn bis zum linken Ohr. Die Iris des linken Auges wies die Farbe wässriger Milch auf, die Pupille in der Mitte indes war groß und schwarz. Cahl roch wie ein wütender Bär.

Ian wich vor ihm zurück.

»Was hast du mit ihr gemacht?«, fragte Cahl erneut.

»Nichts«, beharrte Ian. »Sie hat mich aufgeweckt. Ich glaube, sie hat mir das Leben gerettet.«

Cahl schnaubte. Seine massige Gestalt, die hoch vor Ian aufragte, schien sein bevorzugtes Kommunikationsmittel zu sein.

Drei Frauen, eine jung, eine alt, eine irgendwo dazwischen, gingen an ihnen vorbei und knieten sich zu Fianna.

Die Männer bildeten einen Kreis um Ian, die Speere lose in den Händen. Es waren mehr Leute, als er anfangs geschätzt hatte, mindestens ein Dutzend, und ständig kamen weitere zwischen den Bäumen hervor. Sie alle trugen die gleichen Umhänge: Sie bestanden aus vernähten fleckigen Lederstücken, die die Form von Blättern in den Farben des Herbstes aufwiesen.

»Ist das der Hund?«, fragte Cahl in die Runde.

Fianna schien nicht darauf erpicht zu sein, ihm zu antworten.

Ian drückte den Rücken durch und legte die Hände an den Gürtel. Dabei berührte er unbewusst das Heft seines Messers: Die einzige Waffe, die der Fluss ihm gelassen hatte. »Mein Name ist Ian, Sohn des Malcolm von Blakley, Herzog zu Hundsweih.« Er straffte die Schultern und beugte sich vor. »Wer bist du?«

Cahl schnaubte erneut, schüttelte den Kopf und ging einige Schritte den Hügel hinab, auf die Eiche zu. »Bringt sie auf die Beine. Das Heiligtum hat uns gerufen, und wir müssen antworten. Der Dämon kommt mit jedem Moment näher, den wir mit diesem Narren vergeuden. Hier können wir nichts ausrichten. Wir müssen gehen.«

Fianna setzte sich zwischen den besorgten Frauen auf. »Ihr habt vom Heiligtum gehört? Sind die Schutzzauber noch sicher?«

»Nichts ist mehr sicher. Schatten regen sich im Fenn.« Cahl zögerte kurz, als wäre ihm unwohl zumute. »Unsere Augen sehen nur verschleiert.«

»Ihr könnt die Wege nicht sehen?«, hakte Fianna nach.

»Ich sehe gar nichts. Die Sonne und der Mond gehen zwischen uns auf.«

Cahl blickte zu Ian, schnitt eine Grimasse und wandte sich ab. »Der Junge ist reine Zeitvergeudung. Er ist Sonne und Mond. Der Hund hat euch zum Falschen geführt.« Er schritt den Hügel hinab, umgeben von den anderen Männern. Die Frauen blieben stehen und sahen missbilligend drein, nur Fianna sah ihm mitleidig nach.

»Was geht hier vor, verdammt noch mal?«, fragte Ian.

»Wir sind weit von unserem Steinkreis entfernt«, antwortete Fianna ruhig, »und die Träume lassen uns im Stich.« Einen Moment lang saß sie stumm da, dann hob sie lächelnd den Blick. »Unsere Heimat ist weit im Osten, über den Wyl, nahe der Küste. Unsere Seelen gehören dorthin, aber die Wächter des Fenns haben uns im Traum eine Warnung und eine Bitte gesandt. Schatten suchten sie heim, daher kamen wir in den Westen. Um ihnen zu helfen.«

»Ihr …« Ian schaute sich nervös um. Allmählich wurde ihm bewusst, dass er nicht träumte. »Ihr seid ein Hexenzirkel. Du bist eine Hexe.«

»Und eine Frau«, stimmte Fianna zu. »Ich diene den Gheistern, nicht der sterblichen Welt. Glaubst du, ein altes Weib hätte dich dem Tod entreißen können?«

»Ich darf nicht hierbleiben. Ihr könnt mich nicht …«, sprudelte es aus Ian hervor. »Ihr müsst mich zu meinem Vater zurückbringen. Sofort. Wenn man mich in Gesellschaft von Heiden gefangen nimmt …«

»Was würdest du dann sagen? Wenn die Inquisition dich befragt, erzählst du ihr von dem Hund, der deinen Lungen seinen Lebensodem eingehaucht hat? Von dem Gheist, der dich durch die Nacht trug?« Fianna winkte die Frauen fort, die sich zunehmend besorgter um sie gekümmert hatten. Sie liefen den Hügel hinab und verschwanden zwischen den Bäumen. »Wärst du lieber tot als dankbar, Ian Blakley?«

»Natürlich bin ich dankbar, aber …« Er sank auf die Knie. »Du musst verstehen, wie gefährlich das für mich ist. Für meine Familie.«

»Gefährlicher, als dein Schwert gegen den Großinquisitor zu führen? Gefährlicher, als ein Banner hochzuhalten und nach

Grünhall vorzurücken?« Fianna stützte sich auf die Handflächen und streckte die Beine im Gras aus.

Ian wusste nicht, wie alt sie war, doch die Müdigkeit milderte ihre Züge und ließ sie älter erscheinen. »Wir tragen einen ähnlichen Krieg aus, Ian von Blakley. Wir stehen vielleicht nicht auf derselben Seite, aber wir bekämpfen dieselben Monster.«

»Nein. Ich habe eure Gheister getötet. Ihr verehrt Götter, die mir Albträume bereiten.«

»Du kannst keinen Gott töten, Ian. Du kannst seinen Körper vernichten und die Seele losknüpfen, die ihn an unser Blut bindet, aber er besteht fort und erhebt sich erneut.« Fianna stand auf und klopfte sich den Rock ab. Trockenes Gras fiel herab, und Ian sah, dass der Boden, wo sie gesessen hatte, verkohlt und tot war. Ihre Haut schien zu leuchten, als hätte jemand ihr Alter mit einer Eisenbürste abgeschrubbt. Sie reichte ihm die Hand. »Komm. Cahl ist ungeduldig, und unser Pfad ist nicht klar zu erkennen.«

Ian nahm ihre Hand und stand auf. Sie schritten den Hügel hinab, vermutlich, um sich den Heiden anzuschließen, obgleich Ian niemanden mehr zwischen den Bäumen sah.

»Bringst du mich zu meinem Vater?«, fragte er.

»Noch nicht. Wohin unser Pfad auch führt, vorerst bringt er uns nicht zum Fenntor. Cahl will bestimmt, dass wir den Wächtern antworten, aber das Heiligtum ist weit weg, und der Weg dorthin wird schwierig. Ich habe das Fenn noch nie in solchem Aufruhr gesehen.«

»Euer Heiligtum. Ist es so wie das in Hundsweih? Ich wusste nicht, dass Haus Adair auch eins hat. Ich dachte, unseres wäre das letzte in ganz Tener.«

»Es ist überall heilig, Ian von Blakley. Man muss schon denken wie ein Suhdrin, um das anders zu sehen. Manche Orte sind heiliger als andere. Aber jetzt ist für dieses Thema keine Zeit. Hier«, sie hob die Hand, und die Heiden tauchten zwischen den Bäumen auf. »Wir haben viel zu bereden.«

»Nein, haben wir nicht«, widersprach Cahl. »Die Wächter rufen. Wir antworten.«

»Als der Ruf der Wächter das einzige Lied war, sind wir ihm stets gefolgt«, antwortete Fianna. »Aber das Fenn ist von größerer Krankheit befallen als gedacht.«

»Nichts ist wichtiger als das Heiligtum«, zischte Cahl.

»Was nützt uns …« Fianna stockte. Ian hatte den Eindruck, dass sie ihn absichtlich nicht ansah. »Was nützt uns das, wenn eine suhdrische Flagge über dem Fenntor weht?«

»Der Bund wurde mit dem Eisenstamm geschlossen«, konterte Cahl. »Ihr Steinhaus kümmert mich nicht.«

»Das Haus nicht, aber das Land gehört in tenerranische Hand – und das droht sich zu ändern.«

»Mein Vater hilft dabei, die Grenze zu verteidigen«, mischte Ian sich ein. »Haus Adair wird nicht fallen.«

Cahl wirkte zornig. »Dein Vater marschiert nordwärts und hinterlässt eine Spur aus Blut. Trotzdem vergeuden wir Zeit, um seinen Zögling zu retten.«

»Falls mein Vater die Grenze verloren hat, ist es wichtiger denn je, dass ich zu ihm stoße. Er ist auf jede Klinge angewiesen.«

»Jede Klinge?«, fragte Fianna. »Würde er uns an seiner Seite kämpfen lassen?«

Ian zögerte, was Cahl erneut zu einem Schnauben veranlasste.

»Wir retten sein Leben, und doch fürchtet er sich davor, dass man ihn mit uns sieht«, fauchte der Heide. »Lasst ihn hier. Soll er allein nach Hause humpeln. Das Heiligtum braucht uns.«

»Die Stämme brauchen uns. Wir müssen abwägen, wo unsere Speere am meisten ausrichten«, sagte Fianna. »Die nordwärts marschierende Armee wird die Stämme unseres Landes zermalmen. Wer soll dann das Heiligtum bewachen?«

Cahl schwieg. Schließlich schüttelte er den Kopf. »All das spielt keine Rolle, wenn das Heiligtum zerstört wird.«

»All das spielt keine Rolle«, pflichtete Fianna ihm bei, »aber nichts ist wichtiger als unsere Entscheidung. Also: Was werden wir tun?«

Die Heiden blickten einander an. Niemand sprach. Sie warteten darauf, dass Cahl etwas sagte. Nach einer Weile rührte er sich. »Du bist die Frau der Götter. Was verlangen sie von uns?«

Fianna nickte, richtete sich auf und grinste Ian an. »Wir gehen mit dem Hund. Wir stehen dem Fenn bei.«

»Dann kämpfen wir«, sagte Cahl. Grimmig blickte er Ian an. »Ob diese Celesten uns nun wollen oder nicht.«

Zweiunddreißigstes Kapitel

Sie flohen durch Drahtholz und Dunkelheit und erreichten schließlich ein kleines Tal, das überraschend trocken und mit dichtem Gestrüpp bewachsen war. Erschöpft von der Flucht und der Zeit in Gefangenschaft, setzte Gwen sich an einen Findling und beobachtete lustlos, wie Elsa und Lucas das Lager aufschlugen. Der Schattenpriester brachte eine halbe Stunde damit zu, die Grenze ihres Lagers zu markieren und die Nacht zu einer Art Schutzbann zu verweben. Elsa lichtete die Büsche und kümmerte sich ums Feuer.

»Das solltet Ihr nicht anzünden«, sagte Gwen. »Die Inquisitoren suchen bestimmt bald nach uns.«

»Dank der Schutzzauber des Frèrs sind die Flammen unsichtbar, und niemand wird den Rauch riechen«, erwiderte die Schwurritterin leise. Sie blickte zu Lucas, der mit seinen Vorbereitungen fertig war, und nickte ihm zu. »Außerdem könnt Ihr nicht von einer Ritterin des Winters erwarten, dass sie ohne ein wenig Licht schläft, das ihr Wohlbefinden erhöht.«

»Und ich esse meine Suppe lieber warm«, fügte Lucas hinzu. Er schnallte einen Topf vom Sattelzeug und hängte ihn über die Glut des Feuers.

Gwen sah den beiden dabei zu, wie sie sich um das Essen kümmerten. Sie sprachen kaum miteinander; offenbar waren sie an lange Schweigephasen gewöhnt und arbeiteten gern Hand in Hand. Als Lucas Gwen eine Tasse mit Suppe reichte, dankte sie ihm und stellte schließlich die Frage, die ihr schon auf der Seele lag, seit Elsa in ihr Zelt getreten war.

»Wie habt Ihr mich gefunden? Als ich Euch zuletzt sah, wart Ihr Richtung Grünhall unterwegs.«

»Manchmal führt einen die Reise auf seltsame Weise im Kreis herum«, antwortete der Priester. Er erklärte, wie Frèr Allaister den Herzog davon überzeugt hatte, ihm einen kleinen Trupp Soldaten mitzugeben, und dass Halverdt darauf bestanden hatte, Volent das Kommando zu übertragen. »Frau von LaFey und ich sind ihnen aus Neugier gefolgt. Wir behaupteten, die Jagd auf den Gheist von Gartstadt zu Ende bringen zu wollen.«

»Seht nur, wohin uns diese Jagd geführt hat«, murmelte Elsa.

»Ja, das sind wirklich ungewöhnliche Umstände«, stimmte Lucas zu. »Ehrlich gesagt: Frèr Allaister war mir irgendwie unheimlich. Und auch der Gheist. Etwas in seiner Essenz wirkte falsch. Jetzt weiß ich, was mich gestört hat – bei beiden.«

»Und was?«, fragte Gwen.

»Frèr Allaister kontrolliert den Gheist. Er gibt ihm Befehle, allerdings weiß ich nicht, was er vorhat. Darum wird sich der Großinquisitor kümmern müssen.« Lucas schlürfte den Rest Suppe, stellte die Tasse an einen Stein und lehnte sich zurück. »Es ist eine schwierige Sache, wenn man einen der eigenen Brüder beschuldigt, aber Zinders Gerechtigkeit macht keinen Halt vor Familie oder Glaube.«

»Was geschieht mit mir?«, fragte Gwen.

»Das steht noch nicht fest.« Frèr Lucas legte sich eine Decke über die Beine, schmiegte sich auf seine Lagerstätte und zog sich die Kapuze über die Augen. »Jedenfalls glaube ich langsam, dass unsere Art, die Dinge anzugehen, nicht besonders gut ist. Die Gheister haben etwas Heiliges an sich, zumindest die wenigen, die sich der Verderbnis entziehen.« Seine Stimme wurde schläfrig. »Davon gibt es ein paar. Deshalb interessiere ich mich für Euer Heiligtum, Baroness Adair.« Zeit verstrich, das Schweigen breitete sich aus. Lucas rührte sich. »Und für Euren Gott.«

Seufzend hob Elsa die Tasse des Frèrs auf und reinigte sie mit einem Büschel Gras. Sie blickte Gwen unsicher an. »Das ist Häresie«, sagte sie nüchtern. »Ich übernehme die erste Wache. Schlaft, ich wecke Euch zur zweiten.«

Sie verschwand in die Nacht und ließ den Sonnenfunken zurück, der zwischen den glühenden Holzscheiten tanzte. Gwen konnte sich des Gefühls nicht erwehren, dass die Flammen sie beobachteten.

Sie rollte sich in die Decken ein, wisperte die vergessenen Namen des Fenns und fragte sich, was die Worte des Frèrs wohl zu bedeuten hatten.

Nicht Elsa weckte sie, sondern ein Traum. Gwen schwebte in der Dunkelheit, in der engen Umarmung von Luft und Erde. Ein Licht entstieg ihrer Brust und zog ihren Körper in den Himmel. Sie folgte ihm, löste sich vom Fleisch, in dem sie gefangen war, trieb durch eine Stadt mit dunklen Türmen und grauem Regen. Dann erwachte sie und stellte fest, dass sie ganz allein mitten im Wald stand.

Sie blickte hinter sich. Etwa vierzig Schritt entfernt sah sie den seltsamen Lichtschein des Lagers. Elsa saß noch auf dem Holzstamm, kaum sichtbar mit dem Rücken zu Gwen. Der Frèr war nicht zu sehen. Vor ihr knackte ein Ast.

Eine Hexe stand nur eine Armlänge entfernt, hielt einen gebrochenen Zweig in der ausgestreckten Hand. Gwen wankte zurück.

»Ich dachte schon, du läufst bis zum Fenntor, wenn ich dich nicht wecke«, sagte die Frau. Ihre Stimme klang leise wie das Zischen einer Schlange, reichte von ihrem Mund bis zu Gwens Ohr und nicht weiter. »Du hast seltsame Freunde, Jägerin.« Das letzte Wort betonte sie besonders abschätzig.

Dass Gwen auch der Kirche der Celesten angehörte, hatte die Wächter des Hexenheiligtums stets gestört. Allein ihr Vater hatte immer behauptet, die Frauen verstünden die Gründe dafür.

»Die beiden sind nicht meine Freunde«, erwiderte Gwen so leise wie möglich. »Sie haben mich gerettet. Es sind noch andere in den Wäldern unterwegs, ein Frèr, der die alte Tinte trägt. Ich glaube, er sucht nach dem Heiligtum.«

»Es sind mindestens zwanzig – und doppelt so viele Schatten. Sie haben den Gestank des Südens an sich.«

»Haben sie die Stätte schon entdeckt?«

»Nein, aber wir können sie nicht mehr lange davon abhalten. Sie jagen den kleinen Gott.«

»Den kleinen Gott?«, fragte Gwen. »Du meinst den Gheist?«

»Ein Schatten in Gestalt von Mensch und Ross eilt durch die Wälder. Ich weiß es. Er wurde vor Generationen gebannt, ein Gott, der Geschmack am Blut der Sterblichen fand und daher eingesperrt wurde. Diese Narren müssen ihn befreit haben. Er ist ein Jäger, Gwendolyn Adair. Wie du.«

»Der Gheist von Gartstadt.« Gwen nickte. »Frèr Allaister scheint ihn gezähmt zu haben.«

»Ein Priester des Mondgotts lenkt einen Gheist? Was wird nur aus dieser Welt, Jägerin?« Die Hexe setzte sich an einen Baum. Gwen sah, dass Blut an ihrer Seite glänzte. Besorgt trat sie einen Schritt vor. Die Frau winkte sie fort. »Wir haben den Pfad des Inquisitors verschleiert, aber seine Schatten setzen uns zu. Sie beißen. Jede Beute beißt irgendwann.«

»Du bist verletzt.«

»Mehr als das, Kind. Ich bin tot. Wie hätte ich dich sonst finden können?« Die Frau lachte, und Gwen begriff, dass nur sie allein das Lachen hörte. »Viele von uns sind ins Allreich weitergezogen, aber ich blieb hier, um dich zu warnen und vorzubereiten.«

»Worauf?«

»Auf morgen. Die wenigen, die übrig sind, werden den Pfad des Gheists umlenken. Das wird sie alle Kraft kosten. Du musst diese Gelegenheit nutzen.«

»Wo werdet ihr den Pfad umlenken? Ich sollte die Priester hierlassen, damit sie ihn nicht finden.«

»Du brauchst sie, Jägerin. Du kannst den Dämon nicht allein töten. Wir haben versucht, ihn zu bändigen, zu füttern, ihn zu seinem Bannkreis zurückzulocken – aber die Inquisitoren haben diesen Gott gebrochen, Gwen. Unheilbar gebrochen. Daher musst du ihn gemeinsam mit deinen Freunden töten.«

»Und wo?«

Die Hexe verblasste, verschmolz mit dem Baum neben ihr. Mit dieser Magie bewegten Hexen sich durch den Wald; sie konnten ihre Haut mit Baumrinde ummanteln und vom einen heiligen Hain zum nächsten reisen, große Entfernungen binnen eines Gedankens überwinden. Der Körper der Hexe verlor seine Umrisse, ihr Gesicht vereinte sich mit der Borke.

»Wohin führt ihr den Gheist?«

»Hierher, Kind. Wir bringen den Gott zu dir, und du musst ihn töten, ehe seine Verderbnis sich ausbreitet.«

»Wie …«, setzte Gwen an, doch die Frau war fort.

Der Baum, an dem sie gestanden hatte, knarrte und regte sich, Blätter regneten herab. Samtweich glitten sie an Gwens Schultern ab und sammelten sich zu ihren Füßen.

Sie kehrte ins Lager zurück. LaFey saß stocksteif da, und als Gwen sich wieder in ihr Zelt begeben hatte, schüttelte die Schwurritterin sich, kam zu ihr und weckte sie für die zweite Wache.

Die Jägerin erwog, sie vor der bevorstehenden Bedrohung zu warnen, doch dann hätte sie zugleich die Hexe verraten – und das wagte sie nicht. Kein Leben – nicht einmal ihr eigenes – stand über dem Wohl des Heiligtums. Es war ihre Lebensaufgabe, die Stätte geheim zu halten. Daher verbrachte sie den Rest der Nacht damit, die Bäume zu betrachten und sich zu fragen, wann der kleine Gott auftauchen würde.

Dreiunddreißigstes Kapitel

Die Schatten einer übernatürlichen Nacht folgten ihnen nach Norden. Die Finsternis zwischen den Bäumen verdichtete sich, und bei jedem Sonnenaufgang schlotterten Malcolms Glieder. Er schlief nicht mehr. Die Männer und Frauen, die sich um ihn scharten, fanden ebenfalls keinen Schlaf. Der ganze zerlumpte Haufen schlurfte vorwärts, ohne einen Gedanken an eine Formation oder Disziplin zu verschwenden. Sie waren auf der Flucht. Auf einer ungeordneten Flucht, die sie zu einem leichten Ziel machte, falls die Suhdrin ihnen nachsetzten. Allein Zwietracht war es zu verdanken, dass der Feind sich nicht gleich dazu entschlossen hatte.

Caroline war bei ihm, doch ihre Augen wirkten stumpf, ihr Feuer erloschen. Sie ritt während der langen Reise an seiner Seite. Er fragte nicht, wo die anderen waren. In dem Irrsinn des Angriffs hatte jeder die eigene Haut gerettet. Er verfluchte sich dafür, von Carolines Seite gewichen zu sein. Wenigstens hatte sie überlebt. Ihr Tod hätte ihm den Verstand geraubt.

Tagelang wechselten sie kein Wort, doch selbst das Schweigen seiner Frau gab Malcolm Hoffnung. Nachts hielten sie sich bei den Händen, auch wenn sie wach lagen. Träume lauerten auf sie in der Dunkelheit, denen sie sich nicht stellen wollten.

Das Einzige, worüber sie nie sprachen, war ihr Sohn. Beide wussten, dass Ian bei der Streitmacht gewesen war, die an der Westfurt fiel. Dass die Ritter von Marchand und Roard bei ihnen waren, erinnerte sie nur daran, dass der Feind die Stellung ihres Sohnes überrannt hatte. Nur wenige aus seiner Streitmacht hatten überlebt, und keiner hatte etwas vom Thronfolger von Hundsweih gehört. Malcolm erkundigte sich beständig nach ihm, lief allabendlich durchs Lager und sprach mit den Nachzüglern.

Caroline schwieg beharrlich, und allmählich nahm der Herzog ihr das übel.

Sie waren seit einer Woche auf der Flucht, sammelten gebrochene Männer im Wald auf, gaben ihnen eine Perspektive und führten sie gen Norden. Das gab Malcolm wieder eine sinnvolle Aufgabe. Der Norden war für sie eine natürliche Richtung: Als der Feind ihre Linien durchbrach und ihnen die Niederlage bescherte, waren die Pferde nordwärts gerannt, ebenso die Soldaten, Ritter und deren Gefolge. Das war der Weg in die Heimat.

In den ersten Stunden der Flucht und den Tagen danach machten die Suhdrin keine Anstalten, sie zu verfolgen, und Malcolm begann, einen Plan zu schmieden. Es dauerte eine Weile, bis er in seinem Kopf Gestalt annahm, und noch länger dauerte es, bis er den Mut aufbrachte, darüber zu sprechen.

»Wir müssen am Fenntor in Stellung gehen«, sagte er schließlich. Caroline ließ sich nicht anmerken, ob sie ihn gehört hatte, daher wiederholte er die Worte. Sie blickte ihn an. Leere Augen. Der alte Funke würde wieder darin aufglimmen, redete er sich ein. Sie würden wieder leuchten. »Wir haben keine Wahl«, fügte er hinzu.

»Unsere Leute sind versprengt«, antwortete sie. »Ihre Schilde zermalmt und ihre Speere zerborsten. Das kannst du nicht ändern, Malcolm.«

»Wenn ich Ihnen keinen Mut mache, wird der Winter sie brechen. Die meisten unserer Leute sind viele Wochen von der Heimat entfernt. Monate, bei ihrem gegenwärtigen Zustand. Die Stürme ziehen auf, bevor sie ihre Häuser erreichen. Sie werden auf der Straße sterben.«

»Daher willst du sie lieber am Fenntor sterben lassen? Wo liegt der Unterschied?«

»Sie sterben im Kampf, und vielleicht können sie die Stellung halten. Wir müssen es versuchen. Wenn wir fortrennen, hält nichts Sacombre auf. Wenn diese Krieger auf der Straße erfrieren, stirbt die Stärke des Nordens mit ihnen.«

»Sie werden unterwegs gastfreundliche Feuerstellen finden. Thyber. Laufrot. Dannswehr. Sie finden Schutz vor den Stürmen.«

»An diesen Orten schon, und auch in Hundsweih. Falls das Fenntor fällt, hört Halverdt dann auf? Du hast die Armeen des Nordens ins Feld geführt, um dich ihm entgegenzustellen. Wird er sich ausruhen, solange diese Armeen noch existieren?«

»Ich zog aus, um dich zu finden«, murrte Caroline zornig. »Er war mir lediglich im Weg.«

Malcolm lächelte, froh darüber, das Feuer seiner Frau wieder ein wenig entfacht zu haben. Er legte ihr die Hand aufs Knie. Sie nahm sie, und schweigend ritten sie weiter.

»Also«, sagte sie schließlich. »Zum Fenntor?«

»Wenn wir lieber kämpfen wollen, statt uns zu Hause zu verkriechen und auf den Großinquisitor zu warten.«

Sie nickte, drückte ihm die Hand, dann löste sie sich von ihm, um die Soldaten zusammenzurufen. Malcolm sah ihr nach, bis sie zwischen den Bäumen verschwand, dann drehte er sich um und ritt in die entgegengesetzte Richtung. Die Armee war über ein großes Gebiet verstreut. Sie musste versammelt werden. Sie brauchte ein neues Ziel.

Sie spürten die meisten Häuser auf. Haus Thaen fühlte sich gebauchpinselt, das Banner mit der Frostkrone und der zersplitterten Sonne flatterte stolz neben dem flammenden Halbmond MaeHerrons und dem Hirsch und Greifvogel Dougals. Beide Banner waren blutbefleckt und dreckig von der langen Flucht. Selbst einige ramponierte Ritter in Sinkhalls Grüntönen stießen aus den Wäldern zu ihnen, folgten langsam der Kolonne.

Ganz vorn wehte der Hund der Blakleys, der weiße Stoff war inzwischen gräulich, das gebleckte Maul der Bestie zerfetzt und zerschlissen. Caroline ritt unter dem Banner, Malcolm an ihrer

Seite und der Rest der Streitmacht hinter ihnen. Was von der Armee übrig war, befand sich wieder auf einem Marsch statt auf der Flucht. Das zauberte Caroline ein Lächeln ins Gesicht.

Allein Graf von Daevens Anwesenheit bereitete ihnen Unbehagen. Der trauernde Earl von Schwarzvaen marschierte mit den Überresten seiner Truppen; er hielt die in Tücher gehüllte Leiche seines Sohnes in den Armen. Malcolm wusste nicht, wie der Mann damit zurechtkam. Wahnsinn konnte einem Menschen auch Stärke verleihen. Von Daeven redete mit niemandem und reagierte nicht, wenn man ihn ansprach. Es war, als reiste er mit der Trauer ganz allein.

Das Fenntor lag ein Stück westlich der Hauptstraße, die durch Adairs Territorium verlief. Dieselbe Straße führte nach Hundsweih und zweigte schließlich gen Osten ab, wo Dannswehr und der Fluss Wyl lagen. Ein guter Teil ihrer Streitmacht hatte sich in die Auen geflüchtet und würde nicht zurückkehren, und vermutlich waren noch viel mehr nach Hundsweih und in nördliche Ortschaften unterwegs. Trotzdem hatten die Blakleys genug Speere und Ritter aufgebracht, um dem Baron von Adair eine respektable Armee zur Verteidigung seiner Mauern und seines Namens zu präsentieren.

Im Westen lag das Fenn. Angeblich trieben sich suhdrische Soldaten in der düsteren Wildnis umher, doch bislang hatten die Späher sie nicht gesichtet. Andere Geschichten kreisten um Gheister, die sich sogar so kurz vor der Tagundnachtgleiche in ungewöhnlich hoher Zahl zeigten. Keiner davon griff an. Irgendwie beunruhigte das Malcolm mehr, als wenn die alten Götter das Land verwüstet hätten. In der Luft lag eine Stille, die starken Regen und heftige Kälte verhieß. Die Jahreszeit wandte sich gegen sie.

Wächter patrouillierten an den Rändern der sorgsam errichteten Lager, Späher erkundeten die lichter werdenden Wälder, Jäger brachten Wild auf die Spieße und berichteten im nächtlichen Rat der Herzogin über jede Truppenbewegung. Der große Grant von MaeHerron hatte das Kommando über die Truppen seines Vaters übernommen, nachdem der Herzog in der Schlacht verschwunden war. Jeden Abend schliff er seine Axt, während Graf Dougal und die Herzogin von Blakley über die Verteidigung des Fenns berieten. Die Soldaten wirkten erstmals wieder lebendig, seit sie in jener verdammten Nacht über den Talg gezwungen worden waren.

Nach einer Woche erreichten sie das Fenntor. Keine Feuer brannten im Dorf vor der Burg. Auf den Feldern ringsum ließ das dichte Getreide die Ähren hängen, und nirgends sah man Bauern. Das berühmte schwarze Tor der Burg war geschlossen, und auf den Mauern wimmelte es von Bogenschützen. Zwei Banner hingen am Wehrturm: die karmesinrote Flagge von Haus Adair und ein schwarzes Trauerbanner.

»Ich hatte eine andere Begrüßung erwartet«, sagte Caroline.

»Sie scheinen bereit für den Krieg zu sein.« Malcolm ritt neben Castian von Jaerdin, dessen Leute aus Rotgarten sich aus der Schlacht gelöst hatten und ihren Blakley-Verbündeten zu Hilfe geeilt waren. Der suhdrische Prinz zerbrach sich jede Nacht lautstark den Kopf darüber, ob seine Familie im Süden noch willkommen wäre, wenn alles vorüber war.

»Unter diesen Umständen ist es ein Glück, dass sie so gut vorbereitet sind«, erwiderte Castian. »Schaut, das Falltor ist hochgezogen.«

Malcolm blinzelte, konnte jedoch keine Einzelheiten ausmachen. Kurze Zeit später kam ein Reiter in Sicht. Er ritt vom Dorf her unter weißer Flagge auf sie zu.

Malcolm grinste, als er das vertraute Gesicht erkannte. »Herr von Merret!«, rief er, als der Mann näher kam. »Ich bin froh, dass Ihr an der Schanze nicht gefallen seid!«

»Ich bin einer der wenigen Überlebenden, fürchte ich«, erwiderte der Ritter. Er hielt sein Pferd so an, dass sich die Blakleys zwischen ihm und Herzog Jaerdin befanden. »In den Lagern gab es Verräter. Die Baroness von Adair hat unsere Reihen geschwächt, und als Volent uns aus dem Osten angriff, waren wir zu schwach für die Verteidigung.«

»Volent? Ich dachte, er ist in Halverdts Armee? Wie konnte er hinter Euch gelangen?«

»Das wissen nur die Götter. Ist die Baroness bei Euch?«

»Die Jägerin wird vermisst?«, wunderte sich Caroline.

»Ja, sie wollte im Süden plündern, um den Kampf zu Halverdt zu tragen. Vor drei Nächten wankten ein paar Überlebende zum Fenntor zurück. Sie sind tief im Fenn auf eine suhdrische Streitmacht gestoßen. Erzmarschall von Volent war der Anführer. Er hatte eine Schar Inquisitoren dabei. Die Geschichten sind unglaublich.« Merret stockte und blickte zu Jaerdin. »Unglaublich. Und wir müssen annehmen, dass die Baroness dem Feind in die Hände gefallen ist.«

»Wenn sie die Gefangene des Maskenmanns ist, wäre sie besser tot«, sagte Caroline. »Das erklärt das Trauerbanner am Turm.«

»Ich begreife nicht, wie das alles geschehen konnte. Gwendolyn von Adair sollte die westlichen Furten halten. Sie hätte nie über den Talg in den Süden reiten dürfen. Und wenn sie es schon tat, hätte sie zuallererst unsere Flanke warnen müssen, wenn sie im Fenn auf eine suhdrische Streitmacht gestoßen ist.«

»Soweit ich weiß, hatte die Jägerin wichtigere Aufgaben«, sagte Merret.

»Wichtigere Aufgaben? Was im Namen der Götter soll das denn heißen?«

»Ich weiß es nicht und kann nichts dazu sagen«, erwiderte der Ritter. »Doch ehe Ihr Euch noch mehr empört, vergesst bitte nicht: Ihr Verhalten hat mich mein Kommando gekostet … und viele Freunde.«

»Und ich möchte Euch daran erinnern, dass ihr Verhalten mich meinen Sohn gekostet hat«, hielt Caroline dagegen.

Merret schwieg, gefangen zwischen Zorn und Bedauern.

Schließlich neigte er das Haupt. »In diesen Zeiten gibt es viele Verluste, werte Herzogin. Ich spreche Euch mein Beileid aus.«

»Es ist zu schade, dass Baroness Adair nicht hier ist, um sich zu verantworten«, sagte Caroline. »Ich würde zu gern *ihre* Erklärung hören … und auch ihre Beileidsbekundung.«

»Natürlich beten wir, dass sie wohlauf ist«, fügte Malcolm rasch hinzu. »Vielleicht sollten wir das Gespräch fortsetzen, nachdem wir mit Baron Adair reden konnten. Wir müssen unsere Verteidigung planen.«

»Wie wir sehen, ist Euer Tor bereits gesichert und Eure Bauern sind zusammengeschart«, warf Castian ein. »Rechnet Ihr mit einem baldigen Angriff?«

»Die Bauern sahen Euch anrücken und nahmen an, Ihr wärt die Vorhut von Halverdts Armee. Sie können Banner nicht von Worten unterscheiden, fürchte ich.«

»Nun, lasst uns ein und verständigt Euren Herrn«, bat Malcolm. »Wir sind lange geritten und müssen viel besprechen.«

Merret verbeugte sich, wendete das Pferd und ritt die Straße hinab. Malcolm gab das Signal zum Vorrücken und wollte ihm schon folgen, als Caroline ihn beiseitezog.

»Ich werde den Verrat dieses Mädchens nicht vergessen«, zischte sie. »Welche Gründe sie auch hatte, ihre Entscheidung hat uns den Sieg gekostet.«

»Das mag sein, aber der Fehler ist nicht rückgängig zu machen und die Schlacht vorbei«, antwortete Malcolm ruhig. »Wir müssen uns für den nächsten Kampf rüsten. Solange Baron Adair ein Verbündeter ist, sollten wir sein totes Kind besser nicht für den Verlust unseres Sohnes verantwortlich machen.«

»Bete, dass sie tot ist«, erwiderte Caroline. »Bete, dass sie sich wegen ihres Fehlverhaltens nie vor mir rechtfertigen muss.«

Der Riedwindthron war nicht verziert. Aus einem knorrigen Eisenholzstamm geschnitzt, war der alte Herrschersitz von Haus Adair schief und in sich verdreht. Die dünnen Äste des Stamms ragten in den Thronsaal; sie wiesen alle in dieselbe Richtung, dank des harschen Windes, der sie über Generationen geformt hatte. Die Banner der Feinde von Haus Adair hingen in Fetzen daran herab, durchmischt mit den in Leder eingeschlagenen Ikonen der alten Stämme. An der Unterseite war der Holzthron verwurzelt, als wäre er aus dem Boden der Burg selbst gewachsen. Der Legende nach hatte man das Fenntor um den Thron herum errichtet; der Ort war über Generationen von Stammesleuten und niederen Adligen langsam gewachsen, bis er zum Sitz von Colm Adair wurde.

Der Baron saß auf dem Thron, umgeben von einem Dutzend Rittern in Rüstungen und einem Priester. Malcolm führte sein erschöpftes Gefolge in den Saal. Jede auf der Straße verbrachte Meile lastete ihm auf den Schultern.

»Eure Hoheit«, sagte Colm Adair leise. Seine schwarze Rüstung wies keine Gravuren auf, war aber mit roter Seide und einer schwarzen Kette geschmückt. Sein Blick wanderte zu Castian von Jaerdin. »Ich hätte keinen Suhdrin in Eurer Armee erwartet.«

»Der Herzog von Jaerdin kämpft seit dem Krieg der Plünderer an meiner Seite und hält zu den gläubigen Söhnen der celestischen Kirche, ungeachtet ihres Blutes«, antwortete Malcolm.

»Weiß er nicht, dass es die Kirche ist, die gegen uns vorrückt?«

»Die Inquisition ist nicht die Kirche, Baron«, antwortete Castian. »Obwohl dieser Unterschied in Herzbrück nicht viel bedeuten mag, besteht er doch auf dem Schlachtfeld und in meinem Herzen.«

»Das ist in der Tat ein Unterschied«, gestand Colm ein. »Die Inquisition ist weit gefährlicher.«

»Wie wir gesehen haben«, sagte Malcolm. »Herr von Merret hat mir erzählt, dass ein Trupp Schattenpriester den Erzmarschall bei dem Überfall im Fenn unterstützt hat. Was könnt Ihr uns noch sagen?«

»Nicht viel. Sie waren nachts unterwegs, verteidigten sich gegen die gedemütigten Götter des Fenns, und als die Zeit kam, jagten sie die Seelen und Herzen meiner Leute.«

»Wir fragen uns«, sagte Malcolm mit vor Vorsicht spröder Stimme, »warum Eure Tochter nicht losgeritten ist und unsere Flanke vor der Gefahr gewarnt hat. Wie ich höre, habt Ihr viele Krieger an der Schanze verloren.«

»So wie Ihr viele am Talg eingebüßt habt«, entgegnete Colm steif. »Unser beider Häuser haben für die Torheit meiner Tochter einen hohen Preis gezahlt. Wenn von Brennans Bericht stimmt, erfahren wir nie, was sie antrieb. Ich hingegen glaube, dass sie nach Hause ritt, um die Burg zu warnen.«

»Die Burgmauern waren sicher, solange wir den Talg verteidigen konnten«, sagte Castian.

»Ihr hättet den Talg nicht mehr halten können, wenn Erzmarschall Volent mit seinem Trupp bis hierher vorgedrungen wäre und die Burg eingenommen hätte. Von hier aus wäre er Euch in den Rücken gefallen und hätte den gesamten Nachschub aus dem Norden abgeschnitten.«

»Stattdessen fiel er uns in die Flanke und schlug uns auf ganzer Linie.« Malcolm hob die Augenbraue. »Das hätte jeder kluge Taktiker an seiner Stelle getan. Möglicherweise war Eure Tochter nicht bereit für ein Kommando. Sie ist immerhin eine einfache Jägerin.«

»Ihr werdet nicht das Recht meiner Tochter anzweifeln, Krieger zu befehligen«, zischte Colm. »Schon gar nicht, solange ihr Trauerbanner noch über meinem Kopf flattert.«

»*Ich* stelle es infrage«, sagte Caroline. »Bis zum Ende meiner Tage werde ich bereuen, diesem Wildling ein Kommando übertragen zu haben.«

»Muss ich Euch daran erinnern, dass ich eine Tochter verloren habe?«, fauchte Colm.

»Und ich einen Sohn«, entgegnete Caroline. »Weder ruhmreich noch ehrenhaft, sondern durch den närrischen Fehler eines

Mädchens. Also erzählt mir nichts über ihr Recht, Krieger zu befehligen. Sprecht nicht von Trauer oder Tod!«

Eine Weile herrschte Stille im Saal. Die zwölf Ritter von Haus Adair regten sich zu beiden Seiten des Throns, packten vor Anspannung die Hefte ihrer Schwerter.

Schließlich brach der Priester das Schweigen. »Natürlich habt Ihr recht, Eure Hoheit, doch wir dürfen nicht zulassen, dass unser beidseitiger Verlust zu unserem Untergang führt.« Der Mann nestelte an den Ikonen herum, die er um den Hals trug, und zog einen Halbmond ab, das Zeichen Zinders, des Herrn. »Der Wintergott ist streng. Sein Urteil ist hart, und seine Jahreszeit gnadenlos. Das ist sein Krieg. Ein Krieg, der die Gläubigen von den Gefallenen trennen soll. Lasst uns unter seinem Blick nicht wanken.«

»Werter Frèr, ich fürchte, ich kann nichts weiter tun, als den Winter verstreichen zu lassen und für den Frühling zu beten«, sagte Caroline verbittert.

»Auch wir können nichts weiter tun als das, Herzogin«, antwortete der Priester.

Caroline hatte nichts hinzuzufügen. Die Wut hatte sie überwältigt.

»Was immer zwischen uns steht …« Malcolm trat einen Schritt vor, darauf bedacht, die Hände vom Schwert fernzuhalten. »Wir dürfen nicht zulassen, dass es uns entzweit. Halverdt reitet mit einer Armee nach Norden, die mehrere Tausend Krieger umfasst. Wir haben nur Hunderte, und Ihr habt diese Mauern. Gemeinsam können wir gegen ihn bestehen.«

Colm Adair lehnte sich im Thron zurück und legte den Arm auf das Schwert neben sich. Schweigend warteten alle im Raum. Als er sich wieder vorbeugte, regten sich sanft die Banner über dem Riedwindthron, sonst nichts. »Nun, das könnten wir schaffen.« Colm nickte. »Wir *müssen* es schaffen.«

Vierunddreißigstes Kapitel

Der Morgenhimmel zeigte die Farbe angelaufenen Zinns, und das erste Geräusch an diesem Tag war ein lautes Knistern. Gwen stand auf und zückte ihr Schwert. Sie starrte ins Morgenlicht hinaus, sah jedoch lediglich Baumstämme und Schatten. Ihr Herz pochte wie wild.

»Von LaFey!«, zischte sie.

Sogleich war die Schwurritterin bei ihr. Die schmalen Narben auf ihren Wangen glühten wie geschmolzenes Gold. Sie verströmte eine pulsierende Wärme, die die Luft mit dem intensiven Geruch nach Schweiß und Leder erfüllte. Die Schatten im Wald zogen sich vor ihrem Anblick zusammen.

»Sollen wir den Frèr wecken?«, fragte Gwen.

»Er ist schon irgendwo da draußen.«

Verwirrt blickte Gwen zum Zelt des Priesters. Der alte Mann saß im Schneidersitz vor dem Eingang, das Kinn auf die Brust gelegt.

»Die Grenze zwischen Träumen und Suchen ist bei ihm sehr seltsam«, sagte die Ritterin. »Nicht, dass er Euch nicht vertrauen würde. Ich glaube, so ist ihm einfach wohler zumute.«

Das Knistern kam rasch näher. Der Hügel am Kamm des nächsten Tals erbebte, sein Teppich aus Bäumen wankte und knackte, als sich etwas Großes durch die Äste kämpfte. In der Ferne teilte eine Gestalt die Baumlinie. Gwen erhaschte einen Blick auf den Gheist, der sich gelassen vorwärtsbewegte wie eine brodelnde Teerfaust.

»Er ist gewachsen«, stellte sie fest.

»Ja«, stimmte Elsa zu. »Wir brauchen mehr Platz.«

Unvermittelt erhob sich Frèr Lucas wie ein Toter, den ein

dunkler Gott zum Leben erweckt hatte. Mit bebenden Lippen sog er hektisch den Atem ein. »Wir müssen eine höhere Position finden.«

»Ich habe…«, setzte Elsa an, doch Lucas schnitt ihr das Wort ab.

»Südlich von hier gibt es eine Kammlinie. Dort sind große Findlinge. Wir müssen uns zwischen ihnen aufstellen.«

Der Priester lief los. LaFey folgte ihm und schob die Jägerin vor sich her.

»Was ist mit Eurer Rüstung?«, fragte Gwen. Die Schwurritterin hatte sie vor dem Schlafen abgelegt. Zwar hatte Gwen erwogen, LaFey vor der Ankunft des Gheists zu warnen, damit die sich vorbereiten konnte, doch war ihr nicht eingefallen, wie sie das hätte anstellen sollen, ohne zugleich das Geheimnis der Hexen zu verraten.

»Mein Glaube genügt mir«, antwortete Elsa, dennoch blickte sie besorgt drein. »Oder zumindest mein Schwert.«

Gwen musterte rasch die eigene Ausstattung. Sie hatte ihr Schwert dabei und die Halbrüstung angelegt. Wie sie nun durch den Wald rannte, wünschte sie, sie hätte lediglich ihre Jagd-Lederrüstung am Leib. Ihre drei blutgehärteten Speere schlugen ihr beim Laufen gegen den Rücken.

»Nicht stehen bleiben«, sagte Elsa hinter ihr. Gwen wandte den Kopf, um ihr zu antworten, und sah flüchtig den Gheist auf der Hügelspitze. Der Himmel war dunkel, die Sonne noch nicht aufgegangen, doch das vorhandene Licht genügte Gwen völlig. Der Dämon war gewaltig, er schien Dutzende Körper in den schwarzen Strängen seiner massigen Gestalt zu vereinen – Männer, Frauen, Pferde, Bären, Verdammte und Tote.

Wankend blieb Gwen stehen. Sie bereute es inzwischen, die Priester nicht gewarnt zu haben. Elsa packte sie grob am Umhang und zog sie weiter.

Vor ihnen war die Kammlinie zu erkennen, eine gezackte Linie aus Findlingen, einige doppelt so groß wie ein Mann. Regenwasser und die geduldig wachsenden Wurzeln hatten im Laufe der Jahre moosbewachsene Klüfte zwischen den Brocken entstehen lassen. Eine Krone aus Bäumen bedeckte den massivsten Felsblock, Wurzelwerk und Stämme hingen von ihm herab wie erstarrtes Wachs an einem Flaschenhals. Frèr Lucas stand in der Lücke zwischen dem größten Felsen und dessen Nachbarn und schaute an ihnen vorbei zum Gheist.

Ein Kreischen drang an ihre Ohren.

»Wir werden neue Pferde brauchen«, sagte der Priester, als Gwen sich an ihm vorbeizwängte. Die armen Tiere taten ihr leid: Wegen der Pflöcke konnten sie nicht fliehen. Hoffentlich würde den Priestern und ihr nicht dasselbe Schicksal zuteil.

Elsa und Gwen blieben dicht hinter dem Frèr stehen. Die Lücke zwischen den Felsen bot ihnen gerade genug Platz, um sich zu bewegen und ein Schwert zu schwingen. Eine gute Stelle, um einen Angriff abzuwehren oder einen Hinterhalt zu legen. Nicht so gut, wenn man es mit einem Gheist zu tun hatte. Gwen ging zum hinteren Ende des Spalts und blickte hinab. Der Boden fiel sanft ab, war mit Steinen und dicken Wurzeln übersät – das würde den Rückzug nicht erleichtern. Der Gheist war ohnehin schon zu nah, als dass eine Flucht infrage kam. Sie kehrte an Lucas' Seite zurück. »Was machen wir jetzt?«

»Kämpfen, würde ich sagen. Werte Ritterin?«

»Es ist derselbe Gheist«, antwortete LaFey, »aber er hat sich Verstärkung geholt.«

»Hat er sich möglicherweise aufgeteilt?«

»Das ist ein schrecklicher Gedanke. Den wir besser verdrängen. Können wir bitte einfach diesen Gott dort töten?«

»Hoffentlich«, erwiderte Lucas und drehte sich rasch um. »Baroness, haltet die Gegner von uns fern und seht zu, dass sie Euch nicht töten.«

Die ganze Zeit hatte sich der Gheist über den Hügel weiter angenähert. Er wirkte verwirrt, lief zwischen den Bäumen hin und her wie ein Hund, der die Witterung verloren hatte. Gwen fragte sich, ob die Hexen es wie erhofft geschafft hatten, ihn unter ihre Kontrolle zu bringen. Kurz befürchtete sie, er könnte die Bande zerreißen und fliehen. Ohne Pferde würden sie ihn niemals einholen.

Sie beruhigte und konzentrierte sich. Der Gheist kam näher, wurde größer, klebrige Schattenbänder schossen aus ihm hervor und zogen ihn den Hügel hoch. Die Kadaver der Pferde ragten aus der wimmelnden Schattenmasse. Langsam wurden sie zu einem Teil des dämonischen Körpers.

»Los geht's«, wisperte Elsa.

Gwen bemerkte, dass Lucas verschwunden war. Sie schaute sich um und erblickte den Priester hinter sich im Schneidersitz, den kurzen Stab über die Knie gelegt, die Hände wie zum Gebet gefaltet.

Elsa packte Gwen bei der Schulter und zeigte auf den Frèr. »In diesem Zustand ist er hilflos. Haltet ihm die Gegner vom Leib.«

»Was macht er …«, setzte Gwen an, doch dann schoss eine wirbelnde Spirale aus dem Boden: Ein Blitz aus umgekehrter statischer Energie tanzte dem Priester über die Haut. Sturm kam auf und ließ den Stoff seiner Robe flattern. Ein Wirbelwind entstand, der Laub und Steine mitriss; sie scheuerten über die Felsblöcke und zwangen Gwen, zu blinzeln.

Der Sturm legte sich. Ein dunkler Schemen des Frèrs schwebte über seinem bewusstlosen Körper in der Luft. Der Umriss der Schattengestalt war ständig in Bewegung: Kraftlinien, die wie Banner flatterten. Der Geistpriester klammerte sich an den Stab wie an einen Mast.

»Jetzt kämpfen wir vielleicht bis zum Tod«, sagte er. »Möge der Wille der Götter geschehen.« Seine Worte hallten doppelt durch die Luft: einmal aus dem Mund des Schemens, mit rauer, tiefer Stimme, einmal aus seinem sterblichen Mund, kaum mehr als ein Wispern, als rede er im Traum. Lucas' Schattengestalt huschte über Gwen hinweg.

Wie eine Schwalbe flog er durch die Luft, stürzte sich zwischen den Bäumen immer wieder auf den massigen, viel größeren Dämon hinab und setzte ihm zu. Das schien den Gheist anfangs zu verwirren. Kurz hielt er inne und kauerte sich zusammen, die kleineren Wesen seines Körpers wanden sich schützend um ihn.

Frèr Lucas schoss am Dämon vorbei und stach ihn mit messerscharfen Schattenklingen. Sein flackernder Schemen in der Luft hatte nicht viel mit dem zurückhaltenden Mann auf dem Boden neben Gwen zu tun. Verwundert blickte sie zwischen den beiden Varianten des Priesters hin und her.

Elsa grinste. »Sein Verstand ist flink. Seine Knochen mögen morsch geworden sein, aber seine Gedanken sind schnell wie ein Pfeil – und ebenso tödlich.«

»Erstaunlich«, wisperte Gwen. »Ich habe noch nie die Künste eines Naethermanten gesehen.«

»Das haben nur wenige.« LaFey setzte sich in Bewegung. »Ich glaube, das ist mein Einsatz.« Mit erhobenem Schwert und Schild trat sie zwischen den Felsen hervor. Der Gheist war so sehr mit dem ihn umkreisenden Frèr beschäftigt, dass er sie nicht beachtete. Das änderte sich, als sie die Segen der leuchtenden Herrin beschwor.

Da die Sonne noch nicht aufgegangen war, musste Elsa dem Dämmerlicht so viel Energie wie möglich entziehen. Während der Übergangszeiten, kurz vor der Dämmerung und im Abendrot, zwischen Winter und Frühling sowie kurz vor der Tagundnachtgleiche, entfaltete die seltsame Magie der celestischen Kirche die geringste Macht. Zu diesen Zeiten reduzierten sich Elsas Kräfte zu einem Bruchteil ihrer Pracht.

Dennoch entzog sie dem vom Himmel reflektierten Sonnenschimmer Energie und rief Zwietrachts Stärke an: die in der Erde und Luft gespeicherte Wärme. Sie leitete diese Macht in die blutgehärteten Runen der Rüstung und in die eingravierten Segen ihrer Waffen. Das Metall blitzte auf, und die Pflanzen dicht um die Schwurritterin zerfielen zu Asche. Eine Hitzewelle erfasste Gwen.

»Hierher, Dämon!«, brüllte Elsa und winkte mit dem Schild, um die Aufmerksamkeit des Gheists zu erregen. »Tritt ins Licht und werde versengt!«

Die Kreatur heulte mit einem Dutzend Lauten auf. Pferdegewieher und die schrecklichen Stimmen toter Bauern und Soldaten kündeten von der Frustration des wilden Gottes. Von Schattenranken überzogene Körper sprangen vor, fanden Halt und zogen die massige Gestalt nach. Auf der einen Seite glitt ein Bauer vor, packte mit den schwarzen Armen einen Baum, auf der anderen schoss der verderbte Leib eines Ritters auf Elsa zu. Zwischen ihnen ragte die wallende, übelkeiterregende Masse des Gheists auf.

Die verrückte Gottheit und die Schwurritterin prallten aufeinander. Wie ein Leuchtturm stand Elsa vor der über sie hereinbrechenden Schattenflut. Arme zuckten vor, Bänder aus tintenschwarzer Nacht prüften ihre Verteidigung, die gelenkten Körper der Gefallenen bedrängten ihren Aktionsradius. Sie kreischten mit klaffenden Mündern, packten Elsas Schild, ihre Arme, rissen Fetzen aus ihrem Umhang wie Raubfische aus dem Köder. Trotzdem hielt sie stand, blockte und schlug zu, schwang die gleißende Klinge in schimmernden Bögen, durchtrennte Fleisch und Knochen und zerteilte die schwarzen Stränge, die die toten Soldaten manipulierten.

Der große Gheist dehnte sich aus und versuchte, sie mit seiner Masse zu umringen, wobei er sich außer Reichweite des verhassten Schwertes hielt. Wie ein Strom floss er um einen Findling herum und stieß dahinter auf Gwen.

Die Jägerin musste zurückweichen. Die Felsen zu beiden Seiten lenkten den Angriff des Dämons. Die wenigen Toten, die in den Spalt passten, watschelten auf Gwen zu. Sie holte mit dem Speer aus, schleuderte ihn auf die erste Gestalt und traf sie in den Hals. Die Ranken, die den Toten hielten, zuckten zurück, lösten sich von dem Körper wie vom Blitz verdampftes Eis. Der Bauer mit dem blutgehärteten Speer im Hals sackte zusammen und blieb reglos liegen.

Der Gheist drängte weiter vor. An die Stelle des Gestürzten rückte der Nächste, dann der Nächste, und schließlich kletterte der Dämon auf die Felsbrocken und glitt an den Seiten des kleinen Spalts herab, in dem seine Gegner standen. Mit gebrochenen Fingern tastete er sich über Stein und Moos, bis seine vielen Umrisse in den Himmel aufragten. Gwen wankte zurück und stieß gegen die reglose Gestalt des Frèrs in der Mitte des Durchgangs.

»Bewacht meinen Körper, Mädchen«, wisperte Lucas.

Plötzlich schoss der Schemen des Priesters – die flackernde, kämpfende Phantomgestalt des Naethermanten – in die Lücke und begann, sich durch die Toten zu schneiden. Rasch fegte er die Leichen von einem Felsen, doch sogleich strömte auf der anderen Seite eine Welle aus Monstrositäten herab, deren Körper von Strängen aus dunkler Macht umgarnt waren. Gwens Beine verfingen sich in den beißenden Ranken, sie stolperte und stürzte neben dem Priester auf den moosigen Boden. Sie stach nach den kriechenden Schlaufen aus schwarzer Energie, die sich ihr um die Knöchel wanden, durchdrang dabei den eigenen Stiefel und verletzte sich. Fluchend stach sie erneut zu.

Der Gheist zog sich zurück, nur, um sie mit einer anderen Gliedmaße wieder anzugreifen. Letztere bestand aus einem Ritter, dessen Rüstung und Gesicht deformiert waren von den sich zusammenziehenden Strängen des Dämons. Er schepperte den Felsen hinab und landete mit knochenbrechender Gewalt. Ein Bein des besessenen Ritters war so zermalmt, dass er sich mit einem Arm an der Felswand abstützen musste, um aufrecht stehen zu können. Der andere Arm hielt das Schwert, mit dem er ausholte.

Gwen parierte den ersten Streich, doch der zweite traf sie an der Schulter und brachte sie ins Taumeln. Jetzt bedauerte sie nicht mehr, eine Halbrüstung zu tragen. Einem solchen Gegner hatte die Jägerin noch nie die Stirn geboten: einem Dämon, der so viele Feinde gleichzeitig angreifen konnte. Vor Einsamkeit waren Gheister für gewöhnlich halb verrückt, tobende Naturgewalten, die auf die Welt losgingen. Dieser hier bewegte sich wohlüberlegt, umging die bedrohliche Elsa, um Gwen zu attackieren.

Nein! Um den Frèr anzugreifen!, begriff sie zu spät.

Der besessene Ritter drehte sich um und schlug Frèr Lucas mit dem Schwertknauf. Der Schattenpriester, dessen Spektralgestalt über den Felsen schwebte und ganz andere Gegner bekämpfte, stieß ein schmerzerfülltes Heulen aus, das Gwen durch Mark und Bein ging. Die projizierte Waffe seines Verstandes – der schattenhafte Schemen – schrumpfte zu einem Klumpen aus naetherischer Energie zusammen und wirbelte zu Lucas' Körper zurück.

Der Frèr kippte um und wand sich in Krämpfen, während ihm der Naether in Mund und Augen strömte. Als die Energie in seine Seele zurückkehrte, verstummten die Schmerzensschreie.

Reglos lag er am Boden. Sogleich glitten die Gestalten, die der Priester eben noch bekämpft hatte, am Felsen hinab, fest entschlossen, ihn rasch zu töten. Gwen stand bei ihm, Blut quoll aus ihrem Fuß und ihrer Schulter, die Wunden sandten bei jedem Schlag und jedem Block Schmerz durch sie hindurch. Die blutgehärtete Spitze des Speers zerstörte die Ranken des Gheists, raubten den Körpern bei jedem Treffer ihr unheiliges Leben, doch sie kämpfte allein gegen eine Flut von Dämonen.

Und dann stürzte sich Elsa in den Kampf.

Die Schwurritterin bahnte sich ihren Weg durch die vielen Toten und Sterbenden, tauchte am Ende des Felsspalts auf wie ein Signalfeuer in der Nacht. Der wirbelnde Gheist zog sich zurück, wich ihren Schwerthieben aus. Gwen keuchte auf – nicht wegen ihrer Wunden, sondern wegen des Anblicks, den LaFey bot: Die Ritterin war abgekämpft, ihr Gesicht und Oberkörper dick mit Blut besudelt, das ihr auch im Haar klebte und über die Arme lief. Ihre feinen Narben glühten im Licht der Dämmerung, das Blut aus ihren Wunden schlug Funken – ein Feuer, das der Wut in ihren Augen gerecht wurde.

Gwen befürchtete, die Ritterin könnte sich in ihrem Eifer zu sehr in den Segen der leuchtenden Herrin verlieren. Zwietracht war auch die Göttin des Krieges, des Wahnsinns, die heilige Gebieterin über die Verrückten.

»Mein Frèr!« Schrie sie. Sie fegte die Jägerin beiseite und nahm den Priester auf. Gwen drückte sich an den Felsen, schützte ihr Gesicht vor den gleißenden Lichtbögen von Elsas Schwert und den sonnenhellen Runen ihrer Rüstung. Nun, da der Gheist eindeutig nur einen Gegner hatte, presste er sich in den Spalt. Die Masse aus zermalmten Körpern und Waffen verdunkelte den Himmel. Eine Wand aus Finsternis kam auf sie zu, deren Antlitz ein Albtraum aus schattenumrankten Leichen war.

»Ein unnötiger Tod«, hallte die Stimme des Gheists aus vielen toten Mündern zugleich. »Doch Zinder lenkt deine Hand. Ich geleite dich sicher ins stille Haus, Priesterin.«

»Nichts dergleichen wirst du tun!«, brüllte Elsa. »Das einzige Totenreich, das du öffnest, wird dein eigenes sein!«

»Geduld, Geduld«, wisperte die Wand aus Leichen. »Nimm unseren Segen und deinen Tod an.«

Die Oberfläche des Dämons wurde reglos wie ein Tümpel. Etwas zeichnete sich darauf ab – ein Körper, verrenkt und kleinwüchsig, mit dünnen Gliedern wie bei einem Missgebildeten. Ein Priester in Robe glitt behutsam aus der dunklen Masse hervor. Die Ranken aus Dunkelheit liebkosten ihm sanft die Brust, drangen ihm in den Mund, und als er das Wort ergriff, war nur noch eine einzige Stimme im schmalen Felsspalt zu hören.

»Wie du sehen kannst, ehrenwerte Ritterin, hat Zinder diesen Dämon gesegnet. Der Herr der Nacht nutzt seltsame Werkzeuge. Der Winter kann streng sein für diejenigen, die in Ungnade fallen.« Der Priester hob die Arme zur Segnung. »Geh friedvoll in dein Grab, Gläubige. Widersetze dich nicht dem Willen deines Gottes.«

»Ich kenne meinen Gott, Dämon«, fauchte Elsa. »Und ebenso meinen Feind.«

Der gheistbesessene Priester lächelte nur, eine seltsame Mimik, die ihm die Haut aufriss und die Kieferknochen knacken ließ. »Nun gut, dann sollst du sterben.«

Ehe Elsa sich regen konnte, sprang Gwen auf, holte mit dem blutgehärteten Speer aus und schleuderte ihn von sich. Er flog schnurstracks auf den Gheistpriester zu und schlug mit einem dumpfen Geräusch in seine Brust ein.

Nichts geschah.

»Bei den Totenreichen …«, wisperte Elsa. Sie wich einen Schritt zurück.

Gwen indes war noch nicht fertig. Sie hatte den Gheistpriester analysiert und wusste, dass die Waffen der Kirche ihm nicht schaden konnten. Das hatte er selbst gesagt: Zinder hatte diesen Dämon gesegnet und ihn somit unter seinen Schutz gestellt.

Während der Speer noch in der Brust des Gheists vibrierte, zog Gwen eine zweite Waffe aus ihrer verborgenen Gürteltasche. Sie hatte diesen Gegenstand versteckt, ganz besonders vor den celestischen Priestern. Es war ein spitzer blauer Kristallsplitter, der im matten Licht leuchtete. Tränen der Erde nannte man diese Kristalle, und ihr Besitz galt als Ketzerei. Gwen trug zwei davon bei sich. Es glich einem Wunder, dass Allaister sie nicht gefunden hatte.

Der zweite war in den Schaft des Speeres eingelassen. Gwen hob den Kristall, damit der Dämon ihn erkennen konnte. Der Gheist verzog das Gesicht, und dann wimmelten plötzlich die Wände von sich reckenden Armen.

»Nein«, sagte Gwen schlicht und zerbrach den Kristall in ihrer Hand.

Das Licht in dessen Inneren erstrahlte und blitzte hervor. Es schoss in flachem Bogen zu seinem Zwillingskristall im Speer und zersplitterte dabei den Schaft. Funkelnde Energie tanzte durch die Luft, durchschlug den Körper des Gheistpriesters wie ein Armbrustbolzen. Seine Rippen brachen auf wie eine Blüte, und das darunter liegende Gewebe verglühte zu Asche. Die Schattenstränge flohen vor dem Priester. Er kippte nach hinten wie ein Turm, dessen Fundament in einen Hohlraum durchgebrochen war.

Die schwarzen Ranken peitschten und zischten durch die Luft, zogen sich in die Toten zurück, die der Gheist seiner Gestalt zugefügt hatte. Vor Schmerz brüllend und von ungläubiger Angst erfüllt, löste er sich auf. Schlaffe Körper fielen aus seinem Inneren, als die Schattenstränge sich zersetzten. Mit jedem verlorenen Mund wurde das Geschrei leiser, bis es schließlich ganz verstummte. Die letzte Ranke schoss in die Luft und löste sich im ersten Tageslicht auf.

Reglos stand Elsa da, stierte auf die vielen Leichen, die Waffen und die Überreste des besiegten Gheists. Dann wandte sie sich Gwen zu. »Nun«, knurrte sie bedrohlich. »Ich würde sagen, es besteht kein Zweifel daran, dass Ihr eine Ketzerin seid, Jägerin.«

»Daran bestand nie Zweifel«, sagte Frèr Lucas, der noch am Boden lag. »Zumindest nicht in meinem Herzen.« Seine Stimme klang leise, er hatte die Augen geschlossen, das Blut aus der Kopfwunde lief ihm über die Wangen. Er öffnete ein verklebtes Auge und sah Gwen an. »Sie ist, was ich vermutet hatte. Und gehofft habe. Lasst uns beten, dass es noch nicht zu spät ist. Die Schatten Zinders haben diesen Verlust gewiss gespürt. Wir haben weniger Zeit, als mir lieb ist.«

DRITTER TEIL

FEUER UND SCHATTEN

Fünfunddreißigstes Kapitel

Der Wald schien schwer auf Ians Schultern zu lasten. Ringsum war der Nebel so dicht, dass er nicht einmal den Mann zu seiner Linken erkannte … oder die Frau zu seiner Rechten. Das Tal unter ihnen war so grau wie ein Wintermorgen, und jedes Geräusch klang gedämpft. Selbst sein Herz schlug leiser in seiner Brust.

Neben ihm regte sich in einiger Entfernung ein Schatten. Ob es ein Mann war, ein Gott oder ein Heide, wusste er nicht. Seit der Wiedergeburt, die dem Beinahetod gefolgt war, hatte Ian sich an die göttliche Präsenz seiner neuen Gefährten gewöhnt. Sie waren ihm so vertraut wie der Nebel, wenn auch ebenso merkwürdig.

Ein Geräusch riss ihn aus den Gedanken: Das Knarren von Holz und Klirren von Metall drang vom Tal herauf. Er neigte sich vor, hielt den Atem an, lauschte konzentriert und spähte in den Dunst. Der Mann rechts von ihm beugte sich gerade so weit vor, dass Ian ihn erkennen konnte.

Sie standen zwischen Kalksteinfelsen über dem Tal. Ian nickte ihm zu, dann richtete er den Speer auf den Nebel und wartete darauf, das sich das Geräusch wiederholte. Knarrendes Holz. Vor ihnen lichteten sich die Schlieren und offenbarten einen Pfad, der sich ins Tal hinabwand. Eine Karawane folgte ihm. Drei Wagen fuhren langsam zwischen den Baumlinien, umgeben von nervösen Wächtern und Nebelschwaden.

Cahl hatte die Karren vor zwei Tagen entdeckt; sie waren gerade weit genug vom Rest der suhdrischen Nachschubzüge entfernt gewesen, dass sie seiner List zum Opfer fallen konnten. Er und die Hexen hatten die Wagen von den großen Straßen im

Norden weg nach Westen gelockt, durch Albträume und Nebel, hinein in die dichten Wälder. Die Wachen unterhielten sich flüsternd über den verhexten Norden. Beim Abendlied beteten sie um Schutz vor dem Gheist und der Nacht der Heiden.

Nicht die Nacht würde ihr Ende sein.

Ein Befehl machte die Runde durch Cahls Angriffsformation, kaum zu hören, aber deutlich im Blut zu spüren. Speere regneten aus den Bäumen herab, und Todesschreie durchschnitten den Nebel. Die Pferde des vordersten Wagens bockten, ein tenerranischer Speer durchbohrte den Kutscher. Die Tiere flüchteten lautstark durch den Wald und ließen eine Schneise im Unterholz zurück. Die Wächter scharten sich dicht um die übrigen beiden Gefährte, wandten Schild und Speer dem Wald zu, die Rücken den Klippen – und somit dem Feind.

Eine zweite Speersalve flog hinab, durchbohrte Fleisch und Holz. Der Anführer der Wächter hob ein Banner, stieß nicht allzu kräftig in ein Horn und zog seine Leute in der Mitte zusammen. Die Fahrer des dritten Karrens verließen den Kutschbock und suchten Schutz unter dem anderen Wagen.

Noch ein Signal erscholl. Ian und seine Gefährten sprangen hinter ihrer Beute aus den rauen Steinen hervor. Dichter Nebel umgab sie, gewährte ihnen eine weiche Landung und lautlose Annäherung an den Feind. Ian verstand noch nicht genau, wie diese Magie funktionierte, er wusste nur, Fianna stand irgendwo hinter ihnen und leitete sie, während sie den Gegner blendete und den Angriff vor ihm verbarg.

Sie waren nur ein Dutzend Kämpfer, auf jeden kamen drei Feinde, doch sie rannten lautlos vor und hatten das Überraschungsmoment auf ihrer Seite. Ians Umhang flatterte, während er die Felswand hinter sich ließ, die grau wie der Regen war und ebenso schroff.

Die im Halbkreis aufgestellten suhdrischen Wächter knieten neben dem Wagen, ihre Speere ragten zwischen den Schilden hervor, die von den Salven schon zerkratzt waren. Die Krieger wirkten erschöpft, vermutlich aus Schlafmangel und kriechender Furcht. Ihr Anführer lief hinter seinen Leuten auf und ab, beugte sich vor, um ihnen Mut zuzusprechen oder ihre Formation zu korrigieren.

Er war ein älterer, vernarbter Mann, ging gebeugt, trug mehrere Dolche am Gürtel und hielt ein schartiges, krummes Schwert in der Hand. Er war seit Jahrzehnten kahl, sein Bart fein säuberlich gestutzt und gewaschen, selbst auf der wochenlangen Reise. Seine Krieger waren jung, die Stoppeln auf ihren Wangen zu weich und fein, als dass sie die Haut hätten verbergen können. Sie trugen neue, schlecht sitzende Rüstungen und Speere, die noch nie Feindkontakt gehabt hatten. Rekruten und ein angegrauter Feldwebel, der auf die Grünschnäbel aufpasste. Und jetzt steckten sie hier in der Falle vor Ians Speerspitze.

Ihr Anführer hörte etwas – oder spürte es vielmehr. Er wandte sich um, als Ian ihn erreichte. Sein Blick veränderte sich, grimmige Entschlossenheit verwandelte sich in Erleichterung, das Angstgefühl der vergangenen Wochen wurde zu kurzem Bedauern und dann zu brennendem Hass. Der Feldwebel schlug mit dem Schwert zu. Ian blockte die Klinge mit dem Speerschaft ab, fegte den Arm des betagteren Gegners beiseite und rammte ihm die blattähnliche Spitze in die Brust. Rippen brachen und teilten sich. Der Blick des Mannes wurde glasig, dann fiel er rücklings in den Schildwall.

Das war die erste und letzte Warnung, die seine Krieger bekamen, denn danach folgte ein Blutbad.

Ian ließ den Anführer mitsamt Speer zu Boden sacken und zog das Schwert. Metall schepperte, als die suhdrischen Wachen sich zum Feind umwandten, Schilde krachten gegen Speere, und Kämpfer, die sich der Bedrohung stellen wollten, stolperten übereinander. Ian hieb auf zwei Suhdrin ein, durchtrennte Schlüsselbeine und Kehlen, ehe seine Gegner auf den Beinen waren. Der Rest der Heiden griff mit Speeren an. Sie hatten eine merkwürdige Art zu kämpfen, schlugen nach den Fußknöcheln und verhakten die vielzackigen Speerspitzen im Feind; sie führten die Stichwaffen eher wie Stäbe. Die Suhdrin hatten ihnen nichts entgegenzusetzen, und binnen Sekunden herrschte Schweigen im Wald. Die Wagenlenker flüchteten.

»Wir sollten hinterher«, keuchte Ian. Er war außer Atem vom Sprung und Kampf und der Tatsache, dass er während des Ansturms kurz die Luft angehalten hatte.

Cahl schüttelte den Kopf. »Die Götter werden sich um sie kümmern.« In der Ferne war Hundegebell zu hören. Allmählich lichtete sich der Nebel.

»Und der geflohene Wagen?«, fragte Ian.

»Schon erledigt«, sagte Fianna. Sie trat aus der Felswand hervor, als bestünde das Gestein lediglich aus Schatten. Ihr Gesicht war gerötet und ihre Augen müde, doch ihre Stimme klang fest. »Die Pferde sind falsch abgebogen.«

»Die Götter stehen uns bei«, sagte Cahl.

»Für gewöhnlich tun sie das. Ian, nimm dir fünf Kämpfer und sammle Vorräte von den Wagen. Verbrennt, was ihr nicht tragen könnt. Cahl, wir müssen zu den anderen zurückkehren.«

»Wie lange machen wir das noch?«, fragte Ian.

»So lange, bis sie ausgeblutet sind.«

Ian machte eine ausholende Bewegung zu den Karren. »Auf jeden davon kommen hundert weitere.«

Die anderen Krieger schnitten die Geschirre von den Pferden, beruhigten sie und entließen sie in die Wälder.

»Und hundert Speere auf jeden Wagen in Halverdts Großinquisitor-Armee«, fuhr Ian fort.

»Dann machen wir das noch eine ganze Weile«, sagte Cahl. »Du machst dich besser ans Werk.«

»Bis wir sie ausgeblutet haben, ist der Norden besiegt.«

»*Dein* Norden«, entgegnete Cahl. »Meiner fiel bereits vor Generationen, aber wir sind nach wie vor hier. Vielleicht freundest du dich damit an, unter uns zu leben.«

»Sind euch die Häuser wirklich so gleichgültig? Bedeutet es euch gar nichts, dass die Blakleys, MaeHerrons, Rudaines … ich meine, habt ihr denn nichts übrig für die alten Namen?«

»Die alten Namen nennen sich jetzt Herzog, Baron und Graf.« Cahl wischte die Speerspitze an einem Toten ab und steckte ihn wieder ins Holster. »Sie tragen suhdrische Kleidung und suhdrische Titel. Wieso sollte ich etwas für sie übrighaben?«

»Warum kämpfen wir dann überhaupt? Soll der Großinquisitor doch Krieg führen und seine Feinde stürzen«, erboste sich Ian. »Wenn euch das tenerranische Blut egal ist, weshalb zieht ihr dann mit Euren Speeren in diesen Krieg?«

Schnaubend wandte Cahl sich ab und ging davon. Sechs Männer folgten ihm und ließen Ian mit den Hexen zurück.

Fianna zuckte die Achseln. »Er kämpft, weil ich es ihm sage. Und ich kämpfe, weil ich von dir und deiner Familie mehr erwarte, als ihr bisher geleistet habt.«

»Was machen wir dann hier? Du weißt, dass das sinnlos ist. Halverdt hat unzählige Speere, die wir nie aushungern könnten. Was auch immer wir seinen Nachschubzügen rauben, holt er sich einfach aus unseren Dörfern.«

»Ja, aber wir bewirken hier mehr, als nur Sudhrin zu töten.« Fianna faltete die Hände, stieg über die Gefallenen hinweg und trat neben Ian. Es hatte sie sehr angestrengt, den Nebel zu erzeugen und den Angriffslärm zu dämpfen, doch nun wirkte sie umso eifriger. Sie glich einem glimmenden Stück Kohle in der Esse, so konzentriert war ihr Feuer. Sie vergeudete nicht eine einzige Flamme oder Rauchschwade. Ian spürte beinahe die Hitze, die sie ausstrahlte. Ihre stille Wut war von seltsamer Schönheit – Fianna war so anders als die wilden, zerzausten Mädchen am tenerranischen Hof. Ihre Nähe ließ Ian erröten. Er schob es auf die Anstrengung des Kampfs.

»Was siehst du in mir?«, fragte sie leise.

»Ich verstehe nicht … Ich weiß nicht, was du meinst, Herrin.«

»Herrin, Euer Ehren, Euer Gnaden«, sagte sie abschätzig. »Hier in den Wäldern tragen wir solche Titel nicht, Ian aus dem Hause Blakley.« Sie trat noch näher an ihn heran. Müdigkeit lag in ihren Augen, eine Erschöpfung, die sich nicht durch Schlaf beheben ließ. »Du weißt, was ich meine.«

Ian zögerte. Um sie herum verrichteten die anderen die üblichen Aufgaben nach einem Überfall: Sie zogen die Soldaten von der Straße, durchwühlten ihre Vorräte, versorgten blutende Wunden und erlösten Feinde, die noch nicht sanft in den Tod übergegangen waren. Ian fühlte sich beim Anblick all dessen wohl – und auch aus einem anderen Grund. Wegen etwas, das nur er und Fianna teilten. Er schüttelte den Kopf. »Nebel. Bestien in den Wäldern.« Er grinste. »Eine ungewöhnliche Vorliebe für den Fluss.«

»Bezweifelst du die Macht all dessen?«

»Nein, habe ich nie. Die Inquisition jagt schließlich keinen Gespenstern hinterher. Sie haben guten Grund, euch zu fürchten. Im Wald schlummert große Macht. In eurer Vergangenheit.«

»In *unserer* Vergangenheit«, sagte Fianna. »Und du? Ängstigen dich die Mächte des Waldes?«

Verlegen räusperte sich Ian. »Als ich acht Jahre alt war, versteckte mein Vater mich und meine Schwestern kurz vor der Tagundnachtgleiche in unseren Gemächern. Wir waren gerade beim Abendessen gewesen. Ein Mann stand vor dem Tor – mehr wollte er uns nicht sagen –, ein Mann, dem man nicht trauen konnte.« Ian sah sich auf dem Gelände um. Sein Blick fiel auf den am Waldrand wartenden Cahl. Der Schamane beobachtete sie. »Ein mächtiger Mann. Ich versuchte, ihn vom Fenster aus zu erspähen, konnte aber nicht viel erkennen. Also bin ich auf den Sims hinausgeklettert …«

»Du willst mir gleich sagen, dass dieser Mann ein Heide war. Vielleicht ein Schamane, vielleicht aber auch nur ein Gefäß für einen der alten Götter«, unterbrach Fianna ihn. »Dein Vater hat das Tor verbarrikadiert, einen Priester gerufen und den Mann getötet. Stimmt's?«

»Ein Gefäß. Das ist eine interessante Formulierung. Ja, ein Gefäß. Ein Mann aus dem Dorf, der Schmied, genauer gesagt. Frae Dunham war sein Name. Er war bei einer Lieferung in die Nachbarortschaft angegriffen und getötet worden. Ein Gheist hatte von seinem Körper Besitz ergriffen. Die Tagundnachtgleiche stand bevor, und nicht einmal die Gottesstraße kann uns immer vor den alten Gheistern schützen.«

»Wie traurig. Aber wenn unsere Schamanen imstande waren, die Riten zu vollziehen …«

»Wie *traurig?*«, hakte Ian in scharfem Ton nach. »Traurig für seine Frau, für seine Söhne und für ihn selbst. Er wurde auf der Straße angegriffen und von Verderbnis befallen. Dann hat jemand – *etwas* – ihn losgeschickt, um mein Haus anzugreifen. Ja, mein Vater rief einen Priester und seine Ritter, und dann töteten sie Frae Dunham. Vor den Augen sämtlicher Dorf- und fast aller Burgbewohner haben sie ihn mit Pfeilen durchlöchert und mit Gebeten überzogen, und dann haben sie ihn verbrannt. Ich wollte mir das ansehen, konnte aber nicht. Ich wollte die Aufregung sehen. Am nächsten Tag erfuhr ich, was geschehen war. Seine Frau war dabei, als er bei lebendigem Leibe verbrannte, weil blutgehärteter Stahl ihn nicht in die Knie zwingen konnte. Sie kippten Pech von den Mauern auf ihn, damit sie ihn anzünden konnten. Ich habe es nicht beobachten können, aber Götter! Ich habe die Schreie gehört.«

Wortlos deutete Fianna Ians Miene. Ihre Augen leuchteten. »Das tut mir leid. Einige unter uns favorisieren ein solches Vorgehen, und es gibt gewisse Götter, die sich gern der Körper ihrer Opfer bemächtigen. Früher gab es Menschen, die einen Gott freiwillig in sich aufnahmen und durch ihn lebten, bis es Zeit für die Opfergabe war oder der Festtag der Gottheit endete. Sie wollen von uns angebetet werden und folgen den alten Wegen. In ihrem Wahn wissen die Götter nicht, was sie uns antun.«

»Das war für Frae Dunhams Familie kein großer Trost … oder für mich.«

Fianna nickte und trat zurück. »Deshalb sind wir hier und tun, was wir tun, statt direkt gegen deinen Herzog Halverdt zu reiten.« Sie seufzte und ging vorsichtig zwischen den Toten umher. »Du glaubst uns noch nicht. Und wirst uns nie glauben.«

Sie schritt zu Cahl, der eine abschätzige Geste machte, ehe sie gemeinsam im Wald verschwanden. Ian hatte das Gefühl, etwas falsch gemacht zu haben, die Heiden aus irgendeinem Grund enttäuscht zu haben. Falls sie von ihm erwarteten, dass er zu ihrer Religion der Zweige und irren Götter konvertierte, müsste er sie enttäuschen – doch er ertrug es nicht, zum Warten am Rande des Kampffeldes verdammt zu sein. Herzog Halverdt marschierte mit dem Großinquisitor und einer großen Streitmacht durch Adairs Territorium. Irgendwo dort draußen bereitete sich Ians Vater auf den Kampf vor, fragte sich womöglich, wo sein Sohn war. Ob er noch lebte.

Einer der Heiden goss Öl über die Wagen. Schließlich entfachte Cahl, der wieder zum Kampfplatz zurückgekehrt war, ein wenig Zunder und steckte die übrigen Vorräte in Brand. Das rasch auflodernde Feuer tauchte den Wald in Hitze und Licht, vertrieb die letzten Nebelschwaden, die Fianna heraufbeschworen hatte.

Trotz der Wärme zitterte Ian. Die Heiden wirkten im Licht der Flammen wild, ihre Kleidung und tätowierten Gesichter zeichneten sich deutlich von den Schatten ab, hell und dunkel, Feuer und Schatten, Sonne und Mond. Obgleich Fianna Ian das Leben gerettet hatte, würde er sich bei diesen Menschen niemals wohlfühlen. Sein Platz war an der Seite seines Vaters – im Kampf um seine Sache. Ian musste einen Weg finden, um zu ihm zu gelangen.

Sein Blick klärte sich, und er bemerkte, dass Cahl ihn anstarrte. Der Heide sah aus wie ein Wolf, der abzählte, wie viele

Mahlzeiten ums Lagerfeuer saßen. Dann versank er in den Schatten, ließ das Feuer und das Blut zurück und verschwand im Wald.

In der Ferne waren die Hunde zu hören.

Sechsunddreißigstes Kapitel

Späher berichteten, dass Halverdt fünf Tage lang am Ufer des Talg gerastet hatte, ehe er das Lager abgebrochen und gen Norden marschiert war – in größerer Zahl als erwartet. Dieselben Späher berichteten, dass er mit den Bannern aller südlichen Häuser vorrückte.

Als Malcolm das hörte, rief er mit Caroline die anderen Anführer zusammen, die am Fenntor zu ihnen gestoßen waren, und sie ritten mit ihnen aus, begleitet von einer angemessenen Garde. Sie ließen sich von den Priestern segnen. Malcolm wollte die feindliche Armee mit eigenen Augen sehen, ihre Stärke einschätzen und sich gegen das wappnen, was ihm bevorstand.

»Es heißt, Halverdt hat drei Einheiten aufstrebender Ritter bei sich«, sagte Ewan Thaen. Er war am Vorabend mit einer Streitmacht aus Pikenieren und Bogenschützen angereist, um sich den Rittern seines Banners anzuschließen, die in Grünhall das Allfeuer verbracht und mit Malcolm geflohen waren, als die Dinge aus dem Ruder liefen. »Außerdem hat er doppelt so viele berittene Lanzenträger – ganz zu schweigen von den Legionen aus Fußsoldaten und Bogenschützen.«

»Es fällt mir schwer, diese Berichte zu glauben«, antwortete Colm von Adair.

»Mir auch«, stimmte Caroline zu. »Am Talg waren viele Banner von vielen Häusern zu sehen. Falls all diese Anführer ihre gesamte Armee ins Feld führen, könnten sie eine so hohe Anzahl erreichen, aber das ist unwahrscheinlich.«

Malcolm wandte sich dem Herzog von Frostquell zu. »Habt noch einmal Dank, Herzog Thaen, dass Ihr zu uns zum Fenntor gekommen seid.«

»Eure Krieger haben tapfer gekämpft. Ich kann mir vorstellen, dass sie ihre Anstrengungen verdoppeln, wenn ihr Herr mit ihnen an der Front kämpft.«

»Was gibt es Neues aus dem Norden?«, fragte Castian Jaerdin. Der suhdrische Herzog trug als Einziger in der Gruppe dicken Pelz. Die erste Berührung des Herbstes hatte ihm einen so kalten Schauder durch die südländischen Knochen gesandt, dass er seinen Stolz heruntergeschluckt hatte. »Können wir mit Verstärkung durch die anderen tenerranischen Anführer rechnen?«

»Das hängt von den kommenden Tagen ab«, erwiderte Ewan. »Viele Häuser warten ab, wie diese Schlacht ausgeht. Es gefällt keinem, der Kirche zu trotzen.«

»Niemand stellt sich der Kirche entgegen«, sagte Colm. »Nur der Herzog von Halverdt.«

»Und doch rückt auch die Kirche gegen uns vor«, beharrte Ewan. »Solange der Großinquisitor an der Spitze reitet und Tomas Sacombre kaum Freunde nördlich des Talg hat, haben viele Angst vor ihm. Zu Recht.«

»Herzog MaeFell hat uns die Treue geschworen«, sagte Caroline. »Er hat den Eid vor mir auf dem Schlachtfeld abgelegt, nachdem wir den suhdrischen Angriff abgewehrt hatten.«

»Das war kurz bevor Ihr vom Feld verjagt wurdet«, erinnerte Ewan sie. »MaeFell meint es sicher gut, und auf sein Wort ist Verlass, aber als ich auf meinem Weg nach Süden am Leitturm vorbeiritt, standen die Bauern auf den Feldern und holten die üppige Ernte ein. Der Herzog mag seine Mauern in wenigen Wochen erreichen, doch sobald er dort ist, muss er seine Banner zusammenrufen und sein Volk am Winterabend von den Feuerstellen holen. Diese Schlacht wird ohne Speere ausgetragen.«

»Graf von Daeven ist ebenfalls weitergezogen«, sagte Caroline. »Welche Geschichte er auch immer in den Nordmarschen erzählt, ich fürchte, sie führt kaum dazu, dass sich uns weitere Banner anschließen.«

»Das mag sein«, seufzte Malcolm. »Wir haben die Speere, die die Götter uns gewähren. Wir müssen nicht um mehr beten.«

»Hoffnung ist auf dem Schlachtfeld ohnehin nichts wert«, knurrte Ewan. »Sie entsteht und schwindet zu rasch.«

»Ich freue mich, an Eurer Seite zu kämpfen«, sagte Castian finster. »Das wird eine erbauliche Erfahrung, da bin ich sicher.«

»Genug«, zischte Caroline, ehe sich ein Streit entfachen konnte. »Vor uns sind Reiter.«

Eine Ansammlung diverser Banner war auf dem nächsten Hügel zu sehen. Gemessen an der Anzahl der Wappen im Wind waren nur wenige Ritter zu erkennen – nicht mehr als drei Dutzend, die zu nicht einmal zwölf Häusern gehörten. Zwei von ihnen ritten gemeinsam an die Spitze und lösten die Verschnürung eines weiteren Banners. Es war weiß – die Flagge, die für Waffenruhe und Verhandlung stand.

»Möglicherweise haben Eure Späher nur die feindlichen Banner gezählt, und nicht die Speere«, murrte Grant MaeHerron – die ersten Worte, die er laut aussprach, seit sie an diesem Morgen das Fenntor verlassen hatten. Ewan Thaen erwiderte nichts.

»Ich sehe DuFallion, Marcy, sogar Bealth«, knurrte Castian, der die Banner über dem kleinen Truppenkontingent abzählte. »Ich hatte gehofft, sie würden sich uns anschließen.«

»Sie scheinen sich anders entschieden zu haben«, sagte Ewan.

»Wir hatten auch gehofft, dass sich Roard friedlich zeigen würde«, merkte Caroline an. »Alle wissen, wie das ausging. Und sein Banner weht ebenfalls dort drüben.«

»Ja.« Malcolm reckte den Hals, um die Reiter unter der gelben Flagge von Haus Roard zu erkennen. »Ich sehe den Vater, aber nicht den Sohn.«

»Was auch immer das heißen mag«, sagte Caroline.

»Ich erkenne Marchand, LaGaere … Götter, die Farben von ganz Suhdra flattern über diesem Kontingent!«

»Nicht alle«, bemerkte Castian.

Die anderen ignorierten ihn, denn vor ihnen wehten die Banner der meisten großen Häuser Suhdras im Wind – die goldene Bark von Bassion, die Gipfel von Fabron neben Galleux, Thoussert, Yves … und am höchsten standen die drei Eicheln und das Kreuz von Haus Halverdt.

Malcolm stieß einen tiefen, gequälten Seufzer aus. »Das gefällt mir nicht.«

»Ihr habt uns dazu geraten, zusammenzustehen«, sagte MaeHerron. »Habt Ihr gedacht, der suhdrische Hochadel würde das nicht tun?«

Schweigend ritten sie weiter, bis die vorderen Reiter des suhdrischen Kontingents nahe genug zur Begrüßung waren. Die beiden hielten an und gaben den suhdrischen Rittern hinter sich ein Zeichen, woraufhin die ebenfalls anhielten.

»Bleibt hier«, sagte Malcolm und wandte sich seiner Frau zu. »Wenn sie Stahl zücken, kehrt ins Fenn zurück und bemannt die Mauern. Wartet nicht auf mich.«

»Ich bin so weit gegangen, um dich zu retten, mein Gemahl«, erwiderte sie entschieden. »Glaubst du, ich überlasse dich jetzt ihnen?«

Malcolm schüttelte den Kopf, dann ritt er vor. Die übrigen Anführer und ihre Soldaten gesellten sich zu ihm.

Der Ritter mit der Friedensflagge gehörte zur Kirche. Er hatte Haus und Namen den Rücken gekehrt, um dem Celestriarchen zu dienen, obwohl er den Winterschwur noch nicht abgeleistet hatte. Dennoch war er eindeutig suhdrischer Abstammung. Der Reiter neben ihm war Ansom Beaunair, Großelektor der Herrin Zwietracht.

»Malcolm von Blakley«, rief der Großelektor. Er hatte ein wenig abgenommen und lächelte nicht mehr so strahlend wie beim letzten Mal. »Wir sind weit gekommen, mein Bruder. Weiter, als ich wollte, muss ich eingestehen.«

»Großelektor«, begrüßte Malcolm ihn. »Die Dinge in Grünhall sind nicht so gut gelaufen wie erhofft.«

»Nein, das stimmt, und die Lage hat sich nur noch verschlimmert.«

»Warum reitet Ihr unter Halverdts Banner? Spricht Herzbrück dem Krieg dieses Wahnsinnigen nun doch seinen Segen aus?«

»Wenn es um Ehre geht, gibt es keinen Wahnsinn, Hoheit«, zischte der celestische Ritter. Beaunair bedachte ihn mit einer abschätzigen Geste.

»Ignoriert Herrn von Gissert. Er ist frisch vereidigt. Das Feuer der Eiferer brennt noch in ihm. Ich reite mit dem Herzog von Halverdt, weil ich die Aufgabe erledigen will, die ich Euch übertrug, Malcolm.«

»Ihr wollt nach wie vor Frieden?«, fragte Caroline.

»Viele von uns, ja«, erwiderte Beaunair. Er nickte zu den Reitern auf dem Hügel hinüber. »Unter denen werdet Ihr keine Verbündeten finden, aber vielleicht Gnade.«

»Was, wenn wir keine Gnade wollen, sondern Gerechtigkeit?«, fauchte Colm Adair.

»Dann bekommt ihr vielleicht nichts von beidem«, erwiderte der Großelektor. »Kommt, sprecht mit ihnen. Sie werden Euch nichts zuleide tun, solange ich anwesend bin.«

Malcolm wechselte einige Blicke mit seinen Verbündeten. Ewan Thaen zuckte mit den Schultern, dann gab er seinem Pferd die Sporen. Sie bedeuteten der Garde zu warten und ritten in einer Reihe vor. Beaunairs Pferd trottete ein Stück vor ihnen, und Ritter von Gissert bildete die Nachhut. Die suhdrischen Anführer erwarteten sie auf dem Kamm des steilen Hügels in so großer Zahl, dass sie nicht nur auf der Straße standen, sondern auch rechts und links davon, fast bis zu den Bäumen. Eine zarte Erinnerung an ihre Überlegenheit.

Doch diese Zartheit hielt nicht lange vor. Als die Tenerraner den Kamm erreichten, kam das dahinter liegende Tal in Sicht.

»Gütige, gesegnete Götter«, sagte Malcolm.

»Woher haben sie … wie …«, stammelte Colm.

»Jetzt wissen wir wohl, warum Halverdt fast eine Woche am Talg gelagert hat«, merkte Castian an.

Beaunair drehte sich schwerfällig im Sattel um. »Ja, meine Herrschaften. Ihr seht, ihr könnt im Süden Gnade finden, doch falls Ihr sie ausschlagt, dürfte Euch die Gerechtigkeit nicht gefallen, die im Anschluss verübt wird.«

Das Tal war voller Speerkämpfer, Bogenschützen, Rittertrupps und endloser Reihen aus Wagen, Pikenieren, Axt- und Schwertkämpfern. Das Land strotzte vor Kriegswaffen. Das Geräusch Tausender und Abertausender trampelnder Stiefel war zu hören – der unerbittliche Hall des Krieges.

»Sie bringen den Frieden«, sagte Malcolm zu sich selbst, seine Stimme klang fern und verlor sich im Spektakel vor ihm. »Und die Schwerter, um ihn zu erzwingen.«

Sie kamen überein, dass eine suhdrische Delegation am nächsten Tag zum Fenntor reisen würde. Dann kehrten die tenerranischen Herrscher so schnell wie möglich zu Haus Adair zurück.

Colm sandte seinen Diener mit einer Nachricht aus, anschließend kümmerte er sich darum, dass es den Herzögen von Blakley und Thaen in ihren Gemächern an nichts fehlte. Als angemessen viel Zeit verstrichen war, schlich er sich durch die Küche und stieg die verborgenen Stufen in die Gewölbe unter der Burg hinab.

Die Hexe erwartete ihn. Nur eine einzige Kerze brannte in der Dunkelheit. Ungeduldig saß die Frau auf dem Altar. Colm trat ein und kniete in der Mitte des Raums nieder.

»Mir gefällt nicht, was ich höre, Abtrünniger«, sagte die Hexe.

»Mir bleibt keine Wahl, Herrin. Die Suhdrin sind in solcher Stärke aufmarschiert, dass wir sie nicht abweisen können. Ich kann die anderen Anführer nicht darum bitten, etwas zu verteidigen, woran sie nicht mehr glauben.«

»Die meisten von ihnen würden dich lieber der Inquisition übergeben, als in diesem Raum die Riten zu sprechen«, entgegnete die Hexe. »Was ist mit dem Heiligtum?«, fragte sie schließlich.

»Die Burg mag fallen und meine Familie aus dem Adelsstand ausgeschlossen werden, doch wenn wir ihre Aufmerksamkeit hier binden, finden sie die heilige Stätte der Hexen niemals«, sagte Colm. »Das hoffe ich zumindest.«

»Das Heiligtum kann ohne die Burg nicht bestehen, und auch nicht ohne deine Familie.« Die Hexe verschränkte die Arme und runzelte die Stirn. »Wir brauchen deinen Einfluss auf den Adel, um uns vor der Kirche zu schützen, ebenso wie dein Recht, die Jägerin der Marsch zu ernennen. Ein Kandidat, der gläubiger ist als du, würde das Gleichgewicht im Fenn zerstören.«

»Wir leben, um zu dienen, Herrin.«

»Daran besteht kein Zweifel.« Die Hexe lief im Kreis durch das kleine Gewölbe und strich Colm mit der Hand über die Schultern. »Wer kommt her? Wer gehört zu dieser Friedensdelegation?«

»Der Herzog von Halverdt kommt als Ankläger mit seinem Gefolge. Lorien von Roard und sein Sohn repräsentieren die suhdrischen Herrscher, die den Frieden unter dem Banner der Kirche wollen, darüber hinaus gibt es noch einige Stimmen aus Herzbrück.«

»Priester.« Die Hexe runzelte die Stirn. »Dass dieser Frèr Humble unter deinem Dach schläft, ist schon schlimm genug. Den Geistern sei Dank, dass er dumm genug ist, die Ketzerei vor seiner Nase nicht zu bemerken. Wir wollen hoffen, dass sich diese Repräsentanten ebenso leicht täuschen lassen. Es sind keine Inquisitoren dabei, nehme ich an?«

»Der Großinquisitor und auch Zwietrachts Großelektor.«

»Tja …« Die Hexe hielt inne, dann lehnte sie sich an die Wand. »Scheiße.«

»Ja. Wir können nur hoffen, dass die Verhandlungen sie so sehr beschäftigen, dass sie diese Gewölbe nicht entdecken.« Er schwieg kurz. »Du verlässt besser das Dorf, solange sie hier sind, Herrin.«

»Nein, du könntest mich brauchen. Bete, dass es nicht dazu kommt, aber falls die Lage sich verschlechtert, ist es besser, wenn ich hier bin.«

»Dazu wird es nicht kommen.«

»Das wissen allein die Götter, und sie haben beschlossen, uns die Sache nicht leicht zu machen.« Die Hexe schritt um Colm herum und half ihm auf. »Hör genau zu, Colm vom Stamm des Eisens. Deine Familie hat viel dafür getan, das Heiligtum zu schützen. Generationen von Hexen und ihre Schamanen stehen in deiner Schuld, und jetzt nehmen wir dir die Last von den Schultern, aber nur, wenn ein letzter Preis gezahlt wird.«

»Ein letzter Preis?«

»Ja. Falls der Großinquisitor im Begriff steht, diesen Ort zu entdecken – oder irgendeinen Beweis für den Gott, den wir in unserer Nähe halten –, musst du das *unbedingt* verhindern.«

»Natürlich«, versprach Colm. »Wir haben stets …«

»Hör zu. *Unbedingt.* Du musst dazu bereit sein, dein Leben zu geben, zu töten und jene zu hintergehen, die dir am Nächsten stehen. Sogar deine Familie.« Die Hexe nahm die Kerze vom Halter in der Wand und hielt sie ihm dicht vors Gesicht. »Falls die Götter es verlangen, wirst du diese Burg bis auf die Grundmauern niederbrennen und die Erde mit dem Blut jedes Mannes, jeder Frau und jedes Kindes tränken.«

Colm schwieg und stierte in die flackernde Flamme. Die Hexe regte sich nicht.

»Ich habe gelebt, um zu dienen«, sagte er schließlich, »und so will ich auch sterben.«

»Ja«, antwortete sie. »Das wirst du.«

Sie blies die Kerze aus und tauchte den Raum in völlige Dunkelheit. Er hörte weder ihre Schritte noch das Rascheln ihrer Kleidung, doch er wusste, dass er wieder allein im Schrein war. Lange Zeit blieb er stehen, lauschte den stillen Steinen und atmete den schwachen Kerzenrauch ein.

Siebenunddreißigstes Kapitel

Ihr Lager war verwüstet, doch eins der Reittiere hatte sich vom Pflock losreißen können und das Gemetzel vom nächsten Hügelkamm aus beobachtet: Frèr Lucas' störrisches und eigennütziges Maultier. Nach dem Tod des Gheists war es wieder den Hügel hinabgetrottet und hatte sein Frühstück im hohen Gras des Fenns fortgesetzt. Lucas lachte bei dem Anblick. »Er hat schon eine Menge erlebt. Ich kann ihm nicht verübeln, dass er noch lebt.«

Seit dem Ende des Kampfs war Elsa schweigsam. Sie blieb dicht beim Frèr und behielt die Jägerin genau im Auge. Die Schwurritterin hatte Gwen alles abgenommen, was sich als Waffe einsetzen ließ, von den Speeren über die Brotmesser bis hin zu den Kristallen, die sie im Gürtel verborgen hatte, und sogar die wenigen Edelsteine an ihren Waffen. Alles, was eine Ikone des alten Glaubens sein konnte.

Gemeinsam schleppten sie den Frèr den Hügel hinab und halfen ihm aufs Maultier. Sie packten die wenigen unversehrten Habseligkeiten zusammen und brachen nach Osten auf. Lucas drängte sie zur Eile, auch wenn er den Grund dafür nicht verriet. Sie reisten so schnell, wie es seine Verletzungen erlaubten.

Das Gesicht des Priesters war grau und ausdruckslos, ein Auge war zugeschwollen, die Haut blutverkrustet. Er hing vornüber im Sattel, hatte mit beiden Händen die Zügel fest gepackt und schwankte bei jedem Schritt. Selbst das Maultier schien sich um seinen Reiter zu sorgen und verlangsamte das Tempo an Hängen mehr als sonst. Elsa ging neben dem Frèr, eine Hand auf das Maultier gelegt, und blickte zwischen seinem blassen Gesicht und der Jägerin hin und her, die durch den Wald vorausging.

Gwen wunderte sich, dass die Ritterin sie nicht gefesselt hatte, und überraschte sich selbst, als sie nicht die erste Fluchtmöglichkeit nutzte, die die Priester ihr boten. Ob sie durch eine mystische Kraft an den Frèr und seine Wächterin gebunden war? Über die Methoden der Inquisition war nicht viel bekannt, nur, dass sie über geheimnisvolle Macht verfügte. Wie Lucas auf Gwens Einschreiten im Kampf reagiert hatte, ergab keinerlei Sinn.

Sie sprachen den ganzen Nachmittag nicht miteinander, allein Elsa mahnte den Frèr gelegentlich zur Vorsicht. Als die Nacht hereinbrach, waren sie noch näher am Fenn, als Gwen lieb war, allerdings weit genug entfernt, dass die heidnischen Zauber den Pfad nicht mehr verwischten. Elsa beschloss, durch eine geschützte Senke zwischen zwei Felshügeln zu reisen. Gemeinsam mit Gwen hob sie Lucas vom Maultier und setzte ihn auf einen Stamm. Sein Sattel war feucht vom Blut einer verborgenen Wunde. Als Elsa das sah, hielt sie ihm einen wütenden Vortrag über Arglosigkeit. Lucas winkte ab, lehnte sich an einen moosbewachsenen Baum und döste ein.

»Bleibt bei ihm«, befahl Elsa. »Falls ihm noch irgendetwas zustoßen sollte, lasse ich meinen Zorn an Euch aus.«

Gwen nickte träge. Die Schwurritterin verschwand zwischen den dunklen Bäumen und kehrte nach einer Weile mit einem Armvoll Kleinholz zurück.

»Sollen wir wirklich Feuer machen?«, fragte Gwen.

Elsa antwortete nicht. Als die Flammen aufloderten, holte sie einen kleinen Kessel aus der Reisetasche des Frèrs und bereitete ihm schweigend einen Tee zu, der mehr aus Erde als aus Kräutern zu bestehen schien. Schließlich hielt sie ihm eine dampfende Tasse unter die Nase.

»Reicht der Tee für alle?«, fragte Gwen leise.

»Den würdet Ihr nicht mögen. Schmeckt nach Hufen«, erwiderte die Ritterin.

Frèr Lucas zuckte zusammen, als er das Gebräu roch, dann nahm er die Tasse entgegen und zwang sich, einen Schluck zu trinken. »Also bin ich noch nicht tot.« Seine Stimme klang rau, so schwach, wie er aussah. »Das ist schön.«

»Wie fühlt Ihr Euch?«, fragte Elsa.

»Nicht tot. Das ist vorerst alles, was ich mit Sicherheit behaupten kann.«

Die Schwurritterin sah ihn an. »Was machen wir jetzt?«

Eine Zeit lang schwieg Lucas, schwenkte die Tasse und blickte angewidert den Bodensatz des Huftees an. Er nippte noch einmal daran, behielt den Schluck im Mund, dann beugte er sich vor und spuckte ihn ins Feuer. »Fliehen.«

»Wovor? Der Gheist ist tot, und Frèr Allaister ist südlich von uns. Wir müssen etwas wegen ihr unternehmen.« Elsa deutete flüchtig auf Gwen.

»Da bin ich mir nicht sicher. Nicht ganz.« Lucas schloss die Augen, lehnte sich zurück und sog tief den Atem ein, als schmecke er die Luft in seinen Lungen. »Beim Angriff des Gheists konnte ich Allaisters Präsenz spüren. Er hat diesen Dämon zu uns geschickt.«

»Ihr meintet, er hat den Dämon kontrolliert«, sagte Elsa. »Warum laufen wir also davon? Wieso stellen wir uns ihm nicht?«

»Der Feind ist stark genug, um uns zu zerquetschen, werte LaFey. Ihr mögt kampftüchtig sein, aber ich nicht.« Er öffnete die Augen und sah sie an. »Eigentlich glaube ich, dass Ihr weniger kampftüchtig seid, als Ihr zugeben würdet.«

Elsa antwortete nicht darauf. Sie blickte eine Weile unbehaglich drein, dann nahm sie den Kessel vom Feuer und verstaute alles wieder in den Taschen des Frèrs. Gwen sah ihr dabei zu, dann wandte sie sich Lucas zu. Der Frèr beäugte sie eindringlich.

»Was habt Ihr mit mir vor?«, fragte sie schließlich. »Ich bin diejenige, die Frèr Allaister will. Wenn man uns gemeinsam fängt, wird die Kirche meinen Kopf verlangen.«

»Das liegt vielleicht nicht in meiner Hand. Am liebsten würde ich Euch zum Fenntor zurückbringen und mich dann ausführlich mit Eurem Vater unterhalten.«

Gwen ging in sich. Obgleich es sie beunruhigte, mit zwei Priestern so dicht am Heiligtum unterwegs zu sein, war es besser, sie in ihrer Nähe zu wissen, statt sie auf eigene Faust das Fenn durchstreifen zu lassen. Der Angriff des Gheists hatte sie zum Handeln gezwungen. Insgeheim hatte sie gehofft, die Hexen würden auftauchen und das Kommando übernehmen, doch seit der letzten Begegnung mit ihnen wusste Gwen nicht genau, ob sie überhaupt etwas bewirken konnten, ganz zu schweigen davon, eine gesunde Schwurritterin zu besiegen. Sie brachte es nicht übers Herz, die beiden Priester selbst zu töten. Hoffentlich wäre sie nicht dazu gezwungen.

Sie schaute wieder zu Lucas. »Das wird ihm nicht gefallen. Meinem Vater.«

»Das kann ich mir vorstellen.« Lucas stieß ein Krächzen aus, das wohl ein Lachen sein sollte. »Ich erwarte nicht, dass Ihr mir traut. Noch nicht.« Er stellte die Tasse ab, durchwühlte einen Beutel am Gürtel und zog eine Wurzel hervor, die nach Leder roch. Er steckte sie sich in den Mund und kaute darauf herum. »Schreckliches Zeug. Darf ich Euch eine Geschichte erzählen?«

»Über Tee?«

»Über Götter. Genauer gesagt, über Eure Götter.«

»Ich bin dem Glauben der celestischen Kirche treu«, sagte Gwen steif. Sie wollte keinesfalls eingestehen, eine überzeugte Ketzerin zu sein.

»Glaubenstreue ist ein interessantes Wort«, erwiderte Lucas. Was immer der Tee enthielt, es schien zu wirken. Er sah besser aus als den ganzen Tag über. »Ich bin sicher, Ihr sprecht Eure Gebete und singt Eure Segenslieder. Als Jägerin verübt ihr im Namen der celestischen Götter eine Menge Gewalt. Wie denken Eure Hexenfreunde darüber?«

»Wir haben eine Übereinkunft.«

»Ja. Eine Übereinkunft und einen Glauben. Trügerische Wörter.« Lucas spuckte einen Klumpen zerkauter Wurzel in den

Wald. »Eure Götter – im Grunde all unsere Götter. Sie folgen einem Kalender. Das ist im celestischen Glauben recht offensichtlich: der Aufstieg Zinders im Winter, der Zwietrachts im Sommer. Die Macht, die Elsa am Tage aufnehmen kann. Meine Stärke in der Nacht.« Er deutete zum Himmel.

Vielleicht hatte seine Gesundung mehr mit dem Mond als mit dem Tee zu tun, schoss es Gwen durch den Kopf. Das würde sie spätestens am Morgen wissen.

»Alles dazwischen spielt eine Rolle«, fuhr Lucas fort, »und ich meine nicht nur den Kalender. Die Macht der Götter wird von Positionen beeinflusst.«

»Das habe ich noch nie gehört«, sagte Gwen. »Wie können die Götter der Sonne und des Mondes von Positionen beeinflusst werden?«

»Nicht von der Position *unserer* Welt«, sagte Lucas. Er zeigte auf den Mond, dessen silbriger Kopf über die Bäume lugte. »Von der Position der Himmelskörper. Was wir mit den Segen bewirken, hängt davon ab, wo die Götter zwischen den Sternen leben. Wenn Zinder sein Gesicht verhüllt, sich vor uns verbirgt oder sein Licht von der Erde abschirmt, hat das Einfluss auf meine Kräfte. Dasselbe gilt für Zwietracht, auch wenn die leuchtende Herrin sich subtiler bewegt. Sie kann ihren Weg leichter verbergen.«

»Ihr solltet diese Dinge nicht einer Heidin erzählen«, sagte Elsa, ohne vom Feuer aufzusehen.

»Sie weiß das alles oder kennt eine entsprechende Erklärung«, antwortete er, »denn ihre Götter sind auch an Positionen gebunden. Stimmt's, Jägerin?«

»Die Gheister halten sich an Leylinien. Sie sind an Steinkreise gebunden und manifestieren sich an heiligen Orten. So konnten die Schamanen sie kontrollieren.«

»Ja«, stimmte Lucas zu. »Und nein. Die Gheister sind nicht an diese Stätten gebunden. Die alten Priester bemerkten die Verhaltensmuster ihrer Götter und bauten Steinkreise, um sie zu konzentrieren. Diese Stätten waren schon heilig, ehe ein Mensch einen Fuß nach Tenebros setzte. Wir haben sie lediglich ausgebaut und für jeden Kreis ein Ritual entwickelt.«

»Wo liegt der Unterschied?«

Lucas zuckte mit den Schultern. »Womöglich gibt es keinen. Das Allfeuer war heilig, ehe der Celestriarch das erste Doma errichtete. Die Frostnacht ist heilig – auch ohne unsere Obhut. Nicht unsere Verehrung heiligt diese Dinge, doch es ist wichtig zu erkennen, dass die Gheister die Orte auswählen, an denen sie erscheinen. Orte, an denen es für sie natürlich ist, sich zu manifestieren. Nicht die Heiden ziehen sie an. Würde man die Hexen vollständig auslöschen, würden die Götter trotzdem noch Gestalt annehmen.«

»Das wirkt offenkundig, da die Kirche die alte Religion vernichtet hat«, merkte Gwen an, »und die Gheister nach wie vor das Land heimsuchen.«

Lucas lachte und verfiel in ein abgehacktes Husten, bei dem er sich an den Baum drückte. Elsa ging zu ihm, doch der Frèr winkte ab. Als er wieder sprechen konnte, fuhr er fort: »Sie folgen Mustern. Wir kennen sie. Ihr kennt sie – durch Eure Tätigkeit als Jägerin.«

»Innerhalb meines Territoriums, ja«, gab Gwen zu. »Ich hätte gedacht, Euer Wissen sei umfangreicher. Die Kirche hat ihr Wissen geheim gehalten, aus Furcht, die versteckten Heiden könnten es einsetzen, um mehr Götter heraufzubeschwören.«

»Vermutlich wisst Ihr mehr über die Gheister des Fenns als selbst der Großinquisitor.« Lucas bedachte sie mit einem wissenden Lächeln, das Gwen sehr nervös machte. »Zumindest hoffe ich das. Aber ja, die werte LaFey und ich wissen viel über die alten Götter. Manches lernten wir von der Kirche, manches während unserer Jahre im Einsatz. Ich bin schon sehr lange Inquisitor, und während dieser Zeit habe ich etwas über die Hexen gelernt. Und über die Schamanen, die mit ihnen gemeinsame Sache machen. Über Leute wie Eure Freundin letzte Nacht.«

Gwen versteifte sich. »Woher wisst Ihr das?«

»Ich träume in Schatten, und manchmal schlafe ich schlecht.«

»Ihr wusstet also, dass der Gheist kommen würde?«

»Ja.« In seiner Stimme schwang kein Zorn mit. »Ich war neugierig darauf, was Ihr uns erzählen würdet – oder ob Ihr überhaupt etwas sagen würdet. Jedenfalls habe ich die Umgebung erkundet, um eine geeignete Stelle für den Kampf zu finden. Und ich habe noch mehr herausgefunden.« Inzwischen klang seine Stimme rau. Er nickte Elsa zu, die ihm einen Trinkschlauch reichte.

»Die Priester, die diesem Gheist folgten, wollten nicht nur uns fangen, auch wenn es so aussah. Sie jagen etwas anderes. Etwas ganz anderes. Der Gheist führt sie zu einem heiligen Ort.«

»Wohin?«, fragte Gwen.

»Das weiß ich noch nicht. Vielleicht könnt Ihr mir das sagen? Oder Euer Vater?«

Gwen schüttelte den Kopf.

»Wie Ihr wünscht. Geheimnisse brauchen ihre Zeit zur Enthüllung.« Lucas machte eine abschätzige Geste, und Elsa biss die Zähne zusammen.

Die Schwurritterin setzte sich auf der anderen Seite des Feuers auf einen Baumstumpf und funkelte Gwen mit geballten Fäusten an.

»Mit der Zeit, Gwen«, fuhr Lucas fort. »Es gibt viele Gefahren. Mit der Zeit werdet Ihr erkennen, dass ich die geringste davon bin.«

Lucas war müde. Unzufrieden blickte er sich im Lager um, als versuchte er zu ergründen, wo der am wenigsten unbequeme Schlafplatz für ihn sei. »Ich weiß, was Ihr seid. Ich weiß, wem Ihr dient. Das habe ich schon eine ganze Weile vermutet. Seit mir auffiel, dass die Gheister ihr Verhaltensmuster ändern, sich nach neuen Regeln manifestieren. Die alten Regeln funktionieren nicht mehr, die alten Götter sind verschwunden. Neue sind an ihre Stelle getreten. Das habt Ihr sicher bemerkt.« Lucas schüttelte den Kopf. »Nein, nicht hier. Nicht im Fenn. Hier habt Ihr das Gleichgewicht bewahrt, ein Gleichgewicht, das es im Rest von Tenebros nicht mehr gibt. Generationenalte göttliche Muster verschwanden, die Verderbnis breitete sich im Süden aus, durch ganz Suhdra, und doch wurde das Fenn verschont. Ich wusste, dass es einen Grund dafür geben musste.« Er hob den Kopf, sein Hals zitterte leicht vor Müdigkeit. »Und dann fand ich Euch. Die Jägerin von Haus Adair. Gläubige Heidin und Schlächterin von Göttern. Da wusste ich, ich hatte den Grund für alles gefunden.«

Gwen war still. Elsa kauerte ihr gegenüber am Feuer, eine Hand am Schwert, die andere locker aufs Knie gelegt. Lucas lehnte den Kopf an den Baum und schien einschlafen zu wollen.

»Warum liege ich dann nicht in Ketten?«, fragte Gwen leise. »Wieso habt Ihr mich am Leben gelassen?«

»Weil ich glaube, dass ich Euch trauen kann«, erwiderte er. »Ich denke, ich *muss* Euch trauen, wenn ich die Wahrheit herausfinden will.« Er regte sich unbehaglich, ohne die Augen zu öffnen. »Ich muss darauf bauen, dass Ihr das Richtige für Tenebros tut, für die Kirche und Eure alten Götter. Mit der Zeit werdet Ihr mir hoffentlich auch vertrauen.«

Gwen antwortete nicht und warf Elsa einen Blick zu. Die Schwurritterin blickte zum Frèr. Als Lucas nichts mehr hinzufügte und einzudösen schien, zuckte sie die Schultern, erhob sich und rollte ihren Schlafsack aus. »Ihr übernehmt die erste Wache. Erweist Euch als würdig.«

»Wenn ich Wache halten soll, brauche ich eine Waffe.«

»Falls es Ärger gibt, weckt mich. Ich bin die einzige Waffe, die Ihr braucht.«

LaFey legte sich hin. Gwen machte sich gerade daran, das Feuer zu löschen und einen geeigneten Wachtposten zu suchen, als in der Ferne ein Hund bellte.

Sofort öffneten Elsa und Lucas die Augen.

»Sie folgen uns«, wisperte die Ritterin. »Sie werden uns finden. Wir sollten gleich aufbrechen, aber er benötigt Ruhe. Er braucht die Hilfe eines Blutwirkers.«

»Nein«, widersprach Gwen kopfschüttelnd. Sie traf eine Entscheidung. »Ich kenne einen Ort. Wenn der Morgen anbricht, führe ich Euch hin. An einen Ort der Heilung, der zugleich ein Versteck ist. Dort sind wir sicher.«

Achtunddreißigstes Kapitel

Auf dem Burghof war es still, die Soldaten auf den Mauern und in den Reihen regten sich kaum, als das Tor sich öffnete. Malcolm, Caroline und Colm Adair standen wenige Schritte vom Tor entfernt und blickten hinaus. Draußen wartete eine kleine Gruppe Reiter.

Es waren nur sechs, in einer Zweierreihe formiert. Gabriel Halverdt ritt in voller Rüstung in der ersten Reihe. Die Platten seines Schulterpanzers wiesen die Form von Eichen auf, goldene Eichen zierten Brustpanzer, Handschuhe und die Spangen der Beinrüstung. Die Rüstung war in so dunklem Grün emailliert, dass die ölig wirkenden Schatten darauf verwirbelten, und sein Wappen, das goldene Kreuz mit den drei Eicheln, prangte auf seiner Brust.

Halverdts Helm ruhte auf dem Sattel. Sein Haar, schwarz mit grau-silbrigen Strähnen, reichte ihm bis über die Schultern. Er wirkte müde, dennoch ritt er mit siegesbewusster Miene auf den Hof. Beim Anblick der versammelten tenerranischen Soldaten schnaubte er verächtlich.

Hinter Herzog Halverdt ritt Erzmarschall von Volent, nach wie vor in seiner schlichten Rüstung, doch mit einem neuen weiß-silbernen Umhang. Während er durchs Tor kam, zeigte sein totes Gesicht wie immer keine Gefühlsregung.

Neben Halverdt ritt der Großelektor. Beaunair wirkte ebenfalls erschöpft; die Müdigkeit des Verzweifelten, ein Anblick, der Malcolms Mut sinken ließ. Wenn Beaunair bereits vor den Verhandlungen aufgegeben hatte, welche Hoffnung blieb dann noch? Der Geistliche trug die Amtsrobe mit Umhang und Mantel, nur der Helm, der ihm die Stirn zusammenfurchte, war eher für militärische denn kirchliche Zwecke gefertigt. Beaunair ritt vor dem Großinquisitor. Malcolm fragte sich, warum sich Sacombre mit der zweiten Reihe begnügte, statt an Halverdts Seite ins Fenntor einzureiten. Er trug praktische Kleidung, schlichte tiefgraue Muster auf violettem Seidenstoff, und stützte seinen Dunkelholzstab wie eine Lanze auf den Steigbügel.

Die letzten beiden Reiter gehörten zu Haus Roard. Der Herzog der Sturmwacht ritt ein wenig voraus, für die Schlacht gerüstet und bewaffnet. Er wirkte nicht so selbstzufrieden wie Halverdt, und seine Rüstung wies auch keine unnötigen Verzierungen auf. Ihm folgte Martin dichtauf. Der jüngere Roard hatte den Kopf gesenkt, mied Malcolms und Carolines Blicke.

»Ich bin hier, um Eure Unterwerfung auszuhandeln, Baron von Adair«, begann Halverdt ohne Einleitung.

»Und ich heiße Euch in dieser Burg willkommen, um über den Frieden zu verhandeln«, erwiderte Colm. »Sonst nichts.«

»Dann eben Frieden«, mischte sich Lorien Roard rasch ein, ehe Halverdt antworten konnte. »Frieden unter dem Banner der celestischen Kirche.«

»Die Götter mögen uns segnen«, säuselte Beaunair.

»Die Götter mögen segnen, was sie wollen«, zischte Halverdt, »ich hingegen brenne auf Zinders Gerechtigkeit. Lasst uns das hier so schnell wie möglich hinter uns bringen. Ich bin gerade erst eingetroffen und habe Eure Bruchbude schon satt.«

»Tapfere Worte für einen Mann, der von feindlichen Klingen umgeben ist«, herrschte Caroline ihn an.

Halverdt grinste. »Tapfere Worte für eine Frau. Machen wir uns nichts vor, Hoheit. Falls mir etwas zustößt, zermahlt die Armee vor dem Tor Eure Knochen zu Asche und tilgt Eure Namen aus den Geschichtsbüchern. Dann gibt es keinen Erben von Hundsweih mehr. Aber falls das stimmt, was Herzog Roard mir sagte, könnte Letzteres schon eine überholte Drohung sein.«

»Wagt es nicht …«, setzte Malcolm an.

»Führt uns hinein«, unterbrach Beaunair ihn. »Je eher wir speisen, desto eher beginnen die Verhandlungen.«

Roard nickte. »Einverstanden. Lassen wir das Blut auf dem Schlachtfeld, wo es hingehört.«

Malcolm blickte zu Boden, während Colms Leute Halverdt, Volent und die Priester in die Burg geleiteten. Als er wieder aufschaute, stand Lorien Roard noch auf dem Hof und sah ihn an. Schließlich blickte Roard zu seinem Sohn. »Martin?«

Sichtlich verlegen stieg der junge Mann ab und trat vor die Blakleys. Er hielt eine Schwertscheide in Händen, die Malcolm unvertraut war, doch als der Junge die Klinge zückte, erkannte der Herzog, dass sie Ian gehörte.

»Wir haben das hier zwischen den Steinen der Furt gefunden, bei Ians totem Pferd«, sagte Martin und reichte Malcolm das Schwert samt Scheide. Der nahm es entgegen, zog es heraus und gab es seiner Frau.

Caroline drehte die Waffe in den Händen. Keine Träne funkelte in ihren Augen, in ihrer Stimme jedoch schwang Furcht mit. »Und seine Leiche?«

»Wir haben sie nicht gefunden, Hoheit. Es tut mir sehr leid …«

»Genug«, sagte Caroline. »Es tut uns allen sehr leid, aus unterschiedlichen Gründen.« Sie kehrte ihm den Rücken und ging zur Burg.

Malcolm sah ihr nach, dann wandte er sich Martin zu.

»Ian hat immer gut von Euch gesprochen. Ich hoffe, seine Freundschaft bedeutet Euch etwas, auch wenn er jetzt im stillen Haus ist.«

»Sie bedeutet mir etwas«, erwiderte Martin. »Sogar mehr als je zuvor. Ich bin es leid, Reue zu empfinden.«

»Dann habt ihr Euch den falschen Krieg ausgesucht. Anscheinend beschert er uns allen nichts als Reuegefühle.«

Martin nickte unter Tränen, dann stieg er wieder aufs Pferd und ritt mit seinem Vater zur Burg.

Malcolm blickte auf die leere Scheide in seinen Händen. Sie war neu, das Leder wies keine Abnutzung vom Ziehen und Wegstecken der Klinge auf, das Silber an der Spitze war noch nicht angelaufen. Er wandte sich um und gab sie Colm Adair. »Ich brauche das hier nicht. Nichts von alledem.«

Das Feuer war heruntergebrannt und der Weinkrug leer. Die müden, frustrierten Herrscher von Tenebros saßen um einen Tisch voller Landkarten und mit Tinte geschriebener Verträge, die sie dem Frieden nicht näherbrachten.

Erzmarschall Henri von Volent lungerte in der Ecke des Raums herum – ein leibhaftiges Gewaltversprechen. Der Weihrauch, der die Luft schwängerte, kratzte in Malcolms Hals. Der Frèrholzgestank und seine Verdrossenheit setzten ihm so sehr zu, dass er den Mund verzog. Selbst der Whiskey konnte den Schleier in seinem Kopf nicht lichten, während er die Papiere auf dem Tisch durchging wie ein Hund auf der Suche nach Fressen – ein Hund, der im Grunde sicher war, alles aufgefressen zu haben, und trotzdem störrisch weitersuchte, um noch etwas Genießbares im Unrat aufzuspüren.

»Was ist mit Talgnah?«, fragte er.

»In Talgnah gibt es nichts von Wert«, erwiderte Halverdt. Der Herr über Grünhall saß mit gerunzelter Stirn am Tischende und stierte ins glimmende Feuer.

Colm Adair stand am anderen Ende des Raums bei der Tür, die Arme vor der Brust verschränkt.

»Nichts außer Schlamm und Asche«, fügte Halverdt hinzu.

»Die Asche eines Dorfs, das Eure Leute niedergebrannt haben«, zischte Adair.

»Ein Dorf, das in kürzester Zeit wieder besiedelt sein kann«, sagte Malcolm rasch, ehe das Gespräch erneut in einen Streit umschlagen konnte.

»Ich will nicht, dass Heiden an meiner Grenze siedeln«, erwiderte Halverdt. »Dann soll das Land lieber brach liegen.«

Er schwenkte den Bodensatz in seinem Becher, verzog das Gesicht und stürzte den Rest des Weins herunter. »Der Sinn dieser Übung ist es, die Adair-Rebellen zu eliminieren. Und Eliminierung setzt Gehorsam voraus. Gehorsam entsteht durch Bestrafung. Wir sollten nur Eure Zugeständnisse besprechen, nicht unsere.«

»Euer Angebot sieht vor, dass Ihr das Besatzungsrecht im Fennraub bekommt, im ganzen Fenn Wegzölle erheben dürft und die Vormundschaft über Gwendolyn Adair erhaltet«, sagte Malcolm. »Wohingegen Colm die Hinrichtung von Henri von Volent fordert, volle Reparationen für die gefallenen Tenerraner und eine Entschuldigung von jedem Adligen und Ritter, der einen Fuß in sein Land gesetzt hat. Weder seine noch Eure Forderungen sind vernünftig.« Er lehnte sich im Stuhl zurück und rieb sich das Gesicht. Je später es wurde, desto mehr wuchs seine Ungeduld. »Das ist keine ordentliche Verhandlung! Bewirtschaftungs- und Siedlungsrechte in Talgnah wären ein guter Anfang, sowohl in geldlicher als auch symbolischer Hinsicht. Immerhin hat die ganze Misere in Talgnah begonnen.«

Halverdt erhob sich mit einem Ruck, warf den leeren Becher in den Saal und schlug so fest mit der Faust auf den Tisch, dass die Karten und Verträge kurz abhoben.

»Dieser Schlamassel begann lange vor dem Angriff auf Talgnah!«, bellte er. »Wir tolerieren den mangelnden Respekt und die Ketzerei des Stammes Adair seit *Generationen!* Dass sie ihren tenerranischen Brüdern weisgemacht haben, sie seien Gläubige, ist nicht meine Sache. Die Kirche in Herzbrück muss ein Urteil über sie fällen!«

»Und doch bemächtigt Ihr Euch dieser Rolle«, sagte Großelektor Beaunair. Der Priester lehnte so weit wie möglich von der heißen Feuerstelle entfernt an der Wand. »Selbst Zinder erwartet ein ausgewogenes, gerechtes Urteil. Wir können nicht am Tisch des Vertrauens speisen, wenn wir voller Vorurteile sind.«

»Zur Verdammnis mit dem Tisch des Vertrauens!«, knurrte

Colm. »Ihr könnt mein Haus nicht durch den Strich eines Federkiels vernichten!«

»*Ihr* könnt das nicht, werter Baron«, entgegnete Halverdt. »*Ich* bin diesbezüglich nicht eingeschränkt. Ich habe die Stärke des Südens vor dem Tor, und Herzbrück segnet mein Vorgehen. Ihr sitzt nur an diesem Tisch, weil Ihr Euch davor fürchtet, dass ich ins Fenn einmarschiere. Ihr wisst alle, dass die Mauern dieser Burg vor mir einstürzen werden.« Breit grinsend trat er an Malcolms Seite. »Es ist Euch nicht gelungen, den Rest von Tener an Eure Seite zu holen, Hoheit. Sie wollen ihr geliebtes Heidenland nicht dem Urteil der Kirche unterziehen.«

»Götter und Totenreich, Gabriel, Ihr seid schlimmer als ein Betrunkener beim ersten Tjost.« Erbost verschränkte Malcolm die Arme. »Ihr sitzt nur an unserem Tisch, weil Eure halbe Armee diesen Kampf gar nicht austragen will.«

Lorien Roard war schon vor einer halben Stunde zu Bett gegangen, die Frustration war ihm deutlich anzusehen gewesen.

»Wir haben den Frieden zwischen Suhdra und Tener viele Jahre lang gewahrt. Unsere Länder sind gediehen, der Friede der Kirche breitete sich aus, und wir konnten die alten Götter im Zaum halten. In der Dämmerung erschallt aus vielen Kehlen das Abendlied, vom Talg bis zur fernen Wacht, zur Huldigung von Zinder und Zwietracht. Wenn Ihr das zerrüttet, droht Ihr mehr vom Zaun zu brechen als einen Krieg.«

»Ich glaube, wir sind alle müde, und die meisten von uns sind betrunken.« Castian Jaerdin stand auf und ging zu Malcolm. Er schenkte ihm ein schwaches Grinsen und legte die bislang verfassten Schriftstücke zu einem Stapel zusammen. »Es wäre das Beste, all das hier zu verbrennen und am Morgen noch einmal von vorn zu beginnen. So oder so wird uns ein wenig Schlaf guttun.«

»Gesellt Sacombre sich morgen Früh wieder zu uns?«, fragte Colm. »Jedes Mal, wenn wir Fortschritte machen, verlangt er ein Pogrom, und wir stehen erneut am Anfang.«

»Ich weiß nicht, wo der Großinquisitor heute Abend ist«, sagte Beaunair. »Vielleicht sollte ich mir morgen mit ihm gemeinsam die Burg ansehen. Möglicherweise kommt Ihr besser voran, wenn die Kirche Euch nicht über die Schulter schaut.«

»Mir wäre es lieber, ihn im Auge zu behalten«, erwiderte Colm. Dann winkte er ab. »Ich habe für heute genug. Gute Nacht.«

Der Herzog des Fenntors verließ den Raum und knallte die Tür hinter sich zu.

»Dann sind wir fertig«, zischte Malcolm. »Zumindest heute … haben wir genug verrichtet. Lasst uns zu Bett gehen, ehe jemandem die eigene Ehre in die Quere kommt und wir ein Duell, eine Hochzeit oder etwas ähnlich Dummes in die Wege leiten müssen.«

»Ich habe alle Zeit der Welt«, antwortete Gabriel von Halverdt. Er erhob sich, nahm das Schwert neben dem Tisch auf und schnallte es sich um. Die neue Scheide bestand aus Holz und Leder, das Heft war mit Segensbändern der Inquisition umwickelt.

»Ein neues Schwert, Hoheit?«, fragte Malcolm.

»In der Tat«, bestätigte der Herzog selbstgefällig. »Ein Geschenk des Großinquisitors. Um mich vor der Nacht der Heiden zu schützen. Gehärtet im Blut des ewigen Chors und geschmiedet in Hochweih.« Als er die Klinge zückte, war ein Geräusch zu hören, das an Engelswispern erinnerte. Auf den Handflächen ruhend schimmerte die Schneide im Licht. Heilige Runen waren in die Klinge eingraviert. »Eine göttlichere Waffe findet Ihr in ganz Tenebros nicht.«

»Höchst seltsam.« Kopfschüttelnd musterte Beaunair das Schwert. »Ich kenne keine dieser Runen.«

»Ihr seid auch kein Inquisitor«, spöttelte Halverdt. »Ich kann wohl getrost annehmen, dass Großinquisitor Sacombre mehr von den Naetherkünsten versteht als Ihr.«

»Zweifellos«, gestand der Großelektor ein. »Immerhin bin ich nur ein sterbliches Werkzeug der Leuchtenden Herrin. Die Wege von Naether und Lumaire sind mir verschlossen. Dennoch …«

Draußen auf dem Hof war Lärm zu hören, gefolgt von den Geräuschen eines kurzen Kampfes. Malcolm sprang auf, der Erzmarschall hingegen zog sich tiefer in die Schatten zurück.

Nur Halverdt blieb wie gelähmt stehen und stierte grinsend zur Tür. »Er wusste, dass das geschehen würde. Er wusste, ich würde gebraucht werden.« Mit fiebrigem, irrem Blick wandte er sich Malcolm zu. »Er wusste, Ihr würdet das Göttliche verraten, daher hat er mich bewaffnet.«

Die Tür flog auf.

Neununddreißigstes Kapitel

Caroline verbrachte den Abend so weit vom Ratssaal entfernt wie möglich. Sie ertrug nicht, wie Martin Roard sie ansah, und auch nicht sein Gerede über Vertrauen und Freundschaft. Sie aß in ihren Gemächern, dann unternahm sie einen langen Spaziergang über die Burgmauern.

Im gesamten Tal sah man die zahllosen Lagerfeuer der suhdrischen Streitmacht. Sie setzte sich zwischen die Zinnen und trank fast eine ganze Flasche Wein. Malcolm war sich sicher, dass sie Freunde bei den suhdrischen Truppen hatten und dass die Armee – wären nicht Leute wie DuFallion und Marcy darunter – gewiss die Burgmauern niedergerissen und jeden ermordet hätte, der sich ihr in den Weg stellte. Trotzdem spendeten die vielen Feuerstellen ihr keinen Trost. Sie flackerten wie schlechte Omen zwischen den Sternen, ein böses Vorzeichen, ein Versprechen auf Zerstörung.

Als sie zu betrunken war, um derlei Gedanken nachzuhängen, aber noch zu nüchtern, um wieder Mut zu schöpfen, beschloss sie, von der Ringmauer auf kürzestem Weg zu ihren Gemächern zu gehen. Überall hörte Caroline die Melodie des Abendlieds. Die Burg war zum Bersten voll, trotzdem gelang es ihr, Begegnungen zu vermeiden. Die meisten sangen entweder im Doma das Abendlied oder saßen noch beim Abendmahl. Der Hochadel hielt Rat. Selbst die Wachen auf der Mauer waren spärlich besetzt und in großen Abständen postiert.

Caroline verspürte ein Prickeln im Nacken. Die Stille erzeugte eine seltsame Stimmung, verdichtete die Luft wie vor einem Unwetter. Zwei Stufen auf einmal nehmend, eilte sie die Treppe zu ihren Gemächern empor.

Auf halber Strecke hörte sie Holz bersten und einen lauten Aufschlag, als wäre etwas aus großer Höhe herabgestürzt. Herzschläge später ertönte Geschrei.

Sie rannte los.

Ihre Wachen lagen mit gebrochenem Genick am oberen Treppenabsatz, die Gliedmaßen in den Gang gestreckt. Sie waren gerade erst gestorben.

Caroline hockte sich zu einem der Gefallenen, zog sein Messer und trat über die Leichen hinweg. Die Tür zu ihren Gemächern war geschlossen, Dugans Unterkunft hingegen, der am nächsten zur Treppe lag, stand offen. Es sah nicht so aus, als wäre die Tür eingetreten worden. Im Raum flackerte Licht – so matt und unregelmäßig, dass es von einer Kerze stammen musste.

Caroline schlich vor. Sie fürchtete sich vor dem, was sie entdecken könnte. Jemand hatte Dugans Raum verwüstet, das Bett und die Regale zerstört und alles über den Boden verteilt. Sie sah Blut, aber nicht so viel wie von einem Verbluteten, und die Tür wies breite Furchen auf. Caroline hatte schon gesehen, wie Bären im Wald Bäume markierten, doch die Spuren an der Tür waren tiefer und größer. Sie fragte sich, wo der Wachkommandant war und wer so etwas getan haben könnte.

Von draußen hörte sie Schreie, im Hof kreischten Menschen voller Angst unter dem Klirren von Stahl.

Sie trat weiter in den Raum, ihr Zeh strich über eine Art von Sand, der auf der Schwelle verstreut war. Der Geruch von Weihrauch drang ihr in die Nase. Noch etwas lag mitten im Gemach, eine Reihe von Gegenständen, die sie bislang für zerbrochene Möbelstücke gehalten hatte. Als sie sich näherte, erkannte sie, worum es sich handelte.

Jemand hatte eiserne Ikonen des alten Glaubens zu einem Kreis gelegt, in dessen Mitte eine Schale stand. Sie war aus Holz und mit Runen verziert, wie Caroline sie oft an Monolithen in Steinkreisen gesehen hatte. Ein dünner Blutfilm benetzte das Innere der Schale. Offenbar stammte das Blut im Raum aus diesem Gefäß: Jemand hatte es wie Wasser aus einem Weihfass verspritzt. Der Steinboden innerhalb des Ikonenkreises war verkohlt. Zitternd strich Caroline über den Boden und betrachtete anschließend die Fingerspitzen: Asche und Sand.

Nein. Zu spitz für Sand, zu spröde.

Gemahlene Knochen.

Sie blickte zum Fenster. Die Läden waren zerborsten wie alles andere im Raum, doch lagen keine Splitter am Boden. Sie ging zum Fenster und spähte hinab.

Tief unter ihr herrschte Chaos. Holzsplitter lagen im Hof. Zudem erkannte Caroline dunkle Schatten, die sich, während sich ihre Augen an die Dunkelheit gewöhnten, als blutbesudelte Wachen entpuppten. Überall im Hof eilten Wächter umher, griffen zu den Speeren und kauerten sich in die Schatten. Sie konnte nicht sehen, wem ihre Aufmerksamkeit galt.

Etwas krachte am anderen Ende des Hofs, dann drang Licht aus einer eingeschlagenen Tür. Eine Gestalt ragte in der Dunkelheit auf. Ihre Umrisse zeichneten sich kurz vor dem erhellten Raum ab, ehe sie im Gebäude verschwand. Es war der Umriss eines Mannes mit zerzaustem Haar, aber einer irgendwie unnatürlichen Haltung; er bewegte sich wie eine Vogelscheuche mit gebrochenen Gliedern, die auf Beinen aus Stroh und zersplittertem Holz vorschlurfte.

Caroline versuchte zu erkennen, welche Tür eingeschlagen worden war. In ihrer Trunkenheit benötigte sie einen Moment, um sich auf dem Hof zu orientieren, sich klarzumachen, wo das Haupttor war und aus welcher Perspektive sie die Burgmauern sah.

Ein Schrei zerriss die Nacht, und einige Stimmen des ewigen Chors rissen mitten im Abendlied zu Ehren Zinders ab. Stahl prallte auf Stahl, dann ertönte das Gheisthorn.

Sie wusste, wohin die Bestie unterwegs war. Zum Thronsaal. Ein irrer Gott lief im Fenntor frei umher. Ein Gott, der Dugans zerschmetterten Körper besaß.

Der Körper von Gordon Dugan schlurfte vor, die Arme und Beine bewegten sich wie bei einer Marionette. Er stieß die Überreste der Tür beiseite und trat träge in den Saal. Sein Kopf hing vornüber, das Genick war offenbar gebrochen, die Gesichtshaut lag schlaff auf den Schädelknochen. Ein netzartiges Knochenkonstrukt ragte ihm aus dem Rücken.

»Herr von Dugan?«, wisperte Malcolm.

Alle anderen im Raum setzten sich schlagartig in Bewegung. Castian Jaerdin zückte sein Silberschwert und stemmte den Kartentisch zur Seite, um allen mehr Bewegungsfreiheit zu verschaffen. Lorien und der Großelektor gingen hinter dem Tisch in Deckung, der Herzog von Sturmwacht stellte sich zwischen den Gheist und den Priester. Malcolm löste den Blick von den Überresten seines Wachkommandanten und sah zu Halverdt.

Der Kerl grinste noch immer.

»Was ist das, Halverdt?«, brüllte Malcolm.

Dugans Körper schlurfte weiter in den Raum. Hinter ihm stürmten Wachen in den Farben von Haus Adair hinein, die Speere auf den Gheist gerichtet, die Gesichter blutverschmiert und von Furcht verzerrt. Auf der Chorempore war ein Klappern zu hören. Mehr Helme erschienen, Wachleute mit Armbrüsten.

Halverdt begutachtete sein Publikum, dann zeigte er auf den Gheist und rief: »Erkennt ihr die eigenen Götter nicht, wenn ihr sie seht?« Seine Stimme hallte von der hohen Saaldecke wider. Er drehte das Schwert in den Händen, löste die Segensbänder am Heft, die Spitze auf den Boden gerichtet. Die Leinenbänder glitten über die Klinge, wanden sich seltsam um sie wie eine lebende Schlange. »Ein Gheist im Gefolge des Herzogs von Blakley. Jetzt zeigt sich, wie verräterisch der Hund ist! Herzog von Jaerdin, Ihr habt Eure Loyalität dem Falschen geschenkt. Schlagt Alarm! Betet, holt den Großinquisitor. Sacombre wird den Dämon vernichten, und dann können wir uns um diese Ketzer kümmern!«

»Ich habe keinen Verrat begangen!«, wehrte sich Malcolm.

Castian stand zwischen ihnen, blickte hilflos von Halverdt zum Großelektor. Der Geistliche regte sich nicht, sondern stierte zum Gheist. Die Wachen traten unruhig von einem Bein aufs andere, Soldaten der Blakleys und Jaerdins trafen zu ihrer Verstärkung ein. Die fassungslosen Suhdrin im Hof sahen zu ihrem Herzog.

»Was meint Ihr damit, er hat Euch gewarnt?«, verlangte Malcolm zu wissen. »Wer hat Euch gewarnt?«

»Der Großinquisitor natürlich«, erwiderte Halverdt. »Zweifellos haben Eure Lakaien sich seiner entledigt, doch das wird Euch nicht helfen. Sacombre hat mich vor einem solchen Verrat gewarnt und diese Klinge hier vorbereitet. Tretet hinter mich, Castian, Beaunair. Euch werde ich retten.« Er richtete das Schwert auf Malcolm und Colm Adair. »Aber nicht Eure Ketzerfreunde.«

»Ich sehe nicht tatenlos zu, wie Ihr sie sterben lasst«, sagte Castian. Mit zitternder Hand packte er das Heft seiner Waffe so fest, dass die Knöchel weiß hervortraten, und postierte sich näher bei Malcolm.

»Dann tötet den Gott doch selbst – oder befehlt es Euren Leuten«, bellte Halverdt. Er schritt zu Jaerdin und stieß ihn vor. Der Herzog taumelte vor, stolperte und wäre beinahe dem toten Dugan vor die Füße gefallen. Mit gekrümmten Schultern wandte der Gheist sich ihm zu, sein Kopf baumelte leblos am gebrochenen Hals. Die langen Knochen, die ihm aus dem Rücken ragten, tasteten über die Wand wie die Beine einer blinden Spinne und hinterließen Kratzspuren auf den Steinen. Jaerdin fing sich und ging vor dem Dämon in Verteidigungshaltung.

Die Knochen schossen von den Wänden auf ihn zu.

»Verteidigt euren Herrn!«, schrie Castian. Nach kurzem Zögern feuerten die Soldaten aus Rotgarten ihre Bolzen ab. Stahlspitzen schlugen in den Gheist ein, verursachten Wunden, aus denen Blut und schwarze Galle austrat, ansonsten jedoch schienen sie dem verrückten Gott nicht zu schaden.

Castian richtete sich zur vollen Größe auf und schritt mit hoch erhobener Silberklinge auf den Gegner zu.

»Castian, nein!«, rief Malcolm. Er stürzte vor, packte Jaerdin bei den Schultern und zog ihn zurück. Der Gheist sprang vor. Er schien den dichten Frèrholzrauch und die vielen Schusswunden nicht einmal zu bemerken, sondern landete wie ein Insekt auf der Stelle, wo kurz zuvor noch seine Beute gestanden hatte.

Vorsichtig wich Malcolm mit Castian weiter zurück. Sie stießen mit dem Großelektor zusammen.

Halverdt wirkte zögerlicher als zuvor. »Passt auf, Priester, der beißt!« Er zog sich zum Riedwindthron zurück, der den Raum dominierte und über dem die Banner und Segensbänder im Luftzug wehten, der von der offenen Tür kam.

»Hört auf, Euch wie ein Schwachkopf zu benehmen, Halverdt«, zischte Großelektor Beaunair. »Ihr habt ein göttliches Schwert. Benutzt es, verdammt noch mal!«

»Könnt ihr den Gheist nicht verbannen oder so?«, wisperte Castian dem Geistlichen zu. »Fortbeten?«

»So eine Art von Priester war ich nie«, erwiderte Beaunair. »Mein Fehler.«

»Gebt mir das Schwert, Halverdt!«, brüllte Malcolm durch den Saal. Der Gheist schritt zwischen ihnen umher, wirkte verloren und träge. »Wenn Ihr nicht den Mut habt, Euch dem Dämon zu stellen, lasst mich es versuchen!«

»Als würde ich mein Leben in Eure Hände legen«, antwortete Halverdt. »Also gut.« Er trat einen Schritt vor und hob das gesegnete Schwert wie ein Banner über den Kopf.

Als Dugan es sah, veränderte er sich. Die marionettenhafte Trägheit seiner Glieder schwand. Die Knochen seiner Arme brachen durch die Haut, die Hände fächerten zu einer Art Sense auf, die Finger krümmten sich zu Klauen, und das Gewebe hing wie zerfetzte Ärmel um die neuen Gliedmaßen. Die Beine dehnten sich aus, Knochen knackten, als sie wieder und wieder brachen. Rot-weiße Knochenfragmente wanden sich aus Dugans Körper, formten sich zu einem verworrenen Stumpf, der an wallende, schlangengleiche Wurzeln erinnerte.

Die Rippen des besessenen Ritters durchdrangen sein Fleisch, verwuchsen zu spitzen Zacken, die ihn schützend umgaben wie ein Käfig. Die spinnenbeinartigen Knochen auf dem Rücken entfalteten sich zu durchscheinenden, nebelartigen Schwingen. Und aus dem Mund sprossen glatte, scharfe Zähne, die leicht überstanden und ihr Opfer anscheinend greifen konnten.

Die versammelten Wachen keuchten auf. Jemand auf der Empore begann zu würgen, ein Geräusch, das binnen Sekunden überall im Raum zu hören war, als sich immer mehr Anwesende erbrachen.

»Mögen die Götter uns verschonen«, murmelte Beaunair. Der fette Geistliche zog eine Ikone aus der Robe und kniete nieder. Der Gheist ignorierte ihn und näherte sich Halverdt.

Malcolm wünschte, er hätte die blutgehärteten Speere zur Ratssitzung mitgenommen, doch sie lagen bei seinen Sachen in den Gemächern, in denen die Blakleys untergebracht waren. Das Gesicht seines langjährigen Vertrauten hing lose um die sich schlängelnden, zuschnappenden Zähne des Geschöpfes. Das Schwert in Halverdts Hand erglühte, die Leinenbänder, die sich um die Klinge geschlungen hatten, wehten vom Gheist weg, als gehe ein leichter Wind von dessen Herzen aus.

Mit ruhiger Miene trat der Herrscher von Grünhall der Bestie entgegen. »Jetzt weiß ich, wie Ihr uns hintergangen habt, Blakley«, rief er. Nach wie vor gab er seinem Publikum eine Vorstellung. »Ihr verbergt einen Schamanen in Eurem Gefolge und wollt mich zu Fall bringen. Zu dumm, dass der Großinquisitor mich mit einer Waffe ausgestattet hat, die der Celestriarch höchstselbst segnete. Ich mache kurzen Prozess mit Eurem kleinen Gott, und dann kümmere ich mich um Euch.«

»Seid Ihr wahnsinnig? Dugan war ein guter Mann, der Kirche treu ergeben und meinem Haus gegenüber loyal. Er war kein Schamane!«

»Das finden wir heraus, wenn wir seine Unterkunft durchwühlen«, erwiderte Halverdt selbstgefällig.

Draußen ertönte immer wieder das tiefe Horn, das vor dem Gheist warnte. Schreie erfüllten den Hof. Mehr Wächter drängten sich in den Saal, nur um beim Anblick des abscheulich deformierten Dugan zurückzuschrecken.

»Wir können sein Gemach durchsuchen, falls wir das hier überleben«, sagte Castian. Er schob Malcolm weiter in den Raum hinein, um den knienden Großelektor herum. »Auf die Beine, Beaunair. Wir müssen in Bewegung bleiben.«

Der dicke Geistliche reagierte nicht. Vielmehr kippte er vornüber, und die Ikone entglitt seinen Fingern. Die anderen hatten sich so sehr auf den Gheist konzentriert, dass sie die Notlage des Großelektors nicht bemerkt hatten. Malcolm blickte auf ihn hinab. Beaunairs Gesicht war weiß, und er hatte Schaum vorm Mund.

»Der Dämon hat den Priester umgebracht!«, rief eine Wache. Der Mann, im sauberen Blakley-Weiß und gerade erst durch die Tür getreten, ließ den Speer fallen und stürmte wieder auf den Hof. »Die Burg ist verflucht! Die Heiden haben uns hintergangen!«

Eine Welle der Furcht erfasste die Menge. Anfangs folgten sechs Wachen dem Flüchtenden, dann zwölf. Das Geschrei auf dem Hof schlug in allgemeine Panik um, die die ganze Burg zu erfassen drohte.

»Was hat er, verdammt noch mal?«, murmelte Malcolm. Er kniete sich neben den Großelektor. Beaunair wandte sich ihm zu, die Augen vor Entsetzen aufgerissen. Schaum troff ihm über die dicke Wange, und während Malcolm zusah, verdrehte er die Augen, bis nur noch das Weiße zu sehen war. Er sackte gegen den Herzog, glitt zu Boden und bekam einen Krampfanfall.

»Gheister und Gift!«, brüllte Halverdt. »Zweifellos aus Eurer Flasche, Blakley. Glaubt Ihr mir jetzt, Jaerdin?«

»Hört mit den Anschuldigungen auf und unternehmt etwas, Ihr Bastard!«, fuhr Castian ihn an. Er packte Malcolm und zerrte ihn vom zuckenden Priester fort.

Der Gheist ragte dicht vor ihnen auf.

Lachend trat Halverdt einen Schritt auf das Geschöpf zu. Sogleich legten sich die Leinenbänder eng um die Klinge, der unheimliche Wind, der vom Gheist ausging, schwoll zu einem Sturm an.

Das Schwert drohte dem Herzog aus der Hand gerissen zu werden, daher umklammerte er es auch mit der zweiten, das Gesicht vor Anstrengung verzerrt. »Sehet die Macht der Götter«, schrie er. »Sehet die Gerechtigkeit des Herrn Zinder!«

Der Gheist packte ihn sofort. Im einen Moment grinste Halverdt noch manisch den wilden Gott an, im nächsten grub der Dämon ihm die Greifzähne in die Brust und riss ihm die Rippen heraus. Der Herrscher über Grünhall sackte zusammen, einen schockierten Ausdruck im blutbespritzten Gesicht. Das Schwert entglitt ihm. Als es aufschlug, zerbarst die Klinge, als wäre sie aus Glas. Die Splitter schossen durch den Saal und hagelten auf die drei Überlebenden ein. Die Wunden brannten wie Feuer.

Hysterisches Gebrüll erfüllte den Thronsaal. Klackernd fielen Speere zu Boden. Die Wachen strömten zur Tür hinaus, flohen von der Empore, rannten möglichst weit vor dem Gheist davon.

»Süße Zwietracht«, rief Castian. »Leuchtende Herrin, errette uns!«

»Ach, verdammt noch mal«, zeterte Malcolm. Er stieß Castian hinter den Tisch und wandte sich der Bestie zu. Zwar nutzte ihm sein Schwert nichts gegen einen Gott, dem er mit Stahl und Muskelkraft nicht schaden würde, trotzdem wollte er nicht tatenlos zusehen. Er schlug dem Gheist die Klinge quer über den Rücken. Bleiche Hautfetzen fielen ab, unter denen ein knöcherner Panzer zum Vorschein kam.

Dugans zerfetztes Gesicht wandte sich seinem ehemaligen Herrn zu.

»Lauft!«, bellte Malcolm. »Jemand muss die Priester holen, die verfluchte Inquisition, wenn möglich! Lauft einfach!«

Castian rappelte sich auf und rannte zur Tür.

Der Gheist ignorierte ihn, schleppte sich zu dem aufgerissenen Körper von Herzog Halverdt.

Malcolm schwang sein Schwert. »Kommt schon, Gordon. Ihr habt nie gern ein Doma betreten, aber das ist noch lange kein Grund, sich einen eigenen Gott aus dem Herzen wachsen zu lassen«, sagte er mit tränenüberströmten Wangen. Dugans Gesicht erbebte auf dem dämonischen Hals. »Ihr dummer, loyaler, gottverdammter Narr! Sie werden Euch töten, daher tötet Ihr mich besser zuerst. Kommt schon!«

Der Gheist trampelte vor. Er zersplitterte den Tisch, die Papiere flogen umher, viele davon flatterten in die Feuerstelle, wo sie kurz aufflackerten und zu Asche zerfielen. Der Frèrholzrauch wirbelte dem Dämon in dicken Schwaden um die rasiermesserscharfen Fänge. Der Großinquisitor selbst hatte das Feuer entfacht und allen versichert, das Holz sei ordnungsgemäß gesegnet. Er hatte Halverdt versprochen, dass er in Sicherheit sei.

Sacombre hatte es ihm *versprochen*.

Flüchtig blickte Malcolm zu Halverdt. Der Mann schien tot zu sein, doch sein Mund öffnete und schloss sich noch wie bei einem gestrandeten Fisch. Die Splitter seines göttlichen Schwerts steckten ihm wie Stacheln in der Haut. Die Blutlache, in der er lag, wirkte im matten Licht pechschwarz. Malcolm hatte sich sein Leben lang diesem Mann widersetzt, doch nun entsetzte ihn sein Tod ein wenig.

Er schaute wieder zum Gheist. »Was sollen wir tun, Dugan? Wie sollen wir etwas bekämpfen, das uns die Freunde raubt und uns mit unseren Feinden für ein gemeinsames Ziel kämpfen lässt?«

Der Dämon näherte sich, seine Fänge kratzten über blutbefleckten Stein. »Wie soll ich Euch töten?«

»Das könntest du niemals«, sagte Caroline von der Tür aus.

Sie trat in den Saal, zwei Holster blutgehärteter Speere kreuzförmig vor die Brust geschnallt. Sie schleuderte den ersten Speer von sich, traf die Bestie in eine Schwinge und zerschmetterte Knochen und Nebel. So schnell sie den ersten von sich geschleudert hatte, warf sie zwei weitere hinterher. Die Speere blieben im Körper des Gheists stecken. Kurz stand er zitternd da. Dugans schlaffes Gesicht blickte von Malcolm zu Caroline. Blut rann ihm aus den Augen.

Dann fiel er auseinander. Die Knochenklauen der Hände, der Panzer unter der Haut, die Schwingen und Greifzähne, alles zerfiel in Stücke. Die zersplitterten Knochen glitten von ihm ab wie Schiefer, türmten sich auf dem Boden zu immer höheren Haufen auf. Sie fielen klackernd wie Würfel auf die Steine. Der Torso des dämonischen Körpers platzte auf wie eine zu pralle Tasche.

Malcolm schaute zunächst die Leiche an, dann seine Frau. Er durchquerte den Saal und schloss sie fest in die Arme. Einige Wachen kehrten in den Raum zurück und stellten sich um ihre Gebieter auf.

»Kein besonders starker Gott«, flüsterte Caroline.

»Nein, aber stark genug.« Malcolm löste sich von ihr und blickte auf die Überreste von Dugans Körper. »Halverdt ist tot, und der Großelektor anscheinend auch, allerdings ist er nicht durch den Dämon gestorben. Castian kann das bezeugen.«

»Wo ist er?«

»Fortgerannt.« Malcolm schritt zu Halverdts Leiche und trat gegen die Überreste des Schwerts. Splitter schlitterten über den Boden. »Diese Klinge war scheiße. Ganz sicher nicht blutgehärtet. Ich bin überrascht, dass der Großinquisitor …«

Er stockte, blickte zwischen dem Herzog und Dugan hin und her. »Das war eine List. Eine Falle. Für Halverdt ebenso wie für uns«, murmelte er.

Ein Geräusch in der Saalecke ließ sie zusammenfahren. Erzmarschall von Volent sprang aus den Schatten, fegte Malcolm beiseite und rannte zur Tür hinaus. Der Ritter hatte sich eingenässt. Er hielt seine Schwertklinge so fest gepackt, dass seine Finger bluteten, und verschwand in der Nacht.

»Wo ist Sacombre?«, rief Malcolm. »Wir müssen den Großinquisitor finden – am besten, bevor dieser Verrückte ihn aufspürt.«

Vierzigstes Kapitel

»Die Gegend wirkt nicht, als wären wir im Osten«, sagte Elsa. Sie hatten fast einen mit Schiefer übersäten Hang erklommen, Gwen ganz vorn, gefolgt von der Schwurritterin, die Frèr Lucas beim Aufstieg half.

»Ihr solltet Euch weniger auf die Sonne verlassen«, erwiderte Gwen. Sie erreichte den Hügelkamm und setzte sich, wobei sie eine kleine Lawine auf der gegenüberliegenden Seite auslöste. »Wir sind auf dem richtigen Weg.«

»Das klingt nicht ermutigend«, murmelte Elsa.

»Geduld, werte LaFey«, sagte Lucas. »Die Jägerin bringt uns an den rechten Ort – wo auch immer er liegt.« Die beiden erreichten Gwen und blieben stehen. Der Frèr sah sich um und schüttelte den Kopf. Die Verletzung machte ihm zu schaffen. Trotz Elsas Mühen starb der Naethermant langsam vor ihren Augen.

»Wo genau sind wir?«, fragte Elsa.

Ringsum erstrahlte die Landschaft in kräftigen Farben. Die kleinen Drahtholzhaine zeichneten sich deutlich vor den blanken Steinaufschlüssen ab, die Wasserläufe waren klar und eiskalt, ihr Wasser plätscherte zwischen glatten Steinen dahin. Die Herrin Zwietracht strahlte heller als sonst, und die Luft selbst schien das Leuchten der Sonne anzunehmen und tauchte alles in einen warmen, goldenen Glanz. Eine Landschaft wie im Traum.

»Ich bin seit drei Tagen benommen«, sagte Lucas unerwartet. »Ich dachte, das liegt an meinen Wunden, aber das stimmt nicht, oder Baroness Adair?«

»Jägerin«, antwortete Gwen. »Titel sind wichtig an diesem Ort.«

»Wo sind wir?«, fragte Elsa kurz angebunden. »Wo *genau?*«

Gwen zuckte die Achseln. Der Hügel fiel sanft zu einem Fluss ab, der so breit und glatt wie der Talg war, auch wenn Lucas sich nicht entsinnen konnte, einen derartigen Wasserlauf auf seinen Karten gesehen zu haben. Sie konnten doch nicht so weit nach Süden gereist sein? Hinter dem Fluss stand ein Wald, die Bäume wuchsen so dicht beisammen wie ein Schildwall. In der Ferne erhob sich ein Hügel aus kahlem Fels über die Wipfel. Alles wirkte lebendiger als sonst.

»Ihr wolltet doch meine kleine Heidenstätte sehen«, sagte Gwen ruhig.

»Ihr habt einen Frèr der celestischen Kirche zum …« Lucas stockte. »Ist es dort sicher?«

»Für wen?« Gwen machte sich an den Abstieg.

Der Frèr sah ihr nach. Als sie fast das Ufer des seltsamen Flusses erreicht hatte, wandte er sich Elsa zu. Seine fiebrigen Augen funkelten neugierig verschmitzt. »Seid auf der Hut. Haltet die Segen der Herrin aufrecht, aber lasst die Klinge stecken, es sei denn, ich fordere Euch auf, sie zu zücken.«

»Das wäre doch mal was. Eine Schwurritterin zieht ihr Schwert an der Stätte der Heidengötter. Zwietracht möge uns Stärke verleihen.«

»Und Zinder möge uns helfen«, fügte Lucas hinzu. Er stützte sich auf Elsas Schulter und machte sich mit ihr an den Abstieg. »Geht schön langsam.«

So nah am Heiligtum waren die Schutzzauber der Heiden stark und dicht. Elsa konzentrierte sich darauf, dem Frèr zu helfen, und als sie den Blick hob, war der Fluss fort, der Hang eben und der Himmel hatte sich verändert. Panik überwältigte sie so sehr, dass sie erst nach einigen Minuten weitergehen konnte. Sie waren wieder von Bäumen umgeben und drangen tiefer in den Wald ein. In den Schatten war es dunkel und klamm.

Gwen stolperte aus dem Unterholz. »Das ist gefährlicher als

erwartet.« Sie zog Elsa auf den rechten Pfad. »Ihr habt den Frèr zurückgelassen.«

»Hab ich nicht! Er ist gleich …« Sie schaute über die Schulter und stellte fest, dass sich Lucas nicht mehr an ihrem Arm festhielt und auch nirgends zu sehen war. Sie griff nach dem Schwert, doch Gwen schlug ihre Hand weg.

»Keine Bedrohung signalisieren, schon gar nicht als Schwurritterin der Herrin Zwietracht. Das wäre selbst in meiner Begleitung fatal.« Gwen zerrte sie mit, und plötzlich tauchte Lucas wie aus dem Nichts neben ihnen auf. Er stützte sich auf alle viere, starrte die Erde an und murmelte etwas vor sich hin.

»Wir müssen weitergehen«, mahnte die Jägerin. »Wir wecken das Interesse der Gheister.«

»Gheister?«, hakte Elsa nach. »Ich sehe keine Gheister.«

»Sie sind der Wald selbst.« Gwen half Lucas auf, trat zwischen die beiden Priester und führte sie auf den magisch verschleierten Fluss zu. »Wir sind hier tief im Allreich, meine Freunde. Direkt an der Quelle. Die Gheister sind keine Waldgeister. Der Wald selbst ist der Gheist. Alle Gheister. Bleibt in Bewegung.«

Nervös blickte Elsa sich um. Die Bäume schienen sich anzunähern. »In Ordnung. In Bewegung bleiben.«

Gemeinsam schafften sie es zum Fluss. Gwen bedeutete ihnen, stehen zu bleiben, half Lucas, sich hinzusetzen. »Die Leute, die diesen Ort schützen … Ich weiß nicht genau, wie sie reagieren werden. Mein Verhältnis zu ihnen ist … knifflig. Ich töte mehr Gheister, als ihnen lieb ist, aber nicht genug, um mit ihnen aneinanderzugeraten. Es geht ums Gleichgewicht. Eines kann ich Euch versprechen.« Verstohlen blickte sie zum kränkelnden Frèr. »Sie sind noch nie einem Inquisitor begegnet, den sie mochten.«

»Das wirft uns nicht sonderlich zurück. Ich kenne nur einen Inquisitor, den ich ausstehen kann«, sagte Elsa. »Wenn es zum Kampf kommt, werde ich den Frèr verteidigen.«

Gwen dachte kurz nach. »Ich ebenfalls. Das schulde ich Euch.«

»Euch ist klar, dass Ihr vielleicht als Ketzerin verurteilt werdet, wenn alles vorüber ist?«

»Natürlich. Und ich erwarte, dass Ihr dann als Fürsprecherin an meiner Seite steht. Deshalb muss ich alles geben, um Euer Vertrauen zu gewinnen.«

Elsa verzog das Gesicht. Sie erwog ernsthaft, die Jägerin an Ort und Stelle stehen zu lassen und mit dem Frèr in die Zivilisation zurückzumarschieren. Die Bäume hinter ihr wirkten nicht bedrohlich, solange die Sonne schien und der Mond leuchtete. Der Fluss hingegen war viel zu blau und klar, um echt zu sein.

Falls Elsa nun fortginge, würde sie nie erfahren, was jenseits dieser Wasser lag. Und Lucas hatte zu viel riskiert, als dass sie die Suche jetzt hätten aufgeben können. Sie seufzte. »Wie kommen wir hinüber?«

»Wir bitten um Hilfe.« Gwen zog Lucas auf die Beine. »Geht es Euch gut genug, um weiterzugehen, Frèr?«

»Vermutlich nicht, aber ich bin viel zu krank, um hierzubleiben. Also weiter.« Übermannt von Schwäche und der unwirklichen Umgebung, machte er eine ausholende Geste. »Führt uns, Jägerin.«

Gwen stand Schulter an Schulter mit den Priestern und blickte zum Fluss. Sie trat einen Schritt vor. Ihre Stiefelspitzen tauchten ins Wasser, und ein Schauder durchrieselte ihre Knochen. Sie hob die Hände.

»Glimmerglen, Fluss der Gheister, Fluss des Lebens. Wächter des wahren Heiligtums, wahre Göttin. Gheist des Flusses, der Zauber und der Frau. Offenbare dich uns.«

»Er trägt drei Titel«, murmelte Lucas. »Interessant.«

Gwen hieß ihn schweigen, wandte sich wieder dem Wasser zu und wiederholte die Anrufung. Und dann noch einmal.

Der Fluss schwoll an.

Anfangs war es nur ein Schimmer auf der ansonsten ruhigen Oberfläche. Dann trat das eisige Wasser über die Ufer und benetzte Gwens Füße. Es schwappte gegen die Priester, kostete sie, umströmte die Steine zu ihren Füßen und zog sich wieder zurück. Etwas entstieg dem Strom. Eine gläserne Frau, bei der es sich wohl kaum um eine echte Frau handelte. Sie war ebenso wenig eine Frau, wie eine Wolke ein Sturm war oder ein Stein eine Lawine. Etwas Bemerkenswertes erhob sich aus dem Fluss und schwebte vor ihnen, die Haut des Wesens war durchscheinend wie Wasser und hell wie der Blitz.

»Ihr bringt Verderbnis«, sagte die Gestalt mit einer Stimme, die zugleich donnerte und säuselte. »Ich werde sie auslöschen.«

»Nein!«, rief Gwen schnell. Der Gheist neigte den Kopf. »Nein«, wiederholte sie und legte die Arme schützend vor ihre Gefährten. »Sie sind nicht so, wie du glaubst. Uns verfolgt wahrscheinlich eine Verderbnis. Wir sind hier, um uns vor ihr zu verstecken. Der Mann hier stirbt. Wir erhoffen uns Heilung von den Wächtern.«

»Zwietracht ist Feuer und Zinder ist Asche«, sagte der Flussgheist. »Sie müssen befreit werden. Von ihrem Leben, nicht ihren Seelen.«

»Mir gefällt nicht, wie das hier läuft«, murmelte Elsa.

»Seid einfach mal still«, herrschte Gwen sie über die Schulter hinweg an. »Glimmerglen, ich brauche ihre Hilfe. Etwas geschieht unter den Celesten. Etwas Schreckliches. Ich habe mit den beiden hier zusammengearbeitet, sie beschützt, mit ihnen gekämpft. Ich schulde ihnen mein Leben. Ich kann dir nicht das ihre anbieten.«

»Wissen sie, auf wessen Grund sie stehen? Begreifen sie, was das Heiligtum ist?«

»Versteht ein Menschenkind das Heiligtum?«, fragte Gwen.

Der Geist wartete einen Atemzug lang. Die Luft ringsum wurde dünner, die Sonne kreiste über ihnen in den zähen Minuten, die mit jedem Herzschlag verstrichen. Dann beugte der Flussgheist sich vor.

Und verschlang sie alle drei.

Zunächst war das Wasser kalt, dann hatte es eine betäubende

Wirkung, und schließlich brannte es wie Feuer. Elsa kämpfte gegen die Flut an, doch ihre Arme trafen auf keinen Widerstand, spürten keine Strömung. Trotzdem zappelte sie im Griff des Gheistes, ihr Verstand flehte Zwietracht um Hilfe an, um Stärke, aber der Himmel antwortete nicht.

Dann waren sie am anderen Ufer. Die Welt beruhigte sich. Die Luft wurde klar, und Zwietracht stand wieder normal am Firmament. So merkwürdig die Welt auch kurz gewesen war, der Effekt löste sich schlagartig auf wie Rauch im Wind.

»Was ist geschehen?«, fragte Elsa verwirrt und entnervt.

»Wir haben die Schutzzauber überwunden.« Gwen war außer Atem. Sie ging auf den Steinhügel zu, der knapp über den Bäumen aufragte. »Jetzt müssen wir nur noch die Wächter treffen.«

»Und den Gott?«, fragte Lucas.

»Betet, dass es nicht dazu kommt. Aber ob Eure Gebete von hier aus ankommen, weiß ich ehrlich gesagt nicht.« Sie lachte und blickte zum Wald. »Vielleicht solltet Ihr das Beste hoffen und den Mund halten … vorerst.«

Der Wald wirkte normal, die Bäume wuchsen kreuz und quer über Pfade, die von Rehen stammen mochten, das Unterholz erstickte unter herabgefallenem Laub. Zwietrachts Licht fiel in dünnen Strahlen auf den Boden. Ein Wald wie überall auf Tenebros.

Gwen ging voraus, der geschwächte Frèr Lucas schlurfte hinterher, gefolgt von Elsa. Ringsum sangen Vögel, und die Luft war kühl und frisch, nur ab und an roch es nach vermodernden Ästen und Moos.

»Was sind diese Wächter?«, rief Elsa Gwen zu.

»Heiden«, antwortete die fröhlich. »Sie sind exakt das, was Ihr fürchtet – ein Hexenzirkel mit Schamanen, die sich um alte Stätten kümmern und vergessene Rituale pflegen. Sie halten die alten Götter in unserer Nähe.«

»Oder den alten Gott«, murmelte Lucas. »An diesem Ort sind wir doch, oder?«

»Celesten«, seufzte Gwen abschätzig. »Celesten und ihre zurückhaltenden Gottheiten. Was ist ein Fluss ohne Wasser, was eine Brise ohne Luft? Wir können dem Fluss einen Namen geben, ob nun Grüner Handschuh oder Talg, am Ende besteht er aus Wasser. Das Wasser ist nie dasselbe und doch immer gleich.«

»Ihr hättet Priesterin werden sollen«, sagte Elsa. »Euer Geschwätz ist genauso unbefriedigend, nur doppelt so selbstgefällig.«

»Das stimmt. Völlig.«

»Wenn die Wächter Heiden sind und das hier der Ursprungsort ihrer Götter, was veranlasst Euch dann zu der Annahme, dass sie zwei celestische Priester dulden, verdammt noch mal?«, fragte Elsa. »Außerdem: Wieso sollten wir hinnehmen, hier zu sein? Begreift Ihr überhaupt, was unsere Pflicht ist, Kind? Wisst Ihr, was wir mit diesem Ort tun müssen, mit unserer Macht und dieser Gelegenheit?«

»Begreift *Ihr* es denn?«, konterte Gwen. »Versteht Ihr wirklich, was das hier ist? Was es bedeuten würde, diese Stätte zu zerstören? Nicht nur für den Norden, sondern für ganz Tenebros?« Sie blieb stehen und wandte sich so abrupt um, dass Lucas mit ihr zusammenstieß. Die Jägerin stützte ihn, dann warf sie Elsa einen bösen Blick zu. »Ich habe Euch hergebracht wegen dem, was der Frèr gesagt hat. Er versteht einige Dinge, zumindest will er das, und sofern es in meiner Macht steht, werde ich seine Fragen beantworten. Aber Ihr, Schwurritterin … Ihr gebt mir keinen Grund, Euch zu trauen. Also passt auf, was Ihr tut. An diesem Ort kann man leicht verschwinden.«

»Hör mal, du Göre …«

»Frieden, werte LaFey.« Lucas stand neben Gwen und hob beschwichtigend die Hand. »Frieden. Es gibt vieles, was wir nicht wissen, und ich möchte wirklich einiges davon verstehen, ehe ich sterbe. Was bald der Fall sein wird, wenn ich keinen Ort finde, an dem ich mich ausruhen kann. Also, genug der Zankerei. Lasst die Jägerin vorgehen.«

Für einen Moment standen sie betreten da, bis Elsa einlenkte und nickte. Gwen bedeutete Lucas, vorzugehen. Statt ihm zu folgen, hielt sie Elsa an. »Ich bewundere Euren Eifer, edle Ritterin. Ich bewundere ihn wirklich, und Ihr solltet wissen, dass ich ebenso eifrig bin. Wir dienen verschiedenen Göttern, aber derselben Gottheit. Je eher Ihr das in den vernarbten Kopf bekommt, desto besser für uns alle.«

Elsa blickte sie nur finster an.

Gwen zuckte mit den Schultern und ging dann dem Frèr hinterher. »Die Wächter werden uns bald finden«, rief sie ihm zu. »Gewiss hat der Fluss sie über unsere Ankunft verständigt, falls das nicht schon Elsas Gezeter bewirkt hat. Wir können bestimmt eine Art Frieden aushandeln.«

»Das glaube ich nicht«, antwortete Lucas. Er war am Rand einer Lichtung stehen geblieben. Dahinter lag der Fuß des hohen, kahlen Hügels, den sie eben gesehen hatten. Elsa blieb neben dem Priester stehen.

Die Leichen der Wächter – Frauen, Männer und Kinder – ruhten friedlich um einen Steinkreis inmitten einer Senke. Sie hielten sich an den Händen, ihre Gesichter waren mit ritueller Tinte und Blut beschmiert, zu ihren Füßen lagen arkane Werkzeuge. Der Schamane des Zirkels lag in der Mitte des Kreises. Eine Kupferklinge steckte in seiner Brust, seine schlaffe Hand umfasste noch immer das Heft.

Sie waren alle tot, hatten ihr Leben in einem letzten Ritual gegeben, zur Stärkung der Zauber, die das Heiligtum beschützten. Die Wächter existierten nicht mehr, nur noch ihr Schutzbann.

Einundvierzigstes Kapitel

Schreie und der Lärm zerspringenden Steins erfüllten den Hof. Im Doma unterbrachen die Chorsänger nach und nach das Abendlied, bis es ganz verklang. Stimmen wurden laut, die Wachen auf den Mauern eilten auf ihre Posten, suchten vor der Burg nach Feinden. Ein Angriff im Hof konnte nur eines bedeuten.

Verrat.

Und doch gab es keinen Angriff. Keinen hinterhältigen Plan, mit dem die suhdrischen Herrscher die Burgwächter ablenken wollten, um einen Sturmangriff vorzubereiten. Niemand wusste von dem Gheist, der in diesem Moment den Thronsaal verwüstete. Weder die Suhdra noch die tenerranischen Heiden. Niemand.

Außer Großinquisitor Tomas Sacombre, der im Schatten des Wachturms kniete und dabei zugesehen hatte, wie sein Sprössling durch die Holztür des Thronsaals gebrochen war, angezogen vom verfluchten Schwert in Halverdts Händen. *Was für ein arroganter Kerl,* dachte Sacombre. *Und ein hervorragender Märtyrer.*

Auf dem Wachturm der Jägerin erscholl das Alarmhorn. Sie würden bald nach ihm suchen. Ihn darum bitten, sie zu retten. Sacombre erhob sich und schlich davon.

Die Beschwörung hatte ihn sehr viel Kraft gekostet. Er hatte sein eigenes Blut opfern und sich den Schnitt mit einer Naetherklinge zufügen müssen. Die Wunde hatte er mit Schatten geschlossen. Er war geschwächt. Falls ihn jetzt jemand herausforderte, ob Mensch oder Göttling, würde er sich kaum wehren können – doch er war auch nicht auf einen Kampf aus. Er wollte Wissen erlangen. Das Geheimnis des Fenntors rief in der Dunkelheit nach ihm, lockte ihn in die Tiefe. Er musste nur noch dem Ruf folgen.

Die Tinte auf seiner Brust und den Armen juckte und vibrierte vor Macht. Der korrumpierte Gott unter seiner Haut schmeckte den Glauben der alten Wege, der aus den Steinen der heidnischen Burg selbst zu dringen schien. Wieso glaubte Adair nur, dass seine Ketzerei unentdeckt bleiben könnte? Hatte zuvor niemand diese Verderbtheit gespürt?

Nein, niemand, und Sacombre wusste auch warum. Weil niemand die Tinte trug – die wahre Tinte, die Tinte der Heiden. Nicht die nostalgischen Schnörkel der untergegangenen Stämme, die barbarischen, machtlosen Runen, die vom Vater an den Sohn weitergegeben wurden und deren Bedeutung in Ritualen und Traditionen verblasst war. Wissen erforderte das richtige Mittel.

Der Großinquisitor hatte die Praktiken nur durch Zufall entdeckt. Die Geheimnisse standen in den ältesten Bänden der Inquisition, die verstaubt und unbeachtet im Schrein in Zinderfell lagerten. Es hatte eine Weile gedauert, die Riten zu beherrschen, und er hatte sie noch nicht zur Perfektion gebracht. Trotzdem begriff Sacombre allmählich, warum die Macht so verlockend war für jene, die den alten Wegen nachhingen. Allein seine Entschlossenheit, sich diese Macht anzueignen, dem wahren Gott von Tenebros zu dienen, hielt ihn aufrecht.

Sein Fuß trat ins Leere, er verlor das Gleichgewicht und wäre beinahe gestürzt. Kopfschüttelnd schaute er sich um. Er stand vor einer langen, in die Tiefe führenden Treppe. Sie sah völlig gewöhnlich aus und war in den gewundenen Gängen der Krypten unter der Burg verborgen. Sacombre fragte sich, wie er hierhergelangt war, an welchen Wachen und Dienern er vorbeigekommen war, um diese Stelle zu erreichen. Er blickte hinter sich. In den Korridoren, die er durchschritten hatte, lagen Tote. Jemand würde sie entdecken und nachsehen kommen.

Also sollte er besser Winters Werk verrichten.

Maeve spürte den Sog, während sie im Stall war. Sie und der Rest ihrer Familie hatten Zuflucht in der Burg gesucht, als die suhdrische Armee über den Hügel marschiert war, von dem aus man das Fenntor überblicken konnte. Sie kniete am Strohbett ihrer Tochter und sang die Gegenstimme zum unheimlichen Abendlied. Auf diese Weise wollte sie den alten Glauben im Verstand des Kindes verweben und festigen. Unvermittelt traf die erste falsche Note sie ins Herz.

Ihre Stimme versagte. Die kleine Ennie fuchtelte mit den winzigen dicken Fingern in der Luft herum und blickte ihre Mutter mit großen, glänzenden Augen an.

»Ja, Kind, die Jungen sind dem Allreich näher, was?«, flüsterte sie und strich dem Baby sanft über den weichen Kopf. »Es ist etwas in den Steinen, nicht? Jemand ist im Schrein.«

»Was sagst du?«, fragte Darrus. Ihr Mann stand am Stalltor, die Heugabel in der Hand. Der Gute hielt dort Wache, seit die suhdrischen Unterhändler in die Burg geritten waren. Seine Stellung unter den Stallknechten des Barons hatte ihnen diese Zuflucht ermöglicht, und er war entschlossen, sie zu verteidigen.

»Nichts, Liebster. Alles in Ordnung«, antwortete Maeve und stand auf.

»Ich dachte, du hättest was gesagt.«

»Ich hab nur mit unserer Tochter gesprochen, weißt du.« Sie ging zu dem kleinen Bündel mit Instrumenten im Heu, öffnete es und verbarg einige davon vorsichtig in den Ärmeln ihres Kleids. »Du solltest versuchen, ein wenig zu schlafen.«

»Nein, ich glaube …« Darrus verstummte und lauschte in die Nacht. »Da! Was ist das?«

Die ersten Schreie erschollen.

Darrus spannte sich an. »Wusst ich's doch. Ich wusste, dass es nichts bringt, sie reinzulassen. Südländische Bastarde.«

Maeve trat hinter ihn und küsste ihn auf den Nacken. Seine Muskeln entspannten sich.

»Schlafe, sagte ich«, wisperte sie und fing ihn auf, als er ihr in die Arme fiel. Mit eiserner Stärke und Willenskraft schleppte sie ihn in einen Stallkoben. Der Heuboden wäre ihr lieber gewesen, doch ihr fehlte die Zeit, und sie wollte keine Kraft vergeuden. Als Darrus versorgt war, nahm sie die kleine Ennie in die Arme und beruhigte auch sie. Ein Zauber und ein Gebet später sah der Stall leer aus. Selbst wenn er abbrannte, wären die beiden in den geschützten Blasen des Allreiches sicher, die Maeve heraufbeschworen hatte.

Da sie für ihre Familie nichts weiter tun konnte, zog sie sich die Kapuze ins Gesicht und eilte zur Burg.

Das Gheisthorn dröhnte durch die Nacht.

Im Schrein brannte kein Licht. Erleichtert stieß Maeve den Atem aus, als sie blutlos durch die Steine drang. Ihre Hand strich über den Altar – er war unbeschädigt. Was immer dort oben vor sich ging, es war noch nicht zum Herzen der Burg vorgedrungen.

Sie fand eine Kerze in einer Nische, nahm sie an sich und suchte nach einem Feuerstein. Feuerhexen hatten deutlich weniger Schwierigkeiten mit dem Entfachen von Kerzen, Maeve hingegen kannte ihre eigenen Tricks. Sie hielt den Feuerstein an den Docht, sandte einen Stoß durch das Allram und entlockte dem Stein einen Funken.

Im äußeren Lichtkreis der flackernden Kerze sah sie zwei schwarze schimmernde Augen. Die Schatten huschten vor und löschten die Kerzenflamme mit einem Zischen. Verwirrt ließ sie die Kerze fallen und hörte, wie sie dumpf auf den Steinen aufschlug. Der Feuerstein gesellte sich dazu, als sie die beiden Dolche aus den Ärmeln zog, zurückwich und sich an die Wand drückte.

»Begrüßt du alle Pilger so?«, fragte eine Stimme in der Finsternis.

»Du bist kein Pilger«, zischte sie.

»Ein Suchender vielleicht. Ein Schüler.« Stoff raschelte, und ein Hauch ungewohnt trockener Luft war zu spüren. Die

Stimme bewegte sich durch den Raum wie Blätter im Wind. »Ich bin neugierig wie du – allerdings bist du nicht die Person, die ich erwartet hatte.«

»Dann hast du keine Ahnung, wo du bist.« Maeve tastete sich an der Wand entlang. Etwas streifte ihre Füße und wuselte davon. Um sie herum war es stockfinster. Würde sie doch nur das Feuer beherrschen! Es nützte nichts – sie musste sich mit der Macht über den Stein begnügen.

»Ich glaube, ich weiß es«, sagte die Stimme. »Zumindest habe ich eine Vorstellung. Ich war in Hundsweih, weißt du. Ich erkenne einen dunklen Schrein, wenn ich ihn sehe.«

Wortlos glitt Maeve auf die Stimme zu und stach mit den Klingen zu. Die Luft teilte sich, die Schatten, dick wie schwere Vorhänge, zerrten an ihrem Kleid. Jemand schnaubte neben ihr, dann hörte sie lautes Lachen gleich hinter sich.

»Reden willst du nicht?« Ich hatte gehofft, das Rätsel ohne allzu großes Blutvergießen zu lösen, zumindest anfangs – aber wir können es gern auf deine Weise machen.«

Die Schatten um Maeve verdichteten sich wie aus Rauch geschaffene Seile und fesselten ihr die Arme. Ihre linke Hand zuckte zu ihrem Oberschenkel, die Klinge durchschnitt die Haut, und Blut quoll hervor. Nur den rechten Unterarm konnte sie noch bewegen. Sie versuchte, die seltsamen Fesseln zu durchschneiden, woraus auch immer sie bestanden. Etwas schlängelte sich um ihr Bein, um ihren Hals und drang in ihre Augen ein, bis sie das Gefühl hatte, ihre Adern würden platzen.

Sie lenkte Everam in den Dolch, den sie in der ungefesselten Hand hielt, sog die Macht des verborgenen Schreins und der nahenden Tagundnachtgleiche in sich auf und begab sich ans Werk. Doch was immer ihre Klinge durchtrennte, fügte sich binnen Sekunden wieder zusammen. Keuchend fiel Maeve zu Boden und wand sich wie ein gestrandeter Fisch.

»Das ist ein gefährlicher Dolch«, murmelte die Stimme. Der Fremde trat ihr die Waffe aus der Hand, beugte sich vor und entwand ihr auch die zweite Klinge. Die Berührung fühlte sich kalt an, als bestünden seine Hände aus Lehm. »Gut. Vielleicht können wir noch mal von vorn beginnen. Wo muss ich stehen und was muss ich sagen, um den Weg ins Allreich zu öffnen, Hexe?«

»Verpiss dich«, fauchte Maeve und versank im Steinboden, als wäre er aus Wasser.

Die Schattenseile blieben zurück, denn sie waren an den Naether gebunden. Im Boden hörte Maeve alle Geräusche nur gedämpft, doch ihre Sicht klärte sich. Sie erkannte den Mann, der sich, in blutrote Schatten gehüllt, über die Stelle beugte, wo sie eben noch gelegen hatte.

Eine Präsenz schwebte hinter ihm, ein Schemen, der ihn übergestreift hatte wie ein Puppenspieler. Der Schemen hatte einen länglichen Kopf und ineinander verflochtene Arme, reckte sich aus dem Rücken des Mannes und lugte ihm über die Schulter. Dieses andere Bewusstsein beobachtete Maeve im Boden. Es verzog das Gesicht zu einem zahnbewehrten Grinsen, sein Mund klaffte auf wie bei einer Leiche, die von der Henkersklinge in zwei Stücke gehauen worden war.

»Beim Tod der Götter«, fluchte Maeve.

Die Präsenz griff nach ihr.

Sacombre erklomm die Stufen so rasch er konnte. Die Schatten, die ihm aus dem Körper drangen, trugen einen Teil seines Körpers, blutrote Schlieren, die von seinem Geist zehrten.

Der Schrein war genau das, was er sich erhofft hatte, aber nutzlos für ihn. Er allein wusste von den ketzerischen Praktiken des Hauses Adair, von dessen generationenlangen Lügen und seiner Doppelzüngigkeit. Die Familie bewahrte ein Geheimnis, über das die heidnischen Stämme flüsterten, die seine Diener infiltriert hatten. Allaister hatte stets vermutet, dass es im Fenn selbst verborgen lag, doch Sacombre hatte nicht auf ihn gehört und geglaubt, dass etwas derart Kostbares in der Nähe der Burg gehütet werden müsse.

Allaister hatte recht behalten.

Der Großinquisitor erreichte die Ebene der Krypten und klopfte sich den Staub des lästerlichen Schreins von der Robe. Blutstropfen befleckten den Saum. Er musste seine Kleidung reinigen, bevor er die Riten im Doma abhielt; es war schon lange her, seit Sacombre sich dazu berufen gefühlt hatte, dieser Pflicht nachzukommen.

Seufzend ließ er den Blick über die Grabstätten der vielen Adair-Generationen schweifen. Die Steingesichter der Statuen wirkten unter der Schmutzschicht ausdruckslos.

Sacombre lächelte. »Keine Lügen mehr, meine Freunde. Ihr habt eure Sache gut gemacht, und ich verspreche, mit eurem kleinen Geheimnis mehr zu bewirken, als eure Götter sich hätten ausmalen können. Trotzdem …«

Er stockte, als er Schritte hörte, und blickte an der Spur aus Leichen vorbei, die er offenbar hinterlassen hatte. Dicht bei ihm lag eine Küchenmagd, deren zerschundenes Gesicht mit Zahnsplittern übersät war. Sacombre fürchtete die Toten nicht mehr, zumindest nicht auf dieser Seite des stillen Hauses, doch mitunter entsetzte ihn, in welchem Zustand die Leichen waren, die er hinterließ.

Gewalt hatte ihm nie gelegen.

Ein Mann trat aus den Schatten.

»Erzmarschall von Volent!«, begrüßte Sacombre ihn. »Der perfekte Mann für das, was heute Abend geschehen wird. Ich habe eine Aufgabe für Euch, guter Ritter. Bewältigt ihr sie, wird Euer Name im Munde aller Heiden sein, die sich dem Wort der celestischen Kirche zu widersetzen wagen!«

»Ich habe gesehen, wie Ihr ihm das Schwert gegeben habt«, murrte Volent.

»Das Schwert? Oh. Oh, ja, ein prächtiges Schwert. Von Zinder gesegnet und von Zwietracht geschmiedet, geheiligt und gestärkt für seinen Zweck. Wie närrisch wäre ein Gheist, der sich ihm …«

»Schweigt.« Volent schritt vor. Wie immer trug er volle Rüstung. In der blutenden Hand hielt er sein Schwert. »Was habt Ihr getan?«

»Getan? Ich habe getan, wozu ich gesalbt wurde. Das, was die Götter von mir verlangen. Was Zinder von mir verlangt.« Sacombre trat dicht an den Ritter heran. »Ihr seid mir so weit gefolgt, edler Volent. Was vergällt Euer Blut jetzt, kurz vor unserem Sieg, auf dem Gipfel unseres …«

»Ihr habt ihn ermordet.« Volent stieß den Großinquisitor mit einer Hand von sich, beiläufig, aber mit solcher Kraft, dass der Geistliche davonflog und zu Boden ging. »Gabriel von Halverdt hat mich gerettet. Er fand mich – einen wahnsinnigen, zitternden, blutdürstigen Bastard unter blutdürstigen Bastarden – und machte einen Mann aus mir.«

»Herzog Halverdt ist tot? Oh, Götter, welch Tragödie!« Sacombre erhob sich auf alle viere, scheuerte mit den Schienbeinen und Handflächen über den rauen Boden und zuckte vor Schmerz zusammen. »Wir müssen zu der Armee vor den Toren flüchten! Diese Heiden Zinders Gerechtigkeit zuführen! Götter, ich wusste doch, es war ein Fehler, mit ihnen einen Frieden auszuhandeln.«

»Eine Tragödie, ja«, stimmte Volent zu. »Eine, die Ihr herbeigeführt habt – und dieser Gheist? Meint Ihr nicht, das war ein wenig übertrieben?« Volent schritt vor, schwang das Schwert hin und her, als flehte die Klinge danach, zuzuschlagen. »In welchen schwarzen Brunnen seid Ihr getaucht, Inquisitor, dass Ihr heidnische Götter beschwören und kontrollieren könnt?«

»Hört zu, und zwar genau, Volent. Es steht Euch nicht zu, die Taten der Kirche zu hinterfragen. Ich lasse mich nicht von Euresgleichen der Hexerei bezichtigen.«

»Ihr seid auf den Knien.« Volent sprang vor, das Schwert zum Schlag bereit, einen Anflug von Zorn im toten Gesicht. Kurz bevor er den Großinquisitor erreichte, streckte dieser pfeilschnell die Arme aus.

Ein Schattenband schoss durch den staubigen Raum. Es knallte wie eine Peitsche, und Volent hielt inne. Die schwarzen Adern unter seiner Haut traten pulsierend hervor. Er stieß einen verwirrten Entsetzensschrei aus und konnte sich nicht mehr rühren. Klirrend fiel sein Schwert zu Boden.

»Also …« Sacombre stand auf und klopfte sich den Staub von Knien und Handflächen. Das dämonische Lied erklang wieder in seinem Kopf. Heidnische Energie blitzte durch die Luft und wand sich eng um Volent. Wie hatte die Hexe es genannt? Everam? Es war stets gut, den wahren Namen gewisser Dinge zu kennen. Er schlenderte zum Erzmarschall.

»Das reicht jetzt, Volent. Um Euren Gebieter tut es mir leid. Ich bedaure, dass er tot ist, aber ich musste ihm eine Lektion erteilen, und manchmal wird der Hund beim Tod seines Herrn wütend.« Er berührte mit dem Finger Volents blutende Hand, zeichnete ihm eine alte Rune auf die gelähmte Stirn und band sie an Naether und Fleisch. Allmählich fragte er sich, wo seine Grenzen lagen. Möglicherweise könnte er sich auch noch Zwietrachts leuchtende Energie zu eigen machen. Eines Tages, wenn alles vorüber wäre, würde er die Lichtfeste besuchen müssen. Einige der Mädchen von dort in seinen Orden aufnehmen.

Volent bewegte die Augen, die schwarz wie Tinte wurden. Sacombre grinste, dann drückte er dem Ritter die Handfläche ins Gesicht. Der Erzmarschall winselte auf, dann fiel er steif wie ein Brett rücklings zu Boden.

»Wenn ein Hund wütend wird, muss man ihn manchmal betäuben«, wisperte Sacombre. »Aber selbst wütende Hunde haben ihren Nutzen.«

Er stieg die Stufen empor und verschwand in der Nacht.

Zweiundvierzigstes Kapitel

HENRI ERWACHTE IN einem Grün so dunkel, dass es fast Schwarz war. Er lag flach da. Auf seiner Haut wimmelte und wühlte etwas: ein Belag aus winzigen Lebewesen, so klein, dass sie unsichtbar waren. Erinnerungen trieben ihm durch den Kopf – an Reisen, Entfernungen, gewonnene Schlachten und an Kameraden, die unter der Erde ruhten.

Das bin ich jetzt auch, dachte er. *Begraben.* Und doch sah er Licht und Blätter dicht vor sich. Er stand auf, kämpfte sich aus dem Unterholz. Die Zweige kratzten ihm über die Wangen.

Die Bäume waren näher, als er es in Erinnerung hatte. Eigentlich erinnerte er sich nicht einmal daran, dass Bäume da gewesen waren. Seine Schultern berührten Tannen- und Eichenzweige, Äste streiften ihm über den Körper, als er vortrat, und bogen sich knarrend zur Seite. Vor ihm lag ein Pfad.

Er folgte ihm und kreuzte einen Weg, dann noch einen. Die Pfade schlossen sich zusammen und zweigten ab, wurden breiter, bis es so viele waren, dass sie eine kleine Lichtung schufen. Er befand sich in einer Art Tal, in dem das beinahe teppichdichte Laub und die moosigen Äste den Himmel aussperrten. Trotzdem drang Licht, rein wie Gold, zur freien Fläche durch.

In der Mitte sah er einige Gestalten in Schatten und Licht getaucht. Vier Männer standen im Kreis und blickten einander an. Volent näherte sich ihnen. Sie wirkten vertraut.

»Wer seid ihr?«, fragte er leise. Die beiden, die ihm am nächsten waren, wandten sich kaum um, als hätten sie hinter sich lediglich ein Geräusch gehört. »Wer seid ihr?«, wiederholte er nachdrücklich.

Eine dumme Frage.

Sie waren er.

»Das geht jetzt schon zu lange so«, sagte die am weitesten entfernte Gestalt. Der Mann hielt sich aufrechter als die anderen, den Rücken durchgedrückt, die Hände in den Gürtel gehakt. Er trug ein Schwert an seiner Seite und die Hofkleidung eines Ritters: feinen Samt und Seide. »Wir sind lange genug unter ihrem Banner marschiert. Es ist an der Zeit, eigene Farben zu tragen.«

»Deine Loyalität spielt keine Rolle«, sagte der am nächsten Stehende. »Halverdt hat unserem Zweck gedient. Könnte Sacombre denn schlimmer sein?« Er stand gebeugt da, als wären seine Knochen zu schwer. Es bereitete ihm Mühe, den Kopf zu heben und geradeaus zu blicken. Seine Haut war weiß wie Schnee, dicke violett-schwarze Adern zeichneten sich darunter ab. Henri trat vor ihn, um ihm in die Augen zu sehen, doch sein Gegenüber hatte kein Gesicht. Nur eine Aushöhlung, die tiefer wirkte als der Schädel, durchzogen von Narbengewebe und Blut. Eine dämonische Stimme hallte daraus hervor. »Es ist dumm, auch nur darüber zu reden. Der Großinquisitor tötet uns gerade.«

»Er tötet *dich*«, antwortete einer der anderen. Er war kleiner als der Rest, eher Junge als Mann – ein großes Kind, gelenkig, und seine Haut war noch nicht von Arbeit oder Sorge geprägt. Eine Falte zerfurchte seine Stirn. »So, wie du Papa getötet hast.«

»Sei still«, befahl der Ritter. Du warst hier immer nur geduldet – und nie willkommen.«

»Lass Vater aus der Sache raus«, sagte der vierte Schatten. Er wollte anscheinend vorstürmen, doch etwas hielt ihn an Ort und Stelle fest. Er wandte den Blick von dem hohlgesichtigen Dämon ab, fuhr zusammen und sprang zurück. Sein Umriss schien aus Blut zu bestehen, die Haut war fleckig, die gelblichen Zähne spitz und faulig. Geronnenes Blut klebte ihm zwischen den Zähnen. Er hatte die Augen eines Wahnsinnigen. Seine Hände waren spröde und rissig. Jeder Finger mündete in eine Klinge aus

Stahl, die wie Knochen aus dem Gewebe ragten. Eiter troff aus den Wundrändern.

Von den vier seltsamen Gestalten bemerkte er Henris Anwesenheit als Erster und blickte ihn an. Er grinste irre. »Du gehörst hier nicht her.«

»Ich weiß nicht, warum ich hier bin«, sagte Henri. Er hob die Hände und wich vor dem Irren zurück. Eine Hand legte sich ihm auf die Schulter. Er drehte sich um und sah in das hohle Dämonengesicht. Eine weitere Stimme erklang, ging ihm durch Mark und Bein, flüsterte Worte, die nur er hören konnte.

Sie gehörte seiner Mutter. Sie schrie den Namen ihres Mannes, während der Gheist, der ihn gleich verschlingen würde, durch die Tür schwebte. Eine Erinnerung aus Henris Albträumen, die den Moment zeigte, bevor er in den Regen hinausgerannt war.

»Du hast sie ermordet!«, brüllte Henri den Dämon an, den Splitter des Gheists, der in sein Blut gedrungen war und sein Gesicht leblos gemacht hatte.

Er wirbelte in die Mitte der im Kreis stehenden Gestalten.

»Das geht jetzt schon zu lange so«, wiederholte der Ritter. »Wir müssen uns entscheiden.«

»Du bist nur hier, weil ich dich hergebracht habe. Du lebst nur, weil ich dich am Leben erhielt«, sagte der Dämon.

»Du? Du hast uns am Leben erhalten?«, spottete der Irre. »Wir haben dich die ganze Zeit mitgeschleppt, wie eine Last, die unser Herz beschwert. Ich habe dich getragen! Euch alle!«

»Bitte sei still«, flehte der Junge. »Ich mag es nicht, wenn ihr laut seid.«

Die anderen schienen ihn zu ignorieren, redeten jedoch im Flüsterton weiter.

»Wäre ich nicht gewesen, hätte der Herzog uns fallen lassen«, sagte der Dämon. »Und was dich betrifft …« Er wandte sich dem Irren zu. »Ohne mich würdest du gar nicht existieren.«

»Bei den Göttern, wäre das nur wahr, Dämon«, antwortete

der Ritter. »Aber *weil* er existiert, kannst du in uns leben.« Er schaute zum Kind, das schnell wegsah. »Eigentlich weiß ich nicht so recht, ob der Herzog oder der Großinquisitor sonderlich gut für uns waren.«

Der Irre stieß ein schroffes Lachen aus.

Die blutbesudelte Gestalt schüttelte den Kopf. »Sieh dich nur an. Trägst Seide und Silber und redest davon, die Kontrolle zu übernehmen. Meinst du, der Herzog hätte uns wegen *deiner* Fähigkeiten auf diese Position gebracht? Vater war Tischler. Aus uns wäre nichts Besseres geworden.«

»Du hast gut reden«, bellte der Ritter. »Du schleichst jede Nacht in den Wald, um Knochen zu brechen und Blut zu vergießen. Wir hätten im Gefängnis enden können ... oder ein schlimmeres Schicksal erleiden.«

»Oder wir wären frei gewesen«, warf der Irre ein. »Hätten auf der Straße gelebt, uns alles genommen, was wir begehrten, geschlafen, wo wir wollten – und wir hätten *gut* geschlafen, wette ich!« Anklagend zeigte er auf den Dämon. »Dann hätten wir nicht diese verdammten Gheist-Albträume.« Er drehte sich dem Ritter zu. »Aber das wäre für dich noch schlimmer, stimmt's? Du hattest nie ein Gefühl für Freiheit. Du wolltest Macht und Ärsche küssen.«

»Du hättest uns leben lassen wie einen Hund.«

»Wie einen Wolf – und Wölfe leben gut!«

»Genug«, zischte die Stimme des Dämons aus dem hohlen Kopf. »Ich habe euch beiden gegeben, was ihr wolltet, und mehr, als ihr euch hättet erhoffen können. Ihr werdet uns nicht auseinanderreißen.«

»Das ist das Werk des Großinquisitors«, wisperte der Wilde. »Was hat er dir angetan, Dämon? Warum hast du gehorcht, als er dich rief?«

Die blutige Gestalt trat langsam vor, die Finger dem hohlgesichtigen Dämon entgegengereckt. »Auf wessen Seite stehst du?«

»Priester, Priester, Priester!«, meckerte der Ritter. »Ich bin ihre

Machenschaften leid. Ich will nichts mehr mit ihnen zu tun haben.«

»Das ist nicht deine Entscheidung«, erwiderte der Dämon und deutete auf Henri. »Sondern seine Sache.«

»Wer ist das?«, fragte das Kind.

Der Junge bereitete Henri Unbehagen – sogar mehr als sein irres Ich oder der Dämon.

»Das ist eine ältere, erträglichere Version von dir«, erwiderte der Ritter. »Aber er darf die Entscheidung nicht fällen – dieses Recht steht mir zu.«

»Wieso solltest du eine Wahl haben?«, fragte der Dämon. »Du hast doch dein ganzes Leben nur Befehle befolgt.«

»So läuft es nun mal in der Welt«, entgegnete der Ritter stolz. »Ich habe mich ihr angepasst, und das war zu meinem Besten … zu *unserem* Besten.«

»Und was hat uns das gebracht?«, fragte der Dämon.

»Das hier«, antwortete der Irre. »Diesen Moment.« Er ließ die Fingerklingen klirren und grinste besessen.

»Welchen Moment?«, wollte Henri wissen, doch die Phantome ignorierten ihn. Nur das Kind starrte ihn mit leeren Augen an.

Wütend über die Missachtung, packte Henri den Irren und drehte ihn um. *»Wovon redet ihr?«*

»Das würde ich nicht tu…«, riet ihm der Dämon, doch es war zu spät.

Der Irre packte Henri am Hemd und riss ihm neben dem Stoff auch ein großes Stück Haut von der Brust. »Wir reden von einer einmaligen Gelegenheit«, heulte er. »Der Geistliche hat dich uns ausgeliefert, und jetzt können wir die Dinge so gestalten, wie sie sein sollten.« Er stieß Henri von sich, der in der Lichtungsmitte hinfiel. »Ich will *verdammt* sein, wenn ich zulasse, dass du mir das vermasselst.«

»Es könnte jeden von uns treffen«, sagte der Ritter. »Ich sollte derjenige sein.«

»Was meinst du?« Henri rappelte sich auf und wischte sich

den Dreck aus dem Gesicht. Er blickte auf seine Hand. Die spinnwebartigen Adern waren fort. Er sah auf.

Der Dämon grinste ihn an und nickte. »Ja. Solange du hier bist, bist du unversehrt.«

»Und völlig *leer*«, schnaubte der Irre. »Du wartest nur darauf, gerupft zu werden.«

»Das hier ist unsere Angelegenheit«, sagte der Ritter. »Geh und nimm das Kind mit.« Er winkte Henri fort. »Geht mit Steinen spielen oder so.«

»Mit Steinen«, pflichtete der Irre bei. »Seht zu, dass kein Blut ins Wasser kommt.«

Henri wollte protestieren, hielt jedoch inne. Schweigend stand er eine Weile da und blickte von Geist zu Geist. Sie lieferten ihm keine Antworten – vielleicht erwies sich ja das Kind als kooperativer.

Als hätte die kindgleiche Gestalt seine Gedanken gelesen, nahm sie ihn bei der Hand und führte ihn von der Lichtung.

Die anderen stritten sich weiter, bis sie außer Hörweite waren.

»Weißt du, was hier vorgeht?«, fragte Henri.

»Sie streiten sich oft«, sagte das Kind. »Vor allem der Rote ist streitlustig. Wir sollten uns lieber amüsieren.« Es ging leichtfüßig, schwenkte ausholend die Arme, fast als würde es tanzen. Unvermittelt erreichten sie einen Strom. Das Kind bückte sich, hob einen Stein vom Ufer auf und warf ihn sanft ins Wasser.

»Das meinte ich nicht.« Henri blickte sich um. »Weißt du, warum ich hier bin?« Der Wald schien näher zu sein als zuvor. Er schaute über den Fluss. Zwischen den wispernden Farnen war eine kleine Ansammlung brauner und grauer Banner zu sehen, jedes davon an einem dünnen Ast befestigt. Der Wind erfasste sie nicht. »Was immer das ist.«

»Wenn du das nicht weißt, werden sie es dir ganz sicher nicht sagen, verdammt noch mal«, erwiderte das Kind und fuhr zusammen. »Entschuldige den Fluch.«

»Entschuldigt«, antwortete Henri automatisch – der Junge

hatte die Worte gesagt, die ihm sein Vater unzählige Male gedankenlos an den Kopf geworfen hatte.

»Der Priester, von dem sie reden – wer ist das? Ich erinnere mich an etwas … Leichen und eine Grabkammer.«

»Mm-hm«, machte das Kind. »Dein Herr ist gestorben. Du bist von der Leine.«

»Der Großinquisitor«, sagte Henri, mehr zu sich selbst. »Er hat versucht, mich umzubringen.«

»Du wolltest ihn umbringen, und er brauchte einen Sündenbock für die vielen Toten. Daher hat er dich hergeschickt, damit du den Verstand verlierst.« Das Kind neigte den Kopf. »Damit du ihn *noch mehr* verlierst, glaube ich. Niemand würde sich wundern, wenn die Spur aus Leichen dein Werk wäre.«

»Ich werde es leugnen.«

»Nicht, solange du hier drin bist.«

»Wie komme ich dann hier raus?«

»Vielleicht gar nicht. Vielleicht trifft einer der anderen die Entscheidung.« Das Kind nahm einen Stein aus dem Strom in beide Hände. Er lief spitz zu wie eine Träne. »Vielleicht wählen sie mich aus.«

»Ich begreife nicht.« Die Worte des Jungen beunruhigten ihn sehr, auch wenn er nicht sagen konnte, warum.

»Mich hat es nie gestört, etwas nicht zu verstehen«, sagte der Kleine. »Kannst du mir mit dem Stein hier helfen?«

»Hör zu.« Henri ging neben ihm in die Knie. »Verrätst du mir etwas?«

Das Kind verharrte mit dem schweren Stein in Händen und blickte ihn mit zusammengekniffenen Augen an. »Wenn ich die Antwort weiß und sie nicht unanständig ist.«

»Was weißt du noch von Vater?«

Der Junge zögerte und tauchte den Stein in den Fluss. Wasser schwappte ihm um die Finger. Schließlich zuckte er die Schultern. »Er war groß. Größer als ich und zwei von denen da hinten. Sogar größer als Herr von Hohlgesicht, und stark.«

»Das ist alles?«

»Er roch nach Holz, nach Holzspänen aus seiner Werkstatt. Er hat hübsche Sachen gemacht – Spielzeug, Stühle und … meistens Spielzeug. Jedenfalls erinnere ich mich am besten an die Spielsachen.« Er zog die Hände aus dem Wasser und schüttelte sie. »Ich wünschte, ich hätte jetzt welche davon.«

»Damit sie dich an ihn erinnern?«

»Weil ich damit spielen möchte. Mir ist langweilig.« Der Junge blickte auf und sah zum Wald. »Es gibt hier keine Eichhörnchen mehr.«

»Spielzeuge …«, sagte Henri. Ein Grinsen umspielte seine Lippen. »Nicht einmal daran kann ich mich entsinnen. Nur an sein Gesicht, seinen Namen und daran, wie es klang, als er starb.« Sein Grinsen verblasste. »Die Träume haben mir den Rest genommen.« Er schwieg kurz.

Das Kind sah ihn mit funkelnden, wütenden Augen an.

»Und Mutter? Was weißt du noch von ihr?«

»Ich habe sie nicht getötet.« Dem Jungen traten Tränen in die Augen. »Hab ich nicht. Das war der Dämon. Ich dachte, wir wären ihm entkommen, aber er ist uns gefolgt. Ich rannte und rannte, aber er steckt in unserer Haut. Weißt du, wie das ist, mit diesem Ding zu leben? Hast du eine Ahnung?«

»Ganz ruhig«, sagte Henri, doch das Kind winkte ab. Es war nicht leicht, sich selbst in diesem Zustand zu sehen. »Ist schon gut.« Henri wusste nicht, was er tun sollte.

»Nein«, wimmerte der Junge. »Es ist nicht gut. War es nie.« Er drehte sich um.

Der Stein traf Henri hinterm Ohr – der schwache Schlag eines Kindes, der trotzdem überraschend kam. Er glitt aus und fiel rücklings in den Strom. Kaltes Wasser spritzte auf.

Das Kind erhob sich und hielt wieder den schweren Stein in Händen. Blut glänzte darauf.

»Wenn der Herr wütend wird«, wisperte das Kind, »muss er manchmal den Hund betäuben.«

»Was?«, fragte Henri.

»Du hättest mich nicht hierlassen dürfen«, schrie das Kind. »Du hättest mich nicht bei ihnen lassen dürfen!«

Erneut glitt Henri auf dem glitschigen Flussbett aus, während er vor dem mordlustigen Jungen zurückwich. Brüllend und mit hoch erhobenem Stein ging der Kleine auf ihn los. Henri wandte sich ab, und der Stein prallte von seinem Rücken ab. Das Kind rammte ihn, schlug mit den winzigen Armen auf ihn ein und grub ihm schließlich die Zähne in den Nacken. Henri schmeckte das Blut und die Angst.

Er stieß den Kleinen von sich. Sein jüngeres Ich fiel in den Strom und tauchte gurgelnd unter. Henri drückte ihn tiefer unter Wasser. Kinderhände zerkratzten ihm die Handgelenke, Blut quoll hervor. Während des kurzen Kampfes trug der Fluss Henris letzte Erinnerung an seinen Vater davon.

Seht zu, dass kein Blut ins Wasser kommt.

Henri rappelte sich auf und kehrte zur Lichtung zurück.

»Verpiss dich«, forderte der Irre.

»Halt's Maul«, bellte Henri.

»Oh, ihm ist ein Rückgrat gewachsen«, spottete der Ritter. »Zu dumm, dass er nicht einmal auf ein Kind aufpassen kann.«

»Ihr auch nicht«, entgegnete Henri. »Mir reicht's jetzt mit euren Anschuldigungen und Mutmaßungen.« Er zückte das Schwert, das er einen Moment zuvor noch nicht am Gürtel gehabt hatte. »Vielleicht hat der Herzog uns geprägt und die Kirche uns gelenkt, aber es ist an der Zeit, dass ich meinen eigenen Weg gehe.«

»Ja, genau!«, sagte der Ritter. »Das ist sehr vernünftig! Du musst nichts weiter tun, als …«

Henri sprang vor und trieb ihm durch Samt und Seide die Klinge in den Körper. Der Ritter wankte, spuckte Blut und starb.

»Ho, ho!«, jubelte der Irre. »Damit hat er wohl nicht gerechnet!«

»Ich habe es satt, mich nach den Ansichten anderer zu richten«, sagte Henri. »Keine Befehle mehr und auch kein Wahnsinn!« Er fuhr herum und schlitzte dem Irren den roten Hals auf wie eine Geldbörse und schickte ihn zu Boden. Dann wandte er sich dem Dämon zu.

Langsam wich die hohlgesichtige Gestalt vor ihm zurück und hob die Hände. »Pass auf, was du hier tust, Henri«, schallte seine Stimme durch die Luft. »Es ist nicht nötig …«

»*Du* warst das, oder? *Du* hast meine Eltern umgebracht!«

»Ich weiß nicht …«

»Ich dachte all das – mein Gesicht, meine Haut … die Albträume … all das wäre eine Narbe auf meiner Seele, eine Wunde, die mit der Zeit heilen würde. Aber das stimmt nicht, oder?« Henri bleckte die Zähne. »Das ist alles deine Schuld!«

»Du warst fruchtbarer Boden«, erwiderte der Dämon. »Darauf konnte ich wachsen.«

»All die Jahre habe ich den Gheist gejagt, die Heiden gefürchtet«, fauchte Henri. »Du warst von Anfang an in mir!« Er schritt vor.

Der Dämon wich weiter zurück. »Sohn, warte!« Er veränderte sich, der Hohlraum in seinem Kopf wölbte sich vor, Augen, Nase und Mund bildeten sich aus, bis schließlich ein Gesicht entstand. Die Züge wirkten wie eine matte Erinnerung.

Vater.

»Ich bin der Gott der Erinnerung, Henri Volent. Ich bewahre die Vergangenheit und das Verlorene.« Der Dämon trat vor und streckte die Hand aus. »Ich bewahre auch deinen Vater und deine Mutter.«

»Die Toten sind fort«, grollte Henri. »Lass sie ruhen.«

»Sie sind niemals fort. Nicht, solange du …«

»Nein«, entgegnete Henri. Mit der Schwertspitze berührte er das Gesicht seines Vaters. Das Bild von Jacque Volent löste sich auf wie Rauch. Henri stieß das Schwert in den hohlen Kopf des Dämons. Tausend Stimmen schrien auf, zuletzt die seiner Mutter, doch dann herrschte Schweigen und Dunkelheit, und Henri fühlte sich, als läge ein großes Gewicht auf ihm.

Er erwachte in der Krypta des Eisenstammes.

Etwas brannte. Dicker schwarzer Rauch stieg die Treppe hoch. Sacombre war über diese Stufen geflohen.

Henri erhob sich. Er spürte Tränen auf den Wangen.

Er fragte sich, warum ihm das seltsam vorkam.

Dreiundvierzigstes Kapitel

Ian kniete auf einem einsamen Hügel auf dem blanken Stein. Er sang leise das Abendlied, verabschiedete die Sonne und trug die Mondriten vor. Er verband die Wunde in seinem Herzen. Als er fertig war, schwieg er eine Weile. Die Knie taten ihm weh, doch er wollte nicht aufstehen.

Der Abend brach an, und zögerlich blickte Ian den Hügel hinab. Früher hätte es ihn beunruhigt, die tiefen Wälder Teners zu durchstreifen, erst recht so kurz vor der Tagundnachtgleiche. In seiner Jugend hatte er sich oft vor dem Gheist gefürchtet. So nah bei Fianna und ihrem Zirkel hingegen, nach einem Monat in Gesellschaft der Krieger der alten Götter, fürchtete er sich nicht mehr.

Er hatte wieder damit angefangen, das Abendlied zu singen. Er verspürte das Bedürfnis, einen Schutzwall zwischen sich und diesen Heiden zu errichten. Er brauchte Raum, eine heilige Distanz und Zeit, um die alten Götter wieder zu fühlen. Zeit, in der er Zinders Gerechtigkeit und Zwietrachts Liebe spürte.

Es kam ihm seltsam vor, dass er die leuchtende Herrin und den grauen Herrn als »alte Götter« betrachtete. Er hatte befürchtet, sich nicht mehr an den Ablauf des Abendlieds erinnern zu können. Anfangs war er unsicher gewesen, doch jeden Abend hatte das Lied besser geklappt, auch wenn er bis jetzt nicht genau wusste, ob er es richtig sang. Möglicherweise machte er sich unwissentlich der Ketzerei schuldig.

Er hoffte, die Götter würden es verstehen – oder nicht bemerken.

Auf halber Strecke den Hügel hinab fiel ihm auf, dass er nicht mehr allein war. Cahl lief zu seiner Linken. Der Schamane ging leise zwischen den Bäumen hindurch und ignorierte ihn geflissentlich. Ian verlangsamte seine Schritte und blieb dann stehen.

Cahl bog auf den Pfad vor ihm ein und wandte sich dem jungen Tenerraner zu. »Du lernst, dich im Wald zu bewegen, Ian Hundsmann«, sagte er. »Vor nicht allzu langer Zeit wärst du noch wie eine Lawine durch die Dunkelheit gestolpert.«

»Inzwischen habe ich genug Übung.«

»Nicht nur das.« Cahl trat näher und musterte Ian von Kopf bis Fuß. »Du verwebst die Nacht mit deinen Knochen. Das Schweigen der Träume verbirgt dich.«

»Ich glaube, ich habe es einfach leid, ständig auf die Nase zu fallen. Ich habe angefangen, meine Schritte mit Bedacht zu setzen.«

»Du hast gelernt *zu sehen*, wie du deine Schritte setzen musst«, korrigierte der Schamane ihn. »Das ist ein feiner Unterschied.«

»Bist du hier, um mir wegen meiner Gebete Vorwürfe zu machen?«

»Deine Gebete können die Gheister nicht aus deinem Blut fernhalten. Sie verhelfen dir an diesem Ort zu keinem Segen.«

»Falls du mir Angst einjagen willst: Das wird dir nicht gelingen, und du kannst mich auch nicht ändern.«

Cahl schwieg. Der große Schamane stand nur da und sog langsam den Atem ein, als schmecke er die Luft und die Erde. Ian spürte den feinen Schleier aus sphärischer Energie, die Cahl umgab und ihn mit den Bäumen, dem Himmel und den Steinen einte.

»Nein, du bist nicht die Art von Mann, der man Angst einjagen kann«, sagte Cahl schließlich. »Auch nicht die Art von Mann, die man an die Leine legen – oder führen – kann.«

»Fianna führt dich an.«

Zum ersten Mal lächelte Cahl in Ians Gegenwart. Ein strahlendes, ganz und gar nicht bedrohliches Lächeln. »Ich weiß nicht, was sie mit dir vorhat, aber Unwissenheit gehört dazu. Viele meiner Brüder hätten dich sterben lassen. Noch viel mehr würden dich zur Strecke bringen, ohne zu zögern. Aber Fianna bewegt etwas in dir. Das spürst du gewiss.«

»Nein. Ich ändere mich überhaupt nicht. Ich gehöre zu den Celesten. Ich bin der Erbe von Hundsweih, Herzbrück zur Treue verpflichtet. Nichts, was hier geschieht, kann das ändern.«

»Wenn du es sagst. Ich habe deinem Abendlied gelauscht und kenne die Worte, Ian Hundsmann. Sie sind älter als deine Kirche.« Der Schamane trat näher, sein kantiges Gesicht war dicht vor Ians Nase. »Ich kann dich vielleicht nicht ändern, aber das heißt noch lange nicht, dass die Götter es nicht schaffen.«

Ian lag eine Antwort auf der Zunge, doch Cahl wandte sich schnaubend ab. Er lief den Hügel hinab, sein breiter Rücken verschwand zwischen den Bäumen, lange bevor seine Schritte verklangen.

»Was für ein Schwachsinn«, zischte Ian, der vor Frustration zitterte. »Götter, was stimmt nur nicht mit diesen Leuten? Wir sollten kämpfen. Wir sollten am Fenntor sein, verdammt noch mal!«

Zornig verließ er den Pfad. Er ging um den Hügel herum, wobei er das Lager der Heiden und ihre Wachen im Wald mied.

Gerüchte waren zu ihnen vorgedrungen – angeblich hatte man suhdrische Späher gefangen, die so dumm gewesen waren, sich zu weit von den Straßen zu entfernen. Die Gefangenen berichteten von der Größe der feindlichen Streitmacht und behaupteten, die tenerranische Armee sei dezimiert worden. Das wirkte unglaublich, doch Ian hatte so viele Leichen und Trümmer gesehen, so viele Nachschubwagen überfallen, dass er wusste, die Nachricht barg einen Funken Wahrheit.

Deine Gebete können die Geister nicht aus deinem Blut fernhalten. Fianna hatte ihm etwas Ähnliches gesagt, und jetzt schlug Cahl in dieselbe Kerbe. Den heidnischen Künsten ausgesetzt zu sein, machte einen nicht automatisch selbst zum Heiden. Im Gegenteil, Ian fühlte sich mehr in seinem Glauben bestärkt als je zuvor.

Frustriert lief er weiter. Er wäre gern an der Seite seines Vaters gewesen. Er wollte das Ehrversprechen einlösen, das er gegenüber Martin von Roard und der ganzen verdammten suhdrischen Armee abgeleistet hatte. Sie hatten ihm den Stolz geraubt, und er würde ihn sich mit Schwert und Eisen zurückholen. Doch solange er Fianna nicht dazu bewegen konnte, nach Norden zu ziehen, würden sie am Rand der Front Pennys sammeln, obwohl sie eigentlich ein Vermögen plündern sollten.

Er erreichte einen Bach, dessen Wasser fröhlich in der Nacht dahinplätscherte. Ian beobachtete die Strömung und versuchte zu ergründen, was er tun sollte. Was seine Pflicht war. Was die Götter von ihm erwarteten.

So in Gedanken versunken, hörte er die Bestie nicht. Etwas raste durch den Wald, glitt zwischen Bäumen hindurch. Ehe er sich's versah, bebte die Erde lautlos. Die Dämmerung rückte näher, und seine Angst vor der Nacht der Heiden kehrte so schlagartig zurück, wie eine Armbrust den Bolzen verschoss.

Nebel kroch aus dem Wald, graue Schwaden wanden sich zwischen Ians Beinen hindurch. Er zog das Schwert.

Ein Gott hielt vor ihm an.

Es war ein Hund, groß wie ein Pferd, nein, größer. Sein schmutziges Fell war voller Zweige und Blätter, Ranken schienen ihm durch den Körper zu wachsen. Der Hund war schwarz wie die Nacht, und sein struppiges Maul stand auf, ließ sternenweiße Zähne erkennen, jeder einzelne so groß wie das Messer eines Gärtners. Ian konnte den Blick nicht von den Augen lösen, die ihn fixierten. Sie hatten die Farbe von Rauch, der von einem Feuer mit nassem Holz stammte. Strähnen aus Dunkelheit rannen der Kreatur über die Wangen wie Tränen aus Nebel.

Ian verlagerte das Gewicht auf eine Ferse, hielt das Schwert auf Brusthöhe vor sich und wartete auf den Angriff. Auf den Tod.

Der Hund trottete näher, und Ian ließ sein schreckliches Gesicht keine Sekunde aus den Augen. Kalter Nebel umwirbelte seine Beine, der Bach hörte auf zu plätschern, als hätte der Gheist das Wasser zu Eis gefroren.

Der Hund strich dicht an ihm vorbei, hätte mit seiner großen Schulter beinahe Ians Arm berührt. Er roch nach frisch gepflügter Erde und alten modrigen Blättern, die seit vielen Jahreszeiten am Waldboden verrotteten.

Dann war er fort. Die Nacht kehrte zurück, die Insekten erfüllten die Luft mit ihrem Lied, der Bach erwachte wieder zum Leben. Der Wald schien dem Gheist aus dem Weg zu gehen, einen Pfad zwischen den Bäumen zu bilden. Ian wankte einen Hügel hinauf, der nur mit glattem Gras bewachsen zu sein schien. Während er zum Kamm aufstieg, schloss sich der Pfad hinter ihm, die Bäume knarrten, als sie an ihre natürliche Stelle zurückkehrten, die Erde regte sich ächzend unter seinen Füßen.

In der Ferne ragten die Zwillingstürme des Fenntors aus dem Wald. Dabei konnten sie keinesfalls so nahe sein. Vor Ians Augen erzitterte der Horizont und wurde wieder normal.

Fianna trat aus dem Nichts neben ihn, lautlos und ohne Vorwarnung.

Sie seufzte. »Das ist ein Zeichen, dem ich folgen werde. Dieses Zeichen überzeugt mich.«

»Mich auch«, erwiderte Ian. »Gütige Götter, mich auch.«

Vierundvierzigstes Kapitel

Zu keiner Regung fähig, stand Gwen am Rand der Lichtung und betrachtete die Toten. Der Anblick der Leichen mit den sanften Gesichtern und der kalten Haut machte sie fassungslos. Die Wächter durften nicht tot sein! Gwen konnte unmöglich die Einzige sein, die das Heiligtum bewachte! Die Götter würden sie doch nicht so im Stich lassen!

Elsa riss sie aus den Gedanken.

Die Leichen lagen noch immer da.

»Sind das die Hexen, die dem Frèr das Leben retten sollten?«, fragte die Schwurritterin.

»Ja.«

»Tja, dann ...«, Elsa drehte sich langsam im Kreis, »... brauchen wir ... eine andere Lösung.«

»Ich kann ... ich habe eine Idee.« Gwen blickte die wartenden Priester an. Lucas sah kaum besser aus als die Toten zu ihren Füßen. »Hier entlang.«

Sie führte die beiden an den Leichen vorbei zum Fuße des heiligen Hügels, zu einem der zwölf Steinkreise, die das Heiligtum umgaben. Elsa musste den Frèr stützen. Als er sich inmitten des Steinkreises hinlegte, wirkte er, als würde er nie wieder aufstehen können.

»Haben wir es rechtzeitig geschafft, Jägerin?« Elsa deckte den Priester zu. »Ich will ihn nicht hier bestatten.« Ihre Worte bargen eine kaum verhohlene Drohung.

»Der Boden würde ihn ohnehin zurückweisen«, erwiderte Gwen, die Reisig für ein Feuer sammelte. »Noch wissen wir nicht, ob wir rechtzeitig hier eingetroffen sind – das sehen wir mit der Zeit.«

»Sorgt Euch nicht«, sagte Lucas leise. »Ich spüre die Macht dieses Ortes. Ich werde noch viele Tage erleben, werte LaFey. Viele Tage.«

»Kommt.« Gwen tippte Elsa auf die Schulter. »Hier gibt es nichts zu sehen, und wir haben einiges zu erledigen.«

»Wir lassen ihn einfach hier?« Die Schwurritterin rührte sich nicht vom Fleck. »Das kann nicht Euer Ernst sein.«

»Das hier ist ein Ley-Kreis. Hier konzentriert sich die Macht des Lebens.« Die Jägerin runzelte die Stirn. »Es gibt auch Riten und Salben, aber damit kenne ich mich nicht aus. Die Magie dieses Ortes könnte ihn heilen. Oder ihm schaden – aber er kann das Heiligtum nur so erreichen.«

Elsa sah sie an und blickte dann zu den Toten.

»Habt Vertrauen«, sagte Gwen. Sie stockte leicht. »Falsch formuliert. Vertraut einfach *mir* – wir können nicht mehr für ihn tun. Uns steht kein Blutwirker zur Verfügung, und es wäre besser, wenn die Wächter noch leben und ihm helfen könnten. Aber da er Priester ist und einen starken Glauben im Herzen trägt …«

Sie wandte sich ab und ging zu den am Boden liegenden Toten. Elsa folgte ihr, und gemeinsam bedeckten sie die leblosen Körper mit Steinen, während Frèr Lucas sich ins Leben zurückschlief.

»Und was jetzt?«, fragte die Ritterin im Anschluss. »Wir vergeuden Zeit, die der Frèr nicht hat, und Allaister ist noch hinter uns her. Wir können uns hier nicht ewig verstecken.«

»Nein.« Gwen platzierte den letzten Stein auf dem letzten Haufen und zupfte sich den Umhang zurecht. »Ich hatte auf den Rat der Wächter gehofft.«

»Darauf brauchen wir jetzt nicht mehr zu hoffen, nicht einmal Lucas könnte sie im stillen Haus besuchen.«

»Das würde er ohnehin nicht schaffen – nicht hier, selbst, wenn es ihm gestattet wäre«, erwiderte Gwen. »Nein, wir sind auf uns gestellt.«

»Kann Allaister die Schutzzauber durchdringen?« Elsa sah sich um, als rechnete sie jeden Moment damit, dass Feinde aus den immer dunkler werdenden Schatten stürmten. »Die Wächter können die Zauber nicht mehr erneuern …«

»Ich weiß es nicht«, gestand Gwen ein. »Diese Leute müssen gestorben sein bei dem Versuch, einen Schutzschirm um das Heiligtum zu errichten. Die Hexe, die mich neulich in der Nacht aufgesucht hat, meinte, dass der Gheist die Zauber schwächen würde. Dass schon viele umgekommen seien. Es könnten andere Hexen hierher unterwegs sein. Sie verständigen sich … durch die Bäume miteinander.« Frustriert stöhnte Gwen auf. »Ich weiß es einfach nicht.«

»Dann kann ich bei Eurem Gerichtsprozess wenigstens eins sagen«, antwortete Elsa barsch.

»Und was?«

»Dass Ihr Euch nicht besonders gut in heidnischen Dingen auskennt. Möglicherweise gereicht Euch Eure Unwissenheit zum Vorteil.« Die Schwurritterin nahm ihr Bündel auf und ging auf den Hügel zu. »Kommt. Ich will nicht zwischen den Toten schlafen.«

»Ich bezweifle ohnehin, dass sie an Eurer Gesellschaft Freude hätten«, murmelte Gwen. Sie sammelte ihr Gepäck auf und folgte ihr. Nebel stieg im Heiligtum auf, bildete seltsame, gespenstische Formen.

Als die ersten Sterne am Himmel funkelten, ertönte eine Stimme. Das so vertraute Abendlied klang fremdartig an diesem wilden Ort der alten Götter. Keine Gheister tauchten in der Dunkelheit auf, und Gwen wertete das als gutes Zeichen. Sie eilte mit Elsa zum Frèr und blieb stocksteif stehen. Der Schwurritterin war der Schock deutlich ins Gesicht geschrieben.

Lucas hatte sich aufgesetzt, seine Augen funkelten im Licht des Feuers – zum ersten Mal, seit der Dämon ihn verwundet hatte. »Ich dachte schon, das Allreich hätte Euch verschluckt.« Seine Stimme klang ganz heiser. Er hielt eine Handvoll Wildblumen, die gerade erst am Rand des Steinkreises erblüht waren und aus denen Blut zu tropfen schien. »Das sind faszinierende Gewächse. Wie heißen sie?«

»Sie sind Euer Tod«, sagte Gwen. »Sie haben Euch den Tod ausgesaugt und Euch neues Leben geschenkt. Ich … empfehle Euch nicht, sie zu verarbeiten.«

»Ah.« Lucas ließ die Blumen fallen und lächelte. »Ich bin froh, dass Ihr bei uns seid, Jägerin.«

»Wir haben über die Schutzzauber gesprochen«, sagte Elsa. »Ihr wisst bestimmt etwas über die Tricks, mit denen sich die Heiden verbergen. Jetzt, wo die Wächter tot sind, können Allaisters Jäger uns dann wieder aufspüren oder sind wir sicher?«

»Es freut mich auch, Euch wohlauf zu sehen, werte LaFey.« Lucas bedachte sie mit einem verschmitzten Blick. »Danke der Nachfrage, ich fühle mich recht gut. Es ist ein Wunder, dass ich noch lebe.«

»Ich bemitleide Euch später, alter Mann«, entgegnete die Schwurritterin. »Eure Gesundheit nützt uns nichts, falls Allaister es bis hierher schafft.«

Lucas stand auf, klopfte sich die Blutpollen von den Händen und reckte sich. Er sog tief die von Allram geschwängerte Luft ein. Es war erstaunlich, wie gut er sich erholt hatte. Er war erst kurze Zeit im Heiligtum und sah schon um Jahre jünger aus. Gwen fragte sich, wie alt die Wächter gewesen sein mochten und welche Vorteile ihnen dieser Ort gewährt hatte.

»Früher oder später findet er her«, sagte der Frèr. »Ich jedenfalls fände den Weg, und ich weiß nicht genau, ob er mir überlegen ist. Diese Wächter sollten etwas verbergen, nicht schützen. Hätte man sie entdeckt, wären sie verletzlich gewesen. Ohne die Führung der Baroness Adair wird Allaister Zeit brauchen, um den Weg zu finden, aber er kann es schaffen.« Lucas nickte und blickte sich um. »Wächter wie diese müssen ständig ausgetauscht werden. Ich bin schockiert, dass nur so wenige von ihnen hier sind, wenn man bedenkt, wie wichtig diese Stätte ist.«

»Es waren mal mehr«, sagte Gwen. »Der Gheist hat ihre Zahl beträchtlich dezimiert.« Sie schüttelte den Kopf. »Das hoffe ich zumindest.«

»Ihr hofft es?«, fragte Elsa. »Welchen Nutzen haben wir von ihrem Tod?«

Gwen zuckte die Achseln. »Die alten Götter sind launisch. Wir verstehen sie nicht so gut wie früher. Manchmal … gibt es Tote.«

»Ihr meint, sie sind verrückter als früher, Jägerin«, sagte Lucas. »Ihr könnt mir erzählen, was Ihr wollt. Die vielen Jahre der Vernachlässigung haben Euren alten Göttern geschadet.«

»Und wessen Schuld ist das?«, bellte Gwen.

»Schuld spielt keine Rolle. Ihr habt uns hergeführt, Baroness, weil Ihr hofftet, wir könnten Euch helfen. Ihr hättet uns bei Volent zurücklassen können – oder in den Wäldern zwischen uns und ihm. Ihr hättet die Schutzzauber durchdringen und verschwinden können – aber das habt Ihr nicht getan, und deshalb sind wir jetzt hier in Eurem Heiligtum und sprechen Gebete für die Toten Eures Glaubens.«

»Das war eigentlich nicht mein Plan«, murrte Gwen.

»Auch die Wächter hatten andere Pläne, kann ich mir vorstellen«, sagte Lucas. »Bleibt trotzdem noch die Frage – was erwartet Ihr von uns? Wie können wir Euch helfen?«

»Und wieso *glaubt* Ihr, dass wir das tun?«, betonte Elsa.

Gwen ignorierte sie einfach und blickte zum Himmel empor. »Ich glaube nicht, dass das noch wichtig ist«, sagte sie schließlich. »Ohne die Wächter können wir nicht verhindern, dass die Inquisition diesen Ort findet.«

Lucas grinste. »Das ist schon geschehen. Oder habt Ihr vergessen, welchen Schwur ich abgelegt habe? Ich bin nach wie vor ein Diener Zinders.«

»Warum seid Ihr hier?«, fragte Gwen. »Weshalb wollt Ihr uns dabei helfen, die Stätte zu verbergen?«

»Das habe ich nicht vor. Die Zeit des Versteckens ist vorbei –

wohl oder übel. Sacombre weiß, was sich in diesen Wäldern verbirgt, und er wird nicht ruhen, bis er es findet.«

»Ich kann nicht zulassen, dass er es zerstört«, sagte Gwen steif. »Nicht, solange ich lebe.«

»Es zerstört?« Lucas kicherte freudlos. »Nein. Ich glaube, der Großinquisitor will den Gott unter seine Kontrolle bringen. Deshalb hat er diesen Krieg provoziert und heimlich Volent und Allaister ausgeschickt. Wenn er einen Kreuzzug gegen Haus Adair führen wollte, hätte er sich gewiss Suhdras Unterstützung geholt, und auch die von fast ganz Tener. Immerhin sind die Herren des Nordens eifrig darum bemüht, fromm zu wirken.«

»Ich würde die Stätte zerstören«, sagte Elsa.

Lucas winkte ab. »Was die Zukunft bringt, hat Zeit. Unsere Hauptsorge ist jetzt…«

»Nein«, unterbrach ihn Gwen. »Was die Zukunft bringt, ist wichtig – zumindest für mich. Ich habe nicht vergessen, wer Ihr seid.« Sie blickte die Schwurritterin an. »Und auch nicht, was Ihr mit Heiden macht, die Ihr aufspürt. Diese Menschen da waren so freundlich zu sterben, bevor Ihr eintraft. Ich bezweifle, dass sie nach Eurer Ankunft ein anderes Schicksal erwartet hätte. Schließlich ist Zinder der Gott der Richter.«

»Aber nicht der Henker«, entgegnete Lucas. »Ihr müsst uns ein wenig mehr vertrauen, Gwen, wenn wir Euch helfen sollen.«

»Ich habe Euch hergebracht. Ist das nicht Vertrauen genug?«

»Nicht mal ansatzweise.« Lucas wandte sich ihr zu. »Ich verstehe etwas von heidnischen Überlieferungen, Jägerin. Ich weiß, was dieser Ort sein soll und was er schützt, aber ich bin nicht in heidnischer Tradition aufgewachsen. Heiden kennen sich bestens mit den alten Ritualen aus, und, wie Ihr gesehen habt, schöpfen sie Macht aus dem Allreich. Doch derlei Fähigkeiten sind für sie nur Werkzeuge. Sie wissen nichts über die geheimeren Künste.«

»Was hat das mit mir zu tun?«, fragte Gwen.

»Ihr seid in heidnischer Tradition aufgewachsen. Hinter einer

Fassade celestischen Glaubens hat man Euch gemäß der alten Wege erzogen. Allaister will herkommen und den Gott dieser Stätte versklaven, aber dazu fehlen ihm die Mittel. Das wäre so, als würde man versuchen, mit einem Hammer zu töpfern.« Lucas hob die Hände und trat auf Gwen zu. »Ihr versteht Euch auf diese Kunst, Gwendolyn von Adair. Ihr könntet den Gott heraufbeschwören, den er zähmen will.«

»Ihn heraufbeschwören, damit Ihr ihn vernichten könnt?«, hakte Gwen nach. »Oder damit Ihr ihm anstelle des Großinquisitors *Euren* Willen aufzwingt? Das muss ich unbedingt wissen, Frèr. Was habt Ihr mit meinem Gott vor?«

»Und genau da kommt Euer Vertrauen ins Spiel«, antwortete Lucas.

Gwen lächelte verkniffen, als habe sie etwas Faules gegessen, das sie aus Höflichkeit nicht ausspuckte. »Tja, möglicherweise traut Ihr mir zu viel zu, Frèr. In mir steckt nur wenig Heidin, sowohl was meine Macht als auch meine Neigung betrifft. Mein Haus wurde damit betraut, diese Stätte geheim zu halten, und wir erhielten gewisse Fähigkeiten, um die Aufgabe zu erfüllen. Aber wir sind an die höhere Ordnung gebunden. Man braucht einen wahren Heiden, um den Gott herbeizurufen.« Sie erhob sich, klopfte sich den Staub von den Handflächen und deutete auf die Steingräber ringsum, die einen weiteren stummen Kreis bildeten. »Bedauerlicherweise gehen uns die wahren Heiden gerade aus.«

»Aber Ihr müsst doch …«, setzte Elsa an.

»Vielleicht könnt Ihr diesen Gott noch töten, Ritterin von LaFey, aber nicht mit meiner Erlaubnis oder Hilfe«, blaffte Gwen. Sie ging zum Waldrand und verschwand zwischen den finsteren Bäumen. Der Nebel schien ihr zu folgen.

Fünfundvierzigstes Kapitel

»Sture Schlampe«, murmelte Elsa. »Wir wollen doch nur helfen.«

»Nein, werte LaFey, wollen wir nicht. Jedenfalls nicht ausschließlich – aber ich kann mir vorstellen, dass die Jägerin eher störrisch als verängstigt ist.« Lucas faltete die Hände und konzentrierte sich auf den Naether, der sich in einer Art Krone um seinen Kopf manifestierte. »Ich muss nachdenken. Behaltet sie im Auge, so unauffällig wie möglich. Verliert sie nicht.« Die Krone zog sich enger um seine Stirn zusammen, und in langsamerem Tempo fügte er hinzu: »Wir … brauchen … sie vielleicht … noch.«

Versunken in der meditativen Trance der Naetherkrone, verlangsamte Lucas seine Bewegungen und erstarrte schließlich ganz. Sein Mund stand auf unwürdige Weise offen. Elsa seufzte, trat an ihn heran und drückte ihm die Kiefer zusammen. Dann nahm sie sich etwas Proviant aus ihrer Tasche, hängte sich den Schwertgürtel über die Schulter und begab sich auf die Suche nach der Jägerin.

Gwen lief über einen monderhellten Pfad, der von der Lichtung zu einem kleinen Bach führte. Von dort gelangte sie zu einigen Hütten, in denen die Wächter gehaust haben mussten. Offenbar hatten sie das Feuer eilig gelöscht, Holzscheite waren überall verstreut, ebenso diverse Vorräte, die wie Opfergaben an die Wildnis vor den kleinen Hütten platziert waren. Etwas hatte sich in die Brotleibe gefressen, die Fleischstücke hingegen lagen unberührt im Dreck. Gwen suchte nach einer Kerze und setzte sie auf einen Stein, dann sammelte sie auf, was von den Vorräten übrig war.

»Lassen sie ihr Essen immer so rumliegen?«, fragte Elsa. Eingedenk ihrer Rüstung hatte sie die Lichtung erstaunlich leise betreten.

»Nein, aber sie wussten, wohin sie gingen.« Gwen holte eine dünne Fleischschwarte aus einer Hütte, wischte die Blätter ab und rollte sie zusammen. »Die Wächter wussten, dass sie es nicht mehr brauchen würden. Sie löschten das Feuer, damit es sich nicht ausbreiten konnte, boten ihr Essen den Göttern und Mäusen dar und brachen zum Sterben auf.«

»Hm.« Elsa stieß mit dem Fuß eine Lammkeule an. »Ich dachte immer, sie würden sich nur von Pflanzen ernähren. Hätte nicht gedacht, dass sie es übers Herz brächten, ihre kleinen Totems zu töten.«

»Sind Pflanzen denn keine Lebewesen?«

»Ein Kohl hat mich noch nie angegriffen. Und ich habe mich auch nie mit einem unterhalten.« Sie setzte sich auf einen der Steine, die die Feuerstelle eingrenzten, schob die verkohlten Scheite zusammen und entfachte sie mit einer Geste so, dass sie beständig glühten. Das beschworene Feuer brannte nur kurz in der Hand der Schwurritterin, trotzdem zuckte sie zusammen. Ihre Adern leuchteten unter der Haut auf, dann verblassten sie.

»Tut das weh?«, fragte Gwen.

»Nur ein bisschen, aber gerade leichte Schmerzen kommen überraschend. Ich kenne Meditationstechniken, die mich durch die Schlacht bringen oder die Beschwerden nach einer großen Beschwörung lindern. Die kleinen Segen hingegen …« Sie zuckte die Schultern. »… muss man einfach ertragen.«

»Und das lässt Euch nicht an Zwietracht zweifeln? Eine Göttin, die Euch lebendig verbrennt, um ihre Macht zu schützen?«

»Alles hat seinen Preis. Ihr könnt mir nicht weismachen, dass die Wächter dort drüben friedlich gestorben sind.«

»Wenigstens sahen sie friedlich aus.« Gwen blickte zum Heiligtum. Sie saß der Schwurritterin gegenüber. »Was macht Ihr hier?«

»Ich passe auf den alten Mann auf. Erfülle meine Pflicht gegenüber meiner Kirche und meinem Glauben.«

»Das meine ich nicht. Warum sitzt ihr hier bei mir? Warum seid Ihr mir gefolgt? Ich weiß nicht, wie ich Euch noch klarer sagen kann, dass ich allein sein will.«

»Ach so. Der Frèr hat mich gebeten, für Eure Sicherheit zu sorgen, und ich dachte, Ihr wärt womöglich hungrig.« Elsa holte etwas Käse aus der Tasche und packte ihn aus. Sie zeigte auf das eingerollte Fleisch, das Gwen gefunden hatte. »Oder wollt Ihr Euer Mahl lieber mit den Ratten teilen?«

»Nicht mit Ratten. Mit Wölfen vielleicht. Oder Füchsen.« Sie reichte der Ritterin ein wenig Wildfleisch, nahm den dargebotenen Käse und brach ihn entzwei. »Die Frage war ernst gemeint. Zwietracht verlangt ihren Gläubigen viel ab. Zinder sogar noch mehr. Kommt Euch das richtig vor?«

»Die Herrin gibt uns so viel, wie sie verlangt. Im Großen und Ganzen gibt sie allen etwas und verlangt nur von wenigen eine Gegenleistung. Die Sonne und der Sommer sind für jeden da, kostenlos. Würde die Herrin das nicht allen gewähren – wenn sie beispielsweise nur für die scheinen würde, die sie anbeten –, dann würden viele ihre Verehrung vorheucheln. Zwietracht will zwar unsere Liebe, aber sie erpresst uns nicht deswegen.«

»Und passt das zu Eurer Macht? Ich habe Eure Narben gesehen. Ihr verbrennt von innen nach außen.«

»Mein Feuer entsteht in den Knochen und im Blut, aber das ist kein echtes Opfer. Unsere Körper sind nicht dazu geschaffen, Zwietrachts Pracht zu bergen. Eine Fackel kann kein Licht spenden, ohne sich verzehren zu lassen, trotzdem denken wir nie an das Opfer, das die Fackel erbringt. Wir sind einfach dankbar für ihr Licht.«

»Ihr seid mehr als Pech und Holz«, murmelte Gwen.

»Das klingt gefährlich nach Mitleid.« Elsa nahm sich noch ein Stück Wild. »Ich bin eine Fackel – eine Priesterin, und mein Gott ist das Feuer. Ich habe ihm mein Leben verschrieben.«

»Ich meine ja nur, dass mir der Preis ein wenig hoch erscheint. Ich weiß nicht, wie man einem Gott trauen soll, der so viel verlangt.«

»Aha, und was ist mit Euch? Erscheinen Euch die Gheister verehrungswürdig? Sie durchstreifen die Wildnis wie verrückte Tiere, reißen Dörfer nieder, vernichten die Ernte, zerstören Leben und suchen die Träume Unschuldiger heim. Ich finde es eher fragwürdig, solche Götter zu verehren.«

»Das war nicht immer so. Wir lebten in Frieden mit unseren Gottheiten. Sie schenkten uns Getreide, sorgten für unsere Sicherheit in den Wäldern. Unsere Städte brauchten nie Mauern. Nicht, bis Ihr nach Norden kamt.«

»Selbst zu ihren besten Zeiten waren die alten Wege wechselhaft. Eure Geschichten sind voller verrückt gewordener Gheister, Monster, die Methallen verwüsteten, Götter, die von Helden getötet werden mussten. Euer erster König erlangte auf diese Weise den Thron, stimmt's? Drugal der Gottschlächter. Habt Ihr ihn nicht so genannt?«

»Stimmt, aber so etwas kam selten vor. Deshalb sind sie der Legenden und Throne würdig.«

»Inzwischen ist das nicht mehr so selten, Jägerin. Die Wahrheit ist doch: Ganz gleich, was ihr tut oder wo ihr betet, die Gheister lassen sich nicht zähmen. Ihr könnt euch nur vor ihnen schützen. Und sie notfalls töten. Sie zu verehren bringt euch nichts.«

Eine merkwürdige Brise wehte über die Lichtung. Elsas Lagerfeuer flackerte, nur die Kerzenflamme nicht.

Gwen kicherte. »Ihr solltet nicht vergessen, wo Ihr seid, ehe Ihr so was sagt. Der Wald merkt sich so etwas.«

»Dieser Wald wird mich ganz gewiss nicht vergessen. So oder so.«

»Und das klingt leider nach einer Drohung. Lasst uns das Thema wechseln. Was ist mit dem alten Mann? Er scheint in Ordnung zu sein, aber selbst Ihr müsst zugeben, dass sein Gott nicht viel mehr ist als ein heiliger Mörder.«

»Zinder ist schwierig«, gab Elsa zu. »Wie der Winter, und wenn wir schon von Opfern reden: Er hat das erste und größte erbracht. Die Welt hätte nicht unter zwei Sonnen überleben können, daher kühlte er aus freien Stücken ab und wurde zum Herrscher der Nacht und Kälte. Das war die richtige Entscheidung, aber auch die schwierigere. Entsprechend viel verlangt er seinen Dienern ab.«

»Aber den Winter zu verehren … eine Jahreszeit, in der man ums Überleben kämpft, weil das Wetter so krankt, dass die Äcker unfruchtbar sind.«

»Jeder Bauer wird Euch bestätigen, dass die unfruchtbare Jahreszeit wichtig ist. Eine ewige Ernte würde dem Boden das Leben ebenso entziehen wie eine Fruchtfäule. Und wir brauchen Zeit, um innezuhalten, uns auszuruhen und um über das Vergangene und Künftige nachzusinnen.« Elsa knabberte das letzte Stück Fleisch vom Knochen und warf ihn ins Feuer. »So etwas hört Ihr nicht oft aus dem Munde eines Priesters der Zwietracht, aber der Winter ist überlebenswichtig.«

»Was ist mit denen, die an Krankheit oder Hunger sterben? Was würdet Ihr denen sagen?«

»Ich würde ihnen mein Mitleid aussprechen und den Frühling verheißen. In diesem Leben oder im nächsten.«

»Ich habe den Eindruck, es sollte eine bessere Lösung geben. Ein Leben ohne Krankheit oder eine Welt ohne Winter.« Gwen erhob sich und blickte sich im kleinen Lager um. Alles wirkte so häuslich, viele einfache Dinge wiesen den Ort als ein Zuhause aus – die Dekoration einer Wand, ein arglos weggeworfener Gegenstand. Diese Leute waren tot und hatten ihre Habseligkeiten zurückgelassen, damit die Natur sie sich wiederholen konnte. »Die Götter benutzen uns auf raue Weise, wenn überhaupt.«

»Ihr macht einen einfachen Fehler.« Elsa schaute ins Feuer. Ihre Stimme klang überraschend sanft. »Ihr versucht, sie zu verstehen. Unsere Götter sind Feuer, die wütende Wildnis und der herbe Tod. Wir sind nicht dazu geschaffen, das zu begreifen.« Sie stand auf und klopfte sich die Beine ab. »Unwissenheit gehört dazu. Unwissenheit ist akzeptabel.«

»Das gefällt mir nicht. Ich würde lieber die Gründe für alles verstehen. Ich würde lieber …« Gwens Stimme verklang.

Etwas hatte sich verändert. Der Himmel flimmerte unsichtbar, aber merklich. Die Kerze verlosch, die Flammen des Feuers loderten kurz auf und verwandelten sich in Rauch. In der Dunkelheit hörte Gwen, wie LaFey ihr Schwert zog.

»Was war das?«, wisperte die Ritterin.

Weit hinter ihnen erscholl ein Klagelaut aus Richtung Fluss. Er klang wie ein Trauerlied, das der Strom anstimmen würde, wenn das Wasser starb. Anschließend ertönte ein lautes Brüllen, dann herrschte Stille.

»Etwas ist … ist gefallen. Nicht die Schutzzauber, sondern …« Gwen hielt inne, und Trauer beschwerte ihr Herz. »Etwas zu Hause. Etwas im Schrein am Fenntor. Der Gott regt sich.«

»Der Gott?«, fragte Elsa. »Welcher Gott?«

»Der, der sich verbirgt. Den ich beschütze.« Gwen eilte in den Wald, Äste peitschten ihr ins Gesicht, und Furcht, schreckliche Furcht packte sie.

Sechsundvierzigstes Kapitel

Am Rande des Wahnsinns schäumte Allaister vor Wut. Die übrigen Schattenpriester kauerten im Halbkreis hinter ihm. Das Blut an seinem Messer war frisch, Frèr Abreaus Leiche lag ausgebreitet vor ihm, die Innereien hingen ihm verworren aus dem Leib. Die heidnischen Schutzzauber verwischten Allaister die Vision, die ihm das Herz des Priesters erst ermöglicht hatte. Langsam wandte er sich seinen Leuten zu und schnaubte.

»Gibt es jemanden unter euch, der reineren Herzens ist als der gute Abreau? Sprecht jetzt, sonst mache ich Euch zu Freiwilligen.«

Die Geistlichen redeten wild durcheinander und tippten auf Schultern von Nebenmännern, die vor Angst steif waren.

Schließlich trat Priesterin Galdt vor. Sie neigte den Kopf, vermied es, Abreaus ausgeweideten Körper anzusehen. »Der Frèr war gut, fromm und vernünftig. Zinder hat ihn mit vielen Gaben gesegnet. Niemandes Blut könnte reiner sein als seines.«

»Wie wäre es mit dem Blut einer Frau?«, fragte Allaister.

Galdt zog sich zwischen ihre Gefährten zurück.

Seufzend schüttelte Allaister den Kopf.

Seine Priester waren ein Haufen Schwächlinge, und allmählich gingen sie ihm aus. Aus einem Dutzend waren fünf geworden. Er hatte sie in Herzbrück und Zinderfell ausgewählt, junge Priester und Priesterinnen, die das Rüstzeug zum Fanatiker mitbrachten und zugleich eine theologische Aufgeschlossenheit an den Tag legten, die sie leicht formbar machte. Das Problem mit dem Nachwuchs war, dass er sehr am Leben und an weltlichen Dingen hing. Sie kannten das Seherritual nicht, das Allaister durchführen wollte, wie auch, denn es war ketzerisch, gottlos, und stammte aus Büchern, die älter als die Kirche selbst waren.

Dennoch hatten sie sich zur Verfügung gestellt, immer und immer wieder. Daher war ihre Zahl stark dezimiert, und die Weisesten unter ihnen zuckten zusammen, wenn Allaister sich näherte. Es war eine Schande. Er hatte solche Hoffnungen in sie gesetzt. Zumindest in die Macht, zu der sie ihm verhelfen konnten.

»Es reicht für heute.« Allaister wischte die Klinge an einem Tuch ab und steckte sie ein. »Sichert die Umgebung. Bestimmt Zinders Position am Himmel, dann singt eure Lieder und ruht euch aus. Wir machen morgen weiter.«

Sie zerstreuten sich. Drei von ihnen gingen in die Zelte, die beiden übrigen zu den dunklen, allenfalls brotlaibgroßen Steinpfeilern rings um das Lager. Sie waren so weit wie möglich hinter die Schutzzauber vorgedrungen und hatten sich ein geweihtes Areal geschaffen. Jenseits dieser Zone spielte die Welt verrückt, der Himmel wechselte die Jahreszeiten im Zyklus, der in gottloses Licht getauchte Wald bewegte sich, sodass sie die Zeit fürs Abendgebet anhand von Almanachen ermitteln und Zinders Himmelsstand mit Tinte und Rechentafel bestimmen mussten, eine trockene Arbeit für ihren verehrten Gott. Ohne ein himmlisches Zeichen oder Glück würden sie nicht weiterkommen.

Allaister drehte sich zu den Steinpfeilern um. Zwischen den schimmernden Bäumen, gleich hinter dem Kamm, an dem sie lagerten, glitzerte Wasser. Die Heiden setzten oft Wasser ein, um heilige Gebiete zu umgrenzen. Die alten Hexen träufelten es rings um Häuser, die sie segnen wollten, oder sie hoben einen Graben aus und bewässerten ihn, ehe sie sich in einer fremden Gegend zur Ruhe begaben. Die ältesten Stätten waren durch Flüsse entstanden, die Geistbeuger hatten die Strömung so umgeleitet, dass sie das Heiligtum umgaben.

Das war eine alte Praktik, die Allaister nur aus Büchern und

Erzählungen kannte. Nicht einmal die Heiden, die von der Inquisition aus den Dörfern im Norden vertrieben wurden, wandten diese Methode an. Eine vergessene Praktik, oder vielleicht so heilig, dass man sie streng geheim hielt. So geheim, dass selbst die modernen Gläubigen sie nicht mehr kannten.

Allaister wusste, sein Ziel war nicht mehr weit.

Er kehrte in die Mitte des Lagers zurück und nahm eine Meditationshaltung ein. Er spürte eine Leere in der Seele, an der Stelle, wo der beschworene Gott aus Gartstadt gewesen war; ein sprödes Gefühl, das er unbedingt loswerden wollte. Sich inmitten der heidnischen Schutzzauber aufzuhalten erleichterte ihm das nicht gerade. Die Gheister, die sich zwischen den Bäumen regten, spürten etwas in ihm, etwas Vertrautes und zugleich Fremdes. Sie gierten nach ihm.

Im Schlaf verschwammen die Grenzen, was seine Abwehr schwächte. Allaisters Träume strotzten von Waldgöttern. Eine Dunkelheit verfolgte ihn, eine Frau mit einer Weidenmaske. Die Maske war zur Hälfte mit jungen Knospen und Blumen verziert, rosa, weiß und rot; die andere Hälfte zeigte trockene, herbstgelbe Blätter, die sich der Umarmung des Winters beugten. Die Frau winkte ihm mit Händen zu, die in Knochenklauen mündeten, ihre Brust war mit Blut und Dreck verschmiert.

Daher schlief Allaister nicht mehr. Er verbrachte die Nacht, indem er über den Wintergott nachsann und von der Gerechtigkeit träumte, die er dem Norden und dessen wilden Gottheiten angedeihen ließe. Von der Macht, die er erlangen würde, sobald er das Heiligtum des Herbstes nach seinem Willen beugte.

Etwas bewegte sich in der Dunkelheit. Anfangs dachte Allaister, es sei die Frau mit der Weidenmaske. Er riss die Augen auf. Die anderen Priester widmeten sich ihren Angelegenheiten und versuchten, ihn geflissentlich zu ignorieren. Die Welt jenseits der Schutzzauber schimmerte wie immer. Allaister glaubte allmählich, in einen gefährlichen Schlummer gesunken zu sein, und wollte sich schon erheben, als er erneut die Bewegung sah.

Die Welt hinter der Schutzbarriere bewegte sich. Sie zog sich zusammen, und als sie sich wieder ausdehnte, waren die Bäume an ihrem natürlichen Platz zurück. Ein Moment der Klarheit überkam Allaister. Er sah den Himmel, wie er wirklich war. Die Sterne standen reglos neben dem leuchtenden Schnittermond. Er lief zum nächstbesten Priester und beugte sich über die empfindlichen Seiten des Almanachs.

»Was liest du?«, bellte er. »In welcher Phase befindet sich Zinder?«

Der Mann duckte sich weg, schirmte sich mit dem alten Buch das Gesicht ab.

Er hat den Glauben verloren, dachte Allaister. *Er wird als Nächster sein Blut beim Ritual geben.* Er riss dem zitternden Priester den Almanach aus den Händen und begann, selbst darin zu lesen.

»Schleier senken sich, Herzen öffnen sich …« Sein Finger folgte den Tabellenzeilen. Ihm fiel auf, dass er ebenfalls zitterte. Ein Lächeln trat auf sein Gesicht, als er den gesuchten Eintrag fand. »Die dritte Ernte.« Er blickte zum Himmel empor. Die anderen Priester beobachteten ihn furchtsam. »Die dritte Ernte«, wiederholte er, dann warf er lachend das Buch beiseite. Er zückte den Dolch und zeigte damit auf den Mond. »Das, meine Freunde, ist die dritte Ernte. Der Himmel ist so, wie er sein sollte. Nehmt die Stäbe auf und stärkt Euren Glauben. Die Schutzzauber haben sich aufgelöst.«

Als die Schutzbarriere sich auflöste, blieb der Fluss an Ort und Stelle. Allaister und seine Priester näherten sich ihm und erkannten, dass es kein natürlicher Wasserlauf war. Die Strömung rauschte an beiden Ufern in entgegengesetzte Richtung, schaumgekrönte Wellen brausten über Steine, das Wasser stand hoch an den Ufern, nur die Stelle, auf die die Schattenpriester zugingen, war völlig ruhig. Friedlich. Der Fluss erwartete sie.

»Das Wasser ist tief und kalt, Bruder«, sagte Galdt. »Wenn

wir dem Pfad vor uns folgen wollen, müssen wir erst eine Furt finden. Vielleicht ein Stück weiter bergab?«

»Wir überqueren ihn hier«, sagte Allaister mit Bedacht. »Geh voran, werte Galdt.«

Galdt blickte zögerlich ihren Anführer an, dann die anderen Priester, die sich am Ufer postiert hatten. Schließlich trat sie aufs Wasser zu. »Ich kann das Flussbett nicht sehen.«

»Es ist dunkel. Lass dich vom Licht Zinders leiten«, riet ihr Allaister. »Oder von unserem Glauben, was immer größer ist.«

Die Frau wappnete sich, dann setzte sie einen Fuß ins Wasser. Die Oberfläche schlug keine Wellen. Galdt war kaum einen Schritt weit gekommen, als der Wächter sich ihr zeigte.

Das Wasser mitten im Fluss schwoll an. Eine Art Säule bildete sich, die sanft über die Oberfläche glitt, direkt auf Galdt zu. Die Priesterin schrie auf, doch ehe sie die Besinnung verlieren konnte, umgab die Flut sie und riss sie in die Tiefe. Bis auf Allaister wichen alle Priester rasch vom Ufer zurück. Galdts wilde Schreie vergingen gurgelnd, als sie unter den Wellen verschwand.

»Noch ein Gheist«, wisperte ein Frèr und wandte sich Allaister zu. »Ist das der Gott, den wir suchen?«

»Nein, aber die Göttin, die wir fangen.«

Wieder tauchte die Wassersäule auf. Ihre dunklen Fluten klärten sich und ragten über den Priestern auf. Galdt schwebte schlaff in ihrer Mitte, drehte sich langsam, bis sie Allaister das Gesicht zuwandte. Ihre Haut war käsig und weich, die Augen ausdruckslos und blind, und ihr Mund stand offen. Der Fluss schimmerte, die Wassersäule bog sich und spie einen Sprühnebel aus. Ihr innerer Wasserdruck zermalmte Galdts Knochen an unzähligen Stellen.

Die Schattenpriester wankten zurück und begannen zu würgen.

Allaister nickte.

»Göttin des Flusses«, sagte er. »Ich heiße dich in dieser Welt willkommen. Ich begrüße dich in der Welt des Bluts und Lichts.« Langsam streifte er Umhang und Hemd ab und ließ das Wehrgehänge zu Boden gleiten. »Nimm dieses Opfer an und sei willkommen.« Nackt stand er im Mondlicht, eine Klinge in der rechten Hand. Auf seinem Körper waren die uralten Sigillen eines vergessenen Glaubens zu sehen.

Die Wasser der Säule wirbelte lautlos um die Längsachse. Galdts zermalmter Körper sank in ihr ab, tauchte unter, kam ein Stück weiter entfernt wieder an die Oberfläche und trieb mit der Strömung davon. Ihre Gliedmaßen wippten schlaff auf den Wellen. Erneut stieß die Wassersäule einen Sprühnebel aus, nahm die Form einer Frau aus Strudeln und Schaumwellen an.

Allaister hob die Arme. Sie waren übersät mit Runen und Symbolen für Wasser, Feuer, Stein und Himmel. Er schnitt sich mit dem Dolch in die Handfläche.

»Willkommen«, zischte er, »unter meiner Kontrolle.«

Siebenundvierzigstes Kapitel

Licht erhellte die schwarzen, blutbesudelten Mauern des Fenntors. Eine gewaltige suhdrische Armee, deren Banner im feengleichen Schein Tausender Fackeln wehten, standen ungeordnet auf den Feldern vor der Burg.

In ihren Reihen herrschte Chaos, doch die einzigen Schlachtgeräusche kamen von der Burg selbst. Die Verteidiger kämpften auf den Wehrgängen der Mauer und auf den Türmen, aber keine Pfeile regneten auf die Gegner hinab.

»Was geht da vor?«, fragte Cahl. Er, Fianna und Ian hatten die heidnischen Waldläufer zurückgelassen und waren so weit ungesehen durchs Allreich gereist, wie die Erde es ihnen gestattet hatte. Sie hockten auf einem Vorsprung mit Ausblick auf Fennton.

»Die Suhdra haben offenbar die Mauern durchbrochen«, sagte Ian, »aber ich sehe keine Belagerungswaffen, keine Leitern … also müssen ihnen Verräter geholfen haben. Aber warum nutzt die Armee ihren Vorteil nicht aus?«

»Das Tor hält ihnen noch stand«, bemerkte Fianna.

»Ja, aber das Ausfalltor ist beschädigt. Das ist nur ein kleiner Durchgang, aber der Feind könnte ihn nutzen.«

»Wessen Banner weht am Tor?«, fragte Cahl.

Ian blinzelte in die Dunkelheit. »Das von Roard«, knurrte er. »Sie verteidigen das Ausfalltor. Seltsam …« Er grinste. »Aber ermutigend. Falls Roard sich gegen Halverdts Kreuzzug stellt, gibt es vielleicht noch mehr Gleichgesinnte.«

»Ich kämpfe nicht an der Seite suhdrischer Barbaren«, geiferte Cahl. »Es ist schon bitter genug, den Sohn des Jagdhundes wie einen Prinzen durch die Wälder zu geleiten.«

»Er ist *tatsächlich* ein Prinz«, sagte Fianna gelassen. »Und er ist der wahre Jagdhund.« Sie wandte sich Ian zu und hob die Brauen. »Willst du dir einen Weg hinein erkämpfen?«

»Ich hatte gehofft, ihr … wüsstet, was zu tun ist.« Ian zuckte nervös die Schultern.

Cahl wirkte angewidert. »Willst du, dass wir dich hineinzaubern? Damit du zu deinem Vater rennen und deine Gebete wieder aufnehmen kannst?«

»Du warst derjenige, der behauptet hat, das sei ein gutes Omen«, hielt Ian entgegen. »Der Jagdhund und all das. Ich mache nur, was der Hund von mir verlangt.«

»Du weißt noch gar nicht, was er von dir will«, korrigierte Fianna ihn. »Nur, an welchen Ort er dich geschickt hat.« Sie blickte wieder zur Burg. »Mir jedenfalls reicht dein Glaube. Wie ist das mit dir Cahl?«

»Ich werde nicht kämpfen.«

»Falls die Schutzzauber so stark sind, wie ich vermute, strengt es uns sehr an, sie zu durchdringen. Du wirst keine Kraft mehr zum Kämpfen haben, selbst wenn du wolltest.«

»Was wir auch tun, wir müssen uns beeilen«, drängte Ian. Er wies auf ein kleines Kontingent Bogenschützen, das sich in ihre Richtung bewegte. »Sie wollen die Anhöhe besetzen, falls es zu einer richtigen Schlacht kommt.«

»Also schön«, sagte Cahl. Er glitt ein Stück zurück, sodass er außer Sicht der suhdrischen Truppen war. »Das Fenntor ist aus Stein, ja?«

»Stein und altes Eisen«, antwortete Fianna. »Ein Tor ohne Blut oder Feuer.«

»Stein ist mit Wasser befreundet«, erwiderte Cahl gespannt.

»Sie haben dem Wasser den Weg versperrt.« Fianna blickte zur Burg hinab, und ein Hauch von Wehmut schwang in ihrer Stimme mit. »Nur die Götter wissen, warum.«

»Dann muss ich den Zauber alleine kanalisieren«, sagte Cahl. »Das schaffe ich vielleicht nicht.«

»Die Götter verlangen viel von dir, Bruder.«

Cahl antwortete nicht, sondern hockte sich auf den Vorsprung, die Hände flach auf den Fels gelegt. Er atmete tief durch und erhöhte mit jedem ausgestoßenen Atemzug den Druck auf den Stein. Die kleinen Kiesel auf der Oberfläche erbebten, kullerten auf den Schamanen zu und glitten dann zur Seite weg. Der Felsvorsprung unter Cahls Füßen bildete Ausbuchtungen.

Fianna packte Ian bei der Schulter. »Danach wird es keinen Frieden geben«, warnte sie ihn.

»Den gab es noch nie«, erwiderte er.

Die Hexe nickte, dann traten die beiden zu Cahl und hielten sich an dessen Schultern fest. Der Zauber wirkte sofort. Ian spürte ein unvorstellbar großes Gewicht, das ihm auf Lunge und Knochen drückte, sein Fleisch durchdrang wie eiserne Schlangen. Ihm war, als wäre sein Blut erstarrt. In seinem Kopf hörte er nur Cahls lauten Atem, schwer und gleichmäßig.

Dann stieß er den Atem aus, den er unbewusst angehalten hatte, und sog panisch und unter Schmerzen Luft ein. Er stand auf und stützte sich mit der Hand an die raue Wand. Er fühlte etwas Feuchtes, Warmes. Ringsum war es dunkel. »Wo sind wir?«

»Unten«, antwortete Fianna. »Etwas ist geschehen.«

»So stark …«, drang Cahls murmelnde Stimme vom Boden herauf. Ian hörte, wie er gegen die Steinwand sackte. »Hier ist ein Toter.«

»Ja, ich rieche ihn«, bestätigte Fianna. »Hier müssen irgendwo Kerzen sein.«

Ian tastete sich an der Wand entlang, seine Finger strichen über weiche, klebrige Stellen. Schließlich fand er eine Kerze in einer Wandnische. Das Wachs war noch warm. Daneben lagen ein Feuerstein und ein Anzünddocht. Er benötigte mehrere Versuche, den ölgetränkten Docht zu entflammen, doch als es ihm gelang, zündete er rasch die Kerze an und löschte den Docht wieder. Im matten Licht glaubte Ian, Blut auf den Steinen zu sehen, und etwas Dunkles in der Raummitte.

Er wünschte, sie wären in der Finsternis verborgen geblieben. Eine Frau lag auf der Seite. Jemand hatte sie aufgeschlitzt … nein, ausgeweidet. Ihre Innereien waren größtenteils im Raum verstreut, schwärzliche Linien aus Blut umgaben die kleineren Organe.

Ian lehnte sich an die Wand und würgte. Cahl beäugte alles vom Boden aus, seine matten Augen flackerten amüsiert und zornig.

Fianna ignorierte das Gemetzel und Ians Unwohlsein. »Hexe Maeve. Ich dachte, sie wäre woanders. Das liegt an den Geheimnissen, die wir immer für uns behalten, was, Cahl?«

»Was ist hier geschehen?«, murmelte Ian, der zwischen jedem Wort Gallenflüssigkeit ausspie. »Wer würde so was tun?«

»Wir sind im Schrein des Herbstheiligtums.« Fianna blickte sich um, musterte die Anordnung der Organe und die Blutspuren. »Jemand hat ihn … entweiht. Zerstört.« Sie klang ängstlich, als könnte sie kaum glauben, was sie sah. »Ich hätte nicht gedacht, dass er die Macht dazu besitzt.«

»Wer?«, fragte Ian. »Welche Macht?«

»Die Macht, das Heiligtum freizulegen. Bestimmt sind die Schutzzauber aufgelöst worden. Der Großinquisitor ist dorthin unterwegs. Wir müssen nach oben. Deinen Vater finden.«

»Wir hätten zum Heiligtum gehen sollen«, wisperte Cahl. Sein Gesicht wurde immer blasser, seine Stimme leiser. »Wir hätten diesen Welpen nicht verhätscheln sollen.«

»Ich habe meine Entscheidungen gefällt, Cahl der Sturmwinde. Ich stehe dazu. Kannst du laufen?«

Der Schamane schüttelte den Kopf und lehnte sich an die Wand.

»Dann müssen wir dich zurücklassen. Falls die Wachen dich finden, lass dich festnehmen. Hier muss nicht noch mehr Blut vergossen werden.«

»Schickt Adair Wachen hierher?«, fragte er und winkte gleich wieder ab. »Geht. Ich grüße den Baron von dir, Ian von Blakley. Vielleicht stimmt ihn das milde.«

»Komm«, sagte Fianna eindringlich. Sie legte Ian die Hand auf die Schulter und zog ihn die Treppe hoch. Er blickte sich noch einmal zu dem Schamanen um.

Bald waren sie wieder im Dunkeln. Der Aufstieg dauerte lange, und die ganze Zeit verfolgte sie der Geruch verbrannten Blutes. Die beiden stolperten durch die Finsternis, und Fianna musste Ian oft in die richtige Richtung lenken oder wieder auf die Beine ziehen. Nach einer Weile wurde der Gang ein wenig heller, und endlich sahen sie Licht. Sie traten aus den Krypten.

»Hier war ich schon mal. Wir sind unter der Küche«, sagte Ian. Vor ihnen waren Kampfgeräusche zu hören. »Mehr Tote.«

»Ja.« Fianna ignorierte die Leichen. Sie drängte Ian weiter. »Hier lauert nicht die eigentliche Gefahr – zumindest nicht für uns.«

Ian begriff zwar nicht, was sie damit meinte, doch er zückte sein Schwert. Niemand hielt sich in den Küchenräumen auf, im Hof hingegen tobte ein Kampf. Ian erblickte seinen Vater, der mit blitzender Klinge und einer Gruppe aus tenerranischen und suhdrischen Rittern gegen eine kleine Einheit feindlicher Speerträger kämpfte. Am Torhaus hatten sich weitere Ritter postiert, die offenbar den Feind einlassen wollten.

Ian stürmte vor, doch Fianna hielt ihn mit eisenhartem Griff auf.

»Noch nicht«, zischte sie. »So, wie du gekleidet bist, stechen sie dich nieder. Warte, bis das Gemetzel vorbei ist.«

»Ich bin hier, um an der Seite meines Vaters zu kämpfen. Ich sehe nicht dabei zu, wie er getötet wird.« Ian riss sich von der Hexe los und rannte auf das Gefecht zu, in das sein Vater verwickelt war.

Auf dem Hof hatten offenbar schon viele Kämpfe stattgefunden. Anscheinend hatte der Feind irgendwie das Ausfalltor eingeschlagen, woraufhin die kleine Einheit Ritter auf den Hof gelangt war. Das hatte wohl zu ihrem Plan gehört, aber warum die suhdrische Armee ihnen nicht folgte, war rätselhaft. Möglicherweise verteidigten die Roards das Tor tatsächlich für die Blakleys. Vielleicht gab es noch Hoffnung im Haus der Sturmwacht.

Die tenerranischen Ritter hielten den Eindringlingen stand. Ian hatte seinen Vater fast erreicht, als ihm etwas ins Auge fiel: ein vertrautes Kleid, zerrissen und blutbefleckt. Zwischen den zerborstenen Speeren und gefallenen Rittern lag Caroline von Blakley wie tot da. Ihr Gesicht war bleich, und Blut quoll aus den Ringen ihres Kettenhemds hervor.

Ian eilte zu ihr, fegte die auf ihr liegenden Lanzen beiseite und versuchte, sie in eine bequeme Position zu bringen. Alles, was er hörte, war das rauschende Blut in seinen Ohren. Der Anblick der sterbenden Mutter zu seinen Füßen erfüllte ihn mit Panik. Sein Atem ging hektisch.

Fianna legte ihm die Hand auf die Schulter. »Deshalb bin ich also hier«, sagte sie leise.

»Kannst du sie retten?«

»Wenn die Götter es wollen.« Die Heidin nahm eine Handvoll Steine aus der Robe und öffnete Caroline langsam die Hand. Sie legte ihr einen Stein in die Handfläche und bog die Finger wieder zusammen. Dann trat sie um die Herzogin herum, um das Gleiche mit der anderen Hand zu tun.

Ungeduldig nahm Ian ihr die Steine ab und kam ihr zuvor. Er bog die Finger seiner Mutter auseinander. Sie hielt einen kleinen Anhänger in der Hand, dessen scharfer Rand ihr in die Haut schnitt. Er nahm ihn ihr ab und hielt ihn hoch.

»Das hat sie von meinem Vater«, brummte er.

»Wie nett. Trotzdem stirbt sie«, erwiderte Fianna.

Ian schnaubte, steckte das Schmuckstück ein und half der Hexe bei ihren Vorbereitungen. Während der Kampf unverändert tobte, legten sie Caroline weitere Flusssteine in die Hand, vor die Füße und den letzten in den Mund. Schließlich kniete Fianna sich hin und berührte den Boden.

»Was hast du vor?«, fragte Ian.

»Ich bitte den Fluss um einen Gefallen. Um ihr Leben.«

»Hier gibt es keinen Fluss.«

»Nein. Aber früher war hier einer.«

Fianna schloss die Augen und begann zu singen, tief und leise. Ihre Stimme hallte unheimlich durch den Hof. Ian setzte sich zurück, nicht bereit, von seiner Mutters Seite zu weichen. Er wagte es nicht, den Zauber der Hexe zu stören. Das Lied stieg auf, mied den Lärm des chaotischen Kampfs, gesellte sich zum natürlichen Gesang von Wind und Wald und zum ruhigen Summen von Erde und Stein. Beinahe unmerklich fiel eine weitere Stimme in das Lied ein – das schwere, wuchtige Rauschen von Wasser in der Tiefe.

Der Fluss drang aus Carolines Herzen. Mit Wasser vermengtes Blut sickerte durch ihre Rüstung, dann begann sie zu weinen. Ihre klaren Augen öffneten sich, reines Wasser floss heraus, als wären ihre Pupillen Brunnen und ihre Adern die Quelle. Wasser quoll ihr aus dem Mund, anfangs langsam, dann bedeckte es ihr Gesicht wie eine durchsichtige Maske.

Auch aus ihren Wunden traten kleine Fontänen aus – und dann löste sich eine tintige Schwärze aus ihrer Brust, wirbelnde, ölige Schlieren, die die Flut fortspülte. Schließlich sprudelte nur noch glitzerndes Wasser über ihre Rüstung, reinigte sie vom Blut und bildete eine Lache um ihren Körper. Sie breitete sich rings um Ian, seine Mutter und Fianna aus.

Caroline blinzelte und schaute sich um. Sie wollte etwas sagen, doch noch immer drang ihr Wasser aus dem Mund. Ihr Blick fiel auf ihren Sohn, und sie streckte den Arm nach ihm aus. Ian lächelte, beugte sich vor und berührte ihre Finger.

»Was macht Ihr da mit meiner Frau?«

Malcolm von Blakley stand am Rand der Pfütze, begleitet

von mehreren Rittern. Er hielt das schimmernde Schwert aus schwarzem Feeneisen in der Hand.

Ian erhob sich.

»Vater, sie lag im Sterben. Fianna hat …«

»Ian? Was machst du hier?« Offenen Mundes starrte er seinen Sohn an. Dann sah er zu der Frau, die nach wie vor neben Caroline kniete, und sein Blick verhärtete sich. »Schaff die Hexe von ihr fort.«

»Vater, Fianna rettet sie«, protestierte Ian. »Mutter lag im Sterben! Fianna hat mich hergebracht, mir in die Burg geholfen, sogar mein Leben gerettet …«

»Genug. Ich habe gesehen, wie meine Freunde starben und mein Land aus Furcht vor diesen Leuten verwüstet wurde. Ich weiß genau, wie es ist, betrogen zu werden, und habe für die Ketzerei eines anderen bezahlen müssen. Der Celestriarch wird in meinem Herzen nur wahren Glauben finden, falls er sich die Mühe macht, danach zu suchen. Diese Heiden haben ein tenerranisches Haus vernichtet – ich lasse nicht zu, dass eine von ihnen meine geliebte Frau ansteckt.« Er wandte sich einem grobschlächtig wirkenden Ritter zu und deutete mit dem Kopf auf Fianna. »Nehmt die Hexe fest. Dann lasst meine Frau in die Burg bringen und bewachen, bis die Mauern gesichert sind. Im Norden gibt es noch immer gläubige Priester. Schafft einen her.«

»Und falls sie stirbt?«, schrie Ian.

»Dann beerdigen wir sie«, bellte sein Vater. »Einen Priester brauchen wir so oder so.« Er drehte sich um, ging Richtung Torhaus und ließ Ian mit Fianna in der Obhut der Ritter. Von Brennan zog sein Schwert und lief durch die Pfütze. Ian fing ihn ab.

»Nein«, sagte Fianna. »Der Ritter hat heute bereits zu viel verloren. Lass ihm sein Leben.«

»Sie dürfen dich nicht einfach gefangen nehmen!«

»Doch. Haben sie schon.« Sie stand auf und ging Brennan entgegen. Das Wasser, das aus Caroline drang, versiegte. Die Lache breitete sich nicht mehr aus, sondern versickerte rasch zwischen den Pflastersteinen des Burghofs. Ians Mutter lag keuchend da, die Augen vor Schreck weit aufgerissen.

Brennan führte Fianna in die Verliese. Zwei Ritter hoben die Herzogin auf und trugen sie zur Burg. Vom Torhaus aus sah Malcolm ihnen nach, dann wandte er sich seinem Sohn zu.

»Der Großinquisitor hat nicht nur uns verraten, sondern vermutlich ebenfalls Baron Adair, auch wenn auf den wohl ein Prozess der Inquisition wartet.« Aufmerksam musterte er Ian. »Wieso tauchst du auf diese Weise hier auf?«

»Sacombre muss aufgehalten werden. Er hat etwas getan, das … schrecklich ist. In den Gewölben unter der Burg«, erwiderte Ian. »Lass mich an deiner Seite kämpfen. Lass mich Rache nehmen für das, was sie Mutter angetan haben.«

»Nein. Du kommst in heidnischer Kleidung her, in Gesellschaft einer Hexe. Nur der Mond weiß, was du sonst noch hergeschleppt hast. Wenn die Kunde dieser Schlacht bis in den Süden vordringt, soll man sich erzählen, wie die gläubigen Tenerraner sich der Verfolgung durch die korrumpierte Kirche widersetzt haben. Ich werde nicht zulassen, dass dein Auftauchen das gefährdet.«

»Sie hat mir das Leben gerettet!«

»Du wärst besser in wahrem Glauben gestorben«, fauchte Malcolm. »Zu unser beider Wohl. Der Fluss hätte dich töten sollen, statt dich als Heiden wieder auszuspucken.«

»Wie kannst du …«

»Genug! Wir können später darüber reden, nachdem die Inquisition sich angemessen um diese Hexe und ihr Gefolge gekümmert hat.«

»Vater, wenn du mir jetzt den Rücken kehrst, dann für immer. Ich lasse diese Leute nicht im Stich, nur weil sie so dumm waren, dir zu helfen.«

»Dann bist du besser verschwunden, bevor ich zurückkehre. Ich ziehe nicht den Zorn deiner Mutter auf mich, weil mein eigener Sohn der Ketzerei angeklagt wird. Geh jetzt. Ich habe eine Burg zu sichern.«

Sprachlos sah Ian zu, wie sein Vater die Ritter rief und davonschritt. Rasch traten die Ritter an Ian vorbei – er kannte viele von ihnen, treue Edelmänner wie die von Baird und Drugh, Adlige wie Rudaine und ein grobschlächtiger Jüngling, der zu den MaeHerrons gehören musste. Kaum mehr als eine Handvoll, und sie blickten Ian mit einer Mischung aus Zorn und Mitleid an.

Dann wandten sie sich endgültig ab und ließen ihn stehen.

Achtundvierzigstes Kapitel

Unvermittelt knallte das Tor auf, und vor den Mauern erscholl lauter Jubel. Eine kleine Gruppe suhdrischer Ritter strömte in die Burg. Wie auch immer sie es geschafft hatten: Das Tor war offen, und die feindliche Armee drängte sich hindurch.

Eine Reihe aus Kämpfern mit gelben Umhängen stand mit dem Rücken zum Hof – die Männer von Haus Roard, die das Fenntor gegen ihre Landsleute verteidigten. In ihrer Mitte ritt Martin auf einem schlammbespritzten Streitross, hielt das Banner von Sturmwacht hoch und scharte seine Leute um sich. Er blickte zum aufgebrochenen Tor. Verwirrung zeigte sich in seinem Gesicht, gefolgt von Entschlossenheit.

»Wir müssen standhalten!«, schrie er. »Männer von Sturmwacht! Haltet stand!«

Rasch herrschte in dem Hof ein Durcheinander aus klirrendem Stahl. Soldaten von Adair und Blakley versuchten eilig, die Verteidigung zu organisieren. Malcolm hatte sich in die Burg zurückgezogen. Ian nutzte den Augenblick.

»Für Hund und Weih!«, brüllte er. Überall auf dem Hof stimmten kleinere Trupps in den Schlachtruf ein. Allmählich sammelte sich eine Streitmacht um ihn. Er hob ein Schwert und einen Schild auf, den jemand im Gemenge fallen gelassen hatte. »Sie haben ihre Klingen zu unserem Tor gebracht, aber nicht in Ehre. Sie haben unsere Mauern überwunden, aber nicht in Blut und Ehre! Krieger von Blakley, von Adair! Kämpfer Teners – Roard, Jaerdin, MaeHerron! Vieles hat uns entzweit!«

Mehr und mehr scharten sich um ihn, bis die Speere ihn umgaben wie ein kleiner Wald.

Ian schwenkte das Schwert über dem Kopf. »Aber dieser Angriff soll uns vereinen! Lasst uns gemeinsame Bande in der Schlacht knüpfen – wir kämpfen für Bruderschaft, Clans, Stämme, Haus und Ehre! Herzbrück soll sich an unser Blut erinnern und unseren Tod am heiligsten Steinkreis ehren. Lasst uns kämpfen – für die Götter!«

Jubel brach aus, und Ian rannte auf das gestürmte Tor zu.

Die Armee des vereinten Tenebros folgte ihm.

Malcolm hörte, wie das Tor aufbrach und die Suhdrin jubelnd in die Burg einfielen. Die Ritter an seiner Seite zögerten.

»Bringt sie hinein«, sagte er eindringlich und stieß Carolines Eskorte vor. »In Sicherheit. Nicht in die Familiengemächer. Ich habe das Gefühl, Halverdts Leute sinnen auf Rache.«

»Dann in die Gemächer der Frèrs«, sagte Baird. »Ich beschütze sie mit meinem Leben.«

»Seid gesegnet, Herr von Baird.« Malcolm legte Caroline die Hand auf die Schulter. Sie hatte die Augen geschlossen und atmete flach. Inzwischen floss wieder ein stetes Rinnsal Wasser aus ihrem Mund und lief über ihr Kinn hinab. Er konnte nicht fassen, dass sie noch lebte.

Was hatte diese Hexe ihr angetan?

Er drehte sich um. »Der Rest von euch folgt mir.«

Er eilte wieder zum Hof.

Am Boden vor dem Tor lagen viele Tote und Sterbende durcheinander. Die wenigen Meter, die Haus Roard die Angreifer zurückgedrängt hatte, waren mit Gefallenen bedeckt.

Ian und seine Krieger stürmten achtlos über sie hinweg, trampelten alles in ihrem Weg nieder. Sie rannten zwischen den Soldaten in den gelben Umhängen vorbei und krachten in die suhdrischen Truppen. Die Speerkämpfer Roards zogen sich zurück, um sich die dringend nötige Verschnaufpause zu gönnen und um die Verwundeten zu versorgen.

Schäumend vor Zorn drosch Ian auf den feindlichen Schildwall ein. Er rammte den Handschild ins erstbeste Gesicht, das sich zeigte, brach dem Mann die Nase mit solcher Wucht, dass er aus den Augen blutete. Als er tot zu Boden ging, zwängte Ian sich durch die Lücke und schlug die Speere der dahinterstehenden Soldaten beiseite.

Die suhdrische Streitmacht wollte die Burg so schnell einnehmen, dass sie durchs Tor drängte und sich somit selbst den Raum für den Speerkampf nahm. Ian hieb immer wieder zu, zerteilte Rippen und durchtrennte Gewebe so mühelos, als steche er Löcher in ein Laken.

Der Feind fiel wie Getreide durch die Sense. Die Tenerraner an Ians Seite kämpften sich eine Schneise durch die Gegner und töteten sie. Die suhdrische Linie teilte sich. Wieder und wieder griff Ian an, entfernte sich immer mehr vom Tor.

Bis er zu weit von der Burg entfernt war. Anfangs hatten sich zwölf treue Krieger um ihn geschart, daraus wurden sechs, und inzwischen waren es nur noch drei. Namenlose Soldaten des Hundes mit zerfetzter Kleidung und verzweifelten Mienen hatten ihm beim Angriff geholfen. Jetzt waren sie umzingelt. Die suhdrischen Feinde umringten sie wie eine riesige runde Klinge.

Die vier Tenerraner standen Rücken an Rücken.

Der Mann zu Ians Linken fiel: Ein Streitkolben zischte aus dem Nichts herbei, zermalmte ihm den Hals und die ersten beiden Rippenreihen, trieb ihm eine Mulde in die Brust und das Blut aus dem Mund. Kurz darauf sackte der Krieger auf der rechten Seite zusammen. Ian bekam nicht mit, wie er starb, sondern hörte nur einen Schrei und das Geräusch zerfetzenden Gewebes, dann färbten Blutspritzer die Luft und verliehen ihr den Geruch nach Eisen.

Ian wich zurück und stieß gegen den Soldaten hinter sich.

Der Mann lachte laut. »Das ist der Moment unseres Ruhms, Hoheit!«

»Den Ruhm überlasse ich den Toten!«, erwiderte er. »Bleibt standhaft, und wir …«

Ein Speer flog von hinten an Ians Hüfte vorbei – auf der Spitze war das Blut des Mitstreiters hinter ihm zu sehen. Er spürte, wie der Mann lautlos an seinem Rücken zu Boden glitt und liegen blieb.

Nun stand Ian allein inmitten feindlicher Klingen.

Ein Ritter drängte sich vor. Er trug den goldenen Dreimaster von Haus Bassion auf der Brust und hielt mit beiden Händen einen Kriegshammer, dessen Stiel einem Schiffsmast nachgebildet war. Er schob das Visier hoch, hinter dem sein blutrotes Gesicht zum Vorschein kam.

»Gebt auf, junger Blakley, und wir gewähren Euch einen Ketzerprozess«, sagte der Ritter. Die suhdrischen Soldaten wichen ein wenig zurück, um den beiden Raum zu geben.

»Inwiefern wäre das besser für mich?«

»Ihr findet vielleicht Gnade in der Gerechtigkeit Zinders, und Euer Vater bekommt die Möglichkeit, sich von Euren Sünden loszusagen und seinen guten Namen zu bewahren.«

»Und dafür soll ich mir ein Brandzeichen am Hals verpassen lassen, ehe man mich vierteilt?« Ian schüttelte den Kopf. »Dann wähle ich lieber die Schlacht und lasse die Götter über mich richten.«

»Das hatte ich gehofft.« Der Ritter klappte das Visier herunter. Er packte den Hammer fest mit beiden Händen und schwang ihn hin und her, um sich an das Gewicht zu gewöhnen. »Ich bin Ritter Eduard von Leon, dem Haus Bassion und den Heiligen der Himmelskuppel treu ergeben. Ich fordere Euch zum Zweikampf, mögen die Götter uns gnädig sein.«

»Das sind sie sicher«, sagte Ian und schlug zu. Seine Klinge schrammte über die feinen Gravuren von Leons Brustpanzer – der Hieb war so kräftig, dass er zurückgestoßen wurde. Der Ritter hob den Hammer über den Kopf und ließ ihn niedersausen. Ian tänzelte zur Seite weg und musste sogar ein zweites Mal ausweichen.

Solange Ian in Bewegung blieb, würde der wuchtige Hammer

ihn nicht treffen, doch Leon konnte sehr gut mit der Waffe umgehen. Bei jedem Schlag nutzte er den Schwung aus und führte den Hammer wieder über den Kopf, um erneut zuzuschlagen – eine endlose Abfolge zischenden Stahls. Ian hatte Schwierigkeiten, außer Reichweite zu bleiben, ohne mit den Umstehenden zusammenzuprallen.

Die zu Schlamm zertretene Erde, auf der sie kämpften, war von Toten und Waffen übersät. Ian glitt aus und konnte gerade noch zur Seite rollen, ehe Leons Hammer neben seinem Kopf einen Krater in den Morast schlug.

»Der Hund kann tanzen!«, rief der Ritter.

Ian rappelte sich auf, trat nach dem Hammerstiel, was Leon aus dem Gleichgewicht brachte, und hieb dann mit aller Kraft nach seinem Hals. Leon duckte sich in letzter Sekunde, sodass die Klinge auf die Helmglocke prallte. Dadurch geriet er ins Wanken, erlitt jedoch keine Wunde.

»Ihr seid ganz schön stürmisch, Herr von Leon«, keuchte Ian, »aber ich fürchte, dieser Sturm ist nichts als müßiger Wind.«

»Der Blitz muss nur einmal einschlagen«, entgegnete Leon und schüttelte den Kopf. Erneut ging er in den Angriff über, doch seine Schläge wirkten unsicherer als zuvor. Immer wieder sauste der Hammer nieder, zermalmte die Knochen der Gefallenen oder trieb Mulden in den blutigen Schlamm.

Ian tanzte vor und zurück, verpasste Leons Brustpanzer und den Scharnieren zwischen den Metallkacheln und Schienen kräftige Hiebe. Er glaubte nicht, die Kettenglieder an Ellbogen und Rüstung durchtrennen zu können, trotzdem würden sie ihrem Träger in die Haut stechen oder ihm Schürfwunden bereiten. Es dauerte nicht lange, bis Leon langsamer wurde.

»Anscheinend seid Ihr voller Donner, edler Leon«, keuchte Ian, der trotz der Erschöpfung grinste. »Haben die Götter Euch den Wind aus den Segeln genommen?«

»Genug!«, bellte der Ritter und riss den Hammer hoch.

Im selben Moment sprang Ian vor und landete dicht vor seinem Gegner im Schlamm. Der brach den Schlag abrupt ab und ließ den Stiel der Waffe durch seine Hände gleiten. Sie prallte Ian gegen die Brust, trieb ihm die Luft aus den Lungen und warf ihn zu Boden.

Er ließ das Schwert fallen.

Langsam schritt Leon vor, nahm die Klinge auf und drückte Ian den schweren Hammerkopf auf die Brust. Das Gewicht presste ihn tief in den Schlamm.

»Genug jetzt, von Blakley«, sagte der Ritter. »Gesteht Eure Ketzerei. Lasst das Urteil der Götter über Euch ergehen.«

»Die Götter … die Götter …«. Ian rang um Atem. Der Hammer drückte ihn noch fester zu Boden. »Die Götter sollen Euch verfluchen, Eduard von Leon.«

»Scharfzüngig bis zum Schluss. Euer Vater wäre stolz auf Euch.« Leon nahm den Hammer von Ians Brust und holte weit aus. »Ein würdiger Tod für den Sohn der Plünderergeißel.«

»Das glaube ich nicht.« Ian rollte sich zur Seite. Der Hammer schlug tief im Morast ein. Ian packte den Stiel, zog sich daran hoch und rammte ihn Leon vor die Brust. Der Ritter verlor den Halt und knurrte, als sein Gegner ihm die Waffe entwand. Ehe sich der Mann zurückziehen konnte, schwang Ian den Hammer und traf ihn an der Schulter – nur ein rasch ausgeführter Hieb, der die Rüstung verbeulte, aber keine Knochen brach.

Trotzdem hing Leons Arm kraftlos herab.

Ian zückte den Dolch und stieß den Ritter zu Boden. Der schlug lautstark auf, und sein Kopf ruckte zurück. Mit der Klinge fuhr Ian über das dicke Leder und die Kettenglieder am Hals des Gegners, legte sein ganzes Gewicht in den Schnitt und schaffte es, die Kehle freizulegen.

Ian packte das Heft mit beiden Händen und stach zu, einmal, zweimal, wieder und wieder, bis die Dolchspitze an Leons Halswirbeln abbrach und das Gewebe nur noch eine blutende Masse war.

Dann stand er auf. Er war mit dem Blut des Ritters besudelt.

Es tropfte ihm aus den Heidenzöpfen, die Runen auf seinem Gesicht waren blutbespritzt, das raue Leder der Rüstung glänzte feucht. Er warf den Dolch beiseite und grinste wild die suhdrischen Speerträger ringsum an.

»Für Hund«, wisperte er. »Und Weih.«

Brüllend gingen sie auf ihn los, schäumend vor Wut.

Ian schloss die Augen und wartete darauf, das stille Haus zu betreten.

Treue Soldaten der Roards hielten den Ansturm der Suhdrin auf. Rings um Ian entbrannte die Schlacht, er öffnete die Augen und sah Krieger mit gelben Umhängen und blitzenden Klingen. Er wankte zurück. Eine Hand legte sich ihm auf die Schulter und zog ihn von den Kämpfenden fort. Er blickte in das schlammbespritzte Gesicht von Martin Roard.

»Zieh dich in die Burg zurück«, sagte Martin. »Lass uns anderen auch noch ein bisschen Ruhm übrig.«

»Euer Sohn kämpft gut, Hoheit«, sagte Ritterin von Doone.

Malcolm schnitt eine Grimasse und spuckte auf den Boden. »Er kämpft wie ein Tier. Wie ein Heide.«

Nichtsdestoweniger hatte Ians Ausfall wieder Raum vor dem Tor geschaffen und den Ansturm der Suhdra unterbrochen. Trotzdem war es einigen suhdrischen Rittern gelungen, sich durchs Ausfalltor zu schleichen, ins Torhaus vorzudringen und das Fallgatter hochzuziehen, was ihnen überhaupt erst ermöglichte, das Haupttor zu öffnen. Das Torhaus war vom Rest der Burgverteidigung abgeschnitten, ein Turm mit eigenen Schießscharten und schwerer Tür. Er diente dazu, an den Mauern emporkletternde Feinde abzuwehren, das Tor zu halten und zu verhindern, dass die Gegner in den Hof strömten. Momentan jedoch nutzte das Konzept des Wehrturms nur den Angreifern. Da das Tor offen stand, waren sie imstande, die Verteidiger zurückzudrängen, die das Fallgatter wieder herablassen wollten.

Die kleine Gruppe feindlicher Ritter, die das Torhaus eingenommen hatte, war von jeglicher Verstärkung abgeschnitten. Sie verbarrikadierten sich im Inneren. Einige von ihnen waren Armbrustschützen.

»Frau von Doone, schart einen Trupp harter Krieger um Euch. Behaltet die Mauern und das Gatter im Auge. Dünnt nicht unsere äußere Verteidigungslinie aus. Ich brauche einige gute Schwertkämpfer an meiner Seite«, sagte Malcolm.

»Ich bin gut genug, Hoheit. Das sind nur Suhdrin«, erwiderte die Ritterin.

»Euer Selbstvertrauen gefällt mir, aber ich bin weniger selbstsicher. Nicht mehr als ein Dutzend sollten reichen – und ein Karren.«

»Ein Karren, Hoheit?«

»Ja, die Seitenbretter müssen hoch und dick sein. Der Baron hat sicher einen geeigneten in den Ställen. Und lasst ihn mit Heu füllen.«

»Versuchen wir zu entkommen?«, fragte Doone scharf.

»Nein. Ich will nur das Torhaus zurückerobern.«

Doone nickte und verschwand im Gedränge. Tenerranische Soldaten standen im Hof verstreut. Malcolm teilte sie rasch ein und befahl ihnen, die Mauern und die übrigen Tore zu verteidigen. Überdies stellte er eine Patrouille zusammen, die die Gänge und Räume der Burg durchsuchen sollten. Es gab Gerüchte über Schattenpriester innerhalb der Mauern. Falls an dem Gerede etwas dran war, wollte er sie aufspüren.

Als Doone mit zwölf Kriegern zu ihm zurückkehrte, nickte er und führte sie zum Schildwall vor dem Torhaus.

»Wo ist der Karren?«, fragte er

»Einer von Adairs Leuten bringt ihn her. Brauchen wir Pferde?«

»Das schaffen wir zwei auch so.« Das Geräusch von Holzrädern auf Stein erklang. »Ah, da ist er ja.«

Die Menge hinter ihnen teilte sich, und sechs Männer schoben einen Karren zum Schildwall. Nach typisch tenerranischer

Art war der Wagen schlicht und solide, die einzige Verzierung bestand aus dem eingeschnitzten Adair-Wappen. Die Karrenwände waren dick und mit Leder verstärkt. Die Räder sanken tief im Schlamm ein.

»Also schön, vielleicht brauchen wir doch Hilfe«, gestand Malcolm ein. Er gab den Männern ringsum ein Zeichen. »Rollt ihn wieder ein Stück zurück. Wir benötigen Platz, um ihn ein bisschen auf Geschwindigkeit zu bringen, ehe wir den Schildwall räumen.«

»Ihr wollt mit dem Karren das Torhaus rammen?«, fragte Doone.

»Ich möchte diese Armbrustschützen nutzlos machen«, erwiderte Malcolm. »Wenn wir die Schießscharten in der Tür verstellen, können wir hoffentlich das Tor aufbrechen. Und jetzt kommt.«

Gemeinsam mit den Stallknechten und Doones zwölf Freiwilligen brachten sie den Karren auf Fahrt und ließen ihn gegen das Torhaus prallen. Bolzen ragten aus seiner Vorderseite, doch die Männer, die ihn angeschoben hatten, kamen unverletzt davon.

Nachdem der Eingang zum Torhaus verstellt war, verlangte Malcolm nach einer Fackel. Rasch fing das Heu auf der Ladefläche Feuer, und schwarzer Rauch stieg an der Seite des Turms empor und brachte die Feinde im Inneren zum Husten.

»Die kommen gleich rausgerannt, Hoheit«, sagte ein Helfer.

»Dazu haben sie keine Zeit«, erwiderte Malcolm. »Schnell jetzt.«

Mit einem letzten Stoß schob er den Wagen in der Deckung des Rauchs gerade so weit beiseite, dass seine zwölf Männer sich in die Lücke zwängen konnten. Er ging voraus, den Schild erhoben und das Schwert gezückt.

Kurz darauf herrschte im Torhaus Chaos und Blutvergießen.

Neunundvierzigstes Kapitel

Der Fluss lag im Sterben. Schaumkronen schwappten ans Ufer, und das vormals ruhige Wasser floss in reißender Strömung dahin. Zinder strahlte hell wie gehämmertes Silber am Himmel, schuf tiefe Schatten und tauchte alles in ein übernatürliches Licht.

Die Bäume auf der Uferseite des Heiligtums peitschten hin und her wie in einem Wirbelsturm. Äste schlugen Gwen ins Gesicht, zerrten an ihrer Kleidung und hinterließen Blessuren und Risse im Stoff. Sie war dankbar, dass die Eisenrüstung sie größtenteils schützte. Mit dem Speer in der Hand wankte sie ans moosige Ufer und hielt nach Angreifern Ausschau.

»Lauf nicht einfach davon«, sagte Elsa hinter ihr. Die Schwurritterin hatte den Weg durch die Bäume unbeschadeter überstanden, doch zeigte ihre Rüstung Kratzer, und ihr Tappert war fast vollständig zerfetzt. Eine Flammenaura umgab ihren Kopf – der letzte Rest einer Beschwörung. »Ich dachte, die Schutzzauber hätten sich aufgelöst?«

»Das stimmt auch, aber die Gheister sind noch da – und etwas will sie töten.«

»Was? Ich sehe niem… oh.« Elsa riss die Augen auf und trat vor Gwen ans Ufer.

Was vom Wächtergheist übrig war, wälzte sich auf sie zu, ein ungestalter, frauenähnlicher Umriss. Die Erscheinung sonderte schwarzen Schaum und Sprühnebel ab: verderbtes Wasser. Jemand hatte sich mit der gefallenen Göttin vereint: Frèr Allaister Finney. Er hing in der Mitte der Wassergestalt, einen Dolch locker in der Hand. Blut lief ihm aus den Handflächen, durchwirbelte das verderbte Adergeflecht des Gheists. Der Frèr war nackt, sein Körper mit seltsamen Tätowierungen und Blut bedeckt.

»Glimmerglen …«, sagte Gwen. »Wir dürfen sie nicht sterben lassen. Dieser Bastard darf sie nicht korrumpieren. So soll sie nicht umkommen, nicht nachdem sie das Heiligtum so lange beschützt hat.«

»Gheister können nicht sterben«, sagte Elsa. Die Schwurritterin lief am Ufer auf und ab und schwang das Schwert zur Vorbereitung auf den Kampf. »Wenn man sie tötet, entstehen sie erneut im Allreich. Das habe ich oft genug erlebt.«

»*Hier* kann sie wirklich sterben. Alles kann hier sterben. Wir sind zu nah am Allreich.«

»Erwartet Ihr, dass ich *da* hinauswate?« Elsa deutete auf die reißenden Fluten.

»Ich erwarte, dass Ihr mir nicht in die Quere kommt«, fuhr Gwen sie an. Sie schob die Ritterin beiseite, trat ans Ufer und schleuderte den Speer. Die Waffe flog im hohen Bogen über das Wasser und schlug mit einem befriedigenden Laut in den Gheist ein, den Allaister kontrollierte. Die blutgehärtete Spitze drang durch wässriges Gewebe.

Der Gheist zuckte zusammen, dann hob er den schrecklichen Kopf und suchte das Ufer ab. Als er Gwen und Elsa erblickte, brüllte er mit gequälter Stimme auf und stürmte vor. Der Fluss wehrte sich ein letztes Mal gegen das Eindringen des Schattenpriesters, die Fragmente des Wächtergheists, die im Wasser noch übrig waren, vereinten sich und schufen eine dicke Nebelwand.

Allaister lief in sie hinein, die Schwaden wanden sich um ihn wie ein Laken. Er wurde langsamer, taumelte, das Wasser unter ihm wehrte sich.

Schließlich durchbrach die unterworfene Göttin die Barriere.

Der Fluss begehrte mit einem letzten Energiestoß auf, dann brachen die schäumenden Wogen zusammen, die Strömung verlangsamte sich, und die Oberfläche wurde glatt. Der Allaister-

Gheist, der vom Körper der Göttin zehrte, jubelte vor Siegesfreude.

Als der Fluss sich beruhigte, stieß der Wald hinter ihnen ein so schrilles Klagen aus, dass es Gwen auf die Knie zu zwingen drohte. Der Flussgheist neigte sich vor und setzte seinen Weg durch die ruhigen Fluten fort.

Schreiend lief Gwen in das jetzt seichte Wasser und griff an. Die glatten Steine des Flussbetts knirschten unter ihren Stiefeln. Sie zog den nächsten Speer aus dem Holster, hob ihn mit beiden Händen über den Kopf und stieß ein lautes Heulen aus.

Allaister ragte vor ihr auf.

Sie stach zu. Der Speer drang dem Gheist ins Knie, und die durchstoßene Wasserhaut schloss sich wieder wie träger Sirup. Den Frèr schien das nicht zu beeindrucken. Er schlug die Angreiferin beiseite. Sie überschlug sich, ihr Speerholster öffnete sich, die Waffen platschten ins Wasser und trieben wie Äste davon. Die Göttin holte zum Schlag aus.

Ehe Gwen auf die Knie kam, griff Elsa an, beschwor die Rhythmen von Sonne und Zwietracht. Die Hitze des Segens in ihrem Blut ließ das Wasser zu ihren Füßen verdampfen und erzeugte einen schrecklich hohen Luftdruck. Elsa hieb der Göttin ihr Schwert in den Arm – den Arm, der Gwen zermalmen wollte. Der Lärm des Aufpralls hallte wie Donner durch das Tal. Die Klinge durchtrennte das Gewebe der Dämonin, und der Arm – nur noch ein Stück toter Gottheit – klatschte in den Fluss.

Allaister wankte zurück. Die Gestalt des Gheists verlor jeglichen Umriss, seine vage menschenähnliche Form wurde zu einer wirbelnden Wassersäule, und ganz kurz war das Gesicht der wahren Glimmerglen zu sehen – ihre Züge zeigten eine Mischung aus Verwirrung, Zorn und Einsamkeit. Inmitten des Gheists setzte Allaister eine konzentrierte Miene auf. Der Wasserkörper blubberte, ein Arm formte sich – nicht länger als der eines Kindes –, dann eine Hand, und schließlich entstanden noch ein Dutzend weitere Arme.

Nach den Armen bildete sich ein Kopf, die Beine teilten sich, brachen zusammen und teilten sich erneut. Und dann hatte der Gheist seinen Körper regeneriert – war so unversehrt wie vor Elsas Schwertangriff.

Allaister grinste in seinem Wasserleib und ließ den Gheist vorkippen, um Gwen zwischen sich und den Steinen zu zermalmen.

Sie rollte sich aus dem Weg. Wasser spritzte an der Stelle des Aufpralls in die Luft, regnete auf die Jägerin nieder, die sich ans Ufer rettete und hinter die Schwurritterin kniete.

»Zinder und verdammte Zwietracht!«, fluchte Elsa. Die beiden zogen sich auf trockeneren Boden zurück. »Das wird noch spannend.«

»*Wird* noch?«

»Ja, ich meine die tödliche Variante von ›spannend‹.« Elsa packte ihren Arm. »Steh auf, Mädchen.«

Gwen war schon auf den Beinen. Sie lief am Ufer entlang und suchte das Wasser ab. Dann zückte sie ihr Schwert – eine Waffe, die zum Töten Sterblicher geschmiedet war, nicht für den Kampf gegen manifestierte Götter der alten Religion. Die Klinge war nicht einmal mit ihrem Blut gehärtet.

»Meine Speere treiben im Fluss«, rief sie. »Lockt den Gheist weg, dann kann ich …«

Wie eine Springflut schoss Allaister aus dem Wasser, genau auf sie zu. Was immer von dem Schattenpriester in der korrumpierten Göttin übrig war: Sein Hass hatte ganz gewiss überlebt. Elsa versuchte, ihn abzufangen, doch es gelang ihr kaum, ihn auf sich aufmerksam zu machen.

Gwen zog sich zurück. Sie hatte schon fast die Bäume erreicht.

»Der Fluss ist verloren«, rief Elsa. »Und auch das Ufer. Findet den Frèr, falls Ihr nicht sinnlos sterben wollt.« Sie führte eine Reihe von Gegenattacken und eleganten Kontern aus. Allaister schlug mit der Gewalt des Flusses zu, enorme, erderschütternde Angriffe, die Krater im Boden zurückließen. Allein die göttliche Macht des Schwertes hielt die Schwurritterin am Leben.

Elsas Schultern spannten sich bei jedem abgewehrten Schlag. Ihr Blut brannte heiß und heilig. Müde und mit Bedauern hüllte sie sich tiefer in die Segen Zwietrachts. In ihren Adern floss geschmolzene Macht. Asche füllte ihren Mund.

»Mit meinen Speeren könnte ich …«, rief Gwen.

»LAUFT!«, brüllte Elsa. Die Segen verliehen ihrer Stimme den Widerhall gehämmerter Glocken. Die Jägerin rannte los.

Nun, da das Kind aus dem Weg war, konzentrierte sich Elsa umso mehr darauf, nicht zu sterben. Sie hatte ihre heilige Mission aufgegeben, ihren Schwur, die Gottesstraßen und Domas von Tenebros zu schützen. Die vielen Jahre in Frèr Lucas' Gesellschaft hatten ihr Verständnis davon, was ihre Bestimmung war, in mancher Hinsicht verändert. Zugleich fühlte sie sich von einer Klarheit erfüllt, die sie zuvor nicht gekannt hatte.

Hier und jetzt etwa war ihr völlig klar, dass sie am Leben bleiben musste. Die Jägerin war dieser Gottheit unterlegen, und dem Frèr standen größere Aufgaben bevor. Also musste Elsa sich dem Irrsinn entgegenstellen, den Allaister nun verkörperte – sie musste ihm standhalten und notfalls im Kampf sterben.

Der wabernde Wasserriese, in dem der Schattenpriester trieb, wankte ans Ufer. Seine Schritte erschütterten den Boden so sehr, dass die glatten Steine in alle Richtungen davonsprangen – als ließe seine schiere Anwesenheit die Erde Wellen schlagen. Welche Verletzung Elsa ihrem Gegner auch beigebracht hatte – er hatte sich schon wieder geheilt. Er ragte vor ihr auf. Schlaff wie ein Fisch am Haken schwebte Allaister in der Gestalt.

Der Gheist ignorierte sie und ging auf den Wald zu.

»He! Bastardgöttin!«, brüllte sie und winkte mit dem Schwert. Die prachtvolle Klinge hinterließ helle Streifen in der Luft. »Weiter kommst du nicht! Das hier ist dein Grab, Miststück!«

Der Gheist hielt inne, neigte den Kopf wie ein neugieriger

Hund und musterte die Schwurritterin zu seinen Füßen. Als er das Wort ergriff, klang seine Stimme – eine grauenhafte Parodie von Allaister – stumpf und hart wie ein Grabstein.

»Werte Elsa. Du bist weit von zu Hause weg, oder? Wie willst du es vor dem Großinquisitor rechtfertigen, ein heidnisches Heiligtum zu verteidigen?«

»Was sagst *du* ihm, wenn er herausfindet, dass du Gheister heraufbeschwörst und dich mit ihnen vereinst?«, hielt sie entgegen. »Ich glaube, du musst dich wegen reichlich ketzerischer Taten rechtfertigen.«

»Oh, Sacombre und ich haben eine Vereinbarung. Wir sind sogar vollkommen einer Meinung. Und du brauchst dich wirklich nicht um das Urteil deines Herrn Zinder zu sorgen«, sagte der Schattenpriester. »Der Einzige, der dich richtet, bin ich.« Er trat vor und schlug fast beiläufig mit der Faust nach Elsas Kopf.

Sie wich seitwärts aus und wehrte den Hieb ab, sodass die Faust tief in die harte Erde eindrang. Zwar schien der Gheist nur aus Wasser zu bestehen, sein Körper jedoch war extrem fest. Wassernebel schoss aus dem verwundeten Arm der kontrollierten Göttin, ein kleiner Sturm, der sich in einem Wirbel aus Blitzen entlud. Funken sprühten aus dem Krater, den er in den Boden schlug. An der Stelle blieb nur Asche zurück.

»Die Götter sind groß, aber du bist bloß ein mächtiger Prahler«, murmelte Elsa.

»Der Fluss birgt Stürme, Tochter der Sonnen. Du wirst ihre Wut spüren.«

Erneut holte der Gheist aus, sein Arm durchschnitt die Luft wie eine Sense. Elsa blockte Schlag um Schlag ab, jeder einzelne ließ ihre Knochen erbeben und stieß sie zurück. Ihre Füße rutschten über Stein und Schlamm wie auf Eis. Der Gheist zwang sie, immer mehr Energie aus den Schwurzaubern zu beziehen, Zwietrachts Sonnenmacht in sich aufzunehmen, nur, um sich weiterhin bewegen und kämpfen zu können, doch der Schmerz der Anrufung forderte seinen Tribut. Die Hitze, die

Elsa abstrahlte, verdorrte das Laub am Boden und die Bäume hinter ihr. Selbst ihr göttlicher Körper begann zu brodeln. Licht von der Farbe geschmolzenen Goldes pulsierte ihr aus den Augen und Adern.

»Wie lange kannst du brennen, Kind?«, verhöhnte der Gheist sie.

»Lange genug, um dich zu vernichten!« Elsa hustete Blut und Asche. Sie versuchte, den Druck auf die Gottheit zu erhöhen, doch deren Verteidigung war zu stark. Erschöpft lehnte sie sich an einen Baum. Die Rinde unter ihrer Schulter zischte.

»Willst du dich zugrunde richten, um die Götter zu retten, die du verfluchst? Wie konntest du so tief sinken, Tochter der Sonnen? Hat man dir das in der Lichtfeste beigebracht?«

»Dort hat man mir beigebracht, irre Götter zu töten, und du passt in dieses Schema.« Elsa glitt zur Seite, stach dem Angreifer von unten in den Arm. Die Wunde schloss sich bereits, ehe sie den Stahl herausgezogen hatte. Die Ritterin spie aus und wankte zurück. »Allerdings bist du ein bisschen gesprächiger als die meisten Götter.«

»Ich würde niemals behaupten, ein Gott zu sein, teure LaFey. Allerdings kann ich Götter in Besitz nehmen. Ich bin ein Meister der Gefallenen. Der Erste einer neuen Priesterschaft.« Obwohl Allaister die Augen geschlossen hatte und sich im Gheist anscheinend nicht regen konnte, grinste er. »Mir gefällt diese Bezeichnung.«

»Der Erste eines neuen Ketzertums!«, erwiderte Elsa. Sie war zwar dankbar für die kurze Ruhepause, doch wusste sie auch, dass die in ihr brennende Göttlichkeit nicht mehr lange anhalten würde. »Und auch der Letzte, wenn Zwietracht mitzureden hat.«

»Wir sind an einem heidnischen Ort, inmitten heidnischer Götter. Die leuchtende Herrin ist weit fort. Sie kann dich nicht retten, Elsa!«

»Ich muss nicht gerettet werden.« Sie richtete sich zur vollen

Größe auf, und die Macht ihrer Göttin strahlte aus ihrer Rüstung.

»Das sehen wir gleich.« Erneut griff der Flussgheist an. Seine glitzernden Fäuste zerschmetterten Bäume und rissen die Erde auf. »Bete, dass du lange genug lebst, um deinen Irrglauben zu erkennen. Bete, dass du noch die Wunder bestaunen kannst, die wir verrichtet haben. Bete, dass du mit unserer Weisheit gesegnet wirst, mit unserem Wissen und unserer Macht.«

»Bete, dass du die Klappe hältst«, entgegnete Elsa und warf sich ihrem Gegner entgegen. Sie war schneller als die riesige Göttin, und so gelang es ihr, die Oberhand zu gewinnen. Ihre Klinge strahlte wie ein von der Sonne erzeugter Blitz, ihr Gesicht war vor Anstrengung und Konzentration verzerrt. Der Gheist, in dessen Mitte Allaister schwebte, verteidigte sich mit der Kampfkunst sterblicher Priester. Um seinen Körper zu schützen, wehrte er die Hiebe mit den Fäusten ab. Dabei wich er langsam vor LaFey zurück, die den Druck erhöhte.

Und dann schien der Göttin die eigene Göttlichkeit wieder bewusst zu werden, vor der Elsa zur lebensmüden Närrin verblasste. Sie rammte die Ritterin mit ihrer gesamten Masse, löste die menschenähnliche Gestalt auf und fiel wie eine Kaskade über sie her, eine Woge donnernden Wassers. Der Aufprall schlug der Ritterin das Schwert aus der Hand, wobei sie sich Brandblasen auf den Handflächen zuzog. Sie ging zu Boden, der Atem wurde ihr aus den Lungen gepresst, und ihr Blut brannte.

Lachend ragte der Gheist vor ihr auf – ein Geräusch, als prassele Hagel auf Stein. Nach Luft schnappend wie ein gestrandeter Fisch hob Elsa den Blick. Allaister hatte die Augen einen winzigen Spalt geöffnet.

»Schon bald wird von deinen Gebeten nicht mehr viel übrig sein, Ritterin von LaFey«, kicherte der Gheist. »Das Spiel hat Spaß gemacht.«

»Woher kennst du ihren Namen?«, fragte Frèr Lucas. Er trat aus dem Wald hervor. Der Gheist wandte sich ihm zu.

»Eine Tochter der Sonnen und ein gebrechlicher Sohn der Monde«, spottete Allaister. »Der alte Krieg kann beginnen, was? Wirst du sie vor meinen Augen töten, oder haben wir ein Hühnchen zu rupfen?«

»*Du* kennst ihren Namen nicht«, sagte Lucas. »Frèr Allaister kennt ihn, aber nicht du. Und das bedeutet, von ihm ist mehr übrig als von dir.«

»Nicht mehr lange«, erwiderte der Gheist und drehte sich wieder zu Elsa um. »Wenn du mir nicht hilfst, musst *du* eben zusehen, wie sie stirbt.« Er hob die Fäuste, bereit, der Schwurritterin das Leben aus dem Körper zu schmettern.

»Nein.« Lucas schüttelte den Kopf. Ein dunkles Glimmen trat in Elsas Augen, die leuchtenden Adern ihres Gesichts verdunkelten sich, dann löste sich ihr Körper auf. Blut und Knochen wurden zu Nebel, zu einem Strang aus Dunkelheit, der zu Lucas' gehobener Hand schoss wie ein Falke zum Falkner.

Der Schatten tropfte wie Wachs von seiner Hand, setzte sich wieder zusammen, dann stand Elsa neben dem Frèr, der sie mit Schattenmagie und Willenskraft zu sich gezaubert hatte. Sie beugte sich vor und erbrach Galle und Funken.

»Das ist jedes Mal scheiße«, sagte sie.

»Ihr fändet es sicher schlimmer, zu sterben«, erwiderte Lucas sanft. »Sucht das Kind. Ich kümmere mich um den hier.«

»Mein Schwert fügt ihm keinen nennenswerten Schaden zu.«

»Ich bin nicht so der Schwertkämpfer.« Lucas deutete auf den Wald. »Flieht. Die Baroness von Adair braucht Euch, ehe ich hier fertig bin.«

»Mein Platz ist an Eurer Seite.«

»Ihr habt Euch der Göttin verpflichtet, und die Herrin Zwietracht braucht Euch lebendig. Ihr habt Wichtigeres zu tun, als tapfer zu sterben. Jetzt geht, ehe ich wütend werde und Euch zwinge.«

Elsa verzog das Gesicht. Ihr Schwert lag noch vor dem Gheist am Boden, doch das konnte sie unmöglich holen. Sie humpelte in den Wald, wankte schneller und rannte schließlich los, gestärkt durch die leuchtenden Überreste von Zwietrachts Segen. Wo sie vorüberkam, erbebten die Bäume. Elsas Heiligkeit durchdrang die Luft, ihre Sonnenmacht schadete der geweihten Nacht der Heiden.

Als sie fort war, wandte sich Lucas der irren Göttin zu.

Die näherte sich ihm. »Du zeigst keine Furcht, Sohn der Monde«, grollte sie.

»Du auch nicht, Gheist.«

»Was habe ich schon von einem Sterblichen zu befürchten, ganz gleich, wie sehr sein Blut vom Aschegott verunreinigt ist? Weißt du, welcher Göttin du entgegentrittst? Wie der nutzlose Winter, der gegen den Frühling aufbegehrt?«

»Nein«, antwortete Lucas. »Weißt du es?«

Die beiden prallten aufeinander, und ringsum verzerrte sich die Welt.

Fünfzigstes Kapitel

Elsa fand die junge Jägerin im verwüsteten Heiligtum. Sie hockte zwischen den Steinhaufen der toten Wächter. Sogleich schreckte sie auf, beruhigte sich aber wieder, als sie die Schwurritterin erkannte.

Der Himmel verfärbte sich leicht zinnfarben – das erste Anzeichen der Dämmerung.

Die Nacht kann nicht schon vorbei sein, dachte Elsa und schritt zu dem Mädchen.

»Ich dachte, Ihr wärt tot«, sagte Gwen.

»Enttäuscht?«

»Nein. Nur überrascht.« Sie wandte sich um und setzte sich. »Allaister lebt noch – ich spüre seine Verderbnis in der Luft, und Ihr seid hier. Ich dachte, Ihr würdet bis zu seinem Tod kämpfen – oder Eurem.«

»Frèr Lucas hat eingegriffen. Er schickt mich zu Euch.«

»Wo ist Euer Schwert?«

»Verloren. Was macht Ihr hier?«

»Ich bereite mich vor.« Gwen wandte sich wieder dem Steingrab zu.

Elsa trat um sie herum und beäugte das Grab. Gwen hatte einen Stock in ihr eigenes Blut getaucht und zeichnete eine Rune auf die Steine. Die Ritterin sah sich um und erkannte, dass auf den anderen Steinhaufen ebenfalls eine solche Rune gemalt war.

»Was ist das?«

»Ich verabschiede mich von ihnen«, erwiderte Gwen. »Und verhelfe ihnen schneller ins Allreich. Falls Allaister an Eurem Frèr vorbeikommt, will ich mir nicht ausmalen, was er mit den Toten anstellt.« Sie lehnte sich zurück und begutachtete ihr

Werk, dann stand sie auf. »Ich möchte ihnen diesen Schrecken ersparen.«

»Wir müssen unsere Kräfte sammeln«, sagte Elsa grimmig. »Frèr Lucas zahlt einen hohen Preis. Wenn es in unserer Macht liegt, ihn zu retten, sollten wir zu ihm.«

»Es gibt keine Verteidigung mehr«, murmelte Gwen. »Allaister hat die letzten Zauber außer Kraft gesetzt, und unsere einzige Hoffnung, das hier zu überleben, ist ein alter Inquisitor und eine Schwurritterin ohne Schwert. Selbst wenn wir gewinnen, steht mir bestenfalls ein Prozess wegen Ketzerei bevor.«

»Das ist besser als der Tod«, hauchte Elsa.

»Wenn Ihr es sagt.«

Sie verfielen in Schweigen. Weiter unten tobte der Kampf wie eine Gewitterwolke in einer Schlucht. Gwen ging zum letzten Steinhaufen, schnitt sich in die Handfläche, tunkte den Stock ins Blut und machte sich wieder ans Werk. Als sie fertig war, erhob sie sich.

Elsa legte ihr die Hand auf die Schulter und sah ihr in die Augen. »Also wollt Ihr aufgeben?«

»Nein. Ich habe nur eine bestimmte Art zu kämpfen.«

»Allerdings. Worauf wartet Ihr?« Erneut schwieg Gwen, und Elsa schaute in den Himmel. »Wie kann die Sonne schon aufgehen?«

»Seid froh. Vielleicht gibt Euch Zwietrachts Aufstieg die nötige Macht für einen ruhmreichen Tod.«

»Die Chance habe ich vertan. Davon abgesehen, bin ich wohl …«

Die Jägerin packte sie und drückte sie in die Deckung des hohen Grases. Elsa wehrte sich, doch Gwen flüsterte ihr ins Ohr: »Still. Da ist was zwischen den Bäumen.«

Reglos lagen sie da und lauschten. Jemand ging an ihnen vorbei, zwanzig Schritt entfernt, und zwei flüsternde Stimmen waren zu hören. Dann waren sie fort. Gwen hockte sich hin und sah sich um.

Drei Priester des Winterhofs stiegen den Hügel in der Mitte des Heiligtums hinauf. Sie stimmten ein Lied an, eine Art Anrufung, und Schatten naetherischer Ikonen kreisten um ihre Köpfe.

»Sie suchen nach dem Zugang zum Schrein«, wisperte Gwen.

»Ich wundere mich noch immer darüber, dass Allaister mit seiner Ketzerei so viele Gläubige auf seine Seite ziehen konnte«, flüsterte Elsa.

»Ihr liegt neben einer Heidin, werte Ritterin. Ihr seid also nicht in der Position, ein Urteil zu fällen.« Gwen stützte sich auf ein Knie und spähte in Richtung der Priester, die außer Sicht verschwunden waren. Als sie nicht mehr auftauchten, gab sie Elsa ein Zeichen. »Kommt.«

»Wohin gehen wir?«

»Falls sie den Eingang finden wollen, will ich vor ihnen dort sein.«

So leise wie möglich eilte Gwen in den Wald. Elsa blickte verärgert zum Hügel und lief ihr dann nach. Bei den Bäumen rannte die Jägerin los; sie umrundete die Anhöhe und erklomm sie an der Ostseite, bis sie eine Steinsäule erreichte, deren Sockel im Hang steckte, als hielte die Erde ihn umklammert. Einige Minuten später traf Elsa ein.

Noch immer waren die Kampfgeräusche zu hören, selbst auf diese Entfernung.

Die Säule war grau und weich, ihre Kanten von Wettereinflüssen abgetragen. Der untere Teil war ringsum mit Zeichen aus einer vergessenen oder verbotenen Sprache bedeckt, in Bodennähe verblassten die Buchstaben. Die Schwurritterin kniete sich nieder und strich mit den Fingern über die Gravuren. Gwen blickte zunächst die Säule an, dann sah sie nach Osten und blinzelte in die aufgehende Sonne.

»Das ist der Eingang?«, fragte Elsa.

»Einer davon, ja. Der, nach dem die Priester suchen.« Gwen hockte sich hin. »Früher oder später finden sie ihn.«

»Dann verteidigen wir ihn. Ihr habt ein Messer. Ich habe die Sonne.«

»Und was ist mit Frèr Allaister? Falls er stark genug ist, Glimmerglen zu kontrollieren, kann er bestimmt auch uns vernichten.«

»Überlasst ihn Frèr Lucas.« Elsa lauschte den fernen Kampfgeräuschen und verzog die Miene. Abrupt drehte sie sich zu der knienden Jägerin um. »Was jetzt?«

Gwen antwortete nicht. Sie riss ein wenig Gras aus und zerrieb die Halme zwischen den Fingern, sodass sich die Haut grünlich verfärbte. Dann rieb sie sich die Schläfen ein. Sie rupfte noch mehr Gras aus, zerrieb es und schmierte es sich ins Gesicht.

»Warum macht Ihr das?«, fragte die Schwurritterin.

»Weil es etwas gibt, das ich tun kann, und dabei ist es besser, so viel von diesem Ort wie möglich an mir zu haben.«

Elsa riss ein Grasbüschel aus und hielt es ins Sonnenlicht. »Sieht für mich wie Gras aus. Meint Ihr etwa, dass Ihr Euch mit dem Allreich einreibt?«

»Nein, mit der echten Welt. Mit Materea. Tener. Suhdra. Ganz Tenebros. Es wäre besser, wenn ich etwas Erde von außerhalb des Heiligtums hätte, aber das lässt sich nicht ändern.«

»Was habt Ihr vor?«

Gwen bedeutete ihr, leise zu sein, und kniete sich hin. Von oben drang ein Rascheln den Hügel hinab – die drei Priester waren da. Wegen der Steinsäule waren sie nicht zu sehen; sie unterhielten sich zornig miteinander, dann entdeckte einer von ihnen die Säule und eilte darauf zu. Er blieb stehen.

Etwas erfüllte die Luft.

Schweigen.

Ein lautes Kreischen ertönte, dann war es wieder still. Alle fünf warteten ab, Elsa und Gwen voller Anspannung: Es war Lucas' Stimme gewesen. Nichts geschah. Der Kampf war vorüber.

Der Priester vor der Steinsäule stieß ein widerliches Lachen aus, das den Hügel hinab bis zu den Bäumen schallte. Er rief seinen Gefährten etwas zu, dann schritt er weiter auf den Stein zu.

Elsa packte Gwen bei den Schultern. »Was könnt Ihr tun?«, zischte sie.

»Keine Zeit für Erklärungen. Seht mir zu. Rührt Euch nicht und seht zu.« Sie wandte sich um und presste die Wange an die Säule. Zunächst gab der raue Stein nicht nach, doch dann glitt er um ihren Kopf wie Sand. Gwens Gesicht, ihr Kopf, die Schultern und schließlich ihr ganzer Körper verschwanden in der glatten, wettergegerbten Säulenoberfläche.

Elsa sah, wie sich das Gestein wieder glättete und erstarrte, dann war die Jägerin von Adair verschwunden.

»Gottverdammt, Kind«, fluchte sie. Sie riss große Klumpen aus dem Boden und schmierte sich kühle Erde und Grashalme ins Gesicht. Sie unterdrückte Tränen des Schmerzes und der Frustration. »Verdammt … noch … mal.« Sie presste den Kopf an die Säule und spürte, wie er in einer endlosen Tiefe aus körnigem Sand verschwand.

Einundfünfzigstes Kapitel

Das Tor war zerstört, doch die vier Suhdrin standen mit ihren Schilden im Durchgang, die Speere auf den Gang gerichtet. Tote Tenerraner lagen zu ihren Füßen. Malcolm kniete am anderen Ende des Korridors, ein halbes Dutzend Kämpfer hinter sich, die auf seinen Befehl warteten. Der Rest des Torhauses war gesichert. Nur noch der Raum vor ihnen war vom Feind besetzt – und darin befand sich der Mechanismus, mit dem man das Fallgatter bediente.

»Wie können sie nur glauben, dass sie den Durchgang halten werden?«, knurrte er.

»Sie haben den störrischen Willen todgeweihter Männer«, antwortete von Doone. Sie hatte es kaum erwarten können, ihr Schwert in suhdrische Körper zu rammen, und als der Alarm erklungen war, hatte sie als Erste darauf reagiert. »Ich bin gern bereit, sie zu erlösen.«

»Bei einem Tenerraner würdet Ihr das Tapferkeit nennen, Frau von Doone«, erwiderte Malcolm. »Auch wenn es so oder so wie Torheit wirkt.« Die drei suhdrischen Soldaten am Ende des Gangs bewegten die Speere. Ein Kopf spähte zwischen den Schilden hervor. Malcolm sah bleiche Haut und helles Haar unter einer Kettenhaube, dann war das Gesicht wieder verschwunden.

Er hob die Stimme. »Ihr habt keine Hilfe zu erwarten. Gebt auf, ehe wir das Öl holen. Oder die Hunde.«

»Holt Eure Hunde!«, antwortete eine Stimme. »Es macht uns allmählich Freude, heidnische Tiere zu töten.«

»Hoheit, wir müssen das Gatter sichern, ehe es zu spät ist«, grollte Doone. »Lasst mich …«

Malcolm hieß sie schweigen. »Wisst Ihr, wer gegen Euch kämpft?«, rief er den Suhdrin zu.

»Die Heidengötter des Nordens und die Heiden, die ihnen zu Füßen liegen! Die wahren Götter Suhdras sind auf unserer Seite. Was haben wir zu befürchten?«

Langsam erhob sich Malcolm, seufzte und stützte sich an die Wand. Seine Knie knackten mehrmals. Er bedeutete Doone, ihm den Schild zu reichen; sein eigener lag neben seinem Bett – er hatte ihn in der Aufregung des Alarms vergessen. »Nein, Ihr kämpft nicht gegen Heiden«, sagte er, »sondern gegen wahre Anhänger des celestischen Glaubens. Männer und Frauen von Zinder und Zwietracht.«

»Ihr blutet wie Heiden. Ihr sterbt wie Heiden«, antwortete die Stimme. »Und ihr stinkt wie Heiden.«

Leises Lachen drang aus dem Torhaus. Malcolm packte das Schild und Schwert fester und marschierte den Gang hinab. »Dann müsst Ihr mich wohl kennenlernen«, donnerte er. »Ich bin Malcolm von Blakley, Herzog zu Hundsweih, Beschützer der Dunklingmarsch und rechtmäßiger Erbe des Jägerthrons. Aber Menschen, Götter und eine Legion aus Toten kennen mich als Geißel der Plünderer!« Er hieb mit dem Schwert durch die Luft. Die Spitze schrammte über eine Wand, dass die Funken nur so sprühten. »Ich habe an der Seite von Tomas Bassion Herzbrück verteidigt. Ich kämpfte neben Castian Jaerdin, um die Häfen von Schiffsgrund zurückzuerobern, und heute kämpfe ich wieder an seiner Seite. Meine Klinge hat das Herzblut unzähliger Feinde geschmeckt, und das von Suhdrin, Tenerranern, Plünderern und Göttern!«

Die Männer antworteten nicht, rückten jedoch enger zusammen und reckten die Speere etwas weiter in den Gang. Verächtlich schlug Malcolm die Speerspitzen beiseite, durchtrennte die Aschholzschäfte und trat gegen den nächstbesten Schild. Eine Lücke tat sich auf, und er stieß das Schwert hinein. Jemand schrie, der kleine Schildwall öffnete sich noch mehr, und dann wichen die Männer zurück, zückten die Klingen und versuchten, sich Platz für einen Kampf im überfüllten Torhaus zu verschaffen.

»Für Hund und Weih!«, schrie Doone vom anderen Ende des Gangs, ehe sie und die übrigen Krieger sich um ihren Herrn scharten, um den Raum mit Schwertern, Blut und Zorn zu erfüllen.

Ehe Malcolm in den Kampf eingreifen konnte, waren die Suhdrin tot. Es waren nur vier, und sie alle hatten bereits im Vorfeld Wunden davongetragen.

»Sie hatten keine Chance«, murmelte er. »Die Narren sind sinnlos gestorben.«

»Schließt das Gatter«, rief Doone und schickte die übrigen Soldaten zu der großen Winde mit dem Gegengewicht.

Malcolm packte sie am Arm. »Noch nicht«, sagte er so laut, dass die anderen es hörten, dann rannte er die Wendeltreppe zum Dach des Torhauses hinauf. Im Schutz von Doones Schild lehnte er sich zwischen den Zinnen vor. Pfeile prasselten gegen das Metall und prallten auf die Steine ringsum.

Unten vor der Burg setzten Roards unerbittliche Speer- und Schwertkämpfer ihren hoffnungslosen Kampf fort.

Malcolm schrie ihnen zu: »Lorien! Herzog Roard! Wir haben das Tor zurückerobert!« Mehrmals wiederholte er die Rufe, bis Lorien von Roard auf ihn aufmerksam wurde. Er nickte und befahl den Rückzug. Seine Männer, unter denen auch Martin kämpfte, zogen sich in den Burghof zurück. Malcolm stieg die Treppe hinab und brüllte ins Torhaus: »Frau von Doone, behaltet das Mörderloch im Auge. Sobald der letzte von Roards Männern drinnen ist, lasst das Eisen fallen!«

Kurz darauf drehte sich die Winde, und die Kette rasselte. Malcolm spürte, wie sich unter ihm etwas Schweres regte, dann schloss sich das Fallgatter mit lautem Knall. Draußen drängte die suhdrische Armee vor, drückte gegen das Eisengitter. Solange das Tor dahinter offen stand, würde es sie nicht lange aufhalten.

Malcolm rannte zur Hofseite des Dachs.

Jemand … sein Sohn Ian organisierte die Verteidigung. Mit blutverkrustetem Gesicht kommandierte er die Soldaten der Häuser Blakley und Adair. Sie zogen Karren und andere Barrikaden vors Fallgatter, damit die sudhrischen Bogenschützen nicht hindurchschießen und den Hof in ein Schlachtfeld verwandeln konnten. Fürs Erste war das die beste Maßnahme. Malcolm rannte ins Torhaus zurück.

»Sichert die Mauern«, brüllte er Doone zu. »Jemand soll mein Pferd fertig machen. Wir müssen zum Aufbruch bereit sein.«

»Die Burg ist nicht sicher, Hoheit«, sagte Doone. Sie deutete auf einen Knappen, der in der Tür stand. Der Junge war bleich wie ein Gespenst. »Priester des Zinder wurden innerhalb der Mauern gesichtet. Inquisitoren.«

»Wir kämpfen nicht gegen die Kirche, edle Frau. Das kümmert uns nicht.«

»Die Priester sind dafür verantwortlich, dass der Feind die Mauer durchbrechen und das Tor öffnen konnte«, beharrte Doone. »Sie handeln nicht allein.«

»Was soll das heißen?«, hakte der Herzog nach.

»Der Großinquisitor wurde gesehen. Er ist noch in der Burg – zunächst war er in der Krypta und zuletzt im großen Saal. Er setzt Zinders Macht gegen jeden ein, der sich ihm entgegenstellt.«

»Aber …« Malcolm blickte von dem verängstigten Knappen zu Doone, die vom Kampf und vor Zorn ganz rot im Gesicht war. »Diese Mächte sind dazu da, das Reich vor Gheistern zu schützen. Er würde sie doch nicht gegen Sterbliche einsetzen?«

»Ich kann nur den Bericht wiedergeben, Hoheit«, sagte Doone, »aber ob es Euch gefällt oder nicht: Anscheinend kämpfen wir gegen die Kirche.«

»Oder zumindest gegen die Inquisition«, murmelte Malcolm.

»Schön. Sprecht mit Herzog Roard. Richtet ihm meinen Dank aus.«

»Wo wollt Ihr hin?«

»In den großen Saal.« Malcolm gab Doone den Schild zurück, vollführte das Zeichen von Sonne und Mond und zückte das Schwert aus Feeneisen. »Ich will mit seiner Heiligkeit Sacombre sprechen.«

Colm Adair wusste, was geschehen war. Er eilte durch seine Gemächer und versteckte die Ikonen. Dann wandte er sich an seine Frau.

»Elspeth, nimm die Kinder und ein Schwert. Ihr müsst fliehen.«

»Jetzt schon? Herzog Blakley hat doch die Mauern gesichert.«

»Die Mauern spielen keine Rolle. Der Großinquisitor hat seinen Zug gemacht. Ich habe den Tod der Hexe im Blut gespürt. Unsere schlimmsten Ängste sind wahrgeworden.« Er fiel ihr um den Hals, warf ihr eine Robe über und führte sie zur Tür. »Eine Magd hat Sloane reisefertig gemacht. Im Ranzen findet ihr Proviant. Versucht, das Heiligtum zu erreichen, und betet, dass die Wächter euch helfen können.«

»Sei kein Narr, Colm«, sagte Elspeth. »Ich lasse dich nicht hier zurück. Das weißt du doch.«

»Ich bitte dich nicht, Liebste. Du musst mir gehorchen. Wir wissen nicht, wie es Gwen ergangen ist, und mein Schicksal ist schon besiegelt. Der Würfel ist gefallen, und jetzt handele ich entsprechend, aber du und Sloane, ihr könnt entkommen. Das Geheimnis des Herbstes muss gewahrt werden. Geht.«

»Liebster …«, Elspeth löste sich aus seinen drängenden Händen, ließ den Ranzen fallen und wandte sich ihm zu.

»Still«, sagte er. »Still. Wir sehen uns wieder, im Allreich oder sonst wo. Mögen die Götter uns gewogen sein, Elspeth, mach es uns nicht schwerer als ohnehin schon. Geht rasch, ehe die Schatten euch finden.«

Sie nickte, und gemeinsam eilten sie auf den Korridor hinaus. Sloane stand mit einer Magd vor seinem Zimmer. Colm schickte die Dienerin fort, die sogleich die Stufen hinabfloh. Unten im Burghof toste eine Schlacht. Das Fallgatter krachte lautstark herab, doch das würde die Feinde nicht lange aufhalten. Am Ende des Ganges zog er einen Wandteppich beiseite, der Zinders Aufstieg zeigte, und dahinter kam eine Geheimtür zum Vorschein. Er atmete tief durch und wandte sich ein letztes Mal seiner Frau und seinem Sohn zu.

»Seid jetzt tapfer und stark. Vergesst nicht, ihr habt Eisen im Blut.« Es kostete ihn Mühe, mit fester Stimme zu sprechen. Er strich dem Jungen durchs Haar und zwickte ihm in die Nase. Dann blickte er seine Gemahlin ernst an. »Pass auf ihn auf, und halte den Dolch griffbereit – für den Notfall.«

»Wie kannst du das von mir verlangen?«

»Du weißt, dass der Inquisitor mit uns ein Todesritual abhalten und so den Standort des Heiligtums herausfinden kann. Wir dürfen der Kirche nicht in die Hände fallen«, sagte Colm ruhig. »Keiner von uns. Falls wir die Stätte verlieren, soll nicht unser Blut Sacombre hingeführt haben.«

Blinzelnd unterdrückte Elspeth die Tränen, drückte ihrem Gemahl die Schulter, nahm ihren Sohn beim Arm und verschwand im Geheimgang. Colm stieß den Atem aus, schloss die Tür und machte sich auf den Weg in seine Gemächer.

Er musste sich auf den Kampf vorbereiten.

Im Gang hinter ihm erklang ein kurzer Schrei, laut und angsterfüllt.

Colm erstarrte. Sein Sohn Sloane schrie nicht, doch er spürte seinen Tod ebenso deutlich wie Elspeths. Die Gewissheit brach ihm das Herz. Etwas krachte gegen die Mauer, einmal, zweimal, Knochen barsten und Gewebe platzte auf wie eine weiche Frucht. Colm stand im Gang, zu keiner Regung, zu keiner Tat fähig.

Knarrend öffnete sich die Geheimtür am Ende des Korridors.

Sacombre trat daraus hervor, besudelt mit dem Blut von Colms Frau.

»Baron von Adair«, wisperte der Großinquisitor. »Wir müssen uns unterhalten, ehe Ihr aufbrecht.«

»Fahrt ins Totenreich«, zischte Colm und zückte das Schwert.

»Das Totenreich ist für die Gefallenen.« Wie ein Gespenst schwebte Sacombre durch den Gang. »Ich hingegen steige auf. Jetzt und für immer steige ich …«

Er konnte den Satz nicht vollenden, denn Adair warf sich auf ihn. Sein Gebrüll war von Wut und Schmerz erfüllt. Das Geräusch berstenden Metalls erklang, als zunächst sein Schwert zerbrach und dann seine Rüstung.

Colm Adair gab Blut und Seele, um seine ermordete Familie zu rächen. Sein zermalmter Körper verteilte sich über die Wände und den Gang wie Herbstlaub im Wind.

Zweiundfünfzigstes Kapitel

Im Heiligtum herrschte Schweigen. Gebeine, Wurzeln und schroffe Steine, alt wie die Zeit selbst, ragten aus der Decke. Der Boden war mit Laub bedeckt, das so alt war, dass es unter Gwens Füßen zu Staub zerfiel. Sie blieb im Eingang stehen und sog tief den Atem ein. Die trockene Luft kratzte in ihrer Lunge. Jadegrünes Licht erhellte den Raum; es drang aus leuchtenden Quarzadern in der Decke.

In der Mitte standen ein Grab und eine Krippe. Das Grab bestand aus aufgetürmten Steinen, jeder davon mindestens faustgroß. Sie waren in natürlichen Mustern angeordnet. Der Haufen reichte Gwen bis zur Stirn. Jeden Stein zierten eine oder mehrere Runen, die eine große Spirale aus Segen und Bannzaubern bildeten, um den Gott zu binden. Vor einer Ewigkeit hatten Hände diese Zauber eingraviert und Stimmen die Versprechen vorgetragen, die den Herbstgott unter diesem Hügel begruben, in den letzten Tagen des Kreuzzugs.

Gwen legte die Hand auf einen Stein. Er summte, als sie ihn berührte – ein Lied, das süß und klar durch Blut, Herz und Kopf klang. Das tote Laub wehte über den Boden davon, als ginge ein Windstoß von ihr aus.

»Ist das der Ort, den wir suchen?«, fragte Gwen die Luft und den Gott, der zu ihren Füßen ruhte. »Haben wir so viel vergessen?«

Die Steine des Grabs knirschten – ein Geräusch, das eher Ungeduld symbolisierte als eine Antwort. Kälte drang in Gwens Finger, sie spürte die Taubheit kaum, so aufgeregt war sie, bei dem Gott zu sein, den ihre Familie so lange schon beschützte. Als die Kälte zu schmerzen begann, zog sie die Hand weg.

»Sie sind gefallen«, sagte sie, in der Hoffnung, irgendeine Antwort zu erhalten, und sei es Ablehnung. »Die Zauber, die Wächter, meine Familie – ich bin die Letzte. Das habe ich nicht gewollt. Ich weiß nicht, was die Wächter vorhatten, als sie dich hier in die Erde sangen, aber das kann es nicht sein. Ich wollte das Geheimnis bewahren. *Dein* Geheimnis, aber das schaffe ich nicht mehr. Also sag mir, was ich tun soll. Sag mir, was die Wächter getan hätten, wenn sie nicht gestorben wären.«

Keine Reaktion. Gwen seufzte und schritt durch den Raum. Die Gravuren des Grabmals verwirbelten vor ihren Augen. Sie waren nicht nur ein Zauber, sondern erzählten auch eine Geschichte, nannten die Namen der Gottheit, die sie verbargen, das Vermächtnis seiner Göttlichkeit. Sie erklärten, dass er zugleich Gott und Jahreszeit war, verhießen den Übergang von Sommer zu Winter, die Geschenke und den Lohn des Herbstes und die Warnung vor dem, was noch folgen würde: der Tod der Wärme durch die Ankunft des Winters.

»Vater hat nie verraten, dass du der Gott des Herbstes bist, aber jetzt ist es für mich ganz offensichtlich. Die Tatsache, dass die Celesten bei jeder Sonnenwende an Macht gewinnen und zur Tagundnachtgleiche wieder verlieren. Es ist mir nie in den Sinn gekommen, dass dieselben Gesetzmäßigkeiten auch für die heidnische Magie gelten. Jetzt begreife ich das.« Gwen wischte die Überreste eines zerfallenen Blattes vom Grab und spürte die raue Oberfläche des Steins unter den Fingern. »Aber wenn du der Herbst bist, muss es noch einen weiteren Gott geben. Den Frühling, richtig? Was wurde aus dem Frühling?«

Das Steingrab bewegte sich beinahe unmerklich, die spiralförmige Gravur schien sich eher ein wenig auszudehnen, als zusammenzuziehen.

Gwen nickte. »Du weißt das bestimmt. Er ist vermutlich tot oder liegt im Sterben. Das könnte auch der Grund sein, warum er dich versteckt hat. Es muss schrecklich für dich gewesen sein, zuzusehen, wie dein Zwilling im Kreuzzug fiel. Ich kann mir das nicht vorstellen. Aber wir haben deine Geschichte vergessen – selbst diejenigen von uns, die sich für Gläubige halten.« Gwen blieb stehen, dann kehrte sie wieder zum Eingang zurück. »Gläubig. So ein seltsames Wort. Was bedeutet es heutzutage?«

Sie zückte den Dolch: blutgehärtet und gefährlich, mit dünner, spitz zulaufender Klinge. Sie benutzte ihn zur Jagd, falls die Gheister ihr zu nahe kamen und ihre Speere nutzlos wurden. Ihre Reservewaffe. Mit zittriger Hand hielt sie die Klinge über das Grab.

»Werden sie dich finden? Ja. Werde ich dich verteidigen? Bis zum letzten Atemzug, mit all meiner Seelenkraft.« Mit der anderen Hand nahm sie einen Stein vom Haufen. »Ich bin die letzte Wächterin, und ich kann nicht zulassen, dass sie dir schaden.«

Eine kleine Lawine rieselte hinter ihr in den Raum. Sie unterdrückte einen Schrei und fuhr herum. Der Zugang – die Steinsäule, die normalerweise glatt und reglos wie ein Tümpel war – bröckelte. Eine Hand brach daraus hervor, dann eine Schulter, und schließlich taumelte Ritterin von LaFey in den Raum. Sie stürzte zu Boden und erbrach einen Schwall kleiner Steine.

Hustend kniete sie einen Moment lang da, ehe sie den Blick hob. »Höhlen sollten normale Eingänge haben«, krächzte sie.

»Ihr solltet nicht hier sein.«

»Die Steine scheinen derselben Meinung zu sein.« Langsam richtete Elsa sich auf. Sie stützte die Hände auf die Knie und sammelte sich. »Götter, das war wirklich unangenehm.«

»Ich mein's ernst.« Ein Anflug von Panik schwang in Gwens Stimme mit. »Ich weiß nicht, was Eure Anwesenheit an diesem Ort bewirkt. Ihr seid eine verdammte Ritterin des Winterschwurs! Wir sind hier im Heiligtum! Ihr könntet das ganze Gleichgewicht durcheinanderbringen …«

»Genug!« Elsa hatte sich zu voller Größe aufgerichtet. »Ihr wart schon unter der Kuppel der Celesten, Ihr habt vor dem Thron in Zinderfell gekniet und Eure Gebete gesprochen. Das hat weder Euch umgebracht, noch den Untergang der celestischen Kirche eingeläutet. Habt ein wenig Vertrauen!«

»Ihr solltet nicht hier sein!«, wiederholte Gwen. Sie packte die Ritterin am Arm und versuchte, sie wegzuzerren. Ebenso gut hätte sie probieren können, eine Statue fortzuschleifen.

Elsa lachte. Als sie das Wort ergriff, klang ihre Stimme rau und leise. »Das sagt Ihr immer wieder. Aber was ist das Schlimmste, das passieren würde? Ich könnte sterben. Dann wollen wir mal, ehe die Priester den Weg hineinfinden.« Sie wandte sich dem Steingrab zu. »Das ist der Gott?«

»Sein Grab. Und sein Gefängnis.«

»Also wollt Ihr ihn befreien?« Elsa sah Gwen neugierig an und erblickte den Dolch in ihrer Hand. »Oder was habt Ihr vor?«

»Ich … ich hatte … habe mich noch nicht entschieden. Ich bin die letzte Wächterin. Außer mir gibt es nichts mehr. Keine Verteidigung, keine Verstärkung, und was Allaister dem Flusswächter angetan hat … das werde ich hier keinesfalls zulassen. Was immer geschieht, ich muss es durchstehen. Und ich weiß nicht, was ich darüber hinaus noch ausrichten kann.«

Elsa zog eine Augenbraue hoch. »Tja, ich bin auch hier. Genau wie Lucas – ich weigere mich zu glauben, dass dieser Bastard ihn umgebracht hat –, und da draußen sind noch mehr Feinde. Soweit ich weiß, kämpft Herzog Blakley einen ganzen Krieg, um Eure Familie zu schützen.«

»Aber was hat das bewirkt?«, seufzte Gwen.

»Womöglich viel, womöglich auch nicht, aber Ihr seid nicht allein. Wir stecken wohl in einer üblen Lage.« Elsa zuckte die Schultern. »Sie ist übler als sonst, aber Ihr dürft jetzt nicht aufgeben.«

»Ich gebe nicht auf«, entgegnete Gwen energisch und hob den Dolch. »Aber das hier ist vielleicht der einzige Weg. Die Priester finden einen Weg herein, und wenn sie über dieselbe Macht verfügen wie Frèr Allaister, könnten sie meinen Gott unter ihre Kontrolle bringen.«

»Eventuell wollen sie ihn töten. Wenn Ihr ihnen zuvorkommt, nehmt ihr Ihnen nur die Arbeit ab.«

»Falls sie ihn umbringen wollten, warum haben sie dann keine Schwurritter dabei? Der Frèr reist mit Euch. Die Inquisition geht nicht ohne Ritter gegen die Gheister vor. Wieso sollte sie jetzt im Alleingang handeln?«

»Wer weiß? Vielleicht dachte Allaister, er könnte es allein schaffen. Eine Sache ist jedenfalls sicher.« Elsa entwand Gwen den Dolch so sanft sie konnte. »Wenn Ihr den Gott tötet, gibt es kein Zurück. Falls Ihr ihn opfert, wird sehr vieles untergehen.«

»Seltsam, das von einer Ritterin des Winterschwurs zu hören.«

»Frèr Lucas hat mir etwas gezeigt. Mich etwas gelehrt … und auch von Euch habe ich gelernt. Es gibt eine Verbindung zwischen den Göttern unseres Landes. Suhdra macht schreckliche Zeiten durch. Ich kann meine Gottheiten nicht dafür verantwortlich machen, also gebe ich den Euren die Schuld, Baroness.«

»Oder der Tatsache, dass sie nicht mehr da sind. Es ist nicht gerade so, als würde Tener von heidnischen Gläubigen überrannt.«

»Dafür hat die Inquisition gesorgt, aber es gibt noch welche. Menschen wie Euch und andere, versteckt in den Wäldern des Nordens. Genug, um die Welt am Laufen zu halten, wie es scheint.«

»Wenn Ihr das so seht, wie könnt Ihr sie dann jagen? Ihr wart in Gartstadt. Ihr habt den Gheist ins Fenn gescheucht und mir dabei geholfen, ihn zu töten.«

»Sie kehren zurück. So gut wir auch kämpfen, wir können sie nicht zerstören. Die einzelnen Manifestationen sind dem Wahnsinn anheimgefallen, doch ihre Essenz fließt ins Allreich zurück, um irgendwo anders wieder aufzutauchen.« Elsa zuckte die Achseln. »Dann muss ich die Manifestation aufspüren und töten, ehe sie zu viele Bauernhöfe vernichtet. Das ist ein Kreislauf.«

Gwen nickte. »Wie die Jahreszeiten. Aber warum soll ich diesen Gott hier nicht erstechen? Wenn sie ohnehin zurückkehren, wie Ihr sagt, könnte ich ihn dann nicht mit dem Dolch aus seinem Gefängnis befreien, damit er sich woanders manifestieren kann?«

»Vielleicht, aber was, falls Ihr Euch irrt? Oder recht habt? Ihr sagtet, wir seien hier zu nah am Allreich – dass Gheister, die hier sterben, für immer tot sind. Falls das wirklich der Herbstgott ist, wo geht er dann hin? Das hier ist nicht lediglich eine Manifestation des Allreichs, es *ist* das Allreich. Es gibt einen Grund dafür, dass Eure Vorfahren diesen Gott versteckt haben.«

»Um ihn vor der Inquisition und den Schwurrittern zu beschützen.« Rasch nahm Gwen Elsa den Dolch wieder ab und richtete die Klinge auf sie. »Um ihn vor Euch zu schützen.«

Elsa hob die Hände und wich zurück. »Wenn Ihr das sagt … aber überlegt Euch genau, was Ihr tut. Ihr könntet ihn befreien, und was geschieht dann? Falls er so verrückt wiederkehrt wie die anderen Gheister, die wir jagen, wer beschützt dann die Bauern? Die Dörfer? Verdammt, jeder Ort, jeder Mensch wäre in Gefahr.«

»Und wenn ich ihn nicht töte?« Gwen klang verzweifelt. »Wenn die Priester herkommen und ihren Plan umsetzen, wer schützt den Gott vor *ihnen?*«

»Weshalb bin ich wohl hier?«, fragte Elsa.

Einen Moment lang sahen sie einander schweigend an. Zornig hielt Gwen den Dolch, der Götter umbringen konnte, fest umklammert, und Elsa war so still und müde wie die Toten. Schließlich ließ die Jägerin die Waffe fallen und trat gegen das Grab. Einige Steine flogen durch den Raum. »Ich weiß es nicht! Ich weiß nicht, was ich machen soll! Ich muss diesen verdammten Gott beschützen, aber ich habe genauso versagt wie Ihr, und deshalb sind wir am Ende! Mein Vater wüsste einen Ausweg – oder sein Vater. Sogar Frèr Lucas wüsste Rat, aber jetzt bin nur noch ich übrig – mit einer Schwurritterin ohne Schwert und einem Dolch, der womöglich nicht einmal dazu taugt, einen Gheist zu verärgern. Woher soll ich wissen, was zu tun ist?«

»Das müsst Ihr nicht wissen«, erwiderte Elsa ruhig. »In allen wichtigen Momenten weiß keiner von uns, was zu tun ist. Wir geben nur unser Bestes und hoffen, dass es genügt.«

»Das ist ein furchtbarer Rat«, sagte Gwen kraftlos und heiser. Tränen sammelten sich in ihren Augen. »Ich verstehe jetzt, warum Ihr eine Ritterin geworden seid, und kein Frèr.«

»Ich weiß, im Angesicht des Todes habe ich nicht unbedingt die besten Manieren.« Elsa grinste matt. »Aber wenigstens war ich nicht zu lange in der Ordensschule.« Sie trat an den Steinhaufen, fand die Stelle, gegen die Gwen getreten hatte, nahm den nächsten Stein heraus und warf ihn beiseite. »Zumindest weiß ich, wie man rasch Steine bewegt. Kommt schon.«

»Was macht Ihr da?«

»Das Einzige, was ich kann. Wie auch immer Eure Entscheidung ausfällt, Ihr müsst die Steine beiseiteräumen. Das können wir genauso gut zusammen erledigen.«

Gwen sah ihr kurz zu, dann hob sie den Dolch auf, steckte ihn ein und ging der Schwurritterin zur Hand. Bald darauf hatten sie einen neuen kleinen Steinhaufen aufgetürmt, mehr als ein paar Schrammen auf den Knöcheln und Schweiß in den Augen. Nach und nach schufen sie eine Mulde im Steingrab.

»Das ist gar nicht so schlecht, oder?«, fragte Elsa. »Sich in der Arbeit zu verlieren.«

»Das macht die Entscheidung nicht leichter.«

»Nein, aber sie verzögert sich dadurch ein wenig. Wenn wir eine Pause einlegen und etwas essen, brauchen wir uns den Großteil des Tages nicht den Kopf über das Problem zu zerbrechen …«

Unvermittelt war das Geräusch kullernder Steine zu hören, und vor der Zugangssäule bildete sich ein Steinhaufen – zunächst langsam, dann immer schneller.

Die beiden erstarrten. Eine Hand drang aus der Säule, aschefarbener Staub bedeckte die Handfläche. Sie tastete hin und her, dann glitt eine Schulter aus dem Stein, und schließlich ein Gesicht.

»Wir sind fertig«, bellte Elsa. Sie rammte das Grab und stieß eine große Menge Steine zu Boden. Etwas glänzte im Quarzlicht, eine lange Steinskulptur. Sie hatte ein Gesicht, Hände und angedeutete, vor der Brust gefaltete Flügel. Die Skulptur trug eine halbe Weidenmaske, die trotz der Steinlast völlig unbeschädigt war. Eine Ikone der alten Religion – oder vielleicht die alte Religion selbst. Die Schwurritterin zog der Jägerin den Dolch aus der Gürtelscheide und legte ihn ihr schwungvoll in die ausgestreckte Hand. »Schafft einen Gott oder tötet ihn«, rief sie. »Das müsst Ihr entscheiden!«

Hilflos sah Gwen zunächst die Klinge an, dann zu dem Priester, der langsam durch die Säule das Heiligtum betrat.

Flüchtig blickte sie in Elsas besorgtes Gesicht.

Schließlich sprang sie auf das Steingrab, hob den Dolch und rammte ihn in die Ikone. Die Spitze, geschmiedet mit ihrem eigenen Blut im Tempel Zwietrachts, traf die Steinskulptur direkt über den gefalteten Schwingen. Funken sprühten.

Die Klinge versank.

Der Stein teilte sich.

Herbst erfüllte die Luft.

Dreiundfünfzigstes Kapitel

Der Himmel brach auf und gab den Blick auf schwarze und grüne Streifen frei: Kriegswetter. Das Versprechen von Gewalt hing schwer in der Luft. Sonne und Mond standen sich am Horizont gegenüber; gelegentlich kamen sie hinter den vorbeieilenden Wolken in Sicht, aus denen Blitze zuckten, die das Firmament zwischen den Himmelskörpern zerrissen und verwirbelten.

Die Bäume längs des Flusses wirkten wie zerbrochene Speere, ihre Stämme waren zersplittert, so rau und zackig wie die Zähne eines Riesen. Frèr Lucas wankte in den Wald und rannte zu der Lichtung, wo die toten Wächter begraben lagen. Seine Robe war zerfetzt und blutbefleckt. Eine Aura naetherischer Energie umgab ihn knisternd, der Wind trug ihre Rückstände davon. Obgleich er ausgezehrt wirkte, zeugten seine Bewegungen von Entschlossenheit.

»Einer von ihnen muss es bei sich gehabt haben«, murmelte er, als er den Kreis der Toten betrat. »All diese guten Heiden – einer von ihnen muss …« Lucas verstummte. Er kniete neben einem Grab nieder und begann, die Steine zur Seite zu räumen. »Könnten es die Kinder gewesen sein? Oder die Männer? Die Frauen hätten so ein Ding ganz bestimmt nicht getragen.«

Mit jedem entfernten Brocken kam der verstorbene Wächter mehr zum Vorschein. Mit einer Kraft, die ungewöhnlich für sein Alter war, packte Lucas den Leichnam beim Arm und zog ihn aus dem Grab. Steine kullerten herab, schlugen Funken, wenn sie sich berührten, und sammelten sich zu Füßen des Frèrs.

Bei dem Wächter handelte es sich um ein Mädchen, deren zurückgezogene Lippen die Zähne entblößten – die ersten Anzeichen von Austrocknung zeigten sich um die eingefallenen Augen. Unzeremoniell ließ Lucas sie zu Boden gleiten und durchsuchte ihre Kleidung. Donner hallte vom Fluss herüber – ungewöhnlich nah am Boden und verdächtig laut. Kurz hob der Priester den Blick, zuckte zusammen, dann suchte er doppelt so schnell weiter.

»Nicht hier.« Er ging zum nächsten Grab, das ein wenig größer war. Seltsames Moos bildete sich bereits auf den Steinen, als giere die Erde danach, sie zu verschlingen. Lucas wollte das Geröll entfernen, doch seine Finger glitten vom Moos ab. »Dann müssen es die Frauen haben. Wie konnte ich nur annehmen … natürlich haben die Frauen es.«

Er hatte die nächste Tote gerade aus dem Grab gehoben, als die Bäume hinter ihm erbebten und sich wie ein Vorhang teilten. Frèr Allaister betrat die Lichtung. Im Wasserkörper der kontrollierten Göttin flackerten Schatten so schnell wie Blitze. Der Priester schwebte nicht länger im Bauch des Gheists. Er schien neue Entschlossenheit geschöpft zu haben und stapfte vor, den Flussgheist wie einen Mantel um sich gehüllt – einen Mantel aus verfestigtem Wasser und Dunkelheit, der ihn umtoste wie eine Sturmflut.

Lucas beugte sich über die tote Hexe.

»Du bist flink wie ein Hase, alter Mann«, donnerte Allaister. Seine Stimme klang rauer denn je. Selbst in seiner geschrumpften Form strahlte der Gheist große Macht aus. »Aber für den Hund ist die Zeit der Jagd gekommen, für den Jäger ist es Essenszeit, und die Beute muss aufhören, fortzurennen.«

»Ich renne nicht davon«, murrte Lucas. Er drehte den schlaffen Körper der Wächterin um, strich ihr Haar beiseite und tastete die knochige Halswirbelsäule ab. Er fand eine lange Kette aus Eisen und Messing und lachte auf. »Außerdem bin ich kein Hase.«

»Du hast gut gekämpft, Bruder«, sagte Allaister. Die Lichtung verzerrte sich, die Luft wurde dichter, die Bäume schienen unter dem turbulenten Himmel zusammenzurücken. Allaister vollführte eine Geste, und der Gheist um ihn ließ mit mächtigen Schlägen den Boden erbeben. »Ich hätte nicht gedacht, dass du mich so sehr schwächen könntest. Du hast mehr Fähigkeiten, als einem normalen Inquisitor zustehen.«

»Ich kenne ein paar Tricks«, erwiderte Lucas. »Genau wie du. Du bist auch nicht exakt dem wahren Pfad der Inquisition gefolgt.« Er packte die Kette und zog daran. Ein kleines Eisendreieck aus drei miteinander verbundenen Stäbchen löste sich vom Hals der Toten und landete in seiner Hand. Lucas fuhr herum und ließ die schlaffe Leiche auf die Steine fallen. »Du hast dich weiter von Zinders reinem Licht entfernt als jeder Heide, den ich bestrafen musste.«

»Der Gott des Winters wird meine Seele richten. Sein bleiches Gesicht erhellt meinen Pfad. Sein höchster Diener befindet mein Wissen für segenswert und ist begierig darauf, die Hintergründe zu verstehen.«

»Also weiß Sacombre von deiner Ketzerei. Natürlich weiß er davon, und bestimmt haltet ihr beide euch für makellose Gläubige. Fanatiker und Ketzer sind aus dem gleichen Holz geschnitzt, mit demselben Messer und nach derselben Vorlage.«

»Offenbarung erfordert Eifer.« Allaister näherte sich, getragen von der Woge lebenden Wassers unter seinen Füßen. »Sie erträgt keine Schwäche. Es tut mir leid, dass ich derjenige bin, der dich richtet, Frèr Lucas – du hattest Potenzial. Die viele Zeit, die du im Norden verbracht hast … Sacombre dachte, man könnte dich gefügig machen. Aber jetzt muss ich dich stattdessen brechen.«

»Stell mich auf die Probe, Ketzer«, sagte Lucas. »Dann siehst du, dass ich der Fels bin, den du nicht brechen kannst.« Er wich vor dem gottgebundenen Priester zurück. »Ich berichte dem Großinquisitor von deinem Tod und lege ihm deinen Glaubensabfall zu Füßen.«

»Weißt du, was unter diesen Hügeln liegt, Frèr Lucas? Hat

die unerbittliche Vernunft dir diesen Einblick gewährt?« Allaister blickte auf das tote Mädchen. »Du schändest sie sogar noch, wenn sie schon tot sind. Wieso wundert es dich, dass sie sich gegen dich auflehnen?«

»Wenn ich das nächste Mal im stillen Haus bin, entschuldige ich mich bei ihrer Seele. Und ich will *nicht* wissen, was sich unter dieser Erde befindet. Ich glaube, das ist besser so.«

»Du findest es früh genug heraus. Ich spüre das Mädchen – die Jägerin. Sie sucht ihre Wurzeln und findet das Herz, das vor so langer Zeit begraben wurde. Das ist wie der letzte Hauch von Sommer, Inquisitor.« Er atmete tief ein und schloss genüsslich die Augen. »Als würde die Erde zu ihrem eigenen Grab schlurfen.«

»Ich kann es kaum erwarten«, murmelte Lucas. Er verbarg den Anhänger hinter dem Rücken, drehte ihn immer wieder in der Hand. »Aber zuerst muss ich etwas erledigen.«

Der Allaister-Gheist kicherte und schritt mit ausgebreiteten Armen vor, die Handflächen gen Himmel gerichtet. Die zornige Flut der gebundenen Göttin umtoste ihn. »Wieso bekämpfst du mich, Frèr? Der Großinquisitor hat mich geformt, der Wintergott leitet mich, die uralten Wahrheiten haben mir die Augen geöffnet. Ich bin ein Sprössling deines Glaubens. Ich bin die Offenbarung und das Licht.«

»Nur ein Verrückter kann so etwas glauben – und ich habe schon viele Verrückte umgebracht.«

»Ach, ich fürchte, ich werde nicht zu deinen Opfern zählen.« Allaister breitete die von Schattenwasser umtosten Arme noch weiter aus. »Sieh meine Pracht, Mann des vernünftigen Gottes, und erfahre, was Furcht ist ...«

»Das ist nicht meine Art«, bellte Lucas. Er holte den Anhänger hervor, wickelte die Kette rasch um seinen Stab, packte ihn mit beiden Händen und hielt ihn vor sich. »Ich kann nichts für dich tun, Frèr, aber vielleicht kann ich die Göttin retten, die du gefangen hältst.«

»Dann wirst du zuerst dich retten müssen«, schrie Allaister und stürmte vor, gehüllt in eine Flut aus Wahn und schäumendem Wasser.

Lucas trat zur Seite und belegte seinen Stab mit einem starken Auflösungszauber. Der Körper des Gheists verdampfte durch die Magie, sodass der Stab ungehindert auf Allaister traf. Lucas stach ihm mit dem Eisendreieck in die Stirn wie mit einem Kurzdolch. Eine dünne Wunde blieb zurück. Das Dreieck zog das Blut an, das sich wie eine karmesinrote Schnur um das Eisen legte.

Lucas wich zurück. »Das ist dein größter Fehler, Allaister. Du verlässt dich auf Götter, die du kaum begreifst.«

»Du weißt nichts über meinen Gott, Priester«, spie Allaister. »Du hast gut gekämpft und mich auf diesen Körper reduziert, aber der Hof des Winters wird sein Urteil sprechen – mich kann man mit keiner List vernichten.«

»Deshalb wende ich andere Methoden an«, antwortete Lucas. Er hielt den Anhänger hoch, ließ ihn am Ende der Kette baumeln. Das Blut glitzerte dunkel auf dem Eisen. »Die Wächter dieses Ortes wussten, zu was du dich entwickeln würdest. Deshalb sind sie gestorben, um dich fernzuhalten.«

»Das hat ihnen nicht viel gebracht.« Allaister griff erneut an, und Lucas schwang den Stab, schlug den Gegner zurück, ohne die verfestigte Flüssigkeit zu durchdringen. Allaisters Fausthieb krachte auf den Felsboden, dass es von den Bäumen widerhallte. Die beiden rangen miteinander, ohne dass einer die Oberhand gewann, und als sie sich voneinander lösten, war Lucas erschöpft. Seine dünnen Arme zitterten, trotzdem hielt er den Anhänger hoch.

Der Gheist lachte. »Ein hübsches Schmuckstück hast du da, Priester. Soll ich dich damit bestatten?«, spottete Allaister. »Oder soll ich das der Jägerschlampe geben?«

»So solltest du nicht von Menschen sprechen, die besser sind als du«, keuchte Lucas außer Atem. Der Kampf kostete ihn die letzte Kraft. Die meiste Energie hatte er bereits am Flussufer verbraucht, als er Allaister den Gheist Stück für Stück vom Leib gerissen hatte, bis nur noch der Kern übrig geblieben war. Der Gheistkörper würde sich regenerieren, gespeist vom Allreich und von der Energie, die aus dem Heiligtum in Allaister strömte. Falls er sich tatsächlich erholte, wusste Lucas nicht, ob Elsa und Gwen ihn aufhalten könnten.

»Sie kann selbst für sich sprechen, sobald ich sie finde.« Allaister umkreiste den Priester, lief zwischen den Gräbern der Wächter hindurch. »Aber falls sie weiterhin ihrem Pfad folgt, muss ich sie nicht suchen. Dann findet sie mich.«

»Die Götter mögen dir beistehen, wenn sie dich aufspürt«, sagte Lucas.

»Eure Götter haben damit nichts zu tun.« Allaister grinste grausam. »Genug geredet. Komm, zeig mir deinen Trick, damit wir das hier beenden können.«

»Ich habe keinen Trick auf Lager, Gheist. Ich wollte nur dein Blut. Genauer gesagt: Allaisters Blut.«

»Willst du mich verfluchen, Inquisitor? Meinen wahren Namen erfahren?«

»Etwas in der Art.« Lucas hielt den Anhänger vor sich. Ein wirbelnder Ring aus Runen bildete sich um seinen Kopf, erzeugt aus naetherischer Energie. Sie legten sich auf seine Schläfen und glühten auf. Schwerfällig wiederholte Lucas: »Etwas … ganz … in der Art.«

Ein Ausdruck des Begreifens trat in Allaisters Miene, und erstmals zeigte er Furcht. »Warte!«, schrie er und sprang vor.

Die Zeit verlangsamte sich. Lucas' Geist löste sich von seinem Körper, und der Wald verschwand. Das heidnische Amulett war eine Ikone der Beschwörung und der Wahrnehmung; die Hexen hatten es dazu verwendet, die Gheister aus der materiellen Welt zu sieben. Durch seine anderen Talente war Lucas imstande, den Frèr und dessen Gheist zu beobachten und zu manipulieren.

Allaister und seine gebundene Göttin waren mitten in der

Bewegung erstarrt. Langsam kreisende, leuchtende Runen naetherischer Macht rotierten an den heiligen Punkten von Zinders Kunst: am Herz, am Kopf und an den Händen. Weitere, gröbere Runen zeichneten sich vor dem Himmel ab, sie schwebten über Allaisters Schultern wie Elfenbeinflügel.

Der Körper des Gheists bestand aus grünlichen Netzen, hellen Linien aus Allram, die sich deutlich vom Umriss der tosenden Flut abhoben, sich mit den Schattensträngen in der Mitte und den um Allaisters Geist kreisenden Runen verbanden.

Der Flussgheist war tatsächlich ein Wächter, auf alle Zeit an das Heiligtum gebunden; die Nähe des Allreichs nährte und stärkte ihn, damit er die Schutzzauber des Schreins bewahren konnte. Lucas erkannte seine Beziehung zum Herbst, den Aspekt des Flusses, der sich langsam dem Eis geschlagen gibt, die letzte Ernte vor dem Einzug des Winters. Die Seele der Göttin war zerfetzt, sowohl durch Allaisters groben Bannzauber als auch Lucas' Versuche, die beiden auseinanderzureißen. Die Seele war durchdrungen von schattenhaften Ranken: dem Willen des Priesters, der den göttlichen Verstand unterwarf.

Welche Magie Allaister auch nutzte, um die Flussgöttin zu binden, sie war Lucas fremd. Sie wirkte wie eine Fremdsprache, gewisse Wörter und Konstruktionen kamen ihm vertraut vor, insgesamt jedoch blieb sie unverständlich. Einige Elemente des Zaubers erinnerten ihn an Elsas diverse Segen, mit denen die Schwurritterin heilige Macht an ihr Blut band und Göttlichkeit in ihren Körper holte. Dennoch besaß die Magie den Geschmack und die Aura der heidnischen Künste – eine Art von Verbindung, die Lucas nie zuvor gesehen hatte.

Es war nicht nötig, sie zu verstehen, um sie zu vernichten. Er hob die Hände und sammelte seine letzte Kraft – aus seinem Herzen, dem Verstand, aus jedem Rest von Segen, den Zinder ihm gewährt hatte. Dann entfesselte er alle Energie, sogar die eigene Lebenskraft, und stieß sie der Göttin ins Herz … und dem Priester in den Verstand.

Das Netz aus Naether und Allram zerfranste.

Lucas verblasste.

Der Allaister-Gheist rammte den Priester, brachte ihn ins Wanken, und schlagartig fuhr Lucas' Geist in seinen Körper zurück. Der Schock des Übergangs sandte ihm Krämpfe durch die Glieder. Er fiel auf das raue Steingrab der Wächterin, deren Leiche wie eine vergessene Geliebte neben ihm lag.

»Ein kühner Versuch, Priester«, zischte Allaister, »aber du hast versagt und musst jetzt sterben.«

»Das ist ein angemessener Preis«, murmelte Lucas, der kaum den Kopf zu heben vermochte, »den ich bisher noch nie zahlen musste. Soll ich dir die Beichte abnehmen, wenn du tot bist?«

»Ich gehe heute nicht ins stille Haus«, entgegnete Allaister, der über dem Gegner aufragte.

»Nein«, pflichtete Lucas ihm bei. »Ich glaube, da will man dich nicht haben.«

Der Tod begann in Allaisters Herz. Die Farbe wich aus seinem nackten Körper, und Wasser schoss aus seiner Brust hervor, zunächst als Rinnsal, das jedoch immer stärker wurde, je mehr er die Kontrolle über den Flussgheist verlor.

Lucas kroch ein Stück zurück und richtete sich auf. Die schalenförmige Lichtung füllte sich mit Wasser. In ihrer Mitte rang Allaister darum, die Gewalt über den Gheist zurückzuerlangen, doch der brausende Mahlstrom riss ihm die Beine unter dem Leib weg. Er beschwor naetherische Runen, sprach dunkle Anrufungen aus, der Gheist indes wollte sich nicht mehr seinem Willen beugen.

Das wütende Wasser wühlte den Boden auf, zerstörte die Steingräber der Wächter, sodass ihre schlaffen Körper an die Oberfläche trieben. Aus Nase und Mund blutend spie Allaister arkane und blasphemische Zauber aus, dann kreischte er auf, als die Strömung ihn gegen die Felsen des Hügels rammte und ihm den Arm brach.

»Das wird dir nichts bringen, Bruder«, schrie Lucas. »Das war dein letzter Fehler. Die Götter beugen sich uns nicht.«

»Nein, ich werde nicht …« Allaister kämpfte sich ein letztes Mal an die Oberfläche, Furcht und Wut in den Augen. Seine Haut quoll bereits auf. Jedes Mal, wenn er den Mund zum Reden öffnete, brach Wasser über ihn herein, als wolle es ihn zum Schweigen bringen. »Das kann nicht das Ende sein! Ich werde …«

Der Fluss überströmte ihn, er verschwand, und Stille kehrte ein. Wild wogte der neue See auf und ab. Nach einer Weile beruhigte er sich. Leichen, Äste und Unrat trieben dicht an dicht an der Oberfläche, vom Willen des Wächtergheists beisammengehalten.

Lucas rappelte sich am Wasserrand auf und hob die Hände. »Ich habe keinen Streit mit dir, Göttin. Kehre zu deinem Ufer zurück und widme dich wieder deiner Aufgabe. Das Haus Zinders belästigt dich heute nicht mehr.«

Der kreisende See aus göttlichem Wasser wartete kurz, dann floss er langsam in den Wald. Die toten Wächter nahm er mit sich. Sie stießen gegen Bäume und verfingen sich im Unterholz, doch ihre Göttin trug sie davon, zurück ins Heiligtum.

Von Allaister keine Spur.

Der Himmel klarte auf, der Sturm legte sich, bis schließlich nur noch Sonne, Mond und Sterne übrig waren, die den Himmelsschleier rings um Zinders silbernes Gesicht sprenkelten. Seufzend stützte Lucas sich auf den Stab. Er war ausgezehrt, sein Alter machte ihm gehörig zu schaffen. Er wandte sich um und humpelte unter Schmerzen auf den Schrein im Herzen des Heiligtums zu.

Vierundfünfzigstes Kapitel

Der Hügel über dem Gott war so glatt und grün wie ein Flussstein, mit Moos bewachsen und noch feucht von den kalten Fluten des Stroms. Der Himmel klarte auf. Das erste Licht des ewigen Morgens erhellte das Gras. Die Luft schmeckte frisch und süß wie ein Apfel.

Unvermittelt veränderte sie sich.

Eine Brise erfasste die Bäume rings um die Anhöhe, die Blätter raschelten, ein samtweiches Geräusch, das die Luft erfüllte. Die Farben des Herbstes zeigten sich, breiteten sich vom Hügel durch den ganzen Wald aus. Grüntöne verfärbten sich golden, rotgelb und weiß, nahmen freudig Abschied von der Wärme des Sommers und begrüßten des Winters Tod.

Wind erfasste die Gräser, bog die Halme, ehe er zum nächsten Baum und in den Himmel hinaufstrebte. Schließlich wurde die Brise zu einer peitschenden Luftsäule. Sie erklomm den Hügel, brachte das Rascheln von Millionen Blättern mit sich, die sich in ihrer bunten Pracht von den Ästen gelöst hatten.

Der Herbst donnerte in die Welt.

Der Hügel brach auf wie ein Ei, Fels barst mit ohrenbetäubender Lautstärke, die Grasdecke zog sich zurück und offenbarte ein Herz aus Erdreich, Wurzeln und gebrochenem Gestein, das sich knirschend öffnete wie ein Grab. Daraus stieg der Gott der Ernte hervor, der zweitheiligste nach heidnischem Ritus und der wahre Wächter des Allreichs.

In einer Wolke aus Goldstaub schimmerte er als vager menschlicher Umriss über dem Hügel, der bei jeder Regung anwuchs. Die Augen in seinem Gesicht brannten wie zwei Sonnen. Eine Weidenmaske wuchs aus seinem Antlitz, sie bestand aus trockenen Zweigen, die das Sonnenlicht beschien. Der Mantel aus wirbelnden Blättern umgab seine Schultern wie ein Schwarm Schmetterlinge. Selbst der Himmel schien sich ihm entgegenzuneigen. Die Wolken bewegten sich zur Seite.

Inmitten des Herbstgottes schwebte ein Kind – ein Mädchen, das in Laub, Gras und Licht gehüllt auf Rache sann.

Als der Herbst bei der Berührung ihres Dolches ausgebrochen war, hatte Gwen ihren Namen verloren, ihr Leben, alles, was sie zur Tochter Colm von Adairs machte, zum Kind des Fenntors, zum Kind des Fleisches und zum Sprössling des Blutes.

Alles, was ihr noch blieb, waren ihre Urinstinkte. Sie erinnerte sich lediglich an ihren Titel und ihre Beute.

Jägerin … und Sacombre.

Langsam und unausweichlich bewegte sie sich in den Wald, dessen sich wandelnde Bäume sie schon überragte. Der Schwarm aus Herbstlaub folgte ihr. Der erste Vorgeschmack der Winterkälte wehte ihr nach.

Elsa torkelte aus der aufgerissenen Erde. Sie war von Kopf bis Fuß mit Blättern, Ästen, Wurzeln, Steinen und Dreck bedeckt. Ihre Haut wies zahlreiche Schnitte auf. Der Wind, der bei der Befreiung des Gottes durch das Heiligtum getost war, hatte sie geblendet.

Das Letzte, was sie gesehen hatte, war die Jägerin, die vor einer Säule aus Blättern und bernsteinfarbenem Licht schwebte.

Als die Schwurritterin sich erholt hatte, war die Baroness fort gewesen und Tageslicht fiel in den Schrein. Die Priester lagen mit zerfetzten Kleidern wie Puppen tot am Boden. Elsa hatte sie keines Blickes gewürdigt.

Jetzt sah der Himmel aus, als wehten Banner aus goldenem Licht mit dunklen Sprenkeln im Wind. Gott und Mädchen schwebten mit dem Zorn eines Herbststurms über dem Heiligtum.

Elsa seufzte.

»Also hat sie sich entschieden«, sagte Frèr Lucas.

Die Ritterin drehte sich zu ihm um. Er wirkte kraftlos, stützte sich auf den Stab, als wäre er ein Sinnbild seines Alters.

»Ja, oder der Gott hat ihr die Entscheidung abgenommen.«

»Und was ist mit uns? Was soll aus uns werden?«

Der Herbstgott antwortete ihm. Starke, trockene Windböen voller Laub peitschten nach den Priestern. Elsa eilte zum schmächtigen Frèr und schirmte ihn mit ihrem kräftigen Körper ab. Er hielt sich an ihr fest, während der Zorn des Gottes anschwoll, der Wind lauter und die Blätter schneidender wurden, bis Elsa sicher war, dass sie auf dem Hügel sterben würden, weit weg von den Segen Herzbrücks.

Ohne Vorwarnung klang der Sturm ab. Der Gott war fort. Karg und leer lag der Hügel da. Der Himmel war klar, die Sonne hell.

Maeves elender Schatten kauerte in der Finsternis. Der Geist des Todes hatte ihr alles genommen: ihr Blut, ihre Seele, sogar die letzten Reste von Erinnerung. Sie war nichts als ein störrisches Echo von Schmerz und Verlust, das zwischen den Reichen trieb.

Der Raum, in dem ihre sterblichen Überreste lagen, war dunkel und verwüstet. Die heiligen Linien, die ihn definiert hatten, waren zerstreut. Vage fragte sie sich, wozu der Raum gedient hatte, bevor der Geist des Todes gekommen war. Vor ihrem Tod. Wie lange müsste sie hier warten, ehe jemand ihre Seele erlöste?

Selbst ihr einsamer Gefährte hatte sie verlassen. Der Schamane war erfüllt gewesen von Wut, verwirrt von den profanen Dimensionen seiner Gefangenschaft. Sie hatte versucht, sich ihm zu nähern, doch der Narr hatte immer nur nach ihr geschlagen. Schließlich hatte er sich gefasst, war mit dem Fels verschmolzen und hatte die Wut mitgenommen.

Einsam beobachtete sie, wie das erste Blatt fiel – trotz der Finsternis konnte sie es sehen. Das Blatt erschien im klebrigen Blut, das an die Decke gespritzt war, drang durch die Steine wie beim Zaubertrick eines Hofnarren. Es schwebte zu Boden. Ein weiteres Blatt folgte, dann noch eins, jedes weniger blutig, vollständiger als das vorige, und schließlich regnete eine Kaskade aus Laub durch die Decke. Etwas regte sich in Maeves Erinnerung. Hoffnung.

Der Boden öffnete sich, und eine Jahreszeit drang in die Welt. Sie wuchs zu einem wütenden Tornado aus Herbstfarben, Blättern und Sonnenstrahlen, warm und bernsteinfarben. Eine ganze Säule aus Laubwerk wand sich durch den Schrein die Treppe hinauf, ließ zuckend und heulend das entweihte Heiligtum hinter sich. Der Lärm war überwältigend.

Als es vorüber war, kauerten sich zwei Gestalten in der Schwärze zusammen. Ein Mann und eine Frau, Schatten und Flamme, Winter und Sonne. Sie wechselten verängstigte Worte, dann liefen sie die Stufen hinauf, folgten dem letzten Lichtschimmer, der ihnen vorauseilte. Die Frau musste den Mann regelrecht tragen. Beide wirkten, als stünden sie an der Schwelle des Todes.

Maeve setzte sich und wartete. Sie würden zurückkehren. Der Tod brachte sie immer zurück.

Einen Gott wie den, der über dem Fenntor schwebte, hatte Ian noch nie gesehen. Wo er vorüberkam, veränderte sich die Welt. Der Wald strotzte vor Gheistern, die Bäume ächzten aus tiefster Wurzel, hoben flehend die Äste, und ihre Blätter flogen durch die Lüfte wie goldene Vögel.

In seiner kurzen Zeit bei den Heiden hatte Ian gelernt, die in der Welt verborgenen Gheister zu spüren, und sich an die sanfte Berührung ihrer Macht gewöhnt. Jetzt prickelte seine Haut vor Energie.

Von der Brustwehr aus bestaunte er, wie der Gott sich über der Burg in einen Sturm verwandelte. Er ragte über dem zerstörten Dorf auf, beugte sich vor und berührte mit einer Hand groß wie ein Pferd die Ruine eines Gebäudes, einmal, zweimal.

Er schien sich den Weg ertasten zu wollen, und als er sich herabneigte, erkannte Ian etwas in seiner Mitte, eine menschliche, in Licht getauchte Gestalt, die sich zusammenrollte wie ein Fötus. Es schien sich um eine Frau zu handeln. Sie barg das Gesicht in den Händen, das Haar wehte ihr um den Kopf.

Donnernd erhob sich der Gott, ein Geräusch, das Ian durch Mark und Bein ging. Die Gottheit trat die Trümmer zu seinen Füßen beiseite wie ein Kind einen Laubhaufen. Steine und Balken flogen in die Luft und gerieten außer Sicht. Mehrere Wolken aus Blättern umwirbelten ihn ringförmig wie bunter Nebel.

Der Wind schmeckte nach Staub und Herbst.

»Was in aller Welt …«, murmelte Brennan. Er stand neben Ian und half dabei, die Verteidigung zu organisieren. Überall unterbrachen die Leute ihre Arbeit und stierten mit offenen Mündern auf den gigantischen Gott.

»Schafft alle nach drinnen«, rief Ian. »Tenerraner, Suhdrin, alle.«

»Aber die Mauern …«

»Vergesst die Mauern. Vergesst alles.« Ian stieß den Ritter zum großen Saal. »Bringt so viele Menschen wie möglich ins Doma. Vielleicht bietet das Heiligtum ein wenig Schutz.«

Ein Strom wirbelnder Blätter schoss schnurstracks vom Himmel in den Hof. Sie zermalmten und zerfetzten jeden, der ihnen in den Weg kam. Schreie wurden laut, als alle Überlebenden – Ritter, Priester, Knappen und Adlige – in Deckung rannten. Pechfässer überschlugen sich, Karren erbebten, und die Wehrgänge auf den Mauern erzitterten unter den panisch fliehenden Soldaten.

Ian wartete ab, bis sich das Gedränge lichtete, dann wandte er sich der Burgmauer zu und stieg die Treppen hoch, in Richtung des Gottes. Wind peitschte ihm ins Gesicht, und kräftige, klamme Sonnenstrahlen blendeten ihn während des Aufstiegs. Auf einem Treppenabsatz hielt er inne und schaute hinab. Auf den Feldern vor der Burg herrschte Chaos. Der Herbstgott zerstreute die suhdrische Streitmacht wie Blätter im Wind.

Der Krieg war vorbei.

Der Gott nahm auch Tenerranern das Leben. Hier und da riss er Steine aus den Mauern, die sich in den Wirbelsturm gesellten und Menschen verletzten. Als Ian den höchsten Turm im Fenntor erreichte, war seine Rüstung völlig verbeult. Er schirmte das Gesicht ab und spähte zum aufragenden Fenngott hinauf. Er war gewaltig, eine Säule göttlichen Lichts, in Ringe aus Herbstlaub gehüllt, mit Augen, hell und bernsteinfarben wie die untergehende Sonne. Noch andere Gheister, verzerrt und seltsam, bewegten sich im Körper ihrer Gottheit, und …

Überrascht riss Ian die Augen auf. Aus diesem Blickwinkel erkannte er, wer in der Mitte schwebte – wer im Herzen des Monsters war.

»Gwen!«, rief er, doch seine Worte verhallten im Mahlstrom. An die Mauer gelehnt dachte er daran zurück, wie es sich angefühlt hatte, als der Hund an ihm vorbeigelaufen war. Er versuchte, den Moment nachzuempfinden, in dem sich sein Herz und Geist auf heidnische Weise geöffnet hatten – ein Erlebnis, das ihn schließlich hierhergeführt hatte. Er schmeckte den Sturm und begriff seine Wut. »Gwen!«, brüllte er erneut. »Hör auf! Du zerstörst alles – deine Heimat, deine Familie, alle, die du liebst … du musst aufhören!«

Abrupt versteiften sich seine Glieder, und er konnte sich weder bewegen noch sprechen.

Trotz des donnernden Sturms hatte der Fenngott ihn bemerkt. Er wandte sich ihm zu, beugte sich vor und streckte die riesige, ungestalte Hand aus.

Dann herrschte Schweigen.

Fünfundfünfzigstes Kapitel

Er öffnete die Augen und erblickte eine Welt aus honigweichem Licht. Er schwebte. Schichten bernsteinfarbener Wolken trieben am Himmel, der mit hellen Goldsprenkeln übersät war, und unzählige farbenfrohe Blätter flatterten wie Schmetterlinge durch die gelbliche Luft.

Gwendolyn von Adair schwebte in seiner Nähe, zusammengerollt wie ein Fötus. Ihr Haar war zu einem zerzausten Gebilde voller Blätter, Kieselsteine und Lederbändern verwachsen. Ihre Haut hatte die Farbe geklöppelten Kupfers. Zornig ballte sie die Fäuste.

Ian wusste nicht, ob sie ihn hören konnte, ob sie wirklich da oder wirklich sie selbst war.

»Gwendolyn?«, fragte er zögerlich. »Baroness Adair?«

»Dieser Name ist tot«, antwortete der Himmel mit einer Stimme, die zugleich nah und fern klang und nur durch Ians Kopf hallte. »Das Haus der Wächter ist untergegangen.«

Ian dachte über die Worte nach, und schließlich begriff er ihre Bedeutung: Irgendwie war Colm Adair gestorben und seine Frau und sein Kind mit ihm. Dennoch …

Sacombre.

»Gwendolyn Adair lebt noch«, sagte Ian. »Sie hat noch immer Eisen im Blut.«

»Eisen wird aus der Erde geerntet. Eisen und Stein.« Gwen regte sich, und ihr leuchtendes Haar umwallte sie wie eine Wolke. »Eisen beugt sich nicht dem Gebell von Hunden.«

Unvermittelt trieb Ian von der Jägerin fort. Durch reine Willenskraft näherte er sich ihr wieder. »Was machst du, Gwen? Was bezweckst du damit, deine Heimat zu vernichten? Dein Volk?«

Schweigen. In der Stille nahm Ian ein fernes Donnern wahr. Aus dem Augenwinkel sah er, wie sich der Wirbelsturm aus losgerissenen Steinen durch die Burg fraß. Er versuchte, sich darauf zu konzentrieren, die Zerstörung zu verlangsamen, und für eine Sekunde *spürte* er den Sturm tatsächlich schwach, doch das Gefühl verblasste gleich wieder. Erneut konzentrierte er sich, doch Gwen unterbrach ihn.

»Lass das«, sagte sie und hob den Blick. Ihre Augen glichen zwei Funken aus goldenem Licht. »Du bist hier nur Gast. Misch dich nicht ein.« Ihr Mund bewegte sich nicht, dennoch hörte er sie.

»Da draußen sterben Menschen.«

»Bist du einer von ihnen?« Ihre Worte hallten aus dem Himmel wider.

»Deine Familie stirbt. Die Leute aus Fennton, vom Tor. Die loyalen Gefolgsleute deines Vaters. Die Leute, die Herd und Heim verlassen haben, um deinen Namen zu verteidigen.« Er ballte die Fäuste und kämpfte gegen den Wind an, der ihn fortzutragen drohte. »Die Leute, die deine Familie betrogen hat, Gwen. Wir hielten euch für Gläubige!«

Die Luft verdichtete sich um ihn, und Gwens Miene verfinsterte sich leicht. Sie wandte sich ihm zu, dann brach zu seinen Füßen ein Sturm los.

»Wir sind die einzig wahren Gläubigen«, antwortete der Himmel. »Die letzten Gläubigen. *Du* bist der Betrüger, Ian der Hunde. Diese Leute sterben wegen dir. Wegen deines Vaters. Wegen eurem Blut!«

Bitterkalter Sturm peitschte Ian über die Haut. Blätter so scharf wie Klingen schnitten ihm in Gesicht und Hände. Er zog sich näher an Gwen und ihr Gebilde aus lebendem Haar heran.

»Das ist keine Entschuldigung!«, schrie er. »Wir sind dafür gestorben, euch zu beschützen! Mein Vater hat einen Krieg angezettelt, um euren Namen zu ehren. Zu viele Gläubige sind …«

»Sprich nicht von Glauben«, erwiderte der Himmel, und diesmal schwang Donner in der Stimme mit. »Der Stamm der Hunde hat sich als erster den neuen Göttern gebeugt. Euer Heiligtum steht leer, und eure Götter sind fort.«

»Das stimmt nicht. Ich habe den Hund gesehen. Er hat mich hergeführt. Der Hund hat mich *zu dir* geführt.«

»Um mich aufzuhalten? Um mich meiner Rache zu berauben? Willst du dich auf Sacombres Seite schlagen, Ian Hundsmann?«

»Sacombre wird für seine Taten bezahlen, aber nicht, wenn du alles um ihn herum zerstörst. Nicht, wenn du die Leute tötest, die unter dem Schutz deines Vaters standen!«

»Ich traue der Gerechtigkeit eures Aschegottes nicht«, fauchte Gwen. »Ich wäge den Schaden selbst ab und bestimme dann die Schuld. Du hältst mich nicht auf. Niemand wird mich aufhalten.«

Sie wand sich von ihm ab. Der Sturm schwoll auf doppelte Stärke an. Ian wurde durch die Luft gewirbelt. Hinter ihm näherte sich der Wirbelwind der Zerstörung. Falls er jetzt aus dem riesigen Gott geschleudert wurde, würde ihn das in Fetzen reißen.

»Ich kann nicht zulassen … dass … dass du das tust!«, keuchte er. Er richtete seinen Willen gegen den Himmel, nur um festzustellen, dass sein Herz ihn im Stich ließ. Hilflos trieb er umher, der Sturm wirbelte ihn wild durch die Luft. Er wurde zu einem weiteren Stück zerstörerischen Ballasts in Gwens Mahlstrom und flog wie eine weggeworfene Puppe über die Burg hinweg.

Er sah nach unten auf die Überreste des Fenntors. Die Steinmauern zerfielen, ihre Trümmer sausten umher wie steinerne Spielkarten, die Dächer der Nebengebäude flogen davon. Weit unten prallten Sterbende und Tote gegen die noch stehenden Bauten und zerplatzten zu schrecklichen Flecken aus Gewebe und Knochen. Der Gott fraß sich ins Doma, knackte die große Kuppel wie eine Muschel und überließ die heiligen Reliquien des celestischen Glaubens dem Wind. Ian erschauderte bei dem Anblick solcher Zerstörung.

Das war nicht das, was er vom Krieg erwartet hätte.

Und auch nicht von seinen Göttern.

Etwas zog seine Aufmerksamkeit auf sich: eine Bewegung in der Nähe des mittleren Burgturms. Jemand in vertrauter Kleidung lief an einem Fenster vorbei. Ian erkannte seinen Vater und sechs andere, die sich vorsichtig durch die oberen Gemächer bewegten.

Sie waren auf der Jagd.

Der Sturm wirbelte Ian umher. Er schoss an dem Fenster vorbei, scheuerte an der Steinwand entlang und krachte wenig elegant gegen die Fenster einer weiter entfernten Kammer. Mühsam brachte er sich in eine aufrechte Haltung und spähte hinein.

Sacombre stand vor dem am Boden liegenden Colm Adair, die Hände wie zum Segen ausgebreitet, das Herzblut des toten Barons im Gesicht.

»Gwen!«, rief Ian, doch der Wind trug seine Worte davon. »Ich habe den Mann gefunden, an dem du Gerechtigkeit üben willst! Hier ist dein Priester!«

Der Sturm flackerte wie eine Fackel, dann wurde Ian in den Himmel emporgerissen. Kurz spürte er struppiges Fell zwischen den Fingern, dann die steinharten Wirbel eines Rückgrats an der Brust – das des Hundes! –, doch sogleich verblasste das Bild wieder.

Der Wind erstarb, und er stand neben Gwendolyn Adair. Sie schien mehr sie selbst zu sein als zuvor, auch wenn ihr Haar nach wie vor wild wirkte, ebenso die Augen und ihre hell leuchtende Haut.

»Der Großinquisitor!«, rief sie.

»Mein Vater jagt ihn. Du kannst das beenden, Gwen. Es besteht kein Anlass, die Burg zu zerstören, wenn du Sacombre töten kannst.«

»Ja«, murmelte sie. »Ja …« Eine Krone aus Licht und Weidenästen zierte ihren Kopf, ein heller Schein tanzte über die dünnen Zweige. Gwen schwebte in weitem Bogen zur Burg hinab.

Der Gott der Stürme folgte ihr dichtauf.

Sechsundfünfzigstes Kapitel

Scherben schmutzigen Glases lagen überall im Doma verstreut, die heiligen Ikonen an den Stationen der Sonne und des Mondes waren zerstört. Der heulende Wind hatte die Glocken, die die Stunden von Zinders Aufstieg einläuteten, an die Wand geschmettert. Tote Mitglieder des ewigen Chors lagen zwischen den Bankreihen.

Malcolm eilte hindurch und hielt nach Überlebenden Ausschau. Er hoffte, der Großinquisitor würde hier die Verteidigung des Heiligtums gegen den Heidengott vorbereiten, doch von Tomas Sacombre und seinen Helfern fehlte jede Spur. Der Herzog ging durch die Priestertür auf der Hinterseite des Doma, durchschritt Frèr Humbles schlichte Unterkunft und betrat das Labyrinth aus Gängen und Kammern der Bediensteten, die den unteren Teil der Burg dominierten.

Hinter sich hörte er ein gewaltiges Krachen. Das Heiligtum stürzte teilweise ein, der Sturm riss viele Trümmer in den Himmel. Mit klingelnden Ohren wurde Malcolm zu Boden geschleudert.

»Götter«, murmelte er vor sich hin, dann kroch er vorwärts, in die hinteren Räume der Burg.

Mehr Tote, mehr Schweigen – allein das ferne Hämmern des Gottes war zu hören, der auf die Mauern eindrosch. Der Herzog erreichte die Gänge, wo sich die Familiengemächer befanden.

Der große Saal wimmelte von Sterbenden und Toten. Verletzte lagen fein säuberlich an den Wänden aufgereiht. Die Überlebenden des Domaklerus kümmerten sich um sie, bewacht von Rittern der Häuser Adair und Blakley. Brennan schritt an der Tür zum Hof auf und ab, das Schwert in der Hand.

»Hoheit«, sagte der Ritter. »Habt Ihr Euren Sohn gesehen?«

Malcolm ignorierte die Frage. »Was geht hier vor? Wo ist Baron Adair?«

»Er wird vermisst. Ich habe Boten in seine Gemächer geschickt, aber keiner kehrte zurück. Ich wollte gerade einen Aufklärungstrupp zusammenstellen.«

»Ich führe ihn an«, sagte Malcolm. »Wisst Ihr etwas über diesen Sturm?«

»Nein, Hoheit. Er schien aus den Steinen selbst loszubrechen.«

»Etwas ist an diesem Ort begraben«, knurrte der Herzog. »Etwas, das wohl besser in Vergessenheit geblieben wäre. Wie viele Soldaten bleiben Euch noch?«

»Ein Dutzend Bannerritter, die meisten von Adair, einige Blakleys. Jaerdin und Roard helfen beim Torhaus aus. Hoffentlich scheuen Halverdts Krieger sich, ihr eigenes Blut anzugreifen. Der Rest ist in der Burg verteilt und versucht herauszufinden, wer oder was unsere Untergebenen tötet.«

»Halverdts Einfall wurde abgewehrt. Ich habe den letzten Angriff selbst angeführt«, sagte Malcolm. »Welche Gefahr droht uns noch?«

»Es lauern Klingen in den Schatten. Ob es Spione Halverdts sind oder ob sie einem dunkleren Herrn folgen, wissen wir nicht. Die Gänge sind alles andere als sicher.« Brennan deutete auf die Ikone Zwietrachts, die er um den Hals trug – er hatte sie im zerstörten Doma hastig an sich genommen und an eine Kordel gebunden. »Unsere Leute tragen inzwischen Schutzamulette, Hoheit.«

»Amulette«, stieß Malcolm verächtlich aus. »Es dauert wohl nicht mehr lange, bis wir uns Weidenpuppen an die Umhänge stecken und beim kleinsten Frösteln Stein berühren. Wo sind die Leute, die für Euch die Räume des Barons durchsuchen sollten?«

»Hier, Hoheit«, antwortete ein Ritter. Er stand vor sechs Kriegern niederen Standes, Männer in Kettenrüstung, mit Faustschilden und Schwertern an den Gürteln. »Ich bin Herr von Merret. Es wäre mir eine Ehre, mich dafür erkenntlich zu zeigen, dass Ihr mich aus Grünhall gerettet habt.«

»Nicht so voreilig, edler Ritter – so eine ehrenvolle Aufgabe geht meist einem sinnlosen Tod voraus«, erwiderte Malcolm. »Kennt Ihr diese Burg?«

»Ich diene Haus Adair seit zehn Jahren, Hoheit.«

»Merret ist ein suhdrischer Name.«

»Und das hier ist ein suhdrisches Schwert«, antwortete der Ritter, »aber es wird Euch treue Dienste leisten. So wie ich.«

»Natürlich.« Malcolm nickte. »Zeigt uns den Weg, Herr von Merret!«

»Hoheit«, erklang eine Stimme vom anderen Ende des Saals. Malcolm wandte sich um und erblickte zwei Gestalten: einen Priester Zinders und eine Priesterin der Zwietracht. Sie schritten zwischen den Toten hindurch. Die Frau trug Kriegsrüstung – eine Ritterin des Winterschwurs.

Der alte Inquisitor ergriff das Wort. »Ich begleite Euch.«

»Vergebt mir, aber es behagt mir nicht, einen Inquisitor mitzunehmen«, sagte Malcolm.

»Aus gutem Grund«, antwortete die Schwurritterin, »aber Frèr Lucas ist es wert, mitgenommen zu werden.«

»Frau von LaFey und ich hatten einen seltsamen Tag, der umso merkwürdiger wurde, als wir uns hier im Fenntor wiederfanden«, fügte Lucas hinzu. »Wir wollen nach Kräften helfen, das hier zu beenden.«

»Das Wort einer Schwurritterin genügt mir«, bekannte Malcolm. Er wandte sich Merret zu. »Geht voraus.«

Schweigend durchschritt der Trupp den großen Saal und stieg die Wendeltreppe hinauf. Merret ging zuvorderst, dicht gefolgt von Malcolm und den beiden Priestern. Die übrigen Soldaten bildeten die Nachhut.

»Hier tost der Sturm nicht so stark«, bemerkte der Herzog.

»Er scheint vor allem das Doma zu hassen«, sagte Merret. »Es haben kaum Kleriker überlebt.«

»Die Kirche hat das Mädchen schlecht behandelt«, murmelte Lucas. »Daher ist das nicht verwunderlich.«

»Mädchen?«, fragte Malcolm. »Ihr kennt diesen Gheist?«

»Ich habe den letzten Monat in Gesellschaft des Kindes verbracht. Sie ist niemand Geringeres als Gwendolyn von Adair.«

»Tja«, hauchte Malcolm mit regloser Miene. »Das macht die Angelegenheit nur komplizierter.«

Sie erreichten den oberen Treppenabsatz und betraten den Gang. Blutige Fußabdrücke waren auf dem Teppich zu sehen, sie verliefen von einer Tür am Gangende bis in den gegenüberliegenden Raum.

Malcolm deutete auf den Ausgangspunkt der Spuren. »Wohin führt diese Tür?«

Merret schüttelte den Kopf. »Hier gibt es eigentlich keine Tür, zumindest keine, die mir bekannt wäre. Sie war bislang verborgen.«

»Laufend erfahren wir Neues.« Malcolm zeigte auf die gegenüberliegende Gangseite. »Und was liegt da drüben?«

»Die Gemächer des Barons.«

»Schön«, sagte der Herzog grimmig. »Ich nehme an, das wird eine kurze Suche. Die anderen Räume?«

»Sind für die Kinder und deren Diener«, antwortete Merret.

Die Türen standen offen, und obwohl unten der Sturm tobte, blieben die Fenster unbeschädigt. Eine seltsame Stille beherrschte diesen Teil der Burg. Fast, als wäre er heilig.

»Durchsucht die Räume, und zwar schnell. Von Merret, Frèr Lucas, von LaFey …« Malcolm deutete auf die Gemächer des Barons. »Folgt mir.«

Die rangniederen Ritter verteilten sich und durchsuchten die Räumlichkeiten der Kinder mit solch ehrfurchtsvoller Lautlosigkeit, als lägen die Kleinen schlafend in den Betten.

Merret schlich zur Tür des Barons, hielt inne und lauschte. »Da drinnen bewegt sich was.«

Malcolm schob ihn beiseite und blickte die Priester an. »Frau von LaFey, wo ist Euer Schwert?«

»Ich bin das Schwert«, erwiderte sie. »Oder zumindest der Schild.«

Lucas grinste verschmitzt. »Sie will unbedingt einen ehrenhaften Tod finden. Das soll Euch nicht scheren.«

»Wie Ihr meint«, sagte Malcolm. »Bleibt dicht zusammen. Was immer wir da drinnen antreffen, verliert nicht den Mut!«

»Wenn Ihr wüsstet, was wir schon alles gesehen haben, Hoheit. Betet, dass *Ihr* nicht den Mut verliert.«

Malcolm packte sein Schwert aus Feeneisen fester, dann stieß er mit der Schulter die Tür auf. Er stürmte in den Raum, dicht gefolgt von Merret und den Priestern.

Fast wäre Malcolm das Herz in die Hose gerutscht. Merret keuchte auf, und die Geistlichen begannen nervös zu beten.

Colm Adair lag in der Mitte des Gemachs auf dem Teppich – tot. Seine sterblichen Überreste waren blutüberströmt. Über ihm hockte, was von Tomas Sacombre übrig war. Der Großinquisitor kehrte den Eindringlingen den Rücken zu. Als Frèr Lucas zu beten begann, wandte er sich ihnen langsam zu.

Malcolm hatte schon viele Dämonen in seinem Leben gesehen, Götter der alten und neuen Religionen. Ascheringe umgaben Sacombres Augen, die Finger waren rissig und trocken, die schwarzen Adern unter der Haut pulsierten. Das Blut an seinen Händen reichte in langen Strängen bis zu dem Toten. Sein Gesicht war ebenfalls blutverschmiert, und Wahnsinn beherrschte seinen Blick. Als er Malcolm sah, stieß er ein abgehacktes, zornerfülltes Lachen aus. »Mein Baron!«, schrie Merret. Mit gezücktem Schwert stürmte er vor.

Sacombre streckte ihn nieder, ohne nachzudenken oder sich zu regen. Flackernd bildete sich eine schwarze Ranke und bohrte sich tief in Merrets Brust. Der Ritter, ein gebürtiger Suhdrin, der einem Tenerraner Treue bis zum Tod geschworen hatte, fiel neben seinem Baron zu Boden.

»Den Göttern sei Dank, ihr habt mich gefunden.« Der Großinquisitor wankte vor und schüttelte die Blutstränge ab, die ihn mit Colm Adairs Leiche verbanden. Behutsam stieg er über Merret hinweg. »Ihr braucht Euch nicht zu fürchten, Hoheit. Ich bin nicht mehr der Mann, den Ihr kanntet.«

»Ich erkenne ein Monster, wenn ich es sehe«, zischte Malcolm.

»Ha! Ja, dem ist wohl so. Ein gutes, heiliges Monster noch dazu.« Er kicherte. »Und jetzt seid Ihr hier, um mich zu töten?«

»Wenn ich muss. Ich würde Euch lieber nach Herzbrück zerren und vom Celestriarchen verurteilen lassen.«

»Das wäre ein starkes Stück, was? Die Geißel der Plünderer bringt den Großinquisitor Zinders vor Gericht. Was für ein Schauspiel!« Erneut kicherte er. »Natürlich kann ich das nicht zulassen. Ich muss meine Geschichte geheim halten.«

»Ihr könntet demütig um Vergebung bitten«, sagte Frèr Lucas. Er blickte von der Leiche des Barons auf, mit Mitleid in den Augen. »Leistet Abbitte für den Tod Colm Adairs und den seiner Familie.«

Sacombre grinste boshaft. »Sie waren Ketzer. Das wisst Ihr jetzt, nicht wahr?«

Malcolm verzog das Gesicht.

Sacombre lachte erneut. »Ketzer, ja, und Ketzer müssen sterben.«

»Was ist mit Euch?«, fragte Lucas. »Was sollen wir tun angesichts der Verderbnis in Eurem Herzen, Großinquisitor?«

»Tja …« Sacombre beäugte zunächst Lucas, dann die anderen ringsum. Er grinste. »Ich schätze, Ihr werdet mich töten müssen.«

Malcolm lockerte die müden Schultern, ließ den Schild fallen, schwang die Feeneisenklinge durch die Luft und nahm eine zweihändige Verteidigungshaltung ein. Seine Knochen knackten, und seine Muskeln brannten von den vielen Tagen im Sattel, der monatelangen Flucht, den Wochen des Krieges. Sein Verstand war wie benommen wegen seines verräterischen Sohnes und der eigenen Unfähigkeit, seine geliebte Frau zu schützen. »So die Götter es wollen«, entgegnete er scharf. »Der Kirche treu ergeben zu sein bedeutet mitunter, die Klinge zu zücken und ihr die Verderbnis herauszuschneiden!«

»Dann kommt und schneidet!«, rief Sacombre. »Ich erwarte Euren Stahl, Hundsherzog!«

Ehe Malcolm sich regen konnte, erfüllte ein Leuchten den Raum.

»Ich bin Stahl genug für Euch«, bellte Elsa LaFey. Sie hob die Arme und zog die Sonne aus dem Himmel, eine goldene Scheibe, die über ihrem Kopf strahlte und die Rüstung funkeln ließ. Die Adern in ihrem Gesicht pulsierten grell unter der Haut.

Frèr Lucas trat an ihre Seite. Er schüttelte den Kopf und zeichnete mit den Händen das Zeichen Zinders in die Luft. »Die Macht in Euch ist nicht die eines wahren Gottes, Großinquisitor. Ich lasse nicht zu, dass Ihr seinen Namen für Euch beansprucht oder die Ordnung Zinders entweiht.«

Ehe er die Beschwörung vollenden konnte, zerbarsten die Fenster, und Herbst erfüllte den Raum. Ein wirbelnder Zyklon aus Blättern zerschnitt die Wandteppiche und zerfetzte die Vorhänge. Der Wind heulte und schrie.

Sacombres Gelächter übertönte das Chaos. »Die Heidin will Euch läutern, Frèr Lucas!«, brüllte er. »Aber sie wird sich gedulden müssen. Der Gott des Winters hat viele Gesichter, und eines davon ist der Tod!«

Silbriger Nebel entstieg Colm Adairs Leiche und vermengte sich mit dem Sturm wie Tinte in Wasser, dann strömten die Schwaden in Sacombres offenen Mund. Der Großinquisitor schloss die Augen und atmete die nebelgleiche Seele des toten Barons ein. Die Adern in seinem Gesicht und in den Armen erglühten in silbernem Licht. Er legte die Hände aneinander und stieß sie vor.

Ein Sturm brach aus seiner Brust hervor.

Malcolm gefror das Blut in den Adern.

Siebenundfünfzigstes Kapitel

Gwens Zorn erfüllte kreischend den Raum. Die beiden Priester, Fremde, die sich dem Großinquisitor entgegenstellten, stachen leuchtend aus dem tosenden Sturm hervor. Ihre Macht flackerte … und erlosch.

»Du wirst sie alle töten«, schrie Ian.

»Ich werde den einen töten«, antwortete Gwen. »Dabei kommen vielleicht auch andere um.«

Der Großinquisitor lachte. Seine Stimme hallte seltsam wider; sie durchdrang die Luft und war auf eine Weise zu hören, die nichts mit Schall oder Gedanken zu tun hatte. Eine Dunkelheit lauerte in ihm, strömte durch seine Adern wie eine Krankheit. Sacombre hob die Arme, und Winter erfüllte das Gemach.

Eis schoss durch den Wind und verdrängte Gwens Präsenz rasch aus dem Raum. Die Fenster froren zu. Winters letztes Urteil unterjochte die Macht des Herbstgottes.

»Nein! Nein, nein, nein, *nein!*«, schrie Gwen zornig und frustriert. Sie hämmerte gegen den Turm. Ihre Wut peitschte über die Steine und machte Ian ganz benommen. »Ich lasse mich nicht aufhalten! Niemand verwehrt mir meine Gerechtigkeit!«

Sie wich zurück, zog Ian mit sich wie einen Fisch am Haken. Der Herbstgott entfernte sich von der Burg, sein Sturm wirbelte in der Luft wie ein Hurrikan. Gwen sank in einem Tornado zu Boden, der so breit war wie der Turm, ein Mahlstrom des Hasses, der Steine zerbrach und Krater in die Erde schlug. Die Burgmauern wackelten.

Unschuldige starben.

»Du musst aufhören!«, schrie Ian. Hilflos hing er über der Zerstörung in der Luft und sah entsetzt zu, wie die Burg unter ihm zerbröckelte. »Diese Menschen möchten dir helfen! Siehst du denn nicht, dass sie Sacombre genauso entschlossen aufhalten wollen wie du?«

»Was kümmert mich, was sie wollen? Ich wollte Gerechtigkeit für meine Familie. Ich wollte Frieden für mein Land und das Ende der Unterdrückung durch Haus Halverdt. Durch die Kirche. Und was hat mir das gebracht?«

»Was wird dir *das hier* bringen?«, fragte Ian.

Plötzlich schwebte Gwen vor ihm im Himmel, ihr Haar eine sich windende Flut prachtvollen Lichts, ihre Augen glühten wie Fackeln. Ihre Haut leuchtete so hell wie ein Blitz. »Frieden«, antwortete sie. »Das hier schenkt mir Frieden.«

»Es bringt dir den Tod. Deinen Tod, den deiner Familie und den aller, die du je geliebt hast. Ist das das Vermächtnis von Haus Adair? Soll das die Geschichte sein, die wir von deinem Tod erzählen werden?«

Gwen hielt inne und starrte ihn mit ihren schrecklichen Augen an.

Ian neigte den Kopf zum Turm. »Sieh nur. Sieh, wie treu die Blakleys sind. Sieh, was mein Vater tut, um dich zu schützen.«

Gemeinsam wandten sie sich um und schauten zur Burg. Der Turm brach auseinander, und ganz oben stand Malcolm von Blakley. Dunkelheit umgab ihn, Dunkelheit in Gestalt von Tomas Sacombre.

Achtundfünfzigstes Kapitel

Allmählich gefror die Luft und schließlich auch der Sturm. Eine dünne Eisschicht bildete sich, Blätter froren zusammen, wirbelten weiter und verbanden sich mit den nächsten.

Frèr Lucas schrie und wankte. Die lodernde Flamme von Elsas beschworener Sonne leuchtete durch den jäh entstandenen Schneesturm, geriet ins Flackern und wurde ausgeblasen. Keuchend ging Elsa auf die Knie, dann herrschte Stille, der Wind war verschwunden, das Eis in den Fenstern fest wie Stein.

Der Großinquisitor in der Raummitte sah aus, als würde er brodeln. Das aus seiner Haut strahlende Licht intensivierte sich, schien die Luft und seinen Körper deutlicher hervorzuheben. Das Gewebe unter der Robe bewegte sich, und Streifen schwarzer Asche zeigten sich auf seiner Wange. Dunkle Flecken trieben in seinen Augen, und Blut vermischte sich mit dem Schweiß, der ihm über die Brust rann.

»So ergeht es allen Blinden«, grollte Sacombre. Seine Stimme klang wie knirschender Stein und brechende Knochen. »Das ist das Schicksal der Narren.«

»Was ist aus Euch geworden?«, rief Malcolm.

»Ich *werde* noch«, zischte der Großinquisitor. »Ich bin der Winter selbst. Das Herz der Reinheit. Ich bin nur ein Aspekt der Macht Zinders, und ich werde sein bedeutendstes Gefäß sein.«

»Obwohl das Ketzerei ist?«, fragte Malcolm.

»Ketzerei oder Offenbarung … wo liegt der Unterschied? Ist Furcht nicht nur eine ungenutzte Gelegenheit?« Sacombre richtete sich auf. Das Fleisch fiel ihm von den Knochen, und etwas Dunkleres, Schändlicheres kam zum Vorschein. »Die Kirche wird sich mir nicht in den Weg stellen. Und auch nicht der Norden.«

»Ihr solltet weder den Norden noch die Kirche fürchten.« Malcolm ging an den gestürzten Priestern und dem reglosen Körper von Merret vorbei. »Unsere Kämpfer wollten nur ihre Pflicht gegenüber dem celestischen Thron erfüllen. Gegenüber ihren Herren.«

»Das sind die falschen Herren«, grollte Sacombre. »Die Kirche sperrt die Seelen ihrer Toten weg. Ich werde sie ebenso befreien wie Euch, Malcolm aus dem Hause Blakley.« Er streckte seine klauenbewehrte Hand aus. »Ich erlöse Euch vom Fleisch und den Sorgen dieser Welt.«

»Meine Frau wird enttäuscht sein, wenn ich meinen Körper aufgebe, glaube ich. Aber danke für das Angebot.« Er ließ die Spitze der Feeneisenklinge über den Boden schleifen. Das von Sacombre beschworene Eis bildete Risse und schmolz. »Wie kann ich mich dafür erkenntlich zeigen?«

Der Großinquisitor schnaubte. Er wuchs an, unförmige Beine hoben ihn in die Höhe, die Schultern senkten sich unter dem Gewicht von Schwingen, steinerne Rippen und Knochen sprossen ihm aus der Brust; sie umgaben das pulsierende Schattenherz, das sogar durch Haut und Robe leuchtete. Klauen wuchsen aus den ungestalten Füßen. Was von seiner Haut übrig war, strotzte von fauligen Geschwüren. Schatten wisperten aus seinem offenen Mund, verteilten sich in der Luft wie Nebel.

Der Großinquisitor richtete sich zu voller Größe auf und breitete die schrecklichen Schwingen aus. Sie kratzten an der Decke, fegten frostüberzogene Wandteppiche beiseite. »Genug von diesem Unsinn.« Seine Stimme klang wie Donner. »Kommt und sterbt wie ein Held, Malcolm. Kommt und beweist mit Eurem Opfer, dass ihr gläubig seid.«

»Ein vorzügliches Angebot«, zischte Malcolm, senkte den Kopf und ging heulend in einen Sturmangriff über. Jegliche Vorsicht fahren lassend, rutschte er übers Eis, das Schwert bis über die Schulter erhoben.

Sacombre schlug mit den Flügeln nach ihm, trieb ihm die Luft aus den Lungen und überzog seine Haut mit Eis. Der Herzog kämpfte weiter, doch der Großinquisitor sprang ihm entgegen. Mit Schwingen und Klauen fand er Halt auf dem Eis, sein Gegner hingegen hatte Mühe, nicht auszurutschen, während er eine Reihe kräftiger Schläge einsteckte, die ihn auf den Gang zurückdrängten.

Dort ging er zu Boden, und sein Schwert schlitterte davon. Malcolms Rückgrat schmerzte sehr.

Sacombre beugte sich vor, faltete die Flügel ein, trat durch die Tür und richtete sich erneut zu voller Größe auf. Über den Herzog gebeugt wisperte er verächtlich: »Siehst du, es gibt für dich wenig Hoffnung. Deine Leute sind tot, dein Sohn hat dir den Rücken gekehrt, und deine Frau liegt im Sterben.«

Mühsam rappelte Malcolm sich auf. Sengende Wut erfüllte ihn bis ins Mark. Er zuckte zusammen und spuckte Blut. »Was weißt du von meiner Frau oder meinem Sohn?«

»Ich habe Augen, Malcolm. Überall. Ja, die Dinge laufen gut. Dein Tod wird Tener aufrütteln. Meine Ketzerei wird den Süden spalten. Krieg folgt. Reiner, vom Winter gesegneter Krieg. Schrecklich.« Wie zum Segen hob er die Hände und seufzte zufrieden. »Aber das wollen wir auch angemessen inszenieren, nicht wahr?«

»Du tötest mich so oder so.«

»Natürlich. Aber du willst doch nicht wie Vieh sterben, oder?« Sacombre deutete auf Malcolms Schwert. »Hol's dir.«

Malcolm seufzte. Nur zu gern wollte er die Sache hinter sich bringen. Der Dämon hatte recht. Ohne seinen Sohn und seine Frau, die ihn stets gelenkt hatten, war er nur wie ein segelloses Schiff. Im Grunde war er zum Sterben bereit – doch würde er sich nicht an Ort und Stelle abschlachten lassen. Er wollte zumindest kämpfend untergehen.

Er ging zum Schwert, das in der Wand steckte – Feeneisen durchdrang Stein ebenso mühelos wie Holz –, zog es heraus und wandte sich der Kreatur zu, die einst der Großinquisitor gewesen war.

»Du bist ein Ketzer, ein Mörder und ein Bastard«, knurrte er, »und ich bin hier, um dich Zinders gerechter Strafe zuzuführen.«

Sacombre lachte herzhaft, dann ging er mit schlagenden Schwingen und schnappenden Klauen auf den Herzog los. Malcolm duckte sich zur Seite, rollte sich ab und stürzte, als der Dämon auf dem Boden aufschlug. Er kullerte durch die Tür und erhob sich inmitten von Holzsoldaten – im Spielzimmer eines Kindes, das seine eigene Vorstellung vom Krieg aufgebaut hatte. Sacombre brach mit solcher Gewalt durch den Türrahmen, dass die Mauersteine nur so umherflogen.

Malcolm rappelte sich auf und wich vor dem Angreifer zurück. Der Gheist im Körper des Großinquisitors flatterte mit den furchtbaren Flügeln, beschädigte die Wände und die Decke. Die Hälfte des Turms brach weg. Tosender Sturm drang ein und erfüllte den Raum. Malcolm schlug zu, verfehlte sein Ziel und wurde von Klauen beiseitegefegt, die ihm eine blutende Wunde zufügten. Er holte erneut aus und trieb dem Dämon das Schwert in die Brust. Rippen aus Stein und Schatten barsten, doch er spürte, dass die Klinge kein Gewebe verletzte.

Mauersteine regneten herab – offenbar brach das Dach zusammen. Malcolm blinzelte durch den Staub und schirmte das Gesicht ab. Kurz dachte er, Sacombre wäre unter den Trümmern begraben worden, doch die Kreatur kämpfte sich aus dem grauen Geröll, schüttelte sich und jagte messerscharfe Steinsplitter durch den Raum.

Ein seltsamer Friede herrschte am Himmel. Der Sturm hatte sich gelegt. Zwei Gestalten schwebten in einiger Entfernung vor dem Turm und beobachteten den Kampf.

Malcolm schüttelte den Kopf.

»Die Götter sollen die ganzen Heiden verdammen«, fluchte

er, dann krabbelte er auf die Trümmer, die zuvor das Dach gewesen waren. Zersplitterte Holzbalken ragten hoch über dem Hof aus dem Turm. Malcom kam schlitternd am Ende eines Balkens zum Stehen. Er schaute in die Tiefe und auf die Felder vor der Burg.

Der Heidengott war nirgends zu sehen.

Er blickte in entsetzte Gesichter von Suhdrin und Tenerranern, die nach oben schauten, um zu ergründen, woher die Steinlawine stammte. Ein Publikum für seinen heldenhaften Tod. Er musste lachen. Stechender Schmerz schoss ihm durch die Rippen, und seine Lungen protestierten ob des vergeudeten Atems. Das brachte ihn nur noch mehr zum Lachen.

Ein Krachen ertönte, Malcolm wandte sich um und sah, dass der gefallene Gott sich ihm näherte. Sacombre kletterte auf die Überreste des Dachs. Er breitete die Schwingen aus, was eine weitere Trümmerlawine auslöste, dann drehte er sich auf seltsame, unbeschreibliche Weise und beäugte die Umgebung.

»Der Heidengott hat dich verlassen, Malcolm«, spottete er. »Baroness Adair hat sich zurückgehalten. Selbst sie akzeptiert ihre Niederlage.«

»Vielleicht ist sie geflohen, damit ich sie nicht in die Finger bekomme«, erwiderte Malcolm. »Ich werde mit ihr ein ernstes Wörtchen wechseln, wenn das hier vorüber ist.«

»Die wirst du aus deinem Grab an sie richten müssen, alter Narr!«

»Ach, du kannst mich mal mit deinen hochmütigen Drohungen!«, fauchte Malcolm, holte weit mit dem Schwert aus und griff an.

»Er wird sterben«, wisperte Gwen.

»Was kümmert es dich?«, forderte Ian sie zornig heraus. »Das ist alles unsere Schuld, oder? Wir haben deine geliebten Götter betrogen, das Knie vor der Kirche gebeugt. Was kümmert es dich, wenn einer von uns stirbt?«

»Dein Vater wirft sein Leben einfach fort«, sagte Gwen. »Gegen Sacombre kommt er nicht an.«

»Dann töte sie beide. Töte alle. Eben noch schienst du darauf zu brennen. Oder ist dir wieder eingefallen, was es bedeutet, ein Mensch zu sein?«

Langsam wandte Gwen sich ihm zu. »Ich kann ihm helfen. Wenn ihr die Hilfe von einer Heidin annehmt.«

»Nein«, sagte Ian. »Ich werde diese Wahl nicht für ihn treffen – und ich weiß, wie er sich entscheiden würde. Mein Vater ist ein gläubiger Mann.«

»Auch, wenn es um sein Leben geht?«

»Vor allem, wenn es um sein Leben geht«, erwiderte Ian.

Neunundfünzigstes Kapitel

Sacombre schlug Malcolm gegen die Brust und warf ihn um. Seine Schultern ragten über den Balken hinaus, unter dem der Burghof drohte. Nach und nach zerfiel der Turm. Die Dachbalken ächzten und verrückten sich, die Turmspitze neigte sich gefährlich zum Hof. Mühsam erhob Malcolm sich und blickte zu Sacombre, der am höchsten Punkt stand und träge mit den missgestalten Schwingen flatterte.

Der Großinquisitor veränderte sich noch immer. Die Rippen ragten ihm aus dem Körper, und aus dem Rücken wuchsen knorrige Knochenglieder, die seine menschliche Gestalt festhielten wie eine Spinne ihre Beute. Steife Beine stützten den gigantischen Leib, und aus dem Rückgrat wuchsen verdrehte Gliedmaßen, die an Vogelbeine erinnerten. Ihre ebenholzfarbenen Krallen bohrten sich in den Stein. Entweder löste sich der Dämon von Sacombres Körper, oder dessen Seele war so verderbt, dass sie das menschliche Fleisch einfach abstreifen wollte.

»Wovor fürchtest du dich, Malcolm Blakley?«, fragte das Geschöpf. »Wenn ich dich töte, was ist dann das Letzte, das du bedauerst?«

»Dich nicht eher getötet zu haben«, spie der Herzog und griff mit erhobenem Schwert an. Sein Herz schlug wie wild, und er schrie aus vollem Hals. Der Gheist trat mit einem klauenbewehrten Bein nach ihm, doch Malcolm wich aus, rollte sich ab und blieb neben einem anderen Bein liegen. Sacombre hob die Flügel – offenbar wollte er vom Turm abheben. Malcolm rappelte sich auf und grub die Klinge in die dünne Schwinge, durchtrennte tintige Sehnen und fasrige Falten im Dämonengewebe.

Sacombre heulte auf, fuhr herum, packte ihn mit den Klauen und drückte zu. Der Herzog spürte, wie sich seine Rüstung verbog und brach.

»Als Nächstes nehme ich mir Ian vor«, wisperte die Kreatur. »Ich lasse deinen Sohn die Arbeit für mich erledigen.«

Malcolm wand sich im Griff des Dämons, hob das Schwert und schlug mehrmals zu. Jeder Hieb schien auf Stein zu treffen, die Wucht erschütterte seinen Arm und ließ die Schulter ertauben. Der Schmerz in Malcolms Brust wurde unerträglich, und schließlich verfärbte sich seine Sicht rötlich. Ihm wurde schwindelig. »Hältst du …«

Das Schwert sauste auf Sacombres Schädel, durchtrennte Fleisch und Knochen, doch das schien dem Gheist nichts auszumachen.

»endlich dein …«

Ein weiterer Schlag verletzte das Geschöpf an der Schulter, dann traf die schwarze Klinge die Rippen, die den Körper der Kreatur mit dem Rückgrat verbanden.

»… verdammtes Maul!«

Der letzte Hieb traf erneut die dunklen Rippen, und diesmal brachen sie. Erst zersplitterte die eine, dann die nächste. Heulend warf Sacombre Malcolm beiseite wie eine Puppe. Der Herzog prallte von den Dachtrümmern ab.

Der Großinquisitor trat nach den Knochen des Dämons. Seine Arme versteinerten unter der Berührung des Gheists und bildeten faulige Auswüchse, kämpften gegen die Schwingen an, die ihn nun zu ersticken drohten. Ein Geräusch erklang, das an reißende Seide erinnerte, dann befreite der Gheist seinen Arm aus dem Leib des Großinquisitors. Blut und Körpersäfte spritzten. Sogleich umklammerte der Arm die Brust des menschlichen Körpers und begann zu ziehen.

Wie eine Totgeburt glitt der Körper des Großinquisitors vom Gheist ab. Gewebe riss und bildete sich neu, Knochen lösten sich krachend von den Auswüchsen, die ihn festgehalten hatten.

Sacombres Hinterkopf knackte auf wie eine Eierschale, und ein zweiter Schädel entwuchs ihm. Der schlaffe Menschenkörper fiel auf die Steine, und der Gheist streckte sich.

Der alte Gott des Winters und des Todes, finster, von Raureif überzogen und schrecklich, richtete sich zu voller Größe auf. Er sah aus wie ein Skelett aus schwarzem Eis mit Schwingen aus Nebel und Tinte. Seine Klauen und Zähne waren spitz und tödlich wie eisiger Wind. Er stand auf dem zerfallenen Turm und blickte auf Malcolm hinab.

»Tötest du mich auch?«, wisperte Malcolm. »Oder ist deine Jahreszeit noch nicht angebrochen?«

Ein Sturm beantwortete die Frage.

Der Himmel brach über den Turm herein, beschoss ihn mit schneidenden Blättern und steinhartem Wind. Der Gott des Todes brüllte gegen das Getöse an, doch goldenes Licht umhüllte seine schwarzen Schwingen.

Gwendolyn Adair, beeindruckend verändert und von Göttlichkeit durchdrungen, tauchte vor ihm auf. »Ich kann ihn eine Weile gefangen halten«, sagte sie mit glockenheller Stimme. »Ich habe eine Schuld bei dir zu begleichen, Malcolm vom Haus der Hunde. Eine sehr alte Schuld, die dir meine Hilfe zumindest noch eine Weile sichert.«

Der Sturm legte sich. Herbst stahl sich aus den Schatten, und die gewaltige Wolke wirbelnder Blätter verschwand so rasch am Horizont, wie sie gekommen war. Zinders grelles Licht beschien die zerstörte Burg und warf tiefe Schatten. Im Dorf weiter unten loderte Feuer.

Zwei Gestalten lagen auf dem Dach beieinander. Eine davon war Ian. Mit verschränkten Armen und blutendem Gesicht schien er den Kampf verschlafen zu haben. Seine Brust hob und senkte sich sanft und regelmäßig. Neben ihm lag Sacombre, irgendwie noch am Leben; aus seinen Wunden strömten Schatten und der Lebenssaft eines gefallenen Gottes.

Malcolm sank auf die Knie und legte das Schwert neben den

bewusstlosen Großinquisitor. Er verfiel in heftiges Schluchzen, das aus tiefstem Herzen zu kommen schien. Nach einer Weile fing er sich wieder, fesselte Sacombre an Händen und Füßen und kroch in die Ruine des Fenntors.

Seinen Sohn ließ er zurück. Ian sollte seinen eigenen Weg finden.

Epilog

Das trockene Kratzen von Malcolms Federkiel erfüllte den Raum. Papierstapel lagen auf dem Feldtisch, den man hastig in den Trümmern des Fenntors aufgestellt hatte.

Im Lauf der letzten Wochen waren die versprengten Überreste der suhdrischen Armee in die verwüstete Burg gekommen, um sich der Verstärkung anzuschließen, die die Herren des Nordens schließlich geschickt hatten. Gwens wütender Gott hatte die Truppen dezimiert, und Halverdts Tod und der ketzerische Großinquisitor hatten die Krieger in zwei Lager gespalten – die Anspannung war groß.

»Wie lange willst du mich noch warten lassen?«, fragte Ian. Er saß schon seit fast einer Stunde an der Tür und blickte schweigend seinen Vater an.

Malcolm seufzte. »So lange, bis deine Mutter zu sich kommt. Vielleicht kann sie dir das ausreden.« Er steckte die Feder ins Tintenfass und nahm den Brief auf. »Kannst du den hier wenigstens nach Hundsweih bringen?«

»In diese Richtung reise ich nicht. Jedenfalls nicht direkt.«

»Du weißt überhaupt nicht, wohin du gehst«, erwiderte Malcolm merklich frustriert.

»Ich gehe nach Westen. Von LaFey hat versprochen, mich zum Heiligtum der Hexen zu führen.«

»Wenn es einen Ort gibt, an dem sie ganz sicher nicht ist, dann im Heiligtum.«

Nachdem die Soldaten das herbeigewehte Laub zusammengetragen und verbrannt hatten, waren die Leichen von Gwens Familie nicht mehr da gewesen, doch hatte sie niemand ins stille Haus geleitet. Vermutlich hatte der Herbstgott sie mitgenommen.

»Stell mir Fianna zur Seite, dann kann ich die Suche erheblich verkürzen«, bat Ian. »Ich brauche nur …«

»Die Hexe wird dich nicht begleiten. Sie geht nirgendwohin, außer nach Herzbrück. Sie und Sacombre kommen vor Gericht und werden verurteilt.«

»Das ist nicht gerecht«, begehrte Ian auf. »Willst du sie wirklich auf diese Weise für ihre Treue bestrafen? Sie hat dir das Leben gerettet! Sie hat Mutter gerettet …«

Zornig erhob Malcolm sich. »Geh in das Schlafzimmer deiner Mutter, und dann sag mir noch mal, dass sie gerettet wurde! Was immer die Hexe ihr angetan hat, erweckte sie nicht mal ansatzweise wieder zum Leben! Und sie ist eine Heidin, Ian. Eine bekennende Hexe, was viele bezeugen können! Sei froh, dass ich sie nicht gleich der Inquisition übergebe.«

»Das tust du nur nicht, weil der Großinquisitor ebenfalls der Ketzerei angeklagt ist. Am ganzen Winterhof herrscht Chaos, und damit kommen sie nicht sonderlich gut zurecht. Du weißt, dass du Fianna direkt in den Tod schickst.«

»Wenn jemand Gnade zeigen kann, dann der Celestriarch. Es steht mir nicht zu, Zinders Gesetz zu brechen, Ian! Wenn die Kirche sie begnadigt, respektiere und feiere ich diese Entscheidung, aber kein gläubiger Celest kann die Gesetze des Winters ignorieren, nur weil sie ihm nicht gefallen.«

»Nennst du mich einen Heiden?«

»Ich weiß nicht, was du im Herzen trägst, Sohn«, erwiderte Malcolm vorsichtig, »und ehrlich gesagt will ich es momentan auch nicht wissen.«

»Warum nur, Vater? Aus Furcht, dass du mich in Ketten legen und mit Fianna in den Süden schicken müsstest?«

Malcolm widmete sich wieder den Dokumenten. »Ich habe Arbeit zu erledigen. Wenn du aufbrechen musst, nur zu.«

Ohne seinen Vater noch einmal anzusehen, verließ Ian den Raum und knallte die Tür hinter sich zu.

Die Kutschen, mit denen sie nach Süden reisen sollten, hatten Eisenbeschläge und waren mit arkanen Symbolen verziert. Viele suhdrische Soldaten, deren Freilassung mit ihren Herren ausgehandelt worden war, und alle Ritter, die sich hatten freikaufen können, marschierten in einer langen Doppelreihe mit ihnen. Sie verließen das Fenntor und verschwanden im Wald, begierig darauf, den heidnischen Norden hinter sich zu lassen und in die Heimat zurückzukehren, wo sie den Großinquisitor der gerechten Strafe zuführen würden.

Sacombre saß schweigend im Gefängniswagen. Der Boden seiner Zelle war mit Heu bestreut, und in einer Ecke standen zwei Eimer. Das einzige Licht, das den Raum erhellte, fiel durch die Spalten zwischen den Wagenbrettern. Er hatte den halben Wagen für sich. Die andere Zelle war ebenso dürftig ausgestattet und ebenso schmutzig. Die Insassin schwieg und kauerte sich in der Ecke zusammen, möglichst weit vom ehemaligen Priester entfernt.

Aufmerksam beobachtete Sacombre die in Schatten gehüllte Frau.

Als sie ein gutes Stück auf der Straße zurückgelegt hatten, regte er sich, kroch über den Boden des fahrenden Gefängnisses und presste den Kopf an die Gitterstäbe, die beide Zellen trennten.

»Was für eine angenehme Überraschung«, wisperte er. Seine Stimme klang kratzig, seit der wütende Gott sich gewaltsam von seinem Körper gelöst hatte.

»Und doch kaum verwunderlich, mein Herr«, erwiderte Fianna leise.

»Anscheinend habt Ihr Eure Sache gut gemacht.«

»Gut genug. Er war ein zerbrechliches Gefäß.«

»Trotzdem …« Sacombre lehnte sich zurück und versuchte, es sich auf dem Stroh bequem zu machen. »Der Hund ist bereit für seine Jagd.«

Als die Nacht vorüber war und der Morgen drohte, kehrte Malcolm in seine Gemächer zurück. Sein Sohn war fort, und seine Frau nur ein Schatten ihrer selbst. Tener hatte stark gelitten. Suhdra war von inneren Konflikten geplagt. Sacombres Worte hallten ihm im Kopf: über den geteilten Süden und den vereinten Norden. Es gab so viel zu tun und so wenig Zeit für Ruhepausen.

Er zündete die Laterne an und legte die Rüstung ab. Seine Knochen knackten wie eine verwitterte Brücke. Er und die meisten Krieger schützten sich inzwischen ständig – sowohl durch Rüstung als auch Zauber. Die Ikonen, die er um den Hals trug, klimperten leise, als er sie auf den Nachttisch legte. Er lehnte die Feeneisenklinge ans Bett. Malcolm machte sich nicht die Mühe, die restliche Kleidung abzulegen – er fiel auf die Laken, stierte zur Decke und wartete auf den Schlaf, der nicht kommen würde.

Als der Diener eine ganze Weile später an seine Tür pochte, stand der Herzog seufzend auf, ohne auch nur einen Moment geschlummert zu haben. Das Klopfen wurde eindringlicher.

»Ja, ja, was gibt es?«, fragte er zornig.

»Hoheit.« Der Diener trat ein. Er gehörte zu Jaerdins Leuten und hatte die Rolle des Knappen übernommen, seit die meisten Bediensteten von Haus Adair aus Furcht vor der Inquisition geflohen waren. »Ihr müsst sofort mitkommen.«

»Ein Angriff?« Malcolm schnappte sich das Schwert.

»Nein, Hoheit. Es geht um sie. Sie ist aufgewacht.«

Kurz stand Malcolm reglos da und ließ die Neuigkeit sacken. Sein Herzschlag beschleunigte sich. Er entschied sich, das Schwert mitzunehmen, streifte sich wieder die Kette mit den heiligen Ikonen über und eilte aus dem Raum.

Carolines Gemach lag am Ende des dunklen Ganges.

Zwei Wachen standen nervös vor der Tür. Malcolm hörte die Stimme seiner Frau.

»Seit wann ist sie wach?«, fragte er.

»Seit gerade eben. Wir haben sogleich nach Euch geschickt, Hoheit.«

»Und der Priester? Habt Ihr auch nach einem Priester geschickt?«

Betreten blickten die Wachen einander an, dann schüttelten sie die Köpfe. »Wir waren uns nicht sicher, ob das nötig ist.«

»Nein«, erwiderte Malcolm. »Nein. Vermutlich ist es nicht nötig.« Vorsichtig – das Schwert in der Hand und die Ikonen um den Hals – betrat er das Gemach seiner Frau.

Caroline saß auf dem Bett, gegen einen Berg aus Seidenkissen gelehnt. Das Fenster war mit schweren Vorhängen verhangen, und es gab keine Laternen im Raum. Während ihrer Bewusstlosigkeit war die Herzogin lichtempfindlich gewesen: Sowohl bei Sonnenlicht als auch Kaminfeuer hatte sie leise gewimmert. Dennoch war das Gemach hell erleuchtet – das Licht drang ihr aus den Augen, aus der Haut und dem kalten Wasser, das durch ihre Adern floss. Sie war nach wie vor Malcolms Frau, ebenso schön und zart wie zuvor – doch zugleich wirkte sie fremdartig.

Als der Herzog eintrat, blickte Caroline ihn mit Augen an, die die Farbe eines tiefen Teichs mit reinstem Wasser hatten. Ihr Haar umschwebte ihren Kopf, als ertrinke oder schwimme sie. Als ob sie das Wasser selbst sei.

Lächelnd schaute sie ihren Mann an. »Gemahl.«

»Meine Herzogin. Wie fühlst du dich?«

Ihr Lächeln verbreiterte sich. »Göttlich.«

»Das … das freut mich«, stammelte er.

»Malcolm?«

»Ja, Liebste?«

Ein kalter Ausdruck trat in ihre Augen, und ihre Miene verfinsterte sich. Das Haar, das schwerelos wirkende Haar umwallte sie deutlich schneller.

»Wo ist mein Sohn?«

Dank

Die Nacht der Heiden schwirrt mir schon lange im Kopf herum. Vor acht Jahren begann ich damit, die Kosmologie der Welt zu entwickeln, und zwei Jahre später verfasste ich den ersten Entwurf für die Reihe. Ich schrieb ihn vier Mal komplett um und überarbeitete ihn – nach meiner Zählung – ganze sechs Mal gründlich.

Zweifellos ist das das größte Projekt meiner Schriftstellerkarriere und die schwerste Herausforderung, die ich je gemeistert habe.

Der Weg war lang, aber ich bin ihn nicht allein gegangen. Sie würden dieses Buch nicht in Händen halten ohne die unermüdliche Unterstützung meiner Frau, die geduldige Hilfe meines Agenten oder die scharfsinnigen und mitunter schmerzlichen Hinweise meines Lektors. Ich beneide die drei nicht darum, sich mit einem Autor wie mir herumschlagen zu müssen, aber sie haben ihre Arbeit heldenhaft verrichtet, und ihre Hilfe ist für mich unentbehrlich.

Ich danke euch allen!